福建師範大學文學院百年學術論叢　第五輯

中國戰爭小說綜論

陳穎　著

本成果受「開明慈善基金會」資助

第五輯
總序

　　光陰似箭，歲月如流。從西元二〇一四年福建師範大學文學院與臺北萬卷樓圖書公司合作刊印「百年學術論叢」第一輯，至今已經走過了五個年頭，眼下論叢第五輯又將奉獻給學術界。

　　回顧已刊四輯，前兩輯的作者，大多數為德高望重的老先生；後兩輯，約有一半是中青年學者。由此，我們一方面看到老輩宿師攘袂引領的篤實風範，另一方面感受到年輕後學齊頭並進的強勁步武。再看第五輯，則幾乎全是清一色中青年英彥的論著。長江後浪推前浪，我們的學術梯隊已經明顯呈現出可持續發展的勢頭。

　　略覽本輯諸書，所沁發出的學術氣息，足以令人精神一振，耳目一新：陳穎《中國戰爭小說綜論》，宏觀與微觀交替，闡述中國戰爭小說發展史跡及文化意義，並比較評析海峽兩岸抗日小說創作；郭洪雷《小說修辭研究論稿》，綜括小說修辭研究史及中國小說修辭意識的發展現狀，力圖喚醒此中被遺忘的文學意識；黃科安《現代中國隨筆探賾》，梳理現代中國隨筆的發展歷程及其對中外隨筆傳統的傳承與創新，總結隨筆創作的經驗教訓；陳衛《聞一多詩學論》，以意象、幻象、情感、格律、技巧為核心，展開對聞一多詩學與詩歌的論述；林婷《出入之間──當代戲劇研究》，結合入乎其內、出乎其外兩種研究思路，為中國當代戲劇研究獻一家之言；黃鍵《京派文學批評研究（修訂版）》，考察中國現代文學史上「京派」的文學批評成就，發掘其對當代中國現代文藝批評的啟示性意義；李詮林《臺灣現代文學史稿》，從文本創譯用語的角度構建臺灣現代文學史，研究臺

灣現代文學進程中獨特的語言轉換現象；劉海燕《從民間到經典——關羽形象與關羽崇拜生成演變史論》，研究關羽崇拜及關羽形象塑造的宗教接受，深入闡釋關羽形象的文學生成與宗教生成；高偉光《神人共娛——西方宗教文化與西方文學的宗教言說》，以宗教派別之外的視角審視西方宗教文化內涵及其發展軌跡，用理智言說一部宗教文化；王進安《明代韻書《韻學集成》研究》，將《韻學集成》與相關韻書比較，探尋其間的傳承或改易情實，為明代早期韻書的研究添磚加瓦。凡此十種專著，無論是學術觀點之獨到，還是研究方法之新穎，均讓我們刮目相看。

　　讓我尤感欣喜的是，本論叢各輯的持續推出，不斷獲得兩岸學界、教育界的良好評價與真誠祝願。他們的讚許，是激發我們學術進步的一大鞭勵，也是兩岸學術交流互動的美贍見證。我堅礵不移地認為：在當今自由開放的學術環境中，兩岸文化溝通日趨融暢，我們的學術途程必將越走越寬闊久遠。

　　　　　　　　　　　　　　　　　　　　　汪文頂

　　　　　　　　　西元二〇一九年歲在己亥春日序於福州

目次

引論
中國戰爭小說概念和範圍的界定

　　中國戰爭小說概念和範圍的界定首先繞不開「戰爭」這一關鍵詞。

　　戰爭是什麼？一兩個人之間的打鬥，當然不能稱為戰爭，一夥人與另一夥人的格鬥打群架，也不算戰爭，戰爭是政治軍事集團之間大規模的武裝衝突。戰爭的這一外顯形式人所共知，當無歧義。然而關於戰爭的內在本質、它的起因，則非眾口一詞。十九世紀普魯士著名軍事理論家卡爾・馮・克勞塞維茨有一句名言：「戰爭無非是政治通過另一種手段（即暴力）的繼續」[1]。這一至理名言至今依然是關於戰爭本質的最權威的解說。人類社會迄今所爆發的無數戰爭證明了這一真理。無論是上古中國黃帝與炎帝之間的統治權之爭，還是今天中東地區的巴以衝突、敘利亞戰爭，「一切戰爭都可以看作是政治行為」[2]。《史記》〈五帝本紀〉說：「炎帝欲侵凌諸侯，諸侯咸歸軒轅。軒轅乃修德振兵，治五氣，藝五種，撫萬民，度四方。教熊、羆、貔、貅、貙、虎，以與炎帝戰於阪泉之野，三戰然後得其志。」《新書》〈益壤〉也說：「炎帝無道，黃帝伐之涿鹿之野，血流漂杵，誅炎帝而兼其地，天下乃治。」黃帝之所以能戰勝炎帝是因為「炎帝無道」，而黃帝「修德振兵」諸侯歸心。可見，中華始祖炎黃之間的戰爭就是充滿政治色彩的「有道」與「無道」的爭戰，更遑論兩千多年封建時代的王朝戰爭中政治的決定作用。不過，並非人類歷史上的全部戰爭都是政治衝突，特別是二十世紀以來隨著世界政治經濟格局的

1　〔德〕克勞塞維茨：《戰爭論》（北京市：解放軍出版社，1964年），頁30。
2　〔德〕克勞塞維茨：《戰爭論》（北京市：解放軍出版社，1964年），頁31。

巨大變化，政治多極化、經濟全球化的步伐進一步加快，現代國際戰爭已不僅僅是政治理念或民族利益的衝突，而愈益呈現為經濟利益的爭奪。未來的國際戰爭將越來越淡化政治色彩，戰爭的車輪將更多地是受經濟利益的驅動。此外，克勞塞維茨對於一切戰爭的政治歸因在二十世紀還遇到了來自科學技術權威的質疑。隨著現代腦科學、內分泌學、神經行為學和犯罪生物學研究的重大進展，人們發現了戰爭的某些生物學因素，即男性荷爾蒙與戰爭行為之間的某種內在關係[3]。偉大的愛因斯坦一九三二年七月三十日專門致信佛洛伊德[4]，探討「怎樣把人類從戰爭的威脅中解救出來」這一「最緊迫的問題」。在「一切企圖尋求解救之道的嘗試都以可悲的挫折而告終」之後，愛因斯坦試圖從心理科學中尋求「出自心靈的某些障礙」。他驚歎人類是這麼容易為戰爭的狂熱所鼓動，因而懷疑「在人類身體內部本身原就潛伏著仇恨和破壞的欲望。……這種激情平時是處在潛伏狀態之中的，只有在非常時期，它才表現出來。」愛因斯坦的這種推測得到佛洛伊德的認同。佛洛伊德認為人身上存在兩種本能，一種是「愛欲的」，「起保存及統一作用的各種本能」。「另一種則是起破壞、殺害作用的各種本能」。弗氏最後得出悲觀結論「人類的各種攻擊傾向，我們是無法牢牢把它們壓抑住的」。二十世紀最偉大的物理學家和另一位同樣偉大的心理學家之間關於戰爭深層起因的討論雖然給人們深刻的啟示，使人類得以從自身生物本能方面窺探到戰爭的一些秘密。但是，它無法改變人類有史以來的絕大部分戰爭是起緣於政治衝突這一客觀事實。明瞭這一點對於建立本文立論的邏輯基礎並非可有可無。

　　讓我們回到本題，對所謂「戰爭小說」進行概念和範圍的界定。

3　參見趙鑫珊、李毅強：《戰爭與男性荷爾蒙》（天津市：百花文藝出版社，1997年）。

4　參見趙鑫珊、李毅強：〈附錄〉，《戰爭與男性荷爾蒙》（天津市：百花文藝出版社，1997年）。

　　對於小說的分類，歷來有多重視野、多種角度。從作品所表現的內容即題材入手是最常見、最通行的小說分類法，如把中國古代小說分為歷史小說、英雄傳奇小說、人情小說、神魔小說、公案小說、武俠小說等等。二十世紀初西學東漸，受西方文學的影響又出現了眾多新的小說類型，像政治小說、科學小說、偵探小說、教育小說等等。二十世紀七十年代末的新時期文學，一批感應時代潮流反映特定時期社會生活內容的新題材小說，如知青小說、鄉土小說、市井小說、尋根小說、改革小說等等紛紛登臺亮相，令人眼花繚亂。其次，著眼於小說的藝術描寫手法，人們又可以把小說分為諷刺小說、譴責小說、意識流小說、抒情小說、魔幻現實主義小說等。此外，還有形式方面的分類，如長篇小說、中篇小說、短篇小說、章回小說、文言小說、白話小說等。

　　戰爭小說顯然屬於上述第一種分類，是戰爭題材小說的統稱。與中國古代某些題材的小說（如神魔小說、公案小說）隨著時代的發展變化逐漸消亡不同，戰爭小說不僅是一種概念所指明確題材獨立的小說類型，而且從古至今綿延不絕萬古長青，小說史上本應該有它相對獨立的一席，但我國現在通行的小說史著絕少把戰爭小說作為一種獨立的小說類型看待，它或依附於歷史小說，或作為英雄傳奇小說歸類。我以為，這是受我們長期約定俗成的小說分類標準的約束所致。在中國小說史上，像《三國演義》這樣典型的戰爭小說以及一大批反映封建時代軍閥爭戰的長篇章回小說，文學史家們無不把它們視為歷史小說，因為它們的確是中國古代某一段社會歷史演變的敘說，而不僅僅是戰爭的鋪衍，儘管戰爭通常是其中的主要內容。然而，正如何滿子先生所說：「歷史小說演述王朝興廢之事，王朝的興亡是全方位的政治鬥爭，而最終由政治的特殊手段戰爭來決定。因此，在一定意

義上，歷史小說其實就是戰爭小說」。[5]至於英雄傳奇小說，我們更有理由把它視為戰爭小說，因為此類作品多是表現戰爭中的英雄，諸如《說岳全傳》、《楊家將演義》、《水滸傳》等。基於此，筆者將以上兩類小說中的大部分作品列為本文的闡述對象，是合乎邏輯，也是符合小說創作實際的。而在「五四」以來的中國現當代小說創作中，那些反映中國新民主主義革命戰爭或當代一些局部戰爭的作品，人們則早已習慣視之為戰爭小說，並無太多歧義，這裡無須贅述。

　　如果說文學界長期以來對戰爭小說這一概念的理解存在有某種含混或歧義的現象的話，那就是時常把戰爭小說混同於軍事小說、軍旅小說。我以為，軍事小說與軍旅小說、戰爭小說之間有著概念和範圍上的細微差別，它們的關係是種和屬的關係。軍事小說是一個種概念，它既包括具體戰爭行動的描寫，也包括軍事訓練、軍事動員、國防建設等與軍事活動有關的小說作品。軍旅小說主要指反映軍人日常生活的小說作品，其中既包括軍人在戰爭中的行為的展示，也包括和平時期的軍營生活；而戰爭小說則專指那些以描寫戰爭行動為主的小說作品。三者之間由寬到窄、由面到點逐漸收縮，如圖示，軍事小說可以囊括軍旅小說和戰爭小說，軍旅小說覆蓋了部分戰爭小說，只有戰爭小說所指專一。因此，本文的闡述對象僅限於中國文學史上有影響的戰爭小說，而不涉及非戰爭指涉的那些軍事小說或軍旅小說。

5　何滿子：〈《三國演義》概說〉，見《何滿子學術論文集》（福州市：福建人民出版社，2002年），頁157。

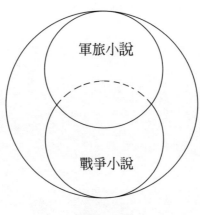

軍事小說

上篇
流變論

第一章
中國古代戰爭小說的歷史軌跡

　　戰爭是人類社會生活中亙古有之的暴力現象，它對人類歷史發展的影響之巨大和深刻無與倫比。中國五千多年的歷史行程中戰爭更是連綿不斷，準確的戰爭次數難以統計。據《中國戰爭發展史》一書統計「從公元前七七〇年至公元前二二一年的五百五十年中，發生較大的戰爭六百多次」，「公元五八九年隋滅陳，……至一六四四年明朝滅亡，……在這一千〇六十三年中，共發生較大的戰爭一千六百多次」（中國人民革命軍事博物館編著：《中國戰爭發展史》上〔北京市：人民出版社，2001年〕，頁6、8。）。因此，從一定意義上說，中國社會的發展史同時也是一部戰爭史。由於戰爭對人類生活的巨大影響，因此它在文學創作中歷來是一個主要和重要的題材。中國戰爭小說更是源遠流長，其作品數量之浩瀚，人物形象之生動，藝術描寫之多樣，對民族傳統文化影響之深遠，不僅在中國文學發展史乃至世界文學發展史上都是不同凡響的。

第一節　中國戰爭小說藝術溯源

　　中國戰爭小說藝術長河的源頭無疑要追溯到遠古神話傳說。距今大約五、六千年，隨著私有制的發展，生息在中華大地上的原始初民的若干主要部落集團之間為爭奪土地的占有權開始了漫長的部落戰爭。傳說中的幾場著名大戰有：發生在中原一帶的阪泉之戰，這是華夏集團內部黃帝族與炎帝族的爭戰。發生在燕京一帶的涿鹿之戰，黃帝炎帝聯合攻打東夷集團的蚩尤，還有共工與顓頊的戰爭。這幾場戰

爭大約可以算得上中國歷史有文字記載的最早的戰爭。雖然我國古代神話傳說對這些戰爭的描寫都極其簡略和撲朔迷離，但卻充滿豐富的文學想像。請看《山海經》〈大荒北經〉對黃帝蚩尤之戰的描寫：

> 蚩尤作兵伐黃帝，黃帝乃令應龍攻之冀州之野。應龍畜水。蚩尤請風伯、雨師從，大風雨。黃帝乃下天女曰魃，雨止，遂殺蚩尤。

《太平御覽》也有關於這場戰爭的片段描述：

> 黃帝與蚩尤戰于涿鹿之野。蚩尤作大霧彌三日，軍人皆惑。黃帝乃令風后法鬥機作指南車，以別四方，遂擒蚩尤。

這場戰爭對陣雙方除了各自主帥黃帝和蚩尤外，還各請出了應龍、女魃、風伯、雨師、風后等，可見雙方陣容之強大。黃帝一方用水攻，蚩尤一方則利用大風雨和大霧天進攻，可見戰爭的膠著和激烈程度。先民們想像中的戰爭大約就是如此呼風喚雨、上天入地的景象了。對比《史記》對這場戰爭的記載：

> 蚩尤作亂，不用帝命，於是黃帝乃征師諸侯，與蚩尤戰于涿鹿之野，遂禽殺蚩尤。

作為歷史文獻的《史記》必須忠於史實，固對這場戰爭只能作簡略而乾巴的敘述，遠不如《山海經》等神話傳說來得神采飛揚、意象豐贍。在東西方各民族的神話傳說中，戰爭總是其中的主要題材，古希臘神話《伊利亞特》浩翰一萬五千多個詩行，描述的是歷時十年的特洛伊戰爭，是世界戰爭神話的經典之作。中國戰爭神話雖然沒有史詩

規模的作品，但零星散落在古代典籍中的片段描述，猶如茫茫蒼穹中的啟明星，在中國戰爭小說的歷史天空中閃耀著最初的光芒。

　　如果說，神話傳說作為各類型題材、體裁文學創作的共同源頭，對戰爭小說並不一定具有特殊的意義，那麼，先秦兩漢的史傳文學中大量關於戰爭的紀事則對中國戰爭小說的精神品格和敘事傳統起了直接的奠基作用。《尚書》、《春秋》、《左傳》、《史記》、《漢書》等歷史典籍，記敘的是中國奴隸社會末期和封建社會初期，大動亂大轉折年代的歷史故事，描述了大量捭闔縱橫於帷幄和戰場上的歷史風雲人物和刀光劍影的戰爭場面。這些戰爭風雲人物和戰爭歷史故事成為後世戰爭小說取之不竭的創作素材。最重要的是從《三國演義》肇始的中國古代長篇戰爭小說，無論是對戰爭歷史人物政治道德的評價標準，還是人物形象塑造的藝術方法以及作品本身的敘事結構等都深受史傳文學的影響。以描寫戰爭成就最突出的《左傳》為例，其戰爭描寫的若干主要特色，如善於從大處著眼，審視歷史大背景，分析交戰各國的人心向背；重在寫人，準確把握人物性格與戰爭勝敗的關係；大的戰爭場景的粗線勾勒與小的戰鬥細節的工筆細描巧妙結合等，都給《三國演義》、《水滸傳》、《說唐演義》、《楊家府演義》、《說岳全傳》等戰爭小說以深刻的啟示。如《三國演義》所寫三大戰役，雙方的勝負無不與主帥個人的性格特徵相聯繫——官渡之戰，袁紹不是敗在軍事實力上，而是其剛愎自用的專橫作風所導致；赤壁之戰，孫劉聯軍大獲全勝，與其說是吳蜀人和地利的結果，不如說是諸葛亮個人智慧和沉穩性格的決定作用；荊州重鎮的失陷以及關羽敗走麥城顯然是因關羽自身驕傲自大麻痺輕敵的性格弱點所導致的，並由此引爆了彝陵之戰，造成蜀軍的重創。我們在《左傳》中可以看到很多類似的筆墨，如〈僖公十五年〉「韓原之戰」寫晉惠公背信棄義而又固執己見不聽忠言，最後導致戰爭失敗，自己也做了俘虜：

三敗及韓，晉侯謂慶鄭曰：「寇深矣，若之何？」對曰：「君實深之，可若何！」公曰：「不孫。」卜右，慶鄭吉，弗使。步揚禦戎，家僕徒為右。乘小駟，鄭入也。慶鄭曰：「古者大事，必乘其產；生其水土而知其人心，安其教訓而服習其道，唯所納之，無不如志，今乘異產以從戎事，及懼而變，將與人易。亂氣狡憤，陰血周作，張脈僨興，外強中乾；進退不可，周旋不能。君必悔之。」弗聽。……

壬戌，戰于韓原。晉戎馬還濘而止。公號慶鄭，鄭曰：「愎諫違卜，固敗是求，又何逃焉？」遂去之。梁由靡禦韓簡，虢射為右，輅秦伯，將止之；鄭以救公誤之，遂失秦伯。秦獲晉侯以歸。

　　不僅如此，史傳文學描寫戰爭的一些具體細節、情節也為後世戰爭小說所效仿，實為中國戰爭小說一些經典情節的源頭，如《左傳》〈莊公二十八年〉楚國伐鄭，鄭以「空城計」禦敵，後成為諸葛亮鋌而走險的一著險棋；〈僖公二十八年〉晉欒枝「使輿曳柴而偽遁」之計，張飛在長坂坡又重演了一次；《史記》項羽鴻門設宴，我們在《三國演義》、《水滸傳》、《說岳全傳》、《英烈傳》等戰爭小說中也屢屢見到似曾相識的情節。至於中國古代戰爭小說的敘事結構，大體不出以時間為順序和以人物為中心兩種結構類型，即所謂的編年體和紀傳體，前者如《三國演義》、《說唐演義》等，後者如《水滸傳》、《說岳全傳》等，《左傳》和《史記》是這兩種文體的始作俑者。凡此種種，都可以看到史傳文學對中國戰爭小說的鴻蒙開闢。

　　從史傳文學奠立中國戰爭小說的精神品格與敘事形態，到第一部長篇戰爭小說《三國演義》的問世，其間歷經一千多年的漫漫時空。在這漫長的歲月中，民間文藝為中國戰爭小說的最終成形孕育血肉與身軀。在內容豐富、形式駁雜的各種民間文藝中，對中國戰爭小說的

誕生具有直接影響的是宋元講史平話。這一盛行於宋元時代「瓦舍勾欄」中的民間文藝表演形式，乃是一種主要靠「說話」來吸引聽眾的「瓦舍眾伎」之一。南宋耐得翁的《都城紀勝》談到臨安的「瓦舍眾伎」時說：「講史書，講說前代書史文傳、興廢爭戰之事」。吳自牧《夢粱錄》卷二十《小說講經史》也說：「講史書者，謂講說《通鑒》、漢唐歷代書史文傳，興廢爭戰之事」。人們之所以對前代「興廢爭戰之事」感興趣，乃緣於當時的社會環境。眾所周知，宋元時期是中國歷史上民族矛盾比較尖銳的時期，在宋王朝三百多年的歷史中，就接連遭到遼、西夏、金、蒙古貴族的強勁攻擊。特別是一一二七年，金兵大舉南犯，攻陷北宋京都汴京，宋徽宗、欽宗父子皇帝被擄，屈死異鄉。康王趙構南渡建康，建立南宋小王朝，以向金俯首稱臣和每年巨額進貢偷得偏安一隅。十三世紀初，蒙古貴族興起，從北而南雄風席捲，先後滅掉西夏、金和南宋政權，建立了元朝，入主中原一百五十多年。元朝統治者對漢人採取歧視和壓迫的政策，漢民族地位空前低下。面對漢民族的深重災難，人們不能不反思歷史，以古鑒今，尋求民族救亡圖強之路。故宋元講史平話的內容多以表現反暴政、反戰亂，頌揚明君賢相良將思想為基本主題，所講述的故事幾乎包括以前歷朝各代。元代刊本《全相平話武王伐紂書》卷上開端有引詩說：「三皇五帝夏商周，秦漢三分吳魏劉，晉宋齊梁南北史，隋唐五代宋金收。」從三皇五帝一直說到金代，可以想見當時講史話本必定繁多，但今傳世之本甚少。《中國通俗小說總目提要》介紹了現存宋元講史話本十種：《五代史平話》、《宣和遺事》、《武王伐紂書》、《樂毅圖齊平話》、《秦并六國平話》、《前漢書平話》、《三國志平話》、《三分事略》、《吳越春秋連像平話》、《薛仁貴征遼事略》。這些講史平話堪稱為中國戰爭小說的雛形：一是這些講史平話多敘前代興廢爭戰之事，也就是說戰爭是其中的主要內容。二是與史傳文學以敘述歷史真實為己任不同，講史平話是為市井細民服務的娛樂節目，雖標榜講

史，實摻入了講話人大量的主觀想像和民間傳說，到了「大抵真假相半」的地步，說明它已脫離了歷史典籍的羈絆，逐漸向真正的小說靠攏。三是講史平話一般篇幅較長，不僅分卷刻印，而且分立節目，這便成為後來戰爭演義小說分章分回的濫觴。四是明清時期的不少戰爭小說是直接以宋元平話為藍本而加以編撰的，如《三國演義》便是直接脫胎於《三國志平話》，明代的《列國志傳》和《封神演義》是以《武王伐紂書》的故事為藍本，此外，如明刊本《有夏志傳》、《有商志傳》、《孫龐鬥志演義》、《全漢志傳》、《東西晉演義》、《隋唐兩朝志傳》、《唐書志傳》、《金統殘唐記》、《殘唐五代史演義》、《南北兩宋志傳》、《大宋中興通俗演義》和清刊本《後七國樂田演義》、《鋒劍春秋》、《說唐後傳》以及《水滸傳》等長篇戰爭歷史小說都直接或間接地受到講史平話的影響。

　　這裡不能不提及唐五代的敦煌變文，這些主要在寺院佛地講說的話本，實際上是宋元講史平話的前驅，只是前者篇幅稍短，是短篇小說，後者篇幅較長，是長篇小說。敦煌變文中有一部分話本是講述戰爭英雄的傳奇故事的，如《韓擒虎話本》寫十三歲少年韓擒虎被隋文帝拜為行營馬步使率軍三十萬討伐金陵陳王的故事。韓擒虎為隋朝名將，話本所寫雖基本依據歷史事蹟，但增加了人物的傳奇色彩和情節的戲劇性。《張義朝變文》、《張淮深變文》敘唐代西北邊地首領率師平定吐渾、回鶻侵掠的故事，「以描寫血戰沙場中那種秋風掃落葉的氣勢見長」[1]；《漢將王陵變》寫楚漢之爭中漢將王陵和其母兩代人子勇母烈的故事；《李陵變文》敘唐代名將李陵以五千將士迎擊匈奴十萬鐵騎，最後箭盡糧絕不得不降。變文以理解和同情的態度描寫了李陵在死戰和降敵之間抉擇的絕望和痛苦的心情。這些敦煌變文雖然和後來的長篇戰爭小說沒有直接的傳承關係，但它作為短篇戰爭小說的雛形在中國戰爭小說的歷史長河中畢竟激起過一層浪花。

1　楊義：《中國古典小說史論》（北京市：中國社會科學出版社，1995年），頁194。

第二節　中國第一部長篇戰爭小說的問世及餘響

　　由史傳文學和宋元講史平話以及其他民間文學的合力推進，終於在元末明初催生出中國文學史上第一部、更是中國戰爭小說史上第一部長篇小說《三國演義》。《三國演義》的問世是中國文學史上驚天動地的大事。幾百年來，無數的人們都在驚歎和思考著這樣的問題：中國文學史上的第一部長篇小說何以就能鑄造出如此精湛的藝術結構和高超的人物描寫技藝，以致於後來的歷史小說再難超越這座藝術高峰？我以為還值得進一步思考的是：小說題材萬萬千，為什麼獨有戰爭歷史題材幸運成為中國長篇小說的開山鼻祖？我感到這其中隱含著中國歷史、文學、民族精神、文化傳統等多方面無限豐富的信息。文學史家們基於各自不同的理解從不同的角度對它已多有解讀。筆者將在本書的中篇「文化論」中做些闡述，此處暫不展開。

　　從戰爭小說的角度看《三國演義》，我覺得首先需要辨明的是《三國演義》究竟反映了什麼樣的戰爭？這樣的戰爭在中國歷史上有無典型意義？誠然，小說所描寫的戰爭的性質與小說本身的藝術成就之間並無必然的邏輯關係，但就《三國演義》而言，辨明小說中戰爭的性質卻至關重要，因為，《三國演義》之所以被視為中國古代戰爭歷史小說的典範，其中一個重要原因就在於它蘊藏了中國封建時代政治歷史文化的許多豐富的具有普遍意義的信息。《三國演義》選擇中國歷史上一個百年動亂的時期，圍繞吳、蜀、魏三國之間的政權鬥爭，描繪了一幅波瀾壯闊的戰爭歷史畫卷。如三國這樣的戰爭歷史悲喜劇在中國兩千多年的封建社會曾屢屢上演。羅貫中在小說的開頭就借用楊慎的詞不無宿命地唱到：「滾滾長江東逝水，浪花淘盡英雄。是非成敗轉頭空。青山依舊在，幾度夕陽紅。白髮漁樵江渚上，慣看秋月春風。一壺濁酒喜相逢。古今多少事，都付笑談中。」不謂羅貫中看破歷史的循環，實乃三國的爭戰是中國歷史演變的一個縮影。小

說從東漢末年的黃巾農民大起義入筆，收筆於西晉的統一。中國封建社會多少個朝代的顛覆無不是緣於如黃巾起義這樣的農民大起義，最後的結局不外新桃（朝）換舊符（府），封建統治的根基沒有任何改變，只不過換了一朝新君臣而已。羅貫中把這樣的歷史循環藝術地搬到了小說作品中，使人們透過《三國演義》能夠窺探到中國歷史發展行程中的許多奧秘，悟透中國傳統政治結構超穩定的原因所在。正是基於這樣的理解，我以為把《三國演義》視為中國封建王朝興廢爭戰的典範敘事是恰當的。

其次，作為典範的戰爭歷史小說，《三國演義》的卓越貢獻不僅僅在於寫出了中國封建時代統治階級興廢爭戰的歷史規律，而且在於把這樣具有典型意義的戰爭具象化為「人才與戰爭」、人物性格與戰爭、民族心理與戰爭等一系列藝術化的典型情節和細節。小說雖然不是教科書，但如《三國演義》這樣把戰爭中的戰略戰術的運用，尤其是謀略對戰爭命運的決定作用寫得那般出神入化，是任何戰爭教科書都難以企及的，以致於後人無不把《三國演義》既當小說看又當「武經」讀，其在軍事戰爭、外交以及商戰方面的影響甚至超過了其文學的影響。

再次，《三國演義》的典範意義還在於它對後世戰爭小說的巨大示範作用。可以說，《三國演義》的問世同時意味著中國古代戰爭歷史小說創作模式的定型，此後的戰爭歷史小說大都沿著《三國演義》的創作路數走下去，但卻難有堪與比肩者。魯迅在《中國小說的歷史的變遷》中說：「後來做歷史小說的很多，如《開闢演義》，《東西漢演義》，《東西晉演義》，《前後唐演義》，《南北宋演義》，《清史演義》……都沒有一種跟得住《三國演義》。所以人都喜歡看它；將來也仍舊能保持其相當價值的。」之所以如此，我以為主要乃在於後世種種演義雖亦步亦趨《三國演義》，但都沒能達到《三國演義》表現戰爭的高度藝術水準──寫統帥的智慧沒有超過諸葛亮者，寫武將的

忠勇沒人堪與關羽、張飛、趙雲等相比，寫敵酋的陰險難有如曹操性格的豐富，寫戰爭的風雲變幻和出奇制勝未出赤壁之戰之右。所以，一部《三國演義》把冷兵器時代的戰爭寫到了至境，這是它能流芳百世的一個奧秘。

　　與《三國演義》齊名的《水滸傳》，通常被視為英雄傳奇小說。但我以為從某種意義上說，它同樣可作戰爭小說觀。與《三國演義》描寫封建上層統治集團之間的政治軍事鬥爭不一樣，《水滸傳》對動亂社會取的是低視角，即從社會底層群眾的反抗鬥爭著眼，表現廣大農民、市民和下層官吏如何從個人反抗匯成集體行動直至集團戰爭的全過程。而這樣的戰爭描寫恰恰概括了中國封建社會農民起義戰爭的一般特點，即怎樣由星星之火燃成燎原之勢。當然，《水滸傳》的戰爭描寫不如《三國演義》那麼純粹和典範，除了三打祝家莊、打高唐州、打青州、打大名府、打曾頭市、打東平府、兩贏童貫、三敗高俅和征遼、平田虎、王慶、征方臘等情節算得上是比較正規的戰爭描寫，其餘大量關於梁山好漢個人反抗的傳奇故事並不能看作真正的戰爭行為。但是，作為一部反映農民起義的戰爭小說，這樣的個人行為的渲染不僅符合農民戰爭的真實情況而且是整個戰爭發展過程中必不可少的環節，《水滸傳》把主要筆墨放在對這些過程的描寫，使它形成了不同於《三國演義》的另類戰爭描寫，呈現了豐富的個性。綜觀中國古代的各種戰爭，發生在統治階級之間爭奪權力的戰爭和發生在統治階級與被壓迫階級之間鎮壓與反抗的戰爭，應該說是兩種主要的戰爭形式，而《三國演義》和《水滸傳》正分別從兩個不同的視角，高度藝術地反映了這兩種不同性質的戰爭。所以，如果我們把《三國演義》視為中國封建王朝興廢爭戰的典範敘事，那麼，《水滸傳》就堪稱為中國古代農民戰爭模式的藝術演繹了。

　　明清兩朝是中國古代戰爭小說創作的繁榮時期，雖然沒有出現堪與《三國演義》和《水滸傳》比肩的優秀作品，但部分作品別辟蹊

徑，從新的角度、以新的內容豐富和拓展了中國古代戰爭小說的藝術
範式。這其中最值得稱道的是以《楊家府演義》為代表以描寫家族世
代英雄為主的將門英雄傳奇小說和以《說岳全傳》為代表以表現戰爭
英雄個人為中心的英雄傳記小說。

如前所述，周邊少數民族對漢族的侵擾始終是困擾漢唐以後歷代
漢族封建統治者心中的一個憂患，頻頻爆發的民族戰爭曾經使一向以
「天朝」自居的漢族封建統治者蒙受過奇恥大辱：且不說不止一次的
江山易姓，異族當政，連最高統治者皇帝也曾被劫掠為奴屈死他鄉。
因此，人們對民族戰爭的關注實際上更甚於對王朝興廢爭戰和農民戰
爭的興趣。大量表現民族戰爭的小說、戲劇作品便在明清時期應運而
生。《楊家府演義》和《說岳全傳》等正是其中的優秀作品。《楊家府
演義》把人們對英勇抗禦外侮的民族英雄的崇敬和渴慕之情全部投射
在楊家父子身上，讓一個將門家族的命運與國家民族的命運緊緊聯繫
在一起，同時與朝廷上的忠奸鬥爭相掛鉤，雖不免落俗套，但在明清
表現民族戰爭的文學作品中卻具有一定的典型意義。與楊家將小說題
材相似並有明顯衍生承續關係的《說呼全傳》、《萬花樓演義》、《五虎
平西前傳》、《五虎平南後傳》、《平閩全傳》、《楊文廣平南全傳》等是
一組時代背景相同、思想主題一致、藝術水平相當的系列戰爭英雄傳
奇小說。《說岳全傳》以宋代民族英雄岳飛的生平事蹟為主要線索展
開故事情節，著重表現岳飛縱橫捭闔，外禦頑敵，內剿諸寇的戎馬生
涯。歷史人物岳飛獲得了既真實而傳奇的描繪。《說岳全傳》是中國
古代戰爭英雄傳記小說中影響最廣泛的作品。正是借助於小說和戲劇
等的傳播，使岳飛成為婦孺皆知名揚千古的民族英雄。與岳飛一樣盛
負英名的明代民族英雄于謙，亦有頌揚他的傳記小說《于少保萃忠全
傳》。這是一部兼有英雄傳奇、公案小說、神怪小說因素的人物傳記
小說，于謙的形象雖塑造得比較成功，但由於這是一部同時代人寫的
傳記小說，缺少民間文學的藝術滋養，係文人獨立創作，且用文言行

文，顯得書卷氣有餘而通俗性不足，削弱了其在民眾中的影響，以致于謙在民間的知名度也遠不如岳飛。

在明末清初湧現的眾多秉承《三國演義》和《水滸傳》的藝術方法的戰爭小說中，列國志系列小說和說唐系列演義與英雄傳奇小說是值得重視的作品。

春秋戰國是中國歷史上一個群雄逐鹿、風雲際會的歷史時期，發生了許多重要的政治軍事事件，《左傳》、《史記》等歷史文獻對其有相當詳盡的記述。如此重要的歷史轉折時期，又有豐富的史料為依託，後世文人墨客和民間藝人對其傾注熱情自是必然的。且不說民間文藝中的列國戲，僅就小說而言，元刊全相平話五種中就有三種是有關列國故事的，如《武王伐紂書》、《七國春秋平話後集》、《秦并六國平話》。明代中葉，余劭魚編撰《列國志傳》是關於列國的第一部演義小說。這部小說主要以《國語》、《左傳》、《史記》等歷史文獻為藍本，揉進不少民間傳說和戲曲故事，又東施效顰《三國演義》的一些情節，這些虛構或模仿的故事情節固然增添了《列國志傳》的小說色彩，但由於作品本身的藝術水平不高，固影響不大，倒是為馮夢龍編寫《新列國志》提供了較好的毛坯。馮夢龍的改編刪去了與史實不符、任意虛構的情節，且砍掉武王伐紂到西周衰亡這段歷史，集中寫春秋戰國時代。馮夢龍不愧是小說大家，經他改寫後，《新列國志》較《列國志傳》字數雖增加了一倍多，內容並不枝蔓反倒更加集中，人物形象大為鮮明，尤其戰爭場景的描寫扣人心弦。《新列國志》的最大缺陷在於過分拘泥史實，實際上是通俗性的歷史讀物。蔡元放在《東周列國志讀法》中以不無讚賞的口吻說：「《列國志》與別本小說不同，別本都是假話，……《列國志》卻不然，有一件說一件，有一句說一句，連記實事也記不了，那裡還有功夫去添造。故讀《列國志》，全要把作正史看，莫作小說一例看了。」殊不知，這正是它與「七實三虛」的《三國演義》難以同日而語原因之所在。

　　歷史上新舊政權交替更迭的「亂世」總是容易引起人們的格外關注，春秋戰國是這樣的歷史時期，隋末唐初也是。有關隋唐歷史和人物的演義小說約有十多部，其中部分作品側重於「演一代史事而近於斷代為史者」，如《隋唐兩朝志傳》、《唐書志傳通俗演義》、《隋煬帝豔史》、《隋唐演義》等，另一部分作品則以表現英雄的傳奇事蹟為中心，如《隋史遺文》、《說唐演義全傳》、《說唐後傳》、《說唐三傳》、《粉妝樓全傳》等。這兩類作品內容均有前後的連帶關係，即都是反映隋末唐初新舊政權交替更迭的歷史轉折時期的故事，但體制比較龐雜。《隋唐演義》等歷史演義小說明顯地意欲沿襲《三國演義》的創作路數，明代林瀚在《隋唐演義》序中說：「《隋唐志傳通俗演義》蓋欲與《三國志》並傳於世，使兩朝事實愚夫愚婦一覽可概見耳。」事實上，《隋唐演義》最後雜揉了歷史演義和英雄傳奇兩種小說體制，寫帝王部分基本上根據歷史線索，寫秦瓊、單雄信等亂世梟雄則具有濃厚的英雄傳奇小說的味道。只有《說唐演義全傳》才大肆擴充以瓦崗寨英雄為中心的各路英雄的傳奇故事，使之成為比較純粹的英雄傳奇小說。瓦崗寨英雄與水滸英雄同中有異，二者都是反叛現政權的農民或市民起義隊伍中的英雄，但前者多是歷史的真實人物，是新王朝的開國功勳，後者則多是虛構的或民間傳說的人物，是由反叛朝廷到最終歸順朝廷的悲劇英雄。綜觀說唐系列戰爭小說，可以看出它們實際上反映了王朝興廢爭戰與農民戰爭的一體兩面。

　　明清時期還有不少反映「歷代興廢爭戰之事」的戰爭歷史小說，如反映兩漢歷史的《全漢志傳》、《兩漢開國中興傳志》、《西漢通俗演義》、《東漢十二帝通俗演義》；反映晉代歷史的《東西晉演義》、《新鐫東西晉演義》；敘述南北朝歷史的《南史演義》、《北史演義》、《梁武帝演義》；反映五代史的《殘唐五代演義傳》，反映元末農民戰爭的《英烈傳》等等，這些作品思想藝術水平均較庸常，未能引起人們的興趣，遂逐漸被人遺忘。

第二章
二十世紀中國戰爭小說的歷史回眸

第一節　世紀初戰爭小說的反侵略求民主主題

　　十九世紀下半葉至二十世紀初年是中國小說發展的重要轉折時期。自一八四〇年鴉片戰爭古老中國鎖閉的大門被西方列強的大炮轟開後，接踵而來的歷次中外戰爭無不以中國割地賠款、開埠通商告終。中國人民蒙受了奇恥大辱。此前漢民族與周邊少數民族的戰爭是中華文化圈內共同文化信仰的各民族之間的戰爭，而十九世紀下半葉後發生的中外戰爭則是文化傳統迥然不同的中西兩大民族和國家之間的戰爭。因而戰爭的失敗一方面使國人深受刺激，另一方面也促使中國先進知識分子思考中西文化的差異，從而尋求強國救中華的道路。在寄希望於自上而下的政治改良的幻想破滅後，先進知識分子轉而把目光轉向以文學革命為先導的思想文化的變革上。一九〇二年梁啟超在〈論小說與群治之關係〉一文中正式提出「小說界革命」的口號：「今日欲改良群治，必自小說界革命始；欲新民，必自新小說始」，「欲新道德，必新小說；欲新宗教，必新小說；欲新政治，必新小說；乃至欲新人心，欲新人格，必新小說。」於是在中國古代一向被視為「小道」而「君子弗為」的小說在二十世紀初的中國社會一下子被捧上了「文學之最上乘」的崇高地位，被賦予救國濟民的空前重任。小說本不堪擔此重任，只因國門被打開後，域外政治小說那種鮮明的民主、自由、獨立、權利等思想意識和強烈的愛國之思，使新小說家們倍受感染和震撼，他們自以為找到了改革政治的最有力武器——新小說。隨著域外所謂政治小說的大量譯介，晚清文壇以政治

小說為主流的新小說創作熱潮迭起，湧現了大批社會諷刺、譴責小說，這些以批判現實為主要內容的政治小說，除了摹寫沒落社會的世態人心百像外，也激烈諷刺封建統治當局和腐敗官僚在外敵入侵面前軟弱無能的醜態，這在近代戰爭小說創作中也得到一定表現。此外，以紀實筆法直接描寫戰爭過程的新小說也有一定數量，儘管它們的藝術成就、社會影響與《官場現形記》等譴責小說不可同日而語，但它們承前啟後，開闢二十世紀中國戰爭小說創作的先河，也為時人和後人了解近代反侵略戰爭的歷史留下了生動形象的史料，小說史應當有它們的一席之地。

綜觀二十世紀初年的中國戰爭小說，大致可劃分為兩類題材的作品：

一　反侵略戰爭題材的作品

這一類題材的小說往往以講史的形式直接描寫戰爭。以戰爭歷史人物為主要表現對象，以紀實筆法、章回形式，著眼於戰爭過程的再現，是這類題材戰爭小說的共同創作特徵。刊行於一九○○年的《中東大戰演義》（作者洪興全）是近代第一部直接反映中國人民反抗帝國主義侵略的戰爭小說。小說起筆於一八九四年春朝鮮東學黨起義，終於劉永福抗倭保臺失敗黯然還鄉。作者於戰爭的敘寫中高度頌揚了「致遠」艦管帶鄧世昌、平壤守將左寶貴等為國捐軀的英勇事蹟，對忠於職守奮勇禦敵的清軍愛國將領聶功亭、宋祝三和貪生怕死不戰而逃的駐朝清軍統帥葉志超及守將衛汝貴、衛汝成等褒貶分明。但統觀全篇，這是一部藝術成就並不高的戰爭小說。作者耽於就戰事寫戰事，缺少人物形象的描摹，對戰爭素材也缺少恰當的剪裁提煉。作為近代第一部直接反映當時戰爭的小說，作者對戰爭人物大膽而鮮明的褒貶，戰爭失敗而不甘屈辱、圖強而無路的心態的流扉，代表了甲午

戰爭後晚清社會的人心向背，具有一定的典型意義。以甲午戰爭為題材的紀實小說尚有《臺戰演義》和《臺灣巾幗英雄傳》。兩部小說均描寫了甲午戰敗臺灣被割讓給日本後，引發了臺灣人民奮不顧身的英勇反抗。前者寫劉永福率臺灣軍民與日軍統帥樺山氏鬥智鬥勇；後者以臺灣總兵孫秉忠的夫人張秀容和劉永福之女為主角，寫張氏在丈夫殉國後為報夫仇毅然毀家籌餉，招募女勇。劉永福之女深為感佩，與其義結金蘭。二人率兵大挫日軍。這兩部小說均出版於臺灣戰事尚未結束的時候（一八九五年夏天），顯然是為了滿足人們對臺灣戰事的關切而作，故都寫得簡單粗糙，文學成就不高。

　　臺灣民眾是中日甲午戰爭的最大受害者。臺灣被強行割斷與祖國的血脈關係，淪為倭寇異族的奴隸，是令臺灣民眾難以承受的巨大屈辱。割臺初期，臺灣民眾不斷進行武裝反抗，歷時二十多年，其中較大的抗日運動有林大北事件、簡大獅事件、劉德杓事件、陳發事件、詹阿瑞事件、黃茂松事件、北埔事件、林圯埔事件、土庫事件、羅福星事件、大甲事件、余清芳事件[1]。在日本的殖民統治下，臺灣文人不可能像大陸作家那樣可以對甲午戰爭及其遺禍直抒胸臆，只能採取婉轉和隱晦的方式表達。臺灣最早的抗日小說之一《臺娘悲史》（施文杞著，一九二三年）就是一篇極具深意的寓言小說。小說敘貧窮憨厚的華大有一天生麗質、聰明伶俐的女兒臺娘，被自己昔日的夥計、後發達為富翁日猛盯上，欲強納為妾。華大不願與日猛交惡，一味忍讓。日猛見華大軟弱可欺，便藉故尋釁。華大忍無可忍倉促應戰，結果被日猛打敗，只得求和以息事寧人。日猛乘機獅子大開口：一要娶臺娘為妾，二要華大的媳婦滿姐今後所生兒女歸他，三要賠償此次損失。華大貧窮既無錢可賠，又不願女兒為人之妾，日猛豈肯善罷甘休。臺娘聞此本欲自殺明志，但為徐圖日後報仇雪恨，不得不委曲求

1　湯子炳：《臺灣史綱》（臺北市：海峽學術出版社，2004年）。

全，暫時下嫁日猛為妾。可憐華大遭此劫難，大病一場，身體日見衰落，被人視為「病夫」。臺娘嫁到日猛家後，無日不思報仇雪恥，怎奈一個弱女子非但無處伸冤，反倒成了日猛的樂土。日猛一味教她嬌裝打扮，以消磨她的意志。受社會上女權運動的激發，臺娘向日猛請願，要求「尊重公理」、「還我自由」，日猛只知「強權」，哪講「公理」，從此更加約束臺娘，稍不如意便拳腳相加，臺娘終日以淚洗面，墜此「人間地獄」，不知何日才得翻身。

這篇小說所寓之言明確而直露，華大、日猛、臺娘、滿姐分別寓指中國、日本、中國臺灣、滿洲（中國東北）。華大的憨厚軟弱、日猛的野蠻跋扈、臺娘的屈辱無奈無不符合甲午戰爭前後中國、日本、中國臺灣的各自地位和相互關係。日猛以高麗參為藉口挑起事端，亦暗指朝鮮問題是甲午戰爭的導火索，至於日猛打扮臺娘以供自己享樂，說的正是日本在臺灣進行所謂「現代化」建設的根本目的是為掠奪殖民地資源。如此寓意昭然的小說在《臺灣民報》露面即遭殖民當局禁毀，亦在意料之中。

《臺娘悲史》寓言的是甲午戰爭使臺灣淪為殖民地的悲慘境遇，籠罩著悲情、感傷和無奈。無獨有偶，在大陸也有類似的寓言小說，只不過所寓之言是與《臺娘悲史》反其道而行之。《夢平倭奴記》寫一狂生不滿甲午戰爭的失敗，一日夢見自己被皇上召見，奉詔領兵出征，直達日本三島，連克東京、西京、廣島，俘倭主，復朝鮮，收失地，最後迫使倭國賠款開埠通商。完全把中國戰敗恥辱的現實假借夢幻移植到戰勝國日本頭上，反映了甲午戰爭後中國知識分子不甘屈辱強國雪恥的強烈願望。

《罌粟花》（觀我齋主人著）、《死中求活》（對鏡狂呼客著）和《救劫傳》（艮廬居士著）分別描述了鴉片戰爭、中法戰爭和庚子事變（即義和團運動）。《罌粟花》又名《通商原委》，二十五回。小說先以四個回目（含首回緣起）的篇幅概略介紹了世界及中國的地理分

佈、康熙以來中外交往中的一些糾葛，從第四回起敘述鴉片對中國的
輸入及其嚴重危害、林則徐的禁煙活動，由此揭開鴉片戰爭的序幕。
作者毫不掩飾地表達了對林則徐、鄧廷楨、關天培等愛國將士的欽佩
和對琦善等賣國賊的切齒痛恨。描寫中法戰爭的《死中求活》僅有十
三回，是一部未完小說作者把主要筆墨用以敘述法軍對越南的占領經
過，劉永福奉詔出征才寫出一個開頭便戛然而止了。小說對安南國
（即越南）一班貪官污吏賣國求榮的可恥行徑加以猛烈抨擊，唯中法
交戰的直接描寫甚少，是為遺憾。《救劫傳》十六回，從三皇五帝拉
扯起，歷述了兩千多年來中國所歷盡的無數劫難，作者把這些劫難統
歸為「這世間上擾亂的緣由，都是那不明事理的，弄壞了以致如
此」。第三回開始敘及山東義和團運動。在作者眼裡，義和團自然屬
於那種「不明事理」的邪惡之徒。小說把八國聯軍的入侵歸咎為義和
團對教徒和教民的無端殺戮，而對八國聯軍燒殺搶掠罪行卻不敢多著
筆。小說的思想藝術缺陷是顯而易見的。綜觀這些戰爭歷史小說，普
遍存在重史實、輕人物的藝術缺陷，因而都屬於藝術上平庸之作。

　　以藝術成就論，程道一的洋洋巨著《消閒演義》（實即《清史演
義》）是以演義形式描寫中國近代反侵略戰爭的最成功之作。儘管這
並不是一部專寫戰爭的小說，但自鴉片戰爭起近代中外歷次戰爭都在
小說中得到詳盡的表現。作者十分注重戰爭的細節描寫，著力人物形
象的生動刻畫，尤其善於通過典型人物的一些典型細節的渲染，辛辣
地嘲諷了統治當局的昏庸無能。《消閒演義》實際上是一部在五四以
後（1921）才刊行的章回演義小說，但它從創作思想到表現形式無不
賡續了晚清新小說創作的衣缽，故應歸入近代戰爭小說之列。

二　反映農民革命戰爭的作品

　　近代中國除了反抗帝國主義侵略的戰爭，另一重大戰爭事件也對

中國近代歷史發展產生了深刻影響，這就是太平天國農民革命戰爭。
這場戰爭在二十世紀初小說創作中也得到了一定反映。近代著名的資
產階級革命派小說家黃世仲（黃小配）於一九〇五年起發表了長篇戰
爭歷史小說《洪秀全演義》。這是一部發聾振聵之作。由於滿清統治
者的欺騙歪曲宣傳，時人視太平天國諸農民領袖為「發逆」、「洪
匪」，黃世仲在小說中則高度頌揚了洪秀全等人「奮然舉義為種族
爭、為國民死」的反滿抗清的革命精神，精心塑造了洪秀全、錢江、
林鳳翔、馮雲山、李秀成、石達開、陳玉成、林啟榮、蕭朝貴等一批
農民革命領袖的英雄群像。作者有意無意地把這些反封建壓迫的農民
革命領袖視為自己反專制、爭自由的資產階級民主革命的先知和同路
人，因而在小說創作中明顯地把自己的政治主張附會在作品人物身
上，把一場反清排滿的農民革命描繪成近似資產階級的民主革命，
「當其定鼎金陵，宣布新國，雅得文明風氣之先。君臣則以兄弟平
等，男女則以官位平權，凡舉國政戎機，去專制獨權，必集君臣會
議。復除錮閉陋習，首與歐美大國遣使通商，文明燦物，規模大備。
視泰西文明政體，又寧多讓乎！」（《洪秀全演義》〈自序〉）把小說作
為宣傳自己政治主張的途徑和工具，是近代新小說創作的普遍風習，
《洪秀全演義》也概莫能外。作者還有意識地模仿《三國演義》、《水
滸傳》等古代戰爭小說的創作方法，在〈例言〉中說：「讀此書如讀
《三國演義》，錢江、馮雲山、李秀成三人，猶武侯、徐庶、姜維
也。雲山早來先死，又如徐庶早來先去；錢江中來先去，如武侯中來
先死；若以一身支危局，則秀成與姜維同也。觀金陵之失，視綿竹之
降，當同一般感情者矣。」實際上除此之外，作者沒有提到的還有洪
仁發與張飛、洪秀全與劉備性格的某些相似之處，只是模仿得不那麼
高明罷了。

　　當我們置身中國小說藝術的長河中返顧二十世紀初戰爭小說，使
人遺憾的是：不僅在整個中國小說史上，就是在近代小說發展史上，

二十世紀初戰爭小說也難以引人注目。中國近代小說作品數量之多雖超過以往任何時代，但大多數作品思想與藝術水平都較粗劣，更遑論有堪與《三國演義》、《水滸傳》、《紅樓夢》相提並論的優秀作品了。二十世紀初戰爭小說創作的狀況何嘗不是如此。大凡文學史上的優秀小說，無一不是因為成功地塑造了個性鮮明的典型人物，《三國演義》之所以成為中國戰爭小說史上的最優秀作品，正是因為它塑造了諸葛亮、曹操、劉備、關羽、張飛、趙雲、孫權等一系列光耀文學史的典型形象。二十世紀初中國戰爭小說缺乏的正是這樣的典型人物。因此，它在中國小說史上默默無聞也在所必然了。

第二節　「五四」新文學革命浪潮中的現代「反戰」小說

　　「五四」新文學革命猶如一座巨大的攔河壩把流淌了兩千多年的中國小說藝術的長河攔腰截斷，迫使它轉向改道。「五四」新文學革命提出了「人的文學」的響亮口號。所謂「人的文學」，按照周作人的說法就是「用這人道主義為本，對於人生諸問題，加以記錄研究的文學」（周作人《人的文學》）。這種以「人道主義」—「一種個人主義的人間本位主義」為思想基礎的「人的文學」主張合理的社會應該滿足人的生活本能和人性向上的基本要求，主張「靈肉一致」；文學則應當著重於表現人的平常生活或非人的生活，以便「我們可以因此明白人生實在的情狀，與理想生活比較出差異與改變的方法」（周作人《人的文學》）。這種「人的文學」思想雖然主要從反封建禮教、道德，主張人的個性解放的角度提出，並不直接針對人類的暴力衝突——戰爭，但它為二十年代和三十年代初呈現的反戰小說奠定了思想基礎，其間有著必然的因果邏輯關係。

　　所謂「反戰小說」是指對戰爭持反對和否定態度的小說作品。眾

所周知，中國傳統戰爭小說秉承的是儒家學說「修身齊家治國平天下」的思想，對那些憑藉武力雄踞一方或一統天下的豪傑帝王多取讚賞和肯定的態度，總是津津樂道於那些刀光劍影、殺人如麻的血腥場面，而並不關心戰爭本身的性質，即使偶爾追問戰爭的責任，也必定是肯定所謂正統的一方，而譴責所謂僭越的一方。現代「反戰小說」則不然，它超越了戰爭的政治性質而直逼戰爭行為本身，從而徹底否定戰爭的非人道性。

揭開現代戰爭小說的第一幕（這裡的「現代」專指「五四」以後的新文學，不針對賡續傳統的通俗文學），呈現在世人面前的之所以是駭世驚俗的反戰小說。除了因為「五四」新文學革命浪潮的催生外，還與第一次世界大戰後歐洲反戰文學的影響以及二十年代前後、三十年代初中國社會的具體政治情形和文學的當時情形有直接關係。

辛亥革命雖然結束了二千多年封建的專制統治，但這場不徹底的資產階級革命帶給苦難中國的光明和希望之光稍縱即逝，國人還沒來得及體會共和民主制度帶來的政治和民生的好處，就首先陷入了軍閥混戰的災難深淵。一九二〇年的直皖戰爭、一九二二年的直奉大戰、一九二四年的第二次直皖戰爭、一九二六年馮玉祥與張作霖的爭戰。這些軍閥戰爭持續時間短則十幾天，長的近一年，給無辜百姓造成深重災難。軍人在時人的心目中於是成了禍害和災難的同義語，連洞深政治問題的「五四」文學革命的旗幟人物陳獨秀也把「武人」視為政治的仇敵，「目下政治上一切不良現象，追本求源，都是『武人不守法律』為惡因中之根本惡因」[2]。「五四」文人把對軍人的痛恨訴諸文字，這便有了「兵災小說」的一時風行。《小說月報》陸陸續續刊載了不少「兵災小說」，第十五卷（1924）第七、八號更被闢為「反戰專號」，刊載了十多篇「反戰小說」。這些「反戰小說」多以描寫

2　陳獨秀：〈今日中國之政治問題〉，《新青年》第5卷第1號（1918年7月）。

「兵」們對手無寸鐵的普通百姓的蹂躪為主題：未滿月的產婦被「兵」強姦（葉伯和〈一個農夫的話〉，載《小說月報》第十五卷第七號）、為搶金錶「兵」們竟凶殘地剁下女人的手（佷工〈一個逃兵〉，載《小說月報》第十五卷第八號）、成群的人被「兵」強行拉夫（馮西玲〈戰爭的一幕〉，載《小說月報》第十五卷第八號）……。「兵」們之所以殘忍，乃因為他們是一群沒有主義、沒有信仰的行屍走肉，他們當兵的目的只有一個——吃糧，只要有糧吃、有餉拿，當誰的兵無所謂。一個兵說：「我們吃七八塊錢一月的餉，一時在這部下，一時在那部下；有餉就來，無餉就走。就是主帥也未嘗不是這樣。某人的勢力大，就同某人去攻打從前的夥伴，等到敵人把餉來引誘，又即刻倒戈反攻。我們隨他們的指揮，今天合攏東邊去打西邊，明天又合攏西邊去打東邊了……」（蔣運宏〈梅嶺上的雲煙〉，載《小說月報》第十五卷第八號）。軍閥戰爭的不義性質決定了軍人的無「義」可言可想，更找不出一個有光彩的英雄形象。因此，五四時期的戰爭小說便成為中國戰爭小說史上少有的英雄缺席的時期。不過，並不是所有的「五四」新文學作家都把反對戰爭與反對軍人混為一談，軍人家庭出身的冰心便是「五四」文壇上少數對「兵」懷有好感的作家之一。冰心的父親是一位參加過中日甲午戰爭的海軍軍官，冰心從小就與父親生活在一起，耳濡目染父親作為軍人的愛國情懷和高尚人格。雖然二十年代的軍閥戰爭與中日甲午戰爭不可同日而語，但童年時代對軍人的美好感情總是下意識地在她的小說作品中留下痕跡。五四時期冰心創作的與軍人有關的小說不多，但僅有的四篇作品中都能隱約看到她「愛」的哲學的影子：《一個不重要的兵丁》中的「兵丁」福和沒有「丘八」們慣有的凶殘，有的是中國農民的善良和同情心，為此他做了許多被人視為「笑話」的事，如替白吃白拿者付帳，為解救挨兵丁揍的賣花生的小孩，自己卻被人踢了幾腳；《一個軍官的筆記》中的那個下等軍官為了不再與自己的兄弟相互殘殺，竟為

自己受傷後將會死去而欣喜，因為在那「和平」、「憐憫」和「愛」的新境界中「不再有死，也不再有悲哀，哭號，疼痛」；至於《一個兵丁》中一個站崗的兵丁與看熱鬧的路過小孩間的兒女情長故事和《三兒》中那個在靶場撿彈殼卻不幸中彈最終微笑死去的小女孩「三兒」的悲劇，則多少讓人感到作者的「愛」的哲學的寬泛無邊於其時軍人形象的不合時宜。

　　「五四」時期的所謂「反戰小說」實際上不屬於嚴格意義上的戰爭小說，因為這些小說只寫出了戰爭對民眾造成災難的一面，而對戰爭本身並未太多著墨，故而稱它們為「兵災小說」更合適些。真正的「反戰小說」出現在二十年代末和三十年代初。其時北伐戰爭剛剛結束，革命知識分子的熱情卻一落千丈，原因乃在於一九二六年開始的北伐革命本來的目的是意欲結束軍閥割據的混亂局面，但卻由於國民黨新軍閥本身的腐敗和他們背信棄義背叛革命，導致了這場大革命的失敗。這使不少滿懷革命熱情投身北伐戰爭的文學青年感到極度的悲哀。他們從血與火的教訓中認清了國民黨反動派的腐朽本質，繼而義無反顧地拿起激憤的筆揭露國民黨新軍閥的暴虐，表達對戰爭中普通士兵悲慘命運的同情，甚而至於對一切戰爭機器表示懷疑乃至反對。從其時的文學情形看，「五四」新文學革命經過十年的發展開始由「文學革命」向「革命文學」邁進，其標誌是無產階級登上政治舞臺後，用馬克思主義思想觀照文學革命，把具有啟蒙主義色彩的「人的文學」、「平民文學」提高到了無產階級意識的「壓迫者和被壓迫者」兩種人的文學上來，賦予新文學階級內容，如魯迅所說：「最初，文學革命者的要求是人性的解放，他們以為只要掃蕩了舊的成法，剩下來的便是原來的人，好的社會了，……大約十年之後，階級意識覺醒了起來，前進的作家，就都成了革命文學者」（魯迅〈《草鞋腳》英譯中國短篇小說集小引〉）。革命文學除了繼續「五四」以來新文學對被壓迫者和被剝削者的苦難命運的關注外，還注重表現兩種階級的尖銳

對立，寫出了被壓迫者的覺醒反抗。反戰小說於是從初始的人道主義占主導思想迅即朝革命現實主義思想轉變。

二十年代末、三十年代初的「反戰小說」已經由「五四」時期「兵災小說」的兵民對立模式向軍隊內部官兵對立的模式轉變，其中的代表作首推孫席珍的「戰爭三部曲」。「戰爭三部曲」包括《戰場上》、《戰爭中》、《戰後》。這是三部情節相對獨立的中篇小說，於一九二九至一九三○年間先後在上海真善美書店、現代書局和北新書局出版。在中國現代小說史上，像「戰爭三部曲」這樣以近乎自然主義的表現方法正面描寫戰爭、戰場和士兵心理，是開一派先河的。眾所周知，中國傳統戰爭小說的幾乎全部作品都把視角置於戰爭的上層人物（將帥、謀臣）身上，因此呈現於人們視野的不是成功的英雄便是失敗的英雄。「戰爭三部曲」則不然，它的視角所對準的是戰爭的最小細胞──士兵，而完全不寫戰爭決策層的人物。視角一經轉換，戰爭的景象便迥然有異。作者再用人道主義的眼光加以透視，於是呈現在世人面前的是一幅幅真切而震顫神經的戰爭畫圖：痛苦、哀鳴、恐懼、頹唐……。

這是一些被壓在軍隊最底層、為填飽肚皮而被推上戰爭走向死亡的普通士兵。他們沒有光榮和夢想，沒有英雄主義氣概，有的是對戰爭的厭惡、逃避和對於死亡的無可奈何的悲哀和沮喪。《戰場上》寫了一支士氣極其低落、官兵嚴重對立的隊伍在血與火的戰場上的表現。他們面對敵人沒有絲毫殺敵立功的念頭，有的只是漫無目標胡亂放槍，聊以塞責。經過輪番惡戰，四連的弟兄們絕大部分被炮火吞沒，活下來的只有十九個人。受傷住院的韋虎最後說：「決計不吃糧了。」當兵打仗等於吃糧，這就是他們的理想。這些可憐的士兵為了能夠吃糧卻把自己血肉之軀餵給了槍彈和炮火。《戰爭中》著重寫士兵們對戰爭的恐懼和逃避。這種對戰爭的極度恐懼竟至摧毀一個人的正常思維：為了能夠生病住院留在後方，擎旗手黃得標竟想方設法讓

自己染上「虎列拉」（一種因屍體腐爛污染水源而產生的病毒）。但「虎列拉」偏偏不願親近黃得標，他不得不再次上前線和死神周旋，「為了這事，他非常悵惘。」

　　作者不僅用全新的人道主義思想觀照戰爭，而且以十分新穎的藝術方法表現戰爭。在三部曲的前兩部中，作者採取淡化小說的社會政治背景，淡化人物性格和故事情節的筆法，而著意通過人物的身心體驗和類似電影的特寫鏡頭，反覆渲染、極力凸現戰爭的非人道性：戰爭磨盤對人的肉體和心理的反覆碾磨、人的求生本能對戰爭惡魔的艱難抗拒。在這兩部作品中，你找不出一個算得上性格鮮明的人物，也理不出多少環環相扣引人入勝的故事情節線索，充斥小說畫面的是一幅幅令人戰慄暈眩的血與火的交戰場景：轟鳴的槍炮、橫飛的血肉、殘缺不全的肢體、垂死前的痛苦掙扎……。顯然，這些逼真的戰爭場景是非親歷過戰場的人寫不出來的。孫席珍是「五四」那一代作家中少數有過戰鬥經驗的，他曾作為北閥軍的連、營、團指導員和政治助理在北閥前線的槍林彈雨中出生入死。這使「戰爭三部曲」能夠成為二、三十年代文壇上一部比較純粹意義上的戰爭小說和「反戰小說」。

　　與「戰爭三部曲」純粹站在人道主義的立場觀察戰爭略有不同，黑炎的中篇小說《戰線》超越了單純的人道主義觀點，而上升到階級的立場。《戰線》的鏡頭不對著血與火的戰場，而主要聚焦於戰場下士兵的非人生活。在小說所描寫的那支「革命軍」中，官長們的所作所為沒有絲毫革命的氣息，倒充滿了舊軍閥的諸多惡習。他們馴服士兵的唯一法寶是手中的皮鞭：訓話時對敢於辯解的士兵用皮鞭；行軍時對掉隊或偷懶的士兵用皮鞭；違反軍紀聚眾賭博者更是施以五十皮鞭。至於對抓來挑彈的民夫，官長們除了用皮鞭，還外加手中的槍任意射殺。連長除了是一個殘暴的軍閥走狗，還是一個地道的貪污犯，他和司務長串通一氣，克扣士兵的軍餉，侵吞民夫的工錢，故意凍死俘虜後冒領軍服，企圖發戰爭不義之財。在這樣一支打著漂亮的革命

旗幟，卻毫無革命精神的軍隊裡，士兵們過著猶如囚犯的生活，他們沮喪、沉淪，除了自殺或冒險當逃兵外，只有在賭博中尋求刺激、自暴自棄了。

《戰線》在藝術方法上也與「戰爭三部曲」形成某些互補。「戰爭三部曲」採取第三人稱全知視角，注重外部知覺和內心感覺的描摹，重視環境的渲染和氣氛的烘托，通過反覆集中表現相似的戰爭景象，達到強烈的藝術效果。但人物、情節、場景都比較單純，內涵不深。《戰線》取第一人稱限知視角，通過「我」的所見所聞所感把零散的場景、事件連綴起來，情節流動自然，描寫平實、深沉。作者以士兵的軍事活動為主線，同時通過民夫和武裝工人，又連接起軍隊和農民、工人的關係，在更廣闊的社會聯繫中描寫戰爭，多層次多角度地表現反戰主題，賦予作品更深刻的思想蘊含。

由於大革命失敗後共同的社會政治環境的影響，兩部作品都湧動著作者洶湧的情緒情感流。因此，重主觀意緒的流扉，輕人物形象的刻畫，成為兩部作品共同的藝術取向。無論是「戰爭三部曲」中的黃得標，還是《戰線》中的「我」，形象都比較蒼白單薄，充其量起了一個貫串情節場景的線索作用。而那些連長、排長等大小官長們，則一律凶神惡煞，沒有個性差異，成了殘暴或暴虐的符號象徵。也由於大革命失敗後籠罩著濃重的悲觀失望的情緒，兩部作品的結尾也極其相似地灰色：黃得標從戰場上突圍出來後，似乎已獲得逃脫戰爭的機會，可是左藏右躲，總還在兵的世界裡，最後饑腸轆轆又把他推回隊伍中，繼續著那夢魘般的戰爭生活；「我」鼓起很大的勇氣，冒著很大的危險當了逃兵，過了三天野人般的生活後，不得不「又做了一個再入伍的士兵，為的是我不能不生活」。為生活所迫去當兵，當了兵就要隨時挨槍彈和皮鞭，受不了奴役當逃兵，被生計困窘不得不再當兵。作者很失望很無奈地為筆下人物鋪設了一條灰色暗淡的人生怪圈，很真實很現實地展現了二十年代末、三十年代初軍閥統治下中國

社會廣大被壓迫階級中那部分不為人所注目的拿槍的奴隸們悲慘無望的生活圖景。

　　由「五四」新文學革命間接啟動、大革命失敗直接激發的反戰小說是中國現代文學史上一個奇異但不具廣泛代表性的文學創作現象，猶如流星劃過夜空，璀璨而短暫。雖然反映二十年代軍閥混戰的作品並不罕見，但通常不刻意表現明確的「反戰」主題，而是著意於以革命的戰爭反對和消滅軍閥戰爭或重在揭露舊軍隊的腐敗作風，因而並不屬於嚴格意義上的「反戰」題材範疇。當中國的軍閥們還在為爭奪地盤而打得難分難解的時候，一九三一年「九・一八」事變爆發，日本帝國主義者乘虛而入，山河淪陷。抗戰文學應運而生，並迅猛發展成為中國現代文學的主潮之一，反戰文學很快煙消雲散，中國傳統精神上的民族戰爭英雄在新的「救亡」時代主題的召喚下重新崛起，浩浩蕩蕩占據了中國現代戰爭文學的主導地位。

第三節　抗戰烽火與三、四十年代戰爭小說的「救亡」主題

　　戰爭常常充當政治與文學聯姻的媒妁。或者說，戰爭能夠拉近文學與政治的距離。這是因為，對一個被侵略受奴役的國家和民族來說，沒有比抗禦外敵入侵拯救國家和民族的危難更大的政治。一個作家哪怕他對政治再冷漠、再反感，也很難想像，他能夠對著刀光劍影和轟鳴的槍炮做著風花雪月的美夢，更何況中國傳統知識分子向來有以天下為己任的高度政治意識，總是自覺自願承擔知識分子應有的社會責任。因此，當二十世紀三十年代中華民族面臨空前危難的時刻，中國作家不僅高度一致地聽從時代的呼喚和民族的呼喚，積極投身抗日救亡的時代洪流，而且高度一致地抒寫共同的文學主題，表現出共同的文學風格，這就是以愛國主義為總主題，表現民族解放戰爭中新

人的誕生、新的民族性格的孕育和形成，熱誠地渲染昂奮的民族情緒與時代氣氛，洋溢著強烈的英雄主義的精神基調。

由於戰爭的分割，戰時中國文學形成了以重慶、成都為中心的國統區文學、以延安為中心的抗日民主根據地文學和東北、北京、上海、臺灣等淪陷區文學。在這些政治形態不同的地域文學中，戰爭小說也因之呈現出不同的主題和多樣化的風格。

東北是最先淪陷的地區。因此，率先用手中的筆為武器，打響抗戰文學第一槍的是「九‧一八」事變後的東北淪陷區的作家。由於蔣介石的不抵抗政策，東北軍奉命全線撤離東北。東北人民只有依靠自發的抗日義勇活動來抵禦侵略者。東北淪陷區的抗戰小說反映正是這樣民族、民間乃至個人的抗敵鬥爭。無論是蕭軍筆下那支由漢族和朝鮮族同胞組成的抗日隊伍和他們的司令員陳柱、鐵鷹隊長（《八月的鄉村》）；還是蕭紅所難以忘懷的哈爾濱邊上小鄉村那些受奴役的農民喊出的「我是中國人！我要中國旗子，我不當亡國奴，生是中國人，死是中國鬼……」的豪邁悲壯的誓言（《生死場》）；或是舒群所描寫的那個勇敢地用麵包刀殺死日本兵的十五歲的朝鮮少年（《沒有祖國的孩子》）以及端木蕻良的《渾河的急流》直截了當宣揚「刀劈小日本」的抗日決心；羅烽《一條軍褲》寫的那位為救助抗日軍人而捨身赴死的英雄石匠；白朗《生與死》塑造的一個由是非懵懂到清醒自覺投身反日鬥爭的「老伯母」形象……。東北淪陷區的抗戰小說都共同洋溢著強烈的愛國主義精神和濃郁的東北地方色彩，尤其是其中的不少作品是在「七‧七」全面抗戰爆發前寫作發表的，對於反對投降堅定抗戰信心發揮了獨特的超文學的作用。東北淪陷區的抗戰小說大部分作品是在作家們離開淪陷區以後才創作發表的。

這些東北作家的鄉土抗日小說幾乎毫無例外都是直截了當描寫東北人民武裝反抗日本侵略者的故事。儘管各個作品題材略有差異，但都表現了相似的主題，即描寫農民對於鄉土的熱愛和對土地的深情。

土地是農民賴以生存的命根子，但是侵略者來了，不僅土地失去了，而且敵人的肆意掠殺使他們不得安生，武裝反抗是唯一出路，「這年頭非幹不行。反正不是你死，就是我活！眼看日本兵一天比一天凶，我們的老婆孩子，爸、媽，不幹還不是教那些王八羔子們，白用刺刀給捅了？」（蕭軍《八月的鄉村》）蕭紅的《生死場》更是通過哈爾濱一個偏僻小村莊農民的覺醒濃縮東北人民風起雲湧的抗日鬥爭。這個小村莊的農民原本「蟻子似地生活著，糊糊塗塗地生殖，亂七八糟地死亡，用自己的血汗自己的生命肥沃了大地，種出食糧，養出畜類，勤勤苦苦地蠕動在自然的暴君和兩隻腳的暴君底威力下面」（胡風〈《生死場》讀後記〉）。然而，日本侵略者的入侵使他們連這種混混沌沌的奴隸般的生活也喪失了，他們要麼被打上亡國奴的烙印，被強姦，遭殺害；要麼起來反抗，拼出一條活路。於是，在苦難中倔強的老王婆站起來了，懺悔過「好良心」的老趙三也站起來了，連那個在世界上只看見自己的一匹山羊的謹慎的「二里半」也站起來了。他們喊出了「我是中國人！我要中國旗子，我不當亡國奴，生是中國人，死是中國鬼……」的豪邁悲壯的誓言。

　　抒發對失去的家園的愛是流亡關內的東北作家的創作基調，端木蕻良的《大地的海》中這種愛家鄉、愛祖國的情感尤顯沉鬱。一九四一年十一月一日作家在自己任編輯的《時代文學》第五、六號合刊上刊登了一則《大地的海》的廣告：

　　　《大地的海》作者在一篇文章〈土地的誓言〉裡說：「土地是
　　我的母親，我的每寸皮膚，都有著土粒，我的手掌一接近土
　　地，我的心便平靜。我是土地的族系，我不能離開她。在故鄉
　　的土地上，我印下我無數的腳印，在那田壟裡埋葬過我的歡
　　笑，我在那稻稞上捉過蚱蜢，那沉重的鎬頭上有我的手印，我
　　吃過我自己種的白菜，故鄉的土壤是香的，在春天，東風吹起

的時候，土壤的香氣，便在田野飄起。……到秋天，銀線似的
蛛絲，在牛角上掛著，糧車拉糧回來了，麻雀吃厭這個那個到
處飛，禾稻的香氣是強烈的……多麼豐饒，多麼美麗，沒有人
能忘記了她。神話似的豐饒，不可信的美麗，異教徒的魅惑。
我必為它戰鬥到底。比拜倫為希臘更要熱情。」《大地的海》
便是作者在這種心情之下寫出的一部長篇小說。

這篇廣告詞裡，作者對土地母親的深情溢於言表。但是在如此豐饒與
美麗的土地上，日本侵略者卻要強迫農民將莊稼地裡的青苗毀去修築
公路，以便對付義勇軍的進攻，把農民賴以生存的土地變成殺戮中國
人民的屠場。小說主人公「地之子」艾老爹曾經對自己的耕地寄託了
無限的希望，但侵略者的踐踏卻讓他的夢想化為灰燼，他由對土地的
熱愛變成憎恨：「地，地，去他娘的吧，他媽的，害了我一生的地
呀，地，地，地，它簡直活吞了我們，讓鬼種它去吧……」忍無可忍
的艾老爹終於爆發出反抗的火山，他和鄉親們一起用手中的原始武
器——鐵鍬、鋤頭、鎬頭，與手執現代化武器的日偽軍警展開了殊死
搏鬥，寧可讓鮮血灑在土地母親的肌膚上，也不當任人宰割的亡國奴。

　　在封建制度下的中國廣大農村，與土地關聯最大者其實是地主，
土地對於地主更有實在的意義，廣義的農民應該包括地主階層在內。
尤其在外敵入侵民族矛盾超越階級矛盾成為社會主要矛盾的情況下，
守衛土地保衛家園是農民和地主的共同願望，東北年輕作家駱賓基的
《邊陲線上》就展示了抗戰時期東北農村民族關係和階級關係的錯綜
複雜。在那「混沌的年頭」，中蘇邊境「土字界碑」附近，在日本侵
略者的巧取豪奪和壓迫欺凌下，「有錢的人沒法活，沒錢的人更沒法
活」，於是，大地主的兒子劉強抱著獻身精神投入了民族解放的戰
鬥，「凌雲閣鴉片零賣所」的老闆王四麻子也不堪剝削跑上了山，連
偽警備所的郎巡官也加入了義勇軍隊伍。但是他們的抗日熱情卻被褻

潰了：在這支所謂的「救國軍」中，為首者劉司令是一個打著抗日旗幟，榨取錢財的吸血鬼。當他接受日軍的投降勸告準備裡應外合出賣義勇軍隊伍時，是大地主兒子劉強和鬍子靠山聯合「高麗窮黨」粉碎了漢奸和日寇的陰謀。這部中篇小說涉及到一個十分重要的問題，這就是「隱蔽在抗日外衣之下的──投降的本質。這不是『九‧一八』以後的滿洲抗戰中的局部現象。……整個中國到處在散發著這種毒霧而我們的命運要決定於對這毒霧的鬥爭。」[3]

　　華北淪陷區作家在敵占區外也創作了大量表現淪陷區人民抗敵鬥爭的小說，老舍先生的長篇小說《四世同堂》是其中最重要的代表作。《四世同堂》不同於任何一部抗戰題材的小說，它的場景不在硝煙瀰漫的前線戰地，也不在平原山野的敵後根據地，而是北京城一個再平凡不過的小胡同裡，但其中所有的人物與故事無時無刻不與抗戰息息相關。《四世同堂》不愧為一部抗戰與文化的大書。北平城作為中國的千年古都，是中國文化的象徵，世代生活在古都裡的人們自然深深浸染著中國傳統文化性格，在國家和民族遭受外敵入侵的時候，這種根深蒂固的傳統文化的優與劣便得到了充分展示。小說中的最年長者祁老太爺，經歷過八國聯軍進京、清帝退位和接連不斷的內戰，但他自有苟安亂世的辦法──只要家裡存上夠全家吃三個月的糧食與鹹菜，然後大門一關，再用裝滿石頭的破缸頂上便萬事大吉。「這是因為在他的心理上，他總以為北平是天底下最可靠的大城，不管有什麼災難，到三個月必定災消難滿，而後諸事大吉。」這恐怕是古都絕大部分市民安分守己、求過平安日子的願望，「寧做太平犬，不做亂離人」，只要敵人的屠刀不架到脖子上，安生活命便是頭等大事。然而，祁老人的老辦法這回卻不靈了，因為入侵的日本人遠不止呆三個

3　賀依：〈論《邊陲線上》〉，載《文陣叢刊》第一輯《水火之間》（上海市：生活書店，1940年）。

月。祁家四世同堂，兒孫滿堂，是典型的中國式靠血緣關係維繫的大家庭。作為大家庭的家長，祁老人有責任保護他們，不希望任何一個家庭成員離開自己，因此，當小孫子瑞全輟學離家投軍從戎，參加抗日隊伍，他為此十分生氣；二孫子瑞豐是一個目光短淺、自私自利，甚至為虎作倀的不肖子孫，但祁老人為了大家庭的完整，依然眷護他；長孫瑞宣是一個深明大義、痛恨侵略者卻又被家庭責任絆住，不得不忍辱偷生的知識青年。最終，祁老人四世同堂的美夢在侵略者的鐵蹄下破滅：曾孫女小妞子餓死了、兒子祁天佑不堪奸商誣名跳河自盡、二孫子瑞豐咎由自取不得善終。整個北平城乃至全中國如祁老人的大約不少，他們很能忍辱、很會偷生。老舍先生借小說人物陳野球之口，對此作了尖銳批判：「從歷史的久遠上看，作一個中國人並沒有什麼可恥的地方。但是，從只顧私而不顧公，只講鬥心路而不敢真刀真槍的去幹這一點看，我實在不佩服中國人。北平亡了這麼多日子了，我就沒有看見一個敢和敵人拼一拼的！中國的人惜命忍辱實在值得詛咒！」自然，這個陳野球也是一個被家庭壓得全無鬥志的小知識分子，總算他還有一點自知之明，曉得自己的無能窩囊，只是他把自己的無能歸咎於傳統文化，「再抬眼看看北平的文化，我可以說，我們的文化或者只能產生我這樣因循苟且的傢伙，而不能產生壯懷激烈的好漢！」雖然如祁老太爺、陳野球這樣的「偷生派」不在少數，所幸中國傳統文化並非只能產生因循苟且的傢伙，而不能產生壯懷激烈的好漢。小說中，傳統文化造詣最深的詩人錢默吟本是一個只會吟詩作畫頗有魏晉風骨的老人，這樣的「桃花源」中人按說是手無縛雞之力、最易對付的中國人，可是，當錢老人由於大赤包夫婦告密而被投入日寇監獄受盡酷刑，妻子和兒子也因之死去，家破人亡的錢老人出獄後，再不吟詩作畫，而專門從事暗殺敵人的秘密抗日活動，由詩人變成了戰士。老人的巨大轉變緣於他對中國傳統文化的深刻反省：「那山水畫中的寬衣博帶的人物，不也就是對國事袖手旁觀的人麼？

日本人當然喜歡他們。他們至多也不過會退隱到山林中去，『不食周粟』；他們決不會和日本人拼命！……我自己應當做個和國家緊緊栓在一起的新人，去贖以前旁觀國事的罪過……」當然，不可否認，中國傳統文化的一些劣根性也浸淫了如冠曉荷、大赤包、瑞豐、藍東陽等一幫助紂為虐、拼命仰日本人氣息的敗類。對此，老舍先生也有很精闢的文化分析：「日本人是相當細心的。對中國的一切，他們從好久就有很詳細的觀察與調查，而自居為最能了解中國人的人。對中國的工礦農商與軍事的情形，他們也許比中國人還更清楚，但是，他們要拿那些數目字作為了解中國文化的基礎，就正好像拿著一本旅行指南而想作出欣賞山水的詩來。同時，他們為了施行詭詐與愚弄，他們所接觸的中國人多數是中華民族的渣滓。這些渣滓，不幸，給了他們一些便利，他們便以為認識了這些人就是認識了全體中國人，因而斷定了中國文化裡並沒有禮義廉恥，而只有男盜女娼。……卻像一個賊到一所大宅子中去行竊，因賄賂了一兩條狗而偷到了一些值錢的東西；從此，他便認為宅子中的東西都應該是他的，而以為宅子中只有那麼一兩條可以用饅頭收買的狗。這，教日本人吃了大虧。」當日本人最後認識到冠曉荷這些哈巴狗對他們毫無利用價值時，便毫不留情將他們一一宰殺——既然宅子侵占不了，留著這些狗又有何用。

如果說，東北、華北淪陷區的抗戰小說奏響的是抗戰時期戰爭小說創作的「前奏」部，那麼，「七‧七」事變之後隨著全民族抗戰的開始，抗日戰爭小說創作才進入了「呈示」部和「展開」部。其標誌是在國統區迅速掀起了一股抗戰小說創作的熱潮，湧現了大量即時反映戰爭的小說作品。在中國小說史上，如此近距離、大規模地表現戰爭只有在二十世紀三十、四十年代中國全民族抗戰的特殊時代背景下才可能出現。抗戰小說繼承了中國傳統反侵略戰爭小說的諸多優良傳統，在愛國主義的思想主題，在通俗化、大眾化、民族化的藝術表現形式等方面都與中國傳統戰爭小說形成了割不斷的血脈聯繫，但抗戰

小說畢竟是經過「五四」新文學革命洗禮的現代新文學的有機組成部分，其中富具新的時代機質，在精神氣質、意境風格、語言文字的敘述表達諸多方面都與傳統戰爭小說完全不同。但應看到，由於「五四」新文學革命後的中國現代新文學在很短的時間內即奠定了很高的藝術水準，而初期的抗戰小說由於多為配合抗戰宣傳的急就之章，只注重戰爭現象的記錄，而忽視人物形象的塑造，藝術水平較「五四」時期的文學反而倒退，以致被人譏為「差不多」、「公式化」、「抗日八股」、「前線主義」等等。隨著戰爭形勢的發展變化，文藝批評的深入開展和作家認識的深化，這種簡單化、概念化、公式化的毛病在後期的抗戰小說中有所克服。

小說寫人，戰爭小說更需要塑造英雄形象，這是題中應有之義。如前所述，由於抗戰初期的戰爭小說創作大都是對於戰爭事件的平實的記錄，對於前線將士和戰地生活的目擊式的零散描述，因而被詬病為「前線主義」、「差不多」。對此，茅盾在〈八月的感想——抗日文藝一年的回顧〉強調文學「應當寫人」，「人是時代舞臺的主角，寫人怎樣在時代中鬥爭，就是反映了時代。我們應當從各種各樣人的活動中去表現時代的面目。」茅盾還認為「戰鬥著的中國，不會缺少新的典型的」，他引用了鹿地亙〈關於「藝術和宣傳」的問題〉一文中的一段話「新的人民領導者的典型開始產生了，和過去完全不同的軍人性格產生了，肩負著這個時代的阿脫拉斯（AtLas）型的人民的雄姿，在開始逐漸地出現。」抗戰初期比較出色地描寫這些「新的人民領導者的典型」、「和過去完全不同的軍人性格」的作家是丘東平。

在丘東平富具傳奇色彩的短暫一生中，他的小說創作同他的人生經歷一樣豐富多彩。其作品隨著他人生經歷的變化反映了不同時期的革命戰爭歷史。其中為他帶來不朽聲名的是有關淞滬抗戰題材的作品。丘東平的抗戰小說之所以不同於抗戰初期眾多描寫前線英勇壯烈場面的小說而能夠獨樹一幟，在於他注重寫人，寫那些具有獨特戰鬥

經歷的愛國軍人，寫他們的戰鬥遭遇，表現他們的英雄氣概。無論是尋找戰機主動出擊並贏得勝利最後卻被上司以違反軍紀的罪名遭槍決的連長林青史（《一個連長的戰鬥遭遇》），還是用生命的代價喚醒軍長愛國良知的中校副官（《中校副官》），或是跟隨十九路軍經歷抗戰到內戰到再抗戰歷程，最後終於在抗日前線實現「給予者」價值的卡車司機黃伯祥（《給予者》），丘東平總是善於通過特殊的戰鬥經歷塑造具有特殊性格的抗日愛國軍人的典型形象。他的筆觸能夠觸及人物的靈魂深處，帶著濃厚的主觀感情氣質，雖然其中的不少情緒是作者自己某些定型的知識分子的感覺投射，但充滿了悲壯的真實，具有很強的情緒張力。他參加新四軍後所寫的有關新四軍挺進敵後開展游擊戰爭的小說則是抗戰時期較早反映共產黨領導的抗日軍隊戰爭業績的文學作品，其中部分作品還揭露了國民黨頑固派蓄意製造摩擦企圖消滅新四軍的陰謀（作者犧牲後不久就發生了震驚中外的「皖南事變」）。

與丘東平抗戰軍魂小說取材相似的還有江羽的《白刃戰》、陶雄的《0404號機》、萬迪鶴的《自由射手之歌》、羅烽的《軍人的勇敢》、馬子華的《血染的軍旗》、蕭乾的《劉粹剛之死》、吳奚如的《蕭連長》、荒煤的《支那傻子》、艾蕪的《兩個傷兵》、司馬文森的《小號手》、雷加的《一支三八式》等。這些小說在讚頌國民黨軍隊下層官兵的抗日愛國精神的同時，部分作品還批評了當局消極抗戰政策，唯作品藝術水平普遍不高，或虛構太過，或對戰爭的描寫流於淺浮、戲謔。

無可否認，抗戰時期描寫正面戰場塑造抗日軍人形象的有份量的小說太少了。這一方面是由於多數作家缺乏軍隊火線生活的切身感受（如丘東平那樣既是抗日軍人又是作家並能即時進行創作的不多），另一方面優秀的小說作品離不開典型塑造和藝術錘鍊，戰時的動盪生活難以為作家提供進行充分藝術思考的條件。相反，報告文學卻憑藉

其即時性、新聞性的優勢，成為抗戰初期相當活躍的文藝形式，在戰時許多期刊雜誌和報紙副刊以及一些文藝小冊子裡反映正面戰場的報告文學往往達十之八九的篇幅，包括丘東平的《第七連》和《我們在那裡打了敗戰》，有些評論家亦視之為報告文學。

整個抗戰時期，小說創作方面比較有成就的是表現農村抗日武裝鬥爭題材的作品。

中國是一個農民占人口絕大多數的農業國，廣袤的田野、密密的山林、縱橫的河湖是開展抗日游擊戰爭的廣闊戰場，而農民的支持和參與又是奪取戰爭勝利的基本條件。但長期封建統治和自耕自足的生產生活方式，造成中國農民普遍存在著狹隘、自私、落後的小農意識。因此，發動農民、武裝農民、提高農民的政治覺悟成為開展農村抗日武裝鬥爭的首要任務。

對農民生活命運的關注是「五四」以來中國新文學的基本主題之一。如果說，抗戰爆發前，有關農村農民生活題材的作品是重在揭露幾千年封建專制主義思想對廣大農民靈魂的荼毒，以揭起療救的注意，那麼，抗戰烽火燃起後，中國農民在反抗帝國主義侵略戰爭中的表現便理所當然地成為作家們注目的創作焦點。雖然抗戰初期文學創作的熱點並不顯現在此，但隨著戰爭由城市向廣大農村的蔓延，農民的覺醒及其抗日武裝鬥爭便逐漸成為抗戰文學創作的主要題材之一。尤其在小說創作領域，初期的短篇雜什此時逐漸被有份量的中長篇所取代。在這些有份量的中長篇中，有關農村抗日武裝鬥爭的小說是頗引人注目的。

綜觀抗戰時期有關農民覺醒和農村抗日武裝鬥爭的小說，大致包括如下兩方面的內容：

一　抗戰烽火消融了小農意識，農民由愛自家昇華為愛國家，進而自覺投身抗日民族解放戰爭

吳組緗的《山洪》（原名《鴨嘴澇》）、陳瘦竹的《春雷》和姚雪垠的《差半車麥秸》等是這類題材小說的佼佼者。

當戰爭的災難降臨時，小農意識的最初反應是躲避，繼而想方設法保住賴以生存的田地，企圖繼續過安穩的自耕自足的生活。有著許多謀生本領、又有一個幸福小家庭的鴨嘴澇的青年農民章三官，當聽說保長要為抗日抽丁時，怕抽到自己，先是藉故外出叉魚，後又想通過南京有身分資望的表兄給自己弄一個證章，以避免被抽丁或被派夫一類的危險，或乾脆讓表兄帶自己和妻子遠走他鄉（《山洪》）；楓林村的農民們更是被侵略者的小恩小惠所蒙蔽，以致於敵人以紗廠招女工的名義公開招收四十多名青年婦女充當軍妓，鄉民們還以為遇上了難得的發財機會，競相報名（《春雷》）。至於姚雪垠筆下的「差半車麥秸」則自始至終是一個根系黃土地、忘不了家庭和土地的普通農民。他參加游擊隊並不是出於什麼崇高的信念，而完全是偶然的因緣——為了給挨餓的兒子挖幾根紅薯，用「鬼子的太陽旗」作掩護，結果被游擊隊當作漢奸抓走，此後便稀裡糊塗成了游擊隊員。只有當農民懂得「要想安居樂業，必須和軍隊合作，打走日本鬼子，保衛自己的家鄉」這一簡單樸素的道理之後，小農意識才能服膺於抗日救國的大道理。爭強好勝的三官在新四軍游擊隊的啟發教育下，終於意識到自己的命運是與抗日的前途緊密聯繫在一起的，最後義無反顧地全身心投入抗日事業；楓林村的鄉民們也只有在一切幻想都破滅、侵略者的屠刀架在他們的脖子上時，他們才奮起反抗了；「差半車麥秸」從一個落後的農民變成一個勇敢的戰鬥者，是巴望「為著要安安生生的做莊稼而熱切的期望著把鬼子打跑」這一現實和樸實的觀念。其實，千百年來，每當外敵入侵，國家和民族面臨滅頂之災時，中國農

民的小農意識就經受一次考驗。抗日戰爭不過是這一戰爭鏈環中最嚴酷的一環，小農意識也因此受到一次最嚴峻、最廣泛的衝擊。不同於以往的是，現代中國所經歷的這場反侵略戰爭是規模空前的全民族的戰爭，因而也喚醒了最廣大的民眾。《山洪》、《春雷》和《差半車麥秸》正從一個側面記述了這一發動農民、武裝農民的真實過程。

二　民間的「大賊」或草莽英雄們在抗戰洪流中洗刷舊惡習轉變成愛國愛民的新時代英雄

　　小農意識總是容易在那些擁有或多或少耕地的農民中產生，而在中國的廣大農村還擁有相當數量失去土地無以為生的流氓無產者，「他們對現存社會有強烈的反抗性，又有盲目的破壞性；他們對反動統治者實行衝擊，又常常為其利用；他們往往傷害人民，有時又能劫富濟貧；他們可以殺人不眨眼，有時又抱著一副俠義心腸。他們處在社會底層，靈魂是被扭曲了的。舊社會種種惡習淹沒了他們，但從那深處常閃出微光來」（吳組緗〈《山洪》後記〉）。顯然，這些帶有舊時代江洋大盜或綠林好漢色彩的流氓無產者如何凝結成抗戰的有生力量，是很有現實意義又能給人豐富想像的生動素材。但這又是「比較難寫的一個題目；一不小心就會不知不覺落進了公式主義的泥淖」[4]。于逢、易鞏合著的《夥伴們》和姚雪垠的《牛全德與紅蘿蔔》就選擇了這一難寫的題目，所幸他們沒有「落進了公式主義的泥淖」，而為抗戰文學人物畫廊增添了一類新的英雄形象。

　　《夥伴們》寫的是珠江三角洲一帶以「雷公」黃漢為首的「撈家」（當地人對那些失去土地無以為生的流氓無產者的通稱）如何由為害一方的「大賊」轉變為保一方平安的地方抗日武裝。這是一部立

4　茅盾：〈八月的感想——抗戰文藝一年的回顧〉，載《文藝陣地》第1卷第9期（1938年8月）。

意和題材都比較獨特的作品。綠林豪傑和民間大盜要在抗日民族解放戰爭中走向新生通常是需要政治引導，但《夥伴們》卻把這樣的政治引導處理為潛在和朦朧的線索，作者更多的是讓「撈家」們在抗日洪流的衝擊下自覺自願地融入時代的大潮中，讓他們切身體驗民族的解放與個人命運的關係。這樣的描寫應當說是合乎生活邏輯的。但作品又告訴人們，沒有正確政治力量引導的民間抗日武裝是盲動的、容易招致失敗的。小說最後，雷公漢帶領「八鄉人民抗日游擊隊」攻打金沙墟是對夥伴「公雞仔」被敵人殺害而一時衝動的復仇行動，結果招致失敗。雷公漢用生命的代價踐約夥伴們的生死義氣，也在生命的最後關頭呼喚盼望著「八字腳」（即共產黨游擊隊）。

姚雪垠的《牛全德與紅蘿蔔》中的牛全德也是一個農村流氓無產者轉變為抗日先鋒戰士的典型。牛全德是一個從小就父母雙亡，與以賭博為生的叔父相依為命的流浪漢。叔父死後，他生活無著落，便進城當兵吃糧。在舊軍隊，他沾染了喝酒、賭博、打人、罵人、玩女人、偷竊、自由散漫等諸多惡習。全民抗戰的浪潮把他裹挾進了抗日游擊隊，但他那流氓無產者的種種惡習和「找一個出頭之地」的個人英雄主義思想與抗日革命隊伍的政治要求和軍事紀律格格不入。他用舊眼光對待游擊隊的紀律要求，認為「游擊隊就是吊兒郎當的軍隊」，因而「痛恨『政治』和紀律」；他一如既往偷雞摸狗、喝酒、賭博、玩女人，視分隊長的批評為耳邊風；他把江湖義氣帶進游擊隊，為了講義氣，不分敵我，放走了皇協軍特務老七；他自高自大，看不起別人，特別瞧不起自耕農出身的「紅蘿蔔」，認為他膽小、戀家，沒有男子漢氣概，常常拿「紅蘿蔔」當出氣筒。但這個渾身流氓惡習的人並非無可救藥，游擊分隊實行政治軍事整頓，指導員耐心做牛全德的思想教育工作，他逐漸有了轉變，懂得了一些革命道理，並開始接受革命軍隊的紀律約束，其間雖然有過反覆，但同志們始終沒有冷落他、疏遠他、拋棄他，使他深受感動。牛全德身上也有可貴的優

點，他講民族氣節，有愛國思想，當老七勸他歸順皇協軍時，他鄭重聲明：「你別想拖你三哥當漢奸，咱牛全德生是中國人，死是中國鬼，頂天立地！」還教訓老七：「老七，為人要有一把硬骨頭，不能誰來給糖吃就向誰叫乾爺。」「人活著不光是為自己，也得為國家想想！」正因為有這樣的思想基礎，加上同志們的幫助教育，終於使他在戰鬥的緊急關頭，丟棄私怨，從老七槍口下救出了「紅蘿蔔」和趙班長，並擊斃了老七，自己也壯烈犧牲。同志們在他的墓碑上鐫刻了十六個大字「一位為革命和同志而犧牲的民族英雄」。

王西彥的《眷戀土地的人》對於農民在戰爭環境中依然眷戀土地的情感既批判又予以同情和理解。農民楊老二對於家園、土地、妻兒的深情眷戀在中國農村具有相當的普遍性——「世間還有比耕著自己大塊的田地，養育著妻子，過著以勞力換取溫飽的生活更滿足的事嗎？」戰爭驟然降臨，楊老二實不願意離開家鄉和家人，無奈老婆推動他去參加抗戰工作，他戀戀不捨離家前往徐州前線為裝載彈藥糧食和汽車的渡口擺渡。隨著戰局的發展，他離家越來越遠，「那曾經把自己的命運和戰爭聯結成一體的信念，又被強烈的溺愛土地的感情所淹沒！」他無法抑制自己戀家的念頭，於是帶著一枝槍獨自離隊回鄉，中途遭遇敵人戰死，但他對敵人的突襲卻「拖延了敵人的行動」，這位想家的農民最終沒能回到家，卻無意中成了抗日英雄。

農民的覺醒是民眾覺醒的主要標誌，但不代表民眾覺醒的全部。中國抗日戰爭的烽火首先是從大城市和中心城市燃起的，因而城市的平民是侵略戰爭的最先受害者，也是最早的覺醒者和反抗者，他們對侵略者的仇恨和英勇鬥爭是全民族抗戰的重要篇章。抗戰初期和中期的部分小說記敘了這可歌可泣的一章。

陽翰笙的中篇小說《義勇軍》真實記述「一·二八」抗戰中上海工人主動組織義勇軍奔赴前線與十九路軍官兵共同抗禦侵略者的動人故事，實際上是一部小說形式的報告文學。顯然，與小農意識濃重的

落後農民相比，城市的產業工人具有比較高的階級覺悟、民族意識和組織紀律。我們在《義勇軍》中看不到自私落後的工人分子，看到的是工人們一呼百應參加義勇軍、英勇無畏奔赴閘北前線、奮不顧身衝向敵人，「義勇軍們打槍大半都很生疏，可是他們的血卻很熱，熱得像團不能撲滅的烈火」。雖然通篇作品較側重於場面的描寫，而未能深入刻畫人物形象，但卻比較真實地反映了工人階級在抗戰中的迅速覺醒，這與農村題材抗日小說中農民們的艱難覺悟形成了鮮明的對比。

城市的產業工人英勇無比，那麼，城市的普通市民，特別是城市中的小工商業者、小知識分子面對戰爭的到來又會怎樣呢？以言情小說飲譽中國現代文壇的張恨水，抗戰期間就寫過一部反映城市市民戰爭複雜心態的抗戰小說。《巷戰之夜》（又名《衝鋒》、《天津衛》）寫天津城將陷落時（天津市市民在和平的幻想破滅後的奮起抗爭。擅於言情的張恨水先生發揮了其筆觸細膩、情感表現豐富的藝術特長，饒有趣味地寫了小巷居民們在突如其來的戰爭面前的種種情狀：有的恐懼、慌亂，準備逃離；有的不甘心輕易拋離家業，幻想著能與侵略者和平共處；有的則準備和日寇決一死戰。日寇飛機狂轟亂炸，馬路上無數平民在血泊中掙扎，和平終於成為泡影。巷口佈設了中國軍隊，小巷居民們頓悟到與其讓敵機來炸死，不如和自己的軍隊一起豁出去拼殺。於是，他們熱情為守軍端茶送水送食品，以致深夜裡忽然遭遇一股迎面而來的日本兵時，他們躲避不及索性和中國軍隊一齊撲向敵人，用鋤頭、大刀、鐵鍬等原始武器和全副武裝的敵人展開了面對面的肉搏，出乎意料竟把敵人打得狼狽逃竄。《巷戰之夜》的意義在於通過小巷中的小反擊窺見全中國大抗戰的前景，而能夠把戰爭降臨時市井細民的複雜心態描摹得那樣栩栩如生的則大約只有張恨水先生。

在抗日激情高漲的國統區，作家只要有熱情就會有抗日作品誕生，而在日軍包圍或占領的淪陷區，如上海租界中的「孤島」和日據之臺灣島進行抗戰文學創作，作家光有愛國熱情還不夠，還得憑智慧

和勇氣與敵人鬥智鬥勇。「孤島」的戰爭小說因此以別樣的題材呈現別樣的風格。谷斯范的《新水滸》在「孤島」的《每日譯報》副刊「大家談」上連載後受到讀者熱烈歡迎，除了它採用中國傳統通俗小說的章回體形式容易為民眾所接受外，還在於小說塑造了抗日大潮裏挾中各色人物的生動形象，內容新鮮、形式活潑。由於處於「孤島」的特殊環境中，《新水滸》是把抗戰作為背景，而重在揭露國軍內部圍繞真抗戰還是假抗戰以及如何抗戰等問題上發生的衝突。江南太湖某小鎮先後駐紮過兩支掛抗戰招牌的隊伍。前一支是由國民黨潰散的零星部隊聚合起來的。團長鄭許國雖有抗戰熱情，但剛愎自用，獨斷專橫，一向看不起共產黨的游擊戰術，不聽團副黃杰的正確建議，竟以一群烏合之眾與武器精良的敵人打陣地攻堅戰，結果招致全軍覆滅。取而代之的另一支番號「浙西第三游擊大隊」的隊伍更是魚目混珠。大隊長趙章甫是一名舊警察局長，吝嗇、多疑，一應帳目都親自經手，無非是想借抗日救亡之名，行搜刮民脂民財之實。「代理鎮長」六師爺刁鑽、狡猾，善見風使舵，靠「代理鎮長」這張「王牌」吃喝嫖賭、貪贓枉法，是一個國難時期農村中沉渣泛起的流氓無賴的典型代表。團副黃杰、大學生出身的大隊部秘書徐明繼、世家子弟王爾基和「員外」式地主羅三爺、木匠胡林等才是真心抗日的中堅力量。經過他們的努力，終於把這支良莠混雜的隊伍改造成一支真正的抗日隊伍。在這部作品中，共產黨的抗日主張和抗戰業績雖然只作為一條隱蔽的副線存在，但作者的創作意圖是明顯的，即通過作品「形象地批駁了抗戰必亡論、國民黨正統論和抗戰只能靠國民黨，游擊戰是小打小鬧，成不了大事等謬論，……宣傳了黨中央提出的為擴大和鞏固抗日民族統一戰線，動員一切力量爭取抗戰勝利而鬥爭的路線。」[5]

　　程造之的《地下》是「孤島」出版的另一部份量較重的抗戰小

5　梅益：〈《新水滸》修改版序〉，谷斯范：《新水滸》（長沙市：湖南人民出版社，1985年）。

說。作品反映的是江蘇通海一帶農民自發的抗日武裝鬥爭，塑造了農民抗日英雄老獨、羅三等人的形象。小說取名《地下》寓意老獨、羅三的抗日游擊隊相對處於明處的日寇，是淪陷區的一種地下反抗活動；同時從作品的情節線索看，又寓指鎮長龐學潛的女兒龐翠荷充當日本人的間諜，企圖瓦解抗日隊伍，教堂小夥計朱雪齊為博得龐翠荷的愛情而混入羅三的游擊隊中伺機破壞，也是骯髒的地下活動。作者以他「非常智慧的筆」和「非常殘忍的筆」描畫了國難時期農村中各種階層人物或自發反抗，或妥協退讓，或出賣靈魂等種種光彩與不光彩乃至醜惡的表現。一九三九年初汪精衛投降日寇，逃離重慶到上海，鼓吹反對抗戰的所謂「和平運動」，與之相應，所謂「和平文學」也甚囂塵上。「孤島」的許多愛國作家為反對投降堅持抗戰紛紛發表抗日作品，《地下》堪稱為抨擊投降主義高舉抗戰旗幟的有份量的作品。

　　至於日據時期的臺灣，雖有表現出鮮明反抗意向和仇日情緒的抗日小說存在，但基本不屬於本書所界定的戰爭小說範疇，故略。

第四節　特殊政治區域中戰爭小說的特殊主題與風格

　　共產黨領導的抗日民主根據地（以下簡稱「根據地」），即後來的解放區，不僅是一個特殊的政治區域，而且是一塊文學的特殊天地。

　　直接影響並決定根據地文學創作基本方向的是一九四二年的延安文藝整風運動。鑒於抗戰進入了最嚴峻、最艱難的時期，中國共產黨必須動員一切力量奪取抗戰的勝利，這就要求文藝必須為現實政治，即戰爭服務──「我們要戰勝敵人，首先要依靠手裡拿槍的軍隊。但是僅僅有這種軍隊是不夠的，我們還要有文化的軍隊，這是團結自己、戰勝敵人必不可少的一支軍隊」（毛澤東《在延安文藝座談會上的講話》）。與強大的拿槍的軍隊一樣，強大的文化軍隊也要有統一的

意志、高度的組織、嚴格的紀律，而當時從國統區來到延安的一批文化人，如王實味、何其芳、丁玲、蕭軍、艾青、羅烽等人追求的仍然是「五四」啟蒙文學的民主、科學、自由的精神，崇尚「人的解放」、「個性的解放」等價值觀念，這便與「文化軍隊」所要求的統一的政治意志相頡頏，而且他們的歐化的文學創作也與發動群眾所需要的大眾化、普及化的宣傳文字相去甚遠。為此，毛澤東發表了《在延安文藝座談會上的講話》，系統地闡述了有關文藝與政治關係的一系列問題，與此相關的文藝的大眾化民族化問題、文藝家與工農大眾的關係問題、文藝的服務對象問題等文藝的具體方針政策都對根據地的文學創作產生了決定性的影響。

顯然，在民族生死存亡成為最急迫問題的戰爭形勢下，要求文藝視點向下、重心下移並承擔起救亡的任務，是合乎政治情理的歷史要求，因此，政治領袖毛澤東對戰時文藝的特殊政治要求應該說是得到了根據地大多數文藝家的積極回應。在這樣的政治文化背景下，根據地的戰爭小說創作自然形成了與國統區同類題材小說截然不同的內容和風格。國統區的戰爭小說主題多是表現農民在侵略者的屠刀下被迫起來反抗的覺醒過程，或是反映國民黨愛國將士在當局消極抗戰政策擠壓下艱難抗日的情形。作家是用啟蒙的眼光俯視戰爭中的民眾。而在根據地的戰爭小說中，工農大眾成為戰爭中最積極、最富革命性的主導力量。主人公往往具有飽滿的革命熱情，洋溢著樂觀主義和英雄主義精神。在共產黨抗日民主政策的感召下，根據地人民表現出高度的政治覺悟和高亢的抗日熱情。他們積極主動投身抗戰，支援抗戰，為抗戰獻身。無論是孫犁小說中那些不為兒女私情所羈絆，深明大義支持丈夫離家打日寇的根據地婦女，還是華山小說中巧與敵人周旋，勝利完成了十萬火急送信任務的兒童團員，抑或是邵子南筆下那智勇雙全、勇於鬥爭、善於鬥爭的民兵英雄，在這些人物身上沒有來自生活環境的壓抑和苦悶，有的是抗戰熱情和智慧的淋漓盡致的發揮。由

於作家採取的是與工農大眾平等的「無產階級化」的平視乃至仰視的
眼光，因而筆下的人物也徹底脫去了中國農民所固有的狹隘、自私、
落後的小農意識的藩籬，而具有了高尚無私的「無產階級化」的理想
的精神境界。與此相應，根據地的戰爭小說「主題既然是新鮮的，人
物也是新的，一切的戰鬥場面都是新的，那麼文藝的形式也就為著適
應內容的需要，和作者對文藝形式與語言的不斷探求與努力，與過去
的革命文藝，歐化的文藝形式，或庸俗的陳腐的鴛鴦蝴蝶派的形式相
比都要顯得中國氣派，新鮮而豐富」（丁玲《跨到新的時代來》）。根
據地作家遵循毛澤東《講話》的精神，努力深入社會、深入工農兵大
眾，刻苦鑽研中國民族文學傳統和民間文藝形式，熟悉人民的語言，
並把它運用到自己的戰爭小說創作中，湧現了一批在內容和形式上都
反撥了「五四」以來形成的歐化的小說創作模式，而著意迎合普通民
眾欣賞水平和審美趣味的作品，如柯藍的《洋鐵桶的故事》，馬烽、
西戎的《呂梁英雄傳》，孔厥、袁靜的《新兒女英雄傳》等新章回體
小說。這些新的戰爭英雄傳奇小說均取材於根據地民兵抗日鬥爭故
事，塑造了若干具有高度政治覺悟和鬥爭智慧的民兵抗日英雄形象。
這些農民抗日英雄從思想到行動都完全沒有了國統區同類題材小說中
人物灰色陰鬱的心理，而呈現出明朗奔放的格調。一些作品還穿插描
寫了戰爭中的愛情故事，如《新兒女英雄傳》。在表現形式上，新戰
爭英雄傳奇小說繼承了中國古典英雄傳奇小說的表現技巧，如突出人
物的傳奇色彩，精心設置構築故事情節，使其生動曲折，引人入勝。
同時擯棄了古代章回小說不合時宜的固有程式和俗言套語，使小說具
有章回上的自然連綴串聯，保持人物和情節的整體感。從抗日根據地
肇始的這一新章回體戰爭英雄傳奇小說對二十世紀五十年代的戰爭小
說創作有直接影響，《林海雪原》、《烈火金鋼》、《鐵道游擊隊》等把
這一形式的小說推向了臻境。

　　根據地章回體新英雄傳奇小說藝術上的「貧血症」也是顯而易見

的，由於其過分強調民族傳統而排斥外國文學經驗，致使作品的形式和表現手法以及刻畫人物的方法都過於單純，人物形象因此不夠豐滿和深刻複雜。而比較理想地解決了戰時文藝內容指向的健康明朗與藝術追求深度的完美結合的是孫犁的短篇戰爭小說創作。孫犁短篇小說最突出的特點是取材獨特，視角新穎。他的戰爭小說總是從大處著眼，小處落筆。他不去描寫戰爭的巨大場面，連具體的戰鬥場景也很少正面表現，而是從嚴峻的鬥爭中選擇平凡的、日常生活的現象來作為自己作品的題材，著重挖掘生活中的美和詩意。他的作品大多取材於戰爭時期根據地農村中的「家務事，兒女情」，而這些「家務事，兒女情」總是緊扣著戰爭這個特定的社會環境，因而人們從中能夠處處感受到戰爭的氣氛，觸摸到波瀾壯闊的時代脈搏的跳動。像夫妻團圓這一日常生活現象，一般情況下容易把它寫得纏綿纏綿，但在孫犁筆下卻充滿著悲壯和無私的美。如《囑咐》中，水生嫂與丈夫分離八年，丈夫回家才團聚半個晚上，她就割捨戀情撐著冰床急切地送丈夫返回前線，為的是「快快去，快快打走了進攻我們的敵人，你才能再快快的回來，和我見面」。這裡雖然描寫的是一對年輕夫婦的團聚與別離，卻蘊含著多層次的不平凡意義，這裡沒有硝煙卻使人分明感受到戰爭的緊張氣氛；沒有女主人公的豪言壯語和驚天動地之舉，卻洋溢著根據地人民「識大體，顧大局」的美好胸懷和他們對戰爭勝利的急切盼望與無私奉獻。人們一旦聯繫戰爭和英雄的字眼，總容易聯想到金戈鐵馬、流血犧牲之類的情景，但在孫犁的戰爭小說中，你找不到多少劍拔弩張的緊張場面的描寫，也見不到幾個勇冠三軍的壯士豪傑，然而誰也不能否認孫犁筆下那些充滿著民族正氣、崇高品德、閃耀著心靈美、人情美的普通婦女、老人、兒童，他們不是戰爭中的真正英雄。

　　像孫犁這樣以根據地普通群眾為表現對象的短篇戰爭小說不在少數，如邵子南的短篇小說《李勇大擺地雷陣》也是在根據地產生過廣

泛影響的優秀作品。民兵隊長李勇在戰鬥中創造了「各種地雷陣」，使「敵到雷到」、「敵不到雷叫到」、「敵未到雷先到」，炸得敵人魂飛魄散，顯示了人民戰爭的巨大威力。崔璇的《周大娘》中那位送自己唯一的兒子參加八路軍，為救護傷患，避免日寇搜查點火燒掉自己多年積聚的一點家產的老寡婦周大娘；楊朔的《月黑夜》中那位為護送八路軍小分隊過河執行任務而慘遭敵人殺害的革命老人莊爺爺；還有華山的《雞毛信》、管樺的《雨來沒有死》、峻青的《小偵察員》中那些勇敢機靈的兒童團員。他們都是根據地人民傑出的代表，是真正的抗日英雄。

　　根據地新的鬥爭、新的生活也為那些來自國統區的作家提供了新的創作素材。丁玲來到延安後創作的反映戰爭的小說如《一顆未出膛的槍彈》和《我在霞村的時候》就充滿了新的戰鬥氣息。劉白羽和柳青進入根據地後也創作了不少反映戰爭的小說，表現了根據地軍民的戰鬥雄姿，如劉白羽的《五臺山下》、《槍》、《龍煙村紀事》、《四箱子彈》等，柳青的《誤會》、《廢物》、《地雷》等。

　　經過八年艱苦卓絕的抗戰的錘煉，共產黨領導的人民軍隊已經發展壯大，此時與國民黨軍隊抗衡的是一支戰爭經驗豐富、訓練有素、指揮有力的正規部隊。解放戰爭時期的戰爭小說也因此以反映人民解放軍的戰鬥生活為主要題材。

　　戰爭形勢瞬息萬變，能夠隨時了解戰爭動態、即時反映戰爭生活的只有那些隨大軍轉戰南北的軍隊專業作家或報社的隨軍記者。劉白羽就是這時期取得突出創作成就的戰爭小說家。作為新華社的隨軍記者，他參加了解放東北、平津、武漢等多次戰役，親自深入前線，獲得大量有關前線戰鬥生活的第一手素材。這時期他除了寫下大量的戰地報告文學、通訊外，同時創作了不少戰爭小說，他的短篇小說集《戰火紛飛》裡的十個短篇，都是一九四七至一九四八年寫下的，這一年正是人民解放軍由戰略防禦轉入戰略反攻的關鍵一年。作家飽含

激情地描寫了一幅幅壯麗的戰爭圖景。

　　劉白羽戰爭小說的一個顯著特色就是善於寫政治思想工作、階級教育對提高部隊戰鬥力的重要作用。短篇小說《無敵三勇士》中三個戰士從鬧不團結到團結戰鬥的轉變過程靠的是階級教育和政治啟發；短篇小說《政治委員》中團政委吳毅做思想政治工作靠的是言傳身教不說空話，用自己勇敢無畏的戰鬥行為教育感化其他幹部戰士；中篇小說《火光在前》更塑造了一個政治眼光敏銳、頭腦冷靜，具有很強組織能力的軍隊高級指揮員的形象。作家總是著意突出那種崇高的精神力量和由這種精神力量所噴發出的巨大威力。他在〈關於《火光在前》的一點回憶〉中說：「戰火紛飛，硝煙瀰漫，這只是戰爭生活的現象。我們表現戰爭不能離開這真實的生活現象。但真正的任務，應該是在這樣一幅像油畫一樣鮮明的戰爭背景上，突出著一種什麼精神（人的精神、時代的精神）。」這種創作指導思想直接影響了作品的藝術風格，劉白羽的戰爭小說因此呈現出單純、健康、樸實的明朗風格，主題鮮明，情感直露，但內蘊不深。同時面對人民解放戰爭瞬息萬變的形勢，為了更快地發揮作品的戰鬥作用，作家往往以新聞記者捕捉生活的方式，以近似速寫的方法記錄生活的若干片斷，作品成篇時間倉促。刻畫人物形象時，敘述介紹過多，缺乏典型化細節，人物性格不夠鮮明。作品結構也較鬆散，語言不夠凝練。

　　同劉白羽一樣，解放區的許多作家積極投身人民解放戰爭的洪流。戰爭鍛鍊了他們，使他們有可能寫出比較深刻真實地反映戰爭生活的作品。曾作為新華社特派記者參加過清風店戰役、石家莊戰役，出擊察南、冀東，最後參加平津戰役的楊朔，於新中國成立前夕寫成的中篇小說《北線》，以人民解放軍的一個連隊為中心，反映了我軍從戰略防禦到戰略反攻，從陣地戰到運動戰、攻堅戰的發展歷程。由邊區土生土長起來的部隊作家古立高是一位擅於描寫部隊生活，藝術上較有特色的戰爭小說家，他的短篇小說《老營長》講述一位風趣幽

默永遠保持樂觀精神的營長的故事，有較強的藝術感染力。方紀的短篇小說《副排長謝永清》塑造了一個平時吊兒郎當戰時英勇頑強的年輕副排長的生動活潑的形象。馮牧的短篇小說《新戰士時來亮》則描寫了一個從害怕戰鬥到勇敢戰鬥的新戰士的成長過程，以表現革命軍隊是一個鍛鍊人的大熔爐。

解放戰爭時期以部隊生活為題材的戰爭小說比較集中地反映了人民解放軍的戰鬥雄姿和人民軍隊的發展壯大歷程，為現代戰爭小說創作開闢了新的藝術天地，也為二十世紀五十年代戰爭小說的大繁榮奠定了基礎。但由於多數作品是對戰爭的近距離反映，缺少足夠的藝術錘煉，因而在中國戰爭小說的整個藝術連環中不足稱道。

第五節　戰爭小說英雄主義凱歌高奏的嶄新時代

這是一個激情燃燒的歲月，一個戰爭小說獨領風騷的文學新時代。在中國戰爭小說發展史上，還沒有哪一個時期能夠像二十世紀五十年代那樣，短短的十多年時間竟集中創作了那麼多戰爭小說的長篇鉅著。可以說是歷史的客觀氛圍和作家的主觀願望的合力造就了中國戰爭小說創作的空前繁榮的時代。

從作家們的主觀願望說，在新中國的作家隊伍中，無論是那些親歷過戰爭艱苦歲月磨練的專業作家，還是那些從槍林彈雨中闖過來的軍隊的業餘作者，都無不具有豐富的戰爭生活積累，對那剛剛消散的戰火硝煙，那無數耳聞目睹的英雄故事，有一種急於表達和謳歌的強烈創作衝動。他們或帶著對犧牲的戰友的深切懷念之情，或飽含著對英烈的無限崇敬心理進行文學創作。我們在其時的戰爭小說作品的前言後語或報刊雜誌上常常能看到這樣的文字——「以最深的敬意，獻給我英雄的戰友楊子榮、高波等同志」（曲波《林海雪原》〈卷首語〉）。這是「全書的第一句，也是我懷念戰友赤誠的一顆心。」「在

這場鬥爭中，有不少黨和祖國的好兒女，貢獻出了自己的生命，創造了光輝的業績，我有什麼理由不把他們更廣泛的公諸於世呢？」[6]。「一定要寫出一部對得起死者和生者的藝術作品。要在其中記載戰士們在舊世界的苦難和創立新時代的英雄氣概，以及他們動天地、泣鬼神的豐功偉績」（杜鵬程《保衛延安》重印後記）。如果說，在戎馬倥傯的戰爭歲月，作家們還沒有充分的條件把這些英雄的故事付諸筆端，那麼，戰爭結束後的和平安寧的環境終於為作家們創作戰爭小說精品創造了良好的條件。在中國戰爭小說史上，以最飽滿的激情在最短的時間內最大規模地敘寫剛剛結束的戰爭，恐怕非二十世紀五十年代的作家莫屬。

　　從其時的客觀歷史環境看，新生的人民共和國是中國共產黨歷盡無數艱難困苦、依靠手中的槍桿子建立起來的政權。奪取政權的中國共產黨人一方面需要把贏得和平的過程用藝術形象的手段告訴給獲得和平的人們，讓世人牢記中國共產黨的歷史功績；另一方面要求作家用中國共產黨的歷史觀點來反映演繹中國現代戰爭歷史。這也是延安整風所確立的文藝為政治服務的方針在和平時期的繼續貫徹執行。在全國第一次文代會上，當時文藝界的最高領導人之一周揚就號召作家：「假如說，在全國戰爭正在劇烈進行的時候，有資格記錄這個偉大場面的作者，今天也許還在火線上戰鬥，他還顧不上寫，那末，現在正是時候了，全中國人民迫切地希望看到描寫這個戰爭的第一部、第二部以至許多部的偉大作品！他們將要不但寫出指戰員的勇敢，而且還要寫出他們的智慧、他們的戰術思想，要寫出毛主席的軍事思想如何在人民軍隊中貫徹，這將成為中國人民解放鬥爭歷史的最有價值的藝術的記載。」[7]作家的創作激情由於有了執政黨文藝政策的助燃

6　曲波：〈關於《林海雪原》〉，《北京日報》，1957年11月9日。

7　周揚：《周揚文集》（北京市：人民文學出版社，1984年），第1卷，頁529。

就定然噴射出耀眼的火花，結出豐碩的果實。這也是中國歷史上從未有過的文學創作的新景觀。

這時期的戰爭小說直接秉承了抗日民主根據地發軔的戰爭小說的藝術風格和表現程式：

其一，在戰爭英雄人物形象的塑造上充分貫注了時代的審美理想。這種審美理想表現為英雄人物身上無不洋溢著革命英雄主義的豪邁氣概和樂觀主義的昂揚奮發情緒。英雄們無不具有為受壓迫人民的解放而赴湯蹈火的大無畏氣概、為追求崇高理想而百折不撓的堅毅精神、為國家民族的利益和絕大多數人的幸福而勇於自我犧牲的無私品格……。從《保衛延安》中的連長周大勇到《林海雪原》中的偵察英雄楊子榮都是這種完善型的理想化人物，代表了五、六十年代人們心目中最理想的時代英雄形象。既然時代推崇這樣的英雄，作家就要傾注熱情塑造這樣的英雄。文藝創作從來就受制於時代的審美風尚，這是千古定律。但這只是問題的一方面。另一方面，更重要的是執政黨的文藝方針對作家創作的決定性影響。在一九五三年召開的第二次全國文代會上，周揚就如何寫英雄人物問題作了指針性的闡述，把表現完全新型的人物，規定為文藝創作「最崇高的任務」；要求多寫工農兵英雄，不能把表現正面人物和反面人物放在同等地位；作家「為了要突出地表現英雄人物的光輝品質，有意識地忽略他的一些不重要的缺點……是可以而且必要的」；「必須把英雄人物在政治上思想上的成長過程，性格上的某些缺點以及日常工作中的過失或偏差和一個人的政治品質、道德品質的缺陷加以根本的區別。」[8]這種明確到近乎刻板的原則豈能不對作家的創作視野和藝術筆鋒造成拘囿，但是這個時代的大多數作家卻毫不懷疑它的權威性和正確性，並自覺地貫徹到自己的文學創作中。

8　周揚：〈為創造更多的優秀的文學藝術作品而奮鬥〉，《文藝報》1953年第19號。

　　其二，在戰爭人物和戰爭場景的具體描寫上形成了一套程式，這就是所謂由「兩軍對陣」的思維模式而產生的「二元對立」的藝術模式[9]：表現為人物的描寫帶有作家強烈的褒貶傾向，對正面人物（「我軍」系統）通常用讚美褒揚的詞彙加以描繪。英雄人物無不高大英武，儀表堂堂；他們多出身貧苦，品德高尚，英勇善戰，不怕犧牲也不會輕易犧牲；少有兒女私情，更無精神危機。對反面人物（「敵軍」系統）則無情地施之以醜詆貶抑的詞句。他們通常外貌醜陋或存在生理缺陷；性情殘暴，凶狠毒辣；貪婪愚蠢，見風使舵；最後總是自取滅亡，沒有好下場。總之是「好人一切都好」，「壞人一切都壞」，沒有不好不壞或亦好亦壞的中間人物。與人物形象的塑造相呼應，在戰爭過程或場景的描寫上，也有一套固定的程式：「我軍」方面，指揮員胸有成竹，臨危不懼，身先士卒；戰士們情緒高昂，奮勇爭先，不怕犧牲；即使戰局對我軍不利，最後也必能轉敗為勝。「敵軍」方面，長官傲慢輕敵，彼此爭權奪利、相互碾軋；士兵則萎靡不振，貪生怕死；雖然擁有精良的武器裝備，或處於戰局的主動位置，但必定逃脫不了失敗的命運。這種非白即黑、勝負分明的戰爭描寫模式同樣是與五六十年代流行的審美風尚密不可分。因為對那個時代的人們來說，沒有比戰爭的輝煌勝利和新中國的建立更值得自豪的，因而「強調戰爭的最終勝利意義，將過程的意義溶解到最後的結果中去，將個體生命的價值溶解到集體的勝利中去。英雄人物不會輕易死去，即使是非死不可的時候，也必須要用更大的勝利場面去沖淡它的悲劇氣氛。英雄的死不能引起傳統悲劇中的恐懼效果，而是以道德價值的認識來取代生命本體價值的認識，其結果消解了戰爭文學的悲劇美學效果。」[10]

9　參見陳思和主編：《中國當代文學史》（上海市：復旦大學出版社，1999年）。

10　陳思和主編：《中國當代文學史》（上海市：復旦大學出版社，1999年），頁57、58。

　　也許我們需要進一步把二十世紀五十、六十年代的戰爭小說置於中國戰爭小說的整個歷史長河中去考察，才能更準確地把握它的文學要義。

　　就小說表現的對象戰爭本身而言，當代戰爭小說與中國古代戰爭小說所描寫的戰爭形式已經發生了巨大變化。冷兵器時代的戰爭與熱兵器時代的戰爭畢竟有天壤之別，前者突出人的決定作用（人的智慧謀略和高強武藝），武器的因素幾可忽略不計；後者也強調人的主觀能動性，但武器的作用越來越不可忽視（未來戰爭武器可能是決定性的因素）。雖然古今戰爭已有如此巨大的不同，但古今戰爭小說中人的作用卻一如既往，畢竟戰爭的實質是人與人之間的衝突，而非武器與武器的碰撞。看來，戰爭形式對戰爭小說創作的影響並不至關重要，我們應該從小說的藝術表現形式入手探究中國當代戰爭小說與古代戰爭小說的歷史關係。

　　中國古代戰爭小說大致為兩種類型：歷史演義型和英雄傳奇型，分別以《三國演義》和《水滸傳》為代表，前者側重從宏觀和全景的視角表現戰爭，後者著意表現戰爭英雄人物的傳奇經歷。我們驚奇地發現，二十世紀五十、六十年代的戰爭小說雖然它們的審美規範和人物塑造、場景描寫都深深地打上了時代的烙印，但作品的藝術類型依然是以中國古代戰爭小說這兩種基本類別為主，如《保衛延安》和《紅日》在結構和氣勢上就隱約可見《三國演義》的神韻。這兩部長篇軍事小說都是在廣闊的歷史背景上展現解放戰爭中敵我雙方的大兵團作戰。它們所描寫的不是一個戰場、一次戰鬥，而是由若干個戰役組成的大的戰爭場景。《保衛延安》以西北戰場上的延安保衛戰為中心，依次描寫了青化砭伏擊戰、蟠龍鎮攻堅戰、長城線運動戰、沙家店殲滅戰、九里山追擊戰等五大戰役，同時還側寫了陳賡兵團強渡黃河、劉鄧大軍挺進大別山等重大戰略行動，構成了一幅宏大的戰爭藝術畫卷。《紅日》落筆於山東戰場，從漣水戰役寫起，中經萊蕪戰

役，最後著重描寫了著名的孟良崮戰役，以山東戰場的戰略轉折輻射出全國解放戰爭的形勢。如此對戰爭取宏觀視角進行全景掃描，是與《三國演義》對戰爭的寫法一脈相承。所不同的是，作為戰爭歷史演義小說，《三國演義》除了是從宏觀的視角表現戰爭，還從歷時的角度反映了古代中國一段百年歷史的風雲變幻。而《保衛延安》和《紅日》所寫的不過是中國現代戰爭歷史的短暫一幕，與《三國演義》所包含的巨大歷史容量不可同日而語。五六十年代描寫正面戰場正規戰爭的若干部戰爭小說雖然有它的宏大氣勢和史詩意義，但受制於如前所述的戰爭文化的規範，顯得過於刻板和僵硬。人們更喜愛閱讀的是《鐵道游擊隊》、《林海雪原》、《烈火金剛》、《敵後武工隊》、《戰鬥的青春》等戰爭英雄傳奇小說，這類戰爭小說走的是《水滸傳》的創作路數，以英雄的傳奇故事吸引讀者，帶有濃厚的民間文學的色彩。此類小說通常取材於小規模的游擊戰或剿匪鬥爭，以一定的真人真事為基礎進行藝術加工。《鐵道游擊隊》寫了一支活躍在鐵路線上的工人游擊隊，隊員們個個身懷絕技，飛車奪槍、扒糧食、截藥品，炸火車，橇鐵軌……，出色地完成了有時需要千軍萬馬才能完成的艱鉅任務。《林海雪原》的取材更加新穎奇特，故事情節也更具傳奇色彩。作者把敵我雙方的鬥爭置於極其險惡奇特的大自然環境中進行：人跡罕至的林莽雪野、猛獸出沒的深山老林、殺機四伏的匪窩敵穴。而一支由三十六人組成的剿匪小分隊要在如此險惡的環境中與數十倍於己的慣匪狡敵周旋並伺機殲滅敵人，其艱難程度可想而知。正是要在這樣的奇特的戰爭環境中，才能最大限度地表現敵我雙方的鬥智鬥勇，從而把故事的傳奇性渲染到極致。小說圍繞四次大的戰鬥——奇襲奶頭山、智取威虎山、綏芬草甸大周旋、大戰四方臺，穿插串聯起許多驚險曲折的小故事。可謂險象環生，扣人心弦。在以浪漫和傳奇的故事情節吸引讀者上，新舊戰爭英雄傳奇小說具有異曲同共之妙。但與舊戰爭英雄傳奇小說突出英雄個人的高強武藝或俠義行為不同，新戰

爭英雄傳奇小說是在突出集體英雄行為的基礎上，適當集中筆力塑造傳奇英雄個體，而且還要著意表現黨的領導、政治思想工作和階級感情等對英雄成長的重要作用，人民群眾的積極支持配合與戰爭勝利的必然關係等等。人物和情節的程式化教條化是那個時代文學創作的痼疾，戰爭小說也不例外。

　　五六十年代的戰爭小說創作，長篇小說雖然占有數量上的優勢，但真正呈現出多樣化藝術追求的是短篇小說。

　　無論是描寫正面戰場上的白刃血戰，還是敘說敵後游擊戰中的短兵相接，五六十年代的長篇戰爭小說一路高奏的是英雄主義的豪邁戰歌，給予讀者的是一種崇高美的藝術感受。其時的短篇戰爭小說也有不少作品敘寫戰鬥中的英雄，追求崇高的美學風格，如峻青的《黎明的河邊》截取戰爭中的一個側面、一個剪影、一次悲壯的犧牲：一個十八歲的年輕戰士面對突如其來的親情生死考驗表現出了大無畏的犧牲精神，氣壯山河，催人淚下；王願堅的《黨費》和《七根火柴》則通過戰爭年代一些平凡的事件，表現了不平凡的犧牲，譜寫了充滿革命英雄主義豪情的高亢頌歌。但是，如同一首合唱曲，如果光有高音一個聲部，而沒有其他聲部的諧和，該多麼單調和膩味。之所以說五六十年代的短篇戰爭小說呈現出多樣化藝術追求，就因為其中除了有《黎明的河邊》、《黨費》、《七根火柴》等給人崇高美感的作品，還有如《百合花》、《英雄的樂章》這樣委婉纖細、富有人情味，乃至隱約包含著一點戰爭與和平關係的思考的優美篇章。

　　與慷慨激越、高歌猛進的時代風尚的確有那麼點不合拍，茹志鵑的《百合花》雖然也是戰爭題材的小說，但卻把炮火紛飛的戰爭場面作為故事的背景，而選擇發生在前沿包紮所的一個小故事。小說的兩位主人公也不是什麼叱吒風雲、高大完美的英雄人物，他們一位是憨厚、樸實、靦腆得像個大姑娘似的小通訊員，因為沒有借到老鄉的被子，直埋怨「老百姓死封建」，最後為掩護擔架隊員犧牲了。另一位

是過門才三天的新媳婦，並不十分情願地把她全新的嫁妝被子借給部隊。當她在包紮所幫忙時，發現抬上來的傷患中有向她借過被子的「同志弟」，便完全丟掉了忸怩羞澀，莊嚴、虔誠地為通訊員擦拭身子，一針一線為他補好衣服上的破洞，並將自己心愛的灑滿純潔百合花的新婚被子鋪蓋在烈士身上。一個靦腆天真的小戰士、一個羞澀善良的新媳婦，通過一條灑滿純潔百合花的新被子，織成了一曲軍民骨肉深情的雋永的贊歌。在人們崇尚陽剛，幾乎一窩蜂地追求重大題材、抒寫壯烈場面的時候，茹志鵑卻以她細膩的筆觸抒寫戰場之外的一支小插曲、一朵小浪花，但浪花雖小，在人們心中激起的感情漣漪卻不小。《百合花》出版後，圍繞茹志鵑的藝術風格問題，曾引起五十年代末文藝界一場熱烈討論。讚賞者說它「色彩柔和而不濃烈，調子優美而不高亢」[11]，風格「清新、俊逸」[12]；批評者說她不敢大膽追求最能代表時代精神的英雄人物的形象，而刻意雕鏤所謂『小人物』，儘管她筆下的人物品質是美好的，但還沒有提高和昇華到當代英雄已經達到的高度」[13]。其實，《百合花》的意義不在於它有無塑造英雄和如何塑造英雄，而在於它極其獨特地表現了革命戰爭歲月里人與人之間、軍隊與老百姓之間的一種富有人情味的美好情愫。

　　與《百合花》題材相類似、但命運坎坷得多的《英雄的樂章》是五六十年代曾激起巨大浪花的另一篇短篇戰爭小說。小說敘寫的是一對男女戰士從少年友情發展到青年戀情，後來男戰士為革命英勇獻身，女戰士深情懷念的故事。這是一篇猶如抒情詩般優美的小說。作者劉真以女性特有的細膩豐富的情感體驗，注滿深情地回憶了「我」與張玉克之間從友情逐漸發展起來的一種朦朦朧朧又無比甜美的戀情。把戰爭歲月中青年男女戰士之間那種崇高而純潔的愛情抒寫到極

---

11 侯金鏡：〈創作個性和藝術特色——讀茹志鵑小說有感〉，《文藝報》1961年第3期。

12 茅盾：〈談最近的短篇小說〉，《人民文學》1958年6月號。

13 歐陽文彬：〈試論茹志鵑的藝術風格〉，《上海文學》1959年第10期。

其感人肺腑的境地，這是《英雄的樂章》思想藝術上的第一個獨到之處。在五六十年代的戰爭小說中，愛情描寫雖不是完全的「禁區」，但往往被擺到十分次要的位置。《英雄的樂章》的愛情描寫由於比較符合那個時代的思想道德規範，故沒有受到多少指責。而當時的文藝界把它作為修正主義文藝思潮的靶子加以批判的是小說中有關戰爭與和平、生命的意義與價值的思考的內容。的確，在五六十年代全社會崇尚英雄、歌頌人民革命戰爭的時代大潮中，誰能夠去思考、誰敢於思考諸如戰爭對於美好愛情和青春生命的毀滅這些稍涉人性和人道主義的深層次問題呢？《英雄的樂章》觸及到了這些本應思考的問題，雖然它的思考是那樣淺層和朦朧，但在反右傾運動的風口浪尖上還是擱淺、沉沒了。

　　《百合花》、《英雄的樂章》以及更早的《窪地上的「戰役」》、《關連長》等作品的遭遇留給人們的思考和教訓是深刻的：戰爭小說是否只能有高亢雄壯一個調門？無產階級英雄人物是否只能有高大完美、叱吒風雲這一類，而不能同時又具有人性、人情味和人道主義思想？戰爭文學創作中，可不可以、應不應該觸及軍內生活的矛盾乃至陰暗面？等等。假如沒有對這些小說的錯誤批判，二十世紀五十六十年代的戰爭小說也許會奏出更動人心弦、更絢麗華彩的樂章。

第六節　新時期戰爭小說創作的多元走向

　　由於眾所周知的政治原因，二十世紀六十年代中期以後的十年時間裡，中國當代文學創作陷入了全面災難中，戰爭小說同樣難逃厄運。這十年，文學完全被政治意志所「強姦」，失去了其固有的審美特性，而異化為幫派政治的御用工具。只有《萬山紅遍》、《閃閃的紅星》等極少數戰爭小說作品尚保持了五十年代同類作品的審美特色，在讀者中留下了一定印象。

　　從一九七七年開始，隨著政治上的撥亂反正，中國當代戰爭小說創作又恢復了生機，至二十世紀末，經歷了一個復甦、深化和開放性發展的過程。

一　復甦期的戰爭小說

　　一九七七年至一九八一年是新時期戰爭小說創作的復甦期。這一時期創作出版的戰爭小說基本上沿襲了「十七年」戰爭小說創作的路子，表現為作家在創作動機上依然是出於崇高的歷史責任感和時代使命感；創作觀念上還是偏重文學作品的教化功能和認識價值；創作方法上堅持革命現實主義和革命浪漫主義相結合的原則；審美品格上追求崇高的革命英雄主義精神，注重塑造具有理想色彩的英雄人物，感情基調樂觀昂揚；文體形式上重視結構的完整、人物性格的發展和故事情節線索的清晰脈絡，敘述語言的準確明瞭、意象鮮明。同「十七年」一樣，復甦期的戰爭小說成績斐然的依然是長篇，短短五年時間，就有近百部現代戰爭歷史題材的長篇小說出版，但作品的質量卻相形見絀，在近百部作品中，平庸之作不在少數，唯一可與《保衛延安》、《紅日》相提並論的優秀現實主義長篇巨制是魏巍的《東方》。

　　《東方》描寫了抗美援朝戰爭的全過程，從志願軍出國作戰到凱旋歸國，其中重大的戰役和戰鬥、戰爭局勢的演變、戰略方針的變化等，都在小說中得到不同程度的表現。不僅如此，《東方》還將抗美援朝戰爭與國內的社會主義革命和建設、農村的階級鬥爭和土地改革等緊密結合起來，交錯展現，在盡可能廣闊的歷史背景上反映時代的全貌，使其具有「史詩」的宏大規模和非凡氣勢。從戰爭小說所包容的社會生活面的廣度看，《東方》堪稱為表現抗美援朝戰爭最全面最豐富的作品。

　　《東方》在人物形象的塑造上具有五六十年代戰爭小說所不具有的新質：其一是作者所著力刻畫的主人公郭祥較之五六十年代戰爭小

說的同類人物更具形象立體感。作者不是在一個平面式的承受體上展開性格描寫（如周大勇、楊子榮等只有勇敢機智一面的性格特徵），而是從三維的立體面上刻畫人物的豐富性格，其中既有英雄的壯舉，又有獨特的性情、癖好，還有動人心弦的愛情糾葛。這樣主人公的形象便有了豐滿的血肉。其二是借助於陸希榮（某部營長）這一志願軍內的蛻化變質分子的形象的描繪，大膽觸及軍隊內部的尖銳矛盾和激烈鬥爭。五六十年代戰爭小說一般不觸及軍內矛盾或軍內的敵我鬥爭這些敏感問題，《東方》對這些諱莫如深問題的描寫雖尚流於表面化，但率先突破軍事題材小說的一個「禁區」，無疑是中國當代戰爭小說創作的一個進步。

　　無庸諱言，無論是在創作動機，還是在藝術審美傾向上，《東方》都與五六十年代的社會道德風尚和審美取向毫無二致，因為小說本就動筆於「文革」前。然而，七十年代末八十年代初的中國社會畢竟不是五六十年代中國社會的歷史重複。社會大變革、思想大解放的潮汐正波濤湧起，人們的審美需求、社會情緒正發生巨大變化，而《東方》的審美風尚及所反映的社會情緒還停留在五六十年代的水準上，以致於作家傾注巨大熱情創作出的這一長篇巨著並沒能像五六十年代戰爭小說那樣在讀者中間點燃起同樣的熱情。不僅《東方》，復甦期其他傳統題材的戰爭小說也同樣有這種「生不逢時」之感，這是不以作家個人意志為轉移的。《東方》雖然沒能超越「五老峰」（老題材、老主題、老故事、老人物、老手法），但它對戰爭的全景描繪、對英雄人物的立體刻畫、對軍內矛盾的大膽觸及都比《保衛延安》和《紅日》等五六十年代的戰爭小說略勝一籌。從這個意義上說，《東方》又無疑是雄踞「五老峰」巔峰的少數最優秀作品之一。

　　如果我們把《東方》視為復甦期長篇戰爭小說的代表作，那麼，中篇和短篇的代表作無疑要推鄧友梅的《追趕隊伍的女兵們》和《我們的軍長》。

　　《追趕隊伍的女兵們》描述的是新四軍文工團三位掉隊的女兵追趕隊伍的故事。這部中篇以人物性格的鮮明獨特、故事情節的生動曲折、文筆的清新樸實，把讀者帶到戰爭歲月的革命隊伍中人與人之間的溫暖親情、革命友愛的無私偉大的美好情懷中。在這篇小說中，作家塑造人物、描述故事所採用的方法是「把人物推向命運的極端」[14]。三個年輕的女兵在敵人的重兵圍追中不慎掉隊了，這是戰爭中的「極端」情境。本來，女性參加戰爭就比男性在戰爭中的故事更引人注目，何況她們又失去了與大部隊的聯繫，陷入了一種極端危險的境地。於是人物的命運和她們的道德、人格、性格等等都在一種非常的「極端」環境中受到了最嚴峻的考驗和最充分的塑造。作家極善於生發故事，營造情節，渲染環境，先是寫三個女兵在一起追趕隊伍時的情景，後又寫她們被敵人沖散後的各自遭遇，其中穿插交代了三人的既往出身和經歷。合而後分，分而後合，正敘、倒敘、回憶、聯想交替運用，人物的思想、性格、經歷和作品的蘊意就在這分分合合中得到了充分的表現。這篇作品是在作者經歷了十年內亂，目睹了人與人之間互相殘害的現實之後，對人世間溫暖、友情的懷念和呼喚。作品的敘事風格直接秉承了五六十年代戰爭小說短篇佳作《百合花》、《英雄的樂章》、《黎明的河邊》等作品，給人以革命英雄主義和革命人道主義的崇高和美與善的藝術享受。

　　《我們的軍長》是新時期第一篇直接塑造無產階級革命家、軍事家藝術形象的短篇小說。小說以解放戰爭初期山東戰場為背景展開對新四軍軍長陳毅形象的刻畫。雖然這篇小說截取描述的僅僅是陳毅戎馬生涯中一次小規模戰役中沉著果斷指揮的故事，卻起到了以小見大、察微知著的藝術效果。特別是小說中陳毅在攻打摘星崮戰役時在炮火連天的前沿指揮所與人下棋的場面描寫，是表現主人公堅毅沉著

---

14 孫紹振：《文學創作論》（瀋陽市：春風文藝出版社，1987年）。

的大將風度的最精彩的情節，在後來眾多有關陳毅題材的文藝作品中這個情節幾乎必不可少，成為塑造陳毅作為無產階級傑出軍事家的豪邁形象的點睛之筆。

以《東方》、《追趕隊伍的女兵們》和《我們的軍長》為代表的復甦期戰爭小說是對被「文革」所扭曲的革命現實主義和英雄主義小說的撥亂反正，雖然它們都把戰爭小說創作推向了更高的審美境界，但它們鳴奏的畢竟是一個已經結束或行將逝去的時代的音符，儘管這個音符曾經那樣強勁和震撼人心，然而，新時期文學在「傷痕文學」、「反思文學」、「改革文學」等主潮文學的裹挾下正向現實主義的美學深度進軍，新的時代潮流呼喚戰爭小說創作新的重大突破。

二　南線戰爭題材小說的創作

一九七九年二月，中越邊境自衛反擊戰打響，這是我軍在和平時期經歷的一場較大規模的局部戰爭。軍內外數百名作家在戰時和戰後深入前線採訪，反映這場戰爭的各類文學作品數以千計，其中以報告文學最為出類拔萃，小說顯得相對遜色，這不僅因為作家們在經歷了三十年和平生活後對這場突如其來的戰爭及其影響還未能作深入的考察和思考，未能以充裕的時間在小說中作藝術化的表現，而且因為作家們的藝術神經在被凍僵了十多年之後一時還難以舒展開，戰爭小說的藝術觀念還拘囿於傳統的思維定勢中，大量作品輕車熟路就戰爭寫戰爭，走故事化模式的老路而成為過眼雲煙，只有少數作家開始感應到時代敏感的神經，醞釀著戰爭小說的重大突破。

《人民文學》一九八〇年第一期發表老作家徐懷中的短篇小說《西線軼事》，引起巨大的社會反響。注重人性美、人情美和作品的毛茸茸的原生形態使這篇小說在當時數以百計仍然在炮火連天的戰場上流連忘返的自衛反擊戰題材的文學作品中，顯得鶴立雞群、卓而不凡。

新中國成立後的三十多年來，我們的軍事戰爭小說已形成一種近乎僵化的創作模式：寫戰爭，總離不開敵我雙方態勢的分析、力量的對比，繼而寫槍炮聲如何激烈，敵軍如何狼狽逃竄，我軍如何乘勝追擊、凱旋祝捷；寫戰鬥英雄，少不了豪言壯語和一往無前、攻無不克的堅強鬥志。《西線軼事》也寫戰爭、戰場和戰鬥英雄，但又不拘泥於寫戰爭、戰場本身，而把筆觸伸向戰場之外，探及社會生活的縱深面，在現實與歷史的結合中，構成了作品生活畫面的縱深感和廣闊感。作家通過主人公劉毛妹命運的多舛和性格的變異，認真反思了十年內亂給我們國家、軍隊和青年一代心靈造成的殘虐，又通過劉毛妹這樣一個言行不合「正統」、帶有一些玩世不恭味道的青年軍人在戰場上的英勇表現，塑造了一個具有新的時代特徵的戰爭英雄的形象，從而超越了既往戰爭小說塑造英雄人物的窠臼，勇敢地脫去了英雄人物高大完美近乎「神化」的光圈，而把他們還原為現實生活中活生生的「人」。這不僅是戰爭小說創作中充滿人情味的現實主義深化的勝利，而且標誌著當代軍事戰爭小說創作結束了在傳統現實主義立足點上徘徊不前的局面，而向現實主義的縱深地帶猛進了一步。

如果說，《西線軼事》的問世改變了戰爭小說單一、僵化的表現模式，為新時期這一傳統題材小說創作找到了突破口，那麼，真正實現這一傳統題材小說對「五老峰」的超越，從而最大限度地找到戰爭小說和現實社會的共振點，廣泛而有力地影響社會的是一九八二年問世的李存葆的中篇小說《高山下的花環》。

在所有以「南線」戰爭為題材的小說創作中，《高山下的花環》的藝術成就是首屈一指的，它為當代戰爭小說的發展做出了多方面的傑出貢獻。

首先，在戰爭小說的社會化描寫上，《高山下的花環》達到了前所未有的深度。同民主革命時期的戰爭不同，中越邊境自衛反擊戰是發生在和平時期的一場局部戰爭，它對長期沉浸在和平生活中的人們

無疑是一次嚴峻的考驗。戰爭是局部的，但其社會牽扯面是相當深廣的。作家敏銳地抓住了這場戰爭的特點，對戰爭與當代社會生活的關係進行了一次立體交叉掃描。我們看到，作品無論是對戰場、戰鬥本身的描寫，還是對各種相關人物和事件的描述，都與二十世紀七十年代末特定的社會因素緊密結合。如一個打到前線指揮所要求「走後門」的電話，暴露了當今社會不正之風無孔不入的嚴重程度；兩發製造於「文革」年代的「臭彈」，控訴了十年內亂對包括軍事工業在內的整個經濟建設的嚴重破壞及所造成的惡果；梁三喜的一張欠帳單，反映了極左思潮給農村帶來的貧困；圍繞靳開來的評功，暴露了形式主義對部隊政治工作的扭曲。小說所描寫的故事都發生在軍隊和戰場上，但其輻射力卻穿透到社會生活的廣闊領域，使人感到了小說的沉重分量。

其次，在對當代戰爭人物形象的塑造上，《高山下的花環》也有了進一步的深化。雖然作家採用的還是傳統寫實的藝術手法，但由於作家是完全從生活實際出發，不粉飾、不雕琢，達到了驚人的真實。尤其在塑造幾個主要人物時，作家用比較法，通過戰爭這一巨大的顯微鏡，探及人物的靈魂深處。如連長梁三喜和指導員趙蒙生，一個是農民的兒子，誠實、寬厚、勤勉，生前沒有豪言壯語，臨終還念念不忘對戰友的「欠帳單」，一個多麼高尚的靈魂；另一個出身將門，從小養尊處優，為了「曲線調動」下連隊任職，為了逃避戰爭，臨戰前竟要求調離參戰部隊，幾乎要成為可恥的逃兵。又如，同為軍隊高級幹部，雷軍長不但自己親臨前線指揮戰鬥，而且臨戰前還把自己的獨生兒子從北京調往前線部隊參戰，兒子犧牲在戰場上了，人們還不知道他是軍長的兒子；而軍區衛生部副部長吳爽卻企圖利用自己和丈夫的地位、權勢走戰爭「後門」，臨戰前欲將兒子調離參戰部隊。至於小說對梁三喜的母親梁大娘和趙蒙生之母吳爽這兩家社會地位懸殊的軍人親屬所表現出的精神高尚與卑微同樣懸殊的兩相對照，則更加深

化了「人民是我們的上帝」這樣一個崇高、動人的主題。一部不過八萬字的中篇小說，竟能把八個主要人物，個個寫得活靈活現，絕不雷同，確實難能可貴。

再次，在對軍內生活矛盾和某些陰暗面的揭露和批判上，《高山下的花環》也達到前所未有的深刻程度。它把部隊工作的某些弊端和軍隊內部某些特權階層的不光彩行為毫不留情地暴露在廣庭大眾面前，顯示了真正現實主義作家的勇氣和膽識。但不論是對走戰爭「後門」者的揭露，還是對評戰功問題上形式主義和僵化教條的工作作風的批評，作家都沒有作自然主義的展示，更沒有把它們誇大為生活中的主流，而是充分顯示了生活中正義、健康、積極力量的強大和美對醜的戰勝。

《高山下的花環》之後，戰爭小說的觸角將向何處延伸，成了一個藝術的焦點和難點。顯然，繼續停留在人物與外部世界的矛盾衝突中展開和完成英雄的行為歷程和形象塑造，勢必把戰爭小說引向死胡同。於是，軍內一些作家開始嘗試轉換視角來增加作品的新意，他們首先把目光由傳統的戰爭的攻守進退、戰場上的敵我對壘、生死角逐等外部衝突轉移到從道德的、心理的角度思考戰爭和人的關係，這便與以往某些彷彿只是為一種戰略思想作注解或狹隘詮釋的英雄主義的戰爭小說大異其趣。在這些帶有試驗性的作品中，王中才的短篇小說《最後的塹壕》富有代表性。

這不是一篇傳統意義上以描繪敵我雙方軍事力量的抗衡與勝負，或以表現我軍將士英雄業績為主的高唱英雄主義頌歌的小說，而是一篇穿透戰爭行為的外觀，進入戰爭特殊情勢下人際關係深層內核的道德化小說。它為讀者展示了一幅全新的矛盾衝突圖——戰爭鐵血邏輯與情感邏輯的尖銳衝突：戰士李小毛單人闖入了敵塹壕，卻使我軍的炮火支援遇到了難題，要麼讓攻擊敵人的炮火同時毀滅自己的英雄戰士，要麼犧牲更多的戰士去攻占敵塹壕。這是一道對每一個戰地指揮

員來說都難以逾越而又必須逾越的「情感塹壕」：當愛惜英雄（是團長非常喜歡的有才華的戰士）的情感邏輯瞬間占了上風時，戰爭的邏輯立刻讓你付出十八名戰士的鮮血和生命代價。當執行了戰爭的鐵的意志後，團長的內心又被一種負罪感所纏繞。戰爭中一個指揮員除了按戰爭本身的邏輯行事外，別無他法，一旦讓世俗的情感或在平時可以稱為美德的東西摻和進來，而它們又在戰場上妨礙了另一個更高的目標的實現時，就會轉換成情感的「塹壕」。這「最後的塹壕」，團長趙恂越過了嗎？似乎越過了，又似乎沒越過。而越過了就絕對好，沒越過就絕對不好嗎？誰也難以得出一個完美準確的答案。《最後的塹壕》所設置的戰爭邏輯與情感邏輯的衝突其實還只進入了一種比較淺顯和普遍的道德思考的層次，但已足以說明戰爭小說一旦能利用自身題材的優勢轉換視角引進新的矛盾衝突方式，就將別開生面。

用現代意識燭照戰爭小說，在八十年代中期出現的以「南線」戰爭為題材的小說創作中，尚有宋學武、何繼青、雷鐸等人的「戰爭心態小說」和「戰後心態小說」意欲創造新的審美內涵。這些戰爭小說試圖把人的精神和意志的較量從外在拼殺、強攻、死守等表面形態的英雄行為中分離出來，構成具有獨立審美價值的英雄素質。如宋學武的《遠方的夜》中，「他」的勝利靠的不是火力的打擊力量，而是精神和意志的力量。他（我軍連長）和他（越軍士兵）突然相遇，來不及躲閃，來不及隱蔽，各自的槍口都對準了對方，各自的手都已扣住了扳機。但內在意志力的較量卻比外在形態的緊張更劍拔弩張，誰更沉著、冷靜、堅毅，誰就將是勝利者。越軍士兵在意志力的較量中終於崩潰了棄槍而逃，而「他」（我軍連長）的槍膛裡實際上空無一彈。當然，這種意志力較量的歸結點最終還是落在正義、美和善等道德力量上，這一點與傳統的戰爭小說沒有多大區別。

二十世紀八十年代中期以後，隨著國際政治風雲的急劇變化，南部槍聲逐漸寥落，「南線」戰爭題材的小說創作熱潮也逐漸降溫，趨向平靜了。

三　全景展現抗日戰爭的史詩巨作

　　抗日戰爭是中國人民反抗外來侵略的一次徹底的全面的勝利，洗刷了近代一百多年來中國屢受外敵侵略屢蒙失敗恥辱的歷史，但是這樣一場全民族規模空前的反侵略戰爭在戰爭結束的近四十年裡卻只在文學創作中得到零星和碎片式反映，尤其是「十七年」抗戰文學只片面反映中共領導的華北敵後戰場的游擊戰爭，擔負正面主戰場的國民黨軍隊的抗戰事蹟不見隻言片語，以至在年輕一代的心目中，抗日戰爭就是共產黨領導的八路軍新四軍的功績，不知道不了解還有國民黨軍隊的正面戰場一說。此種片面歷史觀的形成雖然不能由文學來承擔責任，但由文學來糾偏歷史卻比歷史教科書更形象生動而容易為青少年讀者所接受。二十世紀八十年代中期，老作家周而復和老幹部、老作家李爾重不約而同承擔起了這樣的歷史責任和文學責任。由周而復創作的六卷本《長城萬里圖》和李爾重創作的八卷本《新戰爭與和平》的前後推出，結束了當代文學缺少抗戰小說史詩巨作的歷史。這兩部總字數分別達四百萬字和五百萬字的鴻篇巨制為我們展示了一幅幅形象生動的抗戰歷史畫卷，其中既有為人們所熟悉的八路軍、新四軍艱苦卓絕的敵後游擊戰爭，也有許多人不大了解的正面戰場上國民黨愛國將士的英勇壯舉，更有圍繞戰與降，國共兩黨之間、國民黨統治集團內部主戰派與主和派之間的矛盾鬥爭，日本內閣和軍部之間、北進派和南進派之間的較量以及國際反法西斯戰爭的風雲變幻……。作品氣勢之恢宏、場面之壯觀、史實之詳盡、卷帙之浩繁，在中國當代戰爭文學創作中都堪稱空前壯舉。

　　與「十七年」抗戰小說最大的不同是，《長城萬里圖》和《新戰爭與和平》是從全民族的高度全方位的視野觀照抗日戰爭的。兩部作品均是從宏觀著眼，微觀入手，以抗戰中眾多真實的歷史人物和重大歷史事件為經緯，編織出一幅波瀾壯闊的抗日戰爭的文學全景圖。作

品出場人物之多，線索之龐雜並不亞於《三國演義》。《長城萬里圖》由《南京的陷落》、《長江還在奔騰》、《逆流與暗流》、《太平洋的拂曉》、《黎明前的夜色》、《霧重慶》六部組成。小說從一九三七年七月蔣介石主持盧山談話會起敘，歷述了自「七·七盧溝橋事變」至「八·一五」日寇投降八年間所有重大的戰爭事件和政治事件以及國際反法西斯戰場的部分剪影。書中所描寫的人物約有五、六百人之多，戰爭場景更是不計其數。《新戰爭與和平》所涉及的戰爭時間跨度更長，它從一九三二年「一·二八」淞滬抗戰寫起，止於「八·一五」抗戰勝利，十四年間日寇的侵略行徑和中國各個主要戰區軍民團結禦侮的英雄業績都得到充分展示。

從全景視角描寫抗日戰爭，作家首先必須面對的第一個難題是如何塑造蔣介石的形象。在以往的歷史教科書或文藝作品中，蔣介石是一個凶悍殘暴的「人民公敵」的形象，而他實際是一個領導全民族抗戰的領袖人物，同時也是一個反共的歷史人物。由於長期的片面歷史觀的灌輸，國人已經烙下了關於蔣介石形象的固有記憶，作家需要超越黨派的立場，拋棄既定的陳腐觀念，正確對待其功過是非，才能塑造出一個真實的蔣介石的藝術形象。

蔣介石是《長城萬里圖》全書濃墨重彩重點刻畫的中心人物。作家深刻挖掘、充分展示了蔣介石性格的全部複雜性。周而復筆下的蔣介石是一個既陰險毒辣、色厲內荏，又具有領袖人物的才幹、能力、謀略，一個既喜怒哀樂無常，又七情六欲俱全的圓形人物。作家始終把他置於矛盾的焦點中心進行形象刻畫。小說開篇，蔣介石在盧山主持談話會，其時盧溝橋事變已經爆發，中日民族矛盾空前激化，全國人民要求抗日的呼聲日益高漲，戰與和成為會議激烈爭論的中心。蔣介石一方面不得不擺出決心抗戰的高姿態，以應付國內民主黨派和各界群眾的強大壓力，特別是以馮玉祥為首的國民黨主戰派和共產黨代表周恩來提出國共合作抗日的正義主張，使他不敢敷衍了事。另一方

面，他又深刻意識到敵強我弱的戰爭態勢，從內心深處懼怕敵人，對抗戰前途悲觀失望，於是採取了表面抗戰暗中議和的兩面手法，寄希望於美、英等國施加國際壓力以求得日本讓步。南京失守在即，蔣介石還暗中通過德國大使陶德曼出面調停，結果中了敵人的緩兵之計，導致南京最後淪陷，南京三十萬居民遭受日寇的血腥屠殺。戰局即使已經發展到如此嚴峻的地步，蔣介石也沒有痛下抗戰的最後決心，始終抱著和平的幻想。如果說，對日寇是戰是和，蔣介石始終搖擺不定，那麼，對共產黨及其領導的八路軍、新四軍，蔣介石的方針則堅定如一，就是限制、消滅。他的如意算盤是，既然十年內戰沒有達到「剿共」的目的，何不借日本人之手消滅之。眼看共產黨領導的抗日部隊不但沒有被日寇消滅，反而不斷發展壯大，成為抗戰的中流砥柱。蔣介石心急如焚，親自發動了三次反共高潮，製造了震驚中外的皖南事變。

　　蔣介石雖然是一個反共的獨裁者，但又是領導抗戰的最高統帥。作家沒有諱言他在抗戰中所起的進步作用。作品不少篇幅描寫了蔣介石對一些重大戰役的指揮決策，如淞滬抗戰、南京守衛戰、臺兒莊會戰、武漢保衛戰等。在爭取蘇、美、英等國對中國抗戰的援助上，蔣介石也不遺餘力做了大量工作。歷史地說，蔣介石抗戰領袖的地位既是一連串歷史偶然性的合力，又是他擅權專斷的個人品質和能力使然。作家著重在其個人品質上深挖，揭示他強烈的權勢欲和排除異己獨裁中國的勃勃野心。他身兼國民政府軍事委員會委員長、國民黨總裁、三青團總團長等數職，但還不滿足，國民政府主席林森去世後，他又順勢而為當上了國民政府主席一職，集黨政軍大權於一身。他統治中國二十二年練就了玩弄權術、駕馭部屬的看家本領。對親信部屬，他恩威兼施，善於籠絡，如「八‧一三」上海保衛戰中，京滬警備總司令兼第九集團軍總司令張治中身先士卒親臨前線指揮作戰，只因臨時抽身前往蘇州向第三戰區副司令長官顧祝同請示工作，蔣介石

便不問青紅皂白嚴厲訓斥張臨陣脫逃，張治中憤然辭職。蔣介石明知自己冤枉好人，卻死要面子不認錯，而是通過委任張治中為湖南省政府主席找臺階下。對地方勢力，他想方設法分化瓦解，或借抗戰之名，把一些地方部隊分散調遣，或打入楔子安插親信掌握地方軍政大權。他不無駕馭政局的能力，但在軍事指揮上卻剛愎自用，常做出混亂和自相矛盾的軍事部署，以致前線將士無所適從。如上海撤退，當部隊按照部署正撤向蘇州、無錫一線時，蔣介石突然得到九國公約國家準備簽署制裁日本的宣言的信息，他妄想借此壓日軍退兵，於是置既定軍情和部署於不顧，臨時改變命令，讓已經撤退的部隊返回前線「再堅決死守一下」。結果由於上情下達不暢，有的部隊往後撤，有的部隊奉命返回陣地，一時間四面八方的部隊都擁擠在通往昆山的一條狹小公路上進退不得，無數官兵在混亂中自相踐踏，潰不成軍。

除了在政治、軍事鬥爭中展示蔣介石的複雜性格外，作家還刻意通過日常生活細節把蔣介石性格中鮮為人知的一面展現出來，使人物形象更為豐滿。如他對宋美齡既溫柔多情，又忌恨她事無巨細恣意插手。他一面和宋美齡卿卿我我，如膠似漆，儼然一對恩愛夫妻，一面又利用宋美齡出國治病之機，和黃山雲窩小學教員陳小姐偷情幽會……。在《長城萬里圖》之前，大陸當代文學創作中還沒有哪一位作家對蔣介石形象作過如此全面和富有深度的藝術刻畫。當然，受限於上世紀八九十年代的政治氛圍和歷史語境，作家對於蔣介石形象的描摹仍然存在一定的侷限，但較之「十七年」文學已是一個很大的歷史進步和創作突破。

相較來說，李爾重在《新戰爭與和平》中沒有把蔣介石作為濃墨重彩重點刻畫的對象，但通篇小說時時可以見到蔣介石的影子。如果說，蔣介石在《長城萬里圖》中是處於作品的中心位置，那麼，《新戰爭與和平》則把他推向側面。作家基本上是把蔣介石作為一個反面人物和批判對象加以描寫，重在揭露其消極抗戰、積極反共的幕後陰

謀和隱藏在抗日旗幟背後的真實動機，只有「千古功臣」一章，蔣介石才真正成為事件的中心人物，張、楊發動兵諫，蔣介石從位高權重的領袖變成狼狽不堪的階下囚，其色屬內荏、恐懼、悲哀的心理被刻劃得惟妙惟肖，其翻手為雲、覆手為雨的流氓習性也得到充分展示。

　　對於戰爭主要人物的描寫，兩部作品無意中形成了互補，在《長城萬里圖》中基本沒有做過正面描寫的另一位戰爭重要人物──日本天皇裕仁在《新戰爭與和平》中得到了很有藝術深度的精細刻畫。小說第三部「二・二六事件」單元以大量的篇幅對裕仁天皇的性格、氣質、嗜好、行為特徵和語言特異之處作了生動細緻描述。從作家冷峻、客觀的描繪中，讀者可以清楚看到，裕仁──這位以生物學家自詡、被日本朝野奉為「神」的最高統治者，其實是一位野心勃勃、陰鷙殘忍的侵略元凶。青年時代的裕仁就是達爾文「物競天擇、優勝劣汰」哲學思想的狂熱信奉者，即位前出訪歐洲途中就萌發了侵略的野心，只是他沒在外表上像希特勒那樣殺氣騰騰，不可一世，而是深居皇宮「韜光隱晦」，以生物學家悲天憫人的面目出現，舉止文雅，寡言少語，儼然一尊令人肅然的「神」。然而，日本政壇在掃除政黨政治實行法西斯統治過程中所發生的一系列血腥事件、軍國主義者侵華擴張計畫的出籠，無一不是他暗中操縱、默許和縱容的結果。對裕仁天皇這一重要歷史人物，作家不做主觀上的臧否，而是通過人物自身的一系列行為，一層一層剝去籠罩在其身上的「神」的光環，還其法西斯頭子的真實面目。戰後日本政壇總是千方百計掩蓋裕仁天皇的戰爭罪責，為軍國主義者的侵略行徑辯解。李爾重的描寫有助於世人認識日本侵華戰爭的罪惡根源，徹底根除威脅世界和平的戰爭土壤。這在今天尤其具有十分重要的現實意義。

　　戰爭全景小說由於涉及的戰爭人物眾多、戰爭事件紛繁複雜，如何合理剪裁，做到主次分明，繁而不亂，是對作家藝術功力的另一巨大考驗。眾所周知，抗日戰爭首先是中日兩個民族之間的鬥爭，同時

又是國際反法西斯戰爭的重要組成部分。對待這場戰爭，中日雙方內部也充滿著矛盾和鬥爭，中國方面，國民黨內抗戰派和投降派之間、國共兩黨之間、國民黨嫡系部隊和地方軍閥之間、國民黨四大家族之間都存在著矛盾鬥爭；日本方面，內閣和大本營、黨閥和軍閥、南進派和北進派也在進行針鋒相對的角力。這些錯綜複雜、頭緒紛繁的矛盾鬥爭要一一納入小說的藝術框架中，只有採取多線索並進的結構法，才能使作品獲得盡可能大的藝術容量，因此，兩部小說在結構藝術上具有許多共同的特徵：首先，它們都以戰爭發展的自然進程為經，以人物的矛盾鬥爭為緯，經緯交織縱橫交錯推動小說情節的發展。其次，作為多卷部的長篇小說，各卷部之間既有密切聯繫又有相對的獨立性。作者大體上是以一個或若干個事件組成一個獨立的單元，單元之間有內在的邏輯聯繫，它們共同組合成一幅多維度多層次的戰爭立體圖。這種單位結構最醒目地表現在小說卷次和目錄的設計安排上，如《新戰爭與和平》每一部在目次上都有高度概括內容的醒目的大標題和小標題，《長城萬里圖》六部則各有書名，這些書名堪謂該部內容高度濃縮的形象概括，如第三部《逆流和暗流》，主要描寫了以汪精衛為首的國民黨內低調俱樂部成員的投降行動和以蔣介石為首的動搖派與日寇的暗中和談，他們是抗戰中的逆流和暗流。

從多線索並進的總體佈局出發，兩部作品對具體戰爭事件的藝術處理匠心各運，互有千秋。

其一，觀照戰爭的視角略有不同。周而復發揮他長於策略分析和心理刻畫的長處，避開實戰經驗不足的短處，側重從政略的角度，表現戰爭各方上層人物圍繞戰爭而進行的政治、經濟和軍事的較量。作家用了相當多的筆墨描寫蔣介石和他的高級幕僚們對於國內外各種政治形勢和戰爭形勢的研究、分析和判斷；描寫我黨中央和周恩來、葉劍英、董必武等同國民黨反共滅共政策所進行的針鋒相對的鬥爭；描寫汪精衛及其低調俱樂部成員對抗戰前途的悲觀失望和投降日寇的陰

謀;描寫桂、川、滇等地方勢力與蔣介石的爭權奪利;描寫日本內閣和軍部圍繞戰爭擴大與不擴大(南進和北進)的交鋒;描寫美、英、蘇領導人基於各自國家、階級的利益而對中國抗戰所採取的不同態度。李爾重則以自己八年抗戰的豐富戰爭經驗,著重表現敵我雙方在戰場上的直接較量。描寫前線將領對戰鬥的運籌帷幄;描寫普通士兵在戰場上的殊死決戰;描寫愛國學生、記者和各界群眾高昂的愛國熱情。當然,一部全景式的戰爭巨制在藝術上不可能只取一種視角,《長城萬里圖》中也不乏戰爭實景的精雕細刻,類似南京守衛戰、臺兒莊會戰、田家鎮要塞保衛戰那樣的戰爭場景在小說中並不少見。同樣,《新戰爭與和平》對中日雙方高層人物活動的描寫亦非弱筆,像「二·二六事件」對日本天皇、內閣、政黨、軍界、財團之間錯綜複雜的矛盾糾葛的藝術展示就是十分精彩的章節。所謂視角的差異並非絕對,僅僅是對各自藝術表現域的量上的粗略審度而已。

其二,對具體戰爭事件的取捨剪裁各有側重、各具特色。抗日戰爭是一場規模宏大、持續時間長的戰爭,介入的人物不計其數,大小戰役、戰場數以萬計,即使是所謂的戰爭全景小說,也不可能對戰爭中的所有歷史人物都一一濃墨重彩,更不可能對戰爭中的各個局部戰場、各次戰役面面俱到都予記述。何況在李爾重心目中,抗日戰爭不只八年,而是十四年,因此,「九·一八」事變後的各次重大戰役和重要政治事件都納入他的視野中,雖然他的筆墨遍及東北淪陷區,華東、西北、西南的正面戰場,華北的敵後游擊戰場,但他對於各個戰場的抗敵鬥爭也只取典型人物典型事件加以敘寫,以收管窺全豹之功。如「九·一八」後活躍在東北的抗日武裝有多支,作家只著重描寫人們不大熟知的鄧鐵梅、苗可秀等人領導的東北民眾自衛軍。這支軍民關係融洽、戰績卓著的抗日武裝在東北淪陷區的抗敵鬥爭中具有一定代表性。又如華北敵後游擊區的抗日鬥爭蔚為壯觀,作家只擇取八路軍一二九師在冀南、魯西北地方,和以范築先將軍為代表的地方

抗日武裝緊密配合，共同開闢敵後抗日根據地，以此為範例，顯示我黨抗日民族統一戰線的卓著成效。較之《新戰爭與和平》，周而復的作品對戰爭事件的描寫相對簡約，只選擇那些必不可少的事件，而且注意讓事件和情節服從服務於人物性格刻畫，如上海失守，作家著重從統帥部決策的失誤來反映我軍失敗的根本原因以及由此引起的戰局的急轉直下。但是，抗戰爆發後一些很重要的事件，如西安事變、盧溝橋事變，周而復也略而不寫，對一部全面表現抗戰的作品來說不能不是一個缺憾。

其三，人物設置和場景安排的差異。《新戰爭與和平》為了把戰爭置於比較廣闊的社會生活畫面中來表現，著意虛構了不少場景式和線索性的人物，他們不受史實限制，行動自由，能夠起貫串情節的作用。小說一開篇，中日雙方線索人物就紛紛出場，從東北流亡到關內的劉本生、勁芹、王強，在山海關志龍頭海邊捉蟹，與正在釣魚的日本特務川島芳子及其同夥田中隆吉、前田永正發生了一場衝突。特別是川島芳子和寧麗馨在情節的串連中起了很重要的作用。川島芳子既是歷史人物又是線索人物，在前三部頻頻出現。她奔走於侵華日軍的頭面人物之間，通過她引寫出日本軍閥的一系列侵略陰謀。寧麗馨則是純虛構的中方一個主要線索人物，淞滬抗戰時她作為復旦大學學生參加安塞護救隊；張學良視察熱河，她參加後援會的宣傳隊親臨前線；長城抗戰中，她以救護慰問隊員身分出現在前線和後方醫院；「一二‧九」運動期間，她重新回北平讀書，參加並領導了學生運動；盧溝橋事變時，她作為《大公報》記者，成為事變的目擊者；以後她作為美國駐華使館海軍武官卡爾遜的隨行翻譯，從太行山下來到冀南平原，目睹了抗日根據地軍民的戰鬥風貌。這些線索人物不但串連起許多分散的歷史人物、歷史事件，其中一些人物的性格刻劃也有相當深度，如對川島芳子的描寫就很有特色。相對而言，寧麗馨等中方線索人物的形象就比較蒼白，共性多於個性，人為安排的痕跡較明

顯。《長城萬里圖》也虛構了若干場景人物，如冀中根據地的李守義、王俊英、李鐵、郝春寶等群眾角色，他們並未起連綴全書情節的線索作用。在場景的安排上，李爾重吸收電影「蒙太奇」的剪接手法，場景頻頻轉換，不僅極大地擴展了小說的敘事空間，而且調動了讀者的興趣。如臺兒莊戰役，作家交叉描寫張自忠部和龐炳勳部合力抵擋板垣師團向臨沂的進攻、王銘章師在滕縣的苦戰、孫連仲軍在臺兒莊的頑強堅守、八路軍一二九師為牽制日軍在神頭嶺的伏擊戰，使臺兒莊戰役獲得了立體交叉全方位的審美透視。周而復善於採用大段落的人物對話、細膩入微的人物心理活動，把既往和眼前的場景連綴起來，既刻劃了人物，又交代了背景，渲染了環境氛圍。但是，全書人物對話稍嫌冗長，交代過程屢有重複之處，有些對白與人物身分不很吻合。當然，一部三百多萬字的長篇小說難以做到處處精雕細刻，個別弱筆、敗筆亦在所難免。

　　女作家柳溪集十年之功創作的長篇小說《戰爭啟示錄》（上、下卷）（一九八四年一月初稿，一九九四年七月完稿，一九九五年七月出版）是新時期又一部具有史詩意義的抗戰歷史小說。雖然《戰爭啟示錄》不具有《長城萬里圖》和《新戰爭與和平》一樣的全景視角和巨大篇幅，它的視角主要聚焦於華北敵後戰場，且是從地下鬥爭的角度來反映中日戰爭中的許多臺前幕後交易，但小說通過主人公李大波的曲折鬥爭經歷，勾連起抗戰時期發生在華北地區的許多重要戰爭事件和中日雙方諸多重要戰爭人物。出身於大地主家庭的東北青年李大波是一個具有傳奇色彩的中共地下工作者，他先後擔任過吉鴻昌、傅作義、宋哲元等抗日將領的隨身副官和大漢奸「冀東防共自治政府」長官殷汝耕、偽河北省長高凌霨的秘書，利用這些特殊身分，李大波先後參與謀劃「七・七」事變前後華北地區的許多重要抗日戰役，如傅作義將軍領導的綏遠抗戰中的「紅格爾圖大捷」和「百靈廟之戰」、宋哲元的二十九軍在盧溝橋與日寇的對峙以及「通州兵變」

等，特別是擔任偽河北省長高凌霨的秘書期間，李大波被推薦作為時任國民政府外交部長周佛海的隨從人員往來香港、重慶之間，參與日本和重慶方面的秘密談判，獲取了許多重要情報。

小說上卷，李大波基本上是一個線索人物，通過他在國民黨和汪偽政權高層的秘密地下情報工作，將「九・一八」事變至「七・七」盧溝橋事變前後的一些重要戰爭活動做了詳盡描敘，從而刻畫了中日雙方的諸多重要歷史人物，如蔣介石、汪精衛、周佛海、宋美齡、傅作義、宋哲元、齊燮元等中方高層人物和今井武夫、多田俊、畑俊六、土肥原賢二、板垣征四郎、岡村寧次、東條英機等侵華元凶以及美國的司徒雷登等。小說下卷，李大波作為線索人物的作用有所淡化，而作為傳奇英雄的形象逐漸突出，在與南京和重慶的雙面特務曹剛的鬥智鬥勇中，李大波身陷囹圄，敵人用酷刑拷打和假槍斃恫嚇等各種手段都沒能使他屈服，最後是其父花重金通過日本間諜川島芳子的調包計才將李大波救出押回東北故鄉拘家看管。在家鄉期間，李大波又暗中和東北抗日聯軍趙尚志的隊伍聯繫上，並巧施計謀，既使其父捐獻日軍的大量糧食讓抗日聯軍劫獲，又使自己銷聲匿跡潛回華北抗日根據地，從而徹底擺脫父親的拘束繼續從事抗日工作。

小說另一主人公方紅薇在小說中的作用與其丈夫李大波基本相似。作為美國傳教士理查的養女，方紅薇對其養父的叛逆凸顯共產主義理想對於基督教義的戰勝。理查德在中國傳播教義雖然失敗，但他和昔日情人宋美齡的勾搭卻十分成功。方紅薇作為線索人物引出理查德，又通過理查德將戰時中美關係聯繫起來。而方紅薇從一個鄉下姑娘到接受西方教育最後成為共產主義的信徒，主要緣於抗日愛國熱情和其崇拜的丈夫、共產黨人李大波的引導。作家意在通過她的成長充分顯示共產主義的強大生命力。

這部小說的許多戰爭故事于史有據，加上作家曾親自參加過中共領導的城市地下抗戰工作，因此，這部小說著重從地下工作的視角反

映抗日戰爭的某些重大事件，視其為史詩之作並不為過。但是，作品在醞釀構想過程中受黨派政治的影響較深，尤其作家創作的十年間，國共兩黨的緊張關係並未和緩，對於抗戰歷史的認識還有許多偏頗。因此，小說中的若干重要人物的形象刻畫既反映了作家個人的喜惡，也體現了中共的主流價值觀，如極力讚譽傅作義在綏遠的抗戰功績，對宋哲元在「七·七」盧溝橋事變中的作為亦加以褒揚，特別是高度肯定並大力敘寫了共產黨及其八路軍重要領導人呂正操、程子華、聶榮臻等領導華北抗日軍民粉碎日寇的「大掃蕩」的歷史功績。對於蔣介石的在抗戰中的歷史作用則採取了基本否定的態度，小說漫畫式地勾勒了蔣介石的形象。大敵當前，蔣介石卻始終念念不忘他的心頭大患——共產黨，總在思謀如何限共、滅共，卻對日寇的蠶食政策一味忍讓，特別是在整個抗戰期間不斷暗中與日本人進行秘密和談，抗戰意志很不堅定。如小說寫到，盧溝橋的槍聲響起，蔣介石不但不嘉許前線將士的抗敵愛國行為，反而認為他們是「故意捅馬蜂窩」，大罵他們是「飯桶」、「豬玀」。對於中共對盧溝橋事變發出的「平津危急，華北危急！中華民族危急！……武裝保衛平津！保衛華北，保衛全中國……」的通電，蔣介石極為惱怒：

> 「娘希匹！」他拍著桌子怒吼著：「豈有此理！危急危急，他共產黨怎麼知道危急不危急？！這個共匪，又想借著這件局部小衝突大做文章啦，……真是混帳！」他氣憤地反剪著手在屋裡來回走了一遭，才停下來，揮著拳頭用斬釘截鐵的口吻說：「布雷！趕緊替我草擬一道命令火速向駐守盧溝橋的二十九軍傳達，我命令，除非奉命，一律不得還擊！」

小說中類似小丑式滿嘴髒話的蔣介石形象的描寫不勝枚舉。作為一部具有史詩意義的文學作品，這不能不是一個缺憾。

　　青年作家鄧賢的長篇紀實小說《大國之魂》（人民文學出版社，一九九一年十月出版）雖然沒有《長城萬里圖》等的浩瀚篇幅，但同樣具有史詩意義。這是新時期以來較早記敘中國遠征軍抗戰事蹟的全景小說。作為中國遠征軍戰士的後代，鄧賢曾經在雲南邊陲當過知青，親耳聆聽了當地人講述遠征軍抗擊日寇的許多悲壯故事，深入當年遠征軍的戰場祭奠憑弔先烈，搜集了中國遠征軍的大量戰鬥史料，經過一定的藝術加工，終於譜寫了一部中國遠征軍抗敵禦侮的悲壯史詩。

　　這部長篇紀實小說共分五部，基本依據歷史事實，從蔣介石決定組建中國遠征軍赴緬甸作戰起敘，歷述了遠征軍在緬甸的所有敗績和戰績。紀實小說雖然要以史實為依據，但作家並不拘囿於歷史事實的平鋪直敘，而是充分發揮了小說塑造人物性格的藝術長處，生動描寫了蔣介石、羅斯福、史迪威、杜聿明、羅卓英、孫立人、衛立煌、戴安瀾等人豐富複雜的內心世界和性格特徵。作為中國的抗戰領袖，蔣介石身上刻有中國傳統封建獨裁者的一切歷史烙印。他有很強的權力欲和自尊心，以自己的遠近親疏關係調兵遣將。盟軍中國戰區參謀長、美國將軍史迪威名義上具有指揮遠征軍作戰的權力，但實際上遠征軍的一切行動都受蔣介石的遙控，連美國總統羅斯福都奈何蔣介石不得。遠征軍初入緬甸即遭重挫，除了因遭遇強敵外，蔣介石「保存實力」的保守戰略要負很大責任。遠征軍副總司令、蔣介石心腹愛將杜聿明實際代表蔣介石掌控前方指揮權，他唯蔣介石之命是奉。同古大戰，遠征軍傷亡慘重，史迪威要求遠征軍殘部撤往印度，但蔣介石不願意自己的軍隊寄人籬下，執意命令遠征軍全部退回國內，第二百師師長、蔣介石的親信戴安瀾明知不可為而為之，結果在撤退途中命喪緬北野人山，成為中國遠征軍犧牲在異國土地上的唯一一個將軍。只有美國軍校出身的新三十八師師長孫立人執行史迪威的命令將部隊退往印度，在印度經過美軍的強化訓練後，成為一支裝備現代化的高素質軍隊，後在反攻日軍收復印緬失地的戰鬥中屢立奇功，孫立人被

譽為「東方的隆美爾」。但是，抗戰勝利後，蔣介石卻另眼對待這位屢立戰功深得美國人信賴而不聽自己指揮的非嫡系部下，不僅讓孫立人軍權旁落，而且使他蒙冤三十多年。中國遠征軍的多數高級將領都如杜聿明、戴安瀾一樣與蔣介石建立和保持著封建君臣般的人身依附關係，他們在異域的一切軍事行動都要符合蔣介石所代表的那個政黨和階級的利益，而不一定合乎戰爭本身的需要。這是美國人史迪威經過無數次挫折才弄明白的淺顯而深刻的道理。

　　史迪威的沉浮與中國遠征軍的命運休戚相關。這位不佩戴軍銜、毫無將軍架子的美國老人是一個正統的軍人。他那與生俱來的西方軍人的戰爭責任感和他所代表的美國政治和霸權主義，與蔣介石所代表的保守頑固的中國封建主義政治和文化價值觀不斷發生衝突，使他改造中國軍隊，企圖主導中國遠征軍，以完成美國總統賦予他的帶領盟軍驅逐日寇出南亞的戰略構想屢遭挫折，最後不得不提前結束他的歷史使命，成為中美關係史上的一個著名悲劇人物。小說在史迪威和蔣介石身上濃縮了中美政治文化背景和戰略利益的落差，從而深刻分析了中國遠征軍命運悲喜劇的歷史深層動因。

　　作為一部戰爭紀實小說，《大國之魂》力圖客觀真實地表現中美英日各方軍隊的真實面貌。美國軍人的刻板嚴厲、英國軍人的懦弱自私、中國軍人的戰鬥素養低下、日軍官兵的頑冥殘忍，形成了鮮明對比。尤其是第十二章「松山大血戰」，展示了驚心動魄的戰爭場景，令人刻骨銘心。日軍憑藉堅固的碉堡和地下工事，以一個不到千人的守備隊與五十倍於己的中國軍隊頑強對峙，死守陣地一百二十天，戰至最後一兵一卒，包括六名日籍慰安婦在內的日軍官兵全部戰死，「唯一一個被俘的日軍傷兵途中醒來，竟然咬掉一名中國士兵的耳朵，被當場擊斃」。一個只有七千多萬人口的蕞爾島國如何能夠舉全國之力，動員幾百萬年輕人走上戰場，義無反顧為「天皇」而戰，侵略的鐵蹄幾乎踏遍東亞各國，是大和民族嗜血崇武的民族性使然，還

是受軍國主義思想的蒙蔽和驅使，小說沒有給出具體答案，但對戰後
日本政府對於戰爭責任的敷衍塞責態度和軍國主義的陰魂不散，作者
則表達了深切的憂慮：

> 日本天皇裕仁，戰後多次出訪歐美，並在各種場合向歐美各國
> 表示懺悔。但是日本天皇從未訪問過中國，並且從未向這個侵
> 略戰爭的最大受害國表示過哪怕僅僅是口頭上的道歉。
> 一位留學日本的朋友同我講起一件事：八十年代初，日本某報
> 紙舉辦民意測驗，其中一項是關於對本國歷史的看法。測驗結
> 果表明，有百分之六十的年輕人為日本歷史感到自豪。一個北
> 九洲的大學生坦率地告訴這位中國人，二次大戰日本只有七千
> 萬人口，卻占領了大半個亞洲，現在我們有一億五千萬人，你
> 不認為我們應該幹出更偉大的事情來嗎？

年輕人代表一個國家的現在和未來。但願這只是一個個案。中國人難
道不應該警醒和警惕嗎？

四　戰爭小說人學人性的深度開掘

「十七年」的戰爭小說之所以被人詬病，除了單純從黨派政治和
階級鬥爭觀念來片面演繹戰爭歷史外，還因為多數作家無可選擇地遵
循所謂的革命現實主義和革命浪漫主義相結合的藝術法則，使作品多
停留於淺層次表面化地描寫戰爭中的人與事，形成了程式化的戰爭小
說模式——人物善惡分明，形象單純扁平，情節線性發展，結局不出
意料。

戰爭是人類社會最原始、最複雜、最高尚、最野蠻的集體暴力行
為，它把生命置於最危險的境地，使人在極端狀態下經受了諸如信

仰、道德、榮辱等形上的價值觀念的最嚴峻考驗和心理的摧殘、肉體的毀滅等形下的最痛苦磨難。在以往的戰爭小說創作中，大量筆墨用於演繹戰略部署、戰役戰鬥經過，只表現人的主觀因素對戰爭勝負的決定作用，而對戰爭如何影響了人卻重視不夠，戰爭小說家完成的常常不是戰爭小說的審美任務，而是戰爭史學的任務。戰爭本體意識的真正覺醒是在上世紀八十年代中期以後，其時新時期文學初期的「反思」文學開始退潮，文學「向內轉」的新浪推動包括抗戰小說在內的戰爭小說創作開始嘗試超越戰爭本身的激烈外部衝突，轉向對戰爭和人的關係的哲學、道德層面的思考，進而向人性、人的意識的深層進軍。與此相適應，創作方法上也再不滿足於單一的現實主義的傳統方法，而廣泛借鑑、吸收各種文學流派尤其是現代主義藝術的長處，豐富和提高了戰爭小說的審美品格。

在戰爭小說中展示人性的深刻衝突本是戰爭小說的題中應有之議，蘇聯早在「二戰」結束後就創作了大量對於人性的深刻思考和具有人道主義情懷的戰爭小說，如《一個人的遭遇》、《這裡的黎明靜悄悄》、《第四十一個》等，從而奠定了蘇聯戰爭小說的世界地位。但在二十世紀八十年代中期之前中國作家是不敢涉足這片「沼澤地」的，且不說「十七年」戰爭小說中人性被「蒸餾」純淨後只剩階級性，即便是當代戰爭（如中越邊境自衛反擊戰）小說，人性的還原也因歷史和現實的原因只能進入到所謂「心態」和人道的層面。二十世紀八十年代中期，江蘇青年作家周梅森突兀而起，以對戰爭中人性和人心的深刻洞察而引人注目。

周梅森的「戰爭與人」系列中篇小說《國殤》、《軍歌》、《冷血》、《焦土》、《大捷》、《日祭》、《事變》、《荒天》等以抗日戰爭中國民黨軍人為表現對象。作家穿過層層歷史迷霧幽微洞燭了那場戰爭中人性的善、惡、美、醜及其裂變、轉化，人的求生本能與道德價值的激烈衝突以及戰爭車輪碾壓出的種種陰謀罪惡、正義良知、光榮恥辱……。

　　人性既受文明社會的道德約束，又受人的種種本能驅使，戰爭中的人性又比非戰爭狀態下的人性更加複雜和不可捉摸，因為戰爭迫使人直接面對的是生與死的考驗。因而戰爭在某種意義上是人性的最大顯微鏡，人性的種種美醜善惡盡在它的透視下顯現出其本來面目。周梅森的「戰爭與人」系列中篇小說所設置的種種戰爭衝突就無一不是為了讓人性在戰爭這一大顯微鏡中徹底「顯微」。《軍歌》把人性置於戰俘營這一戰爭的特殊生存環境中進行「顯微」。臺兒莊大戰中被日軍俘虜的四百多名國軍官兵被強迫在離徐州城百里左右的一個煤礦裡服苦役。在這裡，戰俘們之間的人際關係變得既簡單又複雜，軍隊中的一切人際秩序和行為準則在這裡全不存在，誰的胳膊粗，拳頭大，誰就可以主宰他人，強者和弱者、支配者和被支配者之間並不以被俘前軍營中的等級為秩序，生存成了競爭的唯一法則，為了能活命，可以把軍人視為榮耀的一切都出賣掉，包括正義、良心、尊嚴、廉恥等等。於是，當炮營營長孟新澤秘密策劃暴動時，有人立刻告了密。眼看暴動即將失敗，陷入絕境的俘虜們有的竟要把暴動的組織者、自己的戰友捆起來交給日本人換取活命。在生死抉擇面前，讓人性的美醜善惡、高尚卑下都在黑森森的礦井下徹底曝光，這是《軍歌》所設置的人性衝突的最終爆發形式。但這篇小說並不僅僅停留於描繪一幅幅人性衝突的圖畫，透過小說文本，我們分明感受到作者對人性善和人格美的肯定，對軍人在特殊形式的戰爭中的英雄主義的讚美。在《冷血》中，我們也同樣看到了這樣一幅人性美和善與人性醜和惡的激烈衝突：滯留緬北孤軍作戰的第五軍殘部一萬七千人根據最高統帥部的命令穿越緬北野人山，轉進印度集結待命。缺少糧食給養成為轉進途中官兵們面臨的最大生命威脅，於是，當生命將被饑餓無情吞噬時，求生的法則讓軍政治部上校副主任尚武強從威嚴的長官轉眼間成為野蠻的冷血動物，他不僅威逼伙夫老趙頭嚐食無名野果做生存的冒險試驗品，而且為了擺脫拖累自我活命，竟喪心病狂誘騙深愛著自己的戀

人——軍政治部上尉幹事曲萍離開自己。一個人當他把保住生命作為
終極目的時，就會讓惡的本質毀掉人格、尊嚴、責任、愛情等一切有
價值的理性觀念，人將活得像一條狼。在周梅森的「戰爭與人」系列
中篇小說中類似的戰爭中人性的深刻展示不勝枚舉。

　　周梅森的戰爭小說不僅善於從人性的深度表現人在戰爭特殊生存
環境中的生命價值取向，而且擅長從人心的角度透視戰爭黑幕背後的
人心險惡者。戰爭對不同的參與者顯然具有不同的意義，對普通士兵
而言，消滅敵人是為了保存自己的生命，而對將軍來說，戰爭中如何
儘量避免削弱自身的力量，而不斷壯大自己的實力，乃是一種戰爭藝
術或權術。周梅森筆下的國民黨軍隊的高級將領幾乎是清一色玩弄戰
爭權術的戰爭陰謀家。大敵當前，他們一方面要順應全民族抗戰的洪
流，做出抗擊日寇的姿態，另一方面則千方百計保存實力，寧要瓦
全，不做玉碎。《焦土》描寫了空前慘烈的樊城保衛戰，但這場決戰
卻是在副軍長趙長江發動了一場幾近兵變後才迫使軍長李威下決心背
水一戰的。小說的兩個主角——守衛樊城的一六八軍軍長李威和擔任
側翼增援的河西游擊縱隊司令錢大興之間，為了避敵鋒芒保存各自實
力耍盡了各種陰謀手段。《荒天》圍繞汪偽第七方面軍發生的多場
「反正」兵變，寫盡了這支腳踩兩隻船（南京汪偽政權和重慶蔣政
權）隊伍中形形色色的人物——或出於真正愛國而盲目衝動，或為達
到保存實力的最終目的而深藏不露，或為個人出路而暗中開闢地下聯
線。陽謀中套著陰謀，玄機中暗藏殺機。《大捷》寫的是一支由黎民
百姓拼湊而成的「國軍」隊伍奉命阻擊日寇並取得「大捷」的故事。
由卸甲甸上自縣長、自衛團長，下至貨棧老闆、小學校長、保長、甲
長、鐵匠、收破爛者、兵痞乃至瘋子拼湊而成的「國民革命軍二十三
路軍新三團」是地地道道的烏合之眾。三個月前，他們還是平民百
姓，可是因為他們膽大包天竟敢收拾駐紮縣城而軍紀敗壞、肆意強姦
婦女的國軍炮營，於是便被二十三路軍總司令韓培戈以牙還牙強行改

造成「國軍」，並被強令擺在最前線的位置阻擊日軍，且他們的退路也被國軍一七六一團徹底阻斷。這支「國軍」隊伍以破爛不堪的武器、以一千六百多條生命的代價頑強阻擊日軍三十六小時，創造了輝煌戰績。可是，這「輝煌戰績」卻是被一個戰爭陰謀家逼出來的，那一千六百多個冤魂更是這場戰爭陰謀的無辜受害者。

在述及新時期戰爭小說的「人學」、「人性」深度時，黎汝清的《皖南事變》是一篇不能不提及的作品。

老作家黎汝清是較早嘗試在革命戰爭小說中探尋非革命因素的勇敢開拓者。戰後四十多年，當黨史學界還在為抗戰中迷霧團團的皖南事變訴訟紛紜的時候，黎汝清以老作家的勇氣和膽識，撥開雲霧，探入人物性格乃至人性的深層，追尋造成皖南事變悲劇的新四軍內部「人」的原因。

談到這場悲劇的「人」的原因，首先要區分外部「人」和內部「人」的關係，蔣介石作為外部「人」，其處心積慮欲消滅新四軍，是製造皖南事變的罪魁禍首。對此，中共黨史學界已有共識，自無須多言。然而追尋新四軍內部「人」的原因，項英當首屈一指。項英作為新四軍的主要領導人對悲劇的釀成負有重要責任。作家本著「實事求是，尊重歷史」的原則，從戰爭生活本身固有的邏輯出發，在長篇小說《皖南事變》中通過項英形象的塑造，得出了這場悲劇在某種意義上是項英的性格悲劇的獨特結論。

首先，黎汝清是把項英作為一個歷史英雄來寫的。皖南事變前的項英是一個「位尊權重，一言九鼎」的蓋世英雄，在新四軍和中共黨內都擁有崇高的地位。他有參加二七大罷工的彪炳；有受史達林接見、贈筆贈槍，並得到中國唯一出身產業工人的革命領袖的特殊讚譽；過去在中央蘇區，他的地位比毛澤東要高；他堅持了三年艱苦卓絕的南方游擊戰爭，對於新四軍的組建、發展，傾注了心血，贏得了在新四軍的崇高地位，成為一個無可爭議的獨當一面的領袖人物。項

英性格的主要層面具有作為領袖人物和歷史英雄的非凡之處，如他對革命事業的忠貞，與群眾的同甘共苦血脈相通，獨當一面的指揮才能，工作作風的嚴謹勤奮，生活作風的艱苦樸素，等等。總之，作家肯定了項英位居新四軍最高決策者地位的歷史必然和生活必然。

　　其次，黎汝清是把項英作為一個悲劇英雄來寫的。作家把項英既作為歷史存在的英雄，又作為生活存在的「人」來看待，致力於刻畫這一悲劇英雄的性格悲劇。作為一個產業工人出身文化水平不高但被歷史潮流推上了高位的領袖人物，項英的思想觀念其實還沒有徹底擺脫農民的狹隘意識和封建宗法關係的羈絆，這便形成他濃厚的個人權力欲、獨斷專橫的家長制惡劣作風和妒賢嫉能的狹隘心理。對軍長葉挺，項英政治上不信任、軍事上剝奪他的指揮決策權。在皖南新四軍轉移方向問題上，項英屢次拒絕葉挺的正確主張，導致全軍落入蔣介石布好的羅網中。而他過於強烈的自尊心，又使他在事變發生的關鍵時刻，不願主動團結軍長葉挺，致使星潭攻堅的正確決策久拖不決，全軍失去突圍良機，最後竟致放棄責任，臨陣逃跑，鑄成了全軍和他個人的悲劇結局。

　　如果說，項英和葉挺的矛盾主要是由於項英家長制一言堂作風和心胸狹窄造成的，那麼，項英遲遲不肯執行中共中央的指示移兵江北，還有其更深層的內心隱痛。因為中央命令在新四軍北移之後，讓項英去延安學習，全軍工作由葉挺和陳毅負責，這就意味著如果北移，項英就將失去新四軍的領導權，其中還隱約牽涉到他和毛澤東之間的歷史糾葛和現實分歧。項英顯然是把新四軍視為其個人的權力資本和立足根基。雖然這是作家的主觀推論，沒有文字材料直接證明。但是，這樣的驚人判斷又是建立在項英性格及其個人命運悲劇發展合乎邏輯的基礎上，因而是可信的。正是在這個意義上，《皖南事變》對項英這一悲劇英雄的性格悲劇的描寫是有相當「人學」深度的，因為「就內心動機和性格弱點而言，他的性格悲劇不是偶然的因素，也

不完全屬於他個人，而具有人類性格弱點的普遍意義」[15]。

　　由於受歷史題材的侷限，《皖南事變》對於戰爭歷史人物性格悲劇的揭櫫還是有限度的，只有完全虛構的小說才能掙脫「鐐銬」，真正探及人性深處。

　　不過，周梅森也罷，黎汝清也罷，其作品的所謂「人學」、「人性」深度，無非是用傳統小說表現形式的「舊瓶」裝入了現代意識的「新酒」。而真正徹底打破傳統小說表現形式這一「舊瓶」，用現代主義的「新瓶」裝入「新酒」的是從高密東北鄉的紅高粱地裡走出來的莫言和他的《紅高粱家族》。

　　二十世紀八十年代中期莫言的崛起曾經被視為中國文壇上的一件大事。這位時年不足三十歲（一九五六年生）的部隊青年作家是以軍人慣有的「爆炸」方式蹦上八十年代中國文壇的制高點的。一九八五年他連續發表了《透明的紅蘿蔔》、《金髮嬰兒》、《球狀閃電》、《秋千架》、《枯河》、《爆炸》等一批中短篇佳作。在這一系列農村題材的作品中，莫言以一種和傳統現實主義藝術感知方式迥然有異的幻化感覺世界的方式為中國農民寫意抒懷。翌年他又向文壇扔出了一束更具爆炸力的中篇系列小說《紅高粱》、《高粱酒》、《狗道》、《高粱殯》、《狗皮》。這五部中篇集合成一部長篇《紅高粱家族》。

　　首先，從題材看，《紅高粱家族》無疑可視為戰爭小說，它寫了一支半農半匪的農民游擊隊抗日的故事，塑造了余占鰲（爺爺）、戴鳳蓮（奶奶）、劉羅漢、豆官（父親）等一組有情、有義、有血、有欲的抗日英雄，謳歌了先輩在激烈壯闊的戰爭歲月中閃爍著的生命的偉大。但《紅高粱家族》又決非用我們慣常的審美方式和道德觀念能夠包容的傳統意義上的戰爭小說。對於農民自發武裝鬥爭的描寫，在我們的當代文學視野所及幾乎形成一種固定的圖式，即表現農民武裝

15　葉鵬：〈歷史的紀實與悲劇的再現〉，《文學評論》1992年第6期。

鬥爭如何由自發走向自覺的過程，最後以被納入革命戰爭的洪流為其歸宿，甚至連《李自成》這樣描寫古代農民戰爭的小說也有意無意給抹上了革命戰爭的油彩。《紅高粱家族》則不然，它是以農民的價值觀、戰爭觀去觀照農民戰爭的，表現了徹頭徹尾的農民氣質。余占鰲糾集的農民武裝，既打過日軍的伏擊戰，也與國民黨的冷支隊發生衝突，還綁過八路軍膠高大隊的票。在他們的實用價值之上沒有什麼抽象的道義和抽象的民族利益，一切行動以眼前的實際功利為目的。正是農民式的實用功利主義，使這支隊伍陷入了混亂、衝動和盲目的狀態，但每一個個體又在這淺近和狹隘的功利目的的激發下高度張揚了生命的巨大潛能，在靈與肉、生與死、本能與道德的大撞擊、大衝突中輾轉掙扎，奮鬥奔突。最重實用價值的農民戰爭觀與最能創造生命偉力的民族精神的奇妙扭合，凝聚在「最美麗最醜陋，最超脫最世俗，最聖潔最齷齪，最英雄好漢最王八蛋」的余占鰲們身上，從而放射出璀璨的藝術光芒。

其次，從作品的藝術手法看，《紅高粱家族》對現代主義藝術方法的借鑑主要表現在象徵寓義和敘事方式上。「紅高粱」是作品的象徵寓體，它不斷在作品中出現貫穿始終，並與人的特定活動感覺相融合，一方面，它是人與自然契合冥化的象徵：紅高粱是千萬生命的化身，千萬生命又是紅高粱的外現，天人合一，相生相長。另一方面，它又是民族精神的象徵：象徵堅忍不拔、樸實豪放、敢愛敢恨、鮮豔燦爛的偉大民族生生不息的血脈和靈魂。一句話，紅高粱是作為民族的生命活動和民族精神的整體象徵而貫串作品始終的。《紅高粱家族》的敘事方式在八十年代中期的文壇也是極具先鋒性的。在這部作品中已不見了八十年代初之前在中國小說創作中盛行了三十多年的那種繁複的描繪、井然有序的時空再現的方式。莫言採用的是把歷史的實體打碎以後，以其獨特的「痛苦」的情感重新組合的現代敘述方式。作品設置了一個第一人稱的「親緣敘述者」，但敘述的範圍又決非傳統的第

一人稱的限知敘角，而是通過敘述者的父親——小說故事中的實際敘述者和親歷者的視角來轉述、追憶祖、父輩的舊事，這樣便包容和調動了人的生命的幾乎全部的視、聽、觸、味、嗅等感知覺形式，從而大大擴展了作品的容量。作品又著重以人物主體的心理體驗為中心，加上注重感覺的描繪、思無定檢的想像、率而造極的誇張、非邏輯的聯想等種種奇瑰筆觸，讓時間和空間的秩序完全感覺化，主體和客體的關係混沌不可分。於是，一個極易落入俗套的農民抗日游擊戰的故事便被寫活了，被賦予多層次的隱喻和象徵寓義，蘊含全新的、容量極其豐富的審美信息，具有全方位立體化的審美效應。

　　與《紅高粱家族》的敘事方式相類似的還有張廷竹的《黑太陽》系列小說。國民黨將軍後代、共產黨軍隊作家張廷竹懷著對父輩的敬仰和他們所遭受的不公平待遇的同情和憤恨，於八十年代末期創作了由三個中篇《黑太陽》、《酋長營》、《支那河》組成的中國遠征軍系列小說。同樣是以中國遠征軍為題材的小說，前述鄧賢的《大國之魂》與張廷竹的《黑太陽》大異其趣。雖然都是出於糾偏歷史的責任感和後代對前輩的仰視，但前者完全是以豐富的史料為依據，以紀實的手法從相對宏觀的視角客觀地描寫了中國遠征軍的整個戰史，而後者則是借助一些當事人的片段回憶，通過作家的藝術加工，再以相當個人化的敘事方式塑造了中國遠征軍的個別將軍和士兵的形象。小說的主角「我父親」是中國遠征軍某獨立旅的少將旅長，這是一個既平易近人與士兵同甘共苦的將軍，又是一個野蠻粗魯情欲橫流的丘八。為了救劫被日軍俘虜的十幾名英軍飛行員，「我父親」帶頭衝鋒陷陣，腸子被打得流出體外；在攻打關押盟軍戰俘的「酋長營」的戰鬥中，「我父親」本想身先士卒，但在幾百名士兵的跪求下，改而讓「內侄」趙水生「第一個去死」；「我父親」馴服士兵的辦法簡單粗暴，動不動就用手中的皮鞭說話；他到處留下情種，有多個情婦，其中既有中俄混血的哈爾濱女郎，也有被他從日軍集中營中救出的法國情報中

尉綺爾維絲。但是，父輩們的抗戰功績卻一度被歷史埋沒，一些抗戰功勳甚至命運多舛，受盡磨難，「我父親」戰後孤身一人去了臺灣，不久就神秘客死異鄉；被「我父親」命令「第一個去死」的趙水生，由於稀裡糊塗參加了另一場戰爭，戰後「去了青海的勞改場」，成了人民政府的監管對象，終生未娶；另一位攻打酋長營的英雄「獨眼龍」戰後悄然回鄉，當了大半輩子的飯店鍋爐工；「我父親」的勤務兵唐小三子戰後則流落香港，以開小飯館謀生。

　　論歷史容量，《黑太陽》系列小說遠不及《大國之魂》，小說實際所述不過中國遠征軍一支幾百人的小部隊圍繞救援盟軍戰俘發生的規模不大的戰鬥，但是，作家通過奇特的敘事方式，將歷史與現實分割成一個個片段後再糅合在一起，不斷在昔日的戰場與今日的際遇中「閃回」，大大地增加了小說的藝術容量。作者還以近乎戲謔但又符合小說人物身分的語言塑造人物形象，這在八十年代的抗戰小說創作中較具先鋒性，如《支那河》寫「我父親」準備懲處偷看法國女郎洗澡的「鬥雞眼」，作家故意用了一段沒有任何標點符號的文字寫「我父親」的一通訓話：

　　　　爾等來自黃河來自長江打過臺兒莊打過昆侖關走過了崇山峻嶺開到抗日的異邦爾等要用血肉爭取民族的解放發揚我們護國靖國的榮光爾等是黃帝子孫華夏後裔千古禮儀之邦身有莽莽龍骨肩負千鈞重任大敵當前惡戰在即唯有一死以盡軍人職責以定軍人人格耳豈可鮮廉寡恥喪失國格人格令友邦齒冷盟軍嘲笑他媽的x媽媽的x這個鬥雞眼的狗東西居然膽敢看他媽媽的乾娘的洗澡喪盡人倫十惡不赦此種屌貨留之何用為了整肅軍紀整頓軍風獨排長你給我過來執法給我斃了他吧？

一件偷看女人洗澡的雞毛蒜皮小事被「我父親」上升到國家民族的高

度，並且欲以槍斃的嚴厲手段懲處，不免給人公報私仇的感覺，因為
法國女郎綺爾維絲是「我父親」的情婦，卻不知道什麼時候也成了
「鬥雞眼」的乾娘。

第七節　邁向新世紀的戰爭小說

　　二十世紀進入最後十年，當代戰爭小說創作遭遇了來自「新生
代」極具反叛色彩的小說思潮的挑戰：後現代主義先鋒派以戲謔和嘲
諷的口吻「拒絕英雄」；「新寫實」派以對俗世瑣細生活的津津樂道來
「躲避崇高」。不可否認，作為對傳統現實主義和浪漫主義過於仰慕
「英雄」和追求「崇高」的反叛與顛覆，無論後現代主義先鋒派，還
是新寫實主義，都有其存在的現實理由和張揚的文學依據。然而，於
中國戰爭小說而言，崇尚英雄、追求崇高卻是其不可或卻的美學風
尚。很難想像，軍人的生涯中失去了崇高的嚮往、血火的戰場上沒有
了英雄的用武之地，會是一副什麼模樣。九十年代初的戰爭小說創作
似乎有意無意要與那些「離經叛道」的小說思潮決一雌雄。雖然由於
社會的急速轉型和日益商業化，使文學從社會的主流地位逐步被擠向
邊緣，戰爭小說英雄主義獨佔鰲頭的昔日輝煌再難重現，但陸續推出
的若干部作品卻有著沉甸甸的分量。一批在文壇享有崇高聲望的老作
家以深邃的歷史眼光、豐富的人生經驗和深厚的藝術功力，著眼於革
命戰爭的史詩性再現，開拓了戰爭小說新的藝術天地，如魏巍的《地
球的紅飄帶》、陳沂的《白山黑水》、李爾重的《新戰爭與和平》、周
而復的《長城萬里圖》、王火的《戰爭與人》、柳溪的《戰爭啟示錄》
等等。這些厚重的現代革命戰爭歷史小說均著重從史的角度、以史家
筆法，真實地再現了中國現代重大革命戰爭歷史事件，帶有濃厚的紀
實色彩。如《皖南事變》描寫了震驚中外的皖南事變的全過程；《湘
江之戰》和《碧血黃沙》分別再現了紅軍長征初期的歷史轉折和紅軍

西路軍的悲劇命運;《地球的紅飄帶》是關於紅軍長征全貌的史詩性作品;《白山黑水》近乎全景式地勾勒了東北解放戰爭的全貌;至於《新戰爭與和平》和《長城萬里圖》則是迄今為止關於抗日戰爭歷史風貌的最完整最宏大的兩部戰爭文學巨著。這批革命戰爭歷史小說的集中湧現,其重要意義不在於它們反撥了先鋒小說、「新寫實」小說對傳統英雄的解構和對莊嚴崇高的嘲諷,而在於它們對以往戰爭歷史小說不曾涉及或不敢涉及的重大戰爭歷史事件和重要歷史人物作了客觀真實的藝術再現,把當代戰爭歷史小說推向了歷史真實和藝術真實高度統一的全新境界。

九十年代戰爭題材的小說創作雖然失去了往日的風采,不再有五十年代《保衛延安》、《紅日》、《林海雪原》、《鐵道游擊隊》和八十年代《西線軼事》、《高山下的花環》那樣的「轟動效應」,但絲毫不意味著當代戰爭小說創作已經隨著世紀末的到來而走到了末路。與老一輩作家們在攻克革命戰爭歷史小說創作新的制高點的同時,新一輩年輕的戰爭小說家們也在向戰爭小說創作新的高地衝鋒。

在表現七十年代末和八十年代初的南部邊境戰爭方面,朱秀海的長篇《穿越死亡》深入心理層面鑽探戰爭小說的新資源,彷彿要測試一下,面對一場突如其來的戰爭、一次驟然降臨的生死考驗,那些在和平歲月的和風細雨中成長起來的年輕一代究竟有多大的心理承受力。《穿越死亡》中的二營九連三排的戰士們是在整個戰鬥預案發生突然逆轉的情況下猝不及防地從預備隊而成為攻堅的唯一力量。問題的嚴峻更在於,這個排不僅是全營戰鬥力最弱的排,而且率領它的排長又是一個只有十七歲的文弱大少年上官峰,這樣就使每一個戰士都增大了覆滅與死亡的可能。小說大膽地直面戰爭中死亡這一主題,著重表現了每一個平凡的軍人在「穿越」死亡過程中的心靈裂變和人格昇華。小說力圖通過人物的外在行為和內在心理活動昭示這樣一個簡單卻被以往我們的戰爭小說忽視的道理──「生命的本能拒絕死

亡」,「戰爭的藝術不是死的藝術而是生的藝術。戰爭就是躲避和戰勝死亡。」(上官峰語)。

在現實和平生活中,像上官峰們那樣忽然受到戰爭的心靈洗禮畢竟是非常機遇,更多的人所面對的考驗則是在「軟性」的物質享受中,如何使自己「剛性」的精神追求和理想信念不至於被「軟化」。紅軍後代鄧一光在九十年代中後期適時地推出《戰將》、《父親是個兵》、《我是一個兵》《我是太陽》等歌頌英雄父輩、讚美崇高、推崇理想的系列小說。在這些作品的主人公身上無一例外地激蕩著濃烈的雄性色彩和陽剛之氣,湧動著不屈的生命激情和崇高的英雄主義氣概。無論是《父親是個兵》中的「父親」,還是《我是太陽》中的關山林,都屬於那種把戰場上的廝殺視為自己生命追求的真正軍人。戰爭歲月里,「父親」不惜違抗命令,不怕以弱敵強,硬是在山海關與國民黨軍隊展開大血戰;身為師長的關山林,在攻打瀋陽的戰鬥中身先士卒衝在全師最前面,不慎被敵人的坦克炮彈擊中,昏迷了七天七夜,「整個人像是打爛了又重新縫合起來似的」。和平年代裡,「父親」和關山林他們由於失去了戰爭的對手(亦即失去了確立軍人生命價值的砝碼),變得「焦灼、煩躁、失落、無奈、迷惘」(《我是太陽》)。然而,是「太陽」終歸要燃燒,失去了戰場的「父親」們,並沒有喪失生活的理想和軍人的鋼鐵意志,無論在「三反」運動,還是在「文革」的嚴峻歲月中,他們都堅執自己的人生信念,不苟且,不畏縮,寧折不彎,鬥爭到底。

鄧一光的作品採用的樸實無華的現實主義,既沒有大量的象徵隱喻,更沒有撲朔迷離的敘事時空的騰挪跌宕,甚至連倒敘、插敘也不多,而是完全按照時間的自然順序平實地記敘人物一生的命運。從這個意義上說,《父親是個兵》、《我是太陽》等和五、六十年代的《保衛延安》、《紅日》等沒有太大的區別。在經歷了八十年代藝術新潮的沖湧和九十年代初世俗化、庸常化藝術觀念的跌打後,九十年代末的

《我是太陽》等似乎又回歸到八十年代初的藝術水準上（至少在敘述方法上是這樣）。然而，《我是太陽》等的文學價值並不在於它的藝術方法有無更新，而在於作家在對英雄的理解和審視上、在塑造具有新的審美價值的英雄形象上，明顯地超越了「十七年」乃至八十年代的同類作品。如果說，在八十年代之前，我們的戰爭小說對英雄取的是仰視角的話，那麼，《我是太陽》等對英雄則是平視，甚至是俯視的。儘管作品中到處充溢著隱形視角的晚輩（作者）對長輩的敬仰和讚美，但同時不乏沉重的反思、歎息乃至不無尖銳、深刻的批判。這種反思和批判不是生硬添加的，而是與人物的內在精神、性格氣質和生活命運緊密不可分，能夠給人強烈的真情實感。

　　與鄧一光的作品具有異曲同工之妙的是世紀之交推出的幾部極具藝術觀賞價值和新的歷史修辭價值的戰爭小說作品，如都梁的《亮劍》，徐貴祥的《歷史的天空》、《八月桂花遍地開》，石鐘山的《遍地鬼子》、《中國血》等。說其極具藝術觀賞價值，乃在於這些戰爭小說無不靠生動曲折的戰爭故事吸引讀者，以致小說問世不久就紛紛被改編為電視劇而在電視傳媒上製造了一波又一波新「紅色經典」的熱浪。五十年代戰爭小說的優秀作品也曾獨具匠心地經營過故事情節，如《林海雪原》、《鐵道游擊隊》、《烈火金剛》等。但這些小說基本上屬於「故事小說」，即著重於對事件的敘述，視點在事件而不在人物，人是附屬於事件的，並且因為受制於那個時代過多過於僵化的意識形態觀念的禁忌和作家審美意識的貧乏，人物性格無以展開也不敢展開。由於這類小說「只限於滿足人們的好奇心，給人以離奇的刺激性的低級審美感受」[16]，因此，新時期伊始，小說創作首先擯棄的是故事小說，代之以性格小說，然而性格小說還沒有得到充分滋養，又很快被繼之而起的心理小說所取代，心理小說風靡一陣後最終被印象

---

16 劉再復：《性格組合論》（上海市：上海文藝出版社，1989年），頁33。

小說摧毀。印象小說讓故事徹底灰飛煙滅，只給人留下零碎的無從訴說的印象，被認為是「小說的極致」、「小說的貴族形式」。然而，這類陽春白雪小說「只有那些足足領略了現代哲學思想以及現代藝術之要義及其技巧的人，方可領悟與操持」[17]，與引車賣漿者流的市井趣味風牛馬不相及。歷史的前行從來不顧及藝術貴族的情緒和願望，世紀之交，市場經濟社會的價值取向全面替代了計劃經濟時代的思維方式，市場因素和大眾審美趣味成為作家創作時的一個重要砝碼，於是，故事的價值又再度被隆重發現，可讀性又不容置疑地重新占據了小說創作的重要位置。正是在這樣的社會歷史背景下，《亮劍》和《歷史的天空》等便應運而生了。無可否認，《亮劍》和《歷史的天空》等首先抓住讀者的正是小說的故事、是那些不無神奇色彩卻又符合戰爭邏輯和人物性格邏輯的戰爭故事。這些故事對戰爭的歷史還原或演繹卻決不是對五十年代戰爭小說故事的複製或延伸。讓故事情節的發展邏輯服從人物性格的發展邏輯是世紀之交戰爭小說的運籌策略。既往戰爭小說是按照既定觀念來塑造英雄，這些英雄因過於「矯情」而令人生厭。世紀之交的戰爭小說在塑造英雄人物的性格時顯然是在盡力地去「英雄化」，即讓英雄儘量俗世化、庸常化。《亮劍》中的李雲龍可謂粗俗不堪，他帶兵打仗靠的是軍人的一股豪氣和對戰場上敵我態勢的機智判斷，覺得該「亮劍」時就「亮劍」，而並不太多顧及軍事紀律的約束，有時不免莽撞和衝動，以致屢因違犯軍紀被處分降職，但你又不得不承認李雲龍駕馭戰爭的高超本領和創造的戰爭偉績。李雲龍的粗豪不羈和桀驁不馴的性格決定了他獨特的帶兵方法，雖簡單、粗暴卻有著強大的向心力，用他的話說就是「想指揮部隊，就得學會罵人」，他用罵人的辦法、火爆的脾氣帶出了一支嗷嗷

---

17 曹文軒：《二十世紀末中國文學現象研究》（北京市：北京大學出版社，2002年），頁56、57。

叫的部隊。無論是戰爭年代，還是和平時期，李雲龍帶的部隊從幹部
到戰士都有那麼一種獨特的性格與氣質——一種李雲龍式的「亮劍」
精神，而這正是這支部隊的靈魂。《亮劍》中無數精彩故事都是圍繞
著李雲龍的獨特性格而生成展開的，具有鼓舞人心的崇高力量。《八
月桂花遍地開》所設置的戰爭環境更加獨特驚險。描寫潛伏敵特內部
的特工人員的戰爭故事一般比較吸引讀者，何況《八月桂花遍地開》
的主人翁沈軒轅是一個具有多重身分的人物。作為中共地下黨員，沈
軒轅是新四軍陸安州特別軍事委員會書記、陸安州抗日統戰總指揮，
作為深受蘇魯皖戰區李長官信任的戰區戰略委員會少將高參，沈軒轅
又臨危受命，出任國民政府陸安州行政公署專員兼警備司令。最奇特
的是，以儒商身分作掩護出沒在陸安州的沈軒轅竟因才學和民族尊嚴
而被「中國通」日軍松岡大佐賞識，又擔當起陸安州漢奸政權的市
長。沈軒轅的獨特身分使他成為一條勾連起陸安州敵我友三方錯綜複
雜關係的重要線索，由此生發出一個國、共、偽、匪、民各方齊心協
力共同抗敵的生動的戰爭故事。

　　世紀之交的這些戰爭小說又被文學批評界視為「新歷史小說」。
眾所周知，人們對歷史現象的描述可以有多重視角。二十世紀九十年
代之前的戰爭小說在表現「革命鬥爭」歷史時，是基本上以國家意識
形態的正統觀念演繹戰爭歷史的，實際上起著中共黨史的形象化教材
的作用。打破這一沿習已久幾成定律的歷史觀念的是莫言的《紅高
粱》的問世。《紅高粱》是以民間觀念、民間趣味看待革命戰爭歷史
的，由此揭開了「新歷史小說」創作的序幕。《亮劍》、《歷史的天
空》和《八月桂花遍地開》等之所以也被歸入「新歷史小說」之列，
倒不在於其有多少民間立場，實際上這些戰爭小說的歷史觀念並未超
出國家意識形態的正史觀，充其量不過是對既往的正史觀進行糾偏罷
了，即打破了長久以來所謂「主旋律」文學作品表現革命歷史及其人
物的諸多禁忌，而還原了可能的歷史真相。比如關於無產階級英雄的

成長，以往的革命戰爭歷史小說只能從階級論的視角展開，因此，英雄人物的成長也就只能遵循這樣的一條線性發展邏輯：苦大仇深的被壓迫階級出身——為反抗壓迫而走上革命道路——在革命真理的教育下成長為無產階級的英雄戰士。而《歷史的天空》中革命者的成長卻充滿著不可預知的偶然性，如果不是因為逃難時陰差陽錯地走差了路，梁大牙是決不會加入八路軍隊伍的，也不會有後來赫赫戰功的共產黨軍隊戰將梁必達的問世，因為米店小夥計梁大牙本來是要投奔國軍隊伍去吃香喝辣拿軍餉的。相反，具有初步革命思想的藍橋埠富家少爺、進步青年陳墨涵本是要參加共產黨領導的抗日軍隊的，卻稀裡糊塗地撞上了國軍隊伍，在國軍中歷盡磨難終於一路晉升當到團長。更令人稱奇的是，將一身充滿流氓習氣的無知村野莽漢梁大牙改造成為政治上成熟軍事上過硬的八路軍軍分區司令員梁必達的並不是什麼老資格的共產黨人，而是一個參加革命不久的年輕的女八路。正是緣於對年輕美麗的東方聞音的愛慕而使梁大牙留在了八路軍隊伍並逐漸接受了「小政委」東方聞音潛移默化的薰陶而迅速成熟成長起來。在中共革命史上，如梁大牙這樣農民軍人的成長史並一定具有普遍性，但一定具有可能性。「新歷史小說」之「新」就是對這種可能性的豐富想像，而不必被所謂本質的必然性所羈絆。

　　同樣出自徐貴祥筆下，《八月桂花遍地開》對歷史的演繹就與《歷史的天空》完全異趣，作家的創作意圖是很顯然的，他不再著墨於人物性格的成長，而是要表達對歷史的一種宏觀思考，這種思考是緊密結合著民族的傳統文化理念、民族性格以及個體的人格力量，並具有強烈的現實指向。沈軒轅一出場就是一個經受了長期複雜政治磨練的成熟的革命者，他之所以能利用自己的特殊身分在敵、我、友三方中遊刃有餘機智鬥爭，是建立在他對中日兩國民族歷史及現實的深刻理解上。作品對民族精神意義的深層探究、對人的精神世界、人性和人格的深入揭示，與其說是為塑造沈軒轅形象服務，毋寧說是作家

站在了新的歷史高度上對那場全民族抗戰的歷史和現實意義進行重新闡釋。作家在小說的「寫在後面」中把這種創造意圖和盤托出：「了解我們的歷史，了解我們的民族；了解我們的敵人，了解我們自己；了解在那場戰爭中作戰雙方的狀態，了解在戰爭背後兩個民族的文化較量。從而，了解我們的今天和明天。」

　　回眸二十世紀戰爭小說創作所走過的曲折歷程，我們沒有理由不為它的輝煌成就而自豪。誰也不能否認二十世紀中國戰爭小說曾經發揮過超小說審美功能的巨大社會作用：在中華民族的危亡時刻，它曾鼓舞過多少仁人志士為民族的解放而浴血奮戰；在和平建設時期，它又曾經塑造了幾代人的美好心靈和高尚精神。文學本應發揮這樣的社會功能，尤其是戰爭小說由於題材本身的特殊性似乎要承擔更多一些的社會責任。然而，也毋庸諱言，正由於二十世紀中國戰爭小說承擔了過於沉重的社會責任，終使它不敢掙破鐐銬跳舞，絕大多數作品侷限於演繹愛國主義和英雄主義的主題，乃至於朝著崇高一路畸形發展到了極端虛假的程度。當然，在災難深重的二十世紀，文學創作高揚愛國主義和英雄主義的主旋律是完全必要的，即使是在冷戰結束、和平與發展已經成為世界潮流的今天，戰爭也依然是世界和平的巨大危脅，因此，主動適應國家主流意識形態的政治要求，自覺擔當文學的社會責任和歷史使命在今後相當長的歷史時期內仍然是戰爭小說創作必須履行的職責之一。但是，戰爭文學創作同樣不可能置身於當代中國社會大轉型的歷史語境之外，大眾審美趣味、市場消費需求、文藝作品的商品屬性等因素必然制約著戰爭小說的創作。人們已經發現，二十世紀九十年代以來之所以再度湧起「紅色經典」熱潮，除了人們的懷舊心理的作用外，市場化的推波助瀾不可忽視。即使是如《我是太陽》、《亮劍》、《歷史的天空》這樣得到國家主流意識形態肯定的戰爭小說作品，為了照顧市場消費和大眾消遣等因素，也不能不穿插不少對英雄們激情如火的性愛場景的書寫，小說經常以軍事化的詞彙將

床榻比喻為「另一個戰場」，如《歷史的天空》對八路軍中隊長朱預道和女區長岳秀英在瓜棚中的一段性愛描寫：

> 哦，這是多麼美妙的一件事情啊，這裡原來是一片正面更寬縱深更遠的戰場啊，這是一片既令人熱血沸騰也讓人迷醉消魂的戰場。不同的是，在這片戰場上，無須運籌帷幄，也無需布陣謀局，這片戰場只需要一種武器，那就是激情，發射激情的撞針便是滾燙滾燙的心。在這片戰場上，進攻者與防禦者共為同盟，勝利與失敗合為一體，廝殺與搏鬥目標一致，爭奪與占領並肩行進。硝煙飄揚在九天之上，波濤洶湧在心海底層。一個趟過楚河長驅直入，一個簇擁漢界土來水淹，一個是單槍匹馬深入人心，一個是迷宮洞開包羅萬象……哦，這是何等的暢快淋漓，這真是痛徹骨心的快活。

文學畢竟不僅僅是社會政治生活的三稜鏡，它還是人的情感世界的探照燈，更是精神生活的消費品，它同樣需要豐富多彩的顏色、吊人胃口的山珍海味，戰爭小說也不例外。邁進新世紀的戰爭小說將承擔著雙重的任務：一方面它要表現出我們民族的品格和民族精神，顯示出我們民族的力量和理想追求；另一方面，它也要體現出文學對人的命運、性格、人性等的深層揭示和關懷，進而能夠在探索諸如戰爭與人類的生存困惑之類的永恆主題上有所創造有所突破，這是今後戰爭小說所應該追求和達到的境界。

第八節　戰後臺灣以抗日為主題的戰爭小說創作

從一九四九年底國民黨政權徹底喪失在大陸的統治權敗退臺灣，到一九七九年全國人大常委會發表〈告臺灣同胞書〉，一九八七年七

月國民黨政權迫於島內外形勢的變化宣布解除長達三十多年的「戒嚴令」，兩岸緊張關係借經貿往來開始出現和緩跡象。在這長達近四十年的歲月中，兩岸嚴重對峙，人員往來斷絕，軍事上處於敵對狀態。同時期，文學創作上的交流也基本隔絕，兩岸作家各說各話，互無往來。

　　儘管海峽兩岸長期處於敵對狀態，但畢竟是同根同族同血源同文化而一時鬩牆的兄弟，對於與生俱來的共同的文化傳統和歷史遭遇，兩岸之間還是存在著相當多的共識。就抗日小說創作而言，當兩岸交往進入常態化的今天，我們有機會閱讀到上世紀五六十年代臺灣的抗日小說，發現兩岸這一題材小說創作有許多共同的話語，呈現了相似的創作現象。

一　大陸去臺作家的抗日小說創作

　　一九四五年臺灣「光復」至一九四九年國民黨政權全面退縮臺灣一隅，大陸一批作家自願或被迫跟隨國民黨政權遷臺，這些作家中少數是曾經活躍於三十年代左翼文壇上的著名作家，如許壽裳、梁實秋、孫陵、李何林、李霽野、謝冰瑩等，許多是國民黨的御用文人，如張道藩、陳紀瀅等，有的是曾親歷過抗日戰爭的所謂「軍中作家」，如司馬中原、段彩華、朱西甯等以及有過抗戰生活體驗的民間作家。這幾類作家都在上世紀五十至七十年代創作過反映大陸八年或十四年抗戰題材的小說作品。

（一）東北籍作家的抗日小說

　　抗戰時期，東北是最先淪陷的地區。從「九·一八事變」起，東北就被日寇占領，直至一九四五年抗戰勝利，前後歷時十四年。大陸去臺作家中集中了一批東北籍作家或者隨父輩從山東到東北闖關東的

作家，這些東北作家對故土懷著深厚的感情，其中一些人曾親自參加過東北的抗日活動，掌握著東北抗日鬥爭的豐富素材，來臺後創作了一批反映東北抗日活動的小說作品。

1 孫陵（1914-1981）

首先應當提到的是孫陵和他的《大風雪》（第一部）。孫陵原籍山東黃縣，十四歲到哈爾濱，曾就讀於哈爾濱法政大學，「九・一八事變」後，孫陵矢志文藝報國，一九三三年起以「梅陵」、「虛生」筆名發表作品。一九三六年逃離東北到上海，結識了巴金、王統照、沈起予、蕭乾等文藝界著名人士。一九三七年與楊朔合作創辦北雁出版社，曾重金資助郭沫若《北伐》一書的出版，使困頓中的郭沫若深受感動。一九三七年全面抗戰爆發後，國共合作抗日，郭沫若回國，一九三八年任國防部第三廳廳長，遂委任孫陵為廳長秘書。同年，孫陵在武漢創辦《自由中國》文藝雜誌，主要作者有郭沫若、周揚、老舍、陳伯達等。武漢撤退後，孫陵進入第五戰區工作，任戰區文化工作委員會委員兼主任秘書，又與臧克家、姚雪垠、田濤、碧野等人創辦「中華全國文藝界抗敵協會第五戰區分會」。一九三九年改任第五戰區政治部設計委員會委員兼主任秘書和宣傳部長，不久調長官部任機要秘書。一九四〇年，孫陵和艾蕪、邵荃麟等人密切合作，促成「中華全國文藝界抗敵協會桂林分會」的成立。就在這一年，孫陵創作了長篇小說《大風雪》，在《自由中國》連載。抗戰勝利後，國共兩黨都邀請孫陵加入，但孫陵因不同意毛澤東的主張，便接受國民黨中常委兼中統局局長葉秀峰的邀請加入國民黨並進入中統局工作，由蔣介石親自委任為編審。從此，孫陵成為反共先鋒，一九四六年發起成立「中華文藝界反共大同盟」，一九四八年十一月到臺灣後由於原來的靠山中統局局長葉秀峰被革職，孫陵也隨之失業，但這位國民黨的反共忠誠鬥士不甘寂寞，遂於一九五〇年受命創作了〈保衛大臺

灣〉軍歌，打響了「反共文藝」第一槍。但吊詭的是，這位自詡為「黨國」的最忠貞人士，其最得意的作品《大風雪》卻在一九五六年二月被臺灣省保安司令部查禁，查禁的理由之一竟然是該「書所用字彙，大部分均係共匪所用」。後經作者本人多次上書申辯，又經「總統府國家安全局」等再三審查，才於一九五七年十一月由臺灣省保安司令部明令解禁。

　　《大風雪》雖係孫陵在大陸抗戰時期創作，但其時並無太大影響。一九五一年在臺灣再次出版後由於遭到當局查禁、復解禁，遂名聲大噪，其後連續再版多次，成為在臺灣有重要影響的抗日小說。小說敘「九‧一八事變」後，東北松花江畔著名大都市、有著東方莫斯科之譽的H埠，一幫政界、軍界、商界、學界人物對於抗戰的態度。小說從一對青年戀人——某中學國文教員東方曙和他的學生梅冷月受不了輿論壓力雙雙出逃來到H埠，引出了商人楊鯉亭一家，在這個靠販賣煙土發家的暴發戶裡，妓女出身的妻子張桂花、其子楊耀祖、女兒楊耀蘭都期盼著靠戰爭斂財或出名，楊鯉亭通過在關東軍當翻譯的弟弟楊鯉水的關係，日夜盼望著日軍早日占領H埠，好圓他的「官膏局長」的美夢；兒子楊耀祖利用當列車押解員的便利偷運鴉片；正在法政大學混文憑的女兒楊耀蘭則以支持抗日的馬占山隊伍的名義積極上街募捐，其實際目的不是出於愛國心，而是虛榮心的驅使，是為了爭得募捐數量最多的「頭名」，以引起老師同學的關注。至於軍政界和學界的頭面人物，也多患上「恐日症」，以「吾政府曾屢加申明採取不抵抗政策，以靜待國際公理正義之伸張與國聯公正和平解決」的冠冕堂皇理由，主張妥協不願抗日；甚至連敢於反抗封建禮教跟老師私奔的少女梅冷月也視戀人的愛國思想為糊塗。只有少數知識分子，如大學教授李昂、中學教員東方曙和極少數政府官員，如某警察管理處長、某教育所長，堅決主張抗日。對於H埠一邊倒的投降主張，小說作者不禁大發感慨：

　　這一繁多悠久的種族、這一宇宙中間底壯觀值得做為「黃帝子孫」的我們自己底愛惜和尊重、妊育著這一族類的這一大塊被我們五千年來一代代的祖先底血液所培植出來的土地，也值得我們勤奮耕耘和忠心地守護——就像所有的動物都知道守護供它生息繁殖的窠巢一樣。

　　但是當著一千九百三十年的一月底——也就是民國二十年[18]舊曆除夕將臨的這幾天，日本軍隊乘著攻陷雙城底餘威而驅兵直下H埠的時候，H埠的這些自詡為「萬物之靈」的雙腿動物是怎樣保衛他們底族類和巢穴啊？可恥啊！他們連一隻烏鴉——被「人」罵為屄毛畜生的東西——都不如。他們竟企圖著在敵人尚未到達H埠之前，就已將自己底窠巢雙手奉獻了。可恥啊！在禽獸中很少見到的、在「人類」中我們竟而見到了！那些「黃帝底子孫們」怎樣在稱斤論兩地向敵人討著好價錢，來出賣他們這些五千年來繁衍至今的族類！可恥啊！他們不但像一個逆子似地要出賣祖先遺留給他們供著生息繁殖的土地，並且連埋葬在這土地上裡的祖先的骨骼，他們也都要一道上秤稱著出賣給他們底敵人哩！可恥啊！

作者連用四個「可恥啊！」對投降派的憤慨溢於言表。毋庸諱言，《大風雪》是一部充滿愛國主義情感的優秀抗戰小說，反映了早年孫陵對東北故土何以迅速淪陷的深刻思考。小說主角之一楊鯉亭是淪陷區中國農民和商人中具有典型意義的一類人物。楊鯉亭本是一個地道的山東農民，小時候曾經聽父輩講述過洋鬼子的故事，長大後卻「名正言順」、堂而皇之地走上了替洋鬼子賣命的漢奸之路。追根溯源乃

---

18 小說開頭寫到「這是二十世紀四十年代底第二年，也就是一千九百三十二年剛剛開始的那兩個月——若照舊曆算起來這天恰是民國二十一年底除夕。」這裡的時間顯然有誤，應為一千九百三十二年（民國二十一年）。

是從祖輩、父輩那兒承襲下來的中國農民重現實、求實用的深層心理結構在作怪，這是一種建立在小農經濟基礎上的實用理性的價值觀。當個人面臨生存危機時極易演化為狹隘自私、只顧眼前利益而不考慮國家民族利益的實用功利的處事原則了。這就難怪楊鯉亭在遇到妓女張桂花後一拍即合，迅速成為漢奸「伉儷」，毫無心理障礙地卑躬屈膝，唯財是取。因為借日本人侵占東北之機能夠換來「官膏局長」的肥缺，比什麼都實惠，至於背上「賣國賊」的罵名對個人並無實質損害，也就無所謂了。這也就能夠解釋為什麼楊鯉亭從祖輩身上繼承下來的吃苦耐勞的優秀品質，不但沒有幫助他平衡極端情況下的變異心理，反而助紂為虐，讓他開始了不辭辛勞的賣國斂財活動。

2 紀剛（1920-2017）

臺灣另一位有重要影響的東北籍抗日小說家是紀剛。紀剛，滿族，本名趙岳山，一九二〇年出生於遼寧省遼陽的一個農民家庭，幼讀私塾，一九四二年畢業於瀋陽「盛京醫科大學」（亦稱遼寧醫學院）。早在大學期間，紀剛就開始了他的文學創作生涯。他的第一篇處女作《出埃及記》，發表在東北偽滿時期的《新滿洲》月刊上，小說以古猶太人出逃埃及來暗喻東北人民反抗日本帝國主義侵略東三省的暴政。在日本鬼子橫行東三省期間，能寫出這樣的小說，足見紀剛先生超人的勇氣和膽識。一九三七年「七・七事變」爆發，時年十七歲的紀剛眼看日寇全面侵略中國的野心極度膨脹，再加上家鄉東北淪陷後的嚴峻時局，遂做出了奉獻生命的決定，加入了抗日地下組織「覺覺團」，開始了長達八年的「現地抗戰」，曾一度被捕入獄，因抗戰勝利而倖免一死。一九四九年赴臺灣行醫，為臺南市兒童專科醫院院長。紀剛的《滾滾遼河》與王藍的《藍與黑》、潘人木的《蓮漪表妹》、徐鍾珮的《餘音》同被譽為臺灣的所謂「四大抗戰小說」。但在我看來，只有《滾滾遼河》算得上真正意義的抗日小說作品，其餘三

部作品不過是以抗戰為背景、以敘寫愛情婚姻或家庭倫理為主的小說。《滾滾遼河》的創作始於一九四六年，曾四易其稿，於一九六九年始完成這部長達四十五萬字的鴻篇巨著，前後歷時二十三年。小說於一九六九年八月十二日起在臺灣《中央日報》副刊連載後，立即轟動全島，讀者競相購閱，一時「洛陽紙貴」。該書於一九七○年獲得臺灣中山文藝獎。又因其深刻感人的文字功力，長銷不衰，創下十八年內印刷四十八次的佳績，堪為臺灣小說印刷次數之最。

　　小說以作者青年時代在東北從事地下抗日活動的切身經歷為素材，真實地再現了「九・一八事變」後東北人民自發組織起來反抗日本軍事侵略當局及其傀儡政權「滿洲國」。小說以第一人稱的敘事方式，將地下抗日活動與特殊時代的愛情故事雙線交織，彼此呼應，演繹了一幕幕抗侮禦敵獻身祖國的感天動地的壯烈情景和纏綿悱惻自我犧牲的愛情故事。

　　「我」（小說採用作者真名「紀剛」）是一個正在瀋陽「盛京醫科大學」讀書的大學生，「七・七事變」後在全民族抗戰的聲浪中，東北各大專院校紛紛秘密結社開展「反滿抗日」活動，「我」也義無反顧第參加了「覺覺團」的反滿抗日活動，在這個「現地抗戰」的地下抗日組織中，由「省方」負責人、書記長、社長等組成了嚴密的領導架構，「我」則是負責若干個地方秘密工作的督導員。「覺覺團」裡的眾多「同志」遍布在日偽各級機關、軍警政單位和學校、醫院等，都在秘密潛伏開展地下抗日工作。當「覺覺團」組織被日偽軍警破獲，「我」和許多同志不幸被逮捕後，「我」在獄中採取了自殺、絕食等各種抗爭手段，使敵人無可奈何，最後終於迎來抗戰的勝利。但由於國共內戰的爆發以及國民黨地方當局對抗日志士採取不公正態度，「我」不得不離開故土逃往青島，最後背井離鄉到了臺灣。

　　誠如作者所言，「從工作故事言，感情故事是它的興趣線，從感情故事言，工作故事是它的時代背景」，如果只寫上述抗日反滿故事

真實固然真實卻只有歷史價值，且引不起讀者興趣，於是，作品虛構了「我」與孟宛如、黎詩彥兩位女性的愛情糾葛故事，這兩位性格各異但都美麗動人的女性，都是「我」「似曾愛過而又未嘗愛過的兩個女孩子」，為了自己所愛的人的幸福和安全，「我」不能不割斷情絲，全身心投入現地抗戰工作中，以致引起兩個女孩的誤解，最後一個「琵琶別抱」，一個「讓給了朋友」。這條貫穿始終的愛情線，寫得既純潔高尚，又婉約動人，的確給作品增添了許多亮色，極大地增強了作品的可讀性。這也是《滾滾遼河》問世後即獲「中山文藝創作獎」的重要原因之一。

　　戰後大陸去臺作家的許多抗日小說通常要捎帶著尖刻批判甚至惡毒攻擊共產黨，《滾滾遼河》對戰後東北收復失地過程中，國共雙方軍隊的衝突也有所描敘，且基於作者的政治立場，對中共的土地政策是否定的，但相較於同時期的臺灣的其他抗日小說，應當說，《滾滾遼河》的作者對中共的批評還是比較克制和理性的，且對國民黨某些接收高官的腐敗行為也予以隱晦揭露，作者真實表達的更多的是對於國家民族陷入分裂的一種焦慮和失望，其晚年在談到《滾滾遼河》出版後為什麼沒有乘勝追擊再寫小說時吐露了心扉：「因為書中有幾個問題折磨了我的後半生。那就是：『為什麼辛亥革命成功，又有軍閥割據？為什麼北伐統一全國，又有外敵入侵？為什麼抗戰勝利又有國共內亂以致國家分裂？』近百年來，中國青年為國家民族犧牲奉獻的鮮血與生命，夠多夠多夠多的了，國家民族為什麼依舊是殘破、混亂、貧困？原來是『現代中國人』出了問題，因為『現代中國文化』出了紕漏。」[19]作者聲言創作《滾滾遼河》的目的之一就是為了實踐中國傳統文化的真精神，在「華美經濟及科技發展協會一九八七年年

---

19 紀剛：〈話說從頭——《滾滾遼河》手稿哈佛珍藏記〉，〈附錄〉，《滾滾遼河》（臺北市：三民書局，1997年），頁652。

會」上的講辭中作者談到了寫作動機：「我寫『遼河』，只是忠實地將那個時代青年的『思想言行』紀錄出來，並沒有故意把什麼『意識觀念』包裝進去，當我以研究者的立場分析『遼河』時，才發現覺覺團弟兄們的行為動力——一方面是歷史環境的驅使；一方面是中國文化的實踐。他們所實踐的，是中國傳統文化的真精神，中國文化的真精神是：『小我與大我的合一，個體與群體的共命』。換句話說，是『個體生命與群體生命的兩相關注』，或者是『個體生命與群體生命的交互界定』。再換句話說，就是『內聖外王，互為主體』……我認為這是中國文化的龍骨，是龍的文化的中樞神經系統」[20]。為了中華民族的美好未來，作者晚年甚而公開表達了這樣的願望：「祈盼國共兩黨都能埋葬了過去歷史上錯誤的鬥爭恩怨，重新開始，真誠合作，共同為中華民族與中國人民做出貢獻」[21]。

值得一提的是，至今臺灣的絕大部分抗日反共小說都不可能在大陸出版，唯有《滾滾遼河》的前二十八章（全書共三十六章）曾於一九九五年二月由延邊人民出版社以《葬故人》為書名在大陸出版。

3　田原（1927-1987）

臺灣東北籍作家中，田原是創作成果最豐碩的作家，先後出版了三十多部長中短篇小說。田原本名田源，字慈泉，原籍山東濰縣，幼年隨父輩移民關外，曾三次流落長春市及松花江畔的郭爾羅斯旗。十四歲從軍抗日報國。一九五〇年赴臺，擔任黎明文化公司總經理等職。其小說大多取材於早年的東北抗戰經驗，反映淪陷區的社會情境。代表作有長篇小說《這一代》（1959）、《古道斜陽》（1965）、《大地之歌》（1968）、《松花江畔》（1970）、《北風緊》（1971）、《青紗帳

20　紀剛：〈臨水溯源——談《滾滾遼河》的來龍去脈〉，《聯合文學》，1987年第 6期。

21　紀剛：〈話說從頭——《滾滾遼河》手稿哈佛珍藏記〉，〈附錄〉，《滾滾遼河》（臺北市：三民書局，1997年），頁651-652。

起》（1971）、《我是誰》（1972）等，短篇小說集《泥土》等。

　　田原的作品數量較多，筆者因搜看不全，且對其中描寫地下抗日工作的兩部作品進行評析。長篇小說《我是誰》[22]敘東北青年吳鐵從一個落魄青年學生成為機智勇敢的抗日特工的成長過程。從吉林王府驛來到山東濟南求學的青年學生吳鐵因欠交房東的租金，屢遭房東夫婦的責難甚至辱罵，卻贏得房東已出嫁而回娘家探親的女兒的好感，兩人暗度陳倉發生戀情，卻不幸東窗事發被房東逮著姦情捆送警察局處置。警察局的國民黨地下特工屠警官發現吳鐵是一個具備特工資質的東北青年，便悄悄將吳鐵釋放並送他到杭州接受特工訓練，之後被秘密派回東北從事搜集日本關東軍及偽滿政權的重要軍事情報工作。吳鐵以報館記者的身分為掩護，利用報館同事、大漢奸秦子玉（偽滿政權總理張景惠秘書）女兒秦燕對他的愛戀，伺機出入並打入秦府，刺探到許多重要情報。最後，當日本特工秦燕發現她的戀人竟是重慶方面的情報人員，準備斬斷情緣作生死搏鬥時，潛伏在報館及秦府的國民黨地下人員緊急出動解圍，將秦燕秘密綁架送出東北。吳鐵也完成了在東北敵占區的地下情報工作，準備接受新的任務。這篇小說與同時期臺灣眾多反映國民黨在東北地下工作的同題材小說一樣，大量情節描寫的是男女主角之間的愛情故事，而抗日主題幾成為襯托愛情故事的背景，這與同時期大陸同題材抗日小說難得涉及愛情內容，或淡寫愛情故事形成較大區別（本書下篇相關章節將進行對比分析）。

　　田原的中篇小說《北風緊》[23]亦是描寫地下特工比較有意味的一部作品。北平城長安西街增福巷里，以國民黨地下特工李大年、魏荑這對假夫妻和抗日青年王玉虎兄妹、抗日游擊隊司令劉黑子為一方，與漢奸頭目季寶軒、偽警察所所長胡長素（實為中共地下黨領導人）

---

22 田原：《我是誰》（臺北市：皇冠出版社，1972年）。

23 田原：《北風緊》（臺北市：黎明文化事業公司，1980年）。

為對手之間的鬥智鬥勇。這篇小說人物形象塑造比較鮮明，李大年外表的儒雅與內心的沉著機智、魏羨的深藏不露與關鍵時刻的剛毅絕決、劉黑子的粗魯無謀、胡長素的陰險狡詐以及王大娘的熱情直爽、春英的天真爛漫都刻畫得比較生動傳神。故事情節一波三折，懸念迭出，特別是地下特工假夫妻的敘事模式在臺灣同類小說中比較少見，憾未充分展開這一特殊情節構築的藝術魅力。

4 梅濟民（1937-2002）

梅濟民是臺灣東北籍作家中少小就離開東北赴臺的作家。一九三七年生於黑龍江綏化縣，一九四三年隨祖父母赴臺。臺大中文系畢業後留任助教。一九五五年因「文字為有利於叛徒之宣導等」罪名，被判有期徒刑十七年。一九七四年恢復自由之身。代表作散文集《北大荒》（1968）、《長白山夜話》（1978），短篇小說集《牧野》（1970）、《藍色的玫瑰》（1977），長篇小說《北大荒風雲》（1980）、《西伯利亞的鐘聲》（1981）、《哈爾濱之霧》（1983）、《長白山奇譚》（1990）等。

梅濟民的抗日小說有著比較濃郁的反共色彩，也許是被早年「文字為有利於叛徒之宣導等」罪名所震懾，其後期創作的抗日小說有意加重反共內容，多少隱含著為自己洗刷罪名的意圖。長篇小說《北大荒風雲》[24]是半部抗日小說，前半部為抗俄小說，後半部以抗日為主，末尾為反共內容。

小說的主人公是北京大學、清華大學、東北大學、朝陽大學、馮庸大學、北洋工學院等高校的一批東北籍大學生，在國家危難之際，他們毅然輟學從軍，回到北大荒故土參加救國軍，先後抗擊入侵東北的俄軍、日軍。小說共六十七節，從第二十八節開始，在俄軍退出東

---

24 梅濟民：《北大荒風雲》（臺北市：當代文學研究社，1983年）。

北後轉而敘寫大學生們從搜集日本關東軍的軍事情報入手開展抗日活動。北洋工學院學生李純為便於刺探日軍情報轉學到日本人辦的旅順工大，在這裡他很快物色到獵物——日本關東軍高等戰略參謀渡邊律三大佐的獨生女渡邊千慧子。渡邊千慧子是一個富有正義感的純情女子，她和母親都對日軍的侵華行為強烈憤慨。懷著對苦難中國的同情和對李純真摯的愛情，渡邊千慧子多次主動提供關東軍的秘密軍事情報。李純被渡邊千慧子的真情所感動，兩個敵對陣營的年輕人假戲真做，成為真正的戀人。九一八事變發生後，憤怒之極的渡邊夫人竟直接打電話怒斥關東軍司令官本莊繁中將，渡邊千慧子則乾脆與李純結為夫妻，積極參與抗日活動，在母親被日本特務機關以反戰不法的罪名逮捕入獄後，為表達憤慨和抗議，渡邊千慧子隻身在哈爾濱車站月臺刺殺關東軍特務機關長田中奉喜大佐，其父渡邊大佐為此切腹自殺。李純為完成愛妻的未竟，進入國際醫院充當清潔夫，伺機將在醫院療傷的田中奉喜擊殺。一對異國青年以鮮血和生命澆灌了正義、和平和愛情之花。

　　憑著智慧和勇敢，大學生們以各種巧妙方式打擊日本關東軍。在嫩江大草原，北大學生趙玉琴、田慧娟和清華學生趙志偉帶領五名綠林好漢組成的一個反奸戰鬥組，與關東軍戰略情報參謀本田昭惠大佐率領的一支由二十二名日軍化裝為牧人的情報隊鬥智鬥勇，最後將這支企圖前往策反蒙古部落的日軍消滅；在哈爾濱，主要由大學生組成的抗日血盟團潛伏關東軍俱樂部四周，狙擊了日軍十多名高級軍官，連關東軍頭號特務頭子土肥原賢二也差點喪命；在奉天城，為營救被捕入獄的抗日英雄苗可秀同學，東北大學教授于致遠和大學生們聯絡綠林好漢深夜潛入日軍兵營解救了二百多名抗日志士；在長白山深處，大學生們運用智慧用雪崩戰術埋葬了入侵的日軍隊伍……小說結尾，這些抗日的大學生卻不得善終，由於他們希望回校復學，而拒絕加入中共，結果一一遭來殺身之禍。

　　這半部抗日小說的諸多情節是充滿著傳奇色彩的，作者著意誇大抗日大學生及其救國軍的機智神勇，突出日軍的殘暴和無能，如嫩江大草原，救國軍以八人的少數（其中還有兩名女性）竟不費吹灰之力就把二十二名強悍的日軍消滅；北大學生王敬恒隻身潛入日軍營區成功刺殺日軍師團長長野建勝少將，這些都令人難以猝信。小說結尾對蘇聯紅軍（小說稱俄軍）進軍東北和中共在東北的土地政策的批評帶有諸多主觀偏見，故意誇大其負面效應，許多細節描寫亦顯見作者對抗戰勝利後東北政治情形的不了解，如說中共派來接收東北的是來自陝北的新四軍，作者顯然把新四軍等同中共唯一軍隊，而不知道八路軍才是中共抗日軍隊的主力，且新四軍的活動範圍並不在陝北。小說藝術上的缺陷也比較明顯，除了情節的過分虛構、部分情節有違歷史真實外，作者不時穿插抒情段落，可謂情節不夠口號湊，諸如「親愛的中國呵！苦難的中國呵！願你趕快強大起來吧！」「中國！多難的中國啊！北大荒！重重災禍的北大荒啊！」「強大的睡獅，醒來了！醒來了！」之類抒情口號比比皆是。顯見作者因沒有親身經歷過抗日鬥爭實際，僅憑想像和虛構創作抗戰小說，不免處處捉襟見肘，漏洞百出。

　　梅濟民的中篇小說《五千公里雪山大逃亡》（一九六八年一月十八日至二十八日連載於「新副」）是一篇充滿人道主義思想的抗日小說。小說主人公小原義郎是一個喜愛寫詩的日軍士兵。一九四五年八月十五日日本天皇宣布投降後，駐守中俄邊境的五萬多日軍擔心向俄軍投降後會被押解到西伯利亞服苦役，於是在軍官們的秘密策劃帶領下企圖由大小興安嶺經長白山過鴨綠江進入朝鮮，最後到達韓國的釜山渡海回國。可是在五千多公里的逃亡路上，這些戰敗的日軍官兵既要躲開俄軍的封鎖，又要克服缺少補給的饑餓和險惡的大自然環境的阻擾，其艱難和狼狽可想而知。小說通過小原義郎的所見所感，把昔日不可一世的武士還原為普通人，對他們陷入絕境中的悲慘境況細加

描摹：有的斃命在俄軍的槍口，有的跌入雪山深谷魂斷異鄉，有的精神錯亂而自殺，更多的人饑餓難忍吃了太多的樹皮後浮腫難行痛苦死去……五萬多逃亡者最終安全抵達終點的不到一百人。

小說既對日軍在中國的殘暴行徑加以譴責，又對特殊境況下普通日軍士兵的悲慘命運給予同情，並由此反思侵略戰爭給人類造成的巨大災難，呼喚世界和平：

> 一位剖腹自殺的軍官，在樹幹上刻寫著一封致日本教育首長的信：「……我們這一代走錯了路，不能讓下一代再迷失。希望復興後的日本，能夠集中智慧教育下一代，使其都能夠真正懂得生活的正確目的，更為全人類永久和平尋找出一條正確的途徑，未來真正的光榮是屬於和平的宣導者……」
>
> 「我們生命被剝奪的原因，正是因為我們去剝奪別人。」

這些發聵振聾的話語當然屬於小說作者，如果當年參加侵華戰爭的日本軍人都有此清醒認識，也許今天的日本對於當年那場戰爭的反省會有不一樣的情形。因此，我們毋寧相信此乃「人之將死其言也善」，是出於作者善良的主觀意願。

5 趙淑敏（1935-）

臺灣著名歷史學家、東吳大學歷史系教授趙淑敏是臺灣東北籍作家中創作抗日小說數量少卻在海峽兩岸產生較大影響的女作家。趙淑敏筆名魯艾、述美、趙禾珠，籍貫黑龍江肇東，一九三五年生於北平。一九四九年隨父母赴臺。臺灣師範大學歷史系畢業後一直在高校任教。創作文類以散文、小說為主。其創作的反映「九‧一八」後東

北人民抗日的長篇小說《松花江的浪》[25]，是臺灣抗日小說中少有的無反共內容的作品。

　　小說塑造了一位東北抗日青年拋妻別子矢志抗日最後英勇犧牲的感人形象。筆名「高亮」的東北青年高鐵屏秘密從事抗日活動，在省城，他以「高亮」的筆名發表了許多鼓吹抗日的文章，引起敵特注意。「九・一八事變」爆發後，他潛回鄉下，秘密聯絡並改造當地土匪成為抗日武裝，多次抗擊日寇，身陷危境幾乎喪命。武裝抵抗失敗後，他先後流亡到北平、重慶等地，繼續用筆宣傳抗日主張。太平洋戰爭爆發後，受組織派遣，高鐵屏以商人身分又潛回東北從事「現地抗日」工作，不幸被捕，敵人以高官厚祿利誘不果，將其殘忍殺害。

　　小說以女作家特有的細膩筆觸，通過「高亮」侄兒高金生的視角將「老叔」對自己的言傳身教、「老叔」和他的女同學江心怡之間矢志不渝的堅貞愛情、「老叔」捨小家為國家的抗日熱情等都描寫得十分傳神，尤其是在作品人物對情感的細微體驗以及東北普通人家的日常生活細節，東北人重情義、熱情豪爽等地域人物風情的描寫上，充分發揮了女性作家情感體驗深刻、觀察力強、想像力豐富等特長，是一部富有東北風情的臺灣抗日小說的優秀作品。大陸學者袁良駿甚至認為《松花江的浪》在反映東北抗日鬥爭的內容、氣勢、規模和作品的藝術感染力上都超越了蕭軍的《八月的鄉村》和蕭紅的《生死場》。[26]

（二）「軍中作家」和其他作家的抗日小說

　　除了東北籍作家外，臺灣所謂「軍中作家」的抗日小說創作也是值得關注的。一九四九年撤退臺灣的國民黨軍隊有百萬之眾，這其中有相當部分官兵曾參加過抗日戰爭，他們對日本帝國主義侵略而給中

25　趙淑敏：《松花江的浪》（一九八五年臺灣《中央日報》連載；哈爾濱市：北方文藝
　　出版社，1986年）。
26　袁良駿：〈評臺灣女作家趙淑敏的小說藝術〉，《文史哲》1996年第4期。

國人民帶來的巨大災難有切身體會，對抗擊日軍的戰鬥經歷記憶猶新，只可惜其中的絕大部分官兵是文化程度很低的農民出身，加之剛剛經歷了國共內戰而不得已背井離鄉敗退臺灣一隅，心中正充滿著戰敗於共軍的沮喪，官兵鬥志低靡。在反共抗俄的喧囂聲中，軍內外絕大多數作者都埋頭於反共作品的寫作，只有少數軍中作家偶爾涉及抗日小說創作，這其中有所謂「軍中三劍客」司馬中原、段彩華、朱西甯。

1 司馬中原（1933-）

　　司馬中原出生於南京，祖籍江蘇淮陰。一九四八年十五歲的司馬中原參與國共內戰，之後，隨國民黨軍隊遷徙至臺灣。未受任何正統學校教育靠自學成才的司馬中原，因一手漂亮文筆而擔任師旅新聞官等文職宣傳工作。一九六二年以上尉軍銜退役。退役後專事寫作，寫作範圍相當寬廣。除了是一九五〇年代「反共」文學的代表作家之一，其鄉野、懷舊、武俠、《聊齋》式鬼怪通俗小說均頗有特殊之處。其主要作品有《狂風沙》、《荒原》、《失去監獄的囚犯》、《月光河》、《駝鈴》、《雲上的聲音》、《路客與刀客》、《狼煙》、《大漠英雄傳》、《鄉野奇談》、《醫院鬼話》、《春遲》等；其中，《狼煙》為抗日小說。

　　長篇小說《狼煙》[27]是作家描寫其故鄉歷史往事的系列作品之一。小說敘寫了抗日戰爭時期淮河流域以蒿蘆集為中心的地域上發生的眾多正與邪的鬥爭故事。小說中代表「正義」一方的是以國民黨正規軍某部連長岳秀峰為首，包括國民政府委任的鄉長喬恩貴、鄉團長趙澤民和士紳趙岫谷等，他們與代表「邪惡」一方的汪偽軍團長孫小敗壞及其眾多嘍囉」、「土共」（新四軍游擊隊）領導人董四寡婦、黃楚郎等進行了針鋒相對的鬥爭。這部小說雖達百萬字的規模，人物亦眾多，但實際並無太複雜的故事情節，故事始於岳秀峰連長率部突圍受

---

27 司馬中原：《狼煙》上下冊（臺北市：華欣文化事業中心，1974年）。

傷，傷癒後留在蒿蘆集組織抗日游擊隊，落幕於岳秀峰在日寇投降後與共軍爭奪地盤的戰鬥中陣亡。中間作家用了大量筆墨描寫蒿蘆集上孫小敗壞與日偽以及「土共」之間爾虞我詐相互碾軋的瑣瑣碎碎。作者自己亦聲言「《狼煙》是一部寫群的作品，它述寫一群混世走道的邪門人物，所費的篇幅極多，這些形形色色的人物，打家劫舍的有之，流血拼鬥者有之，當漢奸作走狗者有之，販軍火、售煙土者有之，無需我費神架構，他們活生生的存在過，像一剎時奔騰湧匯的黑色雨雲，給人以寒冷和潮濕的生存環境」（司馬中原《狼煙》序）。

2 段彩華（1933-）

　　與司馬中原、朱西甯並稱「雖乏武功倒有文治」的「軍中三劍客」之一的段彩華，江蘇宿遷人。一九四九年參加國民黨軍隊，隨軍去臺灣。一九五一年發表處女作中篇小說《幕後》，獲臺灣「中華文藝獎」三等獎。遂在國民黨中從事文宣工作，並創作小說。曾在《精忠報》、「陸軍總部」副官處書刊中心書庫任職。一九六二年退役。曾任青年寫作協會總幹事、《幼獅文藝》主編。主要作品有：長篇小說《龍袍劫》，中篇小說《狂妄的大尉》，短篇小說集《花雕宴》、《五個少年犯》、《段彩華自選集》，散文集《新春旅客》等。

　　中篇小說《狂妄的大尉》[28]是臺灣抗日小說中罕見的專門塑造戰時日本軍人形象的作品。大尉中村佐木不過是日軍的一名下級軍官而已，但因為他曾被天皇接見並受天皇封賞，便不可一世地狂妄，「除了天皇和他的直屬上級，所有的人，凡是走到他面前的，都應該把頭低一些，肩膀儘量往裡縮，臉上要帶著那種神氣，好像站在那裡，聽候指示」。對於比自己級別低的軍官和身邊的勤務兵、司機等，他稍不如意動輒拳腳相加；對於和自己平級的軍官則事事處處要表現出自

---

28 段彩華：《狂妄的大尉》（臺北市：黎明文化事業公司，1975年）。

己高人一等，哪怕是曾經在戰場上救過自己一命的朋友，他也會為一些雞毛蒜皮的小事和朋友決鬥，不惜鬧翻臉面；即便對於自己的上級他也不像其他日本軍官那樣表現出下級對於上級的畢恭畢敬，某次討論如何解決敵人的地下組織活動問題，他的皇軍能夠以一抵十的狂妄言論被大佐東川米都否定，中村佐木當即反駁：

> 「這豈不是笑話？！」大尉的頭昂起來，眼睛斜睒著房頂上的某一個地方，完全忘記了一個部下對上級應有的尊敬，批評著說：「天皇的軍隊靠著精良的武器，一個難道不能打支那人十個？怎能說這種自信有一點盲目？」他為了強調這個，把嘴唇撅起來，於是鬍子便向上直豎著了。

　　小說突出描寫中村佐木脖子上的一道傷疤，那是他獲得天皇封賞的資本，為此他特意把軍服領口裁短，以便露出那道疤痕，好向人炫耀。這個狂妄的大尉以為誰都會畏懼和欣賞他那道傷疤，當中國「叛軍」把他踩在腳下對著他脖子上的那道傷痕砍下去時，他竟然愚蠢地大叫道：「不要命的支那人，這是天皇封過的腦袋，你敢殺嗎？！」

> 那叛軍顯然不懂他的話——意料中是不懂的，那戰刀帶著風落下去了！

最後能鎮住狂妄者的不是其同僚上級，而是中國人。

　　小說以第一人稱的敘事方式通過「我」——一名兼有日本和中國血統的日軍翻譯兵的視角，在描寫日軍的狂妄和愚蠢的同時，也把中國人不屈的意志表現出來——那位敢當著眾多日軍軍官尤其是中村佐木狂怒的面孔，把日本比著飲酒的器具，一再的說：「三個酒杯大的島子」的中國女子；那些面對日軍的誣陷奮起武裝反抗的一百多名中

國「叛軍」，讓狂妄的大尉終於狂妄不起來。

段彩華小說在藝術上致力於追求幽默的風格，《狂妄的大尉》中也不乏幽默與諷刺。段彩華採用漫畫的誇張筆法塑造人物形象，其筆下的中村大尉像一個吃了炸藥的瘋子處處與人作對，尤其是喝了酒以後，動不動就摔破酒杯，只有在天皇的畫像面前或提到天皇的時候才會寧靜片刻；為了突出天皇地位的至高無上，中村大尉官廳的擺設古裡古怪，擺有天皇照片的書桌的周圍空出至少十六個榻榻米的位置，茶几則縮在一個角落，讓人感覺極不協調；似乎是為了突出和襯托中村佐木的狂妄和暴躁，其他的日本軍官則都被描寫得溫文爾雅，而那位倒楣的曹長大河正平動輒被暴怒的中村佐木揍得鼻青臉腫躺倒地上，小說寫到曹長大河正平報告發現反日標語，「我」逐一把反標內容翻譯後，中村佐木狂怒不已，接著出現的場景頗像一幕小品表演：

> 「八力！」像打雷一樣，中村佐木咆哮道：「陰毒的支那人！不要命的支那人！八力！」
> 我趕緊低下頭來，不敢看中村佐木暴怒時的面孔，卻聽見一陣像搗碎屏門似的通通的聲音！等我再抬起頭時，房中已不見了那位曹長，只有我和中村佐木，站在一大堆撕碎的字紙當中。我轉身去找那位曹長，感到大大的一驚！發現他正躺在門外的地上，面頰和額部青了兩大塊，有一邊嘴角上，掛著一縷血，從地上慢慢的翹起一顆頭，用發黑的眼眶向廳裡望著。

段彩華的抗日小說不多，僅此《狂妄的大尉》一篇就把其獨特的創作風格表現得淋漓盡致，堪為抗日小說佳作。

3 謝冰瑩（1906-2000）

大陸去臺作家中，謝冰瑩是一位上世紀二三十年代即已蜚聲中國

文壇的著名女作家。謝冰瑩原名謝鳴崗，字鳳寶，湖南新化鐸山鎮（今屬冷水江市）人。小時隨父讀四書五經，後就讀於湖南省立第一女校（又名湖南第一女子師範），未畢業即投筆從戎，於一九二六年冬考入武漢中央軍事政治學校（黃埔軍校系統）。經過短期訓練，便開往北伐前線汀泗橋服役參戰。她的《從軍日記》就是在戰地寫成的，發表於《中央日報》副刊。一九三五年因「抗日反滿罪」在日本被捕。抗戰爆發後組織湖南婦女戰地服務團，赴前線參加戰地工作，寫下《抗戰日記》。抗戰後期還在重慶主編刊物。曾任北平女師大、華北文學院教授。一九四八年應聘到臺灣師範學院任教授，一九五六年出家，法號「慈瑩」，一九七一年因右腿跌斷退休。一九七四年移居三藩市。二○○○年一月五日在美國與世長辭，享年九十五歲。她一生出版的小說、散文、遊記、書信等著作達八十餘種、近四百部、兩千多萬字。代表作《女兵自傳》，相繼被譯成英、日文等。

　　被譽為「中國第一位女兵」的謝冰瑩對於和自己一樣的女戰士有著特殊的好感，五十年代初她在臺灣創作的短篇小說《一個韓國的女戰士》就敘寫了一位韓國女學生從受欺凌的弱女子到成為堅強的抗日女戰士的變化過程。美麗的小李是就讀於東京法政大學的韓國籍女學生，因為她的美麗常受到日本男同學的騷擾，又因為她來自日本殖民地韓國，面對殖民者的凌辱只能忍氣吞聲。但仇恨的種子早已在她內心生根發芽：「韓國雖然亡了，我們卻時時刻刻都在圖謀復國，時時刻刻都記著報仇雪恥，我也相信中國決不會屈服的，她會誓死奮鬥，消滅日本帝國主義者，消滅一切壓迫中國的敵人！」因家境窘迫，小李被迫放棄學業回國與她不喜歡的男子結婚。但外表懦弱的小李竟敢在中國「七‧七事變」爆發後冒著生命危險攜兩個弟弟逃到中國參加抗戰，成為一個「活潑、熱情、大方」的抗日女戰士。這篇小說情節簡單，作家於平淡的敘述中勾勒出一個愛恨分明不甘屈服的受壓迫女性奮起抗爭的鮮明形象。

在不義的戰爭面前，殖民地的女性受壓迫被凌辱，日本本國的女性的命運也好不到哪裡。謝冰瑩另一篇記敘戰時女性命運的短篇小說《梅子姑娘》中那位被騙到中國來當「營妓」的日本姑娘梅子就是戰時千千萬萬日本下層婦女不幸命運的縮影。貧苦家庭出身的梅子姑娘，父親被徵召入伍戰死中國，母親患肺病去世，十歲的梅子成了孤兒。飽嚐人間辛酸的梅子好不容易有了一個愛她的男友，可男友也被徵召中國上海參戰，梅子隨所謂「慰勞團」到中國尋找男友，不料男友已戰死，走投無路的梅子從此被迫開始了不堪的「營妓」生活。

這篇小說的主旨還不在於反映戰時日本女性的悲慘命運，而是宣揚反戰思想。梅子在「營妓」生活中結識了具有反戰思想的日軍飛行員中條，才終於找到改變自己命運的機會。梅子和中條後來雙雙伺機成功投奔中國軍隊，加入了反戰隊伍，服務於中國人民的抗日事業。

謝冰瑩的短篇小說《苗可秀》以東北抗日英雄苗可秀的英勇事蹟為素材，塑造了一個捨家為國視死如歸的抗日英雄形象。東北大學學生苗可秀在「九・一八事變」後即棄學從軍，加入鄧鐵梅的抗日義勇軍隊伍。小說著重描寫了苗可秀短暫抗日生涯中的兩個主要事蹟，一是孤身入虎穴，以談判為名誘使敵人派出十二名談判代表及眾多衛兵和漢奸，從而給義勇軍創造了殲滅敵人的大好機會。二是苗可秀受傷被捕後的威武不屈，敵人軟硬兼施百般勸降，甚至在槍斃他的最後一秒鐘前還給他生還的機會——只要他願意投降，但苗可秀視死如歸，高呼「中華民族萬歲，打到日本帝國主義……」壯烈口號英勇就義。

4 穆中南（1912-2002）

大陸去臺作家中，穆中南自詡為是「從骨子裡反共抗日的」。穆中南筆名穆穆，山東省蓬萊縣人，北平中國大學文學系畢業，一九三五年因赴瀋陽從事愛國工作，被日本憲兵隊逮捕，出獄後入關從事鄉村教育工作，曾任山東蓬萊縣中心小學校長，一九四六年任《和平日

報》瀋陽社主筆兼《瀋陽日報》主筆，創辦文運出版社，一九四八年去臺灣，任《平言日報》編輯，一九五〇年協助創辦《徵信新聞報》（即現在之《中國時報》），一九五一年創辦文壇社，出版《文壇月刊》及文壇叢書，一九五五年任中國文藝協會總幹事，並兼任淡江文理學院、輔仁大學教授。作品有小說、詩及評論多種，多以動亂時代苦難的中國為背景。另有著作十一種。

　　穆中南的長篇小說《大動亂》[29]是一部標準的反共抗日小說。小說的許多故事情節來自於作家個人的生活經歷。《大動亂》首先是一部反共小說，小說描寫了抗戰時期活躍在膠東地區的八路軍第七縱隊五支隊與由偽軍反正的國民黨軍於學忠部第十二師（師長趙保元）爭奪地盤，激烈摩擦。小說對於國共兩軍正面衝突的描寫並不多，而是通過塑造若干共產黨幹部的形象來折射國共之間的恩怨情仇。首先給人印象鮮明的是趙漪萍，這個共黨女幹部的出場是十分神秘的，她從北平來到林村以小學教師為掩護開展地下工作，又以林村首望之家舉人林文盛的長子伯仁的戀人的身分住在林家。與五十年代臺灣許多反共小說所描寫的共產黨女幹部的淫蕩形象不同，穆中南筆下的這位膠東地區共產黨的最高領導人，不僅端莊秀麗，而且十分尚解人意，對於發動群眾，建立地方政權，指揮抗敵鬥爭不遺餘力，深得民心。原來這個人物是有原型的。穆中南在〈反共抗日的紀錄──寫《大動亂》的前後〉的回憶文章中說：「書中的漪萍，姓名雖不同，也是確有其人。她在七七事變以後，靜悄悄來到我們膠東，她用什麼關係來的，我摸不清楚，她為人文靜溫和、沉默寡言，面色好像貧血的弱女子。她和孫端夫（也是沉默人物，臉色蒼白）做夢也沒想到他們會是共產的幹部。她不談馬克思、列寧、斯大林，甚至連抗日的神聖都不高談，每天東走西去，忙個不休，埋首她的工作，教導受傷急救，教

---

29 穆中南：《大動亂》（一九五二年六月《文壇》第二期起連載；臺北市：中國文壇出版社，1954年）。

唱抗日歌曲，無報酬無代價好像無目的的熱心做著，實在令人感動。沒想到自八路五支自西來後，吞併各個地方武力，她出來了，她卻是個膠東的最高指揮者，……。這個女人，在我的《大動亂》裡給了她一個新生命，因為我很愛她。」小說中的其他共產黨幹部只要有名有姓的均都不令人反感，尤其是林家三少爺季仁加入共產黨游擊隊後，表現積極，成長迅速。只是作者為了表達反共立場，小說末尾讓這個人物在北平從事地下工作時背叛共產黨，投身國民黨。但作品中共產黨所依靠的基層幹部群眾，個個都被寫得猥瑣奸詐，不是風流寡婦，就是無賴流氓，特別是林文盛被作為惡霸揪出鬥爭時，共產黨的村幹部被塑造成毫無人性的惡魔。由作品的描寫可以看出，作家的情感與理性是矛盾的，小說中寫得有血有肉的人物大體上是作者所熟悉的，個別共產黨人甚至是作者所熱愛的，作者對於他們的形象的塑造還是能尊重歷史的事實，而概念化的人物則明顯是作者虛構的，與歷史真實有所相悖。無怪乎，這部作者心目中得意的反共小說出版後不久竟被國民黨當局查禁。

《大動亂》當然也是一部抗日小說。作者所傾力描寫的主人公林文盛便是一個抗日愛國的開明鄉紳，他謹守中國傳統古訓，忠孝兩全，對鄉親友愛，對洋人仇視，特別對入侵中國的日軍更是充滿仇恨，敵人請他出面維持所謂地方治安，被他嚴詞拒絕。他的大兒子伯仁表面是漢奸實際是地下抗日工作者；次子仲仁組織領導抗日游擊隊與日軍激戰，犧牲在抗日戰場上；三子季仁更成為共產黨游擊隊的幹部，因表現出色還被派到延安學習。不過，從小說的總體構思看，其中的反共內容是為主體，抗日實為背景。

二　臺灣本土作家的抗日小說創作

國民黨敗退臺灣的初期十多年，臺灣文壇瀰漫著濃厚的反共抗俄

氛圍。臺灣當局基於政治夢想（企圖利用朝鮮戰爭爆發，美國保護臺灣之機實現反攻大陸的夢想），從文藝政策（倡導三民主義文藝思想、設立反共文學創作獎金等）上鼓勵反共文學創作，一批御用文人則以創作實績積極回應，一時間反共抗俄文學成為上世紀五、六十年代臺灣文學的主潮。對於盛囂塵上的反共抗俄文學，剛剛擺脫日本殖民統治的臺灣本土作家實感茫然和無所適從，他們既無反共抗俄的直接經驗，又與大陸的共產黨政權無怨無仇，反倒是對於日本長達五十年的殖民統治記憶猶新，還保有抗日文學創作的相當熱情，但其中許多人又受制於從日語轉換為漢語的語言障礙，一時難以用漢語言文字創作，出現了暫時的創作沉寂。到了六十年代中期以後，隨著反共抗俄文學的逐漸退潮，臺灣鄉土文學醞釀著創作波瀾的再起，此時，日據時代的臺灣作家經過十多年的漢語言文字修煉，已經能夠比較熟練用漢語創作，於是重新開始邁上了抗日文學創作的征程。

（一）老一輩和「中生代」作家的抗日小說

1 吳濁流（1900-1976）

臺灣新竹縣新埔鎮人。代表作為長篇小說《亞細亞的孤兒》，這部小說於一九四三年開始創作，臺灣光復前完稿，戰後出版。

戰後臺灣社會的急劇轉型以及政治生態的改變，使殖民時代走過來的臺灣作家面臨著如何調整、磨合、適應的過程，再加之創作語言的驟然改變，多數臺灣作家需要重新學習漢語，學習大陸的新文學思想，只有少數作家利用此擺脫殖民統治終於可以寬鬆地創作抗日小說的機會，將他們在殖民後期創作而無法問世的作品公開發表出版，吳濁流的《亞細亞的孤兒》就是在這樣的時代背景下創作出版的。

小說以主人公胡太明輾轉臺灣、日本、中國大陸三地的坎坷經歷，表現了在日本殖民統治下臺灣人身分的尷尬：在日本人眼裡，臺

灣人是低人一等的「支那人」，所以胡太明先後與兩位日本女性產生
戀情卻因自卑和對方的優越感無果而終；在祖國土地上，中日戰爭的
特殊環境，使臺灣人不敢輕易暴露自己的身份，胡太明就因間諜嫌疑
而繫獄。臺灣人的這種特殊時期的「孤兒意識」後來被臺灣分離主義
分子刻意衍生為具有「臺獨」色彩的「臺灣人意識」，對此，臺灣著
名作家、評論家陳映真有著自己清醒的認識：

> 無可諱言，「孤兒意識」是若干分離主義者的「臺灣人意識」
> 的前身。那麼，讓我們引用村上知行的一段話：「世界上沒有
> 所謂臺灣人。假如有的話，那是住在深山裡的番社的人吧。普
> 通被稱為臺灣人的，實在完全是中國人。即使說多少帶有一點
> 臺灣的特色，或使人有這一種感覺，實際上仍是純粹的中國
> 人。」這一部分中國人，在帝國主義所歪扭的歷史中，被日本
> 壓迫者和部分或因認識不清，或因漢族沙文主義而同稱為「臺
> 灣人」，加以歧視。但是「臺灣的漢民族，由人類史來說是一
> 小段歷史。」有獨特的個性，「可是亞細亞站在世界的視野
> 上，社會將覺醒時，那只不過是一個細微的個性。」[30]

這的確是一段頗具深意的話，日本殖民統治臺灣五十年塑造了臺灣人
「獨特的個性」，但「站在世界的視野上」不過是「一個細微的個
性」，換言之，臺灣人無論怎樣強調其「獨特性」，那也是中國一個地
域的人群的個性，中國遼闊土地上，每個地域的人民保有其獨特的
個性豈不是再正常不過的事，眾多的地域個性或特性匯成了中國人的
共性。

---

30 陳映真：〈試評《亞細亞的孤兒》〉，吳濁流：《亞細亞的孤兒》「附錄」（北京市：人
民文學出版社，1986年），頁250。

2 呂赫若（1914-1951）

　　本名呂石堆，臺灣臺中縣潭子人，臺共黨員。十五歲時考上臺中師範學校。一九三四年師範畢業，被分發到新竹峨嵋國小任教，因語言不通，轉調南投營盤國小，開始寫作生涯。一九三九年，進入日本東京武藏野音樂學校聲樂科，師事聲樂家長板好子女士，並參加東寶劇團，演出「詩人與農夫」歌劇，展開前後一年多的舞臺生涯。一九三五年，二十二歲的呂赫若在日本《文學評論》雜志二卷一號發表處女作〈牛車〉，立刻在臺灣文壇受到矚目，在日本及中國大陸也都受到相當的肯定和重視。此後不斷有作品在《臺灣文藝》、《臺灣新民報》、《臺灣新文學》發表，即使在戰爭時期，亦是最活躍的作家之一。二二八事件後，他投身反對國民黨的武裝行動，最後死於「鹿窟武裝基地事件」，傳聞是被毒蛇所咬致死，時年三十八歲。

　　作為殖民時期臺灣左翼文學的重要代表人物，呂赫若的絕大多數小說是用日語寫作的，但在戰後初期也嘗試用中文創作了若干篇小說，其中短篇小說〈改姓名〉、〈一個獎〉、〈月光光〉擇取生活中若干小事，從而以小見大，反映了日本殖民統治下臺灣人民的苦難生活。

　　〈改姓名〉、〈月光光〉、〈一個獎〉敘述了三個饒有趣味又發人深思的小故事。〈故鄉的戰事一——改姓名〉（載一九四六年二月《政經報》二卷三期）敘發生在火車站月臺上的一件小事。一群穿戴整整齊齊又規規矩矩的日本小學生正在等火車，火車來了，一名叫「後藤」的小學生忽然從隊伍後面迅速擠到前面，並占到一個好位置坐下，同學們都一起大聲起哄罵他是「改姓名的」，「後藤」卻不以為然。「我」為日本小學生如此侮辱這名「改姓名的」臺灣學生抱不平。當「我」用憐憫的眼光看著「後藤」並用臺灣話對他說：「你的改姓名就改得錯了，你看，會被人家這樣的笑了」時，不料這孩子對臺灣話沒反應，還用傲慢又輕蔑的眼光看著「我」，這才發現「後藤」不是臺灣

人，又問他為什麼被人家罵是「改姓名的」，「後藤」氣憤地說：「你別侮辱著我，我是日本人，誰願意去做臺灣人呢？」並說大家之所以罵他是「改姓名的」，是因為「改姓名是假偽的」。原來日本孩子把臺灣人改日本姓名看著是假偽的，就以「改姓名的」來作為假偽的代名詞。皇民化時期，日本殖民當局強迫臺灣人改姓名，卻成為純真的孩子們心目中輕蔑的對象。作者除了對那些改姓名的同胞「哀其不幸」外，也對殖民當局「聲聲句句總說臺灣人改姓名是一視同仁的，是要做過真正的日本人」的謊言被孩子們無意戳穿既感驚訝又覺得合乎情理。小說最後以作者的感嘆：「哎喲，日本人你真是個痴子，連你自家的小孩子都騙不著，怎麼能夠騙得著有五千年文化歷史的黃帝子孫呢？」做結。這篇小說舉重若輕，透過日本孩子的純真言行，深刻批判了殖民當局所謂「皇民化」政策的虛偽性及其對臺灣人的傷害。

〈故鄉的戰事二——一個獎〉（載一九四六年三月二十五日《政經報》二卷四期）通過一顆未爆炸的炸彈戳穿了日本人不怕死的神話。美軍空襲時落下了一顆未爆炸的炸彈在臺灣農民唐炎的水田裡，唐炎犯了難，拿去交給派出所警察，怕半路爆炸；不去管它更不行，不但影響稻田耕種，而且聽說不把炸彈上交會被警察當做「幫敵犯」拘留，而且已有孩子玩子彈家長被警察捉去打死的先例。第二天唐炎硬著頭皮抱上炸彈去派出所，日警池田看到一個拿著炸彈的臺灣農民來到院子裡嚇得急忙躲到防空壕，其他警察和家屬也亂作一團紛紛躲到防空壕。唐炎本想上交炸彈能夠得到一個獎勵，結果日警獎給他的是一頓毒打，打得他「叫天叫地」，還差一點被扣上「暗殺犯」的罪名。唐炎終於知道「日本人絕不是不怕死的。從前人家老說過日本人是不怕死的，這完全是瞎說」。這篇小說除了用事實說明自詡為神的子孫的日本人其實也是怕死鬼，還對日本警察制度對臺灣農民的壓迫做了生動詮釋。

〈月光光——光復以前〉（載一九四六年十月十七日《新新》第

七期）敘說了一個殖民統治下生為臺灣人不能說臺灣話的悲哀故事。莊玉秋在市裡的房屋由於被劃為防空區被迫拆除。無屋可住的莊玉秋領著一家老小八口好不容易在郊外找到一個租屋，但同為臺灣人的房東卻提出兩個苛刻條件，一是全家人都要說日語，二是要過純然的日本式生活。莊玉秋和妻子尚且能做到，但年近六十的老母親和三個年幼的孩子卻一點也不會日語。為了全家暫時能有棲身之地，莊玉秋只好哄騙房東說妻子是高等女學校畢業的，孩子們從小就說日語，臺灣話一點都不會。房子是租住了，可是天性活潑好動的孩子們卻不能出去玩，每天只能和老祖母在一起待在屋內像關監獄似的。有一天三個孩子忍不住跑出去玩並說了臺灣話，結果房東就上門告狀，莊玉秋把孩子們痛打責罵了一頓。為了能有住屋，一家老小受此委屈都啼啼哭哭。老母親告訴他住房子是長久的事，但「像現在這樣的一也不可說臺灣話二也不可說臺灣話，我們是臺灣人，臺灣人若老不可說臺灣話，要怎樣過日子才好呢？」莊玉秋終於醒悟「像這樣家人的受苦悶，即使有房屋可得永住，還有什麼家庭生活的樂趣呢？」「只恨著那真害死人的皇民化運動」。於是，在一個月亮皎潔的夜晚，莊玉秋領著孩子們到院子裡用臺灣話唱起了〈月光光〉兒歌，鄰居們都驚駭不已，莊玉秋卻感到無比痛快，「他想，你們不成臺灣人呀，臺灣人來裝作日本人，就把它來欺凌著臺灣人，你真真的是人嗎？」這篇小說批評矛頭表面上是指向那些「吃日本屎吃得很多」的臺灣人，實質是對日本殖民者推行皇民化運動的批判。皇民化運動雖然使一些臺灣人忘乎所以，但依然還有莊玉秋這樣清醒並敢於反抗的臺灣人。

3 廖清秀（1927-）

臺北縣汐止人，曾任教員、專員、科長、專門委員等。一九五〇年入中國文藝協會招考小說研究組為學員，以結業必須繳交的小說《恩仇血淚記》開始文學創作生涯。一九五二年十一月，《恩仇血淚

記》獲「中華文藝獎金委員會」長篇小說獎。其一生所寫小說、散文、論評、報導文學及翻譯改寫日文等共約一千五百萬字。

　　與《亞細亞的孤兒》一樣，廖清秀的《恩仇血淚記》也是一部反映臺灣人民在日本殖民統治下遭受不公平待遇的小說，但前者充滿著悲情，令人絕望，後者則寓臺灣人的善良大度於不屈的抗爭中。

　　《恩仇血淚記》的主人公林金火是在日本人的欺負和歧視中長大成人的。小學時日本同學欺負他，他憤而反抗，被日本警察抓住打得遍體鱗傷。習慣於忍氣吞聲的父母欲狠狠「教訓」他，祖母不允。祖母告訴他，臺灣是被日本狗仔霸占的，臺灣人是來自唐山的中國人，祖父是被日本人槍殺的。自從知道自己被日本同學欺負的根源後，少年林金火就變得憂鬱和成熟了，他的腦海裡始終翻騰著漩渦：「我們是被異族統治……被日本侵占的……那時狗仔殘殺阿公的……我們的祖先是從唐山來臺灣的……中國是在唐山的……我們的祖國是中國……」。長大後走到社會的林金火依然處處受歧視，尤其是他深愛的日本女子硬生生被日本人搶走。如林金火這樣的臺灣人雖然對日本殖民者充滿著仇恨，但當日本戰敗，仇人落魄時，還是給予了寬宏饒恕。那個林金火曾經深愛的日本女子，丈夫戰死南洋，戰後當警察的公公被毆成重傷，為了支付大筆醫藥費竟不幸淪為妓女，林金火為她贖身。日僑撤離前，警察公公切腹自殺，留下遺書感謝林金火的寬宏大量。戰後，臺灣人終於擺脫了日本人的殖民統治，成為強者的臺灣人如何對待由強跌落的日本人，很可以看出臺灣人的氣度。這部小說如此處理臺日之間的恩怨顯然是在宣揚一種人道主義的情懷，也是為了迎合當時國民政府的「國策」。正因此，這部小說才能在五十年代初反共作品林立的「中華文藝獎金會」獲獎作品中分得一杯羹。

　　經過多年的積聚，臺灣本土作家的抗日小說創作在上世紀六七十年代終於取得了重大收穫，這就是若干部氣勢宏大的抗日史詩作品的問世。

4 鍾肇政（1925-）

老作家鍾肇政繼一九六二至一九六三年間完成了長篇小說《濁流三部曲》後，又於一九六八至一九七六年間推出了另一部長篇巨制《臺灣人三部曲》。

鍾肇政，一九二五年出生於臺灣桃園，筆名九龍、鍾正等，少年時受日語教育，畢業於師範學校，一九四五年被徵召入伍，日本投降後返鄉，任國民小學教師。一九四八年入臺灣大學中文系，一九七四年到東吳大學任教，後任《臺灣文藝》主編、「吳濁流文學獎」主任委員，一九七八年兼任《民眾日報》的「民眾副刊」主編。

《臺灣人三部曲》是一部臺灣人民抗擊日本侵略的英雄史詩。第一部《沉淪》記述日本割臺初期名門大族的陸家子弟兵祭祖誓師，奮起抗日。在民間抗日領袖吳湯興、姜紹祖的旗幟下，殺敵獻身。第二部《滄溟行》寫二十世紀初陸家第六代青年陸維樑繼承前輩抗日傳統，組織和領導農民反剝奪反壓榨，抗租請願，英勇鬥爭。最後陸維樑跨越海峽，回歸大陸，與祖國融為一體。第三部《插天山之歌》描寫陸家第七代青年陸志驤在東京參加秘密抗日組織，潛回臺灣工作，隱蔽於插天山，一直堅持到抗日戰爭勝利。全書以日本割據臺灣到抗日戰爭勝利為背景，以臺灣陸氏家族愛國抗日鬥爭為主線，描寫了五十年來臺灣同胞前仆後繼，英勇反抗日本殖民統治的可歌可泣的英雄事蹟，字裡行間洋溢著中華民族的浩然正氣和濃郁的鄉土氣息。

5 李喬（1934-）

受鍾肇政的影響和激勵，李喬於一九七九、一九八〇年創作出版了長篇小說《寒夜三部曲》。李喬本名李能棋，筆名壹闡提，一九三四年出生於臺灣苗栗縣大湖鄉一個貧苦家庭。一九五〇年畢業於大湖職業學校蠶絲科，一九五四年畢業於新竹師範普通科。曾先後任教於

中小學凡二十年。一九七四年又開始任教於苗栗農工職業學校，教語文和音樂。一九八一年退休。曾獲一九八一年度的臺灣「吳三連文藝獎」。

《寒夜三部曲》由《寒夜》、《荒村》、《孤燈》三部長篇組成。全書近百萬字，以臺灣淪日前後至抗戰勝利五十多年的歷史為背景，寫佃農彭、劉兩個家族三代人的命運。第一部《寒夜》敘彭阿強為了謀生，帶領一家七男五女十二口人及隘勇劉阿漢、黃阿陵兩人，一路披荊斬棘，闖入蕃仔林開山拓土，艱苦創業。彭、劉兩家在蕃仔林，歷盡艱辛險難，好不容易墾出的土地，卻又被地主葉阿添搶先向官府申請墾戶執照而要霸占。不久，清廷將臺灣割給日本，又來了日本侵略者。劉阿漢參加了義軍，英勇抗擊日軍。彭阿強在與地主葉阿添爭奪土地的鬥爭中悲憤自殺。第二部《荒村》描寫二十年代臺灣文化協會與臺灣農民組合所領導的重大歷史事件，包括臺灣共產黨和左翼代表人物的鬥爭事蹟，以及劉阿漢一家參加反帝反封建的農民運動的悲壯鬥爭。劉阿漢和他的兒子劉明鼎多次參加文化協會的活動和農民組合的農民運動，並因此多次被捕入獄受盡各種嚴酷的刑罰和折磨，劉阿漢最後被日警毒死。第三部《孤燈》描寫四十年代前期，在太平洋戰爭中臺灣農民的非人生活，以及日本殖民當局強徵臺灣「十萬青年赴戰南洋」後流落異國的不幸遭遇。劉阿漢小兒子劉明基和彭阿強的長孫彭永輝一同應徵去菲律賓。兩人歷盡艱辛，最後一人戰死菲律賓，一人戰後流落異國他鄉。

兩部同以日本殖民統治臺灣五十年臺灣人民抗日鬥爭為題材的史詩巨作，雖然取材相同，但視角各異，人物塑造、藝術手法亦各有千秋，是戰後臺灣抗日小說創作的兩座高峰，本書下篇將這兩部傑作與大陸青年作家閻延文的《臺灣三部曲》進行比較研究，此不贅述。

6 張文環（1909-1978）

在戰前一代的臺灣老作家中，張文環是一個創作經歷比較特殊的作家。一九〇九年出生於嘉義梅山大坪村一個普通農家的張文環，一九二一年十三歲時才進入正規學校學習，一九二七年赴日本岡山中學就讀，再入東洋大學文學部。一九三二年參加東京臺灣人文化同好會，遭日警取締，因而從東洋大學輟學，自修文學之道。一九三三年與同道組織「臺灣藝術研究會」，發行純文學雜志《福爾摩沙》。一九三五年以小說《父親的顏面》入選《中央公論》小說徵文第四名，之後為臺灣文藝聯盟東京分盟活躍分子。一九三八年返臺擔任《風月報》編輯，並任職於臺灣映畫株式會社。一九四一年與黃得時、王井泉、陳逸松、中山侑等人組「啟文社」，創辦《臺灣文學》，與西川滿主持之《文藝臺灣》分庭抗禮。一九四二年與西川滿、濱島隼雄、龍瑛宗赴東京參加第一回「大東亞文學者大會」。一九四三年以小說《夜猿》與西川滿同獲頒皇民奉公會第一回臺灣文學賞。日據末期以作家職被徵召擔任皇民奉公會參議等職。一九四四年出任臺中州大里莊長，熱心地方政治。一九四六年當選第一屆臺中縣參議員，一九四七年代理能高區署長。

張文環被譽為「日據時代日文作家中，創作力最強、作品量最大、水準最高的」[31]，戰時曾創作二十三篇小說，但戰後卻中斷文學創作近三十年，直至一九七二年才重新開始文學創作，其用日文寫作的《地に這うもの》，一九七五年在日本出版，一九七六年由廖清秀翻譯成中文《滾地郎》在臺北出版。

《滾地郎》被認為是一部自傳體小說，研究者從小說人物的出生時代、生活環境、歷史背景等因素分析「可以合理將男主角啟敏，視

---

[31] 張恆豪：〈人道關懷的風俗畫——張文環集序〉，《臺灣作家全集——張文環集》（臺北市：前衛出版社，1991年），頁10。

為作者張文環的分身看待」[32]。小說開頭敘日殖民當局推行「皇民化」政策，要求臺灣人改取日本名字，梅仔坑莊陳久旺（男主角啟敏養父）為了自己的親生兒子武章能順利由國民小學的訓導而晉升為校長，響應殖民當局的號召，提出更改姓名的申請，很快便獲准。陳家於是成為該村落第一個擁有日本人姓名的家庭，享受了「被殖民地人中的最高階級」的空頭待遇。小說敘寫了陳家圍繞改姓名而鬧出的種種尷尬，首先是取什麼樣的姓名比較合適，因為臺灣人弄不懂日語音讀與訓讀的區別，常常在發音上鬧出笑話，兒子武章向老子久旺舉例自己師範學校的同學的父親取名「神田德太郎」，因鄉鄰發音不準確，被叫成「死了就賺一把」。陳武章想把本姓「陳」字耳旁去掉，留下「東」旁，又怕被人揶揄為「阿東哥」，最後想來想去就替父親取了「千田」姓氏，結果遭到鄰居們的冷嘲熱諷：「怎有晚輩小孩幫老爸取名字的啊！無法無天到極點，真是世界末日到了！」老子對小子為了一己之私而給家庭帶來麻煩深為不滿，因為自己取了日本姓名後，鄉民們有的學日語音叫「啟達」，更多人是用漢字讀音稱呼，能夠真正正確用日語讀音叫「先達」的真是少之又少，於是，陳久旺不禁對自己身分的迷失感到茫然：

> 這麼一來，自己為什麼改姓名，保正實在不懂，覺得臨時變成日本人也太不簡單了，丟掉叫慣五十多年的名字，父子倆好不容易想出來的日本名字，被叫並不能立刻意識人家喊的是自己！身為臺灣人，儘管只把名字改為日本式，年輕人就不知道，快邁進老境的保正而講，很難從身上適應的。如果住在日本國內，可能就不會有這種痛苦，但在臺灣只有吃虧，而差不多沒有占便宜的份。因為生活的基礎在臺灣人的社會裡，只把

32　曾秋桂：〈一部張文環自傳性、日據時代臺灣人的集體記憶小說《滾地郎》〉，《淡江外語論叢》2009年12月，http://www.docin.com/p-611797616.html。

　　名字改為日本式也發生不了什麼作用，保正悔恨為兒子訓導的
前途而做這蠢事……。

　　陳武章其實也知道改日本姓名並不會使自己成為真正的日本人，
特別當偶然得知改姓名者的戶籍都被劃上圈圈，統稱為「丸台日本
人」時，感到自己顏面盡失，但為了升官發財還是曲意逢迎，悲哀的
是最後還是沒能當上校長。反倒是因為養父家改日本姓名自己也連帶
被改名為「千田真喜男」的啟敏，由於是沒有文化的農夫，不懂得日
語，除了感覺改姓名給自己帶來生活上的不便外，卻意外地成為村裡
唯一擁有日本名字的臺灣農夫，當戰爭後期物資緊缺，殖民當局嚴格
管控糧食，挨家上門搜查時，啟敏被認為「千田桑因為是準日本人，
一定是忠貞愛日本國，不用搜家」，享受了一回「準日本人」的法外
開恩。「不用搜家」就是殖民當局給予改日本名字的臺灣人的優
待──僅此而已。與老一輩普遍對改日本姓名持反感和抵觸情緒相
反，在日本殖民教育下成長起來的年輕一代，不但熱衷改姓名，而且
對殖民當局徵調臺灣青年參加侵略戰爭更視為是臺灣人成為真正日本
人的契機。其實，在殖民當局眼裡「丸台日本人」從來不會成為真正
的日本人，小說所描寫的鄉民們歡送一名叫曾得志的臺灣青年上戰場
的一段場景頗能說明問題，「軍夫曾得志穿跟日本兵一樣的服裝，從
肩上斜掛著紅布條」，但「假皇軍」的馬腳卻被細心的村民看出來：

　　　　但軍夫所穿的不是皮鞋，而是布鞋。日本兵跟軍夫的差別，就
　　　　是皮鞋和布鞋的麼？不，軍夫到戰場去，也是不佩劍的──有
　　　　人在背後這麼說。

被殖民者蠱惑上前線的臺灣青年最後多成了侵略戰爭的炮灰。小說結
尾，啟敏因愛女心切，得知女婿戰死的消息急急趕到女兒家裡，竟因
傷心過度猝死在女婿靈前。

7 陳千武（1922-）

　　在臺灣本土作家中真正有過從軍經歷的並不太多，詩人陳千武便是其中之一。陳千武本名陳武雄，筆名桓夫、陳千武，生於臺灣南投。一九四二至一九四六年，陳千武曾被徵為「臺灣特別志願兵」派往南太平洋的爪哇、帝汶島等地作戰。這段難忘的戰爭經歷一直深藏在作者的記憶深處，直到戰後第二十二年，陳千武才開始將這段戰爭記憶寫成系列短篇小說，第一篇《輸送船》於一九六七年十月發表於《臺灣文藝》第十七期，此後陸續發表了《獵女犯》、《旗語》、《死的預測》、《女軍屬》、《洩憤》、《夜街的誘惑》、《異地鄉情》、《蠻橫與容忍》、《戰地新兵》、《默契》、《求生的欲望》、《迷路引臺灣》、《孤愁》、《迷惘的季節》等。其中《獵女犯》獲得一九七七年「吳濁流文學獎」。

　　《獵女犯》是陳千武南洋戰爭系列小說的代表作，講述的是一個關於「獵人」與「獵物」之間充滿情愫的故事。獵者是包括臺籍林兵長在內的日軍敢死隊，獵物則是包括一名華裔女子在內的二十多名山地部落的女人。林兵長在押送這些無辜女子往「慰安所」的途中偶然發現其中有一名女子會講「祖國的語言」，這名會講「福佬話」名字叫「賴莎琳」的女子是華人與印尼人的混血兒，與林兵長的祖先一樣，她的中國祖先也是福建移民。被日軍劫掠的相同命運喚醒了林兵長的良知，可是在日軍的嚴密看守下，林兵長所能做的只有暗中保護賴莎琳，包括賴莎琳在內的二十多名「獵女」最終還是淪為日軍發洩獸欲的「慰安婦」。身為殖民地的青年，林兵長為自己的無能深感悲哀和自責。其實，他的命運和賴莎琳豈有兩樣——他們都是日本軍閥的獵物。在強悍的狩獵者面前，弱小的被獵者間的相互扶助只會是一種精神上的慰藉，而改變不了被奴役的命運。

　　陳千武是戰後臺灣著名的詩人，其代表詩作之一《信鴿》也是關於南洋戰爭的記憶，是以一個臺灣特別志願兵的眼光，對於殖民者發

動的侵略戰爭行為予以強烈批判和控訴，可與小說《獵女犯》等互
證。《信鴿》：

> 埋設在南洋／我底死，我忘記帶回來／那裡有椰子樹繁茂的島
> 嶼／蜿蜒的海濱，以及／海上，土人操櫓的獨木舟⋯⋯／我瞞
> 過土人的懷疑／穿過並列的椰子樹／深入蒼鬱的密林／終於把
> 我底死隱藏在密林的一隅／於是／在第二次激烈的世界大戰中
> ／我悠然地活著／雖然我任過重機槍手／從這個島嶼轉戰到那
> 個島嶼／沐浴過敵機十五（米厘）的散彈／擔當過敵軍射擊的
> 目標／聽過強敵動態的聲勢／但我仍未曾死去／因我底死早先
> 隱藏在密林的一隅／一直到不義的軍閥投降／我回到了，祖國
> ／我才想起／我底死，我忘記帶了回來／埋設在南洋島嶼的那
> 唯一的我底死啊／我想總有一天，一定會像信鴿那樣／帶回一
> 些南方的消息飛來——

8 林衡道（1915-1997）

戰後臺灣本土作家創作的抗日小說中，林衡道的長篇小說《前
夜》描寫抗戰爆發後至臺灣光復前夕臺灣社會形形色色人物的各種複
雜心態，是一部揭露黑幕、展示醜惡，同情弱小、頌揚良善，圍繞金
錢和愛欲把人性人心世態剖析得入木三分的優秀抗日小說。

林衡道，臺灣臺北人，臺灣五大家族中的板橋林家成員，出生於
日本東京，日本仙台東北帝國大學經濟系畢業，曾任臺灣大學副教
授，高雄醫學院講師，臺灣省文獻委員會主任委員，臺灣史蹟研究中
心副主任兼中國文化學院、淡水文理學院教授。一九八二年後在東海
大學任教。從事臺灣歷史文化、民俗古蹟的研究和文學創作。

《前夜》（臺北市：青文出版社，1966年）所塑造的主要人物大
致可以分為三類：

　　第一類是戰時臺灣上流社會那些仰日本人鼻息、靠發戰爭不義之財的漢奸土豪，丁炎是這類人物的典型代表。「丁炎不但在臺灣擁有廣大的田地與住宅地，同時，他在東京市區，以及箱根、輕井澤，這些地方，也都有龐大的地皮資產」。他穿梭於臺北、東京和偽滿洲國三地，千方百計利用戰爭機會壯大自己的財力和權勢，為此，他一方面拼命巴結日本軍方人物，不惜花費重金賄賂，以尋求牢固的保護傘；另一方面，為了滿足聲色肉欲，不放過任何獵艷之機，無論是日本沒落貴族的芳齡女子，還是從大陸來臺灣打官司的年輕寡婦，他都寡不廉恥想方設法欲占有她們，雖然身邊已有三房妻室。「幾十年來，他日夜追逐名利與肉欲外，還包括玩弄權謀術數，而這一切，也就是他生命的全部。」

　　第二類是懷有正義感厭惡侵略戰爭的臺灣青年，張志平是他們的代表。從初中一年級開始就留學日本的張志平，因受思想進步的東京帝大教授矢內原忠雄的《帝國主義下的臺灣》一書的影響，「對於臺灣總督府的政策，懷抱著很強烈的反抗心理」，他在矢內原教授的公館聽聖經講義的活動中認識了美麗的日本女子宮田洋子，從此陷入了異國戀情。但是丈夫患有精神病的宮田洋子同時也是丁炎垂涎的對象，這就決定了張志平和宮田洋子之間的戀情不會有好結局。當被逼割斷戀情的張志平回到臺灣後不久便被徵派到上海日本海軍武官府當通譯。在祖國大陸，張志平得有機會親眼目睹了日本侵華戰爭帶給祖國人民的深重災難，他在參加日本軍方的一個資源調查團來到杭州、金華一帶，看到戰爭給這塊美麗富饒的土地留下滿目瘡痍，不禁對日本這個國家產生了巨大反感：

　　　　日本美麗的國土，她富有熱情的民族，以及她絢爛的文化，固
　　　　然都是可親可愛的。但是日本這個國家是如何的使人憎惡。他
　　　　記起了以前有位朝鮮的朋友常說，這個戰爭終結後，實在該把

　　日本放在美國的永久托管之下才對。該從世界地圖上抹煞日本
　　這個國家，使日本人變成沒有國家的民族，非如此不可。原來
　　這也是日本殖民地知識分子的共同願望。除此之外，還有什麼
　　方法可以維持世界和平呢？其實，像這樣的處置，也能使日本
　　人本身得到幸福。

痛恨戰爭熱愛和平的張志平最後還是被戰爭吞噬而殞命在和平即將到
來的前夕。

　　第三類是戰爭中的女性。無論是因丈夫患精神疾病而窮困潦倒卻
依然保有高貴藝術追求的宮田洋子，還是為捍衛自己的財產繼承權而
從廈門來到臺北打官司的林玉梅，這些女性雖然不是戰爭的直接受害
者，卻都因為不幸成為丁炎這個靠戰爭發財的土豪的獵艷對象而成為
戰爭的間接受害者。乃至於戲子出身善於逢場作戲的丁炎的三姨太蘭
心、莫名其妙被從臺北帶到東京嫁給丁炎為四姨太的臺灣鄉下姑娘瓊
妹，都是丁炎滿足獸欲的對象。正是戰爭給予了丁炎這樣的民族敗類
濫施獸欲胡作非為的機會和空間。

　　《前夜》的場景跨越東京、臺北、上海、杭州等地，作家仔細描
摹了中日及殖民地臺灣的戰時境況，充分展示了戰爭對自然環境的毀
滅和戰時世態眾生相。尤其是戰爭後期，日本由於窮兵黷武導致資源
枯竭，日本下層民眾不得不被迫節衣縮食，過著十分貧困的生活，臺
灣則成為日本搜刮人力和物質資源孤注一擲的救命稻草，然而，日本
軍部和臺灣上流社會卻絲毫不受此影響，反而過著更加奢靡的生活。
至於被侵略戰爭蹂躪過的中國土地上，到處是被炮火燃燒過的殘垣斷
壁、暴屍荒野的女人的屍體以及空無一人的村莊……。

　　《前夜》對人物心理的描寫亦十分出色。小說開頭部分和結尾部
分都是以丁炎的心理活動為起始和收結。小說第一節敘丁炎滿洲之行
碰了釘子正悶悶不樂回到東京，當岡田顧問告訴他日本軍部即將對中

國開戰的消息時，小說寫道：

> 丁炎的一雙炯炯目光，驀的更發亮了。彷彿眼前正飛舞著無數
> 鈔票，引誘他的眼神發光。他衷心希望著戰爭早日爆發，只要
> 戰爭一開始，他就可以再發一筆股票財了，那是絕無問題的。
> 假如軍部占領了中國，那不是又有一宗大事業可做嗎？一想到
> 這裡，他的精神也立刻振作起來了。

小說最後，當聽完日本天皇宣布投降的廣播，一家人哭哭啼啼，如喪考妣，丁炎一邊安慰家人，一邊開始尋思「如何組織一個祖國軍隊的歡迎會」──這個漢奸土豪又見風使舵準備華麗轉身了。

（二）「新世代」作家的抗日小說

「解禁」前臺灣本土作家創作的抗日小說，除了上述「日據」和「光復」初期老一輩和「中生代」作家的作品外，還有「新世代」作家的抗日小說創作尚未引起學界充分關注。臺灣所謂「新世代」作家是指一九四五年臺灣「光復」後出生的一代作家。與老一代相比，臺灣「新世代」作家沒有「日據」的精神包袱，也不存在文化「斷裂」的不適應。他們多數具有接受高等教育的文化背景，但文學創作不一定是他們的主業。他們發表作品的時間多在上世紀七八十年代，此時，臺灣雖然還處於「動員戡亂」的末期，但西方現代思潮的大規模湧入，社會經濟的迅速發展，促使國民黨專制統治逐漸走向式微，海峽兩岸長期對峙的冰封也開始出現解凍的跡象。雖然，關注社會現實民生、反映時代大變革中的潮起潮落、抒寫中西文化衝突中的心靈蛻變等是「新世代」作家的主要著墨點，然而，亦有少數「新世代」作家將目光投向了歷史──那些他們不曾親身經歷過的抗日歲月，創作出了若干既具歷史蘊含、又有時代特色和獨特藝術追求的抗日小說。

　　「新世代」作家的抗日小說具有鮮明的時代特色，相較於老一輩本土作家，「新世代」作家的抗日小說並不侷限於「日據」臺灣題材，而涉獵到大陸的抗日戰爭和南太平洋戰爭。而與大陸去臺作家相比，「新世代」作家的抗日小說已基本不帶反共色彩，更能夠經受得住歷史的檢驗和贏得兩岸讀者的認同。

　　在臺灣「新世代」作家的抗日小說中，李雙澤的《終戰的賠償》是一篇別具一格的作品。一九四九年出生於福建廈門的李雙澤是菲律賓華僑的後裔，五歲時隨家人移居香港，一九六〇年渡臺。一九七七年到菲律賓旅遊時創作《終戰的賠償》，一九七八年一月發表於《臺灣文藝》革新第四期。[33]

　　中篇小說《終戰的賠償》以第一人稱的敘事方式，敘述「我」接待了一個來自日本的「鹿兒島戰歿遺族」一行二十六人的旅行團，由此引發了對南太平洋戰爭往事的憶敘。「我」是一名菲律賓當地的華裔導遊，因為不諳日語，故由來自臺灣的黑牌導遊陳樣充當翻譯和解說。陳樣當年曾作為被強徵的「日本兵」來馬尼拉的芭山漢山區作戰過。旅行團中有兩位日本老人，他們的兒子松田義一當年就戰死在芭山漢。圍繞著松田義一大尉的死，三位當事人施清泉、金布和土西各執一詞。施清泉是馬尼拉的華僑商人，戰時曾是當地一支抗日游擊隊的負責人，他和松田義一義氣相投「情同手足」，然而，松田卻利用和施清泉的朋友關係前往芭山漢抗日游擊隊駐地，引導日軍轟炸游擊隊，被施發現後，松田切腹自殺──這是施清泉的一說；金布是土生土長的菲律賓人，曾是芭山漢地區另一支抗日游擊隊的隊員，愣頭愣腦的金布懷疑是施清泉勾結松田才導致他所在的游擊隊幾乎全軍覆沒，為了隱瞞事實，施對松田殺人滅口；而戰前即來到呂宋島的臺灣

---

[33] 一九七七年九月李雙澤在臺北縣淡水近海游泳時為救助他人而溺斃。死後《終戰的賠償》獲第九屆吳濁流文學獎。

人土西明里是日本兵，暗裡是游擊隊的內應，松田帶他上山當翻譯，他親眼目睹了松田背後被人插了一刀，臨死前還交代他脫下戒指送回日本什麼的──這是松田之死的又一說。總之，不管是哪一種說法符合真相，松田最後是死了，而且割下他腦袋的是其生前的好友施清泉。《終戰的賠償》的意義當然不在於追尋松田之死的真相，而是譴責戰爭對於友情和親情的毀滅。如果不是因為戰爭，義氣相投的施清泉和松田就不會成為戰場上的敵手，而相互置對方於死地。松田臨死前對施清泉說：「但願你能看到我們的後代相親相愛，人類得真正永久的和平。」鳥之將死，其鳴也哀；人之將死，其言也善。但美好的願望終歸要服從嚴酷的現實，個人之間的友情是無以超越民族的大義之上的──這是小說所欲昭示的深層蘊義。作者寫這篇小說還有其特殊的紀念意義，如小說「後記」所言：「我要把這篇小說，獻給兩萬名臺灣同胞，來紀念伊們當年被日本軍閥驅役而冤死在呂宋島的不幸事情。雖然伊們的死，和祖國土地上八年的血染比起來微小多了，然而伊們也是我們的同胞。」

　　《終戰的賠償》敘述的是腥風血雨的戰爭往事，作者卻用不無調侃的筆調營造了一幕幕令人忍俊不禁的喜劇場面。作者刻意把凝重寓於幽默中，用戲謔解構莊嚴。對於親人戰死在異國他鄉的「鹿兒島戰歿遺族」們來說，千里迢迢到當年的戰地憑弔死去的親人，自然是一次感傷的旅程，但作為局外人──導遊的「我」卻用一種「唯利是圖」的心態冷眼旁觀，一心想的是如何讓這些歐巴桑、歐媽桑們多掏錢，兩者之間心態和目的的反差擴展了幽默的敘事空間。於是，當旅行車越接近目的地，「鹿兒島戰歿遺族」們神情愈發凝重的時候，作者卻愈發製造輕鬆的氣氛：

　　　　我倆合力把鹿兒島遺族們趕進了莽莽的「強枯如」去，柳暗花
　　　　明的轉了幾轉，就到了一塊大石碑下。石碑上端端正正的刻了

「忠魂碑」三個楷書，下款是「鹿兒島終戰紀念會支會建立，一九七二年二月」。上百個杉木牌子，蒼白蒼白的上面龍飛鳳舞著一大堆大郎次郎左藤右藤一二三四上下前後之類的日本名字。

遺族們合十的合十，燒香的燒香，頂禮的頂禮；死番仔鬼也拿來了香油簿要添香油，領隊的歐桑提起墨汁飽滿的羊毫，大筆一揮捐了五萬大圓，花花綠綠的鈔票一疊又一疊送過去。

「拿來！我們的糠米腥。」我堵在林子後向那數著鈔票的番仔頭要傭金回扣，拿回了兩萬五大圓。「操你屁眼。」那番鬼在我背後悻悻的罵著。「幹你娘！」我上了車後回了他一句。

幽默和戲謔的敘事風格的確增添了閱讀這篇小說的「快感」，但其喜劇表象仍然掩飾不住深沉的悲劇性。圍繞松田義一的死，三位當事者各從自己的立場和視角進行描述，似乎從不同側面填充了松田義一的死亡真相，其實更增添了此中的撲朔迷離，重要的是，就在三位當事者或鄭重或輕鬆或半真半假的敘述中，一個表面上重情義骨子裡不脫殺戮本性的侵略者形象已漸趨明晰，而小說也在詼諧幽默的行文中完成了敘事主題和藝術風格的展現。

對於祖國土地上的八年抗戰，雖然臺灣的「新世代」作家不曾親歷，但並不隔膜，對這一重大戰爭歷史懷有興趣者不乏其人。時為臺灣文化大學講師、史研所博士班學生的何永成（筆名何毅，一九五六年生於臺北）創作的短篇小說《柳條溝計劃》（首刊《臺灣時報》，1981年9月23至24日）記敘了「九・一八」事變的全過程。小說擇取了幾個關鍵的日期，敘寫了以日本關東軍高級參謀板垣征四郎、參謀兼戰主任石原莞爾為首的一幫少壯派軍官不顧內閣的反對，秘密謀劃製造事端，進攻瀋陽進而占領整個東北的勃勃野心。小說從事變前兩個月起敘，概述了「柳條溝計劃」的目標、分工和實施。而中國東北

軍首領張學良對關東軍咄咄逼人的氣勢採取的「容忍自重，力避發槍」的退讓政策，讓石原莞爾愈加狂妄，在石原心目中「日本未來版圖應北自西伯利亞全部，南包中國、印度、東南亞、澳洲、紐西蘭……。」然而，來自日本內閣的反對，反而促使板垣征四郎、石原莞爾加緊了「柳條溝計劃」的實施。日軍參謀本部迫於外相幣原的壓力，派遣參謀本部作戰部建川美次部長前往瀋陽制止。板垣乾脆軟禁了建川。隨著九月十八日夜十時四十分柳條溝（又稱「柳條湖」）鐵軌的爆炸聲響起，「柳條溝計劃」正式付諸行動，次日凌晨東北軍的瀋陽北大營即被日軍攻佔，緊接著瀋陽淪陷、長春淪陷、齊齊哈爾淪陷，整個東北淪陷……。作為歷史學者，作者在尊重歷史真實的基礎上，適當發揮文學想像，比較真實地塑造了石原莞爾和板垣征四郎等關東軍少壯派軍官的形象，特別是對事變主謀之一石原莞爾不可一世狂妄自大形象的描繪相當到位：

> 「欲占領中國，必先占領滿蒙；欲占領世界，必先占領中國。」這是少壯派的一貫的傳統政策，但是石原除了要征服世界外，他覺得還有更大的夢想……他以紅筆在地圖上的日本畫了一個美麗的紅框。
>
> 他就要以此地為中心，成立一個世界帝國，以日本天皇來領導世界，謀求人類的「幸福」。他堅信他除了繼承日本人建國以來的一貫主張，他要再度提醒他的同胞應將宣揚此種理想於世的責任，認為是自己的天職。……石原莞爾想到此處，從頭到腳都被一股盲目的熱情所充溢……

《柳條溝計劃》在藝術構思上的最大特色是濃郁的紀實性，作者以事變發生的時間為經，以事變的若干主謀人物為緯，編織了一幅「九‧一八」事變的真實歷史圖畫。通篇小說以時間作為節標題——

「民國二十年七月」是為小說的開篇標題，此時離事變發生只有兩個月，瀋陽市城外，關東軍南滿鐵路守備隊已開始作攻城的實彈演習，而關東軍一幫少壯軍官也秘密簽下了「血誓盟約」：「對於北大營的占領，飛機場的突擊，鐵軌的爆炸，中國軍隊啟動之栽誣，皆已分別詳定」。之後的節標題依次是：「八月二十六日」、「九月五日」、「九月六日」、「九月十日」、「九月十四日」、「九月十五日」、「九月十六日」、「九月十七日」、「九月十八日」、「九月二十二日」、「九月二十四日」。可以看出，隨著事變的臨近，記敘的日期也變得越來越密集，從隔月隔日到每日，而「九月十八日」事變當天，則以「十點四十分」、「十點五十分」、「十一點」作為描寫事變過程的最核心節點，營造了一種隨著事變時間的迫近愈來愈緊張直至爆炸的心理氛圍。通篇小說猶如《史記》年表的歷時實錄法，既起到見證歷史的作用，又給人身如其境的真實藝術感受。小說的結尾「九月二十四日」亦別具匠心，是為民國二十年九月二十四日「上海時事新報」的一則新聞報導：

> 【美使館二十三日接瀋陽美領電告】：入吉日軍已由吉垣進攻洮南，日軍橫行全遼，未死一名。攻長春遭吉軍猛擊，日軍死者百八十，攻二道溝及吉垣，死近九百，日軍漸懼，故在吉進展極慎重，聞長春吉軍三連與日軍劇鬥一晝夜，及彈盡，大呼中華民國萬歲，三百多名，無一降者。

長春中國守軍的英勇抵抗顯示了中國人民抗敵禦侮的堅強意志，預示著石原莞爾們「柳條溝計劃」一時得逞而最終難逃覆滅的命運。

　　與《柳條溝計劃》取材於抗戰中的重大歷史事件相反，李啟源（筆名李渡予，一九六〇年生於臺北）的《黎明前》（首刊《臺灣日報》，1985年10月31日）則向讀者娓娓敘述了一個小人物的不幸遭際。老實厚道的莊稼漢大柱子只因搭救了一個素不相識的抗日情報人

員，結果遭到日軍的逮捕、毆打和槍斃。小說突出描寫了大柱子善良的天性。作為一個普通的農民，大柱子並沒有強烈的抗日意識，當重慶的情報人員遭日軍追捕深夜逃到他家門口時，他並不知道這個陌生人抗日分子的身分，只是可憐小伙子的饑餓，出於本能的同情心，送給他一張餅聊以充饑，幫他換下血漬斑斑的衣衫，在牛棚中躲藏了一夜，可就是這件血衣給大柱子帶來了殺身之禍。當大柱子被日軍關到監牢時，也沒有太弄清楚自己究竟為何遭此厄運：

> 人的命運到底是怎麼回事？時空遞嬗過程中某個偶合的交點，他伸手援救了一個素昧平生、無助無告的人。甚至連援救都談不上，他只是給那陌生人一張餅、一件衣服，末了渡他過河那段，與其說存心想搭救他，倒不如說是緣於自己的恐懼：他不想讓婆子知道他留下這個危險人物在牛棚中過一夜。

大柱子的偉大正寓於平凡中，他救助陌生人完全是中國農民的善良本性使然，然而喪盡天良的日本侵略者卻對這樣一個無辜和純良的農民下了毒手。

　　也許是得益於作者心理學博士研究生的專業特長，李啟源在構思《黎明前》的時候，著重從小說人物的知覺、聽覺、觸覺等感覺角度來展開故事情節。小說的場景基本在監獄牢房中，大柱子對於自己置身的環境、周圍的人物和最後的命運都是憑感覺來判斷。黑暗的牢房、冰冷的鐵柵欄、獄中難友的對話、日本軍官提審時的暴虐、牧師的開導⋯⋯，憑著這些感覺，他知道自己難逃死劫。小說起敘於大柱子被投到監獄，結束於次日黎明大柱子將被殺害這一段短暫的時間，故題名《黎明前》。

　　臺灣的抗日文學創作，「日據」題材始終是主流，畢竟日本殖民統治了臺灣五十年，刻下了太深的印記。臺灣「新世代」作家雖出生

在戰後，但免不了耳濡目染先輩對於「日據」時代往事的記敘。鍾延豪的《高潭村人物志》便是一篇描寫「日據」對於戰時和戰後臺灣社會巨大創傷的短篇小說。一九五三年出生於桃園龍潭的鍾延豪，在臺灣「新生代」作家中算得上是「專業」的作家，他大學學的是國文專業，又曾任《臺灣文藝》主編，在他短暫的三十二歲生命中曾發表了《金排附》、《華西街上》等有影響的作品。《高潭村人物志》首刊於《人間副刊》一九八〇年一月五至六日，小說以其家鄉龍潭村的若干人和事為素材，通過小鄉村裡小人物的故事映現了社會變化的大趨勢。癲坤仔吳清坤在「日據」末期當上「憲兵補」穿上了日本軍服，以為自己從此脫胎換骨成為真正的日本國民的一分子：

> 癲坤仔生長在日本人統治的時代裡，他所接受的皇民教育，曾經那樣清楚的告訴他：每個臺灣人都應以血管裡流的不是大和民族的血為恥——他正是這樣一個功課好、聽話而且知道上進的青年，他無時無刻不在效忠著天皇，為東亞共榮的天命而努力。

然而，戰爭的結束讓癲坤仔「憲兵補」的榮耀很快破滅，深受「日本精神」毒害的癲坤仔竟一下子回不過神來而瘋癲成為「癲坤仔」。祖國軍隊開到臺灣，癲坤仔一看到綠軍服便手舞足蹈擠進隊伍中高唱軍歌，可他唱的卻是日本歌；當看到穿著草鞋的軍人，便「巴格耶魯……立正。」「清國奴咖，站好，皇軍咖……」罵起來。一個沉迷於皇民美夢中不醒的臺灣青年的悲哀形象躍然紙上。與癲坤仔同中有異的是旺仙仔。與癲坤仔一樣，旺仙仔年輕時也是替日本人幹活的，作為日警派出所的一名工友，旺仙仔被指派去管理派出所邊上高高瞭望臺上的報警器，「對於這天外飛來的恩寵，旺仙仔簡直要跪下來拜謝了。他謹記著巡官說的重要兩字，整天沒事就爬上瞭望臺，擦了又

擦，摸了又摸，並時時演練施放的動作。」然而，當美軍飛機來轟炸時，拉警報便成為出力不討好的工作，特別是他的未婚妻被美軍飛機炸得只剩下下半截身子，他竟痛恨起美軍來，而全然不願相信美軍是來轟炸日本人這樣簡單的事實。不過，旺仙仔沒有像癲坤仔那樣執迷不悟以致瘋癲，他終其一生與報警器相守，晚年但望著對面學校操場上嬉戲跑跳的兒童，心裡便抽痛起來，喃喃自語「希望……希望跑警報的日子，不要再輪到他們才好啊……。」在高潭村老人中，阿福伯公是少數始終覺悟的臺灣人之一，小時親眼見過村裡人轟轟烈烈抗日，年輕時讀過日本書，師範畢業後當上教師，身穿官服，足登馬靴，腰佩長劍，肩飾金帶，頭頂文官帽，算得上是上等的臺灣人。然而，當阿福伯公眼見自己的子弟一個個被日本人徵召到南洋，他便不再講日語了，並盼望著美軍飛機的到來。「日據」給高潭村留下了無限的屈辱和悲哀，然而，光復後的臺灣，「日據」的後遺症依然存在，只不過，高潭村年輕一代卻今非昔比了。阿福伯公的孫子林明便是高潭村新生代的代表。林明對於公司裡的美國人經理和日本人副經理在臺灣土地上胡作非為，實在忍無可忍終於奮起抗爭。小說末尾這樣寫道：

> 他（指林明）想起那可憐的癲坤仔，更想起了醉鬼旺仙仔及家裡的狼犬瑪利亞，他們以前所受的苦難，以及他們的彷徨，彷彿在這一剎那之間，全浮現起來。他終於想到了祖父臨終講過的一句話：「阿明，你出生在光復後，不知道過去的苦難，要知道連阿公也可憐，你知道嗎？要努力，要有志氣。」

戰後臺灣政治、軍事依賴美國，又與日本有著經濟上的瓜葛，臺灣要徹底擺脫殖民主義的影響，只有靠年輕一代自立自強。這是小說的篇末點題，可謂意味深長。

在臺灣「新世代」作家的抗日小說中，周祖述的《軍人魂》是一篇新奇而怪異的作品。說其新奇，是因為作者打破了中國傳統小說以時空順序為情節推進邏輯的線性敘事方式，採用了電影蒙太奇的剪輯法，將過去和現在的時空場景交替輪現，不斷閃回。「我」是一名在當年湘西會戰中與日寇同歸於盡的中國軍人，而「我」的兒子項昀現在是臺軍的一名青年軍官。小說不斷輪迴閃現了「我」與日寇決戰的戰爭場景和「我」兒子項昀在海邊訓練臺軍突擊隊並渡海突襲「匪兵」的場景。然而，這兩個相隔了二十八年的時空碎片拼接在一起固然新奇，卻同時給人怪異的感覺。彼時是一場侵略與反侵略的民族戰爭，此時是民族內部的兄弟隔牆而鬩。將兩代人兩個時空兩種性質完全不同的軍事行為相提並論，並欲以一柄刀鞘刻有「勇者無懼」的水手刀作為連通兩代人精神世界的媒介，不僅怪異而且不合政治邏輯。顯然，這裡的「軍人魂」既是指作為小說人物角色出現的魂靈，亦指「勇者無懼」的精神指向，作為小說敘事藝術的創新有其價值，而作為小說的思想指向則應予摒棄。

（三）「原住民」作家的抗日小說創作

日本侵略者踏上臺灣的土地後，同樣遭到臺灣「原住民」的頑強抵抗。由於「原住民」多居住於高山密林中，且保有各個族群根深蒂固的傳統文化習俗，日本殖民者極難馴服他們。雖然侵略者擁有現代化的武器，但山胞們利用山地的天然屏障和祖輩遺傳的血性，與侵略者展開了殊死決戰，使敵人每占領一塊山胞的土地都要付出格外沉重的代價。臺灣「原住民」抗擊日寇的英勇事蹟在戰後五十多年後才得以彰揚。泰雅族作家游霸士·撓給赫（漢名田敏忠）於一九九五年一月出版了以其祖先抗擊日寇的動人心魄的故事為主要素材的小說集《天狗部落之歌》（包括《媽媽臉上的圖騰》、《丸田炮臺進出》、《兄弟出獵》、《出草》、《斷層山》、《大霸風雲》六個中短篇）。泰雅族是

生活在臺灣中北部山地的高山族族群之一，素以剽悍善戰、堅韌耿直
著稱，日本侵臺時期，曾多次爆發激烈的抗日鬥爭，其中以霧社事件
最為猛烈。游霸士‧撓給赫一九四三年出生於大霸尖山下的天狗部
落，臺灣師大國文系畢業、碩士班結業，東海大學文藝創作班小說組
結業後，開始文學創作。「以狂熱的心，揮灑冷峻的筆觸，探索原住
民族的悲情宿命，其小說具有份量和力度，兼具文學、歷史和人類學
的意義，讀來令人熱血沸騰、歷久難忘。」[34]

　　《天狗部落之歌》六篇小說中，四篇為抗日題材的作品。《丸田
炮臺進出》說的是泰雅族六名「總顯得有些土裡土氣的部落勇士，竟
敢使用三四條人家造得很壞的火槍、幾把弓箭和番刀去敵對日軍架在
二本松山頂丸田砲臺上的三門可怕的太母山炮和幾挺水冷式重型機槍
以及無數人手一把三八式步槍的英勇日軍野戰師團精兵」的故事。勇
士們仇恨炮臺不僅在於這些重炮成天轟擊他們棲身的家園，使他們無
法安身，更在於日軍侵占山胞的土地後採取滅絕人性的殘暴政策，他
們先是布設帶電的鐵絲網把不同的山胞部落隔離開來，然後派出已經
降服的部落首領前往勸說其他部落投降。一旦部落頭領們輕信勸誘前
往和日軍談判，或則受到人格羞辱，或被敵人的「美食」毒殺，甚至
不知不覺中攜帶回致命病菌在部落中蔓延，導致大量人員染病而亡。
於是，「我父親」、天狗部落頭領尤巴斯‧達拉武決心帶領部落中的六
名勇士前往拔除丸田炮臺。顯然，這是一次力量對比懸殊甚至可以稱
為以卵擊石的戰鬥，但是，英勇的山胞巧妙地利用夜色潛伏到敵人的
炮臺近處，待黎明時分敵人集合隊伍升旗的時候突然襲擊，使十幾個
敵人死傷殆盡，在敵人的密集槍彈中，他們奮力把三門山炮推向山
谷，達到暫時摧毀的目的。六名山胞以戰死一人、負傷一人的代價取
得戰鬥勝利。在現代化武裝起來的強敵面前，山胞們以少勝多、以弱

34 游霸士‧撓給赫：《天狗部落之歌》〈作者簡介〉（臺中市：晨星出版社，1995年）。

擊強，以小的犧牲代價戰勝敵人，算得上一次輝煌勝利，但是，「泰雅族的風俗，凡是出草或戰爭中不幸死亡者，都認為是一種凶死，是一種不光榮的死亡」，因為戰鬥中不幸死了人，「所以，我們完全沒興致向對岸的村裡鳴槍、吶喊或合唱勝利歌」，可見，泰雅人多麼重視戰士的榮譽，其驍勇善戰可見一斑。這篇小說題目把一場激烈的戰鬥用「進出」二字輕描淡寫概括，顯示了泰雅族人藐視敵人的豪邁氣概。

《出草》敘天狗部落一個名字叫巴彥‧哈用的勇士，因為在捕魚中無意讓自己的魚筌流到了相鄰的馬都安部落流域，被馬都安部落的幾位壯士以偷盜的罪名追殺。按照部族的古老規定，巴彥‧哈用要證明自己的清白，必須出草獵殺一個頭顱，於是日本文職警察、四十多歲的服部次郎成了他的刀下鬼。可是，他卻被更多的日警逮住。當敵人要把他殺死抵命時，兩名押解他的日警宮川精兵衛和大山幸太郎被他拖下懸崖一起喪命。三個亡魂的骷髏於是化敵為友在懸崖下經常一起聊天。當宮川精兵衛和大山幸太郎質問巴彥‧哈用為什麼要殺死無辜的服部次郎，並且他們三人同樣躺在懸崖上，巴彥‧哈用是死在自己故鄉的土地上，他們兩人卻不能死在本州家鄉的土地上時，巴彥‧哈用的回答讓他們啞口無言：「咦！誰叫你們侵略我們的土地？誰叫你們好好的家不待？誰叫你們遠到這邊找死？……」

《斷層山》是關於復仇的悲壯故事。在日軍和日警的連續討伐下，大安溪中下游北勢番八社中的五社先後淪陷，上游尚未被占領的其餘三社的山胞人心惶惶，不得不逃難到原始深山。但是這三個部落的山胞並不甘屈服，他們「有時哨聚山巔水涯，有時暗中偷襲各地的日警駐在所、營房、隘勇線配電所，多所斬獲。異族鐵騎蹂躪，大家相約必須堅持抵抗，寧為玉碎，不為瓦全。」日警必欲剿滅這些山胞而後快，於是派出二本松警察駐在所一等警察中村信哉帶領二十多名日警、臺籍警丁前往討伐。麻布瓦南部落的勇士洗雅特‧比浩夫婦無比鍾愛的十六歲獨生子巴彥‧洗雅跟隨叔父毛納‧比浩在前往天狗部

落送禮物的途中被這夥日警殘忍殺害。敵人把他倆的頭顱割下插在樹椿上。愛子和弟弟被害的慘狀讓洗雅特・比浩的復仇心如火山驟然爆發。他像一隻憤怒的雄獅在山林中怒吼，又宛如一隻矯捷的獵豹在山巔樹叢跳躍，一路追擊敵人，刀砍槍擊火燒，讓十多名敵人連續斃命，最後僅剩七名逃脫。

《大霸風雲》敘說了發生在福彎巴拉番的一次日本軍警滅絕人性殘殺山胞、毀滅山胞家園的事件。敵人利用山胞一年一度慶祝豐年祭，青壯年男性都外出打獵的機會，出動一百多名士兵和警察，攜帶山炮等重武器突襲福彎巴拉部落。在炮火槍彈猛烈轟擊和刀劈火燒下，部落的所有老弱婦孺全部殞命，家園盡毀。帶領這群殺人犯執行所謂「五年理番計畫」的是二本松警察分遣所巡查部長田畑達郎，他在山胞毫無防備的情況下完成偷襲計畫後，十分得意：

> 田畑達郎巡查部長站在人群中央，高舉兩手，右手擎著長武士刀帶領大家高呼：「萬歲！萬歲！萬歲！」
> 霎時，天空閃爍著武士刀、刺刀、機槍、步槍的亮光；而那麼多血手伸到半空，竟把天空整個染紅，那三聲萬歲，也在空谷裡傳來迴響，大地為之震動。
> 大地剛恢復寂靜，人們好像聽到另外有種更淒厲的叫聲，從他們的背面爆裂，大家猛一回頭，瞭望塔下面不遠處，有個近乎赤條條的大漢高高站在大石頭上，他右手擎一把亮晃晃的番刀，高舉厚實的雙手學剛才日本人呼口號的聲音大吼道：
> 「萬歲！萬歲！萬歲！」
> 這三聲萬歲，沉悶淒厲的像從土裡爆發，又像是從大甕底部湧出，大地為之搖撼，群山也為之震動。

這是一幅多麼壯烈的圖景：一邊是一百多個手執現代化武器的日本軍

警，一邊是孤身一人手執番刀的泰雅族勇士，他們各自三聲萬歲的吼叫，喊出了兩種截然不同的情緒：一種是侵略者犯罪後的快意，另一種是被侵略者復仇的吶喊。接下來的場景和結局讓人口呆目瞪：泰雅族勇士快速擲出幾顆石塊，擊中了幾個衝在前面的日警，其中日警宮川精兵衛竟被石塊擊斃。巡查部長田畑達郎天真以為對付孤身一人的番勇無須浪費槍彈，只要使出他的武士道精神就能戰勝一切。當他更衣換服穿上宮本武藏式的和服，手執武士刀和赤條條的泰雅族勇士決鬥時，不料竟身首異處於番刀之下。

　　游霸士・撓給赫的小說充分展示了臺灣「原住民」勇於捍衛祖先的榮譽、保衛家園、不屈不饒的頑強抗敵精神，「一九三○年，臺中州霧社地方的原住民（泰雅族）不堪日本人的肆意殺戮、掠奪和壓迫，舉行霧社起義，打死打傷侵略者四千多人，雖然起義被日本侵略者鎮壓了，但它沉重打擊了日本侵略者的囂張氣焰，極大地鼓舞了原住民族的抗日情緒，當時大陸民眾也給予熱情的聲援，北京出版的《新東方雜誌》發表評論聲討日本侵略者的暴行，連日本民眾和日本國內輿論都一致加以譴責……」[35]類似霧社起義在臺灣「原住民」抗日鬥爭中不勝枚舉。戰後五十多年，遊霸士・撓給赫在歌頌先輩抗擊異族侵略的激烈壯懷的同時，更對人類的和平共處發出了強音：

　　　　我們無法分裂所有生存在大地上的人類。當我一個字一個字寫
　　　出這些文章時，我知道，我們的心靈是相通的：我們忻悅美好
　　　的事物；我們為所有生命體的死亡而哭泣；我們嘲笑別人犯過
　　　的所有過失；我們隨便崇拜一無所知卻妄自尊大的人。
　　　　不要對我說：每天都會旭日東昇、陽光普照；不要對我說：人
　　　類還有希望；除非立刻從我們的仇恨中、我們的戰鬥中、我們

35 吳文明：《臺灣高山族與祖國之淵源》（北京市：人民中國出版社，1992年）。

的流血中、我們的死亡中蘇醒。[36]

---

36 游霸士・撓給赫：〈自序：從死亡中蘇醒〉,《天狗部落之歌》（臺中市：晨星出版社，
　　1995年）。

中篇
文化論

第三章
從中國戰爭小說看中華民族政治倫理觀的演進

　　在東西方各民族中，中華民族是最早把戰爭納入政治倫理道德視野中的民族。當公元前三、四百年古希臘的柏拉圖和亞理斯多德還僅僅從功利層面認識戰爭的時候，同時期中國以孔孟為代表的儒家學說就對戰爭與政治倫理道德的關係有了相當自覺的意識和系統的闡述，特別是孟子關於戰爭與仁的關係的論述，賦予戰爭以鮮明的政治道義，不但在現實層面上影響了中國古代兩千多年的政治走向，而且對中國古代的政治、軍事思想以及戰爭文學創作也產生了相當深刻的影響。也因此，中國戰爭小說總是充滿著格外濃重的政治倫理色彩。弄清楚中華民族政治倫理觀與中國戰爭小說的互動關係乃是從文化視角研究中國戰爭小說的入口。

　　中華民族政治倫理觀的形成是與華夏民族自古以來生存繁衍的地理環境和生產生活方式密不可分的。「古代歷史表明，在足夠的生存空間中生活的人們追求的是一種和諧寧靜的生活境界，而生活在狹窄窘迫的空間裡的人們則具有強烈的向外部擴張的欲望。」[1] 被視為中華民族文化搖籃的的黃河流域是一個土地肥沃、養分充足、適於農耕的自然區域，生活在這塊自然環境比較優越的土地上的華夏先民習慣於日出而作日沒而息的寧靜和平的農耕生活。為了延續這種平和的生活秩序就需要相應的道德倫理加以肯定，從而內化為人們的自覺追

---

[1]　倪樂雄：《戰爭與文化傳統──對歷史的另一種觀察》（上海市：上海書店出版社，2000年）。

求。而那些自稱是「受命於天」的中國古代的君主們，為了能夠永遠統治這塊上「天」賜予他們賴以建國安邦的土地，也需要一種維護其既得利益的政治倫理道德的支撐。於是一種為農耕社會追求家族本位的民間需要和「視一國如一大家庭」（梁漱溟語）的封建君主「一統天下」所不可或缺的倫理道德思想便應運而生了，這就是儒家的「君君、臣臣、父父、子子」和「仁、義、禮、智、信」等一套倫理綱常。儒家的這套政治倫理學說在中國傳統社會裡可謂如水銀瀉地無孔不入，至今在人們的文化意識深層仍能感受到它的巨大歷史慣性，其對中國戰爭小說創作的影響之巨大和深遠也超過其他任何傳統思想。

第一節　儒家政治倫理思想及其在中國古代戰爭小說中的藝術表現

　　既然我們確認儒家倫理道德思想是影響中國古代戰爭小說的主導思想，那麼，就有必要對這一思想中與戰爭有關的核心內容略作剖析。

　　眾所周知，儒家思想的創始者是孔子，經由孟子發揚光大。孔孟學說實際上是一種維護封建倫理綱常的政治學說，其核心內容，如孔子的「禮制」和孟子的「仁政」在現實政治層面上亦可視為儒家的戰爭觀。因為這一思想的出籠正是在「禮崩樂壞」的春秋戰國的戰爭動亂時代，其中的不少言論就是針對當時的政治、戰爭事件而發的。孔子主張「慎戰」──「子之所慎：齋、戰、疾」（《論語》〈述而〉），但他並不一概反對戰爭，而是看戰爭是否合乎「禮」，也就是說「禮」是衡量戰爭的最高標準。他對武王伐紂的態度就鮮明地反映了其「禮戰」思想：

　　　　子謂《韶》「盡美矣，又盡善也」；謂《武》「盡美矣，未盡善也」。（《論語》〈八佾〉）

> 孔子曰：「天下有道，則禮樂征伐自天子出；天下無道，則禮樂征伐自諸侯出。」（《論語》〈季氏〉）

周武王對殷商紂王發動戰爭是以臣伐君，故孔子認為是不合乎禮制的「無道」行為，應予譴責，自然，歌頌周滅商武功的《武》在孔子眼裡也就「未盡善」了。相反，如果是君主對臣子發動戰爭則是「有道」的合乎禮制之舉。孔子擔任魯國司寇時就曾對違反禮制的郈、費、成三邑發動了一場戰爭：

> 定公十三年夏，孔子言於定公曰：「臣無藏甲，大夫毋百雉之城。」使仲由為季氏宰，將墮三都。於是叔孫氏先墮郈。季氏將墮費，公山不狃、叔孫輒率費人襲魯，公與三子入于季氏之宮，登武子之臺。費人攻之弗克，入及公側，孔子命申句須、樂頎下伐之，費人北。國人追之，敗諸姑蔑，二子奔齊，遂墮費。（《史記》〈孔子世家〉）

因為按照周禮，天子、諸侯、大夫的城邑建造都有各自的規格，下不逾上，而郈、費、成三邑都超過了「百雉」，且私自擁有軍隊，孔子對此類「非禮」、「脅君」行為便堅決用武力加以解決。孔子把戰爭視為維護周禮的工具，固然是出於捍衛奴隸制的政治目的，但以禮制戰客觀上也給戰爭這一「自然野性之物」套上了人類理性的韁繩，使戰爭暴力有了最初的社會性規範，有利於社會的文明進步。但孔子這一帶有鮮明君本位特點的戰爭觀也被歷代封建統治者所利用，成為鎮壓人民起義的聖典。每當下層民眾起來反抗暴政時，就被上層統治階級斥為「犯上作亂」、「大逆不道」，必予剿滅。中國古代文學創作與欣賞也深受這一思想的影響，如《水滸傳》就被歷代封建統治者視為宣揚「犯上作亂」、「大逆不道」的作品而屢遭封殺。

　　與孔子君本位的戰爭觀相對立，孟子建立了一套民本位的戰爭觀。儒家的最高道德原則「仁」在孔子和孟子那裡有不同的歸宿，孔子主張「克己復禮為仁」（《論語》〈顏淵〉），把維護周禮視為仁的至高境界。孟子則主張行仁政，其心目中的仁政藍圖大致是這樣一些景象——「五畝之宅樹之以桑，五十者可以衣帛矣；雞豚狗彘之畜無失其時，七十者可以食肉矣；百畝之田勿奪其時，數口之家可以無饑矣；謹庠序之教，申之以孝悌之義，頒白者不負戴於道路矣」；「仰足以事父母，俯足以畜妻子，樂歲終身飽，凶年免於死亡」（《孟子》〈梁惠王上〉）。顯然這是以民為本的「仁政王道」的藍圖。從這一仁政理想出發，孟子反對純粹以功利為目的的戰爭，對「爭地以戰，殺人盈野；爭城以戰，殺人盈城」的戰爭深惡痛絕。但孟子與孔子一樣並不是一個非暴力主義者，對於合乎「仁政王道」之道德準則的戰爭，孟子給予了道義上的明確支持。如對武王伐紂，孟子的態度就和孔子截然不同，他不但不認為周武王是「以臣弒君」，而且讚揚武王「以至仁伐至不仁」的正義行為，「賊仁者謂之賊，賊義者謂之殘，殘賊之人謂之一夫。聞誅一夫紂矣，未聞弒君也」（《孟子》〈梁惠王上〉），並且認為「桀紂之失天下也，失其民也；失其民者，失其心也」（《孟子》〈離婁上〉）。倪樂雄先生認為「這一評價與孔子『以臣弒君』的看法形同水火，是儒家內部不可調和的矛盾」，這一矛盾「卻使儒家內部從此繁衍出兩種不同的戰爭的道德評價尺度，一為君本位傾向的禮制，一為民本位傾向的仁政。這兩種經常對立的道德評價始終貫穿於漫長的戰爭史上，呈現出久遠的生命力。」[2]顯然，孟子以民心得失為取向的戰爭觀符合漢民族農耕社會最廣大民眾的願望，成為幾千年來中國古代民眾推翻暴君、反抗暴政的思想武器，同

2　倪樂雄：《戰爭與文化傳統——對歷史的另一種觀察》（上海市：上海書店出版社，2000年），頁20。

時也為中國封建社會改朝換代提供了倫理道德依據。總之，儒家內部兩種對立的戰爭觀在中國古代漫長的戰爭史上各為所用，彼此消長。我們在中國古代戰爭小說中可以形象地看到這兩種戰爭觀怎樣讓世人驚心動魄地上演了一場又一場戰爭悲喜劇。

　　以上簡略分析了儒家的戰爭學說，但並非說中國古代戰爭小說只受到儒家倫理道德思想的影響，影響中國古代戰爭小說的傳統思想是多元的。我們知道，中國古代的文藝創作通常較少接受單一文化思想的影響（少數講經話本是特殊例外），中國古代戰爭小說創作也莫不如此，在絕大多數戰爭小說作品中，儒、釋、道等中國傳統文化思想的影響呈現為膠著狀態。但由於戰爭小說講述的是「治國平天下」的故事，是關於暴力政治的藝術演繹，而儒家學說又是關於政治倫理道德的學說，因此，從中國戰爭小說看中華民族的政治倫理觀，儒家的政治倫理道德學說，尤其是其中的戰爭思想不能不是本章的主要關注對象（關於其他傳統文化思想對中國戰爭小說的影響將另章闡述）。此外，即便就儒家政治倫理觀對中國戰爭小說的影響而言，也並非只限於孔孟思想，事實上，由孔孟發端的儒家學說在中國古代社會漫長的歷史過程中曾不斷發展變化，不同時期的儒教思想對當時文學創作的影響同樣不可低估。

　　中國戰爭小說一降生就與政治倫理道德結下了不解之緣，只要比較中西戰爭小說的源頭──中國遠古戰爭神話傳說和古希臘荷馬史詩，就能夠清楚地認識這一耐人尋味的現象。中國遠古戰爭神話傳說中的若干主要人物，如黃帝、炎帝、蚩尤、共工等無一不是被充分社會化、政治化的人物，他們雖然保留著人獸異體合構的神話人物的一般形體特徵，但是其行事準則卻具有濃厚的人性化的政治倫理色彩。歷史上黃帝和炎帝本是同屬華夏集團的不同部落的首領，他們之間的爭戰，本是原始社會常有的部落間爭奪生存空間的戰爭，並無太多政治功利色彩，然而一旦進入歷史典籍就被浸染於政治是非的泥淖中。

在《史記》等歷史典籍中，黃帝是中央天帝，炎帝只是一方諸侯，黃帝的地位比炎帝高。黃帝「養性愛民，不好戰伐」，後來所以對炎帝發動戰爭，是因為「四帝各以方色稱號（四帝，指東方青帝太皞、南方赤帝炎帝、西方白帝少昊、北方黑帝顓頊），交共謀之，邊城日驚，介冑不釋。黃帝歎曰：『夫君危於上，民不安於下，主失其國，其臣再嫁。厥病之由，非養寇邪，今處民萌之上，而四盜亢衡，遞震於師』。於是遂即營壘以滅四帝」（《太平御覽》卷七十九引〈蔣子萬機論〉）。黃帝與炎帝等的戰爭被描述為君主討伐叛臣的「有道」對「無道」的戰爭。中華民族之政治早熟於此可見一斑。

　　而崇尚個性自由的古希臘民族則不受太多上下尊卑的政治倫理道德的約束，他們甚至可以為爭奪一美女而進行一場曠日持久的戰爭，古希臘戰爭神話《伊利亞特》就生動地描述了這樣一次規模浩大的肉欲之戰。有意味的是，這場戰爭從戰爭爆發的起因到戰爭進行的過程以及戰爭中的神和人都是為私利而戰，沒有絲毫政治上的道義。俄林波斯山的三位女神為選美爭風吃醋而對人間濫施報復，使人類陷入了十年戰爭浩劫。為控制戰爭過程，眾神分為兩派，一派支持阿開亞（希臘）人，以神后赫拉和智慧女神雅典那為骨幹；另一派幫助特洛伊人，以太陽神阿波羅和戰神阿瑞斯為核心。眾神之父宙斯則時而偏袒這一方，時而放縱那一方，從中享受權勢帶來的喜悅。這場戰爭在眾神的攪和下，變成了一場欲罷不能的馬拉松戰爭。不僅眾神為各自的私利或爭風吃醋或大打出手，而且戰爭的直接參戰指揮者——凡世間的那些英雄們也個個充滿私心雜念。希臘聯軍統帥阿伽門農是一個狂暴之徒，他奪走了聯軍最優秀的戰將阿基琉斯的戰利品——美麗的少女里塞伊斯，阿基琉斯則挾怒罷戰，使希臘人遭受慘重的傷亡。掠奪財富占有財產擺脫奴役是遊牧民族發動戰爭的根本目的，只有具有強大外在力量的人才可以在弱肉強食的掠奪戰爭中取勝，所以古希臘民族尚武精神的核心是力。而農耕民族追求的是安寧和諧的生活境

界，是對土地收穫的祈望，因此不可能產生對暴力掠奪的崇拜，而是對那些具有強大的道德力量能夠擔當起維護這種既定的祥和的生活秩序的氏族首領的呼喚。所以東方漢民族的尚武精神的核心是德。李澤厚說：「從原始社會後期到早期奴隸制時代，一直延續著氏族政治的傳統，即群體命運經常取決於氏族首領們的才德。所以在那裡，道德常常就是政治，這正是原始儒學和孔孟之道的真正歷史秘密。」[3]因此，中國遠古戰爭神話與生俱來的東方式的政治倫理道德血統歸根結底是由原始儒學灌注的。這是因為神話產生的年代總是遠遠早於神話的文字記載年代。我們今天所見中國上古神話傳說多散見於秦漢時期的歷史典籍，也就是說，儒學的產生早於神話的文字出籠。換言之，當口耳傳承千百年的遠古神話傳說終於由文字作為物質傳承的載體時，儒學已經取得了思想上的統治地位，那是一個「罷黜百家，獨尊儒術」的時代，神話的最後定型不能不受儒教的影響。

　　史傳文學作為中國古代歷史小說的前驅，其對中國戰爭小說的影響特別巨大。這種巨大影響除了表現在塑造人物形象的藝術方法和敘事結構等形式方面的因素外，最重要的是為後世戰爭小說奠立了戰爭歷史人物的道德評價標準。

　　那麼，先秦兩漢的史傳文學對於歷史人物秉持的是怎樣的道德評價標準呢？一言以蔽之，是以儒家思想為主要標準，參以其他諸子學說。先秦兩漢的史傳文學作品有的是產生於孔孟時代的歷史典籍，如《尚書》、《春秋》、《左傳》、《國語》，它們與儒家思想是互相影響的關係，有的本身便是儒家學說的經典，如《尚書》、《春秋》；有的產生於儒家思想正走向發揚光大的時代，如《史記》、《漢書》，它們與儒家思想是影響與被影響的關係。先秦兩漢的史傳文學作品對歷史人物的具體評價可能不完全一樣，但所遵循的評價標準則差異不大，無

3　李澤厚：《中國古代思想史論》（北京市：人民出版社，1986年），頁271。

非是民為邦本、崇禮尚德之類的儒家倫理道德標準（只有《戰國策》對儒家的崇禮尚德思想不以為然，但儒家的民本思想是其所認同的）。《尚書》雖是記言史書，但從人物對話的隻言片語中，已能看出人物的簡略形象，我們在〈金縢〉、〈大誥〉、〈康誥〉、〈多士〉、〈無逸〉、〈君奭〉等篇中，可以看到周公的言行反映了儒家仁愛忠恕的明君標準。孔子把《春秋》作為他遵周禮、明王道、勸懲鑒戒闡發「微言大義」之書是自不必多言的了。《左傳》則不僅仿照《春秋》的編年史體例，而且在思想傾向上繼承發揚了儒家思想的精華。《左傳》對歷史人物的褒貶態度十分鮮明，所肯定者多是那些政治上具有雄才大略、能夠清醒把握形勢，並重視愛民養民、擇善使能、重用賢才，成就了霸業的明君賢相，如晉文公、鄭莊公、吳王闔廬以及子產、趙盾、叔向、晏嬰等；所貶抑者是政治上暴虐無道、棄民殘民，生活上荒淫奢靡、逾禮亂倫，最後導致亡國滅族的昏君奸臣，像「不君」之晉靈公、「汰侈」之楚靈王和專權嗜殺的崔杼、慶封等。《左傳》在人物描寫上所表現出的鮮明的民本思想和崇禮觀念與儒家的基本教義相吻合，但並不意味著《左傳》就是儒家學說的形象化教材。因為在春秋戰國時代，諸子百家爭鳴，儒家學說占據主流，歷史典籍的編寫自然容易受其影響，但儒家之外的其他思想的影響也同樣不可忽視。《左傳》的崇霸思想，稱讚齊恒、晉王之事，就與「仲尼之徒無道恒、文之事者」的態度又不吻合[4]。《戰國策》更加典型。以描寫戰國時代鼓蕩三寸不爛之舌遊說各國的策士風采為內容的《戰國策》，其思想傾向與儒家學說便大異其趣。策士是士階層的代表，他們憑藉自己豐富的政治歷史知識、對時局的正確把握和權謀智變的應對策略，在戰國時期的政治舞臺上扮演著重要的角色。因此，《戰國策》公開

4　郭丹著：《史傳文學——文與史交融的時代畫卷》（桂林市：廣西師範大學出版社，1999年），頁206。

亮出了「士貴王者不貴」的口號，並赤裸裸地宣揚對個人功名利祿的追求，鄙薄禮義，蘇代說：「臣以為廉不與身俱達，義不與生俱立。仁、義者，自完之道也，非進取之術也」（〈燕策一〉）。這與儒家君臣有秩、重義輕利的思想毫無共同之處。在儒家學說受到普遍尊崇的春秋戰國時代，《戰國策》所張揚的帶有濃厚急功近利色彩的行事準則堪稱時代的異響。

　　《史記》上承《春秋》、《左傳》等先秦史著，下啟《三國演義》、《水滸傳》等戰爭歷史小說。《史記》全面繼承了《春秋》、《左傳》的崇儒思想，司馬遷寫作《史記》的動力之一就來自孔子偉大人格的感染，他將孔子列入世家，並表達了對孔子的深深景仰：「《詩》有之：『高山仰止，景行行止。』雖不能至，然心嚮往之。余讀孔氏書，想見其為人。……天下君王至於賢人眾矣，當時則榮，沒時已焉。孔子布衣，傳十餘世，學者宗之。自天子王侯，中國言《六藝》者折中于夫子。可謂至聖矣！」（《史記》〈孔子世家〉）受孔子人格的影響，《史記》評價歷史人物也不自覺地依循儒家的政治倫理標準，《史記》對上起軒轅黃帝，下至漢武帝三千年歷史中的林林總總人物雖然都實事求是給予歷史實錄，但在字裡行間並不掩飾作者對筆下人物的褒貶愛憎感情，尤其是在篇末的「太史公曰」中，司馬遷總是以人心向背（儒家所謂仁政王道）為主要標準對歷史人物的功過是非作出自己的主觀判斷，例如他把秦朝的滅亡歸結為是「仁義不施」的結果（〈陳涉世家〉）；對項羽的失敗，司馬遷認為是項羽過於迷信武力，不善於籠絡人心，以致眾叛親離，終遭滅亡。可悲的是項羽「自矜功伐，奮其私智而不師古，謂霸王之業，欲以力征經營天下，五年卒亡其國，身死東城，尚不覺寤而不自責」（〈項羽本紀〉）。當然，司馬遷並未一味盲目遵從儒家的倫理道德說教，他對儒家政治倫常在現實政治生活中的悖逆現象有清醒的認識，並毫不留情地予以諷刺批判。如他在《游俠列傳》中對所謂仁義道德闡發了自己獨特的看法，

他高度讚頌「其行雖不軌于正義，然其言必信，其行必果，已諾必誠，不愛其軀，赴士之厄困」的「布衣之徒」；而對那些王公貴族「享利」、「竊國」之「仁義」、「有德」行為則竭盡嘲諷揶揄之能事：「鄙人有言曰：『何知仁義，已享其利者為有德。』故伯夷丑周，餓死首陽山，而文武不以其故貶王；跖、蹻暴戾，其徒頌義無窮。由此觀之：『竊鉤者誅，竊國者侯，侯之門仁義存。』非虛言也。」言必信、行必果、重諾守信，是中國民間的重要道德標準，它與儒家正統的「侯之門仁義」有時不免發生衝突。所謂「仁、義、禮、智、信」等儒家倫理道德在現實政治層面上有極大的虛偽性和欺騙性，司馬遷對俠義之士重然諾誦信義行為的高度肯定實際上是為儒家倫理道德摒棄其虛偽性和欺騙性的一面成為維繫人與人關係的實實在在的民間道德標準打開了通道。《水滸傳》、《三國演義》等後世俠義與戰爭小說對此有生動的描述，成為中國古代小說的一個熱門題材。

　　從中國戰爭小說看中華民族的政治倫理觀，是一個隨戰爭小說不斷發展成熟而政治倫理觀也漸次明晰和豐富的過程。作為戰爭小說的最初孕育，遠古戰爭神話只是奠立了戰爭小說的政治倫理基因。用一個形象的比喻，中國遠古戰爭神話是把中國戰爭小說的樹苗種在了政治倫理這個土坑中，而不是如古希臘戰爭神話那樣是在尚武縱欲的土壤裡生長。史傳文學進一步明確了戰爭人物的政治道德標準，但它還不是真正意義的戰爭小說。在此後一千多年的漫長歲月中，一方面，儒家原始教義經過漢代董仲舒的系統化和理性化（建立天人合一的宇宙觀）、宋明理學的全方位精緻化和完備化（吸收佛道思想），發展成為中國古代最完整嚴密、在文化思想領域占絕對統治地位的哲學理論體系，其對中國戰爭小說政治倫理觀的形成具有重要影響。另一方面，中國戰爭小說經過宋元講史平話等民間文學在內容和形式上的相當充分的醞釀準備，終於在元末明初降生了經典之作《三國演義》以及《水滸傳》。此後三、四百年，中國古代戰爭小說不斷重複演繹

《三國演義》和《水滸傳》的戰爭倫理模式和戰爭表現形式，卻無超越創新者。所以，從中國戰爭小說看中華民族傳統政治倫理觀，《三國演義》和《水滸傳》是最具代表性的作品。

政治倫理是維繫一個國家政治制度的道德基礎。國家政治統治處於不同的歷史時期會有不同的政治倫理訴求，如和平時期，國家政治統治進入了比較穩定的階段，這時候的政治倫理訴求與國家政權處於動盪狀態的戰爭時期肯定有所不同。中國古代戰爭小說反映的都是中國歷史上若干戰爭動盪時期的故事，這些戰爭又大致分為兩種基本類型：一是封建王朝政權更迭的「興廢爭戰之事」，戰爭發生在不同統治集團之間；另一是農民起義戰爭，發生在被壓迫階級與封建壓迫階級之間。當然這兩類戰爭並非界線截然分明，在很多時候，農民起義戰爭最終導致新舊政權更迭，從而演化為王朝「興廢爭戰之事」。即便是王朝「興廢爭戰之事」，也還有漢族封建統治集團內部的戰爭和漢族與外來民族之間的戰爭等不同情況。這些不同性質和類型的戰爭在中國戰爭小說中就呈現為不同的政治倫理觀。

戰爭時期的政治倫理主要包括以下兩方面的內容：一是戰爭統帥的個人政治道德品質與戰爭勝負的關係；二是戰爭統帥與將士（君臣）之間的人際關係對戰爭的影響。這兩對關係在儒家的倫理道德範疇中便是關於「仁道」與「霸道」、「忠君」與「信義」等矛盾關係問題。

一　中國古代戰爭小說關於「仁道」與「霸道」的倫理訴求

中國古代戰爭小說塑造了許多君王形象，這些君王性格不一，治軍治國手段各異，但他們的政治理想、道德品質都大體可歸入「仁道」與「霸道」這對立的兩極範疇。在具體分析他們的形象特徵之前有必要先對「仁」這一儒家政治倫理的核心概念做些闡析。

　　李澤厚先生認為，孔子的「仁學」結構具有四方面的因素：一、血緣基礎，二、心理原則，三、人道主義，四、個體人格。其整體特徵則是實踐理性[5]。孔子講「仁」本是為了釋「禮」、維護「禮」，而「禮」又是以血緣為基礎、以等級為特徵的氏族統治體系，所以孔子說「仁者愛人」，「弟子入則孝，出則悌，謹而信，泛愛眾，而親仁……」（《論語》〈學而〉）。孟子說：「親親，仁也」（《孟子》〈盡心上〉）。這就表明「仁」以及由此而推衍的「仁政」、「仁道」首先是一種以血緣為基礎的人與人之間的親情關係。其次，通過「仁」將人的內在情感轉化為外在的行為規範（合乎「禮」），成為人的自覺的心理需求，從而使倫理規範與心理欲求溶為一體。再次，由「親親」到「泛愛眾」，即由血緣家族內部進而推行到氏族全體，也就是在氏族成員之間建立起一種既有嚴格等級秩序又具某種「博愛」意外的人道關係，這樣，「仁」便具有了社會性交往的內容，賦予人與人之間相互責任的關係。最後，孔子講「仁」的最終目的是為了把復興「周禮」的任務交給氏族貴族的個體成員（君子）。他強調：「為仁由己，而由人乎哉？」（《論語》〈顏淵〉）「仁遠乎哉？我欲仁，斯仁至矣」（《論語》〈述而〉），「夫仁者，己欲立而立人，己欲達而達人」（《論語》〈雍也〉），表明「『仁』既非常高遠又切近可行，既是歷史責任又屬主體能動性，既為理想人格又為個體行為。而一切外在的人道主義、內在的心理原則以及血緣關係的基礎，都必須落實在這個個體人格的塑造之上」[6]。孔子的「仁學」思想不是一種純粹的形而上的哲學思辨，而是一種在現實生活中能夠躬行的實踐理性，「君子欲訥於言，而敏於行」（《論語》〈里仁〉）；「聽其言而觀其行」（《論語》〈公冶長〉）；「古者言之不出，恥躬之不逮也」（《論語》〈里仁〉）。孔子通

5　李澤厚：《中國古代思想史論》（北京市：人民出版社，1986年），頁16。

6　李澤厚：《中國古代思想史論》（北京市：人民出版社，1986年），頁26。

過教誨學生、「刪定」詩書，使他的「仁學」思想廣泛傳播，「日益滲透在廣大人們的生活、關係、習慣、風俗、行為方式和思維方式中，通過傳播、薰陶的教育，在時空中蔓延開來。對待人生、生活的積極進取精神，服從理性的清醒態度，重實用輕思辨，重人事輕鬼神，善於協調群體，在人事日用中保持情欲的滿足與平衡，避開反理性的熾熱迷狂和愚盲服從……，它終於成為漢民族的一種無意識的集體原型現象，構成了一種民族性的文化——心理結構」[7]。

　　孟子「仁學」的核心內容是「仁政王道」，這是更直接地對統治者提出的政治倫理要求，其著眼點是民眾切身的物質生活需求。統治者只有做到「保民」才能「王」天下。「保民」的基本要求是「飽民」，是與民同憂樂，「樂民之樂者，民亦樂其樂；憂民之憂者，民亦憂其憂。樂以天下，憂以天下，然而不王者，未之有也」（《孟子》〈梁惠王下〉）。孟子還把這種「仁政王道」的施行建立在一種先驗「善」的人性論基礎上，「人皆有不忍人之心。先王有不忍人之心，斯有不忍人之政矣。以不忍人之心，行不忍人之政，治天下可運之掌上」（《孟子》〈公孫丑上〉）。「不忍人之心」是一種心理情感，用它去「行不忍人之政」，就是「仁政王道」。可是，統治者並不都有「不忍人之心」，行不「仁」之政者不在少數，所以，後來漢代的董仲舒將陰陽五行（天）與王道政治（人）作異質同構的類比聯繫，把儒家的「仁義」提升和放大到宇宙論的層次來制約絕對君權，「為政而任刑，謂之逆天，非王道也」（董仲舒《春秋繁露》〈陽尊陰卑〉）。君是人間的絕對統治者，民只有通過「天」才能制君。

　　儒家的這套倫理學說對元明清戰爭小說創作有極大影響。孔孟的「仁學」實際上是一種主觀願望、一種美好理想，在現實政治生活中，人們往往難以看到「仁學」的真誠踐行者，尤其是在戰爭離亂年

7　李澤厚：《中國古代思想史論》（北京市：人民出版社，1986年），頁32。

代，倒常常是那些以力假仁者橫行天下，讓百姓受盡苦難。所以，人們便把對「仁政王道」的美好追求訴諸文藝作品中。中國古代戰爭小說多是民間創作與文人整理的結合，其中的許多人物形象融入了漫長歲月中民眾的情感積澱，經由文人再創作及不斷整理，才最後定型。《三國演義》的劉備和曹操就是民眾用儒家的「仁政王道」標準塑造出來的「仁道」與「霸道」兩極人物的典型代表。其他尚有《水滸傳》中的宋江與高俅、《東周列國志》中的諸多君主王侯以及《飛龍全傳》中的宋太祖趙匡胤、《英烈傳》中的明太祖朱元璋等。

倘若用儒家的「禮、智、仁、義、信」等倫理道德標準去對照劉備和曹操，這兩人大體上是相反相成的人物。作為中山靖王之後，劉備有著曹操所不具備的先天優勢——他的血脈裡流的是皇家的血，而曹操的祖輩不過是朝廷的官宦之屬。這就是說，劉備的所作所為是為了繼劉氏漢室之大統，是合乎「禮」制的；而曹操挾天子以令諸侯，是以下犯上，是違背「禮」制的大逆不道。不要小看這個「禮」，它是儒家原始學說中的一個根基，如前所述，孔子講了一大套仁義道德教義，目的都是為了恢復周禮。為臣者不思報君，卻犯上作亂，是非「禮」，是僭越，是要遭萬世罵名的。儘管曹操滿腹經綸，但他的卑微出身，使他在與「皇叔」劉備的較量中處於先天不利的地位，在一向注重血緣宗族關係的傳統中國人眼裡，曹操一出場就先矮了劉備三分。曹操雖然出身不如劉備高貴，但他卻「智」勝劉備一籌。在儒家的倫理道德學說中，「智」（知）本是倫理道德色彩相對淡薄的一個範疇，它是指人們認識社會（學習儒家的禮樂仁義思想）和認識自然的一種手段。但在《三國演義》中「智」卻被染上了最濃厚的倫理道德色彩，因為它無時不被籠罩在「禮」、「仁」、「義」、「信」等倫理道德之下。曹操為了達到取代劉氏天下的目的，充分施展了其高超的才「智」，但他的所作所為大多不合儒家的「禮」、「仁」、「義」、「信」等倫理道德標準：對漢獻帝，他是臣子，卻挾制天子欲取而代之，其

目的本身就不善（不合「禮」制），更何況他還時時無視君臣之禮以臣脅君，甚至血洗皇宮，手段之殘忍令人髮指；對熱情善待他的友人，他卻以怨報德（他前殺呂伯奢家人是出於誤會尚情有可原，後路殺懸酒攜菜的呂伯奢便是「知而故殺」，大不「義」且大不「仁」，儘管他殺掉呂伯奢可以達到殺人滅口的目的，免招殺身之禍，表現了他急中生智的一面）；對忠心耿耿的部下，他或恣意妄殺，或不講信義（戰爭中對敵方使用「詭道」，謂「兵不厭詐」，值得讚許，但在自己陣營內部搞陰謀詭計，便是不講信義，如曹操借倉官王垕的頭平息士卒對軍糧供給不衍的不滿就是生動的事例）。曹操的聰明才智不幸與非「禮」、不「義」、無「信」綁在一起，於是便成了「惡德」的代表、天下第一「奸雄」。

劉備的才智遠不如曹操，但他卻能屢屢挫敗曹操，除了因為他有智慧超群的賢相諸葛亮的輔佐和關、張二結義兄弟的生死相從外，靠的是他戰無不勝的人格力量——寬厚、仁慈和信義。否則，光有皇家血統還不足以在天下紛爭中取勝，因為百姓只知仁君，而不識皇親。在儒家的倫理學說中，「仁」和「義」是居於核心地位的思想，其重要性遠遠大於「智」。孔子說：「志士仁人，無求生以害仁，有殺身以成仁」（《論語》〈衛靈公〉），又說：「仁者必有勇，勇者不必有仁」（《論語》〈衛靈公〉）。高尚的仁德本身就是一種克敵制勝的強大力量。《三國演義》基本上是依據儒家的倫理價值取向塑造了劉備這樣一個仁君的形象。針對曹操道德上的缺陷，劉備確立了自己的立身行事之本：

　　今與吾水火相敵者，曹操也。操以急，吾以寬；操以暴，吾以仁；操以譎，吾以忠。每與操相反，事乃可成。若以小利而失信義於天下，吾不忍也。

劉備時時不忘以這個標準去處理與周圍人的關係。他和關、張的

特殊親密關係自不必說了，他和諸葛亮、趙雲等部屬的相互信賴的關係也堪稱古代君臣關係的典範。特別是他對待百姓的態度，與曹操形成了巨大反差：曹操攻陷徐州的時候，為報私仇，下令血洗徐州城，「殺戮人民，發掘墳墓」；劉備撤離新野、逃往江陵，十萬軍民扶老攜幼自願隨行。追兵將至，眾將勸劉備暫棄百姓，劉備泣曰：「舉大事者必以人為本，今人歸我，奈何棄之？」表現了一個真正仁義君主的寬厚、仁慈之心。曹操待人以詐，沒有信義：許攸從袁紹處來投奔他，是出於朋友的友誼要幫他一把，曹操卻屢對許攸撒謊，後來採用了許攸所獻的烏巢燒糧之計，取得了官渡之戰的勝利，回過頭，曹操還是用借刀殺人之計置許攸於死地；劉備則待人以誠、誓守信義：他三讓徐州，過荊州而不入成為千古美談。在取西川、戰劉璋等問題的處理上，也處處表現了劉備仁義守信的仁君風範。眾所周知，在三國紛爭中，曹魏是最後的勝利者，很大程度上靠的是曹操的文才武略，這是歷史的真相。但在《三國演義》中，曹魏的總體勝利卻被劉蜀的局部勝利所大大沖淡，甚至於作品的客觀閱讀效果使人只見劉備的勝利，而不見曹操的成功，更有民間「說三國事，聞劉玄德敗，顰蹙眉，有出涕者；聞曹操敗，即喜唱快」的「擁劉反曹」情感的有趣記載[8]，其中反映了民眾的一種倫理道德取向——仁道應當戰勝霸道。

　　中國古代戰爭小說每每像《三國演義》這樣塑造若干「仁道」與「霸道」相頡頏的形象。《水滸傳》多多少少是把梁山頭領宋江塑造為仁君的形象的。作為一部歌頌農民戰爭的小說，《水滸傳》具有一定的平民民主意識，它不像《三國演義》那樣比較強調血緣宗族關係，眼睛向上，專講「興廢爭戰」之國家大事，而是眼光朝下，津津樂道於市井細民、草莽英雄揭竿而起、反抗貪官污吏的故事。《水滸傳》對當朝皇帝宋徽宗不作太多是非評價，而是著力塑造老百姓自己心目中的仁君明主的形象。他們理想中的光明世界是這樣一幅美妙圖

8　〔宋〕蘇軾：《志林》。

像──那裡「八方共域，異姓一家……相貌語言，南北東西雖有別；心情肝膽，忠誠信義並無差。其人則有帝子神孫，富豪將吏，並三教九流，乃至獵戶漁人，屠兒劊子，都一般兒哥弟稱呼，不分貴賤；且又有同胞手足，捉對夫妻，與叔侄郎舅，以及跟隨主僕，爭鬥冤仇，皆一樣的酒筵歡樂，無問親疏。」這是一個消滅了一切階級差別、完全平等自由的世界。這個自由平等世界的君主沒有高貴的出身，卻有高尚的人格力量。當他身為平民百姓時，就急功好義、慷慨大方，「平生只好結識江湖上好漢，但有人來投奔他的，若高若低，無有不納，便留在莊上館穀，終日追陪，並無厭倦。若要起身，盡力資助，端的是揮金似土。人問他求錢物，亦不推託；且好做方便，每每排難解紛，只是周全人性命。時常散施棺材藥餌，濟人貧苦，周人之急，扶人之困……」。雖然是歌頌「造反」的小說，但作者的倫理觀念並未逸出儒家「禮智仁義信」那一套標準，而且還蘊含著濃厚的民本思想。所以，作者著意強調宋江自始至終是一個忠君重義、至仁至孝的仁義英雄。首先，他的「造反」目的十分明確，是只反貪官不反皇帝，沒有違背儒家君臣之「禮」；其次，其反上梁山和後來成為梁山之主都是在拗不過與眾好漢「交情渾似股肱，義氣如同骨肉」的情況下不得已而為之，並非覬覦權勢、野心勃發之徒，而是一個義重如山的謙謙君子。這樣的仁人志士既不有悖儒家的倫理道德標準又迎合民眾喜愛自由平等的願望，正是老百姓千呼萬喚的英明之主。無怪乎雇農出身的李逵會對來梁山招安的陳太尉大打出手，因為在他看來「你那皇帝正不如我這裡眾好漢，來招安老爺們，倒要做大！你的皇帝姓宋，我的哥哥也姓宋，你做得皇帝，偏我哥哥做不得皇帝！」

　　宋江的對手是高俅，或者說是高俅、蔡京、童貫、楊戩等一班當朝奸相權臣。他們之間的鬥爭既是「仁道」與「霸道」的對立，也是「忠」與「奸」的鬥爭。但是，《水滸傳》對宋江之「忠」的一面寫得無比曲致，發人深省，而對高俅等「奸」的描寫卻大落俗套，毫無

動人之處。無論從思想觀念的表達上說，還是從藝術形象的建構上講，宋江與高俅的對立都遠不如劉備與曹操之間的明爭暗鬥來得意味深長。曹操「奸」、「雄」兼具，不單是「惡德」的象徵，也是雄才大略的代表，是「亂世之奸雄」，用藝術上的術語講，是兩極性格的組合。曹操既有挾制天子、殺戮百姓、待人狡詐的一面，卻也曾首舉義兵討伐橫暴的董卓、納劉備而不殺、遵約守信禮釋關羽以及割髮代首自我懲戒等等符合儒家仁義道德標準的舉動。而高俅（包括蔡京、童貫、楊戩等）只是一味的「惡」，從他早年的發跡（靠踢一腳好腳氣球而瓜葛上皇帝）到他當權後縱子為惡、殘害忠良、絞殺梁山義軍，高俅之輩可謂惡貫滿盈，如小說所寫是一個「論仁、義、禮、智、信、行、忠、良，卻是不會」的「沒信行的人」，屬於藝術上性格單一、形象平面的概念化、臉譜化的人物。但是，此類人物在中國古代戰爭小說中卻是富有普遍意義的形象，如《說岳全傳》中的秦檜、《楊家將演義》中的潘仁美等均屬此輩。倒是像曹操這樣既「奸」又「雄」的「霸道」典型人物，《三國演義》把他寫到了藝術的極致，後起之戰爭小說再難有與他比肩者。

綜觀中國古代戰爭小說，對於「仁道」和「霸道」這對立的兩極人物的描寫，的確有些「跛足」，自從《三國演義》塑造了劉備和曹操這兩個「仁道」和「霸道」的典型人物後，這兩類人物形象就已基本定型，此後的戰爭歷史小說大都沒有跳出《三國演義》的窠臼。不過，相對而言，「仁道」型的人物形象似乎比「霸道」型的更豐富多彩些。也許，民眾的英雄崇拜意識使文學家總是願意為「為王」的「勝者」立傳，而不屑於替「為寇」的「敗者」費墨。所以，在《三國演義》問世後的三、四百年間，中國古代戰爭歷史小說對於歷代開國帝王幾乎都有過藝術的描繪，如《東周列國志》對春秋戰國紛爭中諸多王侯將相歷史功過是非的評價；《說唐全傳》對唐太宗李世民形象的粗線條勾勒；《飛龍全傳》關於宋太祖趙匡胤登基前從「潛龍」

到「飛龍」的許多傳奇故事;《英烈傳》對明太祖朱元璋怎樣在亂世中崛起、從一個農民起義領袖成為開國帝王的描寫。這些中國歷代封建王朝的開國君主,都是具有雄才大略的一代偉人,也是普通老百姓心目中的聖君明主。他們何以能從出身微賤的一介平民而力挫群雄奪取天下,成為開國興邦的一代帝王,這是老百姓感興趣的話題。中國古代戰爭小說相當重視表現這些開國帝王在奪取天下的過程中怎樣以「仁德」贏人心、以「信義」服天下,所謂「天下者,乃天下人之天下,唯有德者居之」,中國古代戰爭小說經常出現類似的話語,說明在中華民族的政治倫理觀中,對統治者道德品質的重視遠遠甚於對血緣宗族關係的強調,儘管血統論在中國封建政治制度的運作中具有根深蒂固的巨大影響,但是在改朝換代的非常時期,人們並不會囿於血緣關係的藩籬而使歷史的車輪倒退。如《飛龍全傳》對趙匡胤的描寫就比較典型地反映了我們民族的政治倫理觀。趙匡胤本是後周的重臣,與周世宗柴榮是結義兄弟,若以血緣宗族關係論之,趙匡胤以臣代君、立宋廢周,是大逆不道,但是小說著意強調的是趙匡胤身上所表現出來的聖君明主人格上的非凡魅力。青年時代的趙匡胤就是一個疾惡如仇、扶危助困、見義勇為的豪俠義士,他千里送京娘的故事通過話本和小說的生動描寫成為民間廣為傳揚的佳話,表現了趙匡胤正直無私、義薄雲天的豪俠本色。成為後周軍事將領後,他以「仁義」結人心,每次軍事行動,必先念及百姓的生死利害,約束部下不准侵擾百姓,違令者斬;對自己的部將,他也關懷備至。因此在奪位之前他早已籠絡了人心,取得了君臣上下、朝野內外的擁戴,陳橋兵變幾乎沒有遇到什麼阻礙就順利得手。當然,小說也用很多筆墨描寫了趙匡胤作為「君權神授」的「真命天子」的許多異於常人的非凡之處和上天對他的格外垂青,以此配合小說對人物的道德讚美,歸根結底是要說明趙匡胤作為宋朝的開國皇帝是上合天意下順民心的歷史必然選擇。

　　如果說「仁道」和「霸道」更多的是關於統治者政治倫理道德的一種言說，那麼，從為人臣者的角度看，如何處理好「忠君」與「信義」矛盾則是封建時代君臣關係中另一個更加棘手的倫理道德問題，中國古代戰爭小說對此有更加生動和深刻的藝術演繹。

二　中國古代戰爭小說對「忠君」與「信義」的藝術演繹

　　在儒家學說中，「忠」和「義」是處理人際關係的另一對十分重要的倫理道德範疇。「忠」和「義」因情景或對象的不同，有時對立有時統一。孔子說：「為人謀而不忠乎」（《論語》〈學而〉），這裡「忠」是在一般意義上指對別人的竭心盡力，是人與人之間建立在平等基礎上的一種互信互助的關係。但孔子又說：「君使臣以禮，臣事君以忠」（《論語》〈八佾〉），「忠」在這裡又縮小為特指君臣之間的一種特殊的政治倫理關係，在孔子看來，為人臣者要對君主盡忠，但君主也要對臣民講禮讓仁義，這是一種相互制約的有條件的上下級之間的良好關係。孟子則進一步對統治者提出行「仁政」的要求，以此作為建立君臣良性關係的前提，「君仁，莫不仁；君義，莫不義」（《孟子》〈離婁上〉）；「君之視臣如手足，則臣之視君如腹心；君之視臣如犬馬，則臣之視君如國人；君之視臣如草芥，臣之視君如寇仇」（《孟子》〈離婁下〉）。漢代董仲舒則把君臣關係孰輕孰重來了一百八十度的倒轉，他把君權加以絕對化，提出「君為臣綱，父為子綱，夫為妻綱」（《春秋繁露》〈基義〉）的三綱學說，綱即網，「君為臣綱」，即君是罩住臣的網，君擁有至高無上的絕對權力，為臣者只有無條件服從的義務。宋代理學更把董仲舒的思想推向極端，提出「臣之事君，有死無貳」（《資治通鑑》卷二九一〈後周記〉二），「忠臣不事二主，烈女不嫁二夫」的口號，至此，君臣關係的天平徹底失衡，完全倒向了君主一邊，由此進一步引發了中國封建歷史上無數「愚忠」的悲劇。

　　較之「忠」,「義」的內涵相對複雜多變些。「義」首先是一種價值標準,「君子喻於義,小人喻於利」(《論語》〈里仁〉),這裡的「義」差不多等同於「善」,它與「利」(惡)相對應,成為判斷君子或小人的價值標準;「義」又是一種理想人格,「生,亦我所欲也;義,亦我所欲也。二者不可得兼,舍生而取義也」(《孟子》〈告子上〉),「義」不僅是向「善」的標準,更成為天理的象徵、仁人志士的人生歸宿。「義」還是一種行為準則。隨著社會的發展、觀念的變遷,本來專為約束君子行為的「義」後來逐漸演化為普通人處理相互關係的行為準則,僕人對主子自覺盡義務稱為「義僕」;朋友之間彼此無條件信賴生死與共,是為「義氣」;豪俠之士除暴安良、助人為樂,被譽為「仗義行俠」;至於「江湖義氣」,則更極端發展為行走江湖的草民之間的一種無原則的行幫習氣,並往往走向與國家法令相對抗、與儒家原始之「義」的向「善」追求相反的方向。

　　「忠君」和「信義」作為處理君臣關係的一種政治原則、倫理取向,在中國古代戰爭小說的實際藝術表現中,兩者的矛盾關係是既對立又統一。

　　強調「忠君」是中國古代戰爭小說的一個鮮明主題。在家國一體的中國古代封建社會,國之君主猶如一家之長,家長是維繫家庭存在的根本,維護家長的權威就是維護家庭的穩定,於是,在封建君王看來,「朕即國家」,忠於皇帝就是忠於國家,不管皇帝個人品質是好是孬,皇帝的權力是否被人篡奪成為傀儡,只要皇帝還在就表明國家沒有滅亡,為臣者就必須對來自皇帝的一切意旨(有時實際上是權臣的意志)無條件服從,否則就是對國家利益的背叛。所謂「愚忠」就是對皇權的絕對崇拜,其結果往往釀成國家和個人的悲劇。「忠君」問題可以說是中國古代任何一部戰爭小說都迴避不了的一個重要的政治倫理命題,對此,中國古代戰爭小說一般採取雙重態度,一方面極力褒揚「忠君」思想,塑造「愚忠」典型人物;另一方面又通過虛構一

些不屑「忠君」的鹵莽人物來反撥和沖淡作品中過於濃厚的「忠君」思想。這雙重態度實際上代表了上層統治階級和下層民眾對這一問題的不同判斷標準，從而也起到了平衡不同階層的讀者的閱讀心理和審美需求的作用。

　　《說岳全傳》可以說比較典型地反映了中國古代戰爭小說對待這個問題的態度。南宋大將岳飛是歷史上抗禦外侮的民族英雄。小說則既寫了岳飛英勇抗敵的愛國情懷，也突出了他愚忠皇帝至死不悟的奴性人格。岳飛一生恪守「精忠報國」的母訓，在抗禦外敵的戰場上，他馳騁縱橫，智勇兼備，率領岳家軍以一當十、以寡敵眾，多次打退金兵的悍然入侵。在戰場上，無論怎樣凶殘狡猾的敵人都不是岳飛的對手；但在與奸臣、賣國賊的鬥爭中，岳飛卻表現得束手無策、坐以待斃。在報國與忠君這兩個既矛盾又統一的天平上，岳飛無原則地傾向忠君，寧誤國也不負君，幾至愚不可及的地步。朱仙鎮大捷後，正是乘勝追擊、收復山河、徹底消滅侵略者的最佳時期，岳飛面對秦檜命他班師回朝的十二道金牌，明知是奸臣欺君誤國之舉，但他卻表示「既是朝廷聖旨，那管他奸臣弄權」，無條件地臣服「聖旨」這個代表封建君臣關係的沉重枷鎖。岳飛不敢抗旨，表面上是對皇帝的忠心，實際上卻是以放棄唾手可得的勝利，亦即以犧牲國家、民族的利益為代價的。更令人不可理喻的是，他自己受到奸臣迫害則罷了，卻連帶讓兒子岳雲、部將張憲和他一起跳入囚籠，死後還「顯聖」制止施全、牛皋等人的反抗復仇。岳飛之所作所為雖然全了個人的「忠孝節義」名節，卻客觀上縱容了賣國賊為非作歹，加速了國家和民族的滅亡。歷史上的岳飛在「忠君」問題上未必如此執迷不悟，小說則大大描濃了岳飛的「忠君」色彩，反映了作者對傳統「忠君」思想的臣服和畏懼。這是問題的一個方面，如果僅此而已，《說岳全傳》不一定能在民間如此廣泛流傳。民眾之所以喜愛閱讀這部藝術上不算精緻的小說，除了因為小說塑造了一個忠君報國的封建將相的典型，還緣

於小說同時寫了一個愛國而不屑忠君的草莽英雄，這就是牛皋。牛皋
既不同於岳飛，更不同於岳家軍的其他兄弟，除了仇視侵略者、重江
湖義氣與岳飛及眾兄弟有相似之處外，牛皋其人的整個言行舉止是活
脫脫的「這一個」：他不像岳飛那樣從思想到行為都受到儒家忠孝觀
念的嚴重束縛，而是以極其灑脫的態度對待一切，是一個外表上糊塗
莽撞、內心裡異常清醒的喜劇英雄。他不屑於做封建君王的忠臣，甚
至仇視昏君。對皇帝的「聖旨」，岳飛每每無條件服從，牛皋則不以
為然，甚而至於面對著「瘟皇帝」說一些大不敬的話。小說第四十七
回，高宗身邊的左右親信都督苗傅、劉正彥二人圖謀篡權，岳飛派牛
皋、吉青二人前去勤王有功，皇帝欲加封牛、吉二人為左右都督，隨
朝保駕，牛皋卻說：「你這個皇帝佬兒！不聽我大哥之言，致有此
禍！本不該來救你，因奉了哥哥之令，故此才來。今二賊已誅，俺們
兩個要回去回復大哥繳令；哪個要做什麼官！」第七十四回，高宗駕
崩，孝宗繼位，差官往太行山召牛皋復職，大呼牛皋：「快排香案接
旨」，牛皋憤然道：「接你娘的鳥旨！你這個昏君，當初在牛頭山的時
節，我等同岳大哥如何救他，立下這許多的功勞；反聽了奸臣之言，
將我岳大哥害了；又把他一門流往雲南。這昏君又要來害我們了！」
又說：「大凡做了皇帝，盡是無情無義的。我牛皋不受皇帝的騙，不
受招安！」無獨有偶，《水滸傳》中的李逵、《說唐全傳》中的程咬金
等草莽英雄在蔑視皇權追求人格自由上與牛皋如出一轍。這些草莽英
雄多出身貧賤，沒有文化，不曾接受儒家君君臣臣那一套思想的浸
淫，本性率真，性格粗豪，敢於反抗儒家倫理道德的清規戒律，最能
代表下層民眾的聲音。可見，「忠君」這個敏感的政治問題在中國古
代戰爭小說中具有官方和民間兩種聲音、兩種言說方式，但它們卻能
互補地統一在同一部小說作品中，確實耐人尋味。

　　並非說中國古代戰爭小說都像《說岳全傳》那樣一概只寫「愚
忠」的悲劇人物，再襯一個不屑「忠君」的喜劇人物，把「忠君」寫

得感人至深的作品或情節亦不鮮見，其中當首推《三國演義》及其諸葛亮、關羽、趙雲等。都說劉備和諸葛亮是千古聖君賢相的典範，諸葛亮之「賢」就賢在他對劉備的忠誠既是發自內心的，又始終是清醒和理智的，而不是像岳飛對宋高宗那樣只知盲從，而不知機變，也不同於關羽對劉備的忠心除了君臣倫常外，還夾雜著結義兄弟之間的江湖義氣。諸葛亮對劉備的耿耿忠心，與其說是報劉備個人的知遇之恩，不如說是為了復興漢室的共同政治理想。劉備在世時，諸葛亮為了替弱小的蜀漢爭得一席生存之地，可謂殫心竭慮、肝腦塗地，以至劉備臨終時心甘情願把整個蜀漢江山都託付給諸葛亮，明示：「若嗣子可輔，則輔之；如其不才，君可自為成都之主。」諸葛亮並沒有乘機篡位，而是一如劉備生前時，繼續為復興漢室東奔西走。他六出祁山、七擒孟獲，鞠躬盡瘁，死而後已。為人臣者賢如諸葛亮、忠如諸葛亮，謂其「古今來賢相中第一奇人」（毛宗崗語），確為的論。

諸葛亮之外，對劉備的忠誠不帶絲毫個人義氣色彩的還有一位，就是趙雲。長坂坡之戰，趙雲為了尋找劉備的甘、靡二夫人和兒子阿斗，七進七出千軍萬馬的重圍中，奮勇拼殺，血染征袍，當然是對劉備的極大忠誠。但是，當關羽被害，劉備失去理智不顧一切執意要親征伐吳，誰勸諫誰將獲罪，連諸葛亮都不敢吱聲時，卻只有趙雲敢於挺身而出，對劉備陳述利害關係：「漢賊之仇，公也；兄弟之仇，私也。願以天下為重。」這難道不是對劉備及其苦心經營的蜀漢事業的更大忠誠嗎？可惜劉備終於不聽忠言，使蜀漢遭受重大損失。

《三國演義》除了讚美真正的忠臣，也以理解的態度描寫了一些人的「愚忠」行為，如袁紹在官渡之戰中被曹操打敗後，他的幾個謀士沮授、田豐、審配等仍對他忠心耿耿。沮授被俘，曹操待他如上賓，沮授並不降服，而是偷馬要逃，曹操只好把他處死。田豐在獄中自刎而死。審配臨受刑，對執刑的人說：「吾主在北，不可使我面南而死！」其他如倒懸城門以死諫君的劉璋部將王累、以全家人的性命

殉祖的北地王劉諶等等，這些忠臣所「愚忠」的主子往往是一些不智之輩，但為臣者不問賢愚為他們盡忠死節，是盡了臣子的本分，對此，《三國演義》一概給予肯定。

在中國古代戰爭小說中，「忠君」問題的另一種常見的表現模式是忠奸鬥爭。在民族戰爭題材的小說中，忠奸鬥爭尤其是推動情節發展的不可缺少的要素之一。每當外族入侵，皇帝身邊總有一班奸佞之臣裡通外國，蒙蔽聖聰，導致在邊關浴血奮戰的忠臣勇將倍受羈絆，甚至蒙冤受屈。民族戰爭題材的小說之所以總是慣於虛構忠奸鬥爭，或者說忠奸鬥爭模式能夠在此類題材的小說中大行其道，我以為是與漢民族的深層心理有較大關係。以歷史悠久、政治經濟文化發達自詡的漢民族封建統治者向以「天朝」自居，鄙夷周邊的東夷、南蠻、西胡、北狄諸少數民族，但偏偏是這些野蠻落後的民族把堂堂天朝大國消滅並取而代之──宋王朝滅亡於蒙古貴族的鐵蹄，明王朝的天下是被滿清帝國取代的──這在漢民族心理上無論如何是難以接受又不得不接受的歷史事實。毋寧說這是漢族封建統治者的驕奢淫逸和西胡、北狄遊牧民族的強悍所導致的結果，不如說是由於皇帝一時糊塗被奸臣蒙蔽的不幸失誤──由於中國古代戰爭小說對民族戰爭的失敗總是作這樣的邏輯推咎，所以忠君與愛國便獲得了高度統一，忠奸鬥爭的小說也就容易得到普通民眾的情感共鳴，能夠產生廣泛的社會影響。以《說岳全傳》和《楊家將演義》為代表的民族戰爭小說在藝術上充其量居三流水平，但其所產生的廣泛社會影響卻堪與《三國演義》和《水滸傳》等一流作品相媲美，原因正在於作品所表現的岳家軍、楊家將英勇禦侮的忠君愛國精神契合漢民族心理，具有極強的精神感召力。民眾景仰岳飛們的愛國精神通常連同他們的「愚忠」行為也一併包容在內，也許，黎民百姓壓根就弄不懂愚忠皇帝和愛國之間有什麼不同。

如果說「忠君」在深受儒家思想影響的士大夫階層中比較有市場，

那麼，「信義」則在民間具有十分廣泛的群眾基礎。如前所述，早在《史記》中，司馬遷就對朱家、劇孟、郭解等游俠之輩的重然諾誦信義的行為給予高度評價。中國古代戰爭小說進一步擴展、加深和豐富了「義」的表現內容。可以認為中國古代戰爭小說對於「義」的表現絲毫不亞於「忠」的描述，而且「義」的藝術描寫通常是小說中最生動燦爛的部分，也是最受民眾喜愛在民間產生最廣泛影響的內容。

　　《三國演義》全書最突出的就是一個「義」字。小說以「義」開篇，劉關張桃園三結義，是以兄弟結義始，以江山殉兄弟之義終，「義」是全書的靈魂。「義」毫無疑問是一種私人間的感情，而「忠」的對象則通常是君王或國家，所以具有公理的性質。當公理和私情發生矛盾衝突時怎麼辦，《三國演義》的回答是棄忠取義、以義為上。劉、關、張三人既為君臣又為結義兄弟，但兄弟之義是高過君臣關係的。劉備身為一國之君，國家的利益本是至高無上的，但還是不敵兄弟之義，當他得知關羽被孫權殺害的消息時，便不顧一切要為關羽報仇，眾人苦苦勸諫，劉備還是不聽，他說：「朕不為弟報仇，雖有萬里江山，何足為貴？」加之張飛的火上澆油，以「陛下今日為君，早忘了桃園之誓！」等等言語相刺激，促使劉備做出了喪失理智的錯誤抉擇。彝陵之戰，蜀軍元氣大傷，劉備也病死於白帝城。從此，蜀漢政權逐漸走向衰微，雖經諸葛亮力挽狂瀾，終不免覆滅的命運。劉備為踐行與關、張的桃園之約，竟不顧惜艱難創下的江山社稷，而關羽也的確是值得劉備生死相依的人。劉備失守小沛，匹馬投袁紹；關羽守下邳陷入曹兵重圍，在故交張遼的百般勸說下，以「降漢不降曹」的「三約」且留曹操處。一旦得知劉備的確切消息，便不遠千里，過五關、斬六將，歷盡艱辛，奉二嫂回歸劉備。曹操為了籠絡他，曾不惜奉送金銀器皿、美女、綠錦袍、赤兔馬等，但還是留不住關羽的心，不過，曹操的一片苦心也沒有白費，華容道，曹操陷入絕境，是關羽顧念往昔曹氏的種種恩義，而置軍令狀於不顧，放了曹

操一馬。須知，軍令狀對於軍人的生死攸關。可見，為了報答別人的恩義，關羽是冒著殺頭的危險的。正是關羽的義重如山，使他被譽為「古今來名將中第一奇人」。本來，作為一個將領投降敵人無論如何是道德上的一個瑕疵，而在戰爭中饒恕敵人更是罪不容赦，明明是違犯了軍紀的人，卻被譽為「忠可干霄，義亦貫日：真千古一人」（毛宗崗語），乃至無可爭議地成為官民都一致崇拜的神。私情大於公理、法不敵「義」，這正是中國古代倫理道德型政治的一個顯著特點，尤其經過《三國演義》誇大和神化的描述更在全社會產生了不可估量的影響，以至在民主和法制都已相當健全的當代中國社會仍能隱隱約約看到它驅之不去的幽靈。

　　在「禮智仁義信」五常中，「義」和「信」時常連為一體，並在民間具有比較廣泛的影響，但耐人尋味的是，恰恰是在表現王朝爭戰的《三國演義》中，「信義」這一民間道德價值得到了突出強調，反而在反映農民起義的小說《水滸傳》中，相對突出了「忠君」主題，或者說在處理「忠君」和「信義」的矛盾時，《水滸傳》總體上是「忠君」高於「信義」。眾所周知，《水滸傳》是只反貪官不反皇帝，以宋江為首的梁山英雄好漢中的相當一部分人是原官紳富豪，他們反上梁山是不得已而為之，或是拗不過朋友的義氣，或是入了人家的圈套，或是在與梁山隊伍的拼殺中吃了敗戰，權居水泊待日後招安。宋江就經常對來自朝廷的軍官訴說自己「暫居水泊，專待朝廷招安，盡忠竭力報國」之類的話，抱有和宋江同樣心思的梁山好漢不在少數。宋江憑著他急功好義的好聲名贏得八方豪傑的敬重，又靠江湖義氣團結梁山好漢共聚大義「替天行道」，但這些都不是他的最終目的，他時刻想念的是怎樣早日被朝廷招安，使皇上明白他的滿懷忠心。為了達到他的最終目的，他想方設法尋找機會，以至連高俅這樣眾好漢痛恨的貪官被捉上梁山後，宋江不但不殺他，反而好酒好肉招待，還面對高俅低三下四地自我檢討：「文面小吏，安敢叛逆聖朝，奈緣積累

罪尤，逼得如此……萬望太尉慈憫，救拔深陷之人，得瞻天日，刻骨
銘心，誓圖死保。」無非是想通過高俅牽線搭橋，早讓朝廷招安。當
梁山起義隊伍終於如宋江之願成為朝廷軍隊時，轟轟烈烈的聚義事業
也就走到了盡頭，在替國家打別的強盜的戰鬥中，梁山好漢死的死、
散的散，「忠義」終於銷盡了「俠義」。

　　中國古代戰爭小說對於「義」的描寫經過《三國演義》和《水滸
傳》的奠基，成為了不可缺少的情節。如前所述，「義」由於和
「信」連體而成為民間普遍遵循的道德準則，具有強大的精神感召
力。一個義重如山的人，也必定是一個言而有信的人。司馬遷讚揚游
俠的美德之一就是「其言必信」。劉關張桃園結義對天誓言便是「不
求同年同月同日生，只願同年同月同日死」，所謂結義也就是日後必
須信守這個誓言。劉備發瘋似地要為關羽報仇就是為了踐行這個誓
言。作為人與人之間建立互信關係的一種道德上的契約，結義在宋元
以後的民間社會特別流行，是因為市民意識高漲的結果。市民流動性
大，相互之間需要互助互信，以在通常社會秩序和法律力量之外尋求
自身安全的依靠力量。自《三國演義》把民間的結拜義兄弟正式寫入
小說，對天誓言結拜兄弟便成為中國古代戰爭小說中出現頻度很高的
儀式，無論是《水滸傳》這樣寫農民起義的小說，還是《說岳全傳》
這樣寫朝廷高官、歌頌民族英雄的小說，都少不了結義這個民間儀
式。岳飛不但與自小一起長大的王貴、張顯、湯懷等結義為兄弟，在
求官應試以及後來成為朝廷將帥率兵征戰的過程中，也無一例外與自
己的部將結為異性兄弟。岳飛屈死風波亭後，岳家軍的後代在替父輩
報仇的征途上，也無一不如父輩們一樣結義同行。宋元以來，結義似
乎成為市民之間顯示牢靠關係的唯一標誌，而且中國古代戰爭小說對
於這個儀式結交過程的描寫情節也嚴重雷同，幾乎形成為一套固定的
程式，無非是兩個陌生人邂逅，先來一番打鬥，各報姓名後才知道對
方是自己仰慕已久早想結交的人物；或一方被另一方打敗，勝利者準

備拿失敗者作祭品或下酒料，危急關頭，為刀俎者無意中報出自己的姓名，於是，峰迴路轉柳暗花明。總之，通過結義鞏固好漢之間的歃血聯盟，是中國封建時代獨特的超政治的倫理道德景觀，具有超常的政治和道德力量，以至於連三民主義信徒自詡的蔣介石也利用這一經典儀式帶兵打仗，對嫡系部隊，他著意強調自己是黃埔軍校校長，彼此間有師生之義；對地方軍閥，如馮玉祥、閻錫山等，他就通過換帖結為金蘭之義，以此籠絡關係。至於清末和民國時期下層社會的幫派活動中拜把風氣之盛行，自無須贅言。

第二節　西風東漸與中國近代戰爭小說的政治附會

大約在明末清初，西學開始傳入中國。十七世紀初利瑪竇、艾儒略、龐迪等西方傳教士帶著自鳴鐘、油畫等器物和《萬國輿圖》、《職方外紀》等反映西方人當時對自然界認識的圖籍來到中國大陸傳播天主教，他們所傳揚的思想學說與中國傳統的儒、釋、道思想具有相當的異質性，因而被視為邪論，遭到強烈抵制。衛道士們紛紛發表言論對天主教大加口誅筆伐。有些「高論」幾乎蠻不講理，如天主教教義和釋道二教中都有天堂地獄之說，而禮部侍郎沈在給明神宗朱翊鈞的〈參遠夷疏〉中卻認為前者有悖聖教，後者「勸人孝弟，而示懲夫不孝不弟造惡業者。故亦有助於儒術耳。今使直勸人不祭祀祖先，是教之不孝也。由前言之，是率天下無君臣，由後言之，是率天下無父子。何物醜類，造此矯誣。蓋儒術之大賊而聖世所必誅」。天主教三位一體的天堂地獄之說與儒學當然不同，但不等於說信仰這些教義的人就是「無君臣」、「無父子」，只是他們的「君臣」和「父子」與中國人的不同罷了。[9]問題的實質不在於天主教本身的正邪，而在於儒

9　參見劉再復、林崗：《傳統與中國人》（合肥市：安徽文藝出版社，1999年），頁328-331。

學的衛道者們早已先入為主定儒學為天下第一尊，如同他們視中國為理所當然的世界的中心一樣，因此，對任何不同於傳統意識形態的思想或有損於天朝自尊的言論都必先定為異端邪說，然後予以圍剿扼殺。更可怕的是，由於長期閉關自守和盲目自信，對域外的天文、地理、算術等科學文明，儒學的衛道者們也用對付天主教的態度，同樣不加分析概予排斥，魏濬《利說荒唐惑世》指責：「《輿地全圖》洸洋眩渺，直欺人以其目之所不能見，足之所不能至，無可按驗耳。真所謂畫工之畫鬼魅也。毋論其他，目如中國於全圖之中，居稍偏西而近於北，試於夜分仰觀，北極樞星乃在子分，則中國當居正中，而圖置稍西，全屬無謂。焉得謂中國如此蕞爾，而居於圖之近北？其肆談無忌若此！」[10]偏見與無知連袂上陣，使明末清初的西風在老大帝國終於變成輕煙一縷。

　　從十七世紀開始，天主教在中國的傳播猶如西風東漸放出的探測氣球，被強勁的東風屢屢吹折。經過兩個多世紀的艱難探險之旅，終於在十九世紀中葉搭上政治快車，釀成一次重大的政治事件和戰爭行動，這就是太平天國農民戰爭。這是一場與天主教有一定關係的農民革命運動。太平天國領袖洪秀全是一個善於把西學中化的知識分子，他所創立的「拜上帝教」，是從西方傳教士的基督教小冊子借來的一個皇上帝而組織成的宗教——軍事——政治組織及其規範秩序。「普列漢諾夫講到宗教時曾提出觀念、情緒和活動（儀式）是三個要素。洪秀全把這三者都注入了革命的內容。『人皆兄弟』基督教的博愛觀念，被注入了農民階級的經濟平均主義和原始樸素的平等觀。宗教狂熱被充實以積壓已久的農民群眾的革命欲求。更突出的是，宗教戒律被改造成相當完備的革命軍隊所需要的嚴格紀律。……洪秀全把摩西

---

10 參見劉再復、林崗：《傳統與中國人》（合肥市：安徽文藝出版社，1999年），頁328-331。

『十戒』改為『十款天條』，成了太平軍奉此為初期的軍律」。[11]比之於儒家的「君君臣臣父父子子」那一套中國封建傳統倫理道德清規戒律，洪秀全借基督教義建立的是一種新的政治倫理觀，雖然其實際已經喪失了基督原有教義，但它經過實用化改造的確符合當時農民革命戰爭的實踐需要，給農民革命增添了新的內容，得到了農民群眾的擁護。如「人皆兄弟」的觀念講求的是平等博愛，在太平天國軍隊中便具體化為長官必須愛護士兵，軍隊必須愛護百姓等等紀律條令（〈行營總要〉對此有種種具體規定，如規定「不得下鄉造飯起食，毀壞民序，擄掠財物」，「不准妄取一物」，「路旁金銀衣物，概不准低頭撿拾以及私取私藏，違者斬首不留」……），這便完全不同於儒家所講求的君臣上下尊卑貴賤等政治倫理觀念。太平天國政權在經濟上實行平均主義，強調「人無私財」，建立「聖庫」，實行嚴格的供給制度；在行政管理上建立了一種兵農合一、政（治）社（會）合一、宗教領先、從上至下權力都高度集中，由行政權力支配一切的社會結構和統治秩序；在思想教育上以宣講宗教教義的方式進行鼓動，提高農民的階級意識和階級覺悟。這樣一支建立在中國化了的基督教義基礎上的農民革命政權不同於中國歷史上歷次農民起義，在中國近代歷史上產生了很大的社會政治影響。太平天國建國十六年，縱橫十餘省，如果沒有後期洪秀全逐漸滋長了封建特權思想、諸王內訌迭起以及發生若干戰略上的失誤，極有可能長驅北京推翻滿清政權。

　　對於太平天國這樣一次中國歷史上規模最大的農民戰爭，近代戰爭小說不失時機給予了較生動的反映，其中影響最著的是黃世仲的《洪秀全演義》。黃世仲是清末著名的資產階級革命派小說家，一個勇敢的反清鬥士，參加過同盟會。辛亥革命後，任廣東民團局長。一九一二年春被廣東軍閥陳炯明以「侵吞軍餉」罪名殺害。如前所述，

---

11 轉引自李澤厚：《中國現代思想史論》（北京市：東方出版社，1987年），頁325。

太平天國革命不一定是西風東漸的必然產物（農民起義是中國歷史上的常見現象，幾乎歷代都曾發生過），但它確實利用了西方宗教教義來凝聚人心、制定策略、開展鬥爭。而黃世仲撰寫《洪秀全演義》卻可以說是西風東漸的必然產物，因為作者完全是以西方資產階級政治價值觀來反觀比照太平天國革命，有意識以《洪秀全演義》的寫作服務於反清革命的政治目的，因此，小說首先著意突出了洪秀全等太平天國領袖們反清復漢的歷史使命感。小說第四回寫洪秀全前往廣西桂平傳教：

> 當下秀全正登壇傳道，堂上聽講的見秀全是個新來的教士，又生得一表人材，莫不靜耳聽他怎麼議論。這洪秀全的意見，與秦日綱不同：日綱不過知得演說上帝的道理；若是洪秀全則志不在此。草草說幾句是崇拜上帝的日後超登天堂，不崇拜上帝的生前要受虎咬蛇傷，死後要落酆都地獄。講了幾句正經說話，就從國家大事上說道：「凡屬平等的人民，皆黃帝子孫，都是同胞兄弟姐妹，各有主權，那裡好受他人虐待？叵耐滿洲盤踞我們中國，我同胞還不知恥，既失人民資格，又負上帝栽培。況且朝廷無道，官吏貪庸，專事抽剝，待我同胞全無人理，豈不可恨！」說罷不覺大哭起來。

小說行文中，太平天國將領每攻占一城時時以反對異族侵凌復興漢室江山等民族大義號召民眾、感化清軍將士。如第五十一回寫李秀成親往招撫蘇州民團道：「吾等帶兵到蘇州，為大義今我朝只欲恢復中國，拯救人民而已也；何信義等獻出蘇州，亦為大義也。爾等須知中國是何人之中國，蓋被滿洲人滅我而為之君，二百餘年矣。爾等皆中國人，何以愛滿洲之為君，而拒中國人自為之君乎？我天王定鼎金陵，並無暴虐政治；即我等帶兵出征，亦不如清兵之騷擾。……今我

朝只欲恢復中國，拯救人民而已。」團丁們被李秀成一番肺腑之言所感動，「於是一齊息手，願從招撫」。諸如此類的反滿宣傳，小說中處處可見。

其次，作者有意識把太平天國政權類同西式資產階級民主政權，顯現其優越進步於滿清專制政權的種種所在，「君臣以兄弟相稱，則舉國皆同胞，而上下皆平等也；奉教傳道，有崇拜宗教之感情；開錄女科，有男女平等之體段；遣使通商，有中外交通之思想；行政必行會議，有立憲議院之體裁。此等眼光，固非清國諸臣所及，亦不在歐美諸政治家及外交家之下」（《洪秀全演義》〈例言〉）。為了貫徹上述創作意旨，作者虛構了錢江這一諸葛亮式的人物，錢江在小說中既起了貫串情節的結構線索作用，又起了表達作者政治理想的依託作用。在第三十二回「錢東平遁跡峨眉嶺」之前，錢江是太平天國的靈魂人物，太平天國初期的節節勝利都是錢江協同洪秀全制定了許多正確的戰略決策的結果，特別是在太平天國的制度建設上，錢江的種種主張既遵循了漢民族的傳統習慣，又吸收了西方的民主精神，如在國名國號的確立上，錢江認為，洪秀全「以宗教起義，崇尚天父天兄」，「可稱天王，國名就喚天國」；至於國號，錢江以「長沙城外已有玉璽出現，早露出『太平』二字，此皆大王上應天命所致」為由，主張用「太平」二字作國號，「洪秀全一一從之」。強調天命既是儒、釋、道的文化傳統，又是基督教的教義所在，錢江巧妙地融合二者，「太平天國」這一國名在某種意義上成為中西文化融合的產物。進軍南京前，錢江為太平天國的政治、經濟、軍事、外交、文化策略制定了《興王策》十二條，軍事上主張「先取金陵，使彼南北隔截；然後分道，一由湖北進河南，一由江淮進山東，會趨北京，以斷其首」；經濟上實行稅收政策，向商戶少量徵稅，「但宜節制，不宜勒濫苛民。」同時開礦業，修鐵路，發展經濟；外交上「宜與各國更始，立約通商，互派使臣，保護其本國商場」；政治上「百官制度，宜分等

級，官位自官位，爵典自爵典」，「誠以凡事論才不論貴，即各國親王亦不盡居高官、掌大權者也」，還設立議院；文化教育上實行男女平等，「增開女學，或設為女科、女官，以示鼓勵。盡去纏足之風，而進以鬚眉之氣」。定鼎金陵後，「天王勤求政治，每天分辰、午兩次君臣共議大事。議事時，諸臣皆有坐位，掃去一人獨尊的習氣。其有事請見論事者，一體官民，皆免拜跪。」由於太平天國政權初期基本按照錢江制定的政策行事，故出現了繁榮的景象，「時外人有旅居上海者，見洪秀全政治井井有條，甚為嘆服。有美國人到南京謁見秀全，亦見其政治與西國暗合，乃歎道：『此自有中國以來第一人也。』遂請秀全遣使美國，共通和好。」顯然，小說人物錢江的各種政治經濟主張實際上是小說作者資產階級民主革命主張的投射。因此，將《洪秀全演義》視為西風東漸後中國近代戰爭小說附會資產階級民主政治的一部重要作品當不為過。

　　借天主教徒的宗教活動傳播西學畢竟影響有限，且容易受到儒學衛道士的攻訐。十九世紀中葉以後隨著鴉片戰爭西方帝國主義用大炮轟開中國大門，西風才得以大規模東漸。中國歷史上曾有兩次較大規模的外來文化影響，第一次是漢唐佛教的輸入及其佛經翻譯，再一次就是近代西方文化的輸入。由於兩次文化輸入的時代政治文化背景不同，故人們接受外來文化的心態也有很大差異，前一次文化輸入時正值漢唐國勢強盛時期，故時人對外來文化採取主動接受的態度，印度佛教進入中國後很快與中國傳統儒、道教融合，逐漸成為中國文化不可缺少的重要組成部分；近代西方文化的輸入是伴隨帝國主義的槍炮俱來的，而此時的滿清王朝已處於日薄西山的衰敗末日，「清王朝的聲威一遇到不列顛的槍炮就掃地以盡，天朝帝國萬世長存受到了致命的打擊；野蠻的、閉關自守的、與文明世界隔絕的狀態被打破了」[12]，

12　〔德〕馬克思：《中國革命和歐洲革命》，見《馬克思恩格斯選集》（上）（北京市：人民出版社，1972年），卷2，頁2。

處於被侵略、被奴役的弱者地位的中國對外來文化便採取一種抗拒的態度。但是，人們很快看到西方物質文化的先進，企望只接受西方的物質文明而堅守中國的傳統文化。因為，接受西方文化就是「以夷變夏」，就是被夷化，中華老大帝國從來不幹矮化自己的事。然而，世事變化不由人，甲午一戰，老大中國竟被蕞爾小鄰國日本打敗，割地賠款，受盡恥辱。直到這時士大夫階層才普遍意識到中國的失敗不僅在於武器的落後和國力的衰微，更在於政治制度和文化的落後，因此，人們對西方文化的態度開始發生微妙變化，由最初的堅拒到十九世紀末二十世紀初的不得不部分認同。特別是同屬東方文化圈的日本經過明治維新國力大振，給中國先進知識分子以很大啟發，康有為、梁啟超、譚嗣同等資產階級維新派企圖通過自上而下的政治改良，振興國運，但很快失敗，繼而他們又尋求通過文化思想層面的啟蒙達成社會變革的目的。在這樣的社會政治文化背景下，中國近代戰爭小說的政治倫理態度也發生了一些變化。我以為，這些變化基本上是因作者政治主張的不同而呈現為不同的質。

　　一種是維新派（或認同維新）作家的態度，他們承認清廷腐敗，主張通過「改良」而不是「革命」解決問題。表現在作品中就直接或影射抨擊當局的腐敗無能，強烈抒發對外強欺凌國家衰敗的一種焦躁心態。他們不認同「君君臣臣父父子子」那一套儒家傳統政治倫理，也初步意識到中國的衰落是與落後政治制度及其政治倫理觀有必然關係，但並不贊同徹底推翻君主專制制度，而主張實行君主立憲制。因此，他們一般不把批判矛頭直接指向滿清王朝的最高統治者，而只是就事論事挖苦諷刺投降派。那些直接描寫鴉片戰爭以來的歷次中外戰爭的作品自不必說了，像《中東大戰演義》、《罌粟花》、《死中求活》、《救劫傳》等作品都不遺餘力大肆斥責貪官污吏賣國賊，同時也把用迷信手段進行反帝反封建的義和團歸入「不明事理」的邪惡之流，認為「這世間上擾亂的緣由，都是那不明事理的，弄壞了以至如

此」（《救劫傳》）。至於晚清講史小說借歷史影射現實的傾向更是十分顯明，如吳趼人的歷史小說《痛史》寫南宋偏安一隅，賈似道欺君誤國、文天祥禦敵衛國，情景與晚清十分相似，作者更借小說人物之口把弦外之音彈奏得極其分明：「忠義之士每每屈於下僚，倒是一班高爵厚祿的，反的反了，逃的逃了，降的降了，反叫胡人說我們中國人沒志氣！」（文天祥語）「你看元兵勢力雖大，倘使我中國守土之臣，都有三分氣節，大眾竭力禦敵，我看元兵未必便能到此。都是這一班忘廉喪恥，所以才肯賣國求榮，元兵乘勢而來，才至如此」（謝枋得語）。諸如此類的語言小說中比比皆是，說的雖是南宋朝廷的人與事，揭橥的卻是晚清政治的情與形。

　　與維新派作家主張改良不同的是革命派作家強烈的反滿復漢民族情緒，他們把革命的矛頭直接對著滿清王朝，認為滿清統治中國與西方列強侵略中國一樣都是不可容忍的，都是異族對漢族的欺凌，必予反抗。資產階級革命派作家典型的作品就是前述黃世仲的《洪秀全演義》，前文已詳述，此不贅述。

第三節　馬克思主義政治學說與中國現當代戰爭小說的新政治境界

　　辛亥革命推翻了滿清封建王朝，統治中國兩千多年的封建專制大廈轟然坍塌。「五四」新文化運動繼而提出了「打倒孔家店」的口號，從文化層面上徹底否定了封建專制制度賴以支撐的政治倫理基石──孔孟儒家思想。封建主義既已形神俱滅，那麼，如何建立新的政治制度及與其相適應的新的政治倫理道德思想，五四新文化先驅者們對此作了艱苦探索。俄國「十月革命」的一聲炮響給中國送來了馬克思列寧主義。馬克思主義是一個異常豐富龐大的思想寶庫，其中的唯物史觀，特別是關於階級鬥爭的政治學說非常切合中國社會正面臨

的救亡圖存的時代需要。本來，中國知識分子文化心理結構的基本特徵就是對於實用理性（經世致用）的重視，而馬克思主義正是一種實踐性很強的理論，是「既有樂觀的遠大理想和具體的改造方案，又有踏實的戰鬥精神和嚴格的組織原則的思想理論」。「馬克思列寧主義的實踐性格非常符合中國人民救國救民的需要……重行動而富於歷史意識，無宗教信仰卻有治平理想，有清醒理知又充滿人際熱情……，這種傳統精神和文化心理結構，是否在氣質性格、思維習慣和行為模式上，使中國人比較容易接受馬克思主義呢」。[13]事實正如此，馬克思主義的階級鬥爭學說經由陳獨秀、李大釗等中國早期馬克思主義者傳播後，很快就被大批青年知識分子所接受和信仰，並迅即轉化為具體行動，這其中最重要的行動就是成立中國共產黨。中國共產黨是完全以馬克思列寧主義思想為指導、具有嚴密的組織和鐵的紀律的無產階級政黨。中國共產黨成立不久就根據馬克思主義的階級鬥爭學說組織工人和農民開展武裝鬥爭。一九二七年「八一」南昌起義和秋收起義、廣州起義的先後爆發，標誌著中國共產黨開始建立起了自己獨立的武裝。此後經過兩次國內革命戰爭和抗日戰爭的洗禮，中國共產黨的武裝力量由小到大、由弱變強，終於在全國奪取政權，建立了社會主義國家。

　　馬克思主義階級鬥爭學說也可以說是一種政治倫理學說。馬克思主義的唯物史觀認為，人是劃分為階級的，每個人在一定的社會生產體系中由於所處地位的不同和對生產資料關係的不同而居於不同的階級陣營中。資產階級和無產階級是相互對立的階級，二者的關係是剝削和被剝削的關係。無產階級必須用暴力推翻資產階級的統治，才能使自己擺脫被剝削受奴役的地位獲得解放，從而當家作主。無產階級政權是對人民實行民主、對資產階級和其他剝削階級實行專政的政

---

13 李澤厚：《中國古代思想史論》（北京市：人民出版社，1986年），頁315。

權。在無產階級專政的國家裡，人們沒有高低貴賤的政治地位的差別，人人都擁有管理國家的平等政治權利。這樣一種全新的政治倫理思想對千百年來匍匐於儒家「君君、臣臣、父父、子子」那一套束縛人壓制人等級森嚴的倫理綱常下的中國普通民眾來說，無疑是身心的巨大解放，因而具有極大的精神感召力。

以「五四」新文學革命為起點的中國現代戰爭小說自覺接受了馬克思主義階級鬥爭的政治學說。從二十世紀二十年代末開始，隨著中國社會階級分野的日趨明顯，「文明與愚昧的衝突」很快被無產階級（包括農民階級等一切被剝削階級）和其他非無產階級（包括地主階級等一切剝削階級）的階級衝突所取代，馬克思主義階級鬥爭思想的影響力因此迅速擴大。在文藝領域，殘酷的階級鬥爭現實使文學創作再無以繼續沉緬於「人的文學」的軟性啟蒙中，而迅速向「階級的文學」的硬性鬥爭轉變。「左聯」的成立及其「革命文學論爭」進一步加強了無產階級革命文學的影響力。在這樣新的時代政治和文化背景下，戰爭小說的政治倫理觀念也感應時代的潮流充滿了階級性內容。

首先是作品中的人物具有了新的政治分野，他們不再是君主專制政體下的所謂忠臣義士或奸相反賊，而是分屬不同階級陣營中的革命者和反革命者、壓迫者和被壓迫者。我們在一九二七年北伐戰爭國共分裂後一些左翼作家所寫的戰爭小說中可以明顯感受到作品中所充滿的強烈的階級內容。孫席珍的「戰爭三部曲」和黑炎的《戰線》所寫的北伐軍士兵便被烙上了鮮明的階級印記，他們是一群穿著軍裝的無產階級的被壓迫者，他們不但要受長官的欺壓、鞭打，而且時常被剋扣軍餉，吃不飽穿不暖。這樣一群對壓迫者充滿仇恨的士兵到了戰場上，其消極避戰和逃戰等厭戰情緒便可想而知了。

「戰爭三部曲」通篇渲染士兵們對戰爭的厭惡和畏懼，似乎並不著意強調士兵的階級身分，但我們從作者對戰場上下士兵們苦難境遇的描寫中可以分明看到作者並不隱匿的階級愛憎情感，尤其是當作者

在對一個名叫劉克勝的士兵遭槍決的事件的描寫時，便掩飾不住對軍閥戰爭的憤怒和對軍營中受壓迫者悲慘命運的同情。劉克勝是小說所描寫的戰場上唯一勇敢戰鬥的士兵，但僅僅因為部隊打回家鄉時他利用戰鬥的間隙偷偷跑回家看望離別許久的爹娘，便被當作逃兵抓回槍斃。這不是一個關於忠孝難以兩全的古老話題，而是對千古以來一個永恆的政治倫理問題的追問：人類無休止進行戰爭，究竟為了什麼？當人們置身於操縱戰爭的統治階級的位置時，可以給戰爭貼上種種冠冕堂皇的標籤——為了國家、為了民族、為了某種崇高的理想或主義，等等，但當人們從作為戰爭的工具或受害者的角度感受戰爭時，就不能不認同劉克勝臨刑前發出的雄師怒吼了：

> 我們在戰場上，火線上，百戰拼命，是為了什麼？是為了至高無上的主義嗎？是為了民族的自由嗎？是為了救國救民嗎？……並不是的！我們天天在槍林彈雨之中出沒，哪個能夠知道這惡戰是為了什麼？……
>
> 然而，他們，什麼團長，什麼師長，他們知道的！……他們利用民眾家的愚昧，利用我們的因為沒有飯吃而來甘願吃糧拼命，便在這當中，他們扯起了為國為民的大旗……
>
> 弟兄們，我們是為他們搶奪財物而死的！我們是為他們的嬌妻美妾而死的！……

也許只有從馬克思主義階級鬥爭立場的角度觀察戰爭，才能對戰爭的目的發出如此現實而富具倫理性的追問。

《戰線》則比較明顯地是從階級的立場上表現軍閥戰爭給人民帶來的深重災難及對掙扎在槍炮和皮鞭下的下層士兵所寄予的深切同情。小說中的「我」（一名北伐軍的二等兵）和漢東都有朦朧的階級意識。「我」和漢東被排長命令去鞭打民夫時，眼裡貯滿了對民夫同

情的淚水；炳生用謊言欺騙了洗衣婦的女兒，「我」感到無比憤怒，痛打了他。炳生被「我」打傷後住在營部病房，「我」又把自己的軍毯送去給他蓋，表現了階級兄弟之間的摯情；漢東則冒著被槍斃的危險悄悄放走了被繳械關押的工人兄弟。「我」和漢東在與工人兄弟的交談中已認識到「他們的生活與我們並不兩樣：也有些是挨著鞭子，咆哮，和打罵；只是我們是流動的，而他們是永遠呆板地處在那煤煙熏炙的工廠裡。我們大半是流盡了一泡殷紅的鮮血死了，他們卻大半是臉黃肌瘦的患了癆傷症死的！」小說對「北伐軍」所代表的階級利益亦有所揭露。這支「北伐革命軍」不僅虐待、欺騙民夫，而且每到一地，往往把反抗地主的農民抓捕關押起來，而歡迎他們的多是「總商會」、「商會」代表和小學生。上海的工人自動武裝起來配合北伐軍攻打北洋軍閥隊伍，可是待上海攻克後，工人們得到的「勝利果實」是被北伐軍繳械和關押。可見，在作者筆下，所謂「革命」的北伐軍，除了打出「打倒軍閥」的唬人旗幟外，徹裡徹外是一支代表剝削階級利益的軍閥隊伍。

其次，馬克思主義是以具體的「人」為出發點，關注人類弱勢群體的命運，尋求被剝削壓迫階級的解放道路。受馬克思主義的影響，「五四」以來的中國現代新文學與舊文學的一個巨大差別是文學表現對象的根本轉變，文藝作品的主人公再也不是王公貴族、才子佳人，而是無產階級的勞苦大眾。戰爭小說的主角也不再是高高在上的帝王將相，而是戰爭肌體不可或缺的最小細胞——士兵。古代戰爭小說中的仁君、賢相（謀士）、勇將的結構模式被徹底瓦解。尤其是從二十世紀三十年代後期起，在抗日救亡的時代主題的感召下，戰爭小說著力表現的是那些為民族解放和人民革命而英勇戰鬥的普通民眾。無論是東北作家群反映淪陷區人民奮起抗擊日寇的各種小說，還是上海「孤島」以及國統區抗戰題材的小說，所寫所敘都是中國的黎民百姓們不甘做異族的奴隸而與侵略者血戰到底的故事。中國歷史上曾無數

次遭受外敵的侵略，也湧現過許多反侵略題材的小說，但是，這些作品都脫不出忠奸鬥爭的窠臼，所歌頌或譴責的對象也無不是叱吒歷史的風雲人物。只有在二十世紀三十、四十年代的這些戰爭小說中，我們才看到在這場規模空前的全民族抗戰中，人民群眾的歷史作用和他們保家衛國的熱情，因為他們所捍衛的社稷江山再不是某個帝王的天下，而是自己賴以生存的土地。

與小說表現對象的根本轉變相對應，在按照馬克思主義階級鬥爭學說運作的現代戰爭小說中，人與人之間的關係也發生了根本的變化，在共產黨領導的軍隊或其他戰鬥群體中，人們依靠共同的革命理想和奮鬥目標團結在一起，無論是指揮員，還是戰鬥員，彼此之間地位平等，待遇相同。從理論上說這是一種既強調統一意志共同目標，又尊重個人自由和民主權利的新型的無產階級政治倫理關係。在共產黨領導的抗日民主根據地以及後來解放區的戰爭小說創作中，尤其突出了上述新型的政治倫理關係及其對奪取戰爭勝利的重要作用。這種新型的政治倫理關係在解放區戰爭小說中大致是從兩個層面呈現出來：一是在反映共產黨發動群眾武裝群眾開展游擊戰爭題材的小說中，著重表現的是共產黨及其領導的民主政權與人民群眾的密切關係。國家政權與民眾的關係可以說是最重要的政治倫理關係，在封建君主專制時代，這種關係是以君主的絕對統治和民眾的絕對被統治為基礎的，中國古代戰爭小說對此有十分生動詳盡的描寫，此自不必再贅述。在抗日民主根據地的許多戰爭小說中，我們看到共產黨是把民族的解放和人民的解放作為自己當前的最高利益，因此其所實行的抗日民主政策得到人民的廣泛擁護，由於共產黨十分注意發動群眾，提高群眾的政治覺悟，人民群眾的抗日熱情得到極大激發。《洋鐵桶的故事》、《呂梁英雄傳》、《新兒女英雄傳》以及孫犁等解放區作家的短篇戰爭小說中，主人公之所以無不自覺自願為抗戰貢獻高度的智慧、做出最大的犧牲，是因為共產黨領導的民主政權鬥倒了壓迫剝削他們

的地主惡霸劣紳，使他們有了翻身解放當家作主的主人翁責任感。也正因此，這些翻身解放的農民在抗日戰場才有了把握自己命運的主動權，他們再也不是戰爭棋盤上任人驅使的走卒，而是能夠最大地發揮自己生命能量的戰士。二是在描寫人民軍隊戰鬥雄姿的戰爭小說中，強調的是政治領先、官兵平等的無產階級新型人際關係及其作為克敵制勝的法寶。舊戰爭小說中，將帥與部屬之間的關係不僅是權力大小有別、等級高低分明的政治關係，而且還常常是靠儒家倫常道德捆綁在一起的人身依附關係，下不逾上，惟命是從。在劉白羽等人的戰爭小說中，人民解放軍的各級指揮員不是靠任何打罵等強制手段或江湖義氣等超政治原則駕馭部隊，而是靠平等的官兵關係、深入細緻的思想政治工作感化人教育人。在戰鬥中，指揮員不光發號施令，還要身先士卒，衝鋒在前，退卻在後，帶頭犧牲。無論是《火光在前》中的師政委梁賓冒著敵機轟炸的危險，親自在渡口指揮部隊循序渡河；還是《政治委員》中的團政委吳毅身有殘疾卻堅決拒絕照顧，率先上前線，以自己的模範行動教育幹部戰士；或是《無敵三勇士》中三個經過階級教育和政治啟發由鬧不團結到團結戰鬥的戰士。小說著意突出的都是建立在高度政治覺悟和無產階級新型人際關係上人民軍隊官兵一致勇往直前的豪邁氣概。正如作家在《關於《火光在前》的一點回憶》中所說：「戰火紛飛，硝煙瀰漫，這只是戰爭生活的現象。我們表現戰爭不能離開這真實的生活現象。但真正的任務，應該是在這樣一幅像油畫一樣鮮明的戰爭背景上，突出著一種什麼精神（人的精神、時代的精神）。而這就是我們為正義而戰的，由勞動人民組成、在由共產主義思想武裝的革命部隊裡，所形成的特殊的人。他們是列寧所說的普普通通的『帶槍的人』，同時又是黨的思想的兒子，他們是我們在風霜雨雪之中，槍林彈雨之下，昂然前進的時代英雄」。

抗日民主根據地和解放區戰爭小說通過濃墨重彩描繪翻身解放的農民在民族解放和人民解放戰爭中的巨大歷史作用，力圖表現人民創

造歷史這一馬克思主義的唯物史觀（政治倫理觀）。毛澤東等中國共產黨的領袖們都是精通中國歷史又深諳馬列主義的人，他們鑑古知今、西學中用，深知沒有最廣大人民的支持要奪取戰爭的全面勝利是不可能的，尤其熱兵器時代的戰爭，群體力量（黨、政、軍、民）的綜合發揮是制勝的重要因素。正因此，在共產黨領導的抗日民主根據地和解放區，工農兵群眾獲得了歷史上從來沒有過的崇高政治地位。文學創作反映這樣的客觀歷史事實，是理所當然的。但同時，在毛澤東的戰時文化策略中，文藝是被納入階級鬥爭工具範疇的，毛澤東一再強調文藝要為政治服務、為工農兵服務，文藝要達成這樣的政治實用功利目的，就要求文藝家必須從政治立場到創作方法來一個徹底的轉變。抗日民主根據地和解放區的大多數戰爭小說應該說正是這種轉變的成果，不管這種轉變是出自作家內心的真誠，還是緣於政治權威的壓力。這同樣是歷史的客觀事實。

在戰爭年代，毛澤東作為政黨領袖、軍隊統帥，為了實現戰爭的勝利、結束動亂的災難，對文藝提出這樣的政治要求是合乎邏輯的，在一定的歷史條件下也是可以接受的。然而到了新中國建立後的和平建設時期，戰時文藝的政治功能不但沒有適時轉化，反而被愈益強化，所有的文藝創作都被納入階級鬥爭的範疇，文藝的豐富多樣的審美功能全部被單一的政治功能代替，文藝更加徹底地淪為政治的附庸。而且文藝政治功能的不適當誇大落實在具體文藝創作中則是以知識分子地位的矮化及其形象的醜化和工農兵政治地位空前高漲及其形象的無限美化為代價的。這難道不是一種政治倫理觀的偏差嗎？我們在二十世紀五十、六十年代的戰爭小說創作中可以看到，絕大多數作品中的戰爭英雄是苦大仇深的農民出身，無論是《保衛延安》中的連長周大勇，還是《林海雪原》中的偵察排長楊子榮，農民出身是他們的基本政治屬性。這種政治屬性又是與這個階級的優秀的政治品質劃等號的，如堅定的革命立場、高度的政治覺悟、對黨和軍隊的無比忠

誠。而中國農民固有的草莽習氣小農意識等則幾乎與無產階級的英雄
人物不沾邊。但並非說五十年代的戰爭小說對農民都一味的讚美，
《紅日》便寫到了農民出身的幹部戰士性格上的弱點，如連長石東根
既有猛打猛衝的頑強作風，但卻「火燒屁股」不講戰術；對革命忠心
耿耿，但又有游擊習氣；對戰友熱愛，但在民主問題上又有軍閥殘餘
作風。從藝術審美的角度看，這樣有缺點不完美的英雄顯然更接近生
活的真實，比周大勇、楊子榮等純質英雄更可感可親可信。然而這樣
有缺點的英雄人物與時代的政治倫理觀是相悖逆的，換言之，是與那
個時代對工農兵的政治定位道德定位不相吻合的，《紅日》在六十年
代遭殘酷批判，其中罪狀之一便是「歪曲我軍官兵形象」。反之，在
五六十年代的戰爭小說中，知識分子通常不會成為作品的主角，少數
擔任政治思想工作角色的軍隊中的知識分子一般也是來自工農階級中
有文化的人物，那些剝削階級出身的知識分子要麼已經在革命的熔爐
中完全鍛鍊為無產階級的先鋒戰士，要麼還帶著剝削階級思想的殘
餘，後者一般成為革命立場動搖的變節分子，或是混進革命隊伍中的
階級敵人。總之，按照那個時代的政治倫理定位，知識分子是從屬於
工農的，知識分子永無止境的人生課題是「轉變立場」、「改造世界
觀」、「向工農兵學習」等等。這樣的政治倫理觀念經過五六十年代一
場又一場的政治運動的推波助瀾不斷得到強化，直至「文化大革命」
中工農兵的政治權力極度膨脹，知識分子的政治地位極度萎縮，終於
釀成國家和民族的全面災難。

　　一九七八年起中國的政治天空重新出現了蔚藍色，人們在歷經一
場空前的政治劫難後開始痛定思痛，思考造成當代中國這場空前政治
災難的政治文化和歷史等各方面原因，曾經出現極度偏差的政治倫理
觀念也逐漸回歸到正常的位置。七十年代末、八十年代初的戰爭小說
也乘這股思想解放的春風大膽探及極「左」年代人們根本不敢觸及的
敏感政治倫理問題，如黨內、軍隊內是否存在與共產黨宗旨背離的封

建特權階層，軍隊的思想政治工作是否存在形式化的毛病，戰爭英雄究竟應該具有怎樣的思想品質和行為準則，等等。徐懷中的《西線軼事》、李存葆的《高山下的花環》等戰爭小說就大膽回答了這些問題。《西線軼事》所塑造的戰爭英雄劉毛妹的形象，倘若用五六十年代的政治倫理道德標準去衡量，則逃脫不掉歪曲無產階級英雄人物的罪名。劉毛妹出身老幹部家庭，本是一個性格文靜、靦腆得像個小姑娘似的純真少年，「文革」中家庭的巨大變故把他推離正常的生活軌道，使他的心靈受到創傷，變得有些玩世不恭，言談中總是帶著一種半真半假的譏諷嘲弄的味道，「常常是解開兩個鈕扣，用軍帽搧著風」，甚至不顧紀律的約束，在電影場上對女戰友陶珂近乎非禮。但他並不是一個沉淪的青年，在他冷漠的外表下跳動的是一顆滾燙博大的心，他那封給母親的長信，他在戰場上英勇果敢的行為，他在犧牲前的表白，使人們清楚看到，劉毛妹代表的是經歷十年動亂後政治上更加成熟的一代青年軍人，他們正視現實，勇於思考。當祖國需要的時候，他們毅然像老一輩一樣赴湯蹈火，為祖國的榮譽而獻身。這是新時期戰爭小說塑造的第一個具有時代政治倫理道德新質的戰爭英雄形象。

　　《高山下的花環》對軍內生活矛盾和某些陰暗面的揭露和批判則更是對那些諱莫如深的政治倫理道德問題的勇敢追問。一九四九年以來，軍事題材小說所表現的人民軍隊都是充滿光明和希望之所在，如果說有什麼生活矛盾，也僅限於寫先進思想與落後思想之間的鬥爭，而不可能去觸及部隊工作尤其是思想政治工作的某些弊端，更不敢把軍隊內部某些特權階層的不光彩行為暴露在廣庭大眾面前。在今天，人們揭露和批判黨政高級領導幹部（包括軍隊高級領導幹部）的腐敗行為是極其正常的社會生活現象，但在政治堅冰剛被打破、還有許多政治忌諱的那個年代，作家敢於闖入這些政治倫理的「地雷區」的確需要相當大的勇氣。小說對軍內少數高級幹部特權行為的揭露可謂毫不留情。當千軍萬馬即將奔赴前線時，軍區衛生部副部長吳爽竟能夠

把走「後門」的電話直接打到前線指揮所，她那從小養尊處優，不願過艱苦生活的兒子趙蒙生，為了「曲線調動」下連隊任職，為了逃避戰爭，臨戰前竟要求把他調離參戰部隊。圍繞副連長靳開來的評戰功問題，小說暴露了形式主義和僵化教條的工作作風對部隊政治工作的扭曲。靳開來之所以連「三等功」也未能評上，是因為他不是倒在向敵人衝鋒的陣地上，而是為了給戰友弄幾根解渴的甘蔗不幸踩響地雷獻出了生命。至於農民出身的連長梁三喜竟是懷揣對戰友的「欠帳單」而犧牲在戰場上，軍長的兒子、戰士「小北京」竟成為中國自己製造的「臭彈」的犧牲品。這些描寫在極「左」年代都會被認為是對英雄形象的抹黑、是對社會主義的抹黑。

　　二十世紀八十年代中期以後，隨著新時期文學創作逐漸由單一社會政治倫理道德層面向多元社會價值取向深入，戰爭小說創作也向「人學」的深層進軍。關於「戰爭與人」的關係等一些戰爭倫理道德問題的思考成為這時期戰爭小說創作的熱點之一。如《最後的塹壕》思考的是戰爭中指揮員的情感邏輯與戰爭鐵血邏輯的衝突；周梅森的「戰爭與人」系列中篇小說則進入更純粹的「人性」層面的思考，而把戰爭小說慣常的「階級性」內容淡化。在戰爭特殊生存環境下，人的本性、本能方面的欲求常常會與人的社會性方面的價值觀發生衝突，當讓人性中的醜惡一面占上風時，人的道德倫理的欲求就會跑得無影無蹤，人會變得沒有廉恥和良心，而淪同獸類，如《軍歌》中被日軍俘虜的國民黨軍官兵為求生進行暴動時而發生的種種人性美醜和善惡的激烈衝突，《冷血》中野人山上人性與獸性的交鋒等等。此外，關於軍人的榮譽責任與戰爭的鐵血規則之間不可調和的矛盾，人的權力欲望在戰爭中的道德變異，戰術策略的運用與玩弄戰爭權術的關係等也是周梅森「戰爭與人」系列中篇小說探及的倫理道德問題，這一切都顯然已經逸出階級鬥爭的政治倫理定位，與以往用階級鬥爭的觀點反映中國現代戰爭歷史的「紅色經典」小說已大異其趣，對此

本書上篇「流變論」已述及，此不贅述。

　　二十世紀末、二十一世紀初隨著中國社會的全面轉型，當代戰爭小說終於完全掙脫了階級鬥爭政治倫理的束縛進入了多元多角度思考戰爭中的政治道德倫理問題的新的創作階段。這一時期創作的《亮劍》、《歷史的天空》、《八月桂花遍地開》等戰爭小說都不約而同地把視角深入到對立階級陣營中的人物，這些人物不是如五六十年代戰爭小說那樣都是作為反面人物出現的，其中的一些人物是受到作家讚美的英雄。如《亮劍》中的國軍三五八團團長楚雲飛始終是作為與八路軍獨立團團長李雲龍相輔相成的人物，抗戰中楚雲飛的部隊與李雲龍的部隊相互配合共同抗擊日寇，兩人也因此惺惺相惜，情同手足。解放戰爭以及此後的臺灣海峽炮戰中，兩人雖各屬相對立的階級陣營中，戰場上毫不留情，但戰場下總有一種割不斷的情感上的牽掛。當「文革」中身為駐海峽西岸某軍軍長的李雲龍因受造反派的殘酷迫害而飲彈自斃時，駐守海峽對岸金門島上的楚雲飛將軍聞訊後，即通過功率強大的廣播站破天荒為李雲龍播放貝多芬的〈葬禮進行曲〉，哀悼李雲龍的逝世，高度讚揚李雲龍在抗戰中的戰績，並親自撰寫悼念文章。顯然，《亮劍》對戰爭英雄的理解和界定已經超越了狹隘的階級意識而上升到超意識形態的高度。《八月桂花遍地開》同樣是把以往基於意識形態的功利敘事提升到國家和民族的更高視角，使長期以來被階級觀點簡單化了的中國社會階層意識形態的複雜性得到了細膩的考察和表現，否則便難以理解沈軒轅和方索瓦們的所作所為，更不可能把分屬不同階級陣營、不同階層的各色人物在全民族抗戰的統一目標下召喚到一個既斑斕多彩又令人振奮的平臺上亮相。

第四章
從中國戰爭小說看華夏英雄崇拜意識

　　英雄崇拜是世界各民族的普遍文化現象，是一個民族不竭的精神動力。一個民族在沒有自己的政治意識、宗教意識的時候就可能有了英雄崇拜意識。英雄崇拜又是人類與生俱來的一種心理精神意識。一個人從呱呱墜地到懵懂初醒，其學習模仿的對象首先是與其接觸最頻繁密切的父母，是父母引領他（她）學會了最初的生活本領，因此，在幼兒的心目中，父母是世間最有本事的人，是自己崇拜的對象。人類從蒙昧走向文明的歷程也莫不如此。人類從燧木取火的年代走向能夠使用石器、鐵器等生產生活工具的年代，是靠那些率先懂得使用工具的人的引領，人們對這些人類的先進分子必然產生崇拜感，現代人把他們稱為「文化英雄」。美國出版的《韋氏大詞典》對「文化英雄」作如下定義：「文化英雄，係傳說人物，常以獸、鳥、人、半神等各種形態出現。一民族把一些對於他們的生活方式、文化來說最基本的因素（諸如各類重大發明、各種主要障礙的克服、神聖活動，以及民族自身、人類、自然現象和世界的起源），加諸於文化英雄身上。……（文化英雄）為一民族或一社團之理想的象徵」[1]。「文化英雄」首先是功力無比的神，其次是人類某一文化發明創造的集大成者，如中國遠古神話傳說中的羿是射日的英雄，羿既能射日，自然界還有什麼猛獸飛禽是他不能對付的，射日神話的出現實際上標誌著人

1　轉引自陳建憲：《神祇與英雄——中國古代神話的母題》（北京市：生活・讀書・新
　　知三聯書店，1994年），頁143。

類與自然關係的重大轉折，因為自從發明了弓箭，人類捕食獵物的能
力就大大增強，這也意味著人類征服自然、保護自己的能力達到了一
個新的高度。馬克思在《家庭、私有制和國家的起源》中說：「弓箭對
於蒙昧時代，正如鐵箭對於野蠻時代和火器對於文明時代一樣，乃是
決定性的武器」²。弓箭這一蒙昧時代的「決定性的武器」的出現，不
僅帶來了人類狩獵生活的進步，而且還直接導致戰爭這個怪物的降臨。
從此人類對英雄的崇拜出現了新的對象，就是對戰爭英雄的崇拜。

第一節　戰爭神話
——奠定英雄崇拜的民族標準

　　戰爭是民族之間的大交鋒大融合。初民通過戰爭，一個氏族戰勝
了另一個氏族。經過漫長歲月中接連不斷的氏族戰爭，大大小小的氏
族幾經融合終於匯聚成一個或若干個強大的氏族集團，黃帝族和炎帝
族便是華夏民族最強大最主要的兩個氏族集團。黃帝和炎帝也成為華
夏民族最初崇拜的戰爭英雄。傳說中黃帝和炎帝是兄弟，後來炎帝被
黃帝消滅了。兄弟為什麼發生內訌，是因為「炎帝無道，黃帝伐之涿
鹿之野，血流漂杵，誅炎帝而兼其地，天下乃治」(《新書》〈益
壤〉)。其他有關黃帝和炎帝戰爭的神話傳說也多說黃帝是以「有道」
伐「無道」，這提示人們一個重要的信息：華夏民族的戰爭英雄一開
始就是具有政治倫理道德色彩的人物，換言之，華夏民族對於自己的
戰爭英雄自始就注重政治道德標準。

　　崇力、崇智、崇德是英雄崇拜的三個具體方面，但是每一個民族
基於各自的歷史宗教文化傳統和民族審美心理，對於英雄的崇拜可能
各有不同的內容和標準，有的偏於崇力，有的偏於崇智，有的偏於崇

2　《馬克思恩格斯選集》(上)(北京市：人民出版社，1972年)，卷4，頁192。

德。只要比較中希戰爭神話，就可以看出這樣的不同。古希臘的荷馬史詩《伊利亞特》是西方最著名的戰爭神話，這部卷帙浩繁的戰爭史詩中所塑造的英雄與華夏戰爭神話中的英雄便迥然有異：

其一，在神的外在形象的構成上，華夏民族的戰爭英雄是人獸的「異體合構」。傳說黃帝為「人面蛇身」的形象，炎帝是「人首牛身」，蚩尤是「人身牛蹄，四目六首」，其他如共工、相柳、窫、貳負、雷神、燭龍等，或為「人面蛇身」，或為「龍身人頭」等等。總之是「模糊人、神和禽獸的種類界限，以怪誕性或誇張性的想像重新組合異物形態，在人、神、獸的形體錯綜組接的形式中，容納了人性、神性和獸性的雜糅」[3]。與華夏神靈醜陋不堪的人獸雜糅的外形相比，古希臘俄林波斯眾神和凡世的戰爭英雄無不個個相貌俊美、儀表堂堂，具有突出的外表美。眾神不時下凡與人間的俊男靚女結合，生下了許多半人半神的後代。這些神的後裔、天之驕子不但集中了人類外貌美的諸多優點，而且個個是人間俊傑，特洛伊戰爭中的英雄都非他們莫屬，如希臘聯軍最優秀的將領阿基琉斯就是海洋女神塞提斯的兒子。

其二，在神的行動層面上，華夏戰神們肩負著特別沉重的政治倫理道德義務，他們總是師出有名，戰之有道，決不會為爭奪一個美女這樣微不足道的情慾之事而大動干戈。黃帝作為華夏民族的戰爭元神，亦即第一位戰爭英雄，中國古代歷史典籍並沒有顯現其個人有多麼強大的武功或超人的勇力，而是把他描繪成一個「養性愛民、不好戰伐」、德行很高、慈眉善眼的聖君形象。倒是作為叛臣形象出現的蚩尤，被寫成一個十分驍勇善戰但無惡不作的壞蛋：

　　黃帝攝政前，有蚩尤兄弟八十一人，並獸身人語、銅頭鐵額，

3　楊義：《中國古典小說史論》（北京市：中國社會科學出版社，1995年），頁42。

食沙石子，造立兵杖刀戟大弩，威振天下。誅殺無道，不仁不
慈。萬民欲會黃帝行天子事。

黃帝仁義，不能禁止蚩尤，遂不敵，乃仰天而歎。（《太平御
覽》卷七十九引〈龍魚河圖〉）

由於道德上的缺陷，在華夏民族的英雄榜中沒有蚩尤的位置，最多稱
之為「兵主」。孔子說：「仁者必有勇，勇者不必有仁」（《論語》〈憲
問〉），蚩尤是也。

　　古希臘神話中的特洛伊戰爭，無論是戰爭的起因，還是戰爭的過
程，或是戰爭英雄，都沒有絲毫政治道義的色彩。《伊利亞特》全詩
讚美的是生命、力量和勇氣，而不是讓人匍匐在某種先在的道德倫理
的重負下。史詩在突出英雄們高貴的出身（神人結合的後裔）、俊美
威武的外表美的同時，尤其不厭其煩地描述英雄們過人的勇力和嗜戰
善戰的本領。如埃阿斯的戰盾大得像一面圍牆；而阿基琉斯「僅憑一
己之力，即可把它捅入栓孔」的插槓，卻需要三個阿開亞人方能拴攏
和拉開。英雄們嗜戰如命，「渴望著」衝鋒殺敵，品味著「戰鬥的喜
悅」。因為勇敢戰鬥是祖傳的古訓。英雄們還喜歡誇耀自己的善戰本
領。如面對埃阿斯的威脅，赫克托耳（在《伊利亞特》中，他還不是
最勇敢的戰將）針鋒相對，自我介紹：

我諳熟格戰的門道，殺人是我精通的絕活。
我知道如何左抵右擋，用牛皮堅韌的
戰盾，此乃防衛的高招。
我知道如何駕著快馬，殺入飛跑的車陣；
我知道如何攻戰，蕩開戰神透著殺氣的舞步。

英雄們價值觀的中心是個人的榮譽和尊嚴，而不是什麼政治道義和責

任。不管是什麼人，只要他侵犯了自己的榮譽和尊嚴，英雄們便決不甘休。阿基琉斯被自己的上司、希臘聯軍統帥阿伽門農奪走了戰利品——美麗的少女布里塞伊斯，便憤而罷戰，使聯軍遭受慘重傷亡，阿伽門農不得不拿出豐厚的償禮，彌補過失，阿基琉斯才重回戰場。凡世間的英雄們是如此崇尚個人的勇力和私利，俄林波斯山上的眾神有過之而無不及。「荷馬史詩裡的眾神，不是普渡眾生的菩薩，也不是作為道德楷模的基督，亦不是作為凡人的精神寄託的穆罕默德。古希臘詩人以人的形象、性情、心態和行為方式為原型，創造或塑造了一個神的群體。在荷馬史詩裡，神們按人的心理動機思考和行動，有著人的七情六欲，沿用人的社群特點，人的交際模式。神們分享人的弱點和道德方面的不完善——神是不死的凡人」[4]。宙斯之作為眾神之主，並不緣於其有無超乎眾神的高尚德行，而是憑藉其無與倫比的神力。他所管理的神界沒有是非標準，一切憑興之所致，他只享受撥弄權術帶來的愉悅，而不真正解決任何爭端。與之相比，東方漢民族的主神黃帝就太不幸了：黃帝日夜操勞，既要以德服人，又要對付蚩尤們的反叛，以致一張臉不夠用，要用四張臉，才能把天下管理妥帖。至於聲色愉悅之屬，黃帝大約連想也無暇去想。

從以上東西方戰神形象的比較中，我們不難得出如下結論：尚內質而輕外飾、重德行甚於重勇力、以理制戰，奠定了華夏民族英雄崇拜的基本標準。而尚力輕德、嗜血好伐、崇尚個人自由，則成為古希臘民族乃至西方世界判別英雄的標準。我以為，從中國古代戰爭神話起就奠立的華夏民族英雄崇拜意識，對於後世戰爭小說的英雄審美具有極其深刻的影響，直至當代戰爭小說，這種影響猶十分顯明。

4　陳中梅譯：〈前言〉，《伊利亞特》（北京市：燕山出版社，1999年）。

第二節　亂世英雄的道德光環與悲劇結局

　　戰爭與英雄是一對孿生兄弟，戰爭塑造了英雄，英雄在戰爭中崛起。同樣，在文學創作中，戰爭小說也是英雄雲集之所在。從中國古今戰爭小說看，幾乎沒有一部作品不塑造英雄形象。因此，民眾崇拜英雄，很多時候是崇拜小說中的英雄。中國歷史上曾經湧現過無數英雄人物，歲月的潮汐淹沒了他們的豐功偉績，只有少數人有幸進入了文學的聖殿，而成為婦孺皆知名垂千古的英雄。我以為，人們的英雄崇拜意識與文學作品中的英雄形象塑造具有雙向互動關係，一方面民眾把自己的英雄崇拜意識（通過作家的藝術整理）具象化為文學作品中的英雄形象；另一方面文學作品中的英雄塑造又反過來進一步滋養或強化了民眾的英雄崇拜意識。所以，我們談英雄崇拜意識，離不開對文學作品中英雄人物的具體形象分析。

　　本書上篇曾把中國古代戰爭小說大致劃分為兩種題材類型，一是對中國封建王朝興廢爭戰的敘事，一是對中國古代農民戰爭模式的藝術演繹。但王朝興廢爭戰也罷，農民戰爭也罷，總之都是「亂世」中的亂象。因此，我認為，中國古代戰爭小說中的英雄皆可視為「亂世英雄」，人們崇拜戰爭英雄實際上是崇拜亂世英雄，更進一步說，人們之所以崇拜亂世英雄是把結束亂世走向治世的希望寄託在他們身上。但中國古代戰爭小說所塑造的戰爭英雄卻絕大多數沒能讓亂世走向治世，反倒讓自己走向悲劇結局。劉備為復興漢室苦苦奮鬥了一輩子，卻一朝讓兄弟之「義」毀掉國家大業和自己性命；關羽英雄蓋世，終究敵不過自己傲慢輕敵的性格弱點；諸葛亮智慧超群千古一絕，然「出師未捷身先死，長使英雄淚沾襟」；宋江憑戰無不勝的人格力量團結一百零七將，無數官軍奈何他們不得，而皇帝的一杯御酒就讓他命歸蓼兒窪；至於岳飛、楊家將等讓入侵者聞風喪膽的禦侮抗敵英雄，卻無一不成為朝廷奸臣的刀下鬼。然而正是這些悲劇英雄們

「英雄」和「不那麼英雄」的矛盾形象裝點了中國戰爭小說英雄崇拜的豐富內容，而讓他們的形象燿燿生輝的不僅僅是他們的智慧和勇力，更是籠罩在英雄們頭上的道德光環。

雖說英雄崇拜的具體內容因民族而異，但對於英雄的基本判斷標準卻大同小異，「英者，傑出精華之謂也；雄者，威武有力之謂也」[5]。智慧超群和勇力過人大體上是判斷英雄的兩大尺度。中國古代戰爭小說中的英雄也基本不出這兩大類型。《三國演義》中的關羽、張飛、趙雲、馬超、黃忠、魏延、典韋、許褚、夏侯惇、張遼、徐晃、張郃、太史慈、程普、黃蓋、韓當、呂蒙以及呂布、華雄、顏良、文醜等；《水滸傳》梁山一百零八將中的絕大部分；《說唐演義全傳》中的秦瓊、羅成、單雄信、雄闊海、伍雲召、程咬金、裴元慶、李元霸、尉遲恭等；《說岳全傳》中的岳飛、牛皋、楊再興、羅延慶、伍尚志和韓世忠、梁紅玉等；《楊家將演義》中的楊家父子、楊門女將們以及《英烈傳》中朱元璋手下的開國元勳們，等等。這些英雄都是以高超的武藝、過人的勇力征服人心，他（她）們是力和勇的化身。冷兵器時代的戰爭，攻城掠地，衝鋒陷陣，靠的是刀槍棍棒等長短兵器和弓箭、盾牌等，這樣，個人的武藝、體魄、勇氣和膽略往往成為取勝的關鍵因素。中國古代戰爭小說為了突出英雄個人的作用，總是把千軍萬馬的陣戰濃縮為敵對陣營雙方若干武將之間你來我往的輪迴格鬥，士兵們只起搖旗擂鼓吶喊助威的作用。這種程式化的戰爭場景描寫留給讀者的印象是，一場戰爭、一個戰役、一次戰鬥，士兵的多寡無足輕重，武將的本領高低才是克敵制勝的關鍵。此類以武見長以力呈勇的英雄是世界各民族英雄崇拜的共同對象。但中國古代戰爭小說還十分注重智慧型英雄的作用，如《三國演義》中的諸葛亮、徐庶、龐統、周瑜、魯肅、陸遜、荀彧、荀攸、司馬懿、鄧艾、鍾會、田

5　南帆：《衝突的文學》（上海市：上海社會科學出版社，1992年），頁98。

豐、沮授、郭圖、審配、許攸等；《水滸傳》中的吳用、公孫勝；《說唐演義全傳》中的徐茂公，等等。這些足智多謀的英雄，精通兵法，長於謀略，善於把握戰爭發展的態勢，他們的一個妙計、一場布陣，常常能使戰局發生重大變化。在中國古代戰爭中這些智慧型英雄所起的作用遠遠大於勇力型的英雄。勇力型英雄的一次敗退只會影響戰爭的局部，而智慧型英雄的一次失算則可能使全盤皆輸。正因如此，中國古代戰爭小說對於軍事謀略的描寫也遠遠生動於程式化的戰爭場景的描寫。《三國演義》倘若沒有了諸葛亮，就失去了全書的靈魂，《水滸傳》沒有了吳用也會遜色許多。然而，為了強調智慧型英雄的作用，中國古代戰爭小說在塑造這些軍師謀士們的形象時又常常把他們妖魔化，呼風喚雨、撒豆成兵是他們的拿手好戲。但那些充滿唯心意志的非現實化情節的過於頻繁的出現則比程式化傳奇式的戰場格鬥描寫更令人生厭。

　　除了以上兩類英雄外，在中國古代戰爭小說中還有一類英雄是超乎以上兩類英雄之外的，他們武藝不一定高強，智慧也未必超群，但卻高居於以上兩類英雄之上，這就是帝王或統帥型的英雄，如《三國演義》中的劉備、曹操、孫權，《水滸傳》中的宋江，《英烈傳》中的朱元璋，《飛龍全傳》中的趙匡胤和《東周列國志》中的春秋五霸，等等。這些英雄是以政治權術的嫻熟運用、善於籠絡人心的道德力量縱橫疆場爭奪天下。智慧型英雄和勇力型英雄終歸是依附在他們的大旗之下「為王前驅」。在中國古代，民眾崇拜這類英雄帶有比較複雜的心理，很大程度上是奴性對王權的臣服，是受苦受難的黎庶對清明政治的呼喚，而不像人們對智慧型英雄和勇力型英雄的崇拜，那是對人類本質力量的自我觀照。

　　從中國戰爭小說看華夏英雄崇拜意識，離不開對上述三類英雄形象的基本觀照，但僅此還不能算把握到了華夏英雄崇拜意識的真諦。如前所述，每一個民族基於各自的歷史宗教文化傳統和民族審美心

理，對於英雄的崇拜可能各有不同的內容和標準。華夏民族對於自己的戰爭英雄自始就注重政治道德標準。中國是世界上封建政治比較早熟的國家，以儒家文化為主導的中國傳統文化又長期深刻地浸染著包括文學創作在內的各種意識形態領域，這便使英雄崇拜這一世界文化現象在中華傳統文化的土壤上結出了別具民族特色的果實。

華夏英雄崇拜的核心標準是凌駕於智慧、勇力之上的倫理道德價值觀。為此，中國古代戰爭小說判別英雄的標準遵奉的是道德唯上的原則，簡言之就是為君者要以「民為邦本」，為臣者須「忠君報國」。

中國古代戰爭小說塑造的帝王英雄的楷模非劉備莫屬。歷史上的劉備出身寒微，但憑著機謀和武藝，在群雄逐鹿中，從一個小小的安喜縣尉，逐漸成為雄霸一方的帝王人物（先稱漢中王，後稱漢皇帝）。《三國演義》中的劉備是作家在基本尊重歷史事實的基礎上，依據民間傳說及參考《三國志》等歷史文獻，著重按照時代審美理想和道德標準塑造出來的一個千古明君的藝術形象。劉備的英雄品質突出表現在保民而王、寬厚仁德上，他具備了儒家倫理道德標準所要求的賢明君主的幾乎全部美德：對百姓，他有一顆仁愛之心，即使身處危境，也要與民共患難；對部屬，他講求人格平等，充分信任，關愛有加；對友人，他講信義，不貪不暴，禮賢下士。這一切都具體體現在小說中諸如攜民渡江、三顧茅廬、三讓徐州等等千百年來中國老百姓婦孺皆知的經典情節中，此自毋庸多述。但是，這樣一個滿口仁義道德的理想化的聖君明主形象，無論在歷史上還是現實中實際上都不可能存在，只能成為民眾對清明政治的一種渴望和精神慰藉。正因為如此，作家在塑造劉備這個人物時，由於不能調和理想和現實的矛盾，以致不可避免地使人物陷入人格精神的分裂、言語和行為悖離的窘境，如魯迅先生所批評的「欲顯劉備之長厚而似偽」。無可否認，作為藝術形象的劉備，確有許多敗筆，但作為華夏英雄崇拜的一個現象，劉備的藝術形象自有其文化的不朽意義。

　　如果說，劉備是一個完全符合儒家倫理道德標準、比較正統的帝王英雄人物，那麼，宋江就是一個頗有爭議的不尷不尬的英雄。論勇力，宋江武藝平平，「百無一能」（宋江自我評價之語），夠不上英雄的標準；論智慧，宋江亦是庸常之輩，行軍布陣全靠軍師吳用，智慧型英雄亦與他沾不上邊；論出身地位，宋江不過一個刀筆小吏，既無皇家貴冑血統，後來也不曾當上一方霸主，只是小小梁山的寨主，投降官府後，最高官銜是也不過「楚州安撫使兼兵馬都總官」，稱他帝王英雄，更不合適。但宋江又的確是一個具有王者風範仁君品德的英雄，靠仗義疏財、急功好義的好名聲，他被擁戴為梁山之主，又靠他的謙謙君子、仁德之心團結起出身不同、性格各異的一百零七個英雄，直把水泊梁山變成一個「大碗喝酒，大塊吃肉，大稱分金銀，自由自在」的世外王國。宋江的所作所為符合農民和市民階層反抗惡霸豪強、貪官污吏，追求自由平等的願望，他成為民間社會崇拜的英雄自在情理之中。再從儒家倫理道德標準看，宋江也是一個符合封建統治階級願望的「忠義」之士，他自始至終不忘忠心報效朝廷，他帶領梁山隊伍扯起「替天行道」的大旗，是欲替皇帝「清君側」，並非真心與官府反抗到底。接受朝廷「招安」後，他即刻義無反顧奔赴抗禦外敵、剿滅內亂的戰場。被奸臣設計藥殺後，他臨死不忘把反抗朝廷意志最堅決的李逵招來一併去死，以免李逵再去哨聚山林，把他「一世清名忠義之事壞了」。這樣一個對封建皇權頂禮膜拜的忠臣，是很受封建士大夫階層歡迎的。明代許多思想家都充分肯定了《水滸傳》的「忠義」思想，李贄在他的〈《忠義水滸傳》敘〉中說：

　　　　夫忠義何以歸於水滸也？其故可知也。夫水滸之眾，何以一一
　　　　皆忠義也？所以致之者可知也。……則謂水滸之眾，皆大力大
　　　　賢有忠有義之人可也。然未有忠義如宋公明者也。今觀一百單
　　　　八人者，同功同過，同死同生，其忠義之心，猶之乎宋公明

也。獨宋公明者，身居水滸之中，心在朝廷之上，一意招安，
專圖報國，卒至於犯大難，成大功，服毒自縊，同死而不辭，
則忠義之烈也，真足以服一百單八人者之心。故能結義梁山，
為一百單八人之主。

在李贄們看來，宋江簡直就是一個千古忠義英雄了。故《水滸傳》雖
多次遭查禁，但始終沒有被徹底禁毀，就是「忠義」幫了忙。

　　從歷史的角度看，中國封建時代那些有作為的帝王絕無《三國演
義》劉備那樣完美的道德表現，前如秦皇、漢武，後如康熙、乾隆，
都有道德的瑕疵，但他們無一不是政治家歷史學家眼中的英雄，因
為，政治家和歷史學家知道，政治權力的運作不可能時時照顧道德的
脈脈溫情，有時不能不遵循暴力的原則，甚至是反道德的血腥手段。
歷史只須記住英雄的豐功偉績，而不必過於關心奪取功業的過程和手
段。但文藝創作則不然，它關心過程甚於關心結果。在中國古代文學
作品中，我們看到，評價帝王人物的功過是非無不遵循道德價值的準
則，人們十分在意帝王人物在政治舞臺上表演的一招一式，而不一定
在乎他們文功武治的驕人業績。那些道德上有許多亮點的帝王，人們
就把他奉為英雄，反之，則視為「奸雄」。有時，文學家為了迎合民
眾的某種道德情緒，或出自時代政治的需要，也可以任意改變歷史人
物的道德面目，曹操就不幸成為文學家的道德靶子。歷史上的曹操是
一個具有文才武略的英雄，《三國演義》中的曹操則被塑造成一個惡貫
滿盈的奸佞之徒。羅貫中不惜加諸曹操許多惡德，又不得不照應其歷
史的偉績，於是，曹操就成了一個有謀有略但道德敗壞的「奸雄」。
應該說，文學家對曹操是不公平的，這個在歷史上有過卓越功業的人
物，只因被文學作品染上道德的污點，就成為萬民唾棄的惡德的化
身。可見，在民間英雄崇拜中，道德的力量是多麼強大和不可忽視。
　　對於歷史上的其他文臣武將，文學家遵循的同樣是道德第一的原

則。如關羽，這位被儒、釋、道三教共奉為神的人物，也是官民一體崇拜的大英雄。他如何從一介武夫而成為與「文聖」孔子齊名的「武聖」，其中的政治、宗教、文化的原因，我們暫且不論，僅就小說描寫所產生的客觀效果而言，關羽被譽為「古今來名將中第一奇人」，固然與他神乎其神的第一流的武功有關，但其中最重要的起決定作用的還是文學家套在他頭上的眩目的道德光環，就是他那以「義」為上的道德風範。小說突出關羽「義重如山」之美德的最有光彩的兩個情節，一是他的降曹，再一是他在華容道的釋曹。本來，作為軍事將領，投降敵人和違犯軍令放走敵人都是不可饒恕的重大罪過，但在《三國演義》中，這兩個過失卻成為關羽的道德亮點，其中的緣故已屬眾所周知，許多文章也已作過精闢闡述，這裡無須再述。《三國演義》問世之前，民間關羽崇拜已有五、六百年歷史，《三國演義》問世之後，關羽崇拜更加普遍、更加達到了狂熱程度，黃人在《小說小話》中分析了這一現象：

> 乃自此書一行，而壯繆之人格，互相推崇於無上，祀典方諸效祕，榮名媲於尼山，雖由吾國崇拜英雄宗教之積習，而《演義》亦一大主動力也。

說明由於小說突出了關羽的人格魅力，對關羽崇拜起了推波助瀾的作用。關羽崇拜現象再一次顯示了道德價值與英雄崇拜的密切關係。

呂布的例子能夠從反面印證華夏英雄崇拜中道德至上的原則。《三國演義》中的呂布同關羽、張飛一樣，也是「萬人之敵」的勇將。關羽剛溫酒斬了華雄，呂布就緊接著率鐵騎三千來到。呂布一上陣就接連斬了八路諸侯的多員猛將，最後，劉、關、張三人齊上陣把呂布圍在核心，也只戰了一個平手。可見，呂布的武藝不在關、張之下。但這個「人中呂布」卻是一個「勇而無謀，見利忘義」的小人，

他先是拜荊州刺史丁原為義父，可是董卓的一匹赤兔馬和若干金珠、玉帶就把他收買了，於是，呂布翻臉不認人殺了丁原轉而拜董卓為義父。司徒王允巧用一個連環計，又讓「好色之徒」呂布為一個絕色美女而把「義父」董卓殺了。白門樓上，呂布和他的部將陳宮、張遼一起被曹操俘獲。陳宮大義凜然慷慨赴死；張遼見呂布在乞請劉備幫忙免於一死，便大叫道：「呂布匹夫！死則死耳，何懼之有！」面對死亡，三人的表現何其不同。呂布大約是《三國演義》中武藝最高強的人，卻也是一個最沒有道德信義和懦弱的人，因而遭到了人們的唾棄。

　　華夏英雄崇拜的道德準則實際上包含民間道德標準和統治階級道德標準兩個方面。前者更強調以「義」為上，後者突出「忠君報國」。兩者之間既有相容的一面也有矛盾的一面。關羽對劉備的忠誠，就既是臣子對君王的忠心，更是結義兄弟之間的生死相隨，鮮明地體現了以「義」為上的民間道德標準。而諸葛亮與劉備的關係就更多地體現統治階級的道德標準。諸葛亮之受後人的熱烈崇拜並不亞於關羽。人們崇拜諸葛亮當然首先是敬佩他那無上的智慧，但是，倘若沒有諸葛亮那崇高的人格力量的支撐，其智慧的大廈就失去了根基。諸葛亮對劉備的忠誠與其說是對劉備「知遇之恩」的報答，毋寧說是對「復興漢室」的事業的忠誠。當此之時，群雄逐鹿，天下紛爭，漢室衰微已是不可逆轉的大勢，諸葛亮深知這一點，但他還是「知其不可為而為之」，直到「鞠躬盡瘁，死而後已」。這種以命抗天的精神體現了人類的一種本質力量，也是華夏民族精神的核心，於諸葛亮畢生奮鬥的復興漢室的事業而言，則體現了為臣者對國家的最大忠誠。正因為諸葛亮「忠君報國」的模範行為，使他與關羽一樣也成為封建時代官民一體崇拜的傑出英雄。

　　我們肯定道德至上是華夏英雄崇拜的基本標準，那麼，戰爭英雄所遵奉的道德原則是不是僅限於「民為邦本」和「忠君報國」這樣的政治倫理道德呢？答案顯然是否定的。在生活倫理方面，中國古代戰

爭小說也為人們展示了一些頗具華夏民族特色的道德原則，雖然這些生活道德沒有政治倫理道德那樣至高無上，卻也是判斷英雄的一個標準。如儒家倫理道德中最敏感的男女關係問題就是中國古代戰爭小說必須正視的一個道德問題。

眾所周知，女人是禍水、男女授受不親、夫為妻綱等儒家倫理觀念曾經扼殺了中國封建時代多少青春男女的愛情乃至生命。這些道德禁忌對中國古代戰爭小說創作不免產生影響。於是我們看到，中國古代戰爭小說中的那些英雄好漢，對於男女關係都格外敏感和謹慎。關羽暫降曹操時，曹操「欲亂其君臣之禮，使關公與二嫂共處一室。關公乃秉燭立於戶外，自夜達旦，毫無倦色」。曹操「又送美女十人，使侍關公。關公盡送入內門，令服侍二嫂」。呂布則相反，因為好色而中了人家的連環計，又因留戀妻妾不聽陳宮的計謀，最後被曹操俘獲而身首異處。梁山英雄好漢絕大多數也是不近女色的，甚至仇視婦女。他們不是單身漢，就是輕易拋妻別子，而且已婚好漢一旦與妻子發生衝突，責任總是在女方。如宋江殺閻婆惜，是因為閻與情夫通姦後要告發宋；楊雄殘忍地殺掉妻子，不單是為了懲罰淫婦，更是為了鞏固與石秀的歃血之盟；打虎英雄武松更是對美貌嫂子潘金蓮的挑逗表現出極端的厭惡。梁山好漢中唯一好色者是矮腳虎王英，但他在梁山眾英雄中是一個地位不高、武藝平平的人物，而且因為貪色不成經常成為眾人公開嘲笑的對象。《飛龍全傳》中趙匡胤從強盜手中救出京娘，並跋涉千里護送其回家。京娘感其恩義，多次欲以身相許，趙匡胤毫不動色，表明自己不過是「路見不平，少伸大義，豈似匪類之心，先存苟且」。最後當京娘父母感恩戴德欲將京娘婚配趙匡胤，趙竟「將席踢翻，口中帶罵，跋涉望外就走」。這不近情理之舉導致京娘懸樑自縊，以死明志。中國自古有「英雄難過美人關」之說。美色成為考驗英雄意志必須逾越的一道難關，這堪稱為華夏民族獨具特色的英雄倫理道德觀。在歐洲，中世紀的騎士們總有美女相伴隨，每個

騎士都把擁有「情婦」視為榮耀，以致堂・吉訶德為了使自己更像一個真正的騎士，竟把鄰村一個養豬女假想為自己的心上人，發誓終生為她服務。在中國，男女關係成為英雄崇拜中的一個道德準則除了受儒家倫理道德學說（主要是宋明理學「存天理、滅人欲」思想）的影響外，還與道家對元陽迷信般保護而造成的畸形心態有關。

　　高尚的道德情操、崇高的人格力量，激起我們對英雄的無限敬仰和崇拜。英雄是人類的精英，有著超乎凡人的戰勝困難的勇氣和力量，他們理應得到比庸常之輩更美好更圓滿的人生結局，但是，中國古代戰爭小說中的大多數英雄並未得到善終，而成為悲劇英雄。我們看到，《三國演義》作者羅貫中所傾力讚頌的代表「正統」的蜀漢一方的英雄及其所奮鬥的「復興漢室」的正義事業最後還是敵不過「僭越」一方的曹魏，終於「無可奈何花落去」；曾經轟轟烈烈「替天行道」的梁山英雄好漢們一旦實現其「忠君報國」的願望成為皇帝麾下的官軍，便死的死，傷的傷，散的散，終歸寂滅；一生恪守「精忠報國」母訓，為抗禦外侮浴血奮戰的岳飛，最終逃不出奸臣的魔掌，屈死風波亭……。無數英雄好漢秉執他們高尚的道德理想而走向人生的悲劇結局，讓人扼腕，使人慨歎。為什麼愈是道德操守高尚的英雄，愈沒有好結局。這究竟是英雄個人的悲劇，還是道德理想的悲劇？聯繫中國古代戰爭小說的創作實際，答案是顯而易見的。正因為小說家們在塑造英雄形象時遵從華夏英雄崇拜道德至上的原則，同時又無以調和高尚的道德理想與嚴酷的現實生活的矛盾，就只有無可奈何地讓他們筆下的英雄好漢們面對悲劇的命運了。劉、關、張桃園結義時曾對天發誓「不求同年同月同日生，但願同年同月同日死」——多麼高尚的情感、多麼理想和篤誠的人際關係呀！但現實是，三人之間實際地位並不完全平等，責任和義務也不相同。劉備身為一國之君，其一言一行都關係著蜀漢的全局，而關、張二人只是劉備的屬僚，倘可偶爾任性而為，劉備則絲毫不能。在天下紛爭的殘酷鬥爭中，理性與情

感時時會陷入矛盾狀態，當理性占上風時，君臣而兄弟的美好關係或許有益於霸業的實現，倘若讓理性屈從於高尚而盲目的情感，等待英雄的可能就是悲劇的命運了。劉備前半生冷靜而理智，在「賢臣」諸葛亮、「義友」關羽和張飛等人的輔佐下，從艱難中崛起，逐步由弱變強，直至與吳、魏形成鼎立之勢。然而關羽之死，使劉備遇到了一個巨大的道德難題：如果聽從諸葛亮、趙雲、秦宓等人的勸諫，對東吳隱忍不發，則劉備必得違背桃園結義的對天誓言。聯繫關羽生前對劉備的至誠至篤的兄弟之「義」，劉備堅持御駕親征討伐東吳，似是其一生所堅執的道德情感合乎邏輯的發展。但再深一層追究，劉備的悲劇選擇到底是被「義」這一無時無刻不在其身心出沒的道德幽靈震懾的結果，這種悲劇結局其實早在桃園結義時就注定了的。關羽被害後，劉備擺出「克日興師，御駕親征」的架勢，但經「孔明苦諫，心中稍回」。不料張飛的一席話「陛下今日為君，早忘了桃園之誓」，又驅出了道德幽靈，劉備便無可抉擇，只能聽憑道德幽靈的使喚了。劉備的悲劇結局、蜀漢的悲劇結局，是《三國演義》所張揚的以「義」為上的道德價值的必然歸宿。

　　智慧絕倫的諸葛亮也走向悲劇結局，難道也是道德的悲劇嗎？也是。但諸葛亮的道德悲劇與劉、關、張的道德悲劇又略有不同。劉、關、張的悲劇是對以「義」為上的道德價值的偏執的結果，其中，關羽和張飛的悲劇還在很大程度上是自身性格的悲劇。「義」作為儒家倫理道德的一個重要範疇，在宋代以後隨著市民文化的興盛，逐漸向民間道德價值偏離，成為一種相對狹隘的道德價值觀。諸葛亮的悲劇則不僅是更高尚的道德的悲劇，還是人類共同的命運的悲劇，其具體體現在三個層次上：

　　其一是臣服於儒家忠君思想而造成的道德悲劇。諸葛亮之所以被譽為「古今來賢相中第一奇人」，除了因為他的高度智慧對於蜀漢事業的卓絕貢獻外，更在於他對劉備的無限忠誠。諸葛亮本是南陽隱

士，因感於劉備三顧茅廬的至誠而出山，從此和劉備建立了魚水親密的君臣關係。劉備臨終托孤時曾對諸葛亮明示「若嗣子可輔，則輔之；如其不才，君可自為成都之主」。後來事實證明，後主劉禪確實是一個扶不起的「阿斗」，諸葛亮若取而代之，或許漢室還有復興的希望。但是，諸葛亮沒有絲毫的個人野心，而是忍辱負重，顧全大局，盡了一個忠臣所能盡的一切努力。歸根結底，是儒家的「君臣大義」束縛了諸葛亮的手腳。賢如諸葛亮，智如諸葛亮，在強大的封建政治倫理道德面前也只能是一個匍匐者、殉葬者的悲劇角色。岳飛的悲劇也如出一轍。在朱仙鎮大捷即將直搗黃龍府迎回二聖的關鍵時刻，皇帝卻下詔班師，接著又連下十二道金牌令岳飛回京。岳飛明知是奸臣弄權，但他抱定「一生只圖盡忠」的信念，毫無畏懼地做了忠君道德的犧牲品。相距近一千年的諸葛亮和岳飛都先後為了「君臣大義」倒下，這難道不是中國封建時代忠臣義士們的必然悲劇嗎？從這個意義上說，劉備也罷，諸葛亮也罷，宋江也罷，岳飛也罷，一切匍匐爬行於儒家倫理道德之下的人，不管是貴為天子，還是賤如乞兒，都無以逃遁「道德魔鬼」如幽靈般的冥冥控制。

　　諸葛亮悲劇的另一更高層次的意義，是對「人命」與「天命」的抗爭中「知其不可為而為之」的不懈奮鬥精神的讚美。蜀漢後期實際上已失去前期「天時、地利、人和」的優勢，諸葛亮在極其困難的情況下獨撐危局，他六出祁山，七擒孟獲，多次主動出擊，終於積勞成疾，病逝五丈原，臨終前還強支病體，乘車「出寨遍觀各營，自覺秋風吹面，徹骨生寒。乃長歎曰：『再不能臨陣討賊矣！悠悠蒼天。曷此其極！』」這種「出師未捷身先死」的悲壯情懷使人想起遠古神話傳說中的精衛填海、夸父追日、刑天舞干戚，這是華夏民族不屈不撓的奮鬥精神的生生不息。這種悲劇精神具有超時代的偉大意義，是「忠君」、「義勇」等封建道德悲劇不可同日而語的。

　　諸葛亮悲劇的最高層次的意義在於道出了人類對於那些不以人的

意志為轉移的超自然力量的永恆困惑。早在諸葛亮出山時，小說就通過司馬徽（水鏡先生）的感歎「臥龍雖得其主，不得其時，惜哉！」預示了諸葛亮的悲劇結局。諸葛亮出山後，得益於劉備對他的充分信任和蜀漢集團君臣上下精誠團結的良好局面，使他的聰明才智得以最大限度的施展，即便如此，諸葛亮還是回天無力，無以挽回蜀漢政權江河日下的頹勢。而他自己似乎也不甘於天命，曾想用人力來延長自己的壽命。五丈原禳星，經過六天六夜祈禳北斗離成功只差一步之遙，卻不料被魏延無意中闖進帳篷帶來一陣風將主燈撲滅。諸葛亮不得不悲歎：「死生有命，不可得而禳也」。死亡無疑是人類面對的一種最神秘的超自然的力量，任何蓋世英雄、任何經天緯地之才，都無能逃脫死亡的魔掌，以致諸葛亮臨終時不禁發出了「悠悠蒼天。曷此其極！」的哀歎，帶著他對命運的不可把握的深深困惑和遺憾離開了人世。《三國演義》全書的最後，作者用幾句詩對人類的這種永恆困惑做了概括：

> 紛紛世事無窮盡，天數茫茫不可逃；鼎足三分已成夢，後人憑弔空牢騷。

需要指出的是，在中國古代戰爭小說中，並非所有道德高尚的英雄都只配悲劇的命運，像說唐系列小說中的瓦崗寨英雄們，《飛龍全傳》、《英烈傳》中的帝王英雄，都是作為有道德的正面人物來歌頌的，他們的最終歸宿是君臨天下或位極人臣的圓滿喜劇。但這些成功的英雄、喜劇的英雄卻往往不如那些失敗的英雄、悲劇的英雄來得動人。這涉及人類審美心理的奧秘，是本文無以展開論述的審美心理學問題。但我以為，可以肯定一點的是，無論對於人類整體來說還是個體而言，悲劇是絕對和終極的，而喜劇總是相對和暫時的。因此，悲劇更能觸動人類心靈深處的情感漣漪。

第三節　工農兵英雄
——當代英雄崇拜的主體及其消遁

　　我之所以跳過近代戰爭小說不論，而直奔當代戰爭小說中英雄崇拜這個話題，實乃中國近代戰爭小說泛善英雄崇拜可陳。近代中國，國家民族衰微。近代文壇充塞的是譴責批判的聲音，雖有少量戰爭小說描述了中國遭列強凌辱，忠臣勇士在絕望中抗擊外侮的英雄事蹟。但也僅此歌頌抗敵英雄和諷刺譴責貪生怕死的懦夫而已，總體上瀰漫著頹唐疾憤的末世情緒，談不上英雄崇拜。《洪秀全演義》倒是有英雄崇拜意識的，作者寫了一批反清復漢的英雄志士，並把它與資產階級民主革命牽強附會。但通篇小說流露出的是狹隘的民族情緒。作者認為，中國既往史書都是「媚上之文章，而不得為史筆之傳記也。……後儒編修前史，皆承命于當王，遂曲筆取媚，視其版圖廣狹為國之正僭，視其受位久暫為君之真偽……是以英雄神聖，自古而今，其奮然舉義為種族爭、為國民死者，類湮沒而弗彰也」（《洪秀全演義》〈自序〉）。作者把太平天國農民起義者視為「為種族爭、為國民死」的英雄，意欲為之彰揚。相對於傳統的「忠君報國」的道德價值觀，這自然是一種進步。但太平天國農民運動實際上仍然沒有擺脫封建君主專制的怪圈，作者不過一廂情願，為著宣傳資產階級革命的需要而有意拔高太平天國英雄們的思想境界而已。在近代中國，此類政治急功近利式的英雄崇拜意識沒有歷史和文學的普遍意義。「五四」新文學革命後出現的少數反戰小說是反英雄崇拜的，或者說是中國自古以來戰爭小說創作中從未出現過的英雄缺席的現象，是對幾千年封建時代英雄崇拜的反撥。但這些具有時代新質的反英雄崇拜小說還沒來得及形成一股創作潮流就被抗日救亡的時代主題沖沒了。

　　中國當代戰爭小說的英雄崇拜肇始於二十世紀四十年代抗日民主根據地和解放區的戰爭小說創作。其時，歷史已經發生了大顛覆，歷

史再不是王侯將相的英雄史，歷史舞臺上唱主角的是那些名不見經傳的凡夫俗子，時代賦予他們一個新鮮的名詞——工農兵。不過，歷史舞臺雖然換了主人，但人們的英雄崇拜意識猶在，而且因為政治領導人的提倡和執政黨文藝方針的指引，在二十世紀五十、六十年代，華夏民族固有的英雄崇拜意識被政治的乾柴煮到了沸騰的境地。

與幾千年中國傳統英雄崇拜意識相比，當代英雄崇拜（這裡主要指上世紀五十、六十年代的戰爭英雄崇拜）既有新的時代內容和意蘊，也有不變的千古定律。

第一，當代英雄崇拜的對象發生了根本變化。馬克思主義唯物史觀認為，歷史是奴隸創造的。然而兩千多年的中國封建史寫滿的卻是英雄的名字而不見奴隸的蹤影，歷史成為偉人史、英雄史。歷史學家們早就指出這一存在於世界各國的歷史共相：「每一個國家的歷史，都是用偉大人物——神話上的人物或現實生活裡的人物——的勳績，向青年表現出來的。在某些古代文化裡，人們推崇英雄為民族之父，……。在現代文化中，初年級歷史教育的英雄內容並沒有因為教學方法的改變而受到什麼影響」。「在大多數國家裡，特別是在集權國家裡，他們千方百計地向兒童、學生和成年人宣揚英雄崇拜和領袖崇拜」[6]。中國古代戰爭小說中的英雄人物何嘗不是如此，那些叱吒歷史風雲的英雄絕大多數都非帝王將相（或潛在的帝王將相）莫屬。從二十世紀三十、四十年代起，中國戰爭小說中擔當英雄的角色才開始重新確定，當西方人「從神龕裡挪去國王、政治家和將軍，又在原位上放上了工業和金融界的巨頭、哲學家和科學界的大思想家」[7]的時候，「中國的歷史小說則在原位上放上了無產階級、農民以及其他階層的一些沒有身分的人物。但這些人物卻也是英雄，並且由於他們本來難以具有英雄氣概而被格外地賦予種種英雄主義的品質。反『英雄

6　〔美〕悉尼・胡克：《歷史中的英雄》（上海市：上海人民出版社，1987年），頁7。

7　〔美〕悉尼・胡克：《歷史中的英雄》（上海市：上海人民出版社，1987年），頁8。

創造歷史」的中國以及中國歷史小說，其實比任何國家和任何國家的歷史小說還要在意英雄」。[8]當代英雄角色的這種重大置換除了是受馬克思主義唯物史觀的影響外，還與工農階級在現代革命戰爭歷史中的重要作用密不可分。從北伐戰爭、南昌起義、井岡山鬥爭到抗日戰爭、解放戰爭，中國共產黨主要是依靠農民和工人的力量奪取政權的，中共黨內的許多重要領導人本身便是工農出身的英雄。

　　第二，當代英雄崇拜依然秉承的是中國傳統英雄崇拜之道德至上的原則，只不過具體的道德內容和標準已今非昔比。一九四九年，隨著新中國的建立，馬克思主義的道德觀已經全面徹底地取代了資產階級和封建主義的道德思想。政治道德上，要求社會全體公民都必須擁護共產黨的領導和社會主義制度，公民政治地位平等。其中作為無產階級先進分子的共產黨員還必須樹立共產主義的遠大理想、全心全意為人民服務的宗旨，努力做社會道德的楷模；生活道德上，提倡大公無私，熱愛集體，艱苦樸素，勞動光榮等等。這些道德思想直接影響了一九四九年初期戰爭小說創作中英雄道德標準的確立。其時按照上述道德標準模式塑造出來的戰爭英雄具有如下共同的道德行為特徵：其一，具有無比堅定的政治立場。把黨的利益置於至高無上的位置，隨時準備為黨犧牲個人的一切。這些英雄的個人政治身分一般是共產黨員，其對黨的忠誠決不亞於封建時代那些忠臣義士對君王的忠誠，且不帶任何個人私誼色彩。如《保衛延安》的主人公之一、連長周大勇就是這樣的英雄，他「心目中除了黨、人民、祖國、人類實現社會主義理想，就再也沒有別的什麼了」，「唯一快樂、光榮的事情，就是為人民而戰鬥，而犧牲」。在《紅日》、《林海雪原》、《鐵道游擊隊》、《野火春風斗古城》、《苦菜花》、《烈火金剛》、《敵後武工隊》等一大批五、六十年代的戰爭小說中，我們可以看到許許多多周大勇式英雄

8　曹文軒：《20世紀末中國文學現象研究》（北京市：北京大學出版社，2002年），頁228。

的身影。其二，具有大公無私的高尚道德情操。擯除個人一切私心雜念，沒有個人愛情生活的感情糾葛，也沒有個人生活隱私、興趣愛好和人性的弱點，更沒有農民階級固有的歷史侷限性。總之，人性的一切雜質均被過濾、蒸餾、提純到幾近透明，人的全部豐富性只剩下一種屬性——階級性。

與上述道德行為相呼應，英雄們一般要被置於最艱苦的戰爭環境、最嚴峻的戰爭考驗中進行形象刻畫，以顯示出英雄們超凡的智慧和勇氣。如《保衛延安》中周大勇及其所帶領的連隊擔負的都是最艱鉅的任務：部隊撤出延安後，他們擔負的是鉗制敵人的任務；蟠龍鎮戰役，為了誘敵深入，他奉命必須打「非常狼狽的敗仗」，以七、八個連的小股部隊「背」著敵人十幾萬主力「逃竄」到綏德一帶；為了粉碎胡宗南和馬鴻逵的合圍計畫，周大勇率連隊越過隴東高原，進入荒漠地帶，經歷了大沙漠行軍中的乾渴、饑餓、勞累直至死亡的嚴酷考驗；榆林之戰，面對敵人的重重包圍，周大勇率戰友們與數十倍於己的敵人在長城線上巧妙周旋，伺機殲敵。他跳崖，負重傷被困在山洞裡，卻以極其頑強的毅力頂住了敵人的瘋狂進攻；九里山阻擊戰中，周大勇又率他的連隊插入幾萬敵軍中衝殺，攪亂了奪路逃跑的敵人。其他如《林海雪原》「智取威虎山」偵察英雄楊子榮隻身闖入敵穴和匪徒鬥智鬥勇；《鐵道游擊隊》中「血染洋行」、「飛車奪機槍」、「微山湖化裝突圍」等，都是五、六十年代戰爭小說刻畫英雄形象的經典情節。

當代戰爭小說塑造的英雄除了道德的純淨、行為的超凡外，還總體呈現為情緒的高昂、樂觀，一般沒有悲劇的結局，即使有個別英雄不幸犧牲，也會換來整體的勝利，其結局總是光明和喜悅的。

應當承認，上述道德行為特徵以及相應的戰爭英雄人物塑造和戰爭情節描寫之所以能夠成為那個時代英雄及其行為的共名，首先是因為有著歷史的客觀事實依據。在共產黨領導的人民軍隊中，靠共產主

義道德思想的教育和鼓舞，曾經湧現過許多具有時代新質的英雄模範人物，如張思德、董存瑞、黃繼光、邱少雲等閃光的名字都曾贏得那個時代無數人的敬仰。其次是作家創作動機和戰爭美學觀念的推波助瀾。五十年代戰爭小說的作者絕大多數是來自解放區的作家，他們或是軍隊的隨軍記者，或是部隊的文藝工作者，有的還是部隊的基層指揮員。對於剛剛經歷過的戰爭歲月他們不但有發言權，更覺得有責任和義務把那些英雄故事告訴給享受和平生活的人們，讓人們牢記共產黨和人民軍隊的偉大歷史功績。同時作為戰爭的最終勝利者，他們的胸中充溢著光榮和自豪感，由此形成了勝利者對戰爭特有的美學觀念，「這種觀念，首先表現在作家不再以知識分子的啟蒙主義立場和視角去描寫戰爭。……作家們全心全意地讚美和歌頌革命戰爭中湧現出來的戰鬥英雄。雖然戰鬥英雄不久前也可能是剛穿上軍裝的農民，但當他們投入了革命戰爭後，就被認為是無產階級革命行列中的一員，因而必須用無產階級革命戰士的標準來塑造他們」[9]。帶著這樣的戰爭美學觀念，作家在塑造英雄人物時常常是把眾多人物的優秀品質集中於一個人身上，即所謂「典型化」的創作方法。然而「情感的傾瀉往往淹沒了清醒的歷史審視意識。這樣，在創作中就不可能或者甚至是不願意去全面地剖析人物性格的各個側面或各種複雜因素，相反，卻盡力以自己的情感意願給人物性格的光華作充填，作強化，作升騰」[10]再次是執政黨文藝方針政策的規約和文藝批評價值取向的導引。早在延安整風時期，毛澤東的那篇著名講話就已經把文藝的命運與工農兵捆綁在一起。一九四九年七月召開的第一次文代會上，毛澤東、周恩來等政治領導人的講話再一次確認了文藝必須歌頌工農兵、服務工農兵的方向。而郭沫若、茅盾、周揚等文藝領導人的講話則自

9　陳思和主編：《中國當代文學史》（上海市：復旦大學出版社，1999年），頁56-57。
10　陳美蘭：《中國當代長篇小說創作論》（上海市：上海人民出版社，1987年），頁7-8。

覺地把「五四」以來的新文藝納入階級鬥爭的範疇加以總結，進一步強化了文藝的政治化意識形態趨向。在一九五三年九月召開的第二次文代會上，周揚在題為〈為創造更多的優秀的文學藝術作品而奮鬥〉的大會報告中進一步強調「當前文藝創作的最重要的最中心的任務是表現新的人物和新的思想」，「決不可把在作品中表現反面人物和表現正面人物兩者放在同等的地位」，甚至對如何表現正面（英雄）人物作了具體規定：「為了要突出地表現英雄人物的光輝品質，有意識地忽略他的一些不重要的，使他在作品中成為群眾所嚮往的理想人物，這是可以的而且必要的」[11]。此後文藝界又開展了「關於創作英雄人物問題的討論」，也推波助瀾地將英雄崇拜朝高亢、雄健一路的審美偏向推進。五十年代末對《百合花》、《英雄的樂章》等戰爭小說柔性作品的批評更基本杜絕了戰爭英雄人物塑造的多樣化審美追求的路徑。到了六十年代，認定「英雄典型」的塑造是文學的「重要任務」或「最迫切的任務」，以及「英雄典型」不能有品質缺陷、英雄的典型性等於階級性等觀點，又把英雄人物的塑造往概念化、模式化的狹路上逼進。終於導致當代戰爭小說駕馭英雄的戰車在「文革」中徹底滑向「三突出」創作原則的死胡同而遭受顛覆的命運。

　　翻閱中國戰爭小說，我們曾經無數次地仰望那紛至沓來如雕塑般矗立在我們面前的英雄們——他們的身分或高貴或平凡，但精神卻無不壓倒我們，使我們在他們面前感到肅穆和渺小，並由然而生一個曾經堅信為不可顛覆的歷史性結論——戰爭小說離不開英雄形象的支撐，正如戰爭中不能沒有英雄一樣。然而，隨著那一段如夢魘般的歷史的終結，這一歷史性的結論很快被新潮迭起的文學創作的嶄新現實動搖。如果說在上世紀八十年代初期，我們尚可在那些帶有反思性質的戰爭小說中看見英雄的身影，雖然這些英雄已經褪去了神性的光環

11 周揚：〈為創造更多的優秀的文學藝術作品而奮鬥〉，原載《文藝報》第19期（1953年）。

而還原為平凡的人，但他們從道德思想到行為舉止仍然具有英雄的特質，像《西線軼事》中的劉毛妹、《高山下的花環》中的梁三喜、靳開來等，都是一些具有實在人性而全無神性的英雄。但進入八十年代後期，隨著階級鬥爭觀念逐漸被市場經濟觀念所取代，戰爭小說中再難有英雄的用武之地。其時出現的一批被文學評論家們納入新歷史小說範疇的戰爭小說，徹底拋棄了既往戰爭小說中工農兵英雄唱主角的創作模式，而以一種全新的思維和對歷史與英雄的重新解釋令人耳目一新。

　　「一切歷史都是階級鬥爭的歷史」曾經是二十世紀八十年代之前對歷史的最權威解釋，按照這一歷史觀進行文學創作，工農兵英雄得以叱吒風雲盛極一時。隨著階級鬥爭學說受到普遍懷疑，繼而執政黨正式確認現階段社會階級矛盾已經降為次要矛盾。新的社會政治氛圍為文學家們重新審視歷史和文學提供了條件。於是，「在文學界普遍認同『人性是最為根本』的思想、認為文學的最深（也是最後）的層面便是人性之後，新歷史小說非常自然地找到了『階級鬥爭』的替換物，這便是『人的欲望』」[12]。

　　用「人的欲望」來解讀歷史，歷史便完全變成了另外一番樣子：歷史與英雄無關，只與細民有關。在沒有英雄的歷史畫面中，無產階級和農民階級的成員都紛紛回到了非英雄的狀態。其時紛紛攘攘降世的戰爭小說中已經沒有了我們曾經司空見慣的那些義勇雙全、高大壯美、富有強烈階級意識和高度政治覺悟的工農兵英雄的形象，而代之由人的欲望（權欲和情欲）構織出的一幅幅血腥的圖畫：《紅高粱》中「最英雄好漢最王八蛋」的余占鰲便是一個徹頭徹尾的欲望的奴隸。在其農民式的實用價值之上沒有什麼抽象的道義和民族利益，一切行動以眼前的實際功利和赤裸裸的生命欲望為目的：為了取代麻瘋

---

12 曹文軒：《20世紀末中國文學現象研究》（北京市：北京大學出版社，2002年），頁221-222。

病者成為「奶奶」這個絕世美人的「丈夫」，余占鰲以不無野蠻然而符合人性本能的方式殺了單家父子；他一方面深愛著絕世無雙的「奶奶」，另一方面又受情欲驅使與「奶奶」的丫頭戀兒私會，還與寡婦劉氏有染；他殺人如麻，但其多種多樣的殺人背後所基於的動機卻並不複雜，無非是那些人性的本能欲望──自由欲望、復仇欲望、貞操觀與占有欲等等，如墨水河大橋與日寇拼殺，是為了替被日寇慘殺的劉羅漢和被蹂躪的「二奶奶」報仇；八路軍膠高大隊盜了他們的槍枝，便埋下日後相互殘殺的禍根；殺土匪「花脖子」，除了報受辱之前仇，還因為「花脖子」曾「摸過」「奶奶」戴鳳蓮……。同樣，在周梅森的「戰爭與人」系列中篇小說中，不論是《國殤》中新二十二軍內部的相互傾軋，還是《荒天》中汪偽第七方面軍發生的多場「反正」兵變，或是《焦土》中守衛樊城的一六八軍軍長李威和擔任側翼增援的河西游擊縱隊司令錢大興之間的明爭暗鬥，以及《軍歌》中發生在礦井下的暴動……，一切都是圍繞著權欲、生存欲等「人的欲望」展開的。即使是直面中國現代革命戰爭史上一次真實事件的《皖南事變》，作家也不屑於用幾成定論的歷史觀去看待它，而是試圖從「人的欲望」或人性的普遍弱點的視角去重新審視這一戰爭悲劇事件背後的一些奧秘。

　　世紀之交，歷史的車輪以雷霆之勢載著中國這一東方巨人隆隆駛向市場經濟時代，當炮火硝煙的戰爭英雄似乎離紙醉金迷的現實漸去漸遠的時候，在市場大浪中左衝右突而身心疲憊的人們驀然回首，終於發現在這個經濟繁榮價值多元的時代戰爭英雄依然不可缺席。於是，九十年代中期以來，當鄧一光、都梁、徐貴祥、石鐘山等青年作家再次舉起英雄主義的旗幟，以火熱激情和理性審視相結合的審美手段再塑戰爭英雄的時候，竟得到了意想不到的熱烈的社會反響。陸續問世的《我是太陽》、《戰將》、《父親是個兵》、《我是一個兵》、《亮劍》、《父親進城》、《歷史的天空》、《八月桂花遍地開》、《遍地鬼

子》、《中國血》、《最後一個軍禮》等都是湧動著不屈的生命激情和崇高偉力的英雄主義小說。借助電視傳媒的推波助瀾，這些文學作品中的英雄很快成為家喻戶曉的新偶像。但世紀之交的戰爭英雄並沒有簡單回歸到五六十年代戰爭小說中的英雄那樣只是充當世人的道德楷模，但也不是如余占鰲輩淪為欲望的奴隸。關山林、李雲龍、梁大牙等戰爭英雄之讓人感到可親可敬，不是因為他們有多麼高尚的世俗的道德力量，而在於他們對軍人價值的不懈的生命追求和對軍人的神聖職責的堅執。這些既還原歷史又被賦予時代新質的戰爭英雄在新舊世紀之交重新崛起，表明新一代戰爭小說家對英雄的理解已更加理性和成熟，也預示著新世紀戰爭小說創作的光明前景。我們拭目！我們期待！

第五章
中國戰爭小說與中國兵學文化之關係

　　中國是世界上兵學文化最豐富發達的國家之一，兵家輩出，兵書浩瀚。從兩千五百多年前的《孫子兵法》到當代偉大軍事家毛澤東的軍事著作，歷代兵學思想都不僅對中國社會政治歷史走向產生重大影響，而且在經濟、文化等諸多領域都留下了深刻印記。從文化學視角研究中國戰爭小說就不能不聯繫中國兵學文化。

第一節　中國古代戰爭經典小說對兵家思想的藝術演繹

　　中國古代戰爭經典小說首推《三國演義》，其次是《水滸傳》，還有《東周列國志》等。不言而喻，所謂戰爭經典小說是指作品表現戰爭的典範意義。這便首先涉及到中國古代戰爭的特點問題，否則所謂典範意義便無從談起。

　　雖說在中國古代兩千多年的歷史中，隨著社會的發展、軍事裝備技術的進步，每一個時代的戰爭都呈現出不同的特點，但在以冷兵器為主要軍事裝備、以攻城掠地為主要戰爭形式的中國古代，歷代戰爭仍然有其跨時代的共同特點：其一，從政治道德的角度看，中國古代十分重視戰爭的政治道義，認為戰爭是關係國家生死存亡的大事，不能不認真對待。《孫子兵法》開篇明義：「兵者，國之大事也。死生之地，存亡之道，不可不察也。」孔子、孟子等先秦儒家也強調以禮制

戰、以仁為本。《禮記》讚揚「堯舜率天下以仁，而民從之」，「軍旅有禮，故武功成也」。孟子譴責「爭地以戰，殺人盈野；爭城以戰，殺人盈城」的非道義的戰爭行為。歷代許多兵書也都持相似的戰爭道德觀，像《吳子兵法》講「文德」，《孫臏兵法》求「義」，《尉繚子》注重「道勝」與「人和」的關係，《司馬法》闡揚「仁本第一」和「爭義不爭利」，《太白陰經》論述「兵非道德仁義者，雖伯有天下，君子不取」，「非道德忠信，不能以兵定天下之災，除兆民之害」等等觀點以及唐太宗李世民、明太祖朱元璋、清康熙帝等許多有作為的封建帝王都十分重視修德安民，對戰爭持極其慎重的態度。總之，無論是政治家、軍事家還是思想家都認同戰爭的最終價值是民心向背這一根本道德取向。其二，從軍事戰略的角度看，中國古代戰爭極其講求「智勝」——先計後戰、全勝為上、靈活用兵、因敵制勝等。歷代兵家從戰爭實踐中總結出的諸如知己知彼、因勢定策、盡敵為上、伐謀伐交、兵不厭詐、出奇制勝、避實擊虛、各個擊滅、造勢任勢、示形動敵、後發制人、巧用地形、攻守皆宜等等具體戰略戰術思想，核心都是圍繞著「致人而不致於人」，即爭取戰爭主動權這一根本目標，反映了中國古代戰爭計戰甚於力戰的重要特點。至於由這兩大主要戰爭特點衍生的關於將帥的政治軍事修養、治軍練兵思想、後勤保障機制等，也從多方面反映了中國古代戰爭的一般特點，此不一一贅述。

　　以《三國演義》、《水滸傳》為代表的中國古代戰爭經典小說通過鮮明生動的戰爭人物形象塑造、波瀾壯闊的戰爭場面描寫和神機鬼測的戰略戰術運用的渲染，對上述中國古代戰爭特點和兵家思想作了生動的藝術演繹。

一　作品的道德情感取向契合兵家的戰爭道德觀

　　中國古代戰爭經典小說具有格外鮮明的道德情感取向，無論是

《三國演義》「擁劉反曹」的思想傾向，還是《水滸傳》對亂自上作
的政治歸結，以及《東周列國志》直截了當褒貶仁君愚侯，不可否認
其中主要反映了占統治地位的儒家政治倫理道德觀，但兵家戰爭道德
觀的影響同樣不可忽視（兵家道德觀實際上就是儒家道德觀在戰爭中
的反映）。戰爭是流血的政治，是對生靈的塗炭，因而，中國古代兵
家多取「慎戰」態度，孫子在「始計」篇中對戰爭作出「死生之地，
存亡之道」的莊嚴而凝重的定義後，緊接著提出了「五事」、「七
計」。「五事」──「一曰道，二曰天，三曰地，四曰將，五曰法」，
「七計」──「主孰有道？將孰有能？天孰誰得？法令孰行？兵眾孰
強？士卒孰練？賞罰孰明？」無論「五事」還是「七計」都突出了
「道」，「道者，令民與上同意也。故可與之死，可與之生而不詭
也」。在孫子看來，只要民眾和國君能夠達到思想一致，民眾就能想
國君之所想，急國君之所急，就會毫無畏懼地去為國家為君主拼死賣
命，這就叫「道」，就是民心所向。其他兵家對於戰爭的態度也無出
其右。《六韜》把「道」置於至高無上的位置，其中特別強調了「君
之道」兩個重要方面，一是要把天下看成「天下人之天下」；二是作
為君主理應受到他的管理對象──臣民的約束。《荀子》的兵學思想
中自始至終貫串著一個重要思想──「壹民」和「附民」，即把政治
上爭取民心視為用兵攻戰的根本。兵家們突出強調並深刻闡明的戰爭
的政治因素和道義基礎對於國家存亡和戰爭勝負的決定作用，正是
《三國演義》、《水滸傳》等所竭力渲染的道德情感傾向，這種情感傾
向在《三國演義》是通過劉備與曹操這兩個相反相成的道德上的兩極
人物以及董卓等人的所作所為加以形象化的闡釋，在《水滸傳》是通
過高俅、蔡京、童貫、楊戩等四大奸臣為非作歹和宋江們的聚義反抗
進行藝術的演繹，在《東周列國志》則是以東周五百多年間列國諸侯
此起彼消的漫長爭戰，形象地揭示了一個歷史的真諦：得民心者昌，
逆民意者亡。

　　《三國演義》和《水滸傳》都不約而同地以「亂自上作」開篇。
《三國演義》謂天下分為三國,「推其致亂之由,殆始於桓、靈二
帝。桓帝禁錮善類,崇信宦官。」靈帝尊信的張讓等「十常侍」朋比
為奸,「朝政日非,以致天下人心思亂,盜賊蜂起」。由是何進招外
兵,引董卓入持朝政,卓廢少帝立獻帝,挾天子令諸侯,天下此無寧
日。《水滸傳》以高俅發跡作為全書的一個引子,可謂用心良苦。高
俅出場後,王進因高俅迫害而夜走延安府,林沖因高俅誣陷而發配滄
州道,楊志因高俅的斥退而流落東京城。金聖歎說:「蓋不寫高俅,
便寫一百八人,則是亂自下作也;不寫一百八人,先寫高俅,則是亂
自上作也」。「亂自上作」如董卓者,以「吾為天下計,豈惜小民哉」
作為治政信條,於是「嘗引軍出城,前行到陽城地方,時當二月,村
民社賽,男女皆集,卓命軍士圍住,盡皆殺之,掠婦女財物,裝載車
上,懸頭千餘顆于車下,連軫還都,揚言殺賊大勝而回」。甚而,嘗
留百官飲宴,「適北地招安降卒數百人到,卓即命於座前,或斷其手
足,或鑿其眼睛,或割其舌,或以大鍋煮之。哀號之聲震天,百官戰
慄失箸,卓飲食談笑自若」;「亂自上作」如曹操者,奉行「寧教我負
天下人,休教天下人負我」之人生哲學,於是為雪父仇,令但得城
池,將城中百姓,盡行屠戮,「大軍所到之處,殺戮人民,發掘墳
墓」,令人髮指;「亂自上作」如高俅、蔡京輩,殘害忠良義士,搜刮
民脂民膏,於是便有鄭屠、西門慶和薛超、董霸之流上行下效,欺壓
百姓,魚肉鄉里。當此之時,有道仁君如劉備者,著意以「寬」、
「仁」、「忠」與無道暴君曹操「急」、「暴」、「譎」水火相敵。有道仁
君與無道暴君的根本分野就體現在對百姓的態度上。從做小小的安喜
縣尉到後來成為一國之君,劉備始終牢記「舉大事者,必以人為本」
的信條,不僅對民秋毫無犯,而且對部將也仁義之至,君臣、君民關
係真正到了「可與之死,可與之生」的理想境地,是為古今仁君的楷
模。梁山寨主宋江雖然沒有君主的名分,卻有仁君的風範。靠仁義的

道德力量和寬廣的容人胸懷，宋江把出身不同、經歷有別、性格各異的一百零八個英雄好漢團結在「替天行道」的大旗下，與高俅、蔡京等奸僞之輩開展了轟轟烈烈的武裝鬥爭（關於劉備、宋江、曹操等仁君或暴君的形象塑造，本書第三、四章有過較詳細分析，此不贅述）。

從邏輯上說，按照《孫子兵法》「五事」、「七計」去立身行事，當能取得戰爭的勝利，孫子很自信地說：「凡此五者，將莫不聞，知之者勝，不知者不勝。」但是，三國爭戰的結果卻是「有道」、「仁義」的蜀漢滅亡了，而殘暴、僭篡者最終擁有了天下。「替天行道」的宋江們也終於被「無道」的高俅、蔡京等招安在皇帝的麾下。作家的道德情感與歷史的真相許多時候是無以調和的，作為歷史小說家，羅貫中不能不尊重歷史事實，同時又在無意識中用他的道德情感傾向呼應了兵家的戰爭道德觀。因此，《三國演義》呈現給人們的還是「仁慈愛民」的劉蜀一方在局部戰爭中的節節勝利和「奸詐害民」的曹魏一方在戰爭中的多次失敗。而蜀國的節節勝利除了劉備以道義和正統旗號感召天下外，在很大程度上是靠賢相諸葛亮的運籌帷幄和猛將關羽、張飛、趙雲等的勇冠天下。戰爭終究是軍事實力的較量，民心向背固然重要，但沒有足夠的精兵強將，同樣不能取得勝利。因此，《孫子兵法》「五事」中，雖以「道」為第一，為爭取民心的政治基礎，有必要突出強調，但「五事」是一個統一的整體，缺了任何一「事」，都將影響戰爭的全域，其中「將」事又尤顯重要，是僅次於「道」的決勝基礎。

二　將帥謀臣群像的典型塑造與兵家的將帥論

《三國演義》全書出場人物近一千兩百人，其中絕大多數為直接參與大小戰爭的將帥謀臣人物。《水滸傳》一百零八將多是智勇雙全

武藝超群的江湖好漢，後來成為梁山義軍頭領後個個也是能征善戰的統兵將領。《東周列國志》更對春秋戰國五百多年間的戰爭歷史風雲人物一一作了藝術描繪。其他中國古代戰爭小說，如《說唐全傳》、《說岳全傳》、《英烈傳》等，寫得最多的也是帶兵的武將和出謀劃策的智囊型人物。在這些戰爭小說作品中，最全面完整和多方位地展示了中國古代軍事戰爭人物形象的無疑是《三國演義》。

　　一部七十多萬字的《三國演義》幾乎寫盡了中國古代軍事將領品德修養、軍事修養的方方面面。這些修養的基本內涵，我們可以從《孫子兵法》等中國古代兵書中得到印證。如前所述，《孫子兵法》一開頭就提出「五事」、「七計」。其中「五事」之「將」事又包括了「智、信、仁、勇、嚴」五個方面，後人稱為為將「五德」。「智」是智謀才能，「信」指誠信或賞罰有信，「仁」指仁慈、愛護士卒，「勇」為英勇果敢，「嚴」為執法嚴明。此外，《孫子兵法》還在多處談到了將帥的修養問題，如〈九變〉篇說：「將有五危：必死，可殺也；必生，可虜也；忿速，可侮也；廉潔，可辱也；愛民，可煩也。」這是從反面對「五德」作了補充說明。〈地形〉篇中又提出「進不求名，退不避罪，惟民是保，而利合于主，國之寶也。」這又是從將帥人物的政治品質上提出的要求。至於〈九地〉、〈火攻〉等篇裡提出的「將軍之事，靜以幽，正以治」；「非利不動，非得不用，非危不戰」；「主不可以怒而興師，將不可以慍而致戰」等等，要求將帥具有鎮靜、堅毅、果敢等品質，已進入了性格修養乃至心理素質的深層。先秦及後代兵家對將帥人物的政治、軍事素養都作過多方面的論述，但都離不開這些基本方面，如吳起的「五慎」（理、備、果、戒、約）、「四德」（威、德、仁、勇）論，孫臏的「五德」（義、仁、德、信、智）論，司馬穰苴的「五德」（仁、義、智、勇、信）論，《六韜》的「五材」（勇、智、仁、信、忠）、「十過」（勇而輕死，急而心速，貪而好利，仁而不忍人，智而心怯，信而喜信人，廉潔而不

愛人，智而心緩，剛毅而自用，懦而喜任人）論，王符的「六德」
（智、仁、敬、信、勇、嚴）論，諸葛亮的「十五律」（慮、詰、
勇、廉、平、忍、寬、信、敬、明、謹、仁、忠、分、謀）論，朱元
璋的「五事」（智、勇、忠、仁、信）論，等等。以《三國演義》為
代表的中國古代戰爭小說以塑造眾多品德修養各異、性格鮮明生動的
將帥謀臣的藝術形象，在客觀上對《孫子兵法》等中國古代兵家的將
帥論作了審美的演繹。

　　《三國演義》的將帥人物往往是某種品德、品格或性格的突出代
表，人們甚至可以用一兩個字概括某個人物的品格或性格特徵，如曹
操的奸、劉備的仁、關羽的義、張飛的猛、諸葛亮的智等等，而且小
說大體上是把將帥人物的某些品格、性格特徵強調乃至誇張到了極
至，如劉備之仁，幾至不分場合、地點和對象，像三讓徐州、攻戰益
州這些軍事上的爭奪，劉備也一次次辭讓，令人不可卒信；又如張飛
的勇猛被誇張到了出神入化的地步，大戰長坂坡那「聲如巨雷」的三
聲大喝，竟使敵將驚懼落馬而亡，堪稱為古今小說描寫將帥勇猛的絕
唱。可見作者是著意讓戰爭邏輯服從情感邏輯的，所以魯迅先生對此
評價說：「欲顯劉備之長厚而似偽，狀諸葛亮之多智而近妖」（《中國
小說史略》）。對反面人物，作者也多突出其一兩個主要性格特徵，其
他性格素質則被弱化，如董卓在歷史上是一個雄才大略、冠絕一時的
人物，但《三國演義》只突出了他凶殘一面的性格特徵，他廢少帝，
殺朝臣，橫行京都，稱霸朝野，作惡多端……。其他如呂布的有勇無
謀、孫皓的酷虐殘暴、司馬炎的驕狂橫霸等等，強調的都是他們性格
中的一極，只有曹操、劉備、周瑜等少數人物，作者才寫出了其性格
中相反相成的對立因素，像曹操的既奸而雄、劉備的似誠信實虛偽。
而全書大體符合兵家對將帥人物政治軍事品格素質全面要求的大約只
有諸葛亮、趙雲等極少數人物。諸葛亮的形象體現了戰爭中活學活用
兵學思想的理想典範，成為中國古代將帥謀臣的一面旗幟。諸葛亮之

「智」絕舉世無雙，他的信義、仁慈、英勇、嚴明也是無與倫比的。五出祁山時，諸葛亮所帶兵馬只有十萬，而對手司馬懿卻擁有精兵三十多萬，且十萬蜀兵中有四萬人役期已到，該換防回鄉。大戰在即，將帥與士卒都憂心忡忡，有人主張暫留老兵，待新兵到後再換他們回鄉。諸葛亮斷然道：「不可。吾用兵命將，以信為本，既有令在先，豈可失信？且蜀兵應去者，皆準備歸計，其父母妻子倚扉而望；吾今便有大難，決不留他。」諸葛亮的誠信感動了蜀軍將士，結果老兵們反而不想回鄉了，都紛紛要求留下與魏軍決一死戰。歷史上諸葛亮的仁慈愛兵也是有名的，他曾在自己所著的《將苑》中說：「夫為將之道，軍井未汲，將不言渴；軍食未熟，將不言饑；軍火未燃，將不言寒；軍幕未施，將不言困。夏不操扇，冬不衣裘，雨不張蓋，與眾同也。」至於他的英勇果敢，只要看他敢於隻身深入不測之地舌戰東吳群儒和在百萬大軍壓境時唱空城計，就足以窺見一斑。而他不徇私情揮淚斬馬謖更成為治軍嚴明的千古佳話。

反之，小說也寫了一些不按照兵法的戰術要求或曲解了兵法的戰術思想而招致失敗的例子。如雖自幼飽讀兵書卻不知道根據戰場實際靈活運用的馬謖就是典型例子。街亭的失守，一方面緣於馬謖的輕敵，臨行前諸葛亮曾叮囑他「街亭雖小，干係甚重」，馬謖則自認為「某自幼熟讀兵書，頗知兵法。豈一街亭不能守耶？」另一方面，機械照搬兵書的某些教條，而不考慮戰場的實際情況是馬謖招來殺身之禍的根本原因。當道要路，馬謖不屯兵紮寨，卻置大將王平的勸阻於不顧而執意移兵於側邊一座孤山上，還自以為「兵法云：憑高視下，勢如破竹」。當王平提醒道：「今觀此山，乃絕地也。若魏兵斷我汲水之道，軍士不戰自亂矣。」馬謖又十分自信地回答：「孫子云：置之死地而後生。若魏兵絕我汲水之道，蜀兵豈不死戰？以一可當百也。吾素讀兵書，丞相諸事尚問於我，汝奈何相阻耶！」其結果是魏軍把山四面一圍，水道一斷，蜀兵便不戰自潰。對此，毛宗崗一針見血地指出：

「馬謖之所以敗者：因熟記兵法之成語於胸中，不過曰：『置之死地而後生』耳。不過曰『憑高視下，勢如破竹耳』。孰知坐論則是，起行則非；讀書雖多，致用則誤！豈不可歎哉！」（第九十五回評說）。

　　《三國演義》在戰爭人物的描寫中著意突出人物性格的某一方面特徵，這僅僅是它的一種總體或主要的藝術方法，絲毫不意味著小說是機械地對應兵法的某些論述進行人物形象塑造的，相反，作者在塑造人物形象、組織情節結構時，許多時候是不遵循戰爭邏輯而是按照情感或審美的邏輯進行的。這裡所謂戰爭邏輯是指兩方面的意思：一是歷史上某一場戰爭實有的情況；二是戰爭本身固有的合規律的進行邏輯。《三國演義》寫得最有生氣的人物和最精彩的情節恰恰是那些不那麼合乎甚至違背戰爭邏輯的部分。諸葛亮形象的塑造是最典型的例子。無可否認，歷史上的諸葛亮是一個在戰爭理論和實踐上都頗有建樹的偉大軍事家，但同時又是一個軍事才能上有侷限的人物，陳壽在《三國志》〈諸葛亮傳〉中說：「諸葛之為相國也，……可謂識治之良才，管蕭之亞匹矣。然連年動眾，未能成功，蓋應變將略，非其所長歟！」然《三國演義》中的諸葛亮則成為集眾智於一身的「箭垛式的人物」。縱觀《三國演義》全書，有關諸葛亮的故事情節，有相當一部分是於史無據或張冠李戴或虛構想像的，像「博望坡之戰」、「火燒新野」、「草船借箭」、「借東風」、「安居平五路」以及包括「空城計」在內的諸葛亮與司馬懿的幾番鬥智。然而，正是這些於史無據的故事情節烘托出了一個千古「智絕」名相的藝術形象。試想，如果完全遵循戰爭邏輯來進行推理，東風靠人力何以能借？諸葛亮的增灶退兵法破綻百出，老謀深算的司馬懿何以能被輕易騙過？其他如關羽華容道義釋曹也不合乎戰爭邏輯，但卻完全符合關羽的性格邏輯。小說畢竟是藝術虛構的產物，《三國演義》之所以被譽為「審美的兵書」[1]，正

1　楊義：《中國古典小說史論》（北京市：中國社會科學出版社，1995年），頁252。

在於它既尊重戰爭歷史，又不拘泥戰爭歷史；既遵循戰爭邏輯，又不唯戰爭邏輯。它比後代其他戰爭歷史小說都技高一籌，奧秘也正在於此。

作為中國古代一部典範的軍事戰爭小說，《三國演義》的將帥謀臣形象的塑造基本上能吻合兵家對軍事將領的政治軍事素養的要求。《水滸傳》則不然，大部分梁山好漢性格的亮點是在他們反上梁山之前，也就是說當他們單槍匹馬仗義行俠的時候，他們也就基本完成了各自性格的塑造，此後作為梁山義軍的頭領在與圍剿的官軍的戰鬥中，再後來招安成為官軍的將領在替皇帝打「別的強盜」或征剿外夷的戰爭中，梁山好漢們基本上失去了性格光彩，僅僅充當行軍布陣中任人驅遣的一顆走卒。這與《三國演義》眾將帥謀臣形象的塑造具有很大的差異。我以為其中的根本原因在於兩部作品所反映的戰爭性質和形式的不同，《三國演義》是表現王朝爭戰的歷史小說，其中的大多數戰爭屬於正規軍作戰，基於這些戰爭的軍事人物描寫自然與指導或總結這些戰爭的兵學思想不可能相去太遠。《水滸傳》是反映農民戰爭的英雄傳奇小說，採用的是無規無矩的游擊戰術，亦即封建統治者所指稱的「流寇」軍事行為，何況水滸英雄們在上梁山之前所採取的鬥爭行動，或是個人反抗，或是小股聚義，不是嚴格意義上的軍事戰爭行為，因此，梁山英雄的形象塑造不可以用兵學教科書去生硬對照。

從兵學文化視角看中國古代戰爭小說的人物形象塑造，《三國演義》最有神采者是蜀漢軍師諸葛亮，《東周列國志》中給人留下較深刻印象的也是諸侯國的那些謀士說客們，其中一些人物是歷史上著名的軍事思想家，如管仲、孫武、孫臏等。管仲輔佐齊桓公成就了霸業；孫武按照兵法條例訓練吳王闔閭的三百名宮女，竟當著吳王的面斬首了不聽調遣的吳王二寵姬，使吳國上下震悚；鬼谷子的弟子龐涓妒賢嫉能，設計殘害投奔自己的同學孫臏。孫臏詐瘋逃脫劫難，龐涓終於敵不過同學兼勁敵孫臏，兵敗自盡。可惜《東周列國志》所寫所

敘過於拘泥史實，幾成春秋戰國五百年歷史的流水帳。書中的戰爭歷史人物既缺少諸葛亮式的智慧光芒，也沒有《水滸傳》傳奇英雄們的性格神采，更談不上從藝術上反映中國兵學思想的精華。

三　作品的戰爭描寫與兵家的戰爭謀略觀

　　戰爭描寫是衡量戰爭小說藝術成就的主要標誌之一。之所以視《三國演義》為中國古代戰爭小說首屈一指的經典，不在於作品的道德情感取向契合兵家的戰爭道德觀，也不僅僅因為它塑造了眾多將帥謀臣的典型形象，而主要在於其戰爭描寫的典範意義。《三國演義》所描寫的戰爭不僅數量多、形式多、人物多，而且視角豐富多變，既有全景的視野，又有局部的戰場；既有戰略上的帷幄運籌，又有戰術上的靈活運用；不僅著眼於軍事鬥爭，而且從政治、外交、經濟等多方面縱橫捭闔。中國古代兵家的許多戰略戰術理論，尤其是其中的謀略思想在《三國演義》的戰爭描寫中都得到生動體現。毛宗崗在《三國演義》的評說中多次提到《三國演義》可當兵書讀，「三國一書，直可作『武經七篇』讀」（第三十回評說）；「……或遲、或速、或戰、或不戰。用兵之道，變動不拘。可當孫子十三篇讀」（第六十七回評說）。以下且以《孫子兵法》十三篇若干主要內容與《三國演義》的戰爭描寫試加對照。

　　《孫子兵法》十三篇遵循十分鮮明的邏輯順序，即由總體到部分，由全域到局部，由戰略到戰術，由一般到個別。首篇〈始計〉為全書之總綱，提出了戰爭之與國家生死存亡的關係、將帥的德才智謀之與戰爭勝負的關係等有關戰爭的根本大計。第二篇〈作戰〉、第三篇〈謀攻〉是從戰略的高度，對能否進行與如何進行戰爭所提出的根本性的戰略方針，從戰爭的物質基礎寫到戰爭的最理想境界「上兵劃謀」、「不戰而屈人之兵」。第四篇〈軍形〉、第五篇〈兵勢〉、第六篇

〈虛實〉，開始進入具體作戰形式的說明，如防守、進攻、軍爭、行軍、火攻以及不同地形環境中的特殊爭鬥，既有戰略與策略的一般原則，如「先為不可勝」，「勝兵先勝而後求戰」，「以正合，以奇勝」，「奇正相生」，「致人而不致於人」，「避實就虛」等，也有具體戰術原則的論述，如「善守者，藏於九地之下；善攻者，動於九天之上」，「擇人而任勢」，「形兵之極，至於無形」等等。第七篇〈軍爭〉、第八篇〈九變〉、第九篇〈行軍〉更多述及具體行軍作戰的情況與方法，如「以迂為直」，「避其銳氣，擊其惰歸」，「以治待亂，以靜待嘩」，「以近待遠，以逸待勞，以飽待饑」，「圍師必闕，窮寇勿追」以及將帥指揮軍隊的「九變之術」和審察敵情的「三十二術」等等。第十篇〈地形〉、第十一篇〈九地〉、第十二篇〈火攻〉、第十三篇〈用間〉更全然進入了戰鬥中的具體條件、具體情況、具體方法的分析論述，如對地形地貌的考察與利用，火攻的具體形式與方法，用間的種類與用間原則等。總之，《孫子兵法》十三篇始終貫穿著一條鮮明的思想主線，這就是以「道義」為指導戰爭的最高準則，以「不戰而屈人之兵」為戰爭的最終目標，以「上兵劃謀」為最根本的戰術原則。那麼，孫武這些極其重要的戰爭思想是怎樣不期然地與一千八百多年後的小說作品《三國演義》中的審美描述相契合的呢？

　　孫武以「道」為本的戰爭道德觀在《三國演義》中表現為「擁劉反曹」的思想傾向，前文已述及，此不贅述。首篇〈始計〉中還提出另一個重要思想「兵者，詭道也」，這是對戰爭特性最本質的概括。戰爭既然是「死生之地，存亡之道」，是你死我活的殊死鬥爭，當然應當使用包括欺詐在內的一切手段。如何使用詐道呢？孫子提出了「詭道十二策」──「能而示之不能，用而示之不用，近而示之遠，遠而示之近。利而誘之，亂而取之，實而備之，強而避之，怒而擾之，卑而驕之，佚而勞之，親而離之」。可以說，《三國演義》的全部戰爭描寫都處處體現了孫子的這些「詭道」，如「能而示之不能」最

生動的描寫是第二十一回「曹操煮酒論英雄」——大英雄劉備在大奸雄曹操面前故作懦弱無能的表現。其時劉備手無寸兵不得不依附曹操，為了防備曹操加害，劉備故意在後園種菜，以示其胸無大志。當曹操和他縱論天下英雄，最後點出「今天下英雄，惟使君與操耳！」劉備大吃一驚，以致手中匙箸都失手丟落地下，此時恰好雷聲大作，劉備巧妙地以懼雷掩飾，從而麻痺了曹操對他的警惕。〈始計〉篇的最後，孫子強調戰前謀劃的重要性：「夫未戰而廟算勝者，得算多也；未戰而廟算不勝者，得算少也。多算勝，少算不勝，而況於無算乎！」《三國演義》「多算」之最當數諸葛亮。小說對諸葛亮的智謀描寫從他的出場到死後，幾乎貫穿人物的每一個行動、貫串人物的一生。劉備三顧茅廬，諸葛亮終於出山，一方面固然是為劉備知遇之恩所感，另一方面也是建立在他對天下大事了然於胸的基礎上。在茅廬他便對劉備分析天下大勢，著手戰略謀劃：

> ……今操已擁百萬之眾，挾天子以令諸侯，此誠不可爭鋒。孫權據有江東，已歷三世，國險而民附，此可用為援而不可圖也。荊州北據漢、沔，利盡南海，東連吳會，西通巴、蜀，此用武之地，非其主不能守；是殆天所以資將軍，將軍豈有意乎？益州險塞，沃野千里，天府之國，高祖因之成帝業；今劉璋暗弱，民殷國富，而不知存恤，智能之士，思得明君。將軍既帝室之胄，信義著於四海，總攬英雄，思賢如渴，若跨有荊、益，保其岩阻，西和諸戎，南撫彝、越，外結孫權，內修政理；待天下有變，則命一上將將荊州之兵以向宛、洛，將軍身率益州之眾以出秦川，百姓有不簞食壺漿以迎將軍者乎？誠如是，則大業可成，漢室可興矣……。

諸葛亮未出茅廬已知三分割據大勢，實是「未戰而廟算勝者」的典

型，只有偉大的戰略家才有這樣高超的戰略智慧。諸葛亮果然不是紙上談兵之輩，他一出山，便一改劉備昔日東奔西突，今日敗於呂布，明日敗於曹操的窩囊被動局面。火燒博望初戰告捷，令對孔明輕慢和狐疑的關、張二人也不能不「下馬拜伏於車前」，由衷讚歎「孔明真英傑也！」火燒新野再戰又捷，「驚破曹公膽」。諸葛亮初為劉備軍師這兩次大捷，一是利用了曹軍驕傲輕敵的心理。因為此時劉備尚處於逆境，諸葛亮初出茅廬又鋒芒未露，於是，諸葛亮便抓住機遇運用「能而示之不能」的「詭道」之策，在博望坡以少數殘兵引敵，於新野設空城誘敵，輕而易舉就使對手上鉤。二是採取了「火攻」為主，輔之「水攻」這兩種殺傷力很大的有效戰術。此後在輔佐劉備復興漢室的漫漫征戰中，諸葛亮處處以智取勝，其「多算」幾乎是全方位、立體交差的，大到預見三分天下的大勢，小到每一次戰鬥具體細節的謀劃。他常常給部將授以「錦囊妙計」，告訴他們何時遇到何種情況可以拆看。其所實施的遙控指揮決策屢施屢爽，幾乎戰無不勝。無論出現多麼艱難的局面，只要有諸葛亮的意志在，就必能力挽狂瀾，克敵制勝。

　　《孫子兵法》關於戰爭物質基礎的論述在《三國演義》中亦有許多生動的例子。因為戰爭需要巨大的物質耗費和儲備，故《孫子兵法》提出了「因糧於敵」和「兵貴勝，不貴久」的作戰原則，曹操和諸葛亮都可謂深諳個中之道。官渡之戰的勝敗可以說是取決於糧草。袁紹自恃糧草多，而不顧謀士沮授「彼軍無糧，利在急戰；我軍有糧，宜且緩守」的衷告，興兵七十萬征討曹操。曹操深知自己糧草不敷是不利因素，但軍士鬥志高昂且俱精銳之師又占了上風，如何以己之長克敵之短是制勝的關鍵。他採納剛從袁紹處投降而來的謀士許攸的計謀，親自率領五千精兵假冒袁軍旗號星夜潛往袁紹的糧草囤積地烏巢，一把大火燒盡了烏巢糧草。袁軍失去糧草，軍心動搖，曹軍一鼓作氣，大敗袁軍，取得了官渡之戰的勝利。曹操最善於用劫糧、燒

糧、斷糧的戰術致敵敗亡，所以在赤壁之戰中，周瑜別有用心地教諸葛亮夜往鐵聚山斷曹操糧道。諸葛亮識破周瑜的借刀殺人之計，對魯肅說：「公瑾令吾斷糧者，實欲使曹操殺吾耳。……曹賊多謀，他平生慣斷人糧道，今如何不以重兵提備」。僅從曹操運用糧戰，一手斷敵糧，一手屯田積糧，就可見其對《孫子兵法》的嫻熟與活用。蜀國後期，諸葛亮屢次出祁山伐曹，前四次皆因長途作戰糧草不繼而中途罷兵。五出祁山時，諸葛亮一方面以二十萬大軍每十萬輪迴出征的方法解決長線作戰軍力疲憊的問題，另一方面則裝神弄鬼作疑兵之計，使司馬懿難知虛實，未敢貿然出兵，諸葛亮卻暗中令三萬精兵迅速將隴上成熟的小麥收割殆盡，解決了軍中糧草緊缺的問題，是一次「因糧於敵」的成功範例。毛宗崗讀到這裡深有感觸：「君子讀書至此，而歎糧之為累大也！民以食為天，兵亦以食為天。武侯割隴上之麥，迫於無糧耳。司馬懿之不戰，亦曰糧盡而彼自退耳。……嗟夫！兵之需餉如此，而餉之艱難又如此！然則，將如之何哉？故國家兵未足，必先足食；食不足，無寧去兵。」（第一百回評說）

　　三國紛爭，「物」為制約因素，十分重要，但最重要的還是「人謀」，是為戰爭勝負的決定因素。諸葛亮、曹操雖然都是既有豐富戰爭實踐經驗，又有深厚兵學理論修養的大謀略家，但他們終身都未達到《孫子兵法》所提出的「不戰而屈人之兵」的最高戰爭境界。在七擒孟獲中，諸葛亮充分施展「人謀」，運用「攻心為上，攻城為下；心戰為上，兵戰為下」的戰略策略思想，雖最終使蠻王孟獲降服，但殺伐太過，良心受到譴責，故班師時特在瀘水邊上設牲祭奠亡靈。毛宗崗說：「讀武侯祭瀘水一篇，而歎兵之不可輕用也。」（第九十一回評說）有意味的是，小說最後一回，三國紛爭兵戎交戈一百多年戰幕即將落下之際，作者卻刻意營造了一幕兩軍對壘而友好相處的和平景象：晉軍都督羊祜奉命鎮守襄陽，他「減戍邏之卒，用以墾田八百餘頃」，「祜在軍，嘗著輕裘，繫寬帶，不披鎧甲，帳前侍衛者不過十餘

人」。而疆界那邊是吳將陸抗率軍鎮守。一日，兩軍一起出獵，羊祜嚴令將士不許過界，「所得禽獸，被吳人先射傷者皆送還。」陸抗回報佳釀，羊祜部將懷疑酒中下毒，羊祜卻毫不疑懼「傾壺飲之」。陸抗生病，羊祜命人贈送良藥，吳將亦恐藥中有毒，陸抗則服之不疑，並說：「彼專以德，我專以暴，是彼將不戰而服我也。」吳主孫皓欲興兵伐晉，陸抗上疏「勸吳主修德慎罰，以安內為念，不當以黷武為事」。兩人直至離職，終未兵戎相見。毛宗崗頗為感慨：「三國一書，每至兩軍相聚，兩將相持──寫其勇者披肩執銳，以決生死；寫其智者殫慮竭思，以衡巧拙。幾於荊棘成林，風雲眩目矣！忽於此卷見一『輕裘緩帶』之羊祜，居然文士風流；又見一饋酒受藥之陸抗，無異良朋贈答。令人氣定神閑，耳目頓易。直覺險道化為康莊，兵氣銷為日月。真夢想不到之文！或謂大夫之交不越境，以羊、陸二人交歡邊境，如宋華元、楚子反之自平於下，毋乃有違君命乎？予曰不然。一施德而一施暴，則人盡舍暴而歸德，而施暴者將為施德者所制矣！彼以德懷我之人，是亦欲不戰而服我也；我亦以德懷彼之人，是亦欲不戰而服彼也。外似於相和，而意實主於相敵，又何識焉？」（第一二〇回評說）兵法所謂「不戰而屈人之兵」大約也就如此這般景象。諸葛亮、曹操沒能做到，羊祜、陸抗做到了。更確切地說，是羅貫中把實現兵學最高戰爭境界的理想寄託在羊祜、陸抗們身上了，有意識地讓充滿刀光劍影的《三國演義》在行將落幕之際出人意料地給人一個和平的希望。

　　至於《孫子兵法》中的許多具體戰術在《三國演義》中的運用可謂俯拾皆是，限於篇幅這裡難以一一企及，僅以「火攻」為例。官渡、赤壁、彝陵三大戰役都用到了火攻，並且都對戰役的勝利起了決定性的影響。官渡之戰燒的是糧草，赤壁之戰燒的是戰船，彝陵之戰燒的是營寨。《孫子兵法》〈火攻篇〉談到五種「火攻」形式：火人（燒人馬）、火積（燒軍需）、火輜（燒軍械輜重）、火庫（燒倉庫）、

火隊（燒糧道），實際上可歸納為三種：燒人馬、燒軍需（輜重亦在軍需之列）、燒糧草（倉庫為糧草囤積之所）。而三大戰役正好表現了三種不同的火攻形式。當然，這些火攻戰術的成功運用還需要其他條件的配合，如〈火攻篇〉所說：「行火必有因，因必素具。發火有時，起火有日。時者，天之燥也；日者，月在箕、壁、翼、軫也」。赤壁之戰，吳蜀聯軍計畫火燒曹軍戰船，可「萬事俱備，只欠東風」，倘若沒有諸葛亮借來東風（實際上是諸葛亮早已對火攻的氣候條件成竹在胸，祭東風是小說的一種藝術化表現），火攻的計畫便難以成功。彝陵之戰，陸遜之所以能夠火燒蜀軍營寨七百里，是因為他奪了荊州，殺了關羽，劉備「慍而致戰」，不聽諸葛亮的忠言，執意在「包原隰險阻而結營」，犯了兵家大忌，陸遜則充分利用劉備不通曉兵法而諸葛亮又鞭長莫及的良機，把在丘陵地帶的密林中紮營的蜀軍營寨燒個精光，為彝陵之戰的勝利起了關鍵作用。其他如火燒博望坡「時當秋月，商飆徐起」，博望坡「南道路狹，山川相逼，樹木叢雜」，路兩邊都是蘆葦。氣候和地理環境都符合「火攻」條件。而火燒新野則是採取主動撤軍把敵人誘入空城再放火燒之，同時在新野上流再放水施以「水攻」，使敵人剛被火燒又遭水淹，幾乎全軍覆沒。在「白刃相交」的冷兵器時代，「火攻」能夠造成較大的殺傷力，因而成為《三國演義》中運用最多的戰術，除了官渡、赤壁、彝陵三大戰役的三場大火和博望、新野兩把火外，還有諸葛亮火燒藤甲兵等等幾場大火，都是令人驚心動魄的「火攻」之戰。也由於冷兵器時代火攻的威力實在太大了，孫子不禁由戰爭之火聯想到為將帶兵者的心頭之火，警告他們「主不可以怒而興軍，將不可以慍而致戰」，希望「明君慎之，良將警之，此安國全軍之道也」。蜀軍在彝陵之戰之所以遭到毀滅性打擊，就是因為主帥劉備的內心之火不加控制而招致殺身之火，給國家安全和將士生命帶來了巨大災難。

　　談到中國古代兵家智慧，《三十六計》是另一部不能不論及的兵

學著作。在中國古代兵學著作中,《三十六計》是一部奇書,這部由明清之際無名氏整理的兵學著作集中了歷代「韜略」、「詭道」之大成,將中國古代軍事、謀略思想,提綱挈領概括為三十六計,且計名多用成語,形象生動,成為婦孺皆知、吟誦如流的具有普及性和廣泛應用性的兵法、謀略奇書。

在論及中國古代戰爭小說與兵家智慧的關係時,我們從小說作品藝術描寫的過程看,兩部戰爭小說經典之作,《三國演義》著重於表現軍事集團之間的大規模戰爭行動,因此比較契合以冷兵器時代的典範軍事行動為邏輯歸因的《孫子兵法》的戰爭謀略觀。而《水滸傳》所描寫的鬥爭(戰爭)形式相對複雜多變些,從戰鬥規模講,小到單槍匹馬的個人反抗、數人數十人的小群體行動,大到千軍萬馬的行軍布陣;從戰鬥方式看,既有隨機應變的游擊戰、運動戰,也有布兵列陣的正規戰;既有步戰、騎戰、水戰,也有防禦戰、攻堅戰等等;其戰法更是五花八門,不拘一格。因此,《水滸傳》的用計設謀與集合歷代「韜略」、「詭道」精粹的《三十六計》堪稱不謀而合。據姚有志編《說水滸話權謀》一書統計,三十六計在《水滸傳》中都有對應的生動描述,且《水滸傳》的用計設謀還遠不止三十六計範圍。典型的例子如第十六回「智取生辰綱」,吳用使的是「瞞天過海」之計;第十九回「石碣村火燒官軍」用的是「關門捉賊」之計;第十九回「林沖火拼王倫」是晁蓋、吳用巧施「隔岸觀火」和「借刀殺人」之計的結果;第三十四回花榮用「聲東擊西」之計使秦明陷於失敗,緊接著宋江、花榮等人又用「上屋抽梯」之計迫使秦明入夥;第四十回「眾好漢江州劫法場」用的是「混水摸魚」之計;第四十一回好漢們從江州劫法場回梁山途中又「順手牽羊」智取無為軍,殺了黃文炳;第五十回梁山義軍三打祝家莊,軍師吳用巧施「偷梁換柱」(孫立把梁山旗號換作「登州兵馬提轄」旗號)、「瞞天過海」(孫立戰場擒石秀)、「借刀殺人」(令扈家莊捕捉祝家莊逃將)等環環相套的「連環計」;

梁山隊伍形成浩大聲勢後，朝廷先後派童貫、高俅率官軍前往剿滅，梁山義軍「以逸待勞」，兩贏勞師遠襲的童貫十萬大軍，又用「釜底抽薪」之法三敗水陸並進的高俅十三萬大軍。總之，《水滸傳》用計之密、形式之多樣，並不亞於《三國演義》，只是作者對這些計謀的描寫偏於民間智慧和大眾色彩，而不同於《三國演義》具有藝術化的軍事教科書的意義。當然，這不意味著《三國演義》對戰爭的藝術描寫只與《孫子兵法》等高層次的兵學著作相對應，而與《三十六計》這樣的大眾化兵學權謀無緣，相反，《三國演義》的許多軍事謀略最典型生動地反映了《三十六計》的兵學智慧，如諸葛亮的「空城計」、周瑜打黃蓋的「苦肉計」、曹操與劉備煮酒論英雄時，劉備隱藏鋒芒的「假癡不癲」計、王允巧施「連環計」滅董卓，等等，都是成功運用「三十六計」的範例。

第二節　中國古代戰爭小說中的兵器和武藝

作為兵學文化的某種儀式和物化形態，武藝和兵器的描寫在中國古代戰爭小說占有重要的位置。冷兵器時代的戰爭，謀士的帷幄運籌與武將的戰場格鬥是驅動戰爭行進的車之兩輪。謀士靠對兵法的靈活運用而施展其軍事智慧，武將則要憑藉其高超過硬的武藝而克敵制勝。因此，談中國古代戰爭小說與兵學文化的關係，僅僅關注兵家謀略，顯然不夠全面，武藝與兵器的話題似乎也是題中應有之議。

蒙昧時代的人類戰爭，彼此間用的是拳來腳去式的格鬥或借助石塊、木棍等原始器具。自從發明了銅、鐵等金屬冶煉技術，人類戰爭便進入了冷兵器時代。金屬武器能夠給對手造成迅速而致命的傷害，因此，兵器的分量與銳利程度、兵器使用的嫻熟水平便成為衡量武將武藝高低的重要標誌之一。中國古代戰爭小說對於兵器和武藝的描寫具有程式化、誇張化乃至神化的藝術表現傾向，以此突顯英雄的非凡本領，讚賞人類體能的無比強大。

一　兵器與人物形象的關聯

中國古代戰爭小說描寫的冷兵器包括矛、戈、戟、鐧、槍、刀、劍、斧、耙、叉、鎚、銃、鏈、鞭、牌、棍棒以及弓、弩和多種進攻性的戰車等。兵器本身只有形狀和功能的差異，無所謂性格，但在中國古代戰爭小說中，各種兵器由於不同性格、身分的人物使用，竟成為特定英雄人物的重要的形象表徵之一，彼此間不可隨意替換。如關羽的大刀是和他的紅臉、長鬚、綠袍共同組合成為獨一無二的「這一個」關羽形象，倘若拿張飛的「丈八蛇矛」去替換關羽的「青龍偃月刀」，便失去了其形象的神韻。顯然，在中國古代戰爭小說中，兵器與人物形象之間具有某種固定的關聯，這種關聯何以建立？我以為，這其中至少涉及到兵器的形狀、使用功能和中國人傳統上對古代英雄人物藝術形象長期形成的某種審美定勢有關。且將中國古代戰爭小說著名作品中若干主要英雄人物（武將）使用的兵器種類列表如下：

作　品	《三國演義》														
人物	關羽	張飛	趙雲	馬超	黃忠	魏延	典韋	許褚	夏侯惇	張遼	徐晃	太史慈	程普	黃蓋	韓當	呂布
所使用兵器	刀	矛	槍	槍	刀弓	刀	戟	刀	槍	刀	斧	槍	矛	鞭	刀	戟

作　品	《水滸傳》（按人物出場先後為序）														
人物	魯智深	林沖	楊志	阮小二	公孫勝	武松	秦明	花榮	李逵	扈三娘	呼延灼	徐寧	盧俊義	燕青	董平	關勝
所使用兵器	禪杖	槍、棒	刀	刀	箭	刀	棒	槍、弓	斧	刀	鞭	槍	矛	弩	槍	刀

作　品	《說唐全傳》									《說岳全傳》					
人　物	秦瓊	程咬金	羅成	單雄信	雄闊海	伍雲昭	尉遲恭	裴元慶	李元霸	宇文成都	岳飛	牛皋	楊再興	何元慶	高寵	岳雲
所使用兵器	鐗	斧	槍	槊	斧	槍	槍、鞭	錘	錘	钂	槍	鐧	槍	錘	槍	錘

　　上述兵器中，刀、矛、槍、劍、斧大約是實戰中最常用的幾種兵器，也是中國古代戰爭小說最多寫到的兵器。刀和斧用於劈、砍，給人威武、勇猛的印象，矛和槍是刺擊兵器，槍法靈巧多變。由上表可粗略看出，中國古代戰爭小說中，性格粗豪的英雄所使用的兵器多是刀和斧，如關羽、許褚、徐晃、李逵、武松、阮小二、程咬金、雄闊海、孟良、焦贊等等，他們手中的武器非刀即斧。而智勇雙全的儒將或少年英雄，則多使用槍和矛這兩種兵器，如趙雲、馬超、林沖、盧俊義、花榮、徐寧、董平、羅成、岳飛、楊再興等等都以槍或矛為武器（張飛是唯一的例外，他的「丈八蛇矛」似乎與他的魯莽形象不大相稱），不過，除了關羽、秦瓊、程咬金、羅成、李元霸、岳飛等少數幾位英雄，小說才著意突出他們手中兵器的巨大分量或渲染其不平凡來歷外，其餘英雄使用怎樣的兵器，作品多是一筆帶過，並不過於強調。關羽的「青龍偃月刀」又名「冷豔鋸」，重八十二斤。或許是八十二斤的長刀分量並不特別重，《三國演義》為了突出關羽這一兵器與它的主人一樣的不凡，特配備了一個伺候這一兵器的人物——周倉。關公溫酒斬華雄、過五關斬六將、單刀赴會，無不充分顯示了「青龍偃月刀」的巨大威力，但這些實際上只可能是藝術的描繪，因為，歷史上的關羽何嘗用的是大刀，《三國志》關羽本傳說他「策馬刺（顏）良於萬眾之中」，能刺人的肯定不是刀。況且，三國時代還

沒有「偃月刀」這種兵器，只有到了唐宋時才出現，而且這種刀刃部分為半月形的大刀主要用於操練，看起來比較威武、氣派，一般不用於實戰[2]。但民間藝人和小說家羅貫中送給關羽的大刀和張飛的蛇矛卻逐漸融入了他們的藝術形象的整體中，成為其中不可或缺的一部分，民眾也在經年累月的藝術欣賞中形成了固定的審美印象，不論是戲曲舞臺上，還是廟宇神殿中，伴隨關公的一定是這把「青龍偃月刀」，而不會是別的什麼武器，在某種意義上，「青龍偃月刀」成了關公的代名詞。

應當說，《三國演義》對於關羽的「青龍偃月刀」、張飛的丈八蛇矛以及其他兵器還是比較寫實的，《說唐演義》就不一樣了，這部作品中的許多兵器大都作了高度誇張的描寫，如宇文成都的一柄流金鐝，「重三百二十斤」，裴元慶的兩柄鐵錘也有「三百斤」重，但與唐高宗李淵的第四子李元霸的「兩柄八百斤重的鐵錘」相比，乃小巫見大巫。且不說號稱「隋朝第二條好漢」的宇文成都最終在陣前被李元霸「將兩腳一扯，分為兩片」，就是十八路反王的大小將校一起殺上前去，在李元霸的巨錘下也是「紛紛落馬，個個身亡」。作者既然開寫了這麼一個天下無敵舉世無雙的英雄，便不好收場了，最後只好讓他死在自己的巨錘下。真可謂此物只應天上有，人間誰人曾見過。其實，一味誇張兵器的重量，並非高明，倒是寫秦瓊和羅成在傳授給對方拿手絕技時，各自留了一手「殺手鐧」和「回馬槍」不傳，更能見出人物的性格特徵和兵器的神秘威力。

為了顯示英雄們手中兵器的非凡來歷，中國古代戰爭小說還通常採取傳奇化乃至神化的藝術方法，如《說岳全傳》寫岳飛的那杆「瀝泉神矛」，竟是瀝泉山的神來之物，《說唐全傳》程咬金的那柄六十四

2　參閱魯小俊：《汗青濁酒——《三國演義》與民俗文化》（哈爾濱市：黑龍江人民出版社，2003年）。

斤重的「八卦宣花斧」雖無神奇之處，但斧法卻是神仙所授，儘管六十四路斧法只學到三十六路，但已十分了得。程咬金每次上陣，頭三斧頭因為是得到神仙真傳的斧法，所以總是兇猛異常，第四斧便沒勁了，以致「程咬金的三斧頭」後來成為民間諷刺那些做事虎頭蛇尾人的諺語。

由此看來，作為中國古代兵學文化的物化形態，兵器在中國古代戰爭小說中並非只是純粹的道具，它在許多時候能夠對塑造人物形象起到輔助作用。由於各種兵器的形狀、結構和使用功能的不同，其在渲染人物性格時常常能起到一定的點染作用，如同說到關羽的超人武功，人們必定會聯想到其手中那柄「青龍偃月刀」一樣，談到梁山好漢李逵，人們的眼前就會湧現一個黑凜凜的大漢和他那兩把排頭砍去的板斧的形象。魯智深的禪杖、程咬金的「八卦宣花斧」等也有類似的藝術功能。這種兵器和人物性格的固定審美關聯，大約是緣於兩者之間某種外在的相似和契合，而在長期的藝術欣賞中，這種審美關聯不斷被強化，終於成為一種像京劇人物的臉譜那樣的程式化的藝術表現模式：性格粗莽的英雄一般搭配給分量沉重的兵器，性格儒雅的英雄則通常擁有相對精緻靈便的兵器。這已成為我們民族對於古代戰爭英雄人物一種傳統的審美定勢。

二　武藝──中國兵學文化的一種獨特儀式

中國古代戰爭小說中的兵器雖然對於人物形象的塑造具有一定的點染作用，但它終歸是一種沒有生命、沒有靈魂的器具，它的功能的發揮、其在戰爭中的作用最終要靠有生命、有靈魂的人來施展，因此，著重於展示英雄武藝的戰場格鬥描寫是中國古代戰爭小說中時常占據較大篇幅的內容。綜觀《三國演義》、《水滸傳》、《說唐全傳》、《說岳全傳》等中國古代戰爭小說，其戰場格鬥描寫通常採用兩種表

現方式：一是寫實的，一是虛幻的。所謂寫實，是指作者基本按照中國古代戰爭中實有或可能有的戰鬥場景進行描寫，雖是虛構的，有時甚至是相當誇張的，但卻是基本合乎戰爭生活邏輯的。而所謂虛幻，則是指古代戰爭生活中不可能存在的幻想的戰鬥場景。

　　無論是歷史演義類的戰爭小說，還是英雄傳奇類的戰爭小說，寫實型的戰場格鬥描寫總是占據主導地位，如《三國演義》中的「三英戰呂布」、「關公溫酒斬華雄」、「夏侯惇拔矢啖睛」、「趙子龍單騎救主」、「張飛大鬧長板橋」、「許褚裸衣鬥馬超」等，《水滸傳》中的「三打祝家莊」、「夜打曾頭市」、「兩贏童貫」等，《說岳全傳》中的「高寵槍挑鐵華車」、「楊再興誤走小商河」等都是中國古代戰爭小說描寫戰場格鬥的經典情節。

　　且看「三英戰呂布」。這是緊接「關公溫酒斬華雄」之後，劉備、關羽、張飛三人合力戰呂布的一個激烈的戰場格鬥情景：

> 呂布復引兵搦戰。八路諸侯齊出。公孫瓚揮槊親戰呂布。戰不數合，瓚敗走。呂布縱赤兔馬趕來。那馬日行千里，飛走如風。看看趕上，布舉畫戟望瓚後心便刺。旁邊一將，圓睜環眼，倒樹虎鬚，挺丈八蛇矛，飛馬大叫：「三姓家奴休走！燕人張飛在此！」呂布見了，棄了公孫瓚，便戰張飛。飛抖擻精神，酣戰呂布。連鬥五十餘合，不分勝負。雲長見了，把馬一拍，舞八十二斤青龍偃月刀，來夾攻呂布。三匹馬丁字兒廝殺。戰到三十合，戰不倒呂布。劉玄德掣雙股劍，驟黃鬃馬，刺斜裡也來助戰。這三個圍住呂布。燈兒般廝殺。八路人馬，都看得呆了。呂布架隔遮攔不定，看著玄德面上，虛刺一戟，玄德急閃。呂布蕩開陣角，倒拖畫戟，飛馬便回。三個那裡肯舍，拍馬趕來。八路軍兵，喊聲大震，一齊掩殺……

作者在寫完這一戰鬥場景後，大約覺得意猶未盡，又引了一首兩百八十字的詩，把激情進一步推向高潮。中國古代戰爭小說中類似「三英戰呂布」的戰鬥場景可謂不勝枚舉。其基本敘事模式是：對陣雙方各派一名武將出陣——陣前各自通報姓名——交戰格鬥若干回合，或旗鼓相當不分勝負，或一方敗下陣來或被對方斬殺——失敗方再派一名或若干名武將助陣，直至勝負分曉——勝方主將指揮全軍將士乘勝追殺，失敗方或潰不成軍或兵敗城陷。除此之外，中國古代戰爭小說中還有一種比較常見戰鬥場景描寫模式，那就是偷襲戰——這種戰鬥通常發生在夜晚，被偷襲的一方預先得到情報，於是將計就計虛設營壘，當偷襲方發現上當後急撤，這時被偷襲方反從背後迂迴包抄突襲從而出奇制勝。我們看到，不管是光天化日的陣戰，還是夜幕下的偷襲戰，視角總是集中在對陣雙方的將帥身上，猶如現代戲劇舞臺上的聚光燈，光柱全部聚焦在主角身上，而普通士兵只是充當助威吶喊者甚至旁觀者的角色。其所給予讀者的客觀閱讀效應是：一場戰鬥的勝負不取決於人馬的多寡，而在於主將武藝的高低。這是把千軍萬馬的格殺簡化為主將間的拼搏的一種寫意式的戰爭敘事法，這一戰爭敘事法被搬到戲曲舞臺後便更加簡化為扮演武將的演員在背部插上若干小旗就代表了千軍萬馬。我以為，從兵學文化的角度看，中國古代戰爭小說和戲曲中這種寫意式的戰鬥場景表現法堪稱為中國兵學文化的一種獨特儀式。

寫實型的戰鬥場景描寫雖代表著中國古代戰爭小說戰爭敘事的主流，但虛幻型的戰鬥場景描寫卻往往是中國古代戰爭小說中必不可少的情節。陣前鬥法是最常見的一種虛幻型的戰鬥場景描寫，《三國演義》第二回敘劉備等人與黃巾軍張寶鬥法堪為代表：

> ……張寶就馬上披髮仗劍，作起妖法。只見風雷大作，一股黑氣從天而降，黑氣中似有無限人馬殺來。玄德連忙回軍，軍中大亂。

敗陣而歸，與朱儁計議。儁曰：「彼用妖術，我來日可宰豬羊狗血，令軍士伏于山頭；候賊趕來，從高坡上潑之，其法可解。」玄德聽令，撥關公、張飛各引軍一千，伏於山後高崗之上，盛豬羊狗血並穢物準備。次日，張寶搖旗擂鼓，引軍搦戰，玄德出迎。交鋒之際，張寶作法，風雷大作，飛砂走石，黑氣漫天，滾滾人馬，自天而下。玄德撥馬便走，張寶驅兵趕來。將過山頭，關、張伏軍放起號炮，穢物齊潑。但見空中紙人草馬，紛紛墜地；風雷頓息，砂石不飛。

諸葛亮祭東風、八陣圖等都屬於虛幻型的戰鬥場景描寫。後出的《水滸傳》、《說唐全傳》、《說岳全傳》、《楊家將》等戰爭小說都充斥了大量類似的非現實的戰爭場景描寫，《水滸傳》、《說唐全傳》中甚至還有專司陣前鬥法的軍師，如公孫勝、李靖。這些擅長鬥法的軍師多為道士出身，因此，虛幻型的戰鬥場景描寫實際上是宗教意識對中國古代戰爭小說影響的一個例證，這涉及中國古代戰爭小說與宗教文化關係問題，下文另章論述，此略述。

第三節　毛澤東軍事思想與中國當代戰爭小說創作

　　毛澤東是二十世紀中國最偉大的軍事家。毛澤東的卓越軍事才能不僅表現在他善於根據中國革命的特殊歷史條件創造性地運用馬克思列寧主義的武裝鬥爭學說，創立了以農村包圍城市、武裝奪取政權的一系列軍事鬥爭策略，而且還體現在他善於把自己的軍事戰略戰術思想靈活地、富有藝術性地運用於具體的戰爭實踐中，使中國共產黨領導的武裝力量從弱到強、由小到大，最後奪取政權，建立了新中國。

　　毛澤東軍事思想萌芽於二十世紀二十年代末和三十年代初的井岡山鬥爭時期。一九二八年十至十一月，毛澤東撰寫了〈中國的紅色政

權為什麼能夠存在？〉和〈井岡山的鬥爭〉，總結了創建革命根據地的經驗，闡明了紅色政權在帝國主義間接統治的經濟落後的半殖民地半封建的中國發生、存在、發展的原因和條件，提出「工農武裝割據」的思想。一九三〇年一月，毛澤東撰寫〈星星之火，可以燎原〉，進一步發揮「工農武裝割據」思想，提出中國革命必須走以農村包圍城市、武裝奪取政權的道路。抗日戰爭期間，毛澤東先後發表了〈中國革命戰爭的戰略問題〉、〈抗日游擊戰爭的戰略問題〉、〈論持久戰〉、〈戰爭和戰略問題〉等重要軍事論著，全面深入系統地闡述了關於人民軍隊建設、人民革命戰爭的開展和指導人民戰爭的一系列戰略戰術思想，標誌著毛澤東軍事思想作為一個科學體系的基本形成。解放戰爭時期，毛澤東作為全黨領袖和全軍統帥，其戰爭指揮藝術達到了爐火純青的境地。根據解放戰爭的新特點，毛澤東撰寫了〈集中優勢兵力，各個殲滅敵人〉、〈三個月的總結〉、〈關於西北戰場的作戰方針〉、〈解放戰爭第二年的作戰方針〉以及遼瀋、淮海、平津三大戰役的作戰方針和其他各種軍事文電，形成了關於戰略防禦、戰略反攻、戰略進攻、戰略決戰和戰略追擊等系統理論。人民解放軍遵照毛澤東的軍事戰略戰術，在全國各個戰場縱橫捭闔，只用短短四年時間，就把八百萬國民黨軍隊消滅。毛澤東軍事思想經過戰爭實踐檢驗達到了發展的高峰。

　　無可否認，毛澤東軍事思想對中國當代戰爭小說創作具有重要影響，尤其是一九四九年初期的戰爭小說創作更是深深地打上了毛澤東軍事思想的烙印。首先，從其時戰爭小說的題材看，由於剛剛經歷了近半個世紀的戰爭，人們對昨天的戰爭記憶猶新，因此幾乎百分之百的戰爭小說取材於近三十年的革命戰爭，其中又以近十五年發生的抗日戰爭和解放戰爭題材最為熱門。這一方面是因為此時的戰爭小說作者多親歷過這兩次重大戰爭，具有切身的感受，能夠得心應手地駕馭有關素材；另一方面是由於中國共產黨領導的人民軍隊主要是通過這

兩大戰爭得到發展壯大，其戰爭偉績也主要體現在這兩次戰爭中。而眾所周知的事實是，毛澤東的軍事思想對奪取這兩次戰爭的勝利具有決定性的影響。因此，戰爭的客觀事實使一九四九年初期的戰爭小說創作必然打上毛澤東軍事思想的烙印。其次，從作家的主觀創作願望看，作為人民共和國和人民軍隊締造者的毛澤東無疑是他們心中無比崇敬的政治領袖和軍事偉人。戰爭小說家總是自覺自願在作品中直接或間接反映毛澤東軍事思想的重要作用，歌頌毛澤東軍事思想的偉大勝利。吳強在《紅日》的「二次修訂本前言」中說：「《紅日》的主題是中國共產黨及其領導下的人民群眾，以革命戰爭反對國民黨的反革命戰爭，以革命的武裝反對反革命的武裝。它歌頌毛主席革命路線和毛主席軍事思想的輝煌勝利，歌頌堅決貫徹執行毛主席革命路線、將毛主席軍事思想付諸戰爭實踐的指揮員、戰鬥員們的革命英雄主義精神……」吳強的這段表白代表了「十七年」戰爭小說的普遍審美風尚，即把直接、正面反映中國共產黨及其領導的人民軍隊怎樣通過艱苦卓絕的戰爭贏得革命勝利視為戰爭小說家崇高的歷史使命。這其中毛澤東軍事思想如何通過作品的藝術描寫得到反映，則因小說具體題材的不同有著程度的差異。

　　綜觀「十七年」的戰爭小說，大致可劃分為兩類題材：一是以史詩的氣度和全景的視角描寫戰爭的巨大規模和戰役戰鬥的整個過程，完成戰爭歷史畫卷的描繪任務，如《保衛延安》和《紅日》。二是截取戰爭的局部畫面或片斷故事，通過人物的傳奇經歷反映戰爭的艱難曲折歷程，如《林海雪原》、《鐵道游擊隊》、《烈火金剛》等。前一類題材的戰爭小說因其表現的是較大規模的戰役戰鬥，因而較直接地反映了毛澤東軍事思想的歷史作用。後一類題材的戰爭小說因視角的侷限，則基本是把毛澤東軍事思想作為背景而不直接反映。因此，這裡我們談毛澤東軍事思想對中國當代戰爭小說創作的影響便主要擇取前一類題材作品作為闡釋對象。

　　《保衛延安》和《紅日》是上世紀五六十年代享有很高聲譽的戰爭小說。這兩部作品受到社會的廣泛關注，一方面是由於作品所塑造的戰爭英雄人物代表了時代的政治理想和審美風尚，得到執政黨和民眾的一致認同。另一方面是因為作品真實記述了中國共產黨領導人民翻身求解放的歷史功績。特別是作品從宏觀和微觀相結合的視角描寫了上至戰爭決策層人物，下至普通幹部戰士的思想行為，最貼近直接地反映了毛澤東的傑出軍事智慧，是中國當代戰爭小說創作演繹毛澤東軍事思想的典範作品。

　　毛澤東在《中國革命戰爭的戰略問題》一文中談到「戰略退卻」時有一段形象的比喻：「誰人不知，兩個拳師放對，聰明的拳師往往退讓一步，而蠢人則其勢洶洶，劈頭就使出全副本領，結果卻往往被退讓者打倒。」[3]蔣介石就是這樣的蠢人。一九四六年底，在國共兩黨關係徹底破裂後，蔣介石急於求勝，實行了「速戰速決」、「全面進攻」的戰略，可謂「其勢洶洶，劈頭就使出全副本領」，結果未能奏效。一九四七年三月開始又改為在晉冀魯豫、晉察冀、東北等戰場取守勢，而集中兵力對陝北、山東兩個解放區實行重點進攻的戰略。面對蔣介石「其勢洶洶」打出的拳頭，毛澤東主動「退讓一步」，採取誘敵深入，集中優勢兵力，捕捉戰機，各個殲滅進犯之敵的戰略方針。在敵強我弱的情況下，毛澤東決定暫時撤離延安，以機動靈活的「蘑菇戰術」指揮兩萬多西北野戰軍部隊牽著二十多萬的國民黨軍的鼻子在陝北高原「捉迷藏」。經過一年多的周旋，國民黨軍以損兵折將十萬多人的代價不得不退出陝甘寧邊區，毛澤東又回到了延安。在山東戰場，華東野戰軍遵照毛澤東和中央軍委的指示「誘敵深入。敵不動我不打，敵不進到有利於我、不利於敵之地點我亦不打，完全立於主動地位」，在孟良崮地區，集中優勢兵力全殲國民黨精銳「王

3　毛澤東：《毛澤東選集》（北京市：人民出版社，1991年），卷1，頁203。

牌」軍——整編第七十四師。蔣介石重點進攻的戰略企圖遭到徹底失敗。《保衛延安》和《紅日》正分別描寫了發生在西北和山東戰場的這兩次重大戰役。

　　《保衛延安》和《紅日》通過相似的藝術結構和人物形象塑造方法，表現了毛澤東軍事思想的偉大勝利。

　　首先，作品的主題十分明確，即以歌頌毛澤東軍事戰略戰術思想為創作的主要目標之一。馮雪峰在〈論《保衛延安》〉一文中說：「我們閱讀的時候就會深刻地感到，在全部作品中，作者所追求的，確信的，要以全身的力氣來肯定和歌頌的，就是這次戰爭勝利的關鍵和達到勝利的全部力量。作者集中精神而全力以赴地來體現和描寫的，也就是這次戰爭所以達到如此輝煌勝利的那種精神和力量。於是，作者不能不讓全部篇幅都去描寫黨中央和毛主席的英明領導和指揮以及人民解放軍和革命人民群眾的艱苦卓絕的革命英雄主義精神。這種在作品中所表現的作者的創作精神，我們也不得不承認，對於他的作品是最根本的，這是這部作品成功的關鍵。」吳強更是把萊蕪戰役、孟良崮戰役視為「戰爭藝術中的精品、傑作，毛澤東的戰略戰術思想，在這兩個藝術品上煥發著耀目的光華色澤」。[4]我們閱讀這兩部戰爭小說雖然看不到作品對毛澤東形象的直接描寫，但可以時時感受到毛澤東的戰略戰術像一隻巨大的手在戰爭的棋盤上調動著千軍萬馬左劈右殺、進退自如。

　　其次，兩部作品都按照戰爭的基本史實來組織情節的結構線索。《保衛延安》以西北野戰軍一個縱隊的一個旅中的一個連隊的活動為中心，貫串起延安保衛戰中的幾乎所有重要戰役戰鬥，像青化砭伏擊戰、蟠龍鎮攻堅戰、長城線運動戰、沙家店殲滅戰、九里山追擊戰等重大戰役都通過這個連隊的行動得到了依次描寫。而這幾次戰役所採

4　吳強：〈二次修訂本前言〉，《紅日》（北京市：中國青年出版社，1959年），頁2。

用的戰略戰術都是毛澤東親自制定、部署和指揮的。特別是由於西北野戰軍總兵力只有敵軍的十分之一，敵人必然要尋找我軍主力決戰。毛澤東有意迎合敵人急於求勝的心理，在撤出延安後指示西北野戰軍用少量兵力公開往安塞方向轉移，把敵人的主力引向西北方向，而我軍主力則隱蔽在延安東北一帶尋找戰機殲滅敵人。敵軍果然判斷錯誤，把我軍小股部隊當成主力追擊，被拖得精疲力竭。小說正通過周大勇所帶領的連隊奉命實行的一系列奇特的戰鬥任務，生動地表現了毛澤東的「蘑菇戰術」的神奇威力。如蟠龍鎮戰役中，能不能把守在蟠龍鎮的敵主力部隊調開是攻打蟠龍鎮的關鍵。周大勇和他的連隊便擔負了聲東擊西引誘敵人的任務，他奉命必須「打非常狼狽的敗戰」，以七八個連的小股部隊「背」著敵人十幾萬主力「逃竄」到綏德一帶，造成我軍準備在黃河東渡逃跑的假象。總之，《保衛延安》的宏觀結構線索是與延安保衛戰的發展過程同步展開的。編織這樣的結構線索有賴於作者對毛澤東有關軍事戰略部署的深入了解。從這個意義上說，把《保衛延安》視為延安保衛戰的一部紀實小說亦無不可。

　　《紅日》落筆於山東戰場，從漣水戰役寫起，中經萊蕪戰役，最後著重描寫了著名的孟良崮戰役。與《保衛延安》的結構線索極其相似，《紅日》也以華東野戰軍的一個軍的活動為中心，描寫了陳毅、粟裕等華東野戰軍領導如何根據毛澤東和中央軍委的作戰部署，「以殲滅敵軍有生力量為主要目標」，粉碎了蔣介石對山東的重點進攻。毛澤東最拿手的好戲是善於抓住戰機，「集中優勢兵力，各個殲滅敵人」。《紅日》通過寫沈振新軍在漣水戰役中的失敗和在萊蕪戰役、孟良崮戰役中的輝煌勝利，形象生動地詮釋了毛澤東這一重要軍事戰略戰術思想。尤其是孟良崮戰役中，國民黨軍「王牌」部隊——整編七十四師師長張靈甫驕傲輕敵，孤軍深入。華東野戰軍首長立即抓住戰機，集中五個縱隊（軍）的優勢兵力迅速將整編七十四師包圍在孟良崮地區，經過三天激戰，終於全殲了蔣介石「五大主力」之一的整編

七十四師上自師長張靈甫在內的三萬二千餘人。《紅日》把視點聚焦
在沈振新軍，寫戰士們猛烈攻打孟良崮，最後擊斃張靈甫的戰鬥情
景，以此映射整個山東戰場的戰爭形勢，達到表現毛澤東戰略戰術思
想怎樣在萊蕪戰役、孟良崮戰役「這兩個藝術品上煥發著耀目的光華
色澤」的創作目的。

　　再次，作品塑造了一批堅決貫徹執行毛澤東軍事思想的幹部戰士
的藝術形象。毛澤東是一個偉大的軍事統帥，但他自己從未拿過槍，
放過彈。他的軍事思想是通過一大批貫徹執行他的軍事路線的人化為
具體的戰爭行動。因此，《保衛延安》和《紅日》都十分注重通過塑
造人物形象反映毛澤東軍事思想的偉大勝利。正如馮雪峰在〈論《保
衛延安》〉一文中所說：「作者對於黨中央和毛主席的精神，主要的是
採取間接的描寫方法，即從對於戰爭發展的描寫和對於所有這些人物
的描寫中去反映黨中央和毛主席的精神。」吳強在處理戰爭史實與人
物關係時，採取的是以史跡為依託塑造人物的方法，這樣既「寫了光
彩的戰鬥歷程，又寫了人物。」「不是寫戰史，卻又寫了戰史，寫了
戰史，但又不是寫戰史」。[5]通常對陣雙方軍事統帥的戰爭謀略能否順
利實施首先依賴於高級將領的領悟和執行情況。因此，兩部作品都塑
造了敵我雙方若干高級將領的藝術形象，如《保衛延安》中的彭德
懷、西北野戰軍某部旅長陳興允、國民黨軍胡宗南部第一軍軍長董
釗、第二十九軍軍長劉戡、整編第三十六師師長鍾松等；《紅日》中
的我華東野戰軍某部軍長沈振新、政委丁元善、副軍長梁波，國民黨
軍「王牌」整編第七十四師師長張靈甫等。彭德懷作為延安保衛戰的
直接指揮者，也是毛澤東軍事戰略的直接貫徹執行者之一，雖然在
《保衛延安》中，彭德懷的形象塑造得還比較單薄，但可以透過彭德
懷對具體戰鬥行動的部署，看到毛澤東在西北戰場的身影。如小說第
六章有一段側面描寫毛澤東等中央領導對戰爭進行部署的文字：

5　吳強：〈二次修訂本前言〉，《紅日》（北京市：中國青年出版社，1959年），頁2。

窯洞門外喊了一聲：「報告！」進來了一個做機要工作的幹部，送給彭總一份電報。彭總讓他把電報放在桌子上，可是那個同志說：「三號，這電報也是九支隊發來的。」

彭總接過電報仔細看了一陣，臉上顯出思索的光彩，他望著窯洞牆壁，彷彿眼光通過牆壁看到很遠的地方。這是今晚九支隊來的第五封電報。

陳興允楞了一會兒，他想：「九支隊？那不是中央機關的代號？是毛主席和周副主席來的電報？」他覺得一種強烈的激動感情在洶湧，那顆軍人的心在猛烈地跳動著……

《紅日》雖然沒有如《保衛延安》那樣出現比較多能夠感受到毛澤東直接身影的文字，但通過陳毅、粟裕的聲音和軍長沈振新對戰爭形勢的分析把握，依然能夠強烈感受到毛澤東的戰略方針正在使山東戰場敵強我弱的態勢出現重大變化。

並非說只有寫了高級將領的形象才說明毛澤東軍事思想影響的存在。恰恰相反，《保衛延安》和《紅日》不同於《三國演義》等古代戰爭小說，正在於它們開創了新時代戰爭小說視角向下的新精神境界。《保衛延安》和《紅日》不僅寫了軍長、師長、旅長等高級幹部，而且用了大量篇幅描寫團、營、連的基層指揮員和普通戰士以及根據地群眾的形象。在情節的設計上安排兩條結構線索，一條線索是寫戰爭和戰場，另一條線索是寫人民群眾對共產黨和人民軍隊的支持（在五六十年代戰爭小說創作中此種兩線並進的結構方法基本形成了一種固定模式）。這是舊戰爭小說不曾有過的。作品通過描寫戰士們英勇頑強的戰鬥行為和人民群眾對解放軍的全力支持，一方面藝術地演繹了毛澤東的人民戰爭思想，另一方面則力圖告訴讀者，解放區軍民的頑強戰鬥精神和對於戰爭必勝的信念正來自於對毛澤東和共產黨的崇敬和愛戴，這其中當然包括對毛澤東軍事指揮藝術的高度信賴。

也是基於上述政治立場，兩部作品對國民黨軍高級將領的形象基本上採取挪揄和諷刺的筆調，竭力把他們描寫成一群狂妄而無能的醜類（《紅日》中的張靈甫是個例外），以此反襯毛澤東軍事指揮藝術的高超和共產黨領導的人民軍隊戰無不勝的強大力量。但是，作者過於鮮明的政治褒貶傾向和總是熱衷於演繹某種先在的思想觀念，極大地影響了戰爭人物形象塑造的真實性，這是二十世紀五十、六十年代中國戰爭小說最致命的藝術缺陷。正是這些藝術缺陷，使它們未能達到中國古典戰爭小說高度的藝術水平。

　　由於時代政治氛圍和審美定勢的影響，二十世紀八十年代之前的戰爭小說創作基本上為毛澤東文藝思想和軍事思想所籠罩，雖然因具體題材的不同，毛澤東軍事思想的影響有程度上的差異，但完全脫離這一思想拘囿的作品幾乎沒有。在中國戰爭小說史上，沒有一個軍事家的思想能夠如毛澤東軍事思想那樣深刻地影響了一個時代的軍事文學創作。究其原因，首先是因為毛澤東軍事思想本身的博大精深及其為戰爭實踐所證明了的正確偉大，其次是因為毛澤東具有執政黨的領袖的崇高地位和巨大威望，使一代人多多少少匍匐在其面前而無敢望其項背，因此這個時代的作家在軍事文學創作中總是十分自覺接受毛澤東文藝思想和軍事思想的指引而從未想越雷池一步。八十年代之後隨著社會的開放、人們思想的解放和文藝政策的寬鬆，毛澤東軍事思想一統戰爭小說創作的局面開始逐漸發生變化。勇往直前、凱歌高奏的戰爭歡樂氣氛悄悄地被凝重深沉悲壯的戰爭與人道主義、戰爭與人性等等思索所代替。戰爭小說創作的多元化價值取向使毛澤東軍事思想的影響逐漸衰減，但可以肯定，毛澤東軍事思想的偉大將不會隨著歲月的流逝而改變，在可以預見的將來，毛澤東軍事思想對中國戰爭小說的影響依然存在，一個尊重歷史、尊重良心的作家在面對二十世紀這一段戰爭歷史的時候都不能不研究毛澤東和他的軍事思想。

第六章
中國古代戰爭小說與漢民族宗教意識

　　人類對超自然神秘力量的畏懼和崇拜便形成了宗教。恩格斯在《反杜林論》中對於宗教的定義是:「一切宗教都不過是支配著人們日常生活的外部力量在人們頭腦中的幻想的反映,在這種反映中,人間的力量採取了超人間的力量的形式」[1]。宗教對中國古代各種文化意識的影響是廣泛而深刻的,其中自然包括對文學創作的深刻影響。

　　於宗教對中國古代戰爭小說的影響進行描述之前必須先設定一個前提,即本章所謂宗教對中國古代戰爭小說的影響是不包含「儒教」在內的,只專指道教和佛教。人們通常認為,中國古代文化思想是儒、釋、道「三教」的合一。儒學是中國文化的根基,但它並非一種嚴格和正式意義上的宗教學說或宗教教派。筆者贊同這樣一種看法「儒學絕不是儒教,但有些被『宗教化』的趨向,在部分民眾,特別是不信仰道釋的官員和『知識分子』當中,更有些『以儒學代宗教』的味道,特別是在『祭孔』的大典之時」[2]。儒家思想對中國古代戰爭小說的影響是其他各種文化思想難以企及的,本書第三章「從中國戰爭小說看中國民族政治倫理觀的演進」和第四章「從中國戰爭小說看華夏英雄崇拜意識」已對儒家思想的這種全方位影響作了闡述。本章將只對中國古代戰爭小說中那些超現實的帶有幻想性質的人物和情節找尋其宗教思想的根源。

1　馬克思、恩格斯:《馬克思恩格斯選集》(北京市:人民出版社,1972年),卷3,頁354。

2　蕭兵、周侔:《古代小說與神話宗教》(太原市:山西人民出版社,2005年),頁98。

第一節　道教對中國古代戰爭小說的形而下觀照

　　兒時讀《三國演義》、《水滸傳》等中國古代戰爭小說，每每對小說中不時出現的一些非現實的帶明顯幻想性質的情節不能理解，如諸葛亮何以能用巫術呼風喚雨？梁山好漢戴宗為什麼腳拴「甲馬」就能日行八百里？公孫勝們口中念念有詞如何就有神兵神將、牛鬼蛇神聽其驅遣？這些有悖生活常理的情節在以寫實為主的戰爭歷史小說中出現簡直令人不可思議。在十九世紀之前的中國古代戰爭小說中，都或多或少地存在著此類將現實加以「魔幻」化的情節，成為小說創作的一種普遍風尚。如今明白，講求實際追求現世的古代中國人是把土生土長的世俗化宗教——道教及其各種巫術活動的神奇魔力視為生活中的存在，敬畏並且崇拜著。因此，作為對歷史的反映、現實的描摹、集合與投合民眾理想願望審美趣味的小說藝術，如果沒有了這些宗教意味的人物和情節倒顯得有些不合常理了。

一　「祖先教」與異姓兄弟的歃血之盟

　　《三國演義》開篇，天下災異頻發，太平道創始人張角和他的兄弟張寶、張梁裏黃巾起義，引出了劉、關、張桃園三結義。這裡，兄弟是個關鍵詞，前者，黃巾起義是具有血緣關聯的三親兄弟共舉義旗，後者，劉、關、張三人雖無血緣關係，卻可以通過一定的儀式結成異姓兄弟，而且無血緣關係的兄弟還比有血緣關係的兄弟更能夠生死相依。《三國演義》對劉、關、張三人君臣而兄弟的生死關係有許多動人的描述，此不贅述。《三國演義》之後，《水滸傳》更把這種異姓兄弟的結盟關係擴大為浩浩蕩蕩的一百零八人。此後，在中國古代戰爭小說中便頻頻出現異姓兄弟結盟的情節，所謂「楊家將」（《楊家府演義》）、「岳家軍」（《說岳全傳》）都突出強調的是以家庭親緣血統為

紐帶結成的軍隊組織、將士關係。在世界戰爭小說譜系中，如此重視血緣或擬血緣關係在軍事組織中的作用大約只有中國古代戰爭小說。

那麼，這種喜愛以「家庭」關係為戰爭小說核心結構的敘事法，是否具有宗教上的原因呢？

中國本土宗教道教與西土的基督教、阿拉伯的伊斯蘭教一個很大的區別是沒有一個比較明確的主神或主教。漢民族的先民都是泛神論者，認為萬物有靈自然界中的一切都有神靈存在，山有山神，水有水精，樹有樹怪，雷有雷公，電有電母，……。而在各種神靈中，先民們首先崇拜的是自己的祖先。生活在面海環山相對封閉的地理環境中的漢民族祖先是以農耕生活為主的，重土不重遷，穩固的家庭關係是人們賴以生存的基礎。而維繫家庭關係的核心是男人，即父親和兄弟。「不孝有三，無後為大」。一個家庭男人如果滅絕這個家庭也就不復存在，女人再多也無濟於事。因此，中國人格外看重祖先，家家戶戶都供有祖先的牌（神）位，遇有災難即將降臨，就會祈求祖先的靈魂在冥冥中保佑，家有喜事也會禱告祖先，讓先人共享歡樂。人們祭拜祖先實際上主要祭拜的是家族中的男性先人。祖先崇拜或「祖先教」盛行的結果是使父子或兄弟的關係得以不斷強化、泛化。延伸到軍隊中，則將帥與將帥之間、士兵與士兵之間、將帥與士兵之間，最好也能用父子或兄弟的血緣關係加以維繫，所謂「在家親兄弟，上陣父子兵」，人們深信由具有血緣關係的人結成的軍隊是最有戰鬥力的軍隊。但現實生活中，都靠血緣關係組合軍隊或戰鬥集體畢竟困難，變通的辦法是讓沒有血緣關係的人通過一定的虛擬或象徵方式，如結拜異姓兄弟（喝進摻有眾人的血的酒，大家的血溶合在一塊，就意味著有了血緣關係）變成擬血緣關係，從此便生死與共了。中國古代戰爭小說常常把這種異姓兄弟歃血之盟的重要性強調到極致，使之成為超越各種利害關係的最重要關係。劉備為了兌現桃園結義時許下的誓言「不求同年同月同日生，只願同年同月同日死」，竟至失去理性，

把兄弟之情置於國家利益之上。梁山泊一百零八個好漢「八方共域，異姓一家，……千里面朝夕相見，一寸心死生可同」。這一百零八人撐成的擬血緣環鏈一旦斷掉其中一環，便會引起連鎖反應，導致好漢們接二連三死去，最終造成群體的徹底毀滅。而背叛這種歃血之盟就會付出沉重的代價，輕則戴上深重的道德枷鎖，遭世人唾棄，重則招來殺身之禍。所以，《水滸傳》中梁山好漢楊雄為了結義兄弟石秀的名譽竟十分殘忍地將自己的妻子挖心剖腹，置於死地。

「祖先教」是一種初級階段的宗教信仰，是道教的基因之一。「祖先教」的潛移默化影響使中國人特別重視家庭關係，異姓兄弟結拜這種帶有準宗教性質的儀式自從羅貫中在《三國演義》中加以藝術表現之後，成為了官方和民間一致的「最愛」：「黑道」用它約束團夥的行動，「白道」也利用它爭取同道，文人更是拿它作為文學的經典情節。在中國古代戰爭小說和俠義小說中，如桃園結義那樣的情節大量複製、比比皆是，幾致令人生厭。如《說岳全傳》中岳飛和牛皋、王貴、湯懷等結拜兄弟，後來他們的後代也無一例外紛紛結拜兄弟，情節雷同，毫無創意。宗教本是一種程式化的東西，其影響小說也必然導致程式化的敘事結果。冥冥天數，無可逃遁矣。

需要指出的是，中國古代戰爭小說中，兄弟拜把這一情節模式之所以盛演不衰，不單是道教影響的緣故，很大程度上還因為它與儒家倡導的以「義」為上的倫理道德觀念緊密相關，堪稱為儒道結合的範式。而這一模式化的情節雖然藝術含金量不高，卻能影響深遠，以致到了現當代一些小說中還能看到它的影子，還因為與道教佛教滲透到小說創作時常常弄出一些神神秘秘的人物與情節不同，兄弟拜把這一情節模式並非幻想化的產物，有著深厚的現實生活依據，能為當代人所理解、接受，但它又的確與宗教的影響有關，故此專述。

二　神仙道化的戰爭人物與方術幻化的戰爭場景

　　道教影響中國古代戰爭小說，有隱晦曲折的，如前述異姓兄弟的
歃血結義；有直截了當的，如諸葛亮們的呼風喚雨。在《三國演
義》、《水滸傳》、《說唐全傳》、《說岳全傳》、《楊家府演義》、《飛龍全
傳》、《英烈傳》等歷史演義小說中大量存在神仙方術化的人物與場
景。這些神化人物一般充當軍師或謀士的角色，會預知過去未來，善
裝神弄鬼，能驅魔役神。

　　且對中國古代戰爭小說中的有關人物和情節作必要的類述並簡析
其宗教原因。

（一）預知過去未來

　　《三國演義》第三十八回劉備三顧茅廬，諸葛亮初次與劉備相
見，在分析了一番天下大勢後，便對劉備說：「亮夜觀天象，劉表不
久人世；劉璋非立業之主，久後必歸將軍」。此後在隨劉備南征北戰
中，諸葛亮不斷展示了他神機鬼測的預知本領。第四十九回，關羽自
告奮勇去華容道截伏曹操，諸葛亮預知關羽會對曹操手下留情，但還
是讓他去了，劉備不解，諸葛亮說：「亮夜觀乾象，操賊未合身亡。
留這人情，教雲長做了，亦是美事。」諸葛亮常在臨戰前授人「錦囊
妙計」，一半是基於他對戰場態勢的正確估計，另一半也是他神算預
知本領的妙用。第五十七回、第六十三回、第八十一回、第九十七
回，諸葛亮通過夜觀天象，先後預知了周瑜、龐統、張飛、趙雲等人
的死訊，最後連自己的最終命運氣數也是通過觀天象預知的。

　　《說唐全傳》第十一回，秦瓊奉命送壽禮進京，正逢正月十五燈
節，眾朋友隨他進城觀燈。時為楊越公府中主簿的李靖奉勸秦瓊不可
與眾人同去觀燈，恐遭禍害。李靖所依據的也是觀察天象，預知當夜
京城有「刀兵火盜之災」。果然，是夜眾豪傑憤宇文公子劫掠民女，

大鬧了一回京城。

　　除了觀天象外，中國古代戰爭小說中，還大量描寫了通過察地物、析謠讖、占夢兆等手段預測吉凶禍福的情節。如《水滸傳》第六十回，晁蓋出征曾頭市前，新制的認軍旗忽被一陣狂風半腰吹折，吳用、宋江等人都認為是不祥之兆，勸晁蓋改日出征，晁蓋不聽，結果在攻打曾頭市時被毒箭射殺。類似情節不勝枚舉，此不一一列述。

　　占星術等預言術是道教與讖緯神學、易學、陰陽五行說以及儒家經典和墨家學說中神秘主義的內容等綜合的產物。古人在軍事行動之前和行動中用占星術等占卜吉凶古已有之。我們知道，軍事行動最是潛伏著不測與凶險，尤其是冷兵器戰爭時代，通訊聯絡手段十分落後，軍事參謀人員的作用便顯得十分突出，一次勝算可以抵用千軍萬馬。為了趨利避害，戰爭小說總是盡可能賦予軍事參謀人員更多一些智慧，但人謀再高明也不如天算，如果能有人謀與天算兼備的人豈不戰無不勝。恰秦漢之時，道士、方士的讖緯神學正盛囂塵上，神仙之書、志怪小說流為時尚，魯迅先生說：「中國本信巫，秦漢以來，神仙之說盛行，漢末又大暢巫風，而鬼道愈熾；會小乘佛教亦入中土，漸見流傳，凡此，皆張皇鬼神，稱道靈異，故自晉迄隋，特多鬼神志怪之書」[3]。道教影響所至，在戰爭小說中，集道士方士之神機鬼測和兵家之軍事智慧於一身的人便應運而生了，這便是諸葛亮之流專司軍事計謀並頗具仙風道骨的人，中國古代戰爭小說的絕大部分作品都塑造有這樣的人物，如《水滸傳》中的公孫勝，《說唐演義》中的李靖、徐茂公，《英烈傳》中的劉伯溫，等等。這些人一般都為道士出身：公孫勝道號「一清先生」，自稱「學得一家道術，亦能呼風喚雨，騰雲駕霧」（《水滸傳》第十五回）；李靖是「林澹然門下第一個徒弟，善能呼風喚雨，駕霧騰雲，能知過去未來」（《說唐全傳》第十

3　魯迅：《中國小說史略》（北京市：東方出版社，1996年），頁28。

一回）；徐茂公「從師徐洪客，……深知陰陽過去未來」（《說唐全傳》第五回）；只有劉伯溫宗教背景不明，大約是元末明初道教已經衰落的緣故。他們都算得上飽讀經書的知識分子，其中多數人還是歷史人物，演義小說把道家的魔力安在他們頭上，極力神化他們的軍事參謀本領，使他們成為民眾智慧的化身，軍事家的楷模，知識分子文以致用的典範。

（二）呼風喚雨驅神役魔

　　七星壇諸葛亮祭東風是《三國演義》著名的情節之一，借東風是赤壁之戰決勝的最後關鍵一環。可笑的是，這一事關戰役全域的關鍵環節卻讓道教的法術掠了美。諸葛亮依據「奇門遁甲天書」，在南屏山築三層九尺高七星壇，按二十八宿、六十四卦等方位設各色旗，然後「沐浴齋戒，身披道衣，跣足散髮」「焚香於爐，注水於盂，仰天暗祝」。完全是按照道教法術的一套儀軌程式進行的。難怪魯迅先生要批評《三國演義》「狀諸葛亮之多智而近妖」。[4]諸葛亮「近妖」的法術遠不只呼風喚雨，「祭東風」僅是初露鋒芒而已，蜀國後期諸葛亮獨撐危局，越來越頻繁地使用法術出奇制勝。出征南蠻王孟獲時，木鹿大王用「驅虎豹之法」助孟獲。「孔明綸巾羽扇，身衣道袍，端坐于車上。……木鹿大王口中念咒，手搖蒂鐘。頃刻之間，狂風大作，猛獸突出。孔明將羽扇一搖，其風便吹回彼陣中去了，蜀陣中假獸擁出……」（《三國演義》第九十回）。蜀軍班師回國過瀘水時，因猖神作禍，兵不能渡。諸葛亮用饅頭代人頭，「於瀘水岸上，設香案，鋪祭物，列燈四十九盞，揚幡招魂；將饅頭等物，陳設於地。三更時分，孔明金冠鶴氅，親自臨祭……」。次日，蜀軍再到瀘水南岸，「但見雲收霧散，風平浪靜。蜀兵安然盡渡瀘水」（《三國演義》

4　魯迅：《中國小說史略》（北京市：東方出版社，1996年），頁101。

第九十一回）。隴上割麥，諸葛亮裝神弄鬼，司馬懿引兵追趕，卻始
終追趕不上，只得傳令：「孔明善會八門遁甲，能驅六丁六甲之神。
此乃六甲天書內縮地之法也。眾軍不可追之」（《三國演義》第一〇一
回）。臨死還留下「錦囊妙計」用假諸葛嚇退了真司馬。人說《三國
演義》「七分真實，三分虛構」，諸葛亮的種種法術乃虛構之屬無疑，
但它卻開了中國古代戰爭小說戰陣鬥法描寫的先河，殊所未料。

　　若論戰陣鬥法描寫，《水滸傳》並不亞於《三國演義》。《水滸
傳》第五十二至五十四回，梁山泊兵馬攻打高唐州久攻不下，就因為
高唐州知府高廉善使妖法。先是宋江用九天玄女授予的天書上的「回
風返火破陣之法」應對不能奏效，最後是戴宗、李逵去薊州請回公孫
勝，用羅真人傳授的「五雷天罡正法」才戰勝了高廉的妖法。第六十
回，公孫勝用諸葛亮傳世的八陣法降服了會使神術妖法的「混世魔
王」樊瑞。第九十四至九十七回，宋軍征田虎，田虎軍師喬道清善使
各種幻術，使宋軍連敗幾陣，宋江不得不從衛州喚來公孫勝用「五雷
正法」破了喬道清的妖術。上述戰陣鬥法描寫都大同小異：無非是對
陣雙方或口中念念有詞，或擎寶劍往空中一指，便使朗朗晴空頃刻變
得天昏地暗，飛砂走石，虎哮狼嚎；或使平原曠野霎時間成了滔滔大
海；或讓碧空響雷，龍蛇張牙舞爪……。凡此種種，與神魔小說《西
遊記》、《封神演義》中的描寫無異。《說唐演義》、《說岳全傳》、《楊
家府演義》、《英烈傳》等戰爭小說中無一例外都或多或少有著類似的
戰陣鬥法情節。恕不一一例述。

　　由此可見，戰陣鬥法描寫在中國古代戰爭小說中具有普遍性，且
所使用的各種法術多來自道教。在寫實為主的歷史演義類小說中頻頻
出現此類超現實的魔幻化的藝術場景，我們應該如何看待。我以為需
要從小說的發展歷史、民族的宗教心理、民眾的藝術審美心理等多方
面多角度看待。首先，從小說的發展歷史看，由神話傳說到志怪小
說，中國古代小說的源頭本是神魔鬼怪的世界，宋代以後隨著話本小

說的興起才出現寫實小說，但所謂寫實只是就總體的藝術傾向而言並非絕無幻想成分，何況小說本是一種需要虛構和幻想的文學種類，在志怪小說強大慣性的吸引下，歷史演義小說中摻插少量超現實的魔幻化的情節應屬小說發展中的正常現象。

　　其次，漢民族向有將「歷史神話化」的宗教傳統，黃帝、蚩尤等歷史人物在先民的口耳相傳中逐漸變成了具有宗教色彩的神話人物，這就可以理解，當歷史人物諸葛亮們在說書藝人口中、在民間戲曲演出中不斷被添加進傳奇與虛構的成分後就逐漸凝固成為一種非歷史的歷史存在，後世文人在加工整理為小說文本時就不能不照顧到這民間的幻想歷史。

　　再次，對於歷史小說的歷史真實與藝術虛構的關係問題，中國古代的藝術理論家們各有不同的主張，有的偏重於強調真實性，如明代葉晝在評點《水滸傳》時就讚揚《水滸傳》寫出了社會生活的「人情物理」，而對小說中的戰陣鬥法描寫則持批評態度，他在〈《水滸傳》一百回文字優劣〉中寫道「……至於披掛戰鬥，陣法兵機，都剩技耳，傳神處不在此也。」又在第十回回末總評中說：「《水滸傳》文字原是假的，只為他描寫得真情出，所以便可與天地相始終。即此回中李小二夫妻兩人情事，咄咄如畫，若到後來混天陣處都假了，費盡苦心亦不好看。」又在第九十七回回末總評中說到：「《水滸傳》文字不好處只在說夢，說怪，說陣處」。也有強調藝術虛構的重要性，如明代文學批評家謝肇淛就認為「小說野俚諸書，稗官所不載者，雖極幻妄無當，然亦有至理存焉。……凡為小說及雜劇戲文，須是虛實相半，方為遊戲三昧之筆，亦要情景造極而止，不必問其有無也。……近來作小說稍涉怪誕，人便笑其不經」（《五雜俎》）。對於歷史小說中的荒誕不經處，文學批評家持不同態度是一回事，而民眾對於小說的欣賞卻是另一回事。「中國本信巫」（魯迅語），民眾未必都親歷過戰爭，對於小說所描寫的戰陣鬥法場景，民眾或者信其有；或者是作為人類超越

自身能力限制的一種美好願望，道教追求的是那種完全超脫了自然力量束縛的自由自在的神仙境界，把此願望投射到戰場上，便幻想出種種超越現實可能的飛劍驅魔的戰爭場景；或者乾脆只是作為一種輕鬆愉快的藝術欣賞趣味而已，猶如當代人對於充滿巫術場景的電影《哈利波特》的熱衷一樣，權當成年人懷著兒童幻想的「赤子之心」。

第二節　佛教對中國古代戰爭小說的形而上闡釋

佛教自漢初傳入中國，在與中國本土的儒道思想相衝突、相融合的過程中逐漸扎下深根，深刻影響了漢民族的政治、道德、倫理和文學藝術等，成為中國傳統文化思想的一部分。

佛教思想內容之宏富、理論思辨之細密、學說體系之嚴整，此自難以細說。大而言之，佛教本是一門「出世」的哲學，與追求「入世」的儒學和講求「現世」的道學有很大不同。「佛家智慧的特點是站在人生之外，用超人的眼界識別人世間的種種假象，揭示人生悲劇性的根源，把人們的心靈引渡到一個一塵不染，像蓮花一樣潔淨的清涼世界——涅槃境界。在佛家看來，人們苦苦執著的世俗世界，是一個假象的世界、悲苦的世界，人類用自己的心智為自己製造痛苦與煩惱的世界。」因此，「佛家的宗教意志是一種徹底的否定性意志，不僅要否定一切世俗價值關懷，而且要否定這種『否定』，不僅要『悟空』，而且要『空空』，達到高度的精神解脫，如羚羊掛角，了無蹤跡，心無挂礙，神不沾滯，佛心常在，所在皆空」。[5]但是，佛教的「出世」哲學傳入中土後卻與積極「入世」的儒家哲學相頡頏，為謀生存求發展，佛教不得不入鄉隨俗，順應勢力強大的儒家哲學，於是便有了既講出世又講入世的中國化的佛教新教義的出現。中國化的佛

5　李振綱、加潤國：《中國儒教史話》（石家莊市：河北大學出版社，1999年）。

教首先對佛教的核心問題——佛性理論進行修改，將以「抽象本體」出現的「佛性」落實到現實的「人性」、「心性」上面。東晉高僧慧遠提出了「法性論」，認為有一個形而上的實體，承認有一不滅之「神」為報應之主體。據此，他提出了「三報論」、「明報應論」和神不滅論等思想，所謂「三報」，即「現報」、「生報」、「後報」：「現報者，善惡始於此身，即此身受。生報者，來生便受。後報者，或經二生三生，百生千生，然後乃受」[6]。「生死輪迴、因果報應」之說雖為儒道佛宗教觀念所共有，但佛教的闡述最為系統。這一思想對中國社會影響極大。其次，「與印度佛教對於政治一般都持避而遠之的態度不同，中國佛教在入世與出世問題上卻是另一番景象：中國佛教的許多名僧和宗派，常常根據佛經所言『佛為一大事因緣出現於世』以及大乘佛教『慈悲普度』的精神，認為佛教的根本宗旨不是為了自身的修行解脫，而是為了利他濟世、普度眾生」[7]。

　　上述佛教教義對中國古代戰爭小說有重要影響。「空」觀的影響是讓人世間激烈的政治鬥爭、民族衝突等到頭來都成為「虛無」。「因果報應」之說則把現實的政治鬥爭歸因為前世的「孽」緣或「業」造在現世的報應，從而在一定程度上消解了人類戰爭的政治道德意義。比較佛道二教對中國古代戰爭小說的影響，可以看出，道教的影響主要體現在「技」的層面，而佛教的影響則主要體現在「理」的層面。

一　佛教「空」觀對中國古代戰爭小說之虛無主義的觀照

　　翻開《三國演義》，書首一曲「調寄〈臨江仙〉」就表現出佛教的「空」觀，詞唱道：「滾滾長江東逝水，浪花淘盡英雄。是非成敗轉

6　石峻等：《中國佛教思想資料選編》（北京市：中華書局，1983年），冊1，頁87。
7　賴永海：《佛學與儒學》（杭州市：浙江人民出版社，1992年），頁101。

頭空。青山依舊在，幾度夕陽紅。白髮漁樵江渚上，慣看秋月春風。一壺濁酒喜相逢。古今多少事，都付笑談中。」此詞明白無誤地告訴人們：什麼「英雄」、「是非」、「成敗」轉頭都是「空」，只有「青山依舊在，幾度夕陽紅」才是實。一抹濃重的虛無主義色彩塗在了小說的開頭。似乎在預先提醒讀者不要為小說中的恩恩怨怨所迷糊，那人那事都已成為歷史，不復存在了。小說行文中，劉蜀的最後失敗、諸葛亮的齎志而歿，也充滿著宿命的色彩。小說最後，是一篇古風作結，最後四句「紛紛世事無窮盡，天數茫茫不可逃。鼎足三分已成夢，後人憑弔空牢騷」依然貫穿著天道循環的「空」觀。同樣，《水滸傳》中宋江等一百零八將把大宋江山鬧得天翻地覆，到頭來，一百零八個好漢死的死，傷的傷，出家的出家，一切又歸於平靜。這一切卻原來是「三十六員天罡下臨凡世，七十二座地煞降在人間」，最後「天罡盡已歸天界，地煞還應入地中」。把一場轟轟烈烈的農民戰爭用虛有的「天罡」、「地煞」下凡降臨人世鬧騰作宗教總結，這不是佛教的虛無主義「空」觀又是什麼。而《說岳全傳》岳飛與秦檜、金兀朮等人之間的忠奸鬥爭、民族戰爭更被演繹為天上下凡的大鵬鳥與赤鬚龍、虯龍、女土蝠之間的恩怨之爭。小說末尾，岳飛被害後魂歸天庭，玉帝令其仍歸如來佛蓮座，繼續做「護法神祇」。小說寫道：

> ……金星引了岳飛魂魄，稽首皈依，將玉帝牒文呈上。佛爺道：「善哉，善哉！大鵬久證菩提，忽生嗔念，以致墮落塵凡，受諸苦惱。試今回頭，英雄何在？」……佛即合掌說偈曰：「一切有為法，如夢幻泡影。如露亦如電，應作如是觀。」

人世間的政治鬥爭無論怎樣激烈，一旦用佛教的「空」觀加以觀照，便都是「夢幻泡影」。

二　佛教「因果報應」說對中國古代戰爭小說之政治是非的解構

以佛教「空」觀觀照人世間，則人的一切「入世」的積極行為最終都是「竹籃子打水一場空」。這是用佛教的原教旨加以宏觀觀照的結果。前述中國化的佛教並未如此消極出世，它多少吸收了儒家積極入世的思想成分，因此，對人世間的政治鬥爭之是非曲直採取「因果報應」說進行解釋，這便一方面避免了使儒家所倡導的積極入世行為歸於徹底「寂滅」而毫無價值，另一方面也使陷於俗世紛擾的人們找到了舒緩心靈重負的良方乃至徹底擺脫精神痛苦的「涅槃」之境。

首先，對於戰爭人物的生生死死，中國古代戰爭小說經常用佛教「因果報應」思想加以敘說。《三國演義》第七十七回關羽被害身亡，靈魂不散，蕩蕩悠悠來到玉泉山，大呼「還我頭來！」普淨長老指點迷津曰：「昔非今是，一切休論；後果前因，彼此不爽。今將軍為呂蒙所害，大呼還我頭來，然則顏良、文醜，五關六將等眾人之頭，又將向誰索耶？」關公恍然大悟，稽首皈依而去。戰場上兩軍對陣，你死我活，免不了要殺人奪命。今天你殺了別人，明天為他人所殺，恩怨扭結何時了。若用佛教「因果報應」一解釋，便「彼此不爽」，通統扯平了。雖然如是，但作者顯然還是對劉蜀集團的人物取同情的態度，為此，不惜虛構歷史，讓呂蒙在奪荊州之後的慶功宴會上被關羽的魂魄奪命而亡。對於曹操的所作所為，作者更是用有色眼鏡進行「因果報應」透視：《三國演義》第四回曹操枉殺了殷勤待客的呂伯奢一家九口。遭到的報應是其父曹嵩、弟曹德及一家老小四十餘人盡皆被徐州太守陶謙的部將張闓謀財害命（第十回）。作者引所謂的後人詩曰：「曹操奸雄世所誇，曾將呂氏殺全家。如今闔戶逢人殺，天理循環報不差。」意在說明曹操作惡多端必遭惡報。對忠心衛國的仁人志士和殘害忠良的誤國奸臣，「因果報應」說還是愛恨分明

賞罰有度的。《說岳全傳》第七十三回，作者虛構了一個情節：讓臨安城內一個叫胡迪的秀才夢遊地獄。閻王讓他遍歷地府，目睹包括秦檜在內的歷代歷朝奸臣在陰間遭受的萬般痛苦折磨，又讓他見了「現居天爵府中，即日再受陽間封贈，千年香火，萬世流芳」的岳飛。意在彰顯「天地鬼神，秉公無私，但有報應輕重遠近之別耳」。《水滸傳》梁山好漢中唯一和尚出身的魯智深是一個蔑視佛教戒規、殺人如麻的傢伙，魯智深雖嗜殺卻未遭惡報，歸宿是在杭州六和塔坐化圓寂，算是得了個「好」死。卻原來「魯智深是個了身達命之人，只是俗緣未盡，要還殺生之債，因此教他來塵世中走這一遭」（第九十回）。佛教是戒殺生的，但對如魯智深這樣「雖是殺人放火，忠心不害良善」者，「因果報應」說也給了其開脫的理由。

　　其次，對於王朝興亡更迭的過程和結果，中國古代戰爭小說也是用「天道循環」、「因果報應」觀點來看待。早在《三國演義》問世之前，宋代講史平話《新編五代史平話》、《全相三國志平話》中就有一種相類似的說法：曹操、劉備、孫權分別是漢初名將韓信、彭越、英布托生轉世，只因他們三人被漢高祖劉邦疑忌枉殺，上訴天庭，玉帝讓他們分了漢朝天下。劉邦和呂后則轉世為漢獻帝和伏皇后，每每受曹操等人欺壓。這是劉邦枉殺功臣而遭到的「後報」。《三國演義》雖捨棄了上述說法，但其對漢、魏、晉三朝的更替也透露了「天道循環」「因果報應」的觀點。《三國演義》第六十六回敘曹操專權，目無漢獻帝，伏皇后之父伏完欲謀殺曹操，事洩，曹操殘忍地誅殺了伏皇后及所生二子以及伏氏宗族二百餘口。後司馬師專權，與曹操當年如出一轍，魏主曹芳與皇丈張緝等密謀誅殺司馬氏兄弟，亦因機密不保導致張皇后及其父招來殺身之禍，作者引所謂後人詩曰：「當年伏后出宮門，跣足哀號別至尊。司馬今朝依此例，天教還報在兒孫。」緊接著司馬師又逼廢曹芳另立曹髦，作者又引後人詩曰：「昔日曹瞞相漢時，欺他寡婦與孤兒。誰知四十餘年後，寡婦孤兒亦被欺」（第一〇

九回）。小說第一百一十九回，司馬炎逼曹奐禪讓，最終滅魏立晉。
作者再引後人詩曰：「魏吞漢室晉吞曹，天運循環不可逃。……」作
者三引所謂後人詩曰，點明了漢、魏、晉政權更迭中「因果報應」的
作用，讓世人看到政治鬥爭殘酷無情的一面，明白這些都是天道循環
冤冤相報的結果。

　　對於王朝更替江山易姓更荒唐離奇的因果解釋是博弈說。《飛龍
全傳》第十六、十七回敘宋太祖趙匡胤未發跡前曾在夢中與「神鬼天
齊廟」的五個魑魅惡鬼下棋賭博爭輸贏，只因隨口說出一句「要我趙
匡胤分毫給付，萬萬不能，只等我的日後重孫兒手內，才有你們的份
哩」，結果大宋江山果在他的重孫宋徽宗手上被金政權占去大半，而
劫掠其疆土的正是「神鬼天齊廟」裡五鬼托生混世的粘沒喝、二蟒
牛、金大賴、婁室、哈邊癡。秦檜則是「神鬼天齊廟」裡的監察判官
轉世，是幫助五鬼奪取大宋疆土的。如果說，《三國演義》用「因果
報應」解釋漢、魏、晉政權更迭尚是歷史本相的宗教視角，那麼，
《飛龍全傳》用無中生有的夢幻之境來對應歷史現象，則完全陷入荒
謬一途，只能視為民間的戲說罷了。

第三節　陰陽五行說對中國古代戰爭小說的準宗教　影響

　　影響中國古代戰爭小說的宗教思想主要來自道教和佛教，但其他
類宗教或準宗教意識也對中國古代戰爭小說有過影響，其中最顯明的
是陰陽五行說。

　　陰陽是中國古代社會中應用廣泛、影響深遠的一個哲學概念。其
最初的意義是指日光的向背：向日為陽，背日為陰，後用以引申解釋
自然界的一切現象，如男女、天地、動靜、剛柔、虛實、奇偶、盛
衰、張弛、進退等等，成為了支配事物發展的一個總規律。五行是指

金、木、水、火、土五種物質。這五種習見的物質被古人認為是萬物的起源，並且相互間具有「相生相勝」的關係，「相生」即相互促進：「木生火，火生土，土生金，金生水」；「相勝」即互相排斥：「水勝火，火勝金，金勝木，木勝土，土勝水」。最初把陰陽和五行結合在一起的是戰國時的方士鄒衍。《史記》〈孟子荀卿列傳〉云「鄒衍乃深觀陰陽消息而作迂怪之變，終始大聖之篇，十餘萬言」。《文選》〈魏都賦〉注引《七略》云：「鄒子有終始五德，從所不勝；土德后木德繼之，金德次之，火德次之，水德次之」，「五行」衍為「五德」，陰陽五行始由自然界的變化規律附會到了王朝興替和社會歷史的窮通變化上。漢代大儒董仲舒進一步把陰陽五行（天）與王道政治（人）作更緊密的附會結合，提出了「天人感應」的系統理論，李澤厚先生稱之為「天人宇宙論圖式」[8]。這一理論的核心是要把「自然——社會作為有機整體的動態平衡與和諧秩序」[9]，而君主則居於這一專制權力和社會統治秩序的中心，「……唯天子受命于天，天下受命于天子」（《春秋繁露》〈為人者天〉）。「在這個系統圖式裡，任何事物，上至皇帝，下至庶民，也包括神靈世界，都大體已被規定在確定的位置上，與其他事物都有大體確定的關係、聯繫和限定，彼此都受一定的約束牽制，而最終被制約於這個系統本身。這個系統本身具有最高的權威性和可信仰性，它是『天道』、『天意』、『天』。據此，天子『受命』於『天』，皇權已經神授，皇帝循『天道』行事，擁有世上的絕對權威，因而在理論上、信仰上和實際上都不需要也不可能讓任何其他的宗教人格神再來占據首要位置，從而發生政教矛盾或政屈從於教」[10]。雖然這個系統圖式裡的各種關係具有相對的穩定性，但「五德轉移，天命無常」，五行變化強調的是「相生相勝」，因此，

8　李澤厚：《中國古代思想史論》（北京市：人民出版社，1986年），頁146。

9　李澤厚：《中國古代思想史論》（北京市：人民出版社，1986年），頁4。

10　李澤厚：《中國古代思想史論》（北京市：人民出版社，1986年），頁175。

受命於天的皇權也並非一成不變，此德衰則彼德興，經過一定時間的歷史運行，就會發生皇權更替天子易姓的事件。而在天子易姓受命的過程中，上天會通過種種自然現象（徵兆）向世人暗示這種變化，以災異之象警告舊姓天子，而以祥瑞之符提示未來的真命天子。特別是真命天子在遭遇不測或受到冒犯時，上天會以神奇的力量加以保護，顯示出受命於天的皇權的神聖不可侵犯。

　　陰陽五行說雖非宗教學說，卻具有信仰以至宗教的某種功用，其實質是儒學的神學化和宗教化的表現。在中國古代戰爭小說中，對陰陽五行說的具象化描寫相當普遍。前述觀天象、察地物、析謠讖、占夢兆等預言術即與陰陽五行說關係極大。除此之外，最常見的就是有關真命天子的種種祥瑞之符的藝術描寫。

　　其一，真命天子的出生或相貌都有異常之處。如劉備「身長七尺五寸，兩耳垂肩，雙手過膝，目能自顧其耳，面如冠玉，唇若塗脂」（《三國演義》第一回）；孫權「生得方頤大口，碧眼紫髯」（《三國演義》第二十九回）；唐太宗李世民「前髮齊眉，後髮雙髻，唇紅齒白，兩耳垂肩，雙手過膝」（《說唐全傳》第三十四回），其降世時「半空中簫韶迭奏，劍佩鏗鏘，紫霧盤旋，祥雲繚繞」（《說唐全傳》第四回）；宋太祖趙匡胤是「堯眉舜目，禹背湯腰。兩耳垂肩，稜角分明徵厚福；雙手過膝，指揮開拓掌威權；面如重棗發光芒，地朝天挺；身似泰山敦厚重，虎步龍行。異相非常……」，「生於洛陽夾馬營中，赤光滿室，營中異香，經宿不散，因此父母稱他為香孩兒」（《飛龍全傳》第一回）；明太祖朱元璋降生時「但聞天上八音齊振，諸鳥飛繞，五色雲中，恍如十來個天娥彩女，抱著個孩子兒，連白光一條，自東南方從空飛下，到朱公家裡來。……只見朱公門首，兩條黃龍繞屋，裡邊大火沖天，煙塵亂卷」（《英烈傳》第五回）。按天人感應理論雜佛教轉世說，真命天子是天上星宿下凡，受命統治人間，故其降臨人世乃是驚天動地的大事，小說作者不能不作種種天花亂墜的

藝術想像。

其二，真命天子在由潛龍騰飛為真龍的過程中受神靈呵護，總能夠遇難呈祥。蜀國未立時，劉備嘗東奔西跑寄人籬下，一日受劉表之邀赴宴襄陽，劉表之妻弟蔡瑁密謀於席上殺之。劉備聞訊單騎急逃出城，過檀溪時乘騎「的盧」失蹄陷入泥中，「玄德乃加鞭大呼曰：『的盧，的盧！今日妨吾！』言畢，那馬忽從水中湧身而起，一躍三丈，飛上西岸。」此時，蔡瑁已引軍追趕到岸邊（《三國演義》第三十四回）。真命天子在遇險危急的時候，腦頂會出現飛龍護體——這是中國古代戰爭小說慣常的敘事模式，《說唐全傳》之於李世民、《飛龍全傳》之於趙匡胤都有多處類似的描寫。紅光罩身、飛龍護體成為真命天子的標誌。「龍」本是中國人的一種觀念意象，而陰陽五行說之所謂皇權神授亦為主觀唯心主義的產物，以自然界中本不存在的純粹虛構的動物「龍」作為同樣唯意志的所謂「受命於天」的皇權的標誌，實在是中國傳統文化的一大發明創造。

第七章
中國戰爭小說的女性觀

　　「戰爭讓女人走開」——這句發自男人的鏗鏘話語似乎在向女性表明：戰爭是我們男人之間的事，與你們女人無關。戰爭的血腥與暴烈的確為柔弱的女性所不堪。但是，歷史上的無數戰爭卻從來不曾讓女性缺席，有些戰爭甚至是由女性所引發的。古希臘神話傳說中的特洛伊戰爭便是由女性的爭風吃醋導致男人們大動干戈長達十年之久。中國封建時代的女性由於長期生活在「三從」、「四德」的沉重的精神枷鎖下，沒有西方女性那麼放蕩和張狂。但在慘烈的戰爭中，她們是否也是任人宰殺的羔羊？男人心目中的戰爭女性又該怎樣？本章將透過中國古今戰爭小說的有關描寫，考察中國戰爭小說的女性觀。

第一節　中國古代戰爭小說中的女性
——男性爭戰中的異數

　　女性的命運並非天生由男性操控。在原始社會早期的母系氏族時代，女性曾主宰社會生活。中國遠古神話創造了一個偉大的女神「女媧」。女媧化生萬物，補天固地，降妖殺魔，滅火止水乃至搏土造人都無須唯男性之意志，而是特立獨行。隨著社會生產力的發展，女性逐漸退回家庭專司養兒育女之職，男性則承擔了抵禦入侵擴大生存地域改善生存條件的社會責任。當黃帝炎帝們登上歷史舞臺的時候，就意味著女媧時代的結束。雖然在原始人的心目中男女兩性在精神地位上並無厚此薄彼之分，但女性由於在體能上處於弱勢，因而基本上與以力角逐的戰爭無緣，偶爾參與男性間的廝殺也只充當配角。在有關

漢民族融合戰爭的遠古神話傳說中，記載女性參戰的神話只有一則，
《山海經》〈大荒北經〉：

> 蚩尤作兵伐黃帝，黃帝乃令應龍攻之冀州之野。應龍畜水。蚩
> 尤請風伯、雨師從，大風雨。黃帝乃下天女曰魃，雨止，遂殺
> 蚩尤。

顯然，黃帝派出的天女魃在這場鏖戰中是戰勝對手的關鍵人物。可惜
這樣的戰爭女神後來再未出場過。

　　《史記》洋洋五十多萬言，其中立傳的女性僅一人，即漢高祖劉
邦之妻、漢惠帝劉盈之母「呂太后」呂雉。這個呂太后在隨劉邦打天
下的時候並無多少值得稱道的功績，在劉邦坐天下之後倒是幫助劉邦
殺戮功臣的一個高手。《史記》「本紀第九・呂太后」曰：「呂后為人剛
毅，佐高祖定天下，所誅大臣多呂后力」。呂后的非凡在於她敢於和精
於在男性一統的天下裡玩懦男於股掌之上，並創下了中國封建歷史上
女人垂廉聽政的先例。司馬遷不為別的女性樹碑，單為呂后立傳，不
一定是出於對呂后的敬仰，主要是緣於呂雉在當朝的重要影響力。作
為一名史官，司馬遷不能不尊重歷史。但也說明在中國封建社會早
期，女性在政治上還是能夠爭取到一定地位的。不過，我們從司馬遷
似乎相當冷峻客觀的敘寫中，看到的是一個野心勃勃、陰險毒辣決不
亞於男性的悍婦的形象。從中我們似乎還隱約感覺到一個橫遭「腐
刑」之奇恥大辱的男性敘述者對於女性當權者的一種下意識的憤恨。

　　唐代是中國封建史上少有的女性得以相對自主自立的時代。我們
可以從唐傳奇的許多篇章中看到女性在天下紛爭的戰亂時代超凡卓越
的丰姿。唐傳奇塑造了一批不屑於拘守閨閣，而是膽大藝高，充滿陽
剛之美、豪邁之氣的女俠的生動形象。如《紅線》、《聶隱娘》、《謝小
娥傳》、《車中女子》、《賈人妻》、《崔慎思》、《潘將軍》、《虯髯客傳》

等都是以女俠為主角的唐傳奇著名作品。這些作品中的女俠表現出與傳統女性絕然不同的嶄新精神風貌。她們脂粉氣少，英雄氣盛，敢說敢為，義勇雙全。侍婢紅線身為下賤，心志高遠，為主解憂，言必行，行必果。出入三百壯士嚴密把守的某藩鎮內宅，如入無人之境；竊取其床頭金盒，如探囊取物。其擲地有聲的豪言，倏忽不見的本領，一夜平息戰事的奇功，無不令七尺男兒為之汗顏。將門出身的聶隱娘，自小入深山學得奇異劍術，十五歲返家，不守閨閣，常「遇夜即失蹤，天明而返」神出鬼沒，連父母亦「不敢詰之」。擇偶自決，不重門第才貌：「忽值磨鏡少年及門，女曰：『此人可與我為夫。』白父，父不敢不從，遂嫁之。其夫但能淬鏡，餘無他能。」沒有絲毫少女的羞澀和扭捏作態，顯得如此俐落乾脆。在與精精兒、空空兒的搏鬥中，隱娘神機妙算，技高一籌，充分施展了其精湛神奇的劍術和變幻莫測的法術。謝小娥是復仇女神，她雖無任何武功法術，但憑著百折不撓的堅強意志和勇敢機智的謀略膽識，終於為親人報了仇雪了恨。車中女子是一個領導著一群技高膽大的男盜俠的女中豪傑。她不僅敢隻身入虎穴搭救無辜受害者，而且敢盜走皇宮寶物，富有蔑視皇權的勇氣。紅拂妓張氏則是一位有著豐富的政治識見和鮮明的是非觀念的「風塵俠客」。在她身上沒有絲毫的嬌柔、羸弱和奴婢氣，有的是深沉的睿智的氣度和豪爽大方的舉動。當她認準李靖是一位將大有作為的豪傑時，便大膽地夜奔李靖。在靈石旅舍，虬髯客突如其來，且斜臥枕上看紅拂梳頭，舉止非禮。李靖怒火中燒，紅拂則異常鎮定自若，她「一手握火，一手映身搖示公，令勿怒」，繼而通過與虬髯客的機智問答，化干戈為玉帛。一個十八九歲的女子能夠如此沉穩老練地處置這突如其來的矛盾，足見其處世待人本領之非同尋常。

　　唐傳奇的作者多為男性，然而男性筆下的這些女性卻有著與男性一樣的豪邁和英勇的氣概，足見唐代女性地位的高漲。眾所周知，中國第一位也是唯一一位女皇帝就出在唐代。女人既可取代男人當皇

帝，又豈不能像男子漢一樣仗義行俠，馳騁在風塵俠道上。不但在俠義題材的小說中，在唐傳奇愛情題材類的小說中，女性也是大膽執著、敢愛敢恨，一定程度上擺脫了依附男人的從屬地位。女性以新的面貌朝氣蓬勃大規模地占據文學作品中的主角地位，唐傳奇首開先河。

　　但是，唐代婦女地位的提高根本無以動搖男性主宰社會的絕對權利，在中國古代漫長的封建時代，如武則天那樣的女皇當政也只是曇花一現。接踵而至的宋王朝，理學大熾，儒家學說進一步滲透到人們的日常社會生活中，倫常化成為禁錮人們思想的沉重精神枷鎖。「其所謂理者，同于酷吏之所謂法。酷吏以法殺人，後儒以理殺人」（戴震《與某書》）。「他們（指理學家們）幾乎無一例外地要求用等級森嚴、禁欲主義⋯⋯等等封建規範對人進行全面壓制和扼禁。而事實上，一句『餓死事小，失節事大』的語錄，曾使多少婦女有了流不盡的眼淚和苦難。那些至今偶爾還可以看到的石頭牌坊——貞節坊、烈女坊，是多少個『孤燈挑盡未能眠』的痛楚情感的凝聚物」[1]。宋明理學對女性的最大戕害是極大地限制了她們的愛情婚姻自由。當此之時，《三國演義》、《水滸傳》先後問世，這兩部集正史、野史、民間文藝和文人創作於一體的戰爭小說自難避免受到宋明理學的影響。因此，這兩部小說中的女性的命運也主要圍繞她們與男性的關係或婚姻問題展開，只是由於處在戰爭特殊環境和動亂社會中，兩部小說中的一些女性有著與理學禁錮相頡頏的異乎尋常的表現。

　　首先，女性的愛情和婚姻必須服從戰爭的需要。中國古代的絕大多數戰爭是男權世界爭奪政治統治權的暴力行動。為了奪取戰爭的勝利，爭戰雙方鬥智鬥勇，不惜採取一切手段，除了使用剛性的暴力手段外，有時也採取柔性的和平策略，如聯盟者之間或潛在的敵對者之間實行通婚聯姻是常見的手段之一。本質上這是一種漠視女性擇偶自

1　李澤厚：《中國古代思想史論》（北京市：人民出版社，1986年），頁253。

主權的非人道行為，但是，在《三國演義》中，這些違背人性的行為卻都給塗上了「亮色」，不僅讓當事的女性欣然接受，而且讀者從中也感受到一種趣味，讀出了美感。最典型的兩個事例是貂嬋戲董卓和孫夫人嫁劉備。這兩個女性都於正史無徵，是虛構的人物。貂嬋實為司徒王允為滅除董卓施行連環計的道具，需要以犧牲青春和愛情為代價，是一般女性所不願擔當的。然而，在小說描寫中，我們看到，貂嬋是為報王允養育和知遇之恩而心甘情願犧牲色相來離間董呂二人的，最後終於達到借刀殺人的目的。清人毛宗崗在回批中不禁感歎：「為西施易，為貂嬋難，西施只要哄得一個吳王，貂嬋一面要哄董卓，一面又要哄呂布，使出兩副心腸，裝出兩副面孔，大是不易……王允豈獨愛呂布，貂嬋豈獨愛呂布哉！吾謂西子真心歸范蠡，貂嬋假意對溫侯，蓋貂嬋心中只有一王允爾。」歷史上本無這樣俠肝義膽的女性，小說卻虛構了這樣一個活脫脫的女荊軻。實際上，這是作者從男性感受的角度所塑造的一個理想化和俠義化的女性形象，換言之，是男權社會強為女性所難的一種虛幻的想像，與生活中女性的實際感受是有距離的。

孫權嫁親妹於劉備，是意欲借招親之名，將劉備騙到東吳而殺之，實乃戰爭中的恐怖行為。然而，這場以姻緣為誘餌的戰爭陰謀，結局不僅出乎陰謀詭計的製造者孫權、周瑜的意料，而且當事的女主人公孫夫人的表現也令其兄大跌眼鏡。孫夫人之有勇有謀與貂嬋無異，所不同的是，她不像貂嬋自始至終是一場計謀的當局者，事先她並不知道自己嫁給劉備之事，更不知道乃兄個中陰謀。中國封建時代女性婚姻自主權被男權剝奪由此可見一斑。但待生米煮成熟飯，孫夫人的不俗之舉則「雖男子不及」。這個自幼喜弄刀槍棍棒的女流之輩，「身雖女子，志勝男兒」，洞房花燭之夜，「兩行紅炬，接引玄德入房，燈光之下，但見槍刀簇滿；侍婢皆佩劍懸刀，立於兩旁。唬得玄德魂不附體。」而新娘面對新郎的第一句話卻是「廝殺半生，尚懼

兵器乎？」與新郎「魂不附體」的怯懦狀恰成鮮明對比。劉備欲借元
旦江邊祭祖之機攜孫夫人逃回荊州，孫權聞訊，連派六將前阻後追。
面對奉命堵截的徐奉、丁盛二將，孫夫人捲起車簾，怒喝：「你二人
欲造反耶？」徐、丁說是奉周都督的將令在此專候劉備，孫夫人叱
曰：「你只怕周瑜，獨不怕我？周瑜殺得你，我豈殺不得周瑜？」把
周瑜大罵一場，喝令推車前進，徐、丁不敢阻攔。待陳武、潘璋趕
到，四人又被孫夫人罵得「面面相覷」。以致孫權最後毫不顧惜兄妹
手足之情，下令「先殺他妹，後斬劉備」，可是為時已晚，被諸葛亮
先勝算一籌，「賠了夫人又折兵」。

　　《三國演義》的許多故事從民間醞釀到文人最後定型問世，整個
創作過程正處於程朱理學盛囂塵上的宋明時代，無可否認，其中的男
權思想極端嚴重，對女性的人身權利採取了漠視的態度，如小說第十
九回寫劉備被呂布擊敗，單身逃難，落宿獵戶劉安家中，劉安一時難
以找到野味招待劉備，便把自己的妻子殺了，取妻臂上肉謊稱狼肉供
劉備食。作者寫這一細節意在表現普通百姓對劉備的擁戴，但客觀效
果卻給人十分殘忍的感受，且反映了作者潛意識中對女性的極端不尊
重。劉備在張飛失陷徐州後，就曾對張飛和關羽說過：「兄弟如手
足，妻子如衣服。衣服破，尚可縫；手足斷，安可續？」這不折不扣
是作者男權思想的流露。

　　其次，女色成為檢驗戰爭英雄的試金石。戰場上，女性的柔弱之
軀無以和男性的雄壯威猛相抗衡，但戰場下，女性用美色和柔情為武
器，則時常打敗了貌似強大的男敵。這是女性戰勝男性的制勝法寶。
戰爭中女色是一把殺敵的軟刀子，幾乎可以戰無不勝，因此，代表中
國傳統文化核心的儒、釋、道三教都對女色持戒懼的態度，在儒家眼
裡，女人是禍水，女色幾成萬惡之源；釋家教義禁絕女色，自不必多
言；道家講求長生不老，須保護純陽之體，因而也要戒女色。中國古
代戰爭小說更是設置許多情景不厭其煩地告訴人們，女色一旦滲入戰

爭就必定壞事，真正的戰爭英雄一定遠離女色，雖然英雄難過美人關，但過不了美人關的英雄就不能稱為英雄。《三國演義》通過呂布和關羽兩極的例子演繹了貪戀女色與否所造成的不同後果。呂布有萬夫不當之勇，所謂「馬中赤兔，人中呂布」，極言其武藝高強堪稱三國第一，但呂布最終卻讓女色毀掉性命，他因貪戀女色，放不下妻妾，為曹操所虜，命殞白門樓。論武藝，關羽其實遜於呂布，但關公卻被封為「武聖」、「千古名將第一人」，應當說，不貪女色為其道德的完美加分不少。曹操勸降關羽後，「使關公與二嫂共處一室，關公乃秉燭立於戶外，自夜達旦，毫無倦色。」到許昌後，曹操「又送美女十人，使侍關公。關公盡送入門內，令伏侍二嫂」。《水滸傳》中的梁山好漢幾乎都不沾女色，一些好漢甚至對女性持仇視的態度。李逵每每看到美貌的姑娘就心生厭惡，甚至無端把在酒樓中獻殷勤賣唱的姑娘打得跌昏過去（第三十八回）。至於武松殺嫂、楊雄殺妻、宋江殺閻婆惜，都是因為被殺的女性淫蕩成性，勾引姦夫，惹惱了英雄。《水滸傳》中的女性，惡女多於良女，作者似在有意無意地告訴人們，女人是禍水，英雄好漢最好離女色遠一些。

　　在男權世界裡，女性須謹守「三從」、「四德」，養兒育女、相夫教子是女性的本分。現實世界中女性倍受壓抑，只有在虛構的文藝天地裡，女性才偶爾得以舒志。中國古代戰爭小說每每是女性施展才幹的舞臺。中國古代第一部戰爭小說《三國演義》就出現了女英雄的形象。蜀漢後期，諸葛亮率軍南征，在與蠻王孟獲的較量中，蜀將張嶷、馬忠就敗在孟獲之妻祝融夫人手下。「夫人世居南蠻，乃祝融氏之後；善使飛刀，百發百中」，當三江城被蜀軍攻克，蜀兵渡江，孟獲十分驚慌之際，祝融夫人大笑而出曰：「既為男子，何無智也？我雖一婦人，願與你出戰。」祝融夫人背插五口飛刀，手挺丈八長標，坐下卷毛赤兔馬。一出戰就連擒蜀將張嶷、馬忠。這位不見諸正史的南蠻首領夫人顯是作者虛構的人物，但卻是一個符合歷史邏輯的人

物，因為南蠻乃未經教化之地，女性不受漢文化對於婦女「三從」、「四德」之類清規戒律的約束，從小練就一身武藝自在情理中。《水滸傳》裡的英雄全是漢民族生活圈中的，但也不乏女英雄的身影，一丈青扈三娘、母大蟲顧大嫂、母夜叉孫二娘是落草梁山泊的女好漢。自然，敢於和男性一起反抗朝廷的女性也不會是「三從」、「四德」的踐行者。由此看來，女性由於生理構造上的原因在體力上可能遜於男性，但在戰爭中的作為卻是後天文化環境造就的。這一點在明代戰爭小說《楊家府演義》中再次得到印證。楊門女將中的最著者穆桂英出身草莽，本是山寨寨主，天生未受禮教浸淫，因此當她在陣上捉來年輕英俊的三關將領楊宗保時，便一見鍾情，也不懂什麼門第身分，直截了當逼楊宗保與她私訂婚約。楊門女將中如穆桂英這樣草莽出身的並不是個別。在楊家男兒先後為國捐軀後，她們便義無反顧地擔當起保家衛國的任務，與男兒一樣馳騁在刀光血影的戰場上。楊門女英雄中除了佘太君有點歷史影子外，其餘都是虛構的人物。可見，深受禮教壓迫的中國封建時代的婦女只有在虛構的情景中才能得到揚眉吐氣的理想宣洩。

　　需要指出的是，女性無論怎樣英勇，其參照物還是男性。因此，中國古代戰爭小說中的女英雄多具有男性化的特徵，男性作家們基本上是以男英雄的標準塑造她們的形象，特別是戰場格鬥情節的描寫，女英雄除了軀殼與男英雄有異外，其餘大體雷同，此不展開論述。

第二節　中國現代戰爭小說中的女性
——革命戰爭於她們解放的意義

　　發端於「五四」新文化運動的中國現代文學是倡導「人」的解放的文學，其中自然也包括婦女的解放。女性反抗專制、走出家庭、參與社會是「五四」時期中國現代文學的主題之一。早在二十世紀初，

「鑑湖女俠」秋瑾的創作就注入了女性人格自覺自醒的意識，一九〇七年一月秋瑾在上海創辦了《中國女報》，其發刊詞寫道：「吾今欲結二萬萬大團體於一致，通全國女界聲息於朝夕，為女界之總機關，使我女子生機活潑，精神奮飛，絕塵而棄，以速進於大光明世界，為醒獅之前驅，為文明之先導，為迷津筏，為舊室燈，使我中國女界放一光明燦然之異彩，使全球人種驚心奪目，拍手而歡呼。」秋瑾的雄心壯志不僅寫諸文字，更付諸反抗舊制度的暴力行動，以青春熱血和血肉之軀寫下了中國婦女自立自強自決的豪邁先聲。然而，時過境遷，秋瑾身後再沒有出現過如許俠肝義膽的革命女俠，「五四」以後至三四十年代，現代女作家並不屑於如秋瑾那樣模仿男性，敢為男性之不敢為，而是更關心女性自身的命運，因此，打破封建牢籠、爭取婚戀自由成為「五四」時期女性作家熱衷的題材，男性作家筆下的女性也大體不離這樣的題材範圍，反映戰爭女性的作品真是罕之又罕。

　　「五四」前後的中國一直處於戰爭頻仍、社會動盪的狀態，其時的戰爭小說多以揭露軍閥混戰給民眾造成的災難為題材，由於主題是反戰的，自然不會去塑造所謂的戰爭英雄，更不會有戰爭女英雄的出現。雖然在這個倡導婦女解放的時代，女性投身革命走向戰場並不十分罕見，但男性作家並不太在意戰爭女性，只有少數經歷特殊的女性作家抒寫了自己從軍的艱難歷程，如二十年代末三十年代初蜚聲文壇的女作家謝冰瑩根據自己參加北伐戰爭的經歷寫作出版了《從軍日記》、《女兵自傳》等名噪一時的自傳體小說。雖然其中大量篇幅是在寫自己如何反抗封建家庭的束縛勇敢投身革命，追求婚姻自由，但作品的基調已經與「五四」初期僅僅沉湎於個性解放的吶喊、個人命運思索有了很大不同，她們已經開始意識到婦女的個人命運是與社會、時代的命運緊緊聯繫在一起的，當她們穿上軍裝、拿起槍桿時首先想到的是自己的社會責任：「『兵！』這一個多麼有力的字！真想不到數千年來，處在舊禮教壓迫下的中國婦女，也有來當兵的一天，我們要

怎樣努力，才能負擔起改造社會的責任，才能根本剷除封建勢力呢？」[2]。但是，在軍營這個傳統上男性占絕對優勢的天地裡，女性要贏得立足之地，首先必須淡化自己的性別意識，向男性趨同，謝冰瑩說：「在這個偉大的時代，我忘記了自己是女人，從不想到個人的事情，我只希望把生命貢獻給革命……再不願為著自身的什麼婚姻而流淚歎息了。」[3]無獨有偶，馮鏗的《紅的日記》通過紅軍女戰士馬英六天的日記，描繪了紅軍和赤衛隊火熱的戰鬥生活和宣傳發動群眾的熱烈場面。女主人公馬英也認為，一個「紅」的女人就應該「暫時把自己是女人這一回事忘掉乾淨」，「眼睛裡只有一件東西：濺著鮮紅的熱血，和一切榨取階級、統治階級拼個你死我活！」

　　戰爭對兩性有著不同的意義，這是基於兩性之間在生理和心理上的差異以及傳統上兩性社會角色的不同。戰爭不說是男人的專利，至少也是更適合於男性展示才能的舞臺，男人通過戰爭可以很快實現自己的人生價值，有些男人甚至天生就是為戰爭而生、為戰爭而活、為戰爭而死的。那麼，戰爭對女性又意味著什麼呢？「戰爭是殘酷的，女人是戰爭的受害者；但戰爭卻可能為參戰婦女走出傳統性別角色打通道路」，「戰爭於沉悶千年的女性生活可以是一次變革的契機」[4]女兵謝冰瑩的經歷就是最好的詮釋：假如不曾有過戰火的錘煉，女兵謝冰瑩不可能有逃離家庭的機會和反抗封建婚姻的決絕意志。三十年代末隨著全民族抗戰烽火的燃起，中國女性一方面遭受了空前的戰爭災難，另一方面也進一步為她們「走出傳統性別角色打通道路」。

　　對於戰爭中女性命運的感受，男性作家和女性作家顯然是不同的。女性作家更容易體會到戰爭的非人道性和男權主義對女性的雙重

2　謝冰瑩：《女兵自傳》（成都市：四川文藝出版社，1985年），頁79。

3　閻純德、孫瑞珍、白舒榮等：《中國現代女作家・謝冰瑩》（哈爾濱市：黑龍江人民出版社，1983年），頁265。

4　李小江：〈親歷戰爭：讓女人自己說話〉，《讀書》2002年第11期。

壓迫，女作家丁玲在抗戰早期的若干創作就深刻地揭示了這一點。在延安文藝政策尚未統一規範之前，丁玲的女權主義意識和對男權的批判意識得到淋漓盡致發揮，在一九四一年一月至一九四二年三月這一年多時間裡，她先後創作了短篇小說《我在霞村的時候》、《在醫院中》和雜文〈「三八」節有感〉。其中《我在霞村的時候》塑造了一個極具個性色彩的戰爭女性的形象。貞貞是戰爭的受害者，她被日本兵搶去當慰安婦，身心都受到極大的摧殘。但她又是一個意志堅強的女性，在日本鬼子的魔掌下，她還堅持幫助「自家人」做地下工作。這個受侵略者奴役的不幸女子，回家後不但得不到鄉親們的同情，還要忍受鄙視的目光。貞貞天性樂觀，頭一天回家後痛哭了一晚，第二天就「歡天喜地到會上去了」，「一點病的樣子都沒有」，還主動與「我」講述了在日本兵那裡的遭遇。也許是因為她在遭受日本人踐踏後竟然表現出沒事兒一樣的行為使得鄉親們深感不滿，男人們充滿鄙夷地議論她「起碼被一百個男人睡過」，「弄得連破鞋都不如」，卻還「一點都不害臊」；女人們則更加不能容忍，並且「因為有了她才發生對自己的崇敬，才看出自己的聖潔來，因為自己沒有被敵人強姦而驕傲了」。最後，貞貞回絕了昔日戀人夏大寶的求婚，在黨組織的安排下準備到延安治病，去「重新作一個人」，開闢一種新的生活。丁玲的這篇小說與其說是寫戰爭對女性身心的摧殘，不如說是對以男權主義為中心的傳統道德對於女性貞操的一種畸形偏執的尖銳批判。

　　男性作家對戰爭中的女性有著較多的期待，他們更樂於表現「戰爭於沉悶千年的女性生活」的「變革的契機」。孫犁的戰爭小說具有這方面的典範意義。

　　孫犁的短篇小說多以戰爭為背景。描寫戰爭中根據地的農村青年婦女形象是孫犁小說的亮點。對於戰爭中的女性，孫犁有著與眾不同的認識和理解，他每每看到她們的優點和美好的一面，「我在寫他們的時候，用的多是彩筆，熱情地把她們推向陽光照射之下，春風吹拂

之中」（孫犁〈關於《山地回憶》的回憶〉）。孫犁筆下的根據地的農村青年婦女雖然仍擺脫不了中國傳統婦女對男性的依附關係，但戰爭的來臨卻賦予這種人身依附關係新的內涵和美好的情愫。孫犁常常讓他小說中女主人公的丈夫為了參戰而長時間遠離妻兒父母，如《荷花澱》、《囑咐》中的水生嫂的丈夫水生，《紀念》中小鴨的爹，《光榮》中小五的未婚夫原生。但獨守空閨的妻子對此卻沒有多少怨言，當水生嫂得知丈夫要參軍到大部隊去，雖然情緒微微有些波動，但並沒有阻攔，而八年後丈夫回來卻僅僅住了不到一個晚上就要繼續奔赴前線，水生嫂雖感到意外，但第二天清早毅然撐著冰床急急送走丈夫，為的是「你快快去，快快打走了進攻我們的敵人，你才能再快快的回來，和我見面。」「識大體、樂觀主義以及獻身精神」是孫犁賦予根據地婦女的精神品格和形象特徵。當然，孫犁也沒有一味粉飾戰爭中的女性，小五是孫犁所塑造的少數幾個根據地落後婦女之一。《光榮》中的小五是原生的爹早年玩牌九時贏來的，比原生大好幾歲，原生參軍遠離家鄉多年杳無音信，好吃懶做愛打扮的小五等得不耐煩，便常常與公婆吵鬧。人家說原生「當兵是為了國家的事，是光榮的！」可小五卻說「光榮幾個錢一兩？」「也不能當衣穿，也不能當飯吃！」最後鬧到解除婚約。當然，在這篇小說中，小五是作為原生的兒時夥伴秀梅的反襯人物出現的，秀梅才是小說的真正主人公，她與原生兩小無猜卻心心相印，自願照顧原生父母。夥伴說她不結婚是等原生，她莊重地說「我不是等著他」，「我是等著勝利！」

　　戰爭給人們帶來的無疑是苦難，但孫犁筆下的戰爭女性卻多飽含樂觀的情緒，她們總是能克服困難度過難關。《采蒲臺》中，由於敵人的封鎖，根據地人民沒吃沒穿，生活十分困難，可小紅姑娘卻不並悲觀，她照樣唱著歌兒和婦女們競賽編葦席；在集市，娘去賣席，小紅賣網，她對著兩個老年漁夫吆喝，老人覺得現在不能安生打魚不願買她的網，小紅對兩個老人說了一段頗有意味的話：

「你以為他們要在這裡待一輩子嗎，你這大伯，真是悲觀失望！」小紅說著笑了，「這裡是我們的家，不是他們的家，這裡不是他們的祖業。這裡是，這裡是，」小紅低聲說：「是他們王八狗日的墳塋地！不出今年！我看你還是買了這付網吧，好日子總歸不遠！」

在孫犁小說中，像小紅這樣對待戰爭災難舉重若輕的快樂女孩總是給人特別深刻的印象。《紀念》中的小鴨是一個愛笑的女孩，即便是埋伏在她家屋頂的八路軍正在與敵人交火的時候，小鴨趴在炕沿底下，也還在「一邊吃吃的發笑」，並且在「我」口渴的時候，小鴨的娘冒著敵人的槍彈爬到井邊用柳罐絞起了一罐水，「我從屋裡繫上一小罐水，小鴨還嘻嘻的笑著叫我繫上一包乾糧，她說：『吃了，喝了，要好好的頂著呀？』」《吳召兒》中的小女孩吳召兒除了像小鴨一樣愛笑外，還特別勇敢和有主見，村長分配她當游擊隊的「嚮導」，她帶的一條路雖然難走，但一路上有棗兒充饑，她還設法給游擊隊員們鼓勁，使大家心情愉快。當敵人向著山上包圍而來時，吳召兒把身上帶的三顆手榴彈全部拉開弦，「在那亂石堆中，跳上跳下奔著敵人的進路跑去」，連續投出手榴彈掩護游擊隊員安全轉移。

孫犁的部分短篇小說也寫了革命戰爭給女性帶來的翻身機會，特別是在共產黨領導的民主政權下，女性更有擺脫封建樊籠、走上新的生活道路的可能。《走出以後》的女孩王振中自小就許配了人家，婆家又是一個令人窒息的封建頑固家庭，在「我」的介紹下，王振中得以走出婆家，考上抗屬中學的衛生訓練班。「走出」以後的王振中精神面貌發生了根本變化，她的臉上不但一掃過去「那層愁悶的陰暗」，變得自信而明朗，而且還能夠「用德文告訴我那藥的名字」。婆家一家人「男兵女將」找來，想把她動員回去，王振中乾脆向縣政府告了狀，要求解除婚約。戰爭不僅讓普通農村婦女有機會融入社會大

家庭，甚至讓佛門女徒也得以掙脫清規戒律的束縛，爭取到愛的權利。《鐘》的女主人公尼姑慧秀與村裡麻繩鋪一個叫大秋的青年工人相愛，並播下了愛的種子。雖然這個愛情的結晶被兇惡的老尼姑勾結惡霸地主林德貴摧殘了，但慧秀還是堅強地活了下來。八路軍來了，建立了民主政權，大秋當上了村長，慧秀也還了俗，但大秋懾於世俗的壓力還是不敢娶慧秀。終於在一次日本鬼子的圍剿中，慧秀用自己正義和勇敢的行動贏得了村民的信任和敬重，「組織上同意，全村老百姓同意」，慧秀和大秋舉行婚禮，光明地結合了。

　　孫犁的大部分作品都是在延安文藝座談會後創作的，延安整風運動對作家的創作傾向具有根本性的影響。文藝家要深入生活、深入工農兵，表現人民群眾嶄新的精神風貌，這對孫犁這樣由邊區土生土長起來的作家來說沒有任何觀念上的障礙，而對丁玲這樣從國統區來的作家則有一個思想觀念轉變適應的過程。延安整風以後，丁玲再也沒有了《我在霞村的時候》、《在醫院中》和〈「三八」節有感〉中那樣對男權主義犀利大膽的批判。其他從國統區來到延安的作家也都努力克服小資產階級的思想，儘快適應新的變化了的環境，創作出符合主流意識形態要求的文藝作品，袁靜便是其中一位。這位從國統區輾轉來到延安的女作家，經過在陝北公學的學習和延安文藝新政策的規範，實現了思想的徹底轉變，她和邊區成長起來的男作家孔厥合作發表了長篇小說《新兒女英雄傳》。這部作品對戰爭於女性的意義有相當充分的表現。小說的女主人公楊小梅和男主人公青年農民牛大水在抗戰工作中心心相印，但卻由於包辦婚姻，楊小梅嫁給了流氓張金龍。在共產黨員黑老蔡的幫助下，楊小梅掙脫了封建婚姻的束縛，到縣裡參加訓練班，入了黨，成為一個能幹的婦女幹部。她心裡早就愛著牛大水，特別是通過革命工作中的接觸了解，她更加欽佩和愛戀牛大水，但兩人在一起工作多年在兩性關係上卻如小蔥拌豆腐——一清二白。在他們美滿成婚時，楊小梅說：「他心裡愛我，這事兒也不知

在心裡過過多少回啦！」清代的舊《兒女英雄傳》是圍繞著兩女一男的關係展開，《新兒女英雄傳》則是圍繞一女兩男的關係敘述，新舊兒女英雄傳的區別是明顯的，前者將一個具有俠肝義膽的復仇女神硬是改造成一個滿口道學經濟的家庭太太，後者則以戰爭為契機使一個受封建婚姻壓迫的農村婦女成長為具有革命覺悟的新時代婦女。但是，新舊兒女英雄傳也有一個共同之處，就是對兩性之間道德關係的重視，無論是舊《兒女英雄傳》中十三妹（何玉鳳）與安驥公子之間的關係，還是《新兒女英雄傳》牛大水與楊小梅的關係，新舊小說都十分強調他們婚前的男女關係的清白。由此可見中國男權主義傳統的強大力量，即便在延安這樣一個倡導婦女解放的革命根據地，在戰爭與婦女解放的關係的認識上還是有許多禁忌，即只可表現革命戰爭對婦女掙脫封建牢籠實現婚姻自主人身自由的意義，而不可觸及男權主義對婦女實際上依然存在的束縛。這個禁忌在一九四九年後很長一段時期內不僅沒有隨著社會環境的改變而淡化，反而愈益強化，直至最近二十多年情況才發生根本的變化。

第三節　中國當代戰爭小說中的女性
──男性標準打造的女英雄

　　戰爭結束，和平建設開始。但經過長途跋涉的戰爭列車還難以即刻剎住，無論是新政權的領導人，還是從戰爭中走過來的民眾，人們的思想觀念、思維方式很大程度上依然停留在戰爭時期。對於剛剛結束的戰爭歲月的迷戀也成為這一時期小說創作的最大熱門。對經過艱苦卓絕的奮鬥而終於贏得勝利果實的人們來說，以勝利者的姿態讚頌戰爭英雄，描寫英雄們的豐功偉績是被視為義不容辭的崇高責任。因此，「戰爭英雄」成為二十世紀五十、六十年代出現頻度最高最耀眼的名詞之一。無可否認，主宰戰爭和贏得戰爭的主角都是男性，戰爭

英雄的主體自然也是男性，女性作為戰爭次要的和輔助的角色也一併得到了有限的頌揚。儘管新中國成立之初，掌握新政權的男性領導人給予女性最大的尊重，從政治、經濟、教育、文化宣傳等各方面倡導「男女平等」，反對歧視婦女的「大男子主義作風」，但中國傳統觀念和文化思想上的「男尊女卑」實際上並沒有得到根本改變，女性要實現與男性的完全平等還要走很長的路。因此，反映在文學創作上，男性作家總是不自覺地用男性標準來塑造戰爭女英雄的形象，這至少表現在以下兩方面：

一　「十七年」戰爭小說的女英雄從外在形象到內在特質都呈「雄化」的特徵

　　戰爭本是男性的擅長，女性通常是迫不得已被捲入戰爭。如前所述，女性由於生理和心理上的劣勢，她們要在戰場上與男性並駕齊驅，首先要超越生理和心理的障礙，因此，男性作家在塑造戰爭女英雄形象時通常採取的修辭手段，一是在外貌體格特徵上儘量拉近與男性的距離，二是在處事能力性格特徵上著力強化她們的「衝」勁。

　　《苦菜花》中的娟子就被描述為「像亂石中的野草」，「這十六歲的山村姑娘，生得粗腿大胳膊的，不是有一根大辮子搭在背後，乍一看起來，就同男孩子一樣。」這個苦難中倔強成長起來的女英雄有著不亞於男性的強烈的戰鬥意志，她用「那激動的帶男音的聲音」向區委書記姜永泉表達參加抗戰的決心。小說開篇，娟子就瞞著母親參加了一次用武力抓捕惡霸地主王唯一的戰鬥行動，是娟子用手榴彈炸開了王家的大門，也是娟子在公審大會後親手槍決了王唯一。這個十六歲的鄉村姑娘一出場就給人強烈的「雄化」印象，以後每一次戰鬥行動幾乎都少不了娟子的影子。她甚至能夠在和男性敵手的肉搏中將對手制服，就像中國古代的女俠一樣。

　　《戰鬥的青春》通篇是以女區委書記許鳳為核心展開故事情節的。敘述者在女英雄出場時就渲染一種泰山壓頂不彎腰的豪邁氣勢：

> 　　她穿著一身青色褲褂，左臂下夾著一個花格布文件包，挺著豐滿的胸脯迎風走上長滿白楊樹的高坡。一陣狂風迎頭撲來，把她刮得倒退了兩步。她倔強地迎著大風走上了坡頂。大風刮起她那齊肩的黑髮和衣襟，吹著她那曬得微黑的臉龐。她皺起漆黑細直的眉毛向前望著，好像有滿腹心事。

許鳳的「雄化」特徵更主要的是表現在她的鬥爭意志的堅定堅決，她比其他男性領導和同伴都更積極主張開展游擊戰爭，主動出擊打擊敵人。在對敵鬥爭的方式上，她和主張縮小武裝、收縮隱蔽的她的頂頭男上級、縣委副書記潘林展開了針鋒相對的鬥爭。而作為她的反襯人物，她的初戀情人、知識分子出身的原區委書記胡文玉，則表現得怯弱、患得患失，始終呈現「雌化」的特徵。

　　在其他以男英雄為主體的戰爭小說中，女英雄的標準也多與男英雄趨同，如《林海雪原》中，小分隊的唯一女隊員白茹就是一個性格潑辣、不畏艱難、戰鬥意志始終高昂的「不平常的女兵」。「總的來說，『十七年』女英雄形象閃耀的是陽剛之美，無論在戰場上或生產戰線上，都以像男人，模仿男人和追趕男人為目標，這是典型的男性審美意識，而雄化便成為男作家追求的修辭方式，這是『十七年』、尤其是大躍進期間的總體解放觀念和所謂『無性別』（其實是以男性為統一的標準）文化心理的反射，『新女性』似乎等於『非女性』或『男性化』。」[5]

5　陳順馨：《中國當代文學的敘事與性別》（北京市：北京大學出版社，1995年），頁89。

二　「十七年」戰爭小說的女英雄在處理家庭和愛情的關係時是以男性的道德標準為標準

　　戰爭使人類生活陷入「非常態」中，包括人們的家庭生活和兩性之間的愛情關係都會面臨著特殊的考驗。與男性相比，女性更容易受到家庭和情感的牽累，特別是在戰爭環境下，如何處理家庭生活和愛情關係幾乎成為女英雄難以逾越又不得不逾越的一道道德深坎。在對待這個棘手的問題上，「十七年」戰爭小說的男作家基本上是從男性立場出發，採取「淨化」和「理想化」的處理方式。中國幾千年封建傳統男性對於女性的性道德有許多極其苛刻的單方面的要求，在實行一夫一妻制的當代，應該說兩性在性道德方面的要求表面上是實現了平等，而在「十七年」全社會道德純淨度比較高的時代，戰爭英雄作為全社會學習的楷模，在性道德方面更要求做到一塵不染。於是，我們看到，在「十七年」戰爭小說中，男英雄要儘量讓他們遠離兩性的道德糾紛，迴避或乾脆不寫他們的愛情生活是為上策，就像《保衛延安》中的連長周大勇「心目中除了黨、人民、祖國、人類實現社會主義理想，就再也沒有別的什麼了」。女英雄在以男性為主體的戰鬥生活中既然無法迴避與男性的接觸，則要求她們絕對純潔和忠貞。《戰鬥的青春》中許鳳先後與胡文玉和李鐵有過感情糾葛，對胡文玉，小說一開始就把他置於和許鳳對立的狀態，不斷敘述兩人在各種場合進行思想鬥爭，而唯獨很少寫他們感情上的依戀，如果有，也是胡文玉對許鳳的單相思和占有欲。對這個小資產階級知識分子出身投機革命的意志動搖者，許鳳似乎早已看透並有一種天然的反感。兩人間的愛情描寫其實是作為突出許鳳高風亮節的一個刻意襯托。至於許鳳和李鐵的愛情，則著意強調他們是革命者之間在共同的戰鬥生活中建立起來的相互信任的關係，幾乎沒有性方面相互吸引的成分，即便是在許鳳和李鐵已經建立戀愛關係之後，我們看到許鳳在臨犧牲前寫給李鐵

帶訣別性質的信中也沒有摻雜任何個人私情的成分。與此相類似，在
《苦菜花》中，作家也刻意強調娟子和姜永泉愛情的無比純潔性：

> 娟子和姜永泉的戀愛，雖然經過了漫長的歲月，但這完全和火
> 熱的鬥爭交融在一起，他們之間簡直沒有什麼溫情接觸，甚至
> 連兩人的手都沒有碰過一下。雖是在一個區上工作，但分開的
> 時間比在一起的時間多得多。誰要去戰鬥，就拿著武器帶著戰
> 友悄悄地出發了，從沒有特別告辭過。誰要去工作，就和普通
> 的同志一樣，有交的有接的，談論著工作上的事，走了。

這裡，應該提到一個有趣的現象，在「十七年」戰爭小說中，與
女英雄的純潔和忠貞形成強烈對比的那些女壞蛋，無一不是性道德方
面的沉淪者，她們一般出身於剝削階級家庭，外表醜陋或妖豔，追求
物質和肉體的享受，生活作風糜爛，與多個男性隨意發生性關係。如
《戰鬥的青春》中胡文玉的姘頭小鸞、《苦菜花》中漢奸特務王東芝
的情婦淑花、《林海雪原》中土匪許大馬棒的三姨太「蝴蝶迷」等。

愛情的結晶是構築家庭，女性一般在養兒育女方面要承擔相對多
的家庭責任，這與革命事業必然產生矛盾，已婚女英雄如何協調好革
命事業與家庭羈絆的衝突也是作家創作中難以迴避的問題。「十七
年」戰爭小說採取的策略是「非家庭化」，即只寫女英雄的愛情生活
而不延及家庭生活，如果非觸及家庭生活不可，則一定讓女英雄犧牲
「小我」（家庭）服從「大我」（革命事業）。如，為了讓娟子擺脫哺
乳期的煩惱，滿足她一心撲在革命工作上的需要，《苦菜花》竟編造
了一個匪夷所思的情節：讓娟子那早已不哺乳的母親，乾枯的乳房重
新流出乳汁代女兒哺育外孫。此類違背起碼生活常識、過度理想化到
使女性也難以接受的虛假情節，大約只有「無知無畏」的男性作家才
敢胡編亂造。

　　男作家以自己的標準塑造戰爭女英雄的形象與女作家對戰爭女英雄的理解一定有很大差異，可惜我們難以找到足夠數量的作品來佐證這一推斷。畢竟女性直接參戰的機會和經驗要遠遜於男性，女性作家尤是。「十七年」戰爭小說的作者絕大部分是男性，只有極少數女作家寫了少量與戰爭有關的作品，如劉真的部分短篇小說、茹志鵑的《百合花》等。但就從這少量的作品中，我們能夠讀出女作家對戰爭的感受與男作家的明顯不同，主要表現在觀察戰爭的視角有異。男作家更熱衷於戰爭戰場的正面描寫，側重於展現激烈的外部衝突，女作家則注重於戰爭中人與人關係的敘述，偏於內心體驗的抒寫。劉真的短篇小說《好大娘》、《我和小榮》、《弟弟》、《長長的流水》、《紅棗》、《大舞臺和小舞臺》、《英雄的樂章》等都是作家根據自己從小在革命隊伍中成長的經歷，深情地回憶了戰爭歲月中難忘的人和事。作家所敘述的對象多數是女性，有在危難時刻保護過自己的老大娘，有諄諄教導自己學文化學做人的好大姐，更多的是與自己患難與共的少年時代的夥伴。其中《英雄的樂章》五十年代末發表後曾被作為宣揚資產階級人道主義的「毒箭」受到嚴厲批判。小說被批判的最主要原因就是因為寫到了主人公在戰爭艱難的歲月里卻憧憬著未來和平美好的生活，被認為是「厭倦革命戰爭，幻想和平幸福」。殊不知，如此對於戰爭與和平生活深刻細膩的內心體驗與思考，恰恰是女性作家創作的特點。同時期問世的茹志鵑的《百合花》也因為作者不敢「大膽追求最能代表時代精神的英雄人物的形象，而刻意雕鐫所謂『小人物』」受到批評。批評者除了是受那個時代主流意識形態偏向的影響外，還因為是只從男性視點出發而沒有理解女性對於戰爭體驗的獨特視角。

　　女英雄「雄化」的極致是泯滅了性別色彩，變成「非男非女」、「亦男亦女」的中性人，「文革」時期雄踞劇壇和影壇的八部革命樣板戲中的女主角就是超性別的英雄，她們除了外表是女性，思想和言行都呈濃烈的「雄化」色彩。表面看，似乎是女性地位的空前提高，

本質上是男性徹底同化了女性，是男性對女性的極大不尊重。這是戲劇創作的情況，不在本書論述之列，故不展開。不過，革命樣板戲的創作思想和藝術方法也極大地影響了「文革」時期整個文壇，這時期有成就的戰爭小說乏善可陳，更不用說戰爭女英雄形象的成功塑造。唯一值得一提的是老作家黎汝清於一九六六年出版的中篇小說《海島女民兵》。這是一九四九年以來反映現實海防鬥爭的第一部小說，小說主人公海霞也成為一九四九年以來第一個民兵女英雄形象。這部作品最可貴之處是作家沒有一味用男性標準要求他筆下的女主人公。雖然這部作品的人物塑造不可能不受那個時代社會審美風尚的影響，但與那些「高、大、全」的神化英雄不同，海霞是一個從幼稚到逐漸成熟的成長中的英雄。這個出身於貧苦漁民家庭、從小父母雙亡的孤兒，與漁霸陳占鼇有著血海深仇。解放後，在黨的教育下，她的階級覺悟迅速提高。為了警惕敵人的破壞活動，她率領姐妹們站崗放哨，打靶演習，在鬥爭中逐漸成熟。作家善於通過挖掘人物思想性格發展的內在根據和外在條件，既寫出了海霞從普通漁家姑娘成長為民兵英雄的階級出身、苦難的生活經歷和剛烈倔強的性格基礎，又揭示了海霞的成長與黨的教育、長輩們的關心幫助和同伴們支持之間的必然關係。小說中的其他人物，如和藹可親、諄諄善誘的方書記，嚴肅執拗的旺發爺爺，有些大男子主義的阿洪，以及直爽潑辣的阿洪嫂、心熱性急的海花、文雅安靜的黃雲香、膽小的玉秀、嬌貴的采珠等，都性格鮮明，男人有男人的個性，女人有女人的風采，個個栩栩如生。這部小說的原始素材來自一九六〇年全國民兵代表大會上同心島女民兵排及女民兵海霞的先進事蹟材料，經過作家再深入生活加以典型化藝術處理，這樣按照生活的本來面目來描寫英雄的成長過程顯得真實可信。

　　從一九七七年開始的所謂新時期文學，對戰爭小說創作並沒有特殊意義，因為在一九八六年莫言的《紅高粱》問世之前，戰爭小說依然是循著一九四二年延安文學以來的傳統創作路數，從題材、主題、

文學觀念到創作方法都與「十七年」小說無太大差異。當然，隨著十一屆三中全會的召開，文學禁忌的逐漸鬆綁，戰爭小說創作也呈現一些新質，如對戰爭英雄的理解和形象塑造融入了新的時代氣息，對一向視為文學「禁區」的軍隊內部矛盾和陰暗面敢於大膽揭露批判等等。這一時期戰爭女性形象的塑造基本上承接了「十七年」小說革命英雄主義的餘緒，侷限於描寫革命軍隊中女戰士的戰爭生活，如《追趕隊伍的女兵們》敘述三個年輕的女戰士在敵人重兵包圍下掉隊的故事，表現革命隊伍中人與人之間的溫暖和友情。《西線軼事》寫上世紀七十年代末南線戰爭中某部通訊班女戰士們參戰的經歷，通過女戰士陶珂的視角敘寫男戰士劉毛妹的英勇行為。總之，新時期初期，與轟動文壇的「傷痕文學」、「改革文學」等形成較大反差的是戰爭文學的依然故我。

　　對戰爭歷史題材的小說創作而言，《紅高粱》的問世具有劃時代的意義。這部完全迥異於我們慣常的道德觀念和審美方式的戰爭小說，不僅顛覆了多年來我們對戰爭英雄的傳統認知，而且也打破了戰爭女性形象塑造的沉悶呆板模式，賦予傳統戰爭女性充分「現代性」。小說女主人公、「奶奶」戴鳳蓮是比「爺爺」余占鰲更具人性光芒的「女中豪傑」。她的靈魂無比純淨和剛健，高粱地裡的清新空氣的吹拂，使她絕少名教的毒化和濁世的塗汙。中國傳統婦女所具有的勤勞能幹、賢妻良母的美德，她具有；中國傳統節婦貞女所不具有的渴望人性自由、追求自我解放、全面實現人的權利的反叛精神，她也具有。她美麗風流，但不是東方女性的內在含蓄式美，而是西方女子的外在感性式美。她無視世俗陳規，敢作敢當，英勇剛烈，大有「人所具有的我都具有」之干雲豪氣。當「剪徑」者攔截花轎，眾轎夫大驚失色的時候，「奶奶」臉上始終保持著「那種粲然的、黃金一般高貴輝煌的笑容」。余占鰲把她「劫」到高粱地裡，「她甚至抬起一隻胳膊，攬住了那人的脖子，以便他抱得更輕鬆一些」。因為，在她被她

的父親用換一匹牲口的代價，賣給單家患麻瘋病的單扁郎為媳的三天中，她已「參透了人生禪機」，她盼望著在生命蓬勃的高粱地裡當一隻自由飛翔的精靈。這種靈魂自由的外化不僅表現在高粱地裡的「野合」，還表現在單家父子死後，她如釋負重地剪出了「蟈蟈出籠」和「梅花小鹿」的剪紙上：

> 奶奶剪紙時的奇思妙想，充分說明了她原本就是一個女中豪傑，只有她才敢把梅花樹栽到鹿背上。每當我看到奶奶的剪紙時，敬佩之意就油然而生。我奶奶要是搞了文學這一行，會把一大群文學家踩出屎來。她就是造物主，她就是金口玉牙，她說蟈蟈出籠蟈蟈就出籠，她說鹿背上長樹鹿背上就長樹。
> 奶奶，你孫子跟你相比，顯得像個餓了三年的白蝨子一樣乾癟。

作者燦爛生輝的筆通過「奶奶」奇思妙想的剪紙，把一個藝術想像力與追求自由行為同樣大膽豐富的農家女兒的形象寫得美奐絕侖。

「奶奶」身上的「一股潛在的英雄氣質」不僅表現在大膽追求性愛自由，「不怕罪，不怕罰，我為我自己作主」的叛逆精神上，而且表現在她擁有凡夫俗子大家閨秀所沒有的處變不驚的超群智慧：單家父子死後她初出茅廬理家的鎮定和老練；她在驚悉單家父子被殺的瞬間機智地咬定縣長曹夢九為「親爹」的出色表演；她對「混」進燒酒作坊的余占鰲先而暈眩繼而「耳光」相向最後當著眾人的面承認腹中生命的播種者的費人心智的玄機；尤其是猝然遭遇淫惡凶殘的日本鬼子時，她「在羅漢大爺的血頭上按了兩巴掌，隨即往臉上兩抹，撕亂了頭髮。瘋瘋癲癲地跳起來」，竟使鬼子愕然卻步，足見其英勇機智之非同一般。墨水河大橋伏擊戰，「奶奶」犧牲在日寇的槍口下，走完了「三十年紅高粱般充實的生活」。最後的「天問」是對「奶奶」三十年人生之奮鬥追求的哲理化概括：

　　……天哪！……天，什麼叫貞潔？什麼叫正道？什麼是善良？
什麼是邪惡？你一直沒有告訴過我，我只按著自己的想法去
辦，我愛幸福，我愛力量，我愛美，我的身體是我的，我為自
己做主，我不怕罪，不怕罰，我不怕進你的十八層地獄。我該
做的都做了，該幹的都幹了，我什麼都不怕。但我不想死，我
要活，我要多看幾眼這世界，我的天哪……

　　這是盧梭式的靈魂的自我拷問，是一個「完成了自我解放」的農村女
性的「現代意識」。「奶奶」戴鳳蓮成為一個極具現代意義的戰爭女性
的嶄新形象。

　　《紅高粱》之後，戰爭小說逐漸從傳統的藩籬中走出，一種用當
代人的觀念重新闡釋歷史演繹歷史的所謂「新歷史主義」文學思潮讓
戰爭歷史小說創作呈現出五彩斑斕的景觀。作為對既往戰爭小說中總
是充滿陽剛之氣的戰爭女英雄形象的反撥，「新歷史主義」小說中的
戰爭女性似乎紛紛回歸到女性本位，女性在戰爭中的弱者地位再次被
凸顯。青年作家廉聲發表於一九九五年的短篇小說《婦女營》，敘述
了抗戰隊伍中的一個婦女營的命運。新媳婦雲蓮新婚之夜逃離洞房投
奔駐紮鎮上的國軍某部婦女營。有了槍桿子在握，雲蓮似乎就有了安
全保障，她的男人奈何她不得。可是，令雲蓮怎麼也想不到的是，她
的營長葉如青雖然也槍桿子在握，可卻敵不過同樣槍桿子在握的她的
上司曾師長。美麗俊俏的葉營長被迫嫁給了「黑矮肥胖的半老頭師
長」，離開了婦女營，成了曾太太。雞冠嶺一役，國軍慘敗，婦女營
被取消建制，女兵們被全部遣散，雲蓮又無奈回到家裡，她的男人
「那莽漢」先是對她「敬如神靈」，讓她獨居一室，可一旦知道她並
沒有傳說的帶了兩把木殼槍回來，就「很利索地將她制服了」。女人
終歸是女人，沒有了槍桿子的保護，總歸還得「讓男人壓在下面，給
男人生兒子」，有槍桿子的女人在同樣有槍桿子的男人面前也只能乖

乖就範。戰爭只能給婦女帶來一時的命運轉機卻無法拯救為男人所操控的最終命運，這似乎就是《婦女營》要敘說的「新歷史」。

重寫革命戰爭歷史是「新歷史主義」文學思潮的重頭戲之一。如果說，「十七年」革命戰爭歷史小說是只唱頌歌、只寫光明，那麼，「新歷史主義」文學思潮下的革命戰爭歷史小說則是在讚美英雄的同時，更多的是對於歷史的深沉思索，甚至直逼人性的縱深。紅軍後代鄧一光是其中「重寫紅軍史」的推波助瀾者，鄧一光於上世紀九十年代中期推出的系列中篇小說《父親是個兵》、《大媽》、《戰將》、《遍地淑麥》以及《紅孩子》、《挑夫》等，譜寫了一齣齣別出心裁的紅軍英雄的頌歌：英雄的豪情、英雄的煩惱、英雄的悲劇……。在這些關於父輩的英雄故事中，《大媽》敘述了一個令人歎惋的戰爭女性的悲劇人生：范桑兒（大媽）嫁給紅軍三天後就永遠失去了丈夫。她對公婆盡心盡孝，在公婆相繼去世後改嫁地主的兒子，並利用自己的身分便利保護了十八戶紅軍家屬躲過白色恐怖。然而，因為她的地主婆身分，在解放後的歷次政治運動中受盡屈辱，最後孤苦伶仃地死在前夫荒蕪的老宅裡。這位在戰爭艱難歲月里為革命付出巨大犧牲的偉大堅強的女性，卻終其一生不能得到人們的理解，更沒有得到相應的回報，反而是受到了包括前夫家族的後人在內的世人的唾棄。「堅貞與無奈、犧牲與屈辱、奉獻與誤解……一切水火難容的人生境遇在此卻不可分解地組合在一起：這也是歷史。而且是鮮為人知的一頁歷史。《大媽》告訴人們：革命，不僅意味著流血犧牲，還意味著鮮為人知的屈辱。」[6]我以為，《大媽》故事還隱喻著男權世界對於女性的不公平，演繹的是現代版的「三從」、「四德」對於婦女的精神和肉體的壓迫。

世紀之交，「新歷史主義」小說又出現了新的變種，這就是撲面

6　樊星：〈鄧一光小說集《遍地淑麥》跋〉，《鄧一光的世界》（武漢市：長江文藝出版社，2001年）。

而來的所謂「紅色經典」的改編熱浪。在這一波主要由市場經濟時代大眾審美趣味的商業需求為主導、並以現代傳媒為手段的對於「紅色經典」的重新演繹熱潮中，女性往往成為重釋歷史的主要在場者，像電視劇《林海雪原》就平添了一個新的女性角色——楊子榮的妻子，並使楊子榮陷入了「三角戀」中；少劍波與白茹的情感也被大大地渲染放大。根據電影改編創作的小說《紅色娘子軍》也大大強化了洪常青與吳瓊花之間的愛情。同名小說《沙家濱》更是上演了一個女人和三個男人之間的情欲糾葛，小說中阿慶嫂身上體現的也只是強烈的性欲望……。對此人們褒貶不一，此不評述。

我們應該關注的是，世紀之交陸續問世的若干戰爭小說在塑造戰爭女性形象方面的新的突破。從鄧一光的《我是太陽》到都梁的《亮劍》，再到徐貴祥的《歷史的天空》，都不約而同地演繹了英雄與美人的故事。時光流過半個世紀，題材還是那些題材，歷史還是那段歷史，但敘說歷史的時代和歷史的敘述者已今非昔比，因此，呈現在讀者面前的那些老英雄便有了嶄新的面孔，他們還一如既往地激蕩著濃烈的雄性色彩和陽剛之氣，湧動著不屈的生命激情和崇高的英雄主義氣概，但他們無一不多食了一些人間的煙火，伴隨著籠罩在他們身上的神性光環的消逝，那些曾經被遮蔽的人性的弱點紛紛浮出水面。歷史似乎向真相逼近了一步。而作為還原歷史本相不可或缺的部分，則是英雄身旁的那些女性也前所未有地成為了歷史的焦點。這些女性當然不是四五十年前那些情感乾癟的「雄化」女強人，而是內秀外慧又堅貞無比的好戰士、好同志、好妻子，她們對於英雄的鑄就至關重要，是拱衛和映射太陽光輝的月亮。烏雲之與關山林（《我是太陽》）、田雨之與李雲龍（《亮劍》）、東方聞音之與梁必達（《歷史的天空》）都是相互生命中不可缺少的部分。她們走進英雄的生命里程的路徑不一樣，但結局都何其相似。烏雲是在毫無思想準備的情況下，把組織上要她與團長關山林結婚當作義不容辭的光榮任務來完成的，

雖然感到委屈和傷感，但很快就調整好心態，以中國傳統婦女無私忍耐的犧牲精神盡力呵護著她所崇敬的丈夫和心愛的兒女，默默地承擔著作為丈夫的妻子和戰友所能分擔的一切；十八歲的小護士田雨差不多是被老兵油子李雲龍連蒙帶哄「搞」上的，但前提是田雨對李雲龍師長是懷著崇敬和愛戴之情的，由於家庭出身、文化背景、生活習慣等的巨大差異，婚後兩人之間摩擦不斷，但歷盡政治和家庭生活的風風雨雨，田雨最後發現她真愛的還是李雲龍這樣真正的男子漢，在李雲龍飲彈自斃後，她也毅然割腕自盡隨丈夫而去；至於美麗的東方聞音則堪稱是引導無知「莽漢」梁大牙成長為政治上成熟的旅長梁必達的革命導師。從最初的反感，到逐漸地了解，到最後萌生愛情，隨著梁必達的不斷進步，東方聞音越來越發現自己是為梁必達而存在的，離開梁必達就將失去生命的意義。但東方聞音的不幸犧牲，卻讓這愛情的協奏曲戛然中斷，使梁必達旅長喪魂落魄，幾近喪失理智，給人留下無限的歎惋。

　　毫無疑問，這些美麗、善良、純潔、忠貞的戰爭女性，是戰爭英雄心目中理想的另一半，但這看似理想的結合卻是建立在男權主義立場上以女性的一定犧牲為代價的。這難道不是歷史的一種真相嗎？

下篇
比較論

第八章
海峽兩岸鄉土抗日小說比較

第一節　創作母題比較

　　「母題」這個詞語是從英語的音樂學術詞彙「MO TIF」音譯過來的，源於拉丁文「MOVCO」（中文是動機的意思）。在中國古代傳統文學批評中並沒有「母題」這一相關概念，二十世紀八十年代之後，「母題」被引入中國，在民間文學、文化人類學、理論詩學和比較文學等學術領域中較為活躍地出現。文學母題研究是比較文學中主題學研究的一個重要方面，國內學者劉獻彪這樣定義比較文學中的母題：「母題指的是一個主題、人物、故事情節或字句樣式，它一再出現於某一文學作品裡構成一條線索；或是一個意象或『原型』，由於某一典型示範出現，使整個作品有一脈絡，而加強美學吸引力；也可能成為作品裡某種全美的符號。」[1]樂黛雲對母題的定義是：「母題，是指在各類文學作品中反覆出現的人類的基本行為、精神現象以及人類關於周圍世界的概念，諸如生死、離別、愛情、時間、空間、季節、海洋、山脈、黑夜等等。」[2]歌德認為，母題是人類不斷重複的情境，文學作品「真正的力量和作用全在情境，全在母題，而人們卻不考慮這一點。」[3]

　　雖然學術界對於「母題」還沒有一個統一的定義，但相關定義都

1　劉獻彪：《比較文學自學手冊》（長沙市：湖南文藝出版社，1986年），頁238。

2　樂黛雲：《中西比較文學教程》（北京市：高等教育出版社，1988年），頁189。

3　〔德〕愛克曼輯錄，朱光潛譯：《歌德談話錄》（北京市：人民文學出版社，1978年），頁54-55。

有一個共通點，即——母題是文學作品中重複出現的情節或意象，具有相對穩定的結構，是文化傳統中具有傳承性的成分，對文學的主題的形成有促進作用。而且一般來說，一個故事情節並不一定僅僅只有一個母題的存在，可能同時存有多個文學母題在文本之中，因而對一個文本中的一個母題元素的分析不代表對文本中所有行為和情節的分析。本章節便是在這個基礎上展開論述，探討戰時大陸鄉土抗日小說和殖民時期臺灣鄉土抗日小說中共同母題的不同書寫。

一　共同的懷鄉母題，不同的文學書寫

懷鄉母題是戰時大陸鄉土抗日小說和殖民時期臺灣鄉土抗日小說重要的文化母題之一。懷鄉情結可以說是所有中國人都無法割捨的一種情結，因為中華民族與土地之間有著與生俱來的無法割裂的血脈黏連。懷鄉是人類不斷重複的一種情感經驗，擁有悠長的歷史，它在中國人的生命體驗中被不斷地強化，已經超越了個人的感受經驗，進入到了中華民族的集體無意識裡。「懷鄉」自然而然地成為了中國文學（同樣也是世界文學）的一個重要而又歷史久遠的書寫母題。在作家們的眼裡所看到的鄉土，不僅僅是一片又一片連綿的黃土地、黑土地，它還包括了故鄉的四時風物、親朋故舊、傳說神話、鄉村體制等等，作家們通過對這些事物的細膩描繪、深情書寫，娓娓道出他們對故鄉的眷戀和關愛，表現懷鄉戀鄉的母題。應當注意的是，作家們筆下的「鄉」不單純指的是與城市相對而言的鄉村，也包括了與地域上的臺灣、港澳相對的整個大陸地區，更包括了其中蘊藏的歷史、文化的意義。

中國歷代展現懷鄉母題的文學作品卷帙浩繁。從兩千五百多年前的《詩經》開始，便有了濃郁的懷鄉詩歌流傳，如《衛風》〈河廣〉：「誰謂河廣？一葦杭之。誰謂宋遠？跂予望之。」表達的情感質樸、

敦厚，可以說是中國最早的懷鄉詩。到魏晉南北朝，詩人們的懷鄉不再止步於樸素的哀歎，而將懷鄉之情與山水景致相關聯，如謝朓的〈登高臺〉：「千里常思歸，登臺瞻綺翼。才見孤鳥還，未辨連山極。」及至唐宋，詩人的懷鄉詩與羈旅之苦絲絲相扣，如白居易的〈邯鄲冬至夜思家〉：「邯鄲驛裡逢冬至，抱膝燈前影相伴。想得家中夜深坐，還應說著遠行人。」詩歌感情真摯、動人。由於不同的歷史情境，各個時代的懷鄉母題也就相應地具有各不相同的特殊的情思內涵，懷鄉的母題傳統敷演至現代，又有了不同以往的內涵意蘊。

　　具體到戰時大陸鄉土抗日小說和殖民時期臺灣鄉土抗日小說中，懷鄉母題的內涵各有不同，有審美意義上的懷鄉、文化意義上的懷鄉和精神意義上的懷鄉，它們或者獨立表現在文本之中，或者相互交叉重疊地出現在文本裡，不一而論。

> 一九三八年春天，我流落至重慶，在附近的一個靜僻的小鎮上閒住著。自幼至長，從未遠離故鄉；此次倭奴入寇，故鄉淪陷，被迫出走，國破家亡之感織著鄉愁，雖不終日以淚洗面，但生活的滋味，總覺如坐針氈。我懷念故鄉：白日引領悵望天涯，黑夜做著還鄉的夢。可是故鄉始終杳無消息！
> ⋯⋯
> 我懷念我的故鄉，淪陷後的故鄉。在這春天，放牛郎走過溪邊是否依舊瞟著洗衣女哼著山歌？午後冷靜的街上是否還有算命瞎子悠然彈著三弦？不，我知道故鄉再不會有這種太平景象，因為惡魔的來臨！誰能告訴故鄉的消息？[4]

　　這是陳瘦竹在小說《春雷》（出版於一九四一年）的楔子中寫下

4　陳瘦竹：《春雷》（南京市：江蘇文藝出版社，1986年），頁1-2。

的一段話，真摯地抒發了作家當時的心路歷程，也很大程度上地概括
了大部分作家在當時的切身感受。歷史進入二十世紀三十年代，轟天
的炮火打亂了古老民族緩慢的生活步調，日寇肆無忌憚地展開瘋狂的
入侵，使古老又屢弱的中國承受了極其劇烈的震盪。國將亡，民有
殤，國土淪陷，成千上萬的百姓家破人亡、顛沛流離。戰時中國作家
絕大多數經歷了扶老攜幼的流離失所的困頓，他們為了躲避戰火不斷
地遷徙流亡，在敵我對抗中惶惑地求取生存，家鄉和家鄉的平靜生活
成為了他們在動亂時代的夢，當他們操筆成文時，戰火中的「懷鄉」
便成為了文章中自然而又濃烈的情感主題。故鄉、家鄉、鄉關、桑
梓，在戰亂時代是多麼誘惑的一組詞彙。在《春雷》中，「國破家亡
之感織著鄉愁」便是整部長篇小說的情感基調。

　　懷鄉母題是和「鄉土」、「土地」等詞彙緊緊聯繫在一起的。戀土
守鄉是戰時鄉土抗日小說中農民主角們的一個色彩濃烈的特點。姚雪
垠發表於一九三八年的短篇小說《差半車麥秸》裡，主人翁「差半車
麥秸」就是一個道地的農民，道地的莊稼漢，他加入游擊隊的最忠
實、熱烈的動機就是把日本鬼子早日打跑，從而可以安生地做莊稼。
在參加游擊隊期間，「差半車麥秸」不時哀怨地望向田裡，感慨能一
腳踩出油的好地裡卻長了深深的草。戀土愛地的天性不能不使他時時
念叨著家鄉，家裡的女人和孩子、家裡待耕的荒蕪的土地都在聲聲召
喚著他。在《牛全德與紅蘿蔔》中，外號「紅蘿蔔」的農民王春富連
放哨的時候都似乎聞到了黃土、牛糞、麥苗、豌豆秧的香氣，在迷糊
中夢見了女人、孩子和被炸死的黃牛。蕭軍的代表作《八月的鄉村》
裡，「小紅臉」時常咬著煙袋遙遙望著遠方的田野歎息，歎息太平的
春天和秋天過去了，平靜的農耕生活不再有了；深夜裡，幾個兵士慫
恿「百靈鳥」唱起一個又一個思鄉的調子，一種酸心和一種說不出的
惱怒伴隨著歌聲蒸騰而出，飄過了每個莊稼漢的心孔，浸濕了他們心
頭的那無邊際的田野。農民們離開了賴以生存的土地，在時代大流的

裏挾下或是四處飄零，或是進城打工，或是參加了游擊隊，生活在他鄉異處，但在他們內心深處，對土地和家鄉樸素、真摯的感情就像一根扯不斷的線不時牽扯著他們的心，他們的一言一行都透露出難以割捨的戀鄉思緒。

在中國的現代文學史上，好像還沒有一位作家像端木蕻良那樣對土地賦予那麼深厚真摯強烈的愛，他把自己的小說用地名、土地予以命名，如《科爾沁旗草原》、《大地的海》等等，以此寄託刻骨銘心的懷鄉戀鄉之情。端木蕻良曾深情自白：

> 在人類的歷史上，給我印象最深的是土地。彷彿我生下來的第
> 一眼，我便看見了她，而且永遠記住了她。……
> 土地傳給我一種生命的固執。土地的沉鬱的憂鬱性，猛烈的傳
> 染了我。使我愛好沉厚和真實。……當野草在西風裡蕭蕭作響
> 的時候，我踽踽的在路上走，感到土地泛溢出一種熟識的熱
> 度，在我們腳底。土地使我有一種力量，……我活著好像是專
> 門為了寫出土地的歷史而來的。[5]

《科爾沁旗草原》（創作於一九三三年，出版於一九三九年）寫的便是一個關於土地的歷史的故事。小說以科爾沁旗草原為背景，通過草原上的首富丁家發家、興盛到敗落的過程，展示了兩百年來廣漠的草原上圍繞土地及其爭奪帶來的風雲變幻、悲歡離合。丁家的發家史就是土地的發展史，草原上人們的喜怒哀樂、性格、習俗、抗爭等等都是和土地緊密聯繫在一起的。人的歷史和土地的歷史在端木蕻良的筆下是互通的，人和土地是唇齒相依、血肉相連的，作品滲透了作家骨子裡升騰出來的深沉的鄉戀。《大地的海》滿溢著端木蕻良對土地

5　錢理群編：《二十世紀中國小說理論資料（第四卷）1937-1949》（北京市：北京大學
　　出版社，1997年），頁274。

的愛的自白，端木蕻良對鄉土的依戀在這篇小說中是通過他筆下的人物形象來實現的。艾老爹是端木蕻良致力塑造的農民形象，他辛勤忠誠地對待土地，他「把血液灌漑到食糧裡去，再從食糧裡咀嚼出血液來。把生命種植到食糧裡去，再從食糧裡耕種出生命來」[6]，艾老爹對土地的愛戀呈現出了端木蕻良對土地的深情厚愛，濃烈的懷鄉之感。

　　「九一八」事變之後，東北大片的黑土地淪陷，端木蕻良被迫離開了故土，流亡於北平、天津等各地，有家不能回乃至無家可歸，他對故土的思念與日俱增，故土的一山一水一草一木在他的心裡都是無比美好的，《科爾沁旗草原》裡，他透過返鄉的丁寧看到的故土是清新、動人的：「月光水樣抹在樹葉子上。夜來香的氣氲，款款飄來。微雨過後的草場上，夏意就更濃了。從掃帚草上浮出一層水氣，用著怕人看見的體積，偷偷地凝成了嬌嫩的水珠，從地面上向上浮出一二尺來，和青磷混在一起，在樹葉下浮動著。幾棵獨標的小葉松伸直了腰板，在園心裡聳立著。樹葉在頂尖，散放著神秘的氣息，整個的南園子就更籠罩在墓場的岑寂裡。」[7]另一方面，端木蕻良深受魯迅的影響，在創作中曾向魯迅積極請教，魯迅書寫的複雜的「懷鄉」母題也對他產生了影響。在《故鄉》裡，魯迅寫下了回憶中的故鄉和現實中的故鄉，也寫下了審美意義上的故鄉和文化意義上的故鄉，於前者他飽含讚頌，於後者他充滿憤懣，「故鄉」的美和醜交織在一起，魯迅對故鄉的愛和憤懣也是摻雜於一體的。端木蕻良熱愛故土，但他的文本中同樣地也體現出了如魯迅般複雜的「懷鄉」情感，他筆下丁寧的眼中，故土還有另一種面貌：「不僅是蒼蠅，臭蟲，蚊子，那生長蒼蠅、蚊子的水坑、糞堆，才是足以憎恨的根源哪。不僅是那可憎的眸子，會說話的嘴唇，就是那裝著茯苓霜的精緻的小粉盒、繡著太婉蜒了的龍和太大了的尾巴的鳳凰的枕頭、太軟的褥，也都是發黴的因

6　端木蕻良：《端木蕻良文集2》（北京市：北京出版社，1998年），頁16。

7　端木蕻良：《端木蕻良文集1》（北京市：北京出版社，1998年），頁126。

數呀！」[8] 端木蕻良的懷鄉母題並非是全然投入的愛，而是集了愛與惡於一體的複雜情感現象。

　　可以說，動亂漂泊之中的戰時中國作家們，他們筆下的「懷鄉」有著對抗異地的功用，陌生的城市、陌生的人群、陌生的生活經驗，令他們心懷焦灼，他們透過對故鄉的回望，通過思念故鄉的情感釋放，來對抗背井離鄉的經驗斷裂和身分認同的危機，他們訴諸筆端的故鄉多是風物明麗、鄉情淳樸的，從這個層面來講，他們筆下的懷鄉母題是審美意義上的懷鄉母題。同時，懷鄉讓作家們生發出一種失落、感傷和悲哀，他們不禁去反思發生在土地上的那些人和事，去找尋故土遺失的根源，反省阻礙中華民族發展進程的緣由，批判積澱之下的國民性劣根，從這個角度演繹懷鄉母題的多為文化意義上的懷鄉母題。

　　據考，懷鄉母題在臺灣文學中的書寫最早應推演至鄭成功復臺之後，隨鄭成功入臺的明朝舊臣和文人墨客八百餘人，他們既是明朝的遺民，又是跨越海峽來到臺灣的移民，對亡國的哀痛和對故土親人的眷戀，使得他們不可避免地持有「懷鄉」思緒，下筆時懷鄉之情噴湧而出，這就是所謂的「臺灣無文也，斯庵來而始有文矣。」[9] 至一八九五年中日甲午戰爭中國戰敗，被迫簽訂了喪權辱國的〈馬關條約〉，將臺灣割讓給日本長達五十年，臺灣由此進入漫長的殖民期，臺灣的文學形態也隨之發生了巨大的變化。日據時期臺灣文學的懷鄉母題和早期的懷鄉母題有著很大的內涵差異。早期，臺灣一直歸屬於中國的領土，此間生發的懷鄉母題只不過是由於朝代更替而產生的對舊朝的懷念和忠貞，移民對故土的思念；日據時期，臺灣從中國的版圖中被割裂，成為了日本的殖民地，隔著臺灣海峽和祖國大陸遙遙相

8　端木蕻良：《端木蕻良文集1》（北京市：北京出版社，1998年），頁174。

9　李麒光：〈題沈斯庵雜記詩〉，轉引自龔顯宗：《沈光文全集及其研究資料彙編》（臺南市：臺南縣立文化中心，1998年）。

望，成為了孤島和異域，人民不再是舊朝的遺民而是戰敗國的棄兒。時間、空間、地域等各種因素使得此時臺灣文學的懷鄉母題從早期的對故鄉山水和親人的思念緬懷，演變為對祖國大陸的遙思和執著、對臺灣本土的眷戀，祖國情結深切，民族意識強烈。在日據時期的臺灣鄉土抗日小說中，有不少抒發懷鄉之情之感的作品，其中具有代表性的是賴和的《鬥鬧熱》、《善訴人的故事》，朱點人的《秋信》，吳濁流的《亞細亞的孤兒》等幾篇小說。

〈鬥鬧熱〉刊登於一九二六年一月一日《臺灣民報》八十六號，描寫了臺灣鄉鎮的迎神賽會。在日本政府的統治下，老百姓十五年來第一次獲准可以慶祝臺灣人民最為信奉的神祇媽祖的生日，小說便是在這一背景下展開。較之十五年前，現今臺灣世道滄桑人事變換，人民生活貧苦，為了媽祖慶生盛典不得不「儉腸捏肚」，不過人們對於獲許可以舉行媽祖的祭典十分高興和熱烈，大人小孩都喜出望外，個個不甘示弱地「儉腸捏肚也要壓倒四福戶」（諺語）。小說並沒有對街面上鬥鬧熱的場面進行素描，而是把臺灣百姓對媽祖娘娘的信奉熱愛，對祭神風俗魂牽夢縈的嚮往，以及臺灣人民在被割裂的土地上、異族的殖民統治下赤貧的生活交織夾雜成一曲對祖國大陸的苦戀之歌，尤其當讀者知曉了媽祖娘娘是由閩渡臺的民間保護神之後，便更能理解賴和深沉而執著的懷鄉思緒了。一九三四年十二月十八日，刊登於《臺灣文藝》二卷一號的〈善訴人的故事〉，是賴和的代表作之一。小說成功塑造了一位挺身而出、為民請命的林先生的形象。林先生本是財主志舍的管帳先生，因趁著志舍午睡之時大膽撥給窮人葬屍的土地而被解僱。面對農民們「生人無路，死人無土，牧羊無埔，耕牛無草」[10]的艱難困境，林先生毅然選擇站在了民眾這邊，告發「頭

10　中央人民廣播電臺對臺灣廣播部編：《賴和作品選集》（北京市：中國廣播電視出版社，1987年），頁132。

家」（老闆、地主的意思）霸占農民土地的惡行，卻反被以「擾亂安寧秩序」為由擒去坐監。林先生在民間百姓們的抗議下獲釋後，隻身渡海前往福州省城上訴，最終打贏了官司。林先生的故事發生在半世紀以前臺灣尚屬福建省管轄之下的清朝時期，而賴和的創作是在日本殖民時期，林先生最終是通過上訴到福州，在福州總督衙門才仲裁了這件臺灣鄉間的並不算大的案子，即臺灣百姓依靠祖國大陸才獲得了對地主和臺灣當政者的勝利，其間包含的民族尋根意識清晰可見。這篇小說是歷史題材，借古喻今，映射出了殖民暴政統治之下，臺灣人民生無立足之所、死無葬身之地的悲慘社會現狀。另一層面，小說還呈現了臺灣民眾對祖國大陸的依賴和信心，正如楊義所說的：「這是一曲祖國團圓的苦戀曲，民族歸同的正氣歌，質樸的故事隱含著深邃悠長的歷史感。」[11]

　　朱點人的〈秋信〉刊登於一九三六年三月三日出版的《臺灣新文學》三月號，成功刻畫了主人翁前清老秀才陳斗文的形象。斗文先生清朝時代在撫臺衙辦事，臺灣島被割給日本後就棄政歸隱田園，隱居後，他數十年如一日地臨摹文天祥的〈正氣歌〉，朗讀陶淵明的〈桃花源記〉。他對臺灣的文化運動貢獻頗多，為了挽救衰頹的漢文，他創立詩社，提倡的擊缽吟風靡了全島，卻不料擊缽吟被無恥詩人作為逢迎之用，令斗文先生愧憤不已。同村農人的興奮起哄、日本警察的威逼都無法撼動斗文先生拒絕參觀日本據臺四十周年博覽會的決定，而後在孫兒同窗的勸說下，斗文先生前往臺北參觀，往北火車上途徑艋舺，憶及舊時的艋舺，老秀才如遇故人般歡喜躍動。展覽室中，面對日本學生的卑視目光和陳列的不實報導，斗文先生不禁衝口而出：「倭寇！東洋鬼子！」「國運的興衰雖說有定數，清朝雖然滅亡了，但中國的民族未必……說什麼博覽會，這不過是誇示你們的……罷

___

11 楊義：《中國現代小說史》（北京市：人民文學出版社，1988年），卷2，頁712。

了……什麼『產業臺灣的躍進』，這也不過是你們東洋鬼子才能躍進，若是臺灣人的子弟，恐怕連寸進都不能呢，還說什麼教育來！」[12]憤懣不平的陳秀才前去憑弔撫前清撫臺衙門，屋貌依然，但往事已非，落葉蕭瑟，孤臣思國，不勝悲涼黯然。陳斗文既是清朝遺民，又歷經了日據時期的多年風雨，歷經滄桑的老人民族氣節凜然，雅好祖國傳統文化，深惡異族的粗暴侵略，興廢之感伴著秋風秋葉一同飄零。「一葉落知天下秋」，朱點人用〈秋信〉這一片落葉，挖掘出了臺灣人民強烈的民族意識和對祖國大陸刻骨思念的情結，令人深切地體會到祖國母體和臺灣子體血肉相連，共同孕育著一個堅韌而又挺拔的民族魂。

在臺灣殖民時期的鄉土抗日小說中，將臺灣與祖國大陸長期被割裂、臺灣陷入殖民地悲慘境地帶來的複雜的「孤兒」心態加入懷鄉母題之中予以呈現的，當首推吳濁流的長篇小說《亞細亞的孤兒》。這篇用日文寫就的長篇小說起稿於一九四三年，完稿於一九四五年，正是臺灣政治最黑暗、臺灣文壇最陰霾的時間段。小說主人公胡太明的經歷，典型地呈現了「有祖國不能喚祖國的罪惡」（巫永福《祖國》），他經歷了在臺灣成長、逃離現實到日本讀書、畢業後失業前往大陸就業、在大陸遭到誤解、回到臺灣又受冷遇等一系列的事情。因著臺灣人的特殊身分，胡太明在日本和大陸都被疑為間諜，又因著胡太明曾居住於大陸，又在臺灣被跟蹤監視，無論是在殖民者日本、祖國大陸還是在臺灣島，胡太明都受到了「非我族類其心必異」的猜疑，他就像是一葉扁舟被捲入了時代的激流之中卻找不到自己的航行方向，找不到自己的精神依託，他悲憤地衍生出了祖國的「棄兒」兼「孤兒」的淒涼心態。令人欣慰的是，胡太明並沒有從此一蹶不振，而是在親人的血淚和苦難中昇華出了投身民族解放鬥爭的堅韌心智，

---

12 張恆豪主編：《王詩琅、朱點人合集》（臺北市：前衛出版社，1991年），頁235。

他毅然寫下了「漢魂終不滅，斷然捨此身！」[13]的激昂詩句，並投身抗日潮流。〈亞細亞的孤兒〉是一曲臺灣人民的孤兒詠歎調，寫出了臺灣人民愛、怨、痛並存交織的複雜情感，即對祖國深沉的割不斷的愛、「喚祖國」而祖國無法回應的怨和殖民時代無根漂泊的痛，怨和痛的基礎正是對民族和祖國的偉大而深沉的愛。這種特殊心態體現了殖民時期臺灣文學的特殊意涵，是那一時代的特殊「懷鄉」，而這份由於特殊歷史際遇造成的懷鄉母題的複雜變奏同時也豐富了中國的文學寶庫。

　　由於特殊的地理位置和特殊的歷史境遇，日據時期臺灣鄉土抗日小說中的懷鄉母題有了特殊的內涵，即將驅逐異族殖民統治和熱切盼望祖國統一結合在一起。日據時期的臺灣作家們多是出生、成長在殖民統治時期，筆下的祖國並不是地理意義上的大陸故土，而是他們遙想期盼中的中國及其古典傳統文化，帶有象徵意味，因而他們的懷鄉之情是精神層面上的，殖民創傷下的懷鄉情感基調淒涼又悲壯，感慨個人身世飄零的同時融入了強烈的民族意識和深厚的愛國情懷，比如〈秋信〉就是這類的典型文本。與此相比，戰時大陸的作家們雖然漂泊遷徙，但對於鄉土的想像基本上是基於他們生活過的真實的故土，他們筆下的懷鄉母題多有地域上的鄉土與其相對應，具有實指性的面向，如科爾沁旗草原就是作家端木蕻良的成長地點，這和臺灣鄉土抗日小說作家們無實指性的精神懷鄉有著巨大的區別。又由於鄉土真實性的存在，使得大陸鄉土抗日小說的懷鄉書寫更傾向於找尋並反思的文化根源，呈現具有探究、反思、批判意味的鄉土面貌，比如《科爾沁旗草原》中截然不同又相互相容的兩種懷鄉情調。「因為在日本統治下，不能講民族，所以就講鄉土」[14]，臺灣作家筆下的「懷鄉」情

---

13 吳濁流：《亞細亞的孤兒》（北京市：華夏出版社，2009年），頁141。
14 劉登翰：《文學薪火的傳承與變異——臺灣文學論集》（福州市：海峽文藝出版社，1994年），頁94。

感指向的是強烈的民族認同，他們在懷鄉之情中悠然昇華出愛國主
義，同時，於殖民暴政的痛苦精神烙印之下交錯著對祖國既愛又怨的
複雜情感。無論是審美層面、文化層面還是精神層面上的懷鄉，大陸
和臺灣作家們筆下的「鄉」終歸都是指向中國的土地及其蘊含的傳統
文化，只是表達方式和呈現的面向不同而已。

二　一樣的苦難母題，不一樣的苦難書寫

　　每個民族的發展史都是一部苦難的書寫史，中華民族擁有幾千年
的燦爛文化歷史，而這段歷史同時也是華夏兒女為生存和生活而抗爭、
掙扎的苦難歷史。陳曉明在《表意的焦慮》一書中說道：「文學幾乎
與生俱來就與苦難主題結下不解之緣，沒有苦難，何以有文學？」[15]
苦難母題，從上古的神話開始就被不斷地提及和書寫，歷代詩歌和文
章更是將其看作體察的重要文學母題之一，如白居易的〈賣炭翁〉，
杜甫的〈石壕吏〉、〈兵車行〉等。歷史演進至二十世紀，中國與苦難
的關係依然是緊密相連，中日戰爭的爆發給中國大地帶來了前所未有
的災難，對苦難的考察和表現是這時期文學經常呈現的主題之一。

　　苦難母題的表現形態各式各樣，大體來說可以分為兩大類，一是
體現民族國家的整體性苦難，包括了國家民族之間因政見不同、宗教
觀念迥異等各種原因帶來的紛爭、鬥毆、戰爭等，這種整體性苦難具
體體現在個人身上；二是表現個體生命不幸的個體性苦難，個體性苦
難又可分為生理和精神上的兩種，生理苦難指的是諸如生理上的病痛、
殘疾等，精神苦難指的是人的絕望、彷徨、恐懼、孤獨等，精神苦難
的呈現比生理苦難更容易引起人們的共鳴感，更具有普遍性。苦難母
題的呈現具有其特殊的意義價值：首先，苦難書寫的是一種群體性的

---

15 陳曉明：《表意的焦慮——歷史祛魅與當代文學變革》（北京市：中央編譯出版社，
　　2003年），頁395。

體驗，對苦難的具象描寫可以以小見大地折射出特定時代的歷史語境和特定人群的歷史命運；其次，苦難書寫又是一種個體性的體驗，是個體刻骨銘心的經驗印記，體現了個體生命的存在感和價值感。

戰時大陸和日據時期臺灣的鄉土抗日小說中的苦難母題是同質的，不過苦難的呈現方式和作家們關注的苦難面向卻是各不相同的異質形態，下面通過文本具體分析。

戰時大陸鄉土抗日小說中，災難像暴雨般侵襲了土地和土地上生活的農民們，使他們在生存的邊緣苦苦掙扎、煎熬，其中，承受苦難最多、最重的似乎總是女性。男性們承受著國家民族、階級壓迫下的苦難，女性一樣需要承受，而且承受得更多、更早，同時她們還要承受以父權、夫權為代表的傳統壓迫、承受女性的特殊生理壓迫等男性們幾乎不用承受的苦難，她們需要承受的苦難較之男性不止是倍數的疊加而已。

《春雷》裡的石家鎮上，日寇橫行肆無忌憚，年輕女子總是不免被凌辱，石鳳因為有父親桂老爺這位大財主的庇護而免於這種凌辱，不料自己的親哥哥榮少爺為了榮華富貴、權勢利益居然企圖將妹妹石鳳送給日寇頭領，雖然後來石鳳知道了哥哥的陰謀得以逃脫，但回想時總禁不住地心寒，避免了日本鬼子的直接欺辱，卻被自己的兄長算計，男權的壓迫竟甚於日寇的威脅！《八月的鄉村》中的安娜來自一片已經被日本侵占了的土地——朝鮮，為了反抗日寇的共同理想，她和父親來到了中國，加入到中國的抗日隊伍中來，她是一位激情、堅強的抗日骨幹，但陷入愛情時她同樣也是一名普通的女性。安娜和抗日隊伍中的知識分子蕭明相戀了，但他們的愛情並沒有得到祝福，濃重的傳統封建意識依然統領著抗日隊伍中的大部分人群，謠言四起：「還是當兵好，開到哪裡駐防，『窯子』可以隨便逛。伺候不好，就是一頓蠻皮帶！什麼他媽的叫『戀愛』？反正一個男人就應該有個女人，一個女人就應該有個男人……什麼他媽叫『戀愛』？」「當革命

軍，就應該像個革命軍樣，那，蕭同志怎麼能⋯⋯和高麗小姑娘吊膀子啊？這樣還算革命軍嗎？簡直他媽叫吊膀子軍吧！」[16] 落後嚴苛的封建眼光阻隔了兩個年輕人的心，他們被迫分手了。安娜身上背負著民族、階級和封建壓迫的三座大山，形容憔悴地離開了。

　　女性的苦難在女性作家的筆下呈現得更為細緻和犀利。《我在霞村的時候》是丁玲創作於一九四一年初的小說，女主人公貞貞為了反抗父親安排的封建婚姻離家出走，不幸被日本鬼子抓住，被迫成為了慰安婦，身心都承受了極大的創傷，貞貞逃離出來後為了給黨組織傳遞信息再次進入日本軍營，如此幾番後帶病回到了家鄉霞村。在家鄉，貞貞接受到的不是憐惜和同情，而是鄙視和責難，「虧她有臉面回家來，真是她爹劉福生的報應」，「她早前就在街上浪來浪去」，「聽說起碼一百個男人總『睡過』，哼，還做了日本官太太，這種缺德的婆娘，是不該讓她回來的」，「尤其那一些婦女們，因為有了她才發生對自己的崇敬，才看到自己的聖潔來，因為自己沒有被敵人強姦而驕傲了。」[17] 根深蒂固的封建倫理道德觀念和深重的男權思想使得霞村的百姓們無法忍受失去貞操的女性，何況是當過慰安婦的貞貞。貞貞一開始就是為了逃離父權的壓迫才遭受了日寇的侵害，回到霞村後又因為男權的壓迫再次離開了家鄉。蕭紅筆下〈生死場〉描繪了各式各樣受難的女性形象：月英是打魚村最美麗的女人，然而自從她患著癱病之後，她的丈夫便從開始的恩愛轉化為後來的漠視和辱罵，任憑月英在夜裡淒厲哭喊和痛苦哼叫而不予理會，月英的胯下腐爛生蛆也置之不理；李二嫂子經歷著像被撕裂般痛苦的難產，蕭紅稱之為「刑罰的日子」，「二里半」的傻婆娘在痛苦的生產中大聲哭罵男人：「我說再不要孩子啦！沒有心肝的，這不都是你嗎？我算死在你身上！」[18]

---

16 蕭軍：《八月的鄉村》（北京市：華夏出版社，2009年），頁104。

17 丁玲：《丁玲文集》（長沙市：湖南人民出版社，1984年），卷3，頁226、262-264。

18 蕭紅：《呼蘭河傳・生死場》（天津市：天津人民出版社，2010年），頁175。

麻面婆雖然話糙但是理不糙，孕育下一代這一特殊的生理苦難全都落在了女性身上，男性完全置身事外；王婆年輕時遭丈夫虐待、遺棄，後又連續歷經了兒子被殺、女兒犧牲等一系列殘酷的打擊，地主的階級壓迫、日寇的民族侵略、「夫權」的殘害令王婆飽受苦難⋯⋯在〈生死場〉中受苦受難較為突出的女性形象要數金枝。少女金枝追求愛情自由，和成業發展私情，懷了孩子之後在同村人異樣的眼光中嫁給了成業，然而婚後金枝則完全成為了男人洩欲和生產的工具，沿著世代傳襲的女性命運軌道生活，她被折磨得死去活來地生下了女兒，女兒小金枝卻在剛滿月時就被吵架中的丈夫成業摔死了。民族的壓迫激起了村民們的憤怒和血性，男人們紛紛走出村子去參加「救國軍」反抗日寇，成業在抗爭中被日寇所殺，金枝不幸地成了新寡。為了糊口金枝從鄉村走進城裡，當上了「縫窮婆」，她扮老扮醜一路心驚膽戰地躲過了如狼似虎的日本士兵，但卻躲不過城裡和她一樣深受民族、階級壓迫的民族男「同胞」的凌辱。對於金枝而言，民族、階級的壓迫固然是造成她不幸的最大原因，但她感受最直接、最深刻的卻是來自封建男權和傳統的壓迫，金枝悲憤欲絕：「『從前恨男人，現在恨小日本子。』最後她轉到傷心的路上去：『我恨中國人呢，除外我什麼也不恨。』」這裡的「中國人」指的顯然是欺辱女性的中國男性。蕭紅在金枝的這段心理獨白之後又加上了一句：「王婆的學識有點不如金枝了！」[19]這句話十分引人深思。王婆在小說中可以說是最具反抗意識和精神的女性形象了，她鼓勵丈夫趙三反抗地主壓迫，支持女兒參加革命軍，堅定地投入到抗日的革命工作中去，然而作者蕭紅卻說她的學識不如金枝，指的便是王婆對來自男性和傳統的壓迫的感受力和覺悟不如金枝，因為王婆早在長年的受難中對此麻木了。

　　戰時大陸的鄉土抗日小說中並不乏對農民（男性）受苦受難的描

---

19 蕭紅：《呼蘭河傳・生死場》（天津市：天津人民出版社，2010年），頁200。

寫，比如珠江三角洲金色原野上蜷縮、蠕動、擠軋著的像無數毛蟲一
樣的襤褸難民們（于逢、易鞏《夥伴們》），比如石家鎮上被日寇、桂
老爺、榮少爺欺凌的村民們（陳瘦竹《春雷》），還有北國黑土地上飽
受日軍、地主、漢奸傾軋的艾老爹們（端木蕻良《大地的海》），等
等。戰時大陸的鄉土抗日作家們把受苦受難的筆墨著重放在女性身
上，至少有三個層面的意義：其一，女性（母親）是祖國的寓意載
體，以女性的屈辱和苦難暗喻祖國母親的屈辱和苦難；其二，借助女
性的身體來展現民族的尊嚴，因為關於女性受苦受難「所展現的形象
和故事並不單純是一個『女性的』故事。它同時是一個社會的故事，
一個政治的故事」[20]；其三，借由女性的苦難批判國民的劣根性，作
家們在對「造成百姓苦難的對象」進行探究的過程中意識到緣由並不
只是日寇（民族）、地主（階級）而已，也不是一朝一夕造就的，於
是他們漸次推進地觸碰到了苦難的根源——民族「劣根性」，作家們
對國民劣根性的犀利批判便是希冀能啟蒙、喚醒人民，因為只有中國
人民先克服了自身的劣根性才能強有力地擊退外敵。

　　苦難已經產生，這是不爭的事實，作家們遂思考如何解決苦難。
解決苦難的方法總結起來不外乎兩種，一是通過個人的奮鬥擺脫苦
難，二是經由社會的集體進步抵制苦難。反日本法西斯帝國主義的戰
爭帶來的是中國的整體性苦難，雖然苦難具體體現在了個人的身上，
但這種苦難無法通過個人的努力得以解決，必須是整個民族、國家的
共同努力才能獲得對苦難的超脫。於是石鳳、安娜、李七嫂、石大
娘、貞貞、王婆們紛紛加入到抗日的隊伍中去，匯成反抗的大洪流。
金枝經歷了一連串的不幸之後決心遁入空門，可是尼姑庵也非潔淨之
地。無論是鄉下、城裡，還是尼姑庵都不是安身之處，苦難的現實避

---

20 陳順馨、戴錦華選編：《婦女、民族與女性主義》（北京市：中央編譯出版社，2004
　　年），頁230。

無可避，金枝們只有勇敢地站起來，「千刀萬剮也願意」地投入到集體的抗爭中，才能真正地得到身為中華兒女的尊嚴。也因此，大陸鄉土抗日小說中的苦難母題總是與暴力相伴相隨，《春雷》裡王鵬帶領數百名村名武力攻下了日軍的駐紮地，《夥伴們》中撈家和貧民們在濃厚的硝煙和塵霧中與日本鬼子血戰，雷公漢用生命為抗日戰爭做出了貢獻。

　　身處日本的殖民統治之下，臺灣民眾生活的苦難自是不言而喻：臺灣的土地和原料是日本掠奪的重點，無數的臺灣民眾被驅逐離鄉，淪落為廉價勞動力，甚至活活累死、餓死；頒布的「糖業保護政策」、「米穀管理法案」、「臺灣度量衡施行規則」等不公法例更是劇烈加重了農民們的負擔；公布的治安警察法讓百姓們在日本警察的控制下艱難求生……反映殖民暴政、階級壓迫下社會底層小人物的屈辱和苦難，成為了殖民時期鄉土抗日小說作家們體察的最常見的主題之一，苦難母題可以說是殖民時期臺灣文學最重要的文學母題之一。賴和、楊雲萍、陳虛谷、張我軍、蔡秋桐、楊逵、吳濁流、張文環、呂赫若、龍瑛宗等作家無一例外地都呈現出了掙扎在底層的臺灣百姓的痛苦與無奈，表現出了對臺灣百姓黑暗、悲苦、不幸生活的悲憫關注和人文關懷。

　　賴和《豐作》的故事背景是甘蔗大豐收，添福盤算著自己豐作之年的收入，認為至少有五百元的淨賺，開心地想著年底給兒子娶媳婦。卻不料製糖會社發表了新的採伐規則和嚴苛的購蔗規定，甚至還在收購的磅秤上作弊動了手腳，致使蔗農們的利益嚴重被削。有些蔗農反抗不公的規定被嚴酷鎮壓了，添福未參加反抗也失去原本的利潤，娶媳婦的美夢終歸破滅了。楊守愚的《鴛鴦》描寫了製糖會社的工人阿榮在搬甘蔗時被甘蔗車輾斷了，剛剛生完孩子的妻子鴛鴦被農場監督召去代煮飯，不料被農場監督乘機灌醉姦污，阿榮無法容忍自己戴了綠帽子，將鴛鴦和孩子趕出家門後選擇了臥軌自殺。蔡秋桐的

《四兩仔土》描寫了一位蔗園勞工土哥，經歷了從父親時代的上層紳士到他這輩被降為中層地主，又因為祖傳的土地被製糖會社強制收購而成為了下層貧苦勞動者的變故過程，展現了日本侵略者對臺灣農民的土地赤裸裸的掠奪。呂赫若的《牛車》描寫了依靠祖傳牛車搬運貨物維持生活的農民楊添丁一家的悲苦生活，楊家的土地被日本人強行徵收了，他們的牛車生意又被貨運汽車阻斷了，楊添丁的妻子被迫出賣肉體淪為妓女，他自己也在饑餓交加中冒險去偷鵝，結果被捕入獄。類似的苦難敘述還有很多，黑暗的社會、悲苦的命運、屈辱的生活真實地展現在作家們的筆下，反映出了臺灣百姓在殖民奴役和封建壓迫雙重剝削下的苦難眾貌。作家們描寫這些苦難的存在並不僅僅是為了展示個體的受難，更是為了以小見大地折射出殖民時期臺灣人民的歷史悲劇和生存狀況。

殖民時期的臺灣，使農民百姓們受苦受難的最大、最直接的原因便是粗暴、充滿奴役的日本殖民統治，因而這時期臺灣鄉土抗日小說作家們呈現苦難母題的策略便是集中筆墨突顯異族統治下的直接施暴者——警察。日本警察是日本統治臺灣最基層的行政力量，也是壓迫、奴役下層人民的最直接施暴者，每一個警察對生活在臺灣土地上的百姓都有生殺予奪的控制權。最初控制臺灣的幾年裡，日本政府採用的警察（巡查）都是日本人，臺灣百姓諷刺地稱之為「查大人」，一八九九年，日本政府開始酌用臺灣人充任「巡查補」，臺灣百姓蔑視地稱之為「補大人」。賴和的《不如意的過年》、《惹事》，陳虛谷的《無處伸冤》，蔡秋桐的《新興的悲哀》等作品中就展現了為非作歹、魚肉鄉民的「巡查」及「巡查補」的醜惡嘴臉。《不如意的過年》裡，查大人過年期間收到的御歲暮（日語，年禮）意外減少和輕薄，為了保持當官的威嚴，他向民眾施威報復，對於「行商人取締的峻嚴，一動手就是人倒擔頭翻；或是民家門口，早上慢一點掃除，就

被高發罰金；又以度量衡規矩的保障，折斷幾家店鋪的『稱仔』[21]，他上街抓賭失敗，只好抓了一個看熱鬧的兒童來消耗怒氣，喝令兒童在衙門罰跪，自己尋歡作樂去了。賴和採用反諷的藝術手法淋漓盡致地揭露了日本警察橫行霸道、貪婪無賴的醜惡嘴臉和低俗靈魂。《惹事》裡，通過「我」的打抱不平引出了一個驕橫的警察的形象：「捻滅路燈，偷開門戶，對一個電話姬（日語，小姐）強姦未遂的喜劇，毒打向他討錢的小販的悲劇，和乞食（乞丐）撕打的滑稽劇」[22]，賴和嘲諷地將這個警察的氣焰囂張具化到他所養的一群雞身上，這群衙門的大人所養的雞公然在農民的菜園裡覓食，腳抓嘴啄，將農民們辛勤耕耘的蔬菜毀壞不少，大搖大擺大模大樣十分驕橫，完全就是它們主人的化身，討人厭之極。《無處伸冤》中，鄉村的日本巡警岡平是個好色之徒，他「以為民族的融合，除非從這班女子做起，是無望的」[23]，借著調查戶口或社交宴客之際，蹂躪他相中的少女或是少婦。他多次企圖強姦林家少女不碟，被發現後將林母打昏、林父拘留，迫得林家全家遠走他鄉。他還膽大妄為地入室強姦保正的弟婦，事後反倒毒打拷問那可憐的女人逼她自殺，誣告保正的弟弟侮辱官吏使其被判五個月的刑罰。小說塑造了一個荒淫無道、猥瑣粗鄙、狂妄自大的日本警察，呈現出一幅臺灣人民在這種橫行霸道的執政之下無處伸冤的血淚圖景。《新興的悲哀》敘述了C大人以擴建會社工廠、增建海口築港為誘餌，要求T鄉鄉民共同發展，表面上是正義地為鄉民謀取利益，但實際上日本大人與拓置會社社長暗地勾結，掛羊頭賣狗肉，經營「嫖賭飲」的勾當，使得林大老等鄉民播秧不成、插蔗也不行，只能傷心氣厭地歎息：「一切的一切，唉，上當了，無一不是資

---

21 賴和：《賴和作品選集》（北京市：中國廣播電視出版社，1987年），頁34。

22 賴和：《賴和作品選集》（北京市：中國廣播電視出版社，1987年），頁108。

23 張葆莘編：《臺灣作家小說選集（一）》（北京市：中國社會科學出版社，1981年），頁68。

本家的騙局……」[24]殖民時期的臺灣作家們用大量類似的人物、事例揭露了巡查和巡查補們的惡行，祖露了被侮辱與被損害的百姓們的悲苦無依。施暴者警察的「惡」更加襯托出了臺灣民眾們的「苦」，表達臺灣百姓對殖民暴政的憤恨和不滿、批判和抗議。

　　這一時期臺灣文學中的苦難書寫並不只是呈現出苦難本身，更是為了展現臺灣人民在苦難面前的堅韌和不屈不撓，正如臺灣評論家林載爵所說，一九四一年之前的「臺灣作家的作品裡，是充滿著社會意識的，很少逃避現實、遁入虛妄的王國裡。大多數的作品，所描寫的是窮苦、樸實的農民，和他們在剝削下的生活，或者是日本警察的暴虐嘴臉，御用紳士、走狗的面目等等殖民地現象。大多數的作家都能將自我的價值歸結到社會大眾上，社會的災難就是個人的災難，周圍人民的不幸就是個人的不幸，借著作品表達對現實社會、政治的抗議精神，或是對不可抗拒之外加災禍的剛毅的隱忍精神。」[25]一九四一年珍珠港事件和太平洋戰爭爆發，及至日本投降，臺灣人的精神和現實生活都被捲入封建和資本帝國主義思想兼而有之的政治夢魘——大正翼贊、八紘一宇、皇民化運動、大東亞聖戰、大東亞共榮圈，等等。在所謂「國策文學」的擠壓之下，臺灣文學進入漫漫長夜。這段時間內臺灣鄉土抗日小說作家們表現得較多的是人們在殖民奴役之下的精神創傷、苦難和掙扎，對苦難的敘述漸趨平緩，不若早期撕心裂肺的苦難表述。代表作有張文環的《閹雞》等。

　　阿勇父親鄭三桂所開的「福全藥房」原是村子裡最受歡迎的藥房，作為藥房裝飾物的木雕閹雞一度是鄉間的偶像崇拜，然而隨著「福全藥房」被親家林清漂頂下，鄭家開始走霉運，鄭三桂夫婦相繼

---

24 張恆豪主編：《楊雲萍、張我軍、蔡秋桐合集》（臺北市：前衛出版社，1991年），頁207。

25 張葆莘編：《臺灣作家小說選集（一）》（北京市：中國社會科學出版社，1981年），頁6。

去世，原本富足的家庭陷入貧困，阿勇受辱淋雨患上了半癱瘓、傻愣愣的病，終日只能抱著木雕閹雞傻傻地坐在自家屋簷下，涎著口水毫無行動力。阿勇妻子月里在這種生活中日漸枯萎，她和身有殘疾但精神健康的阿凜相愛，卻因身分、傳統等各種原因遭到侮辱和毒打，最後選擇了投水殉情。整篇小說都是在「閹雞」的陰影下展開的，「閹雞」是日據時期異族統治之下臺灣民眾晦暗、悲情生活的鮮明象徵，人們在殖民奴役之下飽受精神煎熬、深受精神創傷，阿勇掙扎著嘗試擺脫這種陰霾卻失敗了，只能日復一日地銷蝕掉自己原本鮮活的生命力，月里在難耐的莫名焦灼感和精神的壓抑中選擇了殉情來驗證自己的感情和找回屬於自己的生活。精神上的苦難遠比生理的苦難更令人痛苦，更具有普遍性，張文環的《閹雞》中所展現的人物群像，他們的生活態度，他們的悲歡離合，他們的掙扎苦悶，他們的血性剛烈，無一不是兼帶著臺灣歷史文化和殖民奴役的雙重印記，以點帶面地揭示了臺灣普通民眾這一時期的精神困頓與掙扎。

　　無論是戰時大陸的鄉土抗日小說，還是日據時期臺灣的鄉土抗日小說，呈現出來的苦難母題都是整體性的，大陸是戰爭引發的苦難，臺灣則是殖民奴役下的苦難，二者同樣都是具化表現在民眾個體身上的苦難。苦難母題在小說文本中的具體表現策略和傾訴重點，會因著作者感受力、關注點的不同而彼此存有差異，這是毋庸置疑的，另外，兩岸的苦難書寫也有著因地域、歷史際遇的不同而呈現的區別。戰時大陸鄉土抗日小說的苦難書寫是其文本構成的一個重要主題，但並不是全部，小說中常常還會伴隨有抗爭、暴力等其他主題的出現，交織成為具有複雜內涵的文本，相較而言，殖民時期臺灣鄉土抗日小說中的苦難母題指向的具體意涵相對單一，即表達民眾受殖民壓迫的悲憤與反殖民的訴求。大陸方面，作家們不僅表現苦難，而且積極試圖找尋解決苦難的方法，因而苦難的呈現常與暴力相互連結；臺灣方面，作家們對民眾悲苦屈辱的敘寫較為缺乏深入有力的分析、批判，

對苦難太過用力的描述某種程度地遮掩了批判的鋒芒，相較於大陸小說文本中的積極尋求苦難解決之道，臺灣小說文本中的苦難似乎帶有宿命色彩難以擺脫，隱忍是他們最常採用的應對苦難方式，正如賴和所說的：「我想是因為在這個時代，每個人都感覺著：一種講不出的悲哀，被壓縮似的痛苦，不明瞭的不平，沒有對象的怨恨，空漠的憎惡；不斷地在希望著這悲哀會消釋，苦痛會解除，不平會平復，怨恨會報復，憎恨會滅亡。但是每個人都覺得自己沒有這樣的力量，只茫然地在期待奇蹟的顯現，就是在期望超人的出世，來替他們做那所願望而做不到的事情。」[26]

中華文學在臺灣根深葉茂，正如丘逢甲的〈竹枝詞〉中說道：「唐山流寓話巢痕，潮惠漳泉齒最繁；二百年來蕃衍後，寄生小草已深根。」相同的苦難母題，在臺灣作家們的筆下，呈現出了與祖國大陸文化一脈相承又獨具特色的風貌。

三　相同的抗爭母題，不同的鬥爭書寫

文學母題作為超個人經驗的存在，反映的是民族普遍性人生經驗和心理經驗的積澱，是與民族的歷史、文化以及族群的生活息息相關的體驗感受，直指最深層次的民族歷史文化底蘊。儘管大陸和臺灣之間有著臺灣海峽的一水相隔，儘管大陸和臺灣在歷史的際遇下分流發展，儘管大陸和臺灣的作家們在創作中加入了區域性的人文體驗和各自的生命感受，儘管文本中的故事情節各不相同，母題發生的環境和情節的導向也各有特點，但他們的創作指向的依然是中華文化的傳統與精義、魂魄與血脈，是中華民族的群體性的種族記憶，是中華民族的母體文化。

---

26 張恆豪主編：《賴和集》（臺北市：前衛出版社，1991年），頁115。

　　近代以來，中國積貧積弱，屢受列強欺辱，常常戰敗而任人宰割，簽訂了一系列不平等的條款條約，這些事實刺激著近現代中國的先進知識分子們，為了擺脫「東亞病夫」的恥辱，他們反省並積極尋找強國之路。中國人特別是中國農民愛好和平，幾千年的小農經濟使得他們安土重遷，總將生活寄託於風調雨順，而十分畏懼戰亂和殺伐。林語堂分析道：「中國人的生活似乎總是在一個更緩慢、更穩妥的水平運行，而不是像歐洲人那樣實行行動和冒險。」[27]對此，蔡鍔認為：「當日中國，國力孱弱，生氣消沉，如再不普及軍國民主義教育，必然亡國。」[28]中國人民在受辱的不爭事實面前被迫發出了救亡的吼聲。面對風起雲湧的社會變革，文學也積極調整自身，努力跟上社會現實的步伐。新文化運動中，魯迅先後翻譯了蘇聯小說《毀滅》和《鐵流》，向讀者熱情推薦「鐵的人物和血的戰鬥」，強調「文學是戰鬥的」！鄭振鐸提出了「血和淚」的文學口號，號召廣大作家們創作帶著血淚的紅色的文學作品，郭沫若更是投筆從戎，直接參加到現實鬥爭中去。抗爭母題由此成為了近現代作家們關注、重視的一個書寫母題。

　　無論是在戰時的大陸還是在殖民時期的臺灣，作家們著力書寫的大多是生活貧苦又奮起抗爭的一些底層小人物，特別是農民。農民在這場對抗日本法西斯帝國主義的戰爭中被推到前線，推到了舞臺的正中央，可以說這是歷史的選擇。農民們參加對日抗爭的心態和原因大致可以歸結為兩點，一是對平靜的農耕生活的嚮往，對安穩地過日子的渴盼，幸福於他們而言就是有田可種；二是對日本侵略者的仇恨，當災難已經堵到了門口，農民們唯有奮起抗爭，才是唯一的生存之道。抗爭動因基本上是相同的，不過當抗爭母題具體表現在戰時大陸

---

27 林語堂：《吾國與吾民》（杭州市：浙江人民出版社，1988年），頁13。
28 李力研：《野蠻的文明》（北京市：中國社會出版社，1998年）。

鄉土抗日小說和殖民時期臺灣鄉土抗日小說中時，形態則是各種各樣，各有特點。下面分別進行分析。

　　大陸戰時鄉土抗日小說中，農民們參加抗日鬥爭的動因基本是如上所述的兩點。比如《差半車麥秸》裡，主人翁「差半車麥秸」加入游擊隊的最忠實、熱烈的動機就是把日本鬼子早日打跑，從而可以安生地做莊稼。《牛全德與紅蘿蔔》裡，「紅蘿蔔」在家園被毀之後不得不加入了游擊隊。《八月的鄉村》裡，陳柱司令的妻兒全被日本人殘害了；朝鮮姑娘安娜的家鄉早已是日本的殖民地；李七嫂的兒子被日軍摔死了，她本人又被日本兵強暴了，遭逢變故的她帶著累累傷痕毅然加入了抗日隊伍……每個人心裡都有一筆「血帳」，他們被迫放下了鋤頭，舉起了槍桿子面對日本侵略者，堅信血債要用血來償還。戰爭，用最血腥的方式迫使中國的農民們走上了一條艱辛的抗爭之路。

　　鴉片戰爭後，中國開始向半殖民地半封建社會淪陷。在戰時大陸的鄉土抗日小說中，抗爭母題的呈現是雙重的，既有對日本侵略者的堅決抵制，又有對封建專制統治的有力反抗，農民們背負著陳舊的思想觀念在掙扎中憤起抗爭。展現這類抗爭母題的鄉土抗日小說有蕭紅的《生死場》、端木蕻良的《科爾沁旗草原》和《大地的海》等。

　　中國的封建統治長達幾千年的時間，階級壓迫也存在了幾千年，數千年來深埋在農民們身上的小農意識、封建傳統觀念的影響可謂是根深蒂固。戰時鄉土抗日小說中，反封建奴役統治、對抗自身的小農意識是作家們筆下常見的的抗爭主題。蕭紅的《生死場》創作於一九三四年秋，出版於一九三五年，作為「奴隸叢書」之三發行。小說真切地將民族危難時期東北人民的痛苦生活和掙扎反抗呈現出來，正如魯迅在序文中所說的——是「北方人民的對於生的堅強，對於死的掙扎」的一幅「力透紙背的畫卷」。[29]生死場裡，「人和動物一起忙著

---

29 蕭紅：《呼蘭河傳‧生死場》（天津市：天津人民出版社，2010年），頁143。

生，忙著死」[30]，他們在一片沉滯裡苟安於封建剝削和貧困的生活，熱愛牲口卻不得不為了地租而將耕田的老馬送進屠場，病痛、饑餓、難產、生死在不斷地上演，永無止境。生活貧苦無告，面對地主的加租增息，以趙三為代表的農民自發組織「鐮刀會」要求地主減租，卻不料地主與官僚互相勾結，利用「小偷事件」讓趙三賠牛坐牢。趙三的「懺悔」和對劉二爺知恩必報的「良心」意識在牢獄之災後迅速抬頭，關於「鐮刀會」的事情他像忘記了一般，當李青山問他怎樣剷除劉二爺時，他帶著懺悔、羞愧和不安地說：「剷除他又能怎樣？我招災禍，劉二爺也向東家（地主）說了不少好話。從前我是錯了，也許現在是受了責罰！」[31]由此，以「小偷事件」為契機「鐮刀會」被硬壓軟化地分解了，抗租舉事就此流產，地主增加地租的陰謀得逞了。《科爾沁旗草原》揭露了「九‧一八事變」之前草原上的首富丁家為代表的地主們對農牧民們的剝削和壓迫，激起了農牧民們的強烈抗議，佃戶們紛紛要求「推地」（退佃），使得丁家這一關東大戶陷入了危機之中，但是佃農們一聽到少爺丁寧發狠說要將地撂荒，老田鳳、萬牛子等封建觀念深重的佃農就心發慌了，連忙表態妥協：「少爺，你不去糧我們也租，誰不租我包著！」「我抬轎！」[32]醞釀已久的一場推地運動僅是因為佃農們的意志不夠堅定而破產了。

這是一群生活在階級枷鎖下的農民，他們憤怒於地主階級的壓榨剝削，他們為反封建專制統治進行抗爭，雖然這種抗爭因為客觀環境（比如地主與官僚相互勾搭）和主觀原因（農民們小農意識的存在）等多方面因素而不容易獲勝，但從中不難看出他們求取生存並生活得更好的願望十分強烈。於是當日寇的狼煙在人們生活的土地上燃起時，當國難降臨到這群貧苦勞動人民身上使他們的生存難以為繼時，

---

30 蕭紅：《呼蘭河傳‧生死場》（天津市：天津人民出版社，2010年），頁175。

31 蕭紅：《呼蘭河傳‧生死場》（天津市：天津人民出版社，2010年），頁169。

32 端木蕻良：《端木蕻良文集1》（北京市：北京出版社，1998年），頁278。

他們便揭竿而起，奮勇抗爭了。十年之後，《生死場》中哈爾濱附近農村的年盤轉動了，沒有為貧困交加的農民們轉來好生活，卻轉來了日本侵略者的鐵蹄，東北淪陷了。日本鬼子燒殺擄掠、姦淫婦女、無惡不作，鄉村裡的農民們心含亡國之恨，在血淋淋事實的教育下明白了要想求取生路就只能自救，於是在昔日「鐮刀會」領導者李青山的帶領下成立了抗敵隊伍，奮勇反抗侵略者。在抗日盟誓大會上，老農趙三發出了振聾發聵的抗日呼喊：「等著我埋在墳裡……也要把中國旗子插在墳頂，我是中國人！……我要中國旗子，我不當亡國奴，生是中國人，死是中國鬼……」[33]自組隊伍失敗後，他們重振旗鼓，跟隨著李青山加入到了人民革命軍。蕭紅用細膩的筆觸寫出了東北人民在日本帝國主義和封建主義的雙重壓迫下過著災難的生活，也寫出了黑土地上鐵一般的戰鬥意志，他們直面屈辱、奮勇抗爭，用堅韌的民族魂魄在苦難中頑強求生。蕭紅早年曾自作《生死場》的封面，用一條粗黑的線在中華民族的版圖上隔斷了東北三省，其民族生死場的立意不言而喻。「九・一八事變」之後，科爾沁旗草原上，農牧民們為了討回被日寇侵佔的土地參加了義勇軍，憤然反抗日本侵略者的凌辱。小說《大地的海》中，侵略者粗暴地掠奪土地，為了修造鐵路破壞農民世代的農耕，失去土地的農民們甚至還被奴役去築路，走投無路的農民們民族意識開始覺醒、階級仇恨憤而生發，在黑土地上展開了一場轟轟烈烈的暴動，小說深沉地揭示了農民們如何在異族侵略者的凌辱和踩躪下民族意識逐漸覺醒，並在這過程中逐漸成長成為中華民族抗日解放鬥爭中可信賴、可依靠的大地般的力量。

　　《生死場》、《科爾沁旗草原》、《大地的海》等這幾篇小說都真切地寫出了苦難的人民在日本的鐵蹄和封建專制奴役下的雙重災難和雙重抗爭，展現了血淋淋的現實。相較來說，蕭軍的《八月的鄉村》為

---

33 蕭紅：《呼蘭河傳・生死場》（天津市：天津人民出版社，2010年），頁193。

代表的鄉土抗日小說中的抗爭母題則表現為較為直接的武裝鬥爭描寫。同為「奴隸叢書」之一，如果說《生死場》描繪的是「九·一八」前後東北人民的艱辛生活和他們民族意識的最初覺醒，以及對東北人民恢弘的抗日鬥爭的展望，那麼《八月的鄉村》（出版於一九三五年）則著重描寫了一支東北人民革命軍與日本侵略軍、偽滿軍進行的浴血奮戰，揭示了鮮明的時代主題，是充滿著激情的時代吶喊。這支隊伍的組成比較複雜，有知識分子、農民、工匠、「鬍子」、舊士兵等，儘管隊伍內部存在著不同思想的碰撞、矛盾，但是他們不當亡國奴，誓死捍衛家鄉的抗爭意志和決心是絕對統一的。在陳柱司令、鐵鷹隊長的帶領下，這支東北人民革命軍伏擊過日寇輸送給養的火車，和日軍、偽滿軍有過正面的交鋒，還在轉移休整隊伍時努力發動農民群眾加入抗戰之中。他們以廣袤的黑土地為背景，用血、汗、淚迸發出強烈的民族情感和不屈的抗爭呼喊。

　　在戰時大陸的鄉土抗日小說文本中，讀者總是能或隱或現地看到先進的革命領導者的形象，他們意志堅定、思想先進，對蒙昧未醒的農民們有著巨大的教育和引領功能，是混沌未清的農民們的精神導師。這種角色的設定在多篇鄉土抗日小說中都可以看到，如《八月的鄉村》中的陳柱司令，他在黨的教育培養下快速成長，政治立場堅定，愛恨分明，軍事上機智多謀，他擅長做思想政治工作，經常不失時機地抓住機會對人們進行思想教育，發動人們迎敵抗戰，比如他在李七嫂的死祭上發表了懇切的演說：「我們祖先受過去那些王八羔子們『皇帝』、『軍閥』、『官僚』、『土豪』、『劣紳』……的統治、踐踏，現在他們又把我們盜賣給日本兵。日本兵又在他們的大炮、刺刀的後面帶來了一批批日本帝國主義的軍閥、官僚、走狗……照樣來統治、踐踏我們，屠殺我們的兄弟，我們的同志，我們的姐妹……我們就到全死滅的一天，也不能軟弱，也不能曲屈著腦袋，再加那些王八羔子

們來統治了！」[34]哀痛又富有感情的演說激起了人們抗擊敵寇的全部力量，人們在群的歌聲裡埋葬了死者，堅定了抗爭的決心。類似的人物形象還有《春雷》中的王鵬，《大地的海》中的來頭、五丁、老金等等。這類角色在鄉土抗日小說文本中的衍生，其實是和「農民」的被發現息息相關。抗日戰爭爆發之後，廣大的中國農民被認為是神州大地上最具潛力的抵抗者，在將農民認知為獨立的階級力量之後，以農民形象為主、反映農民的覺醒與抗爭的文學作品也隨之逐漸增多。儘管穿上了軍裝的農民們依然有著不少的弱點和侷限性，但他們頑強的生命力和強大的戰鬥力令作家們看到了救亡的希望。這時期的文學作品中，為了較為自然地表現文學中農民意識的逐漸覺醒，作家們往往會塑造出一兩個思想先進的農民來帶動那些蒙昧未醒的、落後的農民，或者直接預設出一個革命領導者的形象來啟蒙混沌的農民群眾。這些角色出現在戰時的文壇，其特定的時代意義十分突出。

　　一八九五年清政府在甲午戰爭中失敗，日本侵略者利用不平等之〈馬關條約〉割取了臺灣島。同年十一月二十八日，日本駐臺第一人總督樺山資紀宣告「全臺已完全平定」，然而真正的事實是，在臺灣淪為日本的殖民地長達五十年又四個月之久的時間裡，臺灣人民從來沒有放棄過對異族統治的抗爭：一八九八年，抗日志士林少貓攻潮州、恒春；一九〇七年，新竹北埔抗日事件；一九一二年，林圯埔抗日事件；一九一三年，苗栗羅福星回應中國革命，發起抗日組織「中國革命黨臺灣支部」；一九一五年，六甲事件、新莊事件……數百萬同仇敵愾的臺灣人民用劍、槍、生命、鮮血捍衛著祖國的領土和民族的尊嚴，誓不臣倭。一九一五年，以「西來庵事件」為轉捩點，臺灣民眾武裝抗日結束，轉為進行政治抗日和文化抗日。當時民間流傳的一首殤歌很能體現臺灣人民與殖民者不共戴天的情感：「我頭不戴你

---

34 蕭軍：《八月的鄉村》（北京市：華夏出版社，2009年），頁87。

天，腳不踩你地，三魂回唐山，七魄歸故里。」殖民時期的臺灣作家
們以筆為利器，在看不見硝煙的戰場上與日本殖民者進行不屈的鬥
爭，抒寫了大批具有中國性格的抵抗文學，高揚著民族反抗精神。

　　以賴和、楊逵為代表的一些鄉土抗日小說作家們正面揭露和批判
了日寇的殘暴和貪婪，反映了臺灣人民的痛楚和血淚，展示了臺灣百
姓對日寇的仇恨和反抗。這種反抗時常是和死亡、牢獄之災聯繫在一
起的，需要付出血的代價。賴和的《一桿「稱仔」》（原載於一九二六
年《臺灣民報》九十二號、九十三號）描寫了一位老實巴交的農民秦
得參因為製糖會社的強取無奈地失去耕種的土地，他向鄉鄰借了一桿
稱仔到市場上賣菜，卻因誠實、不懂得「孝敬」惹怒了巡警，不僅借
來的稱仔被打斷擲棄，而且還莫名地「違犯度量衡規則」，遭受了三
日的牢獄之災。秦得參在悲哀中覺悟：「人不像個人，畜生誰願意
做？！這是什麼世間？活著倒不若死了快樂！」[35]不甘欺辱的秦得參
遂夜刺巡警於道上，自己也與之同歸於盡。小說悲情地展現了日本殖
民暴政之下臺灣百姓「人不如畜」的社會現實，宣洩了官逼民反之下
玉石俱焚的悲憤決絕的反抗情緒。呂赫若《暴風雨的故事》（原載於
一九三五年《臺灣文藝》二卷五號）中的老松因為天災暴風雨的緣故
交不出田租，地主寶財拒絕了他緩繳的請求，要求捆走老松家中僅剩
的兩頭豬作抵償。眼看全家一日三餐難以為繼，妻子罔市忍辱前去請
求寶財緩繳，不料姦淫了罔市十幾年的寶財無賴地拒絕，絕望的罔市
瘋狂打罵魔鬼般的寶財，卻也無法改變任何現狀，積憤受辱的罔市無
顏面對丈夫老松，最終在貞操、生活等多種壓力下被迫上吊自殺。妻
子受辱上吊，家裡揭不開鍋，眼見生路斷絕，痛苦的老松選擇了暴烈
地殺死寶財這條絕路。作品鮮血淋漓地揭露了與日本殖民政府狼狽為
奸的財團、地主們步步緊逼地打擊農村經濟，將農人們的生活逼上絕

---

35 賴和：《賴和作品選集》（北京市：中國廣播電視出版社，1987年），頁32。

路，成為他們生活中的陰霾和夢魘，同時也展現了天災人禍交夾、千租百稅煎熬下的農民悲慟的控訴和絕望的反抗。持著「我的土地，我要自己耕種才能生活」[36]這一信念的自耕農楊明，因為堅持反對將土地廉價賣給日本糖業公司，被拖到警察局關押暴打了五天五夜，被打得臉頰高腫、眼睛突出、額上滿是疱子，仍然堅持到底，回家掙扎一兩個月後含恨永眠了，家裡的田地最終還是落入了日本人之手（楊逵《送報夫》）。臺灣在日本殖民暴政之下有類似經歷的被侮辱與被損害的百姓數不勝數，秦得參不甘地責問：「什麼？做官的就可任意凌辱人民嗎？」[37]楊雲萍也借著小說主人公文能之口發出了憤慨之聲：「豈有此理，豈有此理！難道我們永遠應該著做牛做馬嗎！不，不，決不！看他們能夠耀武揚威到甚麼時候啊！」[38]（楊雲萍《黃昏的蔗園》）激烈的問句代表了當時臺灣人民最真切的心聲，概括了萬千臺灣民眾的反抗意識。

　　將臺灣人民不堪屈辱的反抗精神提升到一個更高精神層次的是楊逵的中篇小說《送報夫》，不僅富有濃郁的理想主義色彩，小說還呈現出了超越民族與國家界限的崇高的國際主義精神。小說別具匠心地將日本東京與臺灣鄉村兩個地域通過楊君交織在一起。臺灣鄉土於楊君而言是極為殘酷的地獄：父親楊明拒絕日本製糖公司強行低價收購農民賴以活命的耕地，被日寇毒打之後含恨身亡，土地也沒有保住；失去耕地的鄉鄰們被迫到製糖公司的示範農場出賣極廉價的勞動力，農民成了農奴，「鄉的發展」變為了「鄉的離散」。楊君在母親的殷切希望中遠渡重洋到日本東京尋找生路，卻是從一個地獄進入到了另一

---

36 楊逵：《楊逵作品選集》（北京市：人民文學出版社，1985年），頁79。

37 賴和：《賴和作品選集》（北京市：中國廣播電視出版社，1987年），頁30。

38 楊雲萍：〈黃昏的蔗園〉，原載於《臺灣民報》一二四號（1926年9月26日），轉引自張葆莘編：《臺灣作家小說選集（一）》（北京市：中國社會科學出版社，1981年），頁68。

個地獄裡。他辛苦謀得送報夫的職位，儘管這個崗位是如此的艱辛：
三人合一張滿是跳蚤的破被、二十幾人沙丁魚般擠在一間小屋子裡、
每天凌晨兩三點開始送報、事先要交十元保證金……但是楊君仍然認
真無比地工作，不料貪婪的派報所老闆定下了無法完成的推銷定額，
楊君分文未得就被解僱了，連保證金也石沉大海。此時楊君又收到了
母親自縊身亡後的遺書，囑咐他堅心努力，救救陷在地獄邊緣的鄉
人。經受失業、喪母多重打擊的悲哀的楊君，幸而得到和他一樣承受
苦難的田中、佐藤等人的關心和幫助，他在殘酷的事實教育下幡然覺
悟，原本「以為一切的日本人都是壞人，一直都恨著他們」，然而
「『木賃宿』的老闆是個愉快爽直的好好先生」，田中「比親兄弟還要
好」，日本人和「臺灣人裡面有好壞人一樣」，患難中的朋友伊藤告訴
他：「叫你們吃苦頭的，也同樣叫我們吃著苦頭，他們是同類，是我
們共同的敵人！」[39]於是他們結成了同盟，和派報所老闆鬥爭，並獲
得了派報所老闆低頭認錯的勝利。小說篇末點題，楊君在中華兒女抗
日鬥爭的號召下，滿懷信心地返回臺灣參加抗日救國運動。日本受壓
迫的人民和臺灣受剝削的人民應當聯合、團結起來，共同反抗剝削者
和殖民者，這種抗爭與身在帝國主義國家還是殖民地無關，階級對立
超越了民族衝突，楊逵的這種視野和胸襟拓展了殖民社會階級對立的
認知，具有基本的世界無產階級意識，彰顯出樸素的國際主義精神，
比一般的民族主義更高一籌。

　　一九三七年，「七‧七」事變，中日戰爭全面爆發。臺灣進入戰
時體制，禁止使用中文，廢止各報中文欄，中文雜誌停刊，漢書房
（私塾）被強制廢止。日文逐漸成為了臺灣新文學的主要寫作形態，
臺灣的文藝創作逐漸步入了漫長的黑夜。從語言來看，中文創作被禁
止，日文書寫成為了唯一的合法文字，這好像是中斷了臺灣的文學創

---

39 楊逵：《楊逵作品選集》（北京市：人民文學出版社，1985年），頁96-98。

作，剝奪了臺灣文學作為中華民族文化之延續的生存空間。但事實上並非如此，臺灣的文學脈絡並沒有就此斷裂，日語創作的臺灣作家們用自己的方式進行著文化抵抗，他們用殖民者的語言書寫下祖國的文化和本民族的生活，表現出另一種文化想像，風土習俗、地域色彩、文化傳統等作為民族的身分標記在文本中被不斷提及和強化，對抗、消解日本殖民當局推行的同化高壓政策和「文化共同體」的幻想，頑強地溝通著和祖國文學的血脈聯繫，創造了一種獨特的文學想像。殖民時代後期的臺灣鄉土抗日小說，雖然沒有早期賴和、楊逵等人文學創作中怒目金剛式的抗爭，但並未喪失其抵抗和批判的鋒芒，因為他們和日本「同化」、「皇民化」對立的心態是堅決的，他們思考的指向依然是日寇暴政之下臺灣百姓的被壓迫與奴役，支撐他們思考的基礎仍舊是對中華民族的身分認同。這一時期最具代表性的「隱忍」型鄉土抗日小說作家是張文環。

張文環的中篇小說《夜猿》於一九四三年獲得了「皇民奉公會」第一回「臺灣文學獎」，而正是這篇日本當局提名得獎的小說，體現了張文環隱忍式的對日抵抗。小說主人公石有諒為了擺脫窮困潦倒的生活現狀，在父親好友的資助下返回故鄉 T 村的祖傳山林開辦紙廠和筍廠，經年辛苦，工廠由草創發展到成型，辦得熱火朝天，然而日昌號的老闆卻任意壓價收購產品毀壞石的辛苦成果，小說的結尾處，石有諒和日昌號的老闆吵架鬧進了派出所，給文本蒙上一層淡淡的憂鬱。小說並沒有著重描寫石有諒一家人的悲苦無助，而是把筆墨重點放在了他們一家人獨居山林的孤寂時光。題目中提到的夜猿，在小說文本中不時出現，「對面山中的斷崖有窟窿，那便是猴群的巢穴。沒有比這些過著集團生活的動物返巢的時候，更容易撩起鄉愁了」，「猴群就像一陣風似地回巢，嘎嘎鳴聲清晰可聞，但影子卻一隻也看不見」，「從冬到春初，這獨屋彷彿被遺忘了，是一段完全空閒的期間，與那些猴子們成為一夥了」，「阿民覺得母親那個樣子，跟母猴抱著小

猴仔逃很相像，因而更覺得商店老闆可惡了」[40]……穿插於行文之中的猴群身上體現出了極為鮮明的中國式的隱喻，令中國讀者心領神會。另一方面，小說細緻細膩地描繪了這個村落的村民們過年過節的種種傳統習俗，「冬節，家家戶戶都得搓圓仔」、「拜天公」，除夕時貼門聯、貼紅紙、貼「春」和「福」，大除夕到正月十五要「呈燈」，還有三月初三的清明節、中元節等等。張文環不遺餘力地描寫這些風俗，正是要借此說明日本大和民族和中華民族的民族習俗、傳統文化是互不相容的異質文化，永遠無法同化和融合，隱晦地高揚民族意識和文化精神，曲微地蔑視和反抗日本統治者的「皇民化運動」。

　　戰時大陸和殖民時期臺灣的鄉土抗日小說描寫的都是中國人民在日寇的凌辱、欺壓下的憤然反抗和鬥爭，作家們關注、關懷的大都是底層小人物們的「韌」性抗爭，不過由於具體的抗日情境不同，兩岸的作家們表現出來的抗爭力度、抗爭方式各不相同。拿小說文本中的結尾來說，戰時大陸的鄉土抗日小說裡大多是昂揚向上，充滿樂觀、激情，預示著希望和光明的結尾。比如《生死場》裡，連原本思想最落後、心心念念著老羊的「二里半」也用他那不健全的腿顛跛著跟隨李青山參加人民革命軍去了，預示著農民的覺醒和廣闊的黑土地上即將展開恢弘的生死抗爭。又如《春雷》，王鵬帶領著幾百人舉著國旗，點著火把，帶著各式各樣的武器衝向日軍，成功攻破了日軍的駐地石家祠堂，扯下了太陽旗，預告著暴風驟雨般的抗日鬥爭即將來臨。日軍的血腥屠殺激起了大陸人民的憤恨，大陸建立了抗日統一戰線，軍民萬眾一心地抵抗日寇的侵略，作家們一方面震撼、感動於人民大眾堅韌不屈的抗爭精神，一方面也是希望鼓勵更多的被欺壓者站起來反抗，所以在表現抗爭母題時多是帶著樂觀向上的基調，不乏光明的結局。臺灣這邊，身處高壓文化政策之下，臺灣百姓的武裝鬥爭

---

40 張恆豪主編：《張文環集》（臺北市：前衛出版社，1991年），頁135、136、140、178。

又屢受挫折，陰霾、沉滯的政治氛圍影響了作家們的創作，因而小說中的結尾常常是憂鬱或哀傷的，如《黃昏的蔗園》，文能在小說結束時依然被關押在牢房裡，又如《暴風雨的故事》，老松殺死了地主寶財，雖消了久積的怨氣，但卻依然無法擺脫日寇暴政下的殘酷社會，等待著老松的將會是淒涼的結局。在大陸的鄉土抗日小說中，作家們反抗或是批判的筆鋒更為直接和尖銳，既延續了五四以來反封建的批判傳統，又運用階級的論點來剖析帝國主義的邪惡本質，具有很強的抗爭力度；臺灣方面，鄉土抗日小說同樣具有反帝反封建的雙重抗爭，但是更多的是指向反對殖民暴力的抗爭，這一時期，除了少數如賴和、楊逵等作家具有直搗黃龍的勇氣，敢於正面揭露日本殖民統治對臺灣民眾的奴役和壓迫，作品基調比較昂揚之外，其他作家特別是殖民後期的作家反抗或是批判的筆觸較為隱微，多是內含在人文關懷或鄉土意識之中。無論抗爭母題在小說中呈現的力度強弱如何，我們都對殖民高壓之下堅持文學創作的臺灣鄉土抗日小說家們表示崇高的敬意，他們用異族語言表達出從未變更的民族心靈。

第二節　人物形象比較

福克斯曾說：「小說是描寫個人的，它是個人和社會以及自然鬥爭的史詩。」[41]人物形象的塑造向來是作家們表現自己藝術張力、重心和美學追求的重要標竿，同時也是評論家們評斷小說藝術價值高低的準繩之一。

戰時大陸和殖民時期臺灣的鄉土抗日小說中塑造的人物形象，展現了社會歷史劇變下的人民歷史命運和生活圖景，也表現了作家們對塑造對象的情感傾向，小說中人物塑造的意義毋庸置疑。兩岸的鄉土

41 趙朕：《臺灣與大陸小說比較論》（福州市：海峽文藝出版社，1992年），頁108。

抗日小說採用的都是現實主義的創作原則，展現時代真實風貌，反映
人們在戰爭創傷中認知大陸（臺灣）、努力新生的掙扎與奮鬥。不過
海峽兩岸迥然有異的政治、經濟、軍事結構影響著作家們的創作，他
們筆下的人物形象塑造呈現出了各自的特色。本節從農民、知識分
子、女性這三種人物形象在小說中的塑造切入分析，力圖呈現兩岸鄉
土抗日小說的不同特色。

一　農民形象

　　「五四」期間，魯迅以小說創作實績展現了他的「立人」思想，
對農民形象的定位是落後、奴性、愚昧的「中國病人」（如《狂人日
記》、《阿Q正傳》等），希望通過對農民貧苦不幸的揭示，引起療救
的注意。一九三○年之後，中國進入抗日戰爭時期，救亡是此時的時
代中心主題，同時也是時代文學必須關注的問題，這一期間小說中農
民形象的內涵為之一變，有了與「五四」時期相區別的新質內涵。

　　在抗擊日寇的血腥鬥爭中，農民作為革命的主體力量逐漸突顯出
來，對農民的「發現」在抗日戰爭時期的文學中得到了空前的強化。
周揚在《新的現實與文學上的新的任務》中說道，戰爭時代「阿Q
們抬起頭來了。關於覺醒了的阿Q，值得寫一部更大的作品。」[42]這
一時期的小說作家們在落筆塑造農民形象時總是會自覺或不自覺地受
到「抗日救亡」這一時代中心主題的影響。文學是戰鬥的號角，為了
響應時代號召和體現時代文學的最高價值範疇，戰時大陸的鄉土抗日
小說作家們塑造出了一代由愚昧落後走向覺醒了的農民，以截然不同
於五四「病人農民」形象的「轉變中的後進農民」形象出現，展現了

42　〈硝煙中的迷失（下）──抗戰時期中國文學中的知識分子話語〉，http://www.docin.
　　com/p-71216571.html。

這一時期小說中農民形象的嶄新風貌和思想覺悟。

　　姚雪垠發表於《文藝陣地》第一卷第三期（1938年5月）的短篇小說《差半車麥秸》，塑造的正是時代文學號召下「覺醒了的阿Q」，獲得了茅盾的盛讚：「『差半車麥秸』正是『肩負著這個時代的阿托拉斯型的人民的雄姿』」。[43]這篇小說主要描寫了落後農民王啞巴在抗日游擊隊集體生活裡成長為一名勇敢的游擊隊員的過程，呈現出了抗戰時期具有典型性格的農民形象。王啞巴諢號是「差半車麥秸」（「不夠聰明」的河南土語），為著要安生做莊稼而熱烈期盼把鬼子早日打跑，時時想念老婆孩子和家裡無人耕種的土地，他的身上帶著舊有的農民習性，時常「擤了一把鼻涕，一彎腰抹在鞋尖上」[44]，由於長期形成的節儉習慣，晚上睡覺時總要把油燈吹熄，看到老百姓的牛繩忍不住順手偷拿。正是這個質樸的帶有諸多弱點的農民，在意識到「鬼子打不走，莊稼做不成」之後主動留在抗日游擊隊裡，戰地上飲彈負傷時甚至甘願「留下換他們幾個」。王啞巴代表著這樣一類農民，他們或許愚昧、自私、狹隘，但憨厚、淳樸、堅韌，在革命啟蒙之下走向覺醒，逐漸消融了小農意識，蘊藏有反抗侵略的巨大潛力，是典型的中國式農民，散發著樸實的泥土氣息。

　　像王啞巴一樣逐漸由愚昧走向覺醒的成長了的農民形象還有很多，如《山洪》中的章三官、《大地的海》中的來頭、《八月的鄉村》中的小紅臉，等等。這些覺醒了的「阿Q」具有共同的特點，即他們的價值在抗戰中得到了進一步的認同，他們肩負起時代賦予的重任，儘管依舊帶有落後意識和不良習性，缺點與優點共存、「舊」與「新」並舉，但質樸、堅韌、抗爭的性格面向被深度發掘並放大，他

43　茅盾：〈八月的感想──抗戰文藝一年的回顧〉，原載自《文藝陣地》第1卷第9期
　　（1938年8月），轉引自錢理群編：《二十世紀中國小說理論資料（第四卷）1937-
　　1949》（北京市：北京大學出版社，1997年），頁27。
44　姚雪垠：《差半車麥秸》（北京市：華夏出版社，2009年），頁7。

們在新的時代中迅速覺醒並成長。戰爭，使得農民們的民族意識空前高漲、普遍化和強化，這一時期小說文本中農民形象的民族國家意識大都有從混沌到清晰的認知過程。王啞巴、章三官們對民族危亡、國家命運的關注最初都是從自身的境遇出發的。戰爭張牙舞爪地逼近鄉村，日軍殘暴的鐵蹄給農民的生存帶來嚴重的威脅，農民們拿起槍桿子的最初動因常常是：「鬼子打不走，莊稼做不成」（《差半車麥秸》），質樸的話語道出了最本真的緣由。戰火斷送了他們原來的生活環境和生活方式，為了保衛自己的切身利益，農民們紛紛拿起武器，投身到保家衛國的戰鬥中去。更確切地說，這些農民形象的民族意識其實是來源於家國同構的觀念，國破則家亡，唇亡齒寒，沒有鞏固的「大家」，何來安穩的「小家」，戰爭令農民們前所未有地強烈感受到家、國一體，章三官在烽火瀰漫中「彷彿具體的感覺到一個實在的東西，這就是『中國』」[45]。由此，章三官們才走上了抗擊日寇、保衛「大家」的道路。這可以說是戰時大陸鄉土抗日小說中塑造農民形象的一種創作模式。

　　如果說大陸描繪的是「覺醒了的阿Q」農民形象，那麼臺灣塑造的則多是「被侮辱與被損害的」農民形象。身處殖民地，臺灣農民要面對的首先是殘酷的殖民掠奪。在日據時期，這種殖民掠奪具體、突出地表現在與殖民政府相勾結的日本製糖會社對臺灣土地赤裸裸的侵占和對臺灣農民的奴役。賴和的《豐作》便是以著名的「二林事件」[46]為題材，沉痛揭露了日本製糖會社壓榨、剝削臺灣蔗農的事實。蔗農添福用勞力迎來大豐收，原以為收益頗豐，不料製糖會社發表不公平的新收購規定，還在稱上動手腳，令添福收入大打折扣，更諷刺的是在繳完各種苛捐雜稅之後添福竟連繼續種甘蔗的本錢都沒有，製糖會

---

45 吳組緗：《山洪》（北京市：人民文學出版社，1982年），頁83。

46 「二林事件」指的是日據時代臺灣爆發的首次農民運動，一九二五年彰化蔗農為了維護自身合法利益，群起反抗日本「製糖會社」強取豪奪的鬥爭。

社的荒唐襯托出了蔗農的悲慘。日本製糖會社強行收買土地致使農民們生活無依、流離失所（如楊逵《送報夫》），依仗殖民政府暴力鎮壓蔗農們的反抗（如楊雲萍《黃昏的蔗園》），給臺灣農民的生活帶來了巨大的痛苦和傷害。臺灣農民既要面對土地的被剝削和勞力的被奴役，還要忍受魚肉百姓的地主和日本警察的欺壓凌辱。臺灣農民在日本警察的貪婪（賴和《不如意的過年》、陳虛谷《他發財了》）、濫用權力（賴和《一桿稱仔》）、好色（陳虛谷《無處伸冤》）、蠻橫欺壓（楊守愚《十字街頭》、楊逵《送報夫》）下生活艱辛，一貧如洗。受苦受難的農民形象在殖民時期臺灣鄉土抗日小說中數量眾多，是這一時期作家們創作小說時最常塑造的農民形象，熔鑄了作家們對殖民統治的痛恨、批判和對臺灣農民的深切同情。

通過對小說文本的閱讀，可以看到農民形象的塑造在兩岸鄉土抗日小說中存有較大的差異。

第一，從小說文本來看，戰時大陸鄉土抗日小說中呈現更多的是成長中的農民，殖民時期臺灣鄉土抗日小說中呈現的則多為受難中的農民，兩岸作家筆下的農民命運截然不同。大陸作家筆下的農民雖然也是飽受磨難的普通百姓中的一員，身上常常留有小農意識和舊習氣，但他們在時代的召喚下煥發出嶄新的精神面貌，勇於抗爭，積極反抗，散發著主人翁的自信與朝氣，展現一派蓬勃景象。例如《大地的海》結尾處，來頭「如一個熱心的獵人聽見遠地裡獸群發出獼猴般的吼聲在誘惑他去打獵一樣，眼睛發亮的往外熱心的看著，他的心早已隨著那鼓舞的松濤跑回到另外一個充滿戰鬥的熱情的神聖的世界去了。」[47]來頭熱情昂揚地準備投身到抗日戰鬥中去，給讀者留下了一個充滿希望和力量的前景。臺灣作家筆下的農民不像來頭、章三官這麼意氣風發，他們更多的是「苟活」的小人物。例如呂赫若的《牛

---

47 端木蕻良：《端木蕻良文集2》（北京市：北京出版社，1998年），頁199。

車》中，楊添丁在失去土地、失去牛車生意，三餐難以為繼的窘境中被迫讓妻子進城賣淫，無顏使用妻子賣淫收入的楊添丁只得夜間偷鵝，卻落入警察的手心。這些農民的命運黯淡、淒慘，充滿絕望。誠然，臺灣作家筆下也不是沒有奮起反抗的農民形象，像秦得參就不甘屈辱殺死了那個濫用私權的日本警察（賴和《一桿稱仔》），但是這種反抗、覺悟的臺灣農民形象在數量乃至質量上較之受難的農民形象實在是太少了，只能說是臺灣農民形象的小支流而已。臺灣作家們創作時投注在農民身上的同情太多太濃，而對農民們屈辱苦難的命運的生成原因探討力度、深度不夠，所以表現出來的農民形象往往是苦難有餘、抗爭不足。

　　第二，戰時大陸鄉土抗日小說中的農民多是集體戰鬥，而殖民時期臺灣鄉土抗日小說中的農民則大都是孤軍奮戰的。大陸這邊，《春雷》裡小紅郎、青郎、馬郎蕩一起伏擊日本鬼子，《夥伴們》裡雷公黃漢、公雞仔陳滿、將軍楊廣等一起闖蕩江湖、保衛鄉里……臺灣那邊，秦得參單人獨自在夜間擊殺日本警察（賴和《一桿稱仔》），老松同樣是在夜間無人之時向他憤恨不已的地主寶財發起了暴烈的反擊（呂赫若《暴風雨的故事》）……從文本出發不難看出，大陸的農民戰鬥群像是放置在歷史的變遷中體現出來的，日寇的鐵蹄逼近了生活的鄉村，農民們在血腥殘酷的現實面前認識到只有反抗才不會當亡國奴，他們的命運是和歷史潮流息息相關、榮辱與共的，小說背景的歷史感自然流露。臺灣方面，時代政治的敏感性使得小說背景的歷史因素往往是淡化的，小說表現的是獨立的故事情節和人物的性格，呈現出來的便大多是孤零零的、獨自揮戈的農民形象了。

　　第三，戰時大陸的鄉土抗日小說中塑造有農民的英雄形象，殖民時期臺灣鄉土抗日小說中的農民英雄形象則是缺失的。一九四一年，孫犁在《論戰時的英雄文學》中提出「可以寫農民如何成長為抗日的

英雄——八路軍戰士。」[48]當對農民的階級化想像融入到小說創作中時，作家們便形成了農民英雄化的書寫，姚雪垠筆下的「差半車麥秸」便是典型的為了集體犧牲小我的農民英雄形象。大陸的作家們還塑造出了《牛全德與紅蘿蔔》中的牛全德、《夥伴們》中的雷公黃漢這種另類的、充滿匪氣的愛國農民英雄形象。這種農民英雄形象的塑造固然有外在理論的影響，但也不能忽略戰時作家們發自內心對農民力量的敬佩。反觀之，殖民時期臺灣的鄉土抗日小說中農民英雄的形象可以說是缺席的。殖民時期臺灣百姓的歷次反抗都被日本殖民政府血腥殘暴地鎮壓了，現實政治的陰霾投射到文學之中，使得作家們落筆時有意無意地迴避英雄這一形象的塑造，而是通過描寫冷漠旁觀的農民形象來反向刺激讀者，希望激起讀者的血性來。比如陳虛谷的《無處伸冤》中，林母為了保護不碟被日本警察岡平打斷了左腕，她向圍觀的眾人請求幫助，原本熱鬧圍觀的人們「反有些躊躇起來，只在面面相覷。有的說我要去除草，有的說要去撒種子，有的說要去灌肥，你推我托，早已散去大半」[49]。臺灣鄉土抗日小說中這類冷漠旁觀的農民形象和「五四」時期魯迅筆下的「看客」何其相似！臺灣作家們痛心於臺灣農民對善惡是非的淡薄混亂以及他們的冷漠、被動，像魯迅一樣哀其不幸、怒其不爭。

二　知識分子形象

從古代開始，中國的知識分子就有著「天下興亡，匹夫有責」的士大夫精神，到了近代，中國國力衰退，被列強欺辱，中國的知識分

---

48 錢理群編：《二十世紀中國小說理論資料（第四卷）1937-1949》（北京市：北京大學出版社，1997年），頁79。

49 張葆莘編：《臺灣作家小說選集（一）》（北京市：中國社會科學出版社，1981年），頁110。

子更是充當起了百姓啟蒙的先師。「五四」以來的小說中總不乏啟蒙姿態的知識分子形象，比如魯迅筆下的夏瑜和N先生，左翼小說中也活躍著不少革命知識分子的形象，比如蔣光慈筆下的李傑。然而到了抗日戰爭期間，在以農民為描述主體的鄉土抗日小說中，知識分子的出場率並不高。鄉土抗日小說中知識分子形象的減弱（無論是數量上還是質量上）和時代的動盪、政治的需求是緊密聯繫在一起的。

　　一九二七年，魯迅在《關於知識階級》中說道：「知識階級不可免避的運命，在革命時代是注重實行動的；思想還在其次，直白地說：或者倒有害。」[50] 一九二八年，馮雪峰在〈革命與知識階級〉中又提出了「革命使知識階級動搖分化」[51] 這一觀點，兩位思想家深刻地道出了知識分子與革命之間的關係。戰爭以其狂暴的姿態席捲了整個中國，原本以啟蒙的姿態登上歷史舞臺的知識分子在革命強勢的洶湧裏挾之下，動盪無依，漸漸地疏離時代中心，他們思想啟蒙的主體地位被革命話語所取締，他們「五四」以來的啟蒙書寫日漸被時代主題所覆蓋和消解。與此時的剛健有力的革命主體力量——農民相比，知識分子先覺者的光輝黯淡消散，不斷地被邊緣化。因此，相比於此時農民形象在鄉土抗日小說中的覺醒成長、煥發新生，知識分子形象在文本中不僅數量減少，而且呈現出了軟弱、容易動搖的傾向。

　　《八月的鄉村》中的蕭明是這一時期知識分子形象的一個典型。蕭明是一個投筆從戎、奔向革命的知識分子，他堅信新世界在趕跑日本兵後一定會到來。小說從他在興隆鎮成功策反一支官軍的隊伍開始敘述，描寫他帶著這支隊伍穿過閃電雷鳴的山谷，順利抵達革命本部王家堡子。在文章的開頭，蕭明以引領者的身分獲得了工農兵同志們的讚許，「蕭明，那小伙子也真行，本來是個學生，能和我們一樣吃

50　魯迅：《魯迅全集》（北京市：人民文學出版社，1981年），卷8，頁188。

51　馮雪峰：〈革命與知識階級〉，李宗英、張夢陽編：《六十年來魯迅研究論文選》（北京市：中國社會科學出版社，1982 年），上冊，頁89。

苦，沒白念書」[52]，然而隨著小說文本的開展，蕭明身為知識分子的特質逐漸凸顯出來。革命是一個階級推倒另一個階級的暴動，革命是暴烈、血腥、反人性的，農民作為新興階級的主力毫不猶豫地在血火中前行，而知識分子對革命、戰爭的思考所引發的搖擺和軟弱則成為了這個火熱時代的不和諧音符。小說中，蕭明眼見著弟兄被敵人割了腦袋，覺得「不能說的悲傷和疲乏攻打著他」，他無盡無止地流著眼淚，心酸地自我剖析：「……九個同志，死了四個了！我也明知道這是應該的，就連我自己也是一樣！不過，我還是想念他們！這是任誰也不知道的。我知道，我這樣人對於一個真正革命隊員的要求，還差得很遠！一個革命隊員一定不許有動搖，有悲傷的……」[53]對戰爭本質的思考和對個體生命的關懷，倘若放置在非戰爭的和平年代必然是備受肯定的，但是身處烽火時代，這樣的思考和關懷使得知識分子蕭明在革命過程中表現出軟弱、動搖的一面。愛情，是蕭明在革命路上遭遇的另一項考驗。他和安娜的個人戀愛與革命戰鬥發生了衝突，用司令陳柱的話說就是：戀愛會「動搖了信仰，軟弱了意志……這是革命戰士們的恥辱……」、「戀愛是革命的損害」。[54]蕭明在革命和戀愛二者之間痛苦徘徊，艱難取捨，他孤獨、悲傷、痛苦、失魂落魄，甚至想到了自殺，「一千遍掏出自己的手槍，試驗著將槍口抵緊自己的太陽穴」[55]，這樣軟弱的知識分子隨即遭到群眾們的疏離和遺棄。有意思的是，文章開頭蕭明作為領隊教導同隊的工農同志們唱國際歌，知識分子的先鋒作用不言而喻，到了文章的結尾，蕭明卻顯現著無智的臉和遲鈍的眼睛，不得不服從工農階級的領導者，蕭明的地位從先鋒淪落為落後分子，典型地體現出了抗戰時期鄉土抗日小說中知識分子

---

52 蕭軍：《八月的鄉村》（北京市：華夏出版社，2009年），頁19。

53 蕭軍：《八月的鄉村》（北京市：華夏出版社，2009年），頁5、73。

54 蕭軍：《八月的鄉村》（北京市：華夏出版社，2009年），頁103。

55 蕭軍：《八月的鄉村》（北京市：華夏出版社，2009年），頁104。

形象的顛覆和演變，知識分子被甩在了大眾革命的狂潮之外。

　　大陸戰時鄉土抗日小說中的知識分子與農民的關係是極其微妙複雜的。《八月的鄉村》裡，蕭明經歷了從領導工農同志到反被領導，地位發生了顛覆性的變化。《我在霞村的時候》中，知識分子「我」觀察到農民根深蒂固的封建倫理道德觀念，本能地想作為啟蒙者對其進行批判但卻最終選擇隱忍、沉默。《春雷》中，受過高等教育的榮少爺不僅沒有積極參與抗日，反倒為了一己私利與日寇勾搭成奸，民族覺悟遠沒有青郎、馬郎蕩等農民來得高。這一時期大陸鄉土抗日小說中對知識分子形象和農民形象的對比描寫，大多鮮明地寓有作家們的褒貶意圖，在力圖塑造農民「新人」形象、突顯農民是民族戰爭中的主力之外，也表達了知識分子應該向人民大眾學習的含義，同時還隱含了身為知識分子的作家們對自我形象在不同程度上的否定性認知。

　　相較而言，殖民時期臺灣鄉土抗日小說中的知識分子形象要比戰時大陸鄉土抗日小說中的豐滿得多，臺灣作家筆下塑造的知識分子類型也更多樣化。筆者粗略地將其分為三類。

　　第一類是「皇民化」的知識分子，代表人物有錢新發（吳濁流《先生媽》）、陳三貴（朱點人《脫穎》）等。「皇民化」的知識分子指的是那些順從日本「皇民化政策」、在政治或經濟的利益驅使之下甘當日本殖民當局的同化工具甚至自居為日本人、民族尊嚴蕩然無存的一類知識分子，臺灣鄉土抗日小說的作家們在小說中對他們寡廉鮮恥的嘴臉給予了痛快淋漓的揭露和鞭撻。《先生媽》中塑造的知識分子錢新發本是貧苦出身，父親做過苦力、轎夫，母親整夜織帽才供他完成學業，少時貧苦的他在畢業後卻逐漸走上了「發家致富」的一條歪路。先是聘娶了有錢人的小姐為妻，隨後靠裙帶關係開設了私立醫院，又以虛偽的親切獲得了老百姓的信任，經由對病患打針謀取暴利，接著不惜千金為自己捐得了聲望和地位。在皇民化運動中，錢新發響應日本政府號召，率先改名為金井新助，穿大島綢作的和服，建

造日式的榻榻米房屋，生活交際全使用日語，吃穿住行一律向日本人
看齊，他認為「改姓名就是臺灣人無上的光榮，家庭同日本人的一
樣，沒有遜色」。當地改名的原本只有包括金井新助在內的兩人，然
而隨著當局宣布改名的人越來越多，金井新助的優越感和自豪感深受
打擊，他「覺得身分一瀉千里，仍墜泥濘中，竟沒有法子可拔」[56]。
吳濁流對這種毫無民族尊嚴和道德操守的民族敗類進行了老辣犀利的
諷刺，刻畫得入木三分，典型地塑造出了被日本殖民者同化奴化的
「皇民化」知識分子。揭露和抨擊這類「皇民化」知識分子的小說不
在少數，楊逵《泥娃娃》中企圖發「國難財」的富崗，陳虛谷《榮
歸》中以日本精英自居、鄙夷自己母語和民族性的王再福等，無一不
是寡廉鮮恥之徒，散發著濃烈的奴性氣味。

　　第二類是彷徨、頹廢的知識分子，代表作有龍瑛宗的《植有木瓜
樹的小鎮》、《黃昏月》，賴和的《赴了春宴回來》、《棋盤邊》等。龍
瑛宗真實塑造了一批蒼白無力的新式知識分子，他們苦悶、頹廢、消
沉，帶著自憐自艾的病態，這類知識分子形象色調黯淡，折射了黑暗
的殖民統治給臺灣知識分子帶來的心靈創傷。《植有木瓜樹的小鎮》
描寫了陳有三為代表的一群知識分子在「街道污穢而陰暗，亭仔腳的
柱子薰得黑黑」[57]的偏遠小鎮上的不同生活際遇和心境，全文充滿了
彷徨、苦悶和感傷的情調。陳有三原本編織著綺麗的人生圖景，但是
這個植有木瓜樹的小鎮的渾濁空氣卻不時地侵擾著他，複雜勢利的現
實人際關係、日本職員對臺灣職員的輕視、周圍知識分子們生活的艱
難和掙扎……這些連結起來就像一張看不見的大網似的不斷壓擠著陳
有三，令他倍感窒息。看看這個小鎮上的知識分子們都過著怎樣的生

---

56 張葆莘編：《臺灣作家小說選集（一）》（北京市：中國社會科學出版社，1981年），
　　頁560。

57 張葆莘編：《臺灣作家小說選集（一）》（北京市：中國社會科學出版社，1981年），
　　頁657。

活吧：早婚的蘇德芳才熬到三十歲就已經有了五個「餓鬼」似的兒女，在赤貧的家庭生活中緬懷曾經的學生歲月；雷德成日在女人和酒精中尋求刺激；洪天送為了能獲得巨額陪嫁而屈服於買賣婚姻；林杏南為了救窮，罔顧女兒的幸福將其許配給鄰村富人，他本人也因無法承受長子的死亡和失業的雙重刺激而發瘋了。廖清炎嘲諷地勸說陳有三：「哦哦，把那知識丟給狗吃吧。知識把你的生活搞得不幸。」[58]種種經歷之下，絕望、空虛與黑暗層層包圍著陳有三，使得他意志消磨，六神無主，最終逃脫不掉地淪陷於世俗陷阱之中。作者借林杏男長子之口悠悠歎息道：「這小鎮的空氣很可怕。好像腐爛的水果。青年們彷徨於絕望的沼澤中。」[59]小說筆觸細膩地記錄著「金錢褻瀆了愛情、勢利扭曲了才華、寂寞消磨了理想」[60]的臺灣殖民時代，以及當時臺灣知識分子身處殖民社會精神廢墟中的苦悶、彷徨、絕望和沉淪。如果說陳有三、洪天送、彭英坤等人是患上了「現代病」的彷徨、苦悶的新式知識分子，那麼賴和筆下描寫的知識分子群像則是頹廢、墮落的舊士紳。《棋盤邊》裡也通過客廳中高高懸掛的對聯「第一等人烏龜老鴇，唯兩件事打雀燒鴉」[61]諷刺鞭撻了一群舊士紳的無聊頹廢和虛無放縱。這類知識分子形象的塑造，折射出了日據時期臺灣社會環境的黑暗，反映出殖民奴役之下知識分子的精神萎頓、創傷和掙扎，帶有臺灣歷史文化的深刻印記。

　　第三類是抗日知識分子，代表人物有阮新民、陳文治（楊逵《模範村》）、楊君（楊逵《送報夫》）等。阮新民是泰平鄉第一大財主阮

58　張葆莘編：《臺灣作家小說選集（一）》（北京市：中國社會科學出版社，1981年），頁686。

59　張葆莘編：《臺灣作家小說選集（一）》（北京市：中國社會科學出版社，1981年），頁702。

60　楊義：《中國現代小說史（第三卷）》（北京市：人民文學出版社，1988年），頁680。

61　張葆莘編：《臺灣作家小說選集（一）》（北京市：中國社會科學出版社，1981年），頁56。

固老頭的獨生子，赴日留學將近十年，是一位法學士，他在東京接受了階級理論，崇尚真理與正義，在學校的時候也參加過抗日運動。「七‧七事變」前夕，阮新民回到家鄉，親眼目睹父親阮固老頭勾結官府和日本人，魚肉鄉民，欺壓百姓。對父親行為深感不齒的他向鄉親們散布「危險思想」：「日本人奴役我們幾十年……這不是個人的問題，是整個民族的問題。……我們應該協力把日本人趕出去，這樣才能開拓我們的命運！」[62]阮新民同情貧苦鄉鄰，反抗封建包辦婚姻，當盧溝橋槍聲響起時他毅然離開了家，投入到抗日救國的鬥爭洪流之中去，後來還不忘為家鄉人們寄去了《中國革命史》、《團結就是力量》等一些先進書籍。如果說阮新民是楊逵筆下理想化了的抗日知識分子，那麼陳文治則是更具說服力的一位抗日知識分子形象了。陳文治原本通過了文官考試，但是日本政府的教育體系使得他無書可教，生活溫飽難求。殘酷的現實和阮新民寄回來的先進書籍改變了陳文治的想法，他號召村裡的青年一起學習，思想產生了巨大的變化，他感慨著「臺灣人是中國人……臺灣雖然被日本人管了，不過，我們還有祖國存在，這是在隔海那邊……大家希望能夠做自己的主人，不要讓人家管，不願當人家的奴隸，這也是不教自通的道理。」[63]陳文治抗日思想的生發非常自然，扎根在臺灣的現實土壤之中，這樣的抗日知識分子形象極具感染力。殖民時期臺灣鄉土抗日小說中抗日知識分子形象的塑造激勵著人們為祖國統一、抵抗日寇共同努力奮鬥，象徵著臺灣人民不滅的戰鬥精神。

　　大陸戰時鄉土抗日小說中知識分子形象的類型不僅不如臺灣的豐富，而且知識分子也極少成為小說的主人公或是中心人物。《八月的鄉村》、《春雷》、《我在霞村的時候》等鄉土抗日小說中，作家們濃墨重

---

62 楊逵：《楊逵作品選集》（北京市：人民文學出版社，1985年），頁119。

63 楊逵：《楊逵作品選集》（北京市：人民文學出版社，1985年），頁146。

彩塑造的、小說中性格突出的人物往往都不是知識分子，知識分子只能說是眾多人物群像中的一部分。應該說，大陸的知識分子形象更多的是作為一面鏡子，反映時代的變化，照見社會的沉浮，折射作家的「自我」。相較而言，臺灣作家比大陸作家更「鍾情」於知識分子這一形象的塑造，不少文章就是以其為獨立主人公的，比如《脫穎》、《植有木瓜樹的小鎮》、《赴了春宴回來》等小說，塑造的知識分子群像讓後來的讀者們能夠更好地把握到知識分子和時代生活之間的關係，感受到彼時臺灣社會的動盪，具有鮮活的歷史真實感和社會價值。

三　女性形象

　　和農民、知識分子形象一樣，女性形象在鄉土抗日小說中占有著一席之地，而和農民、知識分子形象不一樣的是，女性形象在小說中發揮著屬於自己的獨特光芒。在戰爭中，女性由於自身的生理因素、心理因素、背負著的歷史社會期望（如貞烈、孝順、服從）等而展現出和男性截然不同的行為方式。女性形象在鄉土抗日小說中被賦予了多重涵義：在抗日戰爭如火如荼的過程中，她們一邊是普通家庭的日常生活操持者，一邊或主動或被動地加入到抗日活動中去，同時，她們又往往是作家筆下民族、國家的寓意載體，在一定程度上起著展現國家民族尊嚴的作用。

　　應該說，女性反抗日寇的行為動機比農民和知識分子們都要來得單純，她們鮮少去思考戰爭的正義性、戰爭的反人類性等深刻的戰爭意義問題，她們大多只是從自身的切實感受出發爆發出對日本鬼子的仇恨和反抗日寇的決心。於她們而言，戰火的瀰漫不僅使得她們喪失了平靜生活的家鄉土地，而且還帶來了親人的傷亡和自身被凌辱的切身之痛。

　　《生死場》中的王婆是一位嫁過了三位丈夫的不幸婦女，她的生

活多災多難：三歲的女兒小鍾不慎跌落在鐵犁上慘死；為了頂租，王婆只能顫抖著、哭著把心愛的老馬送進了屠場；兒子身為「紅鬍子」被官府槍斃了；女兒也在革命中犧牲。王婆又是一位堅強的女性，具有樸素的反抗意識，她支持丈夫趙三反對地主加租，但「鐮刀會」計畫破產了，趙三反被地主收服，王婆生氣地怒斥：「我沒見過這樣的漢子，起初看來還像一塊鐵，後來越看越是一堆泥了！」兒子被殺害，她嚴峻地教育女兒：「要報仇。要為哥哥報仇」。女兒聽從王婆的教誨加入革命軍後不幸犧牲，王婆抹抹淚，堅強地接受了女兒的死。兒子、女兒被殺激起了王婆對日本鬼子和惡勢力的極大仇恨，她化悲痛為力量，堅定地加入到反抗日本鬼子中去，她為革命組織站崗放哨，像個「守夜的老鼠，時時防備貓來」[64]，表現出了不尋常的堅強和勇敢，為慘烈黯淡的東北農村帶來了一抹生命的亮色。《春雷》中的梅大娘同樣是一位堅強貞烈的女子，丈夫王阿梅被日本鬼子殺害，令她痛不欲生。她叩別丈夫的靈牌，發誓道：「梅郎，梅郎，我為你活，我為你死」[65]，隨後假意應了日本鬼子的邀約，與其虛與委蛇，忍辱含垢，最終用剪刀直戳日本兵的喉嚨，和敵人同歸於盡。梅大娘用自己的生命完成了對丈夫的節義，擊殺了日本敵人，實現了自身的昇華。女人們參與到戰爭中來，同樣和男人們一起肩負起時代的重任，她們用行動證明了：戰爭，無法讓女人們走開。

　　在大陸的鄉土抗日小說中，女性身體的被侵犯、性的被掠奪成為了作家們展現日本士兵殘暴、戰爭慘烈的一種常見敘述方式。《八月的鄉村》中，李七嫂被日本兵松原強暴，她的孩子還被殘忍地摔死在溝下的石頭上；《春雷》中，石家鎮上的許多女子（或年長或年少）痛苦地被日本兵侮辱，梅大娘也是以身體被糟蹋為代價在床上擊殺了

64　蕭紅：《呼蘭河傳‧生死場》（天津市：天津人民出版社，2010年），頁169、182、189。

65　陳瘦竹：《春雷》（南京市：江蘇文藝出版社，1986年），頁82。

日本鬼子；《生死場》裡同樣不太平，到處充滿了掠奪和凌辱，「王家屯一個十三歲的小丫頭叫日本子弄去了！半夜三更弄走的」[66]；《我在霞村的時候》中，貞貞為了逃離封建包辦婚姻逃離家鄉但不幸被日本士兵截住，被迫成為了「慰安婦」，身心都受盡了屈辱……鄉土抗日小說中女性身體的受辱固然是表現日本鬼子殘暴、毫無人性的一種敘述手法，但同時這也象徵國家、民族的受辱。女性的身體受辱之後，總的來說呈現出兩種不同的形態，一種是如李七嫂、梅大娘一般，衝破封建的羈絆，憤起反抗，怒而復仇，像男性一樣加入到抗擊日寇的隊伍中來，另一種則是自我看輕或被人看輕，被倫理道德深深束縛。戰爭中的女性們一邊要和凶殘暴烈的日本鬼子作鬥爭，一邊還要和封建觀念、封建思想作鬥爭，她們所承擔的較男子們更為複雜，也因此，她們的形象更為豐滿。

　　和大陸戰時鄉土抗日小說中的女性形象相比，殖民時期臺灣鄉土抗日小說中的女性形象比較缺乏像王婆、李七嫂這類的催人奮發的女性抗爭形象，大多數都是悲劇性的女性人物。她們一方面在封建勢力下掙扎呻吟，一方面要遭受日本殖民勢力的毒害壓迫，而且和大陸女性一樣，臺灣女性的悲劇也離不開身體的被侵犯、性的被掠奪。不過她們並非王婆和李七嫂們，而更多的是金枝（《生死場》）們，面對迫害只能壓抑忍耐、無力反抗。賴和《惹事》中，窮寡婦拒絕了日警的誘姦，令日警懷恨在心，後來日警誣賴她偷抓雞仔，寡婦百口莫辯慘遭痛毆；楊守愚《鴛鴦》中，女工鴛鴦被日籍監督看上，在她不省人事時將其姦污，鴛鴦因此被丈夫阿榮趕出了家門……日據時期，臺灣女性生存得極其艱辛，周遭不是陷阱便是餓狼環伺，寡廉鮮恥的日本殖民者利用手中權力作威作福，貧苦無依的臺灣女性只能屈從於他們，任其蹂躪。如此黑暗的社會環境下，臺灣女性的命運注定是一曲悲歌。

---

66 蕭紅：《呼蘭河傳・生死場》（天津市：天津人民出版社，2010年），頁185-186。

　　看看身為父親的林清漂是如何看待女兒月里及其婚事的吧（張文環《閹雞》），為了得到三桂的福全藥店，不惜用女兒作為交換，因為他認為「女人的命運與菜種一樣。一切都是天命。下雨或不下雨也都如此」[67]。將女人比喻為菜種這一言論典型地代表了當時臺灣社會男尊女卑、重男輕女的普遍觀念，臺灣女性在封建觀念的挾制之下只能逆來順受、聽天由命。月里為了滿足父親的貪欲而出嫁，婚後生活不幸。後來她到李懷家當幫工，和李懷的殘疾兒子阿凜相愛了。月里看著阿凜為她畫的像悲傷地說：「我覺得看起來像個殘廢，才能表達出我的心情。」阿凜答道：「勉強說，這眼裡的光就是殘廢。想從環境跳出來的這種眼光，也許在旁人看來就是殘廢的吧。」[68]這兩個「殘廢」的人相互依偎著取暖，但卻不被認同和祝福，他們最終選擇投湖殉情。月里背著阿凜投湖自盡是他們被迫選擇的跳出壓抑環境的無奈方式，因為現實社會太過寒冷和黑暗，無法容忍鮮活的生命和愛情。月里的苦悶、焦灼、壓抑、掙扎細膩地體現了一名精神健全的女子在利益、金錢、封建勢力等交織而成的現實之網無情的壓迫下最終無辜犧牲的悲劇。

　　像月里、不碟、鴛鴦這樣的悲情女子在殖民時期的臺灣社會並不在少數，她們代表的是一種普遍的、共同的女性悲情命運。其實，在殖民時期的臺灣女子群像中，亦不乏充滿血性的女子形象，先生媽就是其中突出的一位。先生媽竹直松翠的形象在和兒子錢新發的對比中顯得極為鮮明。錢新發積極推行「皇民化運動」，說日語，住日式榻榻米房屋，穿和服，吃「味噌汁」，甚至改名為「金井新助」。但先生媽的行為使錢新發大為苦惱：她堅持不學日語，只用臺灣話，見到客

---

67 張葆莘編：《臺灣作家小說選集（一）》（北京市：中國社會科學出版社，1981年），頁482。

68 張葆莘編：《臺灣作家小說選集（一）》（北京市：中國社會科學出版社，1981年），頁501。

來，一定要出來客廳應酬，說出滿口臺灣話來；先生媽住不慣日式房子，於是錢新發只得將母親的房子修繕如舊；她吃不慣「味噌汁」，請老乞丐為她買油條，因為油條讓她想起以前貧苦但快活的日子；為先生媽準備好的和服她不穿，還用菜刀亂砍斷了，說是：「留著這樣的東西，我死的時候，恐怕有人給我穿上了，若是穿上這樣的東西，我也沒有面子去見祖宗。」[69]小說借著錢新發和先生媽兩人之間的強烈對比，呈現出了一位氣節高尚、民族色彩濃厚的女性形象，先生媽或許並沒有十分明確的抗日觀念，但她用日常生活中的吃、穿、住、行、語言、葬禮等傳統習俗來有效地抵制所謂的「皇民化運動」，抵抗殖民奴化同化策略。她是一名普通的老年婦女，她又是一名具有民族性的、高尚的、充滿血性的典型臺胞女性。

　　文學是個體性的追求，在大陸戰時的鄉土抗日小說中有蕭紅、丁玲等女性作家的傾情書寫，她們以女性的視角來觀察世事、觀察戰爭百態，她們筆下呈現的女性形象和男性作家筆下的力圖表現的女性形象有著不同的審美趣味。女性內在的細膩、柔軟、敏感，再加上特殊的社會環境、政治和文化帶來的外力一起構成了女性筆下文學世界的抑鬱和感傷，無論是蕭紅的《生死場》還是丁玲的《我在霞村的時候》，都滲透著悲涼的感悟。臺灣日據時期的鄉土抗日小說中雖然沒有女性作者的參與，但小說中塑造的女性形象具有獨特的臺灣風味，她們堅韌、包容，具有傳統美德，在臺灣山光水色的映襯下顯出獨有的風貌。另外，臺灣的女性形象較多地是放置在愛情婚姻中來呈現，更注重細細地描繪她們周遭生活的狀況。比起臺灣女性形象的婉約，大陸的女性形象更多的是在廣闊的社會背景、重大的戰爭革命主題下塑造起來的，顯得更為豪放大氣。

---

69 張葆莘編：《臺灣作家小說選集（一）》（北京市：中國社會科學出版社，1981年），頁558。

第九章
海峽兩岸史詩抗日小說比較

　　伏爾泰說：「就史詩本身來看，它是一種用詩體寫成的關於英雄冒險事蹟的敘述。」[1]史詩是一種以史為題材、以詩為體裁的作品。人類早期的歷史，都是以英雄為主人公創造的冒險事蹟的記述。然而，歷史早已不再是英雄獨立開疆拓土事蹟的歌頌，「黑格爾對史詩的總結有三個要點，根據吳義勤的概括，一是史詩必須對某一民族、某一時代的普遍規律有深刻而真實的把握；二是對時代生活是全景式的描繪，把某一時代民族國家的重大事件和各階層的人物真實地再現出來；三是必須是有完整而傑出的人物、宏大的敘事品格、漫長的歷史敘事。」[2]普遍規律的把握、全景式的描繪、傑出人物的刻畫，作為史詩的必不可少的條件鑲嵌至小說中去，成為史詩性小說的條件之一部分。小說比較於詩歌多了一份冷靜的思考，不再是單純的讚歌。史詩性小說，雜糅了史的內容與詩的抒情，加之小說的細節虛構。吳義勤說：「某種意義上，長篇小說對於『長度』、『寬廣度』以及『大而全』的追求也可以說是對『史詩』的追求──不要說二十世紀五六十年代長篇小說的『史詩』情結，甚至當下的長篇小說也沒有擺脫史詩的陰影。」[3]史詩性作為長篇小說的一種美學風格，受到長期的追捧，甚至成為長篇小說價值判斷的標準。史詩性作為當代多數長篇小

1　〔法〕伏爾泰：《論史詩》，伍蠡甫、蔣孔陽主編：《西方文論選》（上海市：上海文藝出版社，1979年）。

2　轉引自毛克強：〈從莫言《檀香刑》看長篇小說「史詩」性質的戲劇化演繹〉，《宜賓學院學報》2009年第4期，頁5-8。

3　吳義勤：〈難度、長度、速度、限度──關於長篇小說文體的思考〉，《當代作家評論》2002年第4期。

說家美學風格的追求來說，可能並不成功，即使評論家對作品冠以這樣的讚美也多少顯得一廂情願。畢竟在中國現當代文學史上，成功的史詩性作品並不盡如人意。但如果就文學史上出現的以追求史詩性美學風格而成就的某種獨特的作品模式，一直以來都蔚為大觀。這種作品模式，一般具有宏大的社會圖景，以某段歷史為經，社會各階層生活活動為緯，經緯結合成一張內容豐富的網，與此同時，展現出人類某種情境下的普遍精神狀態。人們判斷一部長篇作品是否符合史詩性美學風格，往往看其內容是否宏大豐富，是否揭示了人類的某種普遍精神狀態或情感，是否內容與精神表達契合無間。作家常常側重於客觀史實的揭露，將人民生活圖景剖析細緻，但詩性的表達卻不夠。別林斯基說的：「長篇小說的內容是當代社會之藝術的剖解，它揭示了那被習慣與麻木感所隱蔽的社會基礎。現代長篇小說的任務是複製出全部赤裸裸的真實的現實。」[4]成為一個時期內中國作家奉行的經典。又或者主觀概念先行，理性表達硬度有餘，而內容表達軟度不足。要將史與詩完美表達的小說，則需要：「在對史實的展現中，它應是對一具特定意義的時間段（經常是重大事件發生的歷史轉折期）的全方位把握，而同時它又應超越對這一段具體歷史的描述，使時間的上下限溶入歷史的長河之中，以揭示出這一特定時期在一個國家、一個民族，乃至整個人類歷史進程中產生的歷史必然與歷史意義」[5]。

　　大陸所謂「史詩性」小說，臺灣稱之為「大河小說」。臺灣的「大河小說」之源係由鍾肇政首開，其內涵與史詩性小說大致可以交替使用。葉石濤曾這樣定義：「凡是夠得上稱為『大河小說』（Roman-fleuve）的長篇小說必須以整個人類的命運為其小說的觀點，要是作者缺乏一己的世界觀和獨特的思想，對於人類的理想主義傾向茫然無

4　〔俄〕別林斯基：《寫作語典》（南京市：江蘇教育出版社，1995年）。

5　凌雲嵐：〈百年中國文學「史詩性」的個例分析與重估〉，《中國現代文學研究叢刊》2000年第3期，頁156。

動於衷，那麼這種小說就只是一連串故事的連續，充其量也不過是動
人心弦的暢銷讀物而已。」[6]此種定義強調了「大河小說」的主題是
觀照人類命運，同時要求作家擁有個人獨有的世界觀。在「大河小
說」的類型上，鍾肇政將之歸類為：「一、以個人生命史為主，二、
以若干世代的家族史為主，三、以一個集團的行動為主等三種類型，
內涵則或首重個人精神之發展與時代演變遞嬗的關係，或以集團行動
與時代精神之互動為探討之中心」[7]這是更加細化地去定義「大河小
說」的類型體例。

　　「大河小說」是在小說體裁範圍內根據題材內容的宏富與否命名
的，而史詩性小說則在固定內容要求之外還要求有詩性因素的存在，
更為強調宏大的敘事下的抒情色彩。但不可否認，兩者都強調以史為
載體的宏大敘事，來闡釋時代精神的內涵與發展前途。大陸作家與臺
灣作家不約而同地運用同一體裁來表現臺灣被日本殖民統治五十年的
歷史，兩岸在精神品格上的一致性，卻在不同的文學土壤中培育出多
樣化政治色彩與藝術追求。臺灣被日本殖民統治五十年結束後，兩岸
同胞都將其視為被侵略的五十年、抗日的五十年，在情感上都烙上了
不堪回首的歷史傷痕。情感鬱結，必然產生強烈的表達衝動，鍾肇政
曾說「這部《臺灣人三部曲》，幾乎是我開始走上文學這條路的時候
就想要寫的，儘管起初還只是個模糊概念。當我從事學習寫作屆滿十
年的時候，這模糊的概念方才漸趨具體，但也仍然只是一個輪廓而
已……又過了三年，民國五十三年，我終於有了勇氣著手寫第一部
了。並不是我自認能夠勝任，只是我再也按捺不住寫它的衝動了。」[8]

6　葉石濤：〈鍾肇政論〉，《臺灣鄉土作家論集》（臺北市：遠景出版社，1979年），頁
　　148。

7　鍾肇政：〈簡談大河小說‧祝福時報百萬小說獎〉，臺灣《中國時報》，1994年6月13
　　日。

8　鍾肇政：〈序〉，《沉淪》（臺北市：蘭開出版社，1968年），頁1-2。

緊接著李喬、東方白、施淑青、邱家洪……等開始迫不及待地表達出
自己對那段歷史越來越個性化的解說。大陸青年女作家閻延文，也以
三部曲的形式呼應了臺灣的這股「大河小說」潮。兩岸作家同時以
三部曲小說來表現同一段歷史，除了作家個人情感表達的訴求外，更
是由於這段歷史本身具有的重大意義。對於臺灣人民來說，這是一段
被異族凌辱的血淚史，使他們長久地迷濛於孤兒意識的漩渦中；對於
大陸人民來說，則被一種強烈的恥辱感所包圍。兩岸都唯有銘記以
明志！

　　鍾肇政與李喬是臺灣「新世代」作家的第一代和第二代的中堅人
物，其代表作分別為《臺灣人三部曲》和《寒夜三部曲》。在他們之後
仍有許多寫到臺灣被日本殖民統治五十年歷史的大河小說家，但是唯
有這兩位是將視野集中在這一段歷史，也是發歷史之先聲的作品。而
大陸作家閻延文筆下的「臺灣三部曲」，則是克服了資料獲取渠道的
困難，成為大陸這類題材小說創作的集大成者。其他如程虎的《臺灣
演義》、西爾梟的《港澳臺演義之臺灣演義》等都無法構成大河之氣魄
和史詩之規模——資料方面的缺失使它們都走向或戲劇化或實錄性。

　　基於上述理解，本章選取臺灣作家鍾肇政的《臺灣人三部曲》、
李喬的《寒夜三部曲》與大陸作家閻延文的《臺灣三部曲》作比較研
究，試圖探索兩岸作家在反映臺灣抗日歷史風雲的史詩性小說（大河
小說）創作中思想呈現和藝術規律。

第一節　創作背景比較

一　作家特殊的生活經歷

　　作家在下筆創作長篇巨著時，帶給他們強烈創作衝動的往往是他
們人生經歷中與創作題材發生了不解之緣的那部分。通常作家個人經

歷會在作品中或明或暗的顯示出來，同時也為全文奠定了情感基調。要真正把握一部作品的情感，從作家個人經歷的角度解讀確是一種較好的佐讀。鍾肇政和李喬作為臺灣「新世代」作家的第一代和第二代的代表性人物，都親歷過日本殖民時期，對筆下的題材有很豐富的情感體驗。這種強烈的體驗，正值兩位作家的少年與青年時期，對他們世界觀、人生觀的形成起到了深刻的影響。與此同時，他們的生命在那段歷史裡遭受了嚴酷的摧殘，使得其一生的創作主題都與這段歷史分不開，強烈的情感訴求，也使他們的作品一再流露出自傳色彩。而閻延文的創作，則得益於二十世紀三十年代臺灣文學史的編寫，大量相關歷史資料的翻閱，使她被那段歷史所深深感染，從而產生強烈的創作衝動。導致這種創作衝動的更深層的緣由乃在於兩岸文化的高度同構性，作家要以藝術的方式再現那段歷史帶給兩岸人民的強烈震撼感。

　　鍾肇政出生於一九二五年臺灣桃園龍潭，曾就讀於私立淡水中學、彰化青年師範學校。正值日本侵華戰爭進入最後瘋狂階段，日本軍事當局以「學徒兵動員令」將其強徵入伍。由於惡劣的生存環境而患病，加上沒有得到及時醫治致雙耳失聰，給他光復之後在臺灣大學中文系的學習帶來了巨大困難，入學一年即輟學。輟學之後，返鄉教書，並嘗試寫作，一邊教書，一邊自修中國語文。一九五一年發表第一篇小說《婚後》，奠定寫作信心，從此三十年不間斷的勤奮著讀，獲得了「臺灣文學耕耘者」（高天生語）的美譽。

　　鍾肇政的青年時代經歷了日本殖民統治、臺灣光復、「二‧二八」事件等這些臺灣歷史上至關重要的歷史時期，對其人格的形成與發展具有不容忽視的影響。縱觀鐘一生的小說創作，其產生重大影響的作品幾乎都是以這些歷史事件為題材，如《濁流三部曲》、《馬黑坡風雲》及「高山組曲」系列小說等。這段歷史，成為他一生的夢魘，使他一抓起筆來，情不自禁寫下的都是這些不能忘懷的記憶。這也成

為臺灣光復後第一代作家的整體特徵。葉石濤就曾指出：「……第一代作家大都長大於第二次世界大戰鼓笳聲中，以本地作家而言，他們身心受日本軍國主義教育的損害很深，所以在他們的作品世界裡展開的是生存於殖民地社會臺灣人民苦難的面貌。由於他們所處的社會仍然是農業社會，所以作品裡的人物大都以農民為對象，他們描寫了鄉村社會的四季生活以及離合悲歡的人生。」[9]這基本概括了鍾肇政畢生的創作主題，由於擺脫不了自身經歷的桎梏，其作品總是烙上了極強的自傳色彩。

　　《臺灣人三部曲》創作歷時十餘年（1964-1976），堪為苦心孤詣之作。稍早於這部作品的自傳性質小說《濁流三部曲》，為他寫作《臺灣人三部曲》提供了大量的情感經驗與寫作經驗。值得指出的是，在《濁流三部曲》中稍嫌氾濫的自傳寫法，在《臺灣人三部曲》中就已做到收放自如。由此看來，鍾肇政是在寫作技法趨於成熟，情緒情感相對平復的情況下，著筆《臺灣人三部曲》，使其一開始就呈現出極高的水準！

　　與鍾肇政相差近十歲的李喬，一九三四年出生於苗栗縣大湖鄉番仔林。作為戰後第二代作家，「他們大都只在日據末期度過自己的童年，卻在光復後回歸祖國的文化背景下，完成自己的中、高等教育和走向社會的人生經歷。」[10]其父因參加抗日活動遭監禁多年，出獄後被當侷限居在番仔林。番仔林就如《寒夜》中描述的，資源匱乏，極其窮困，在這樣環境裡成長的李喬，幾乎生存在極限狀態中。「窮絕山居悲苦童年，對我心靈和人格結構，進而寫作的方向和思想等都影響很深。」[11]臺灣光復時，他正值小學四年級，對於他來說日治時期統治者的殘暴形象已經淡薄與模糊，但由於統治者剝削而經濟窘迫的

9　轉引自高天生：《臺灣小說與小說家》（臺北市：前衛出版社，1985年），頁27-28。

10　劉登翰等著：《臺灣文學史》（福州市：海峽文藝出版社，1993年），下卷，頁282。

11　李喬：〈自傳〉，《李喬自選集》（臺北市：黎明文化事業公司，1975年）。

童年卻帶給他刻骨銘心的記憶。短篇小說集《山女──番仔林故事集》中人與狗爭食死豬肉，為了討還兩碗米竟要翻山越嶺，要用鹽霜梗代鹽巴等情節便是他童年貧苦生活的真實寫照，無怪乎他能夠對於貧窮苦難孤絕的境況寫得深入人心。這一段生命體驗對作家來說既是取之不絕的素材資源，更是其文學創作背後的精神資源。童年時期，除了受到客家文化和父母親人的影響外，還受一位做過唐景崧撫轅親兵的唐山人和番仔林當地泰雅族老酋長的影響，多元文化因素的影響，使他形成了獨特的哲學思維。將對大地的鄉愁溶於母愛的讚美之中，懷著對生命廣博的悲憫之意，在《寒夜》〈序〉中「筆者認為萬物是一體的。而大地，母親，生命（子嗣）三者形成了存在界連環無間的象徵。……個人在根本上，還是宇宙運行的一部分，所以春花秋月，生老病死，都是大道的演化，生命充滿了無奈，但也十分莊嚴悠遠。人有時是那樣孤絕寂寞，但深入看，人還是在濡沫相依中的。」[12]對生命獨特的理解，成為其文學創作中的最強音，其短中篇小說，逐漸形成的一些零星、片段式的體悟、思考，最終在《寒夜三部曲》這部大河小說中整理成系統化的哲思，以象徵手法付諸於《序章》〈神秘的魚〉中。

　　與鍾肇政選擇在創作成熟期提筆創作《臺灣人三部曲》類似的是，李喬自一九六二年開始小說創作，至一九七五年寫作《寒夜三部曲》時也已有了相當的積累，前期在中短篇小說中對現代派小說技巧的熟練使用為《寒夜三部曲》中的心理刻畫的細緻打下了良好的基礎。六十年代，李喬以故鄉和童年的生活為題材寫作了《番仔林的故事》系列小說，故事發生在作家的故鄉小山村番仔林，以近乎實錄的手法將童年生活的苦難、雙親的遭遇、鄉人的貧窮一一再現，這部小說成為其後創作《寒夜》的鋪墊，其中許多人物故事都成功地串連在

---

12 李喬：〈序〉，《寒夜》（北京市：中國廣播電視出版社，1986年），頁2。

《寒夜》中。在《寒夜》〈序〉中，作家坦誠「筆者一九六二年起習寫小說，十年後才發現，在自己源源取材後面有一座巨大厚實的黝黑背景。那裡有我生命的根源，人生始點；我是恆河眾生的一粒，『我』之所有，當也眾生所有。於是醞釀了這本書的雛形。」[13] 這樣的解釋，讓整部作品不可避免地帶上了顯見的自傳色彩。

　　與臺灣作家濃厚的自傳情結不同的是，閻延文多次在採訪中提到自己最初產生創作衝動的機緣，「一九九五年，當我正在準備博士論文時，一個偶然的機會，我承接了《中國三十年代文學史》臺、港部分的寫作，開始了臺灣文化史的研究。逐漸，一種興奮感籠罩了我。海峽兩岸驚人的文化同構性，似乎預示著某種歷史的奇蹟。出於心靈的召喚，我開始回溯歷史，梳理有關臺灣歷史的縣誌、奏摺、家書甚至日方資料，一步步接近那座蒼藍大海中的美麗島嶼，走近那些叱吒風雲的時代與人物。」[14] 她毫不諱言自己是從歷史走向小說創作的，而史料往往具有強烈的指向性，特別是情感立場上。這使她的小說不可避免地帶有「正史觀」的侷限，這一點將在後文作詳細論述。從她的經歷來看，她是從學術研究走向文學創作的。評論強調理性客觀，邏輯性強，擁有和小說完全不一樣的語言風格。但顯然，作家並不僅僅滿足於剖析別人的作品，作二次創作，更希望自己做的工作是養魚，而不是剖魚。她自一九九七年後，不再涉筆文學評論，為自己的小說創作保持充沛的語言感覺。和她有意疏離評論體裁不同的是，她對詩歌元素的自覺汲取。「從一九九五年開始在《詩刊》兼職，到一九九八年正式調入，十多年的時間，我都生活在詩歌這種最美的語言空間之中，……詩歌是語言的精華，純粹而直接，詩歌意象往往有著闊大的詩意空間，我的小說創作因此受到很多啟迪。……我喜歡詩

13　李喬：〈序〉，《寒夜》（北京市：中國廣播電視出版社，1986年），頁1。

14　程翠萍：〈「我把青春獻給你」——文學博士閻延文暢談她的「臺灣三部曲」〉，《兩岸關係》2003年第10期，頁26。

人，我筆下的主人公也都充滿了詩性。」[15]由於職業的關係，她在創作的同時，也大量的接觸詩歌，這對其小說語言風格的形成起到了相當大的影響。她自己認為，正是由於詩歌，才使她比較順利的擺脫了前期的評論語言框架。詩歌靈動精緻的語言代替了評論語言的僵化死板，更帶有主觀性。

　　值得一提的是，在十年的創作中，作家曾一度因為劇本創作而中斷小說寫作。二○○一年，根據臺灣霧峰林家基金會會長林雙憶女士提供的資料，開始了長達一年《臺灣霧峰林家》電視文學劇本的創作，其創作達兩百萬字之多。由於該題材內容及背景與其下筆的「臺灣三部曲」有諸多聯繫，使其一度想要嘗試以霧峰林家作為其小說的主要人物。雖最終由於林家資料更多的是傳奇性與歷史小說創作的初衷不符而放棄，但不可否認的是，劇本創作的思維，在其後的《滄海神話》、《青史青山》的創作中起到了很重要的作用。例如，注重場面布景交代，人物刻畫以動作語言為主，較少人物心理刻畫，情節設計一波三折，顯然是有意迎合讀者之閱讀慣性，亦接近於劇本需要迎合市場的創作要求。在創作《滄海神話》時，她提到「大概因為我寫過電視劇和電影劇本，想把電影思維引入小說時空。九代人的命運，不可能平鋪直敘，但又不能打破讀者的閱讀慣性。我決定引入電影的鏡頭思維，以瀑布式的時間結構，去實現三百年的宏大時空。每一代人都有最典型的一組鏡頭，中間的時間就省略過去，直接組接下一組鏡頭。」[16]這種對劇本創作手法的借鑑，一方面使她的小說成為「二月河之後最好看的歷史小說」，另一方面，使其小說情節設置失之於平實自然，人物刻畫也走向神化的方向。

---

15 溫志宏、劉思功：〈用青春凝望歷史──訪青年女作家閻延文博士〉，《世界》2005年
　　第5期，頁24。

16 溫志宏、劉思功：〈用青春凝望歷史──訪青年女作家閻延文博士〉，《世界》2005年
　　第5期，頁26。

　　對於閻延文來說，自二十三歲開始進行《臺灣三部曲》的創作，歷時十年。應該說，這是其走向文學創作旅途的啟程而已，與臺灣兩位作家是從短篇小說起步逐步走向成熟不一樣的是，多了一些大膽創造和嘗試。寫作的過程，「我不斷經歷著精神的磨礪，也不斷承受著意外的驚喜。為了這部作品，我放棄了休息、放棄了娛樂、放棄了許多機遇和屬於年輕人的快樂情感。可以說，從一九九五年到現在，八年來自己是在用青春年華構築著『臺灣三部曲』。」[17]對她而言，這是成長的一部分，是意外的收穫和全新的嘗試。談及自己的創作緣由，她多次坦率地說：「我在講述一些故事，用這些故事告訴讀者臺灣人民的真實苦難，和他們的一種孤兒心態。在某些階段，他們沒有母親，這是一個民族靈魂當中充滿悲情的記憶。如我筆下的人物所說，保存一段歷史，不是為了成為史學家，而是為了保存民族文化中一塊特別深厚的根基，為了抵抗這個民族發展過程中所有那些企圖毀滅這個民族靈魂和記憶的暴力。……我創作《臺灣風雲》，就是想撥開歷史塵封，把一代人被遮蔽的歷史展示出來。寫臺灣近代史，也就是追問我們民族的希望、夢想和生命力。」[18]雖然，她的創作沒有曾親歷那段歷史的臺灣作家那樣的深刻體驗，但她抱著與他們一樣的信念：要揭開歷史真實，掃除人們認識中的盲區，與企圖遮蔽塗改歷史的暴力對抗！

二　政治文化背景的影響

　　自一九四九年國民黨退據臺灣後，兩岸由於政治上的原因，長期處於各自為政的狀態。政治上的方針政策常常成為文學創作的風向

---

17 程翠萍：〈「我把青春獻給你」——文學博士閻延文暢談她的「臺灣三部曲」〉，《兩岸關係》2003年第10期，頁26-27。

18 溫志宏、劉思功：〈用青春凝望歷史——訪青年女作家閻延文博士〉，《世界》2005年第5期，頁25-26。

標，政治上所敏感的，定然成為創作的禁區。兩岸作家在不同的政治
環境中，趨利避害，發揮自身文化背景優勢，迴避政治禁區抑或順應
政治呼籲，便成為作家創作中很重要的外部影響因素。

（一）不同的政治環境，相同的歷史機遇

　　鍾肇政創作《臺灣人三部曲》的一九六五至一九七六年，正處於
臺灣當局從強化政治統治的緊張神經中鬆懈下來，經濟出現穩定增
長。在相對緩和的政治環境中，蟄伏已久的臺灣省籍作家終於解決了
光復初期的語言障礙，開始恢復母語寫作。文壇上的「反共文學」也
逐漸消歇，受到了唾棄，逐漸鬆綁的文壇放棄了當局警惕的敏感題
材，朝著西方現代派技巧方向發展。七十年代，全盤西化的傾向激起
了本土民族意識的覺醒，鄉土文學在這個過程中得到迅速發展。此時
的鄉土文學繼承了殖民時期鄉土文學傳統，以現實主義與民族主義作
為精神內核有力地應對了西化脫離現實、摒棄傳統的弊端。鄉土文學
一方面強調關注現實，反映社會生活，另一方面從歷史中發掘現實意
義，強化民族主義。「這或許有文學發展上的因素，像鍾肇政這樣的
崛起於五十年以後的作家，作品直接切入現實題材的情形十分罕見，
走進歷史的反而相當普遍。……『走進歷史』不僅是像鍾肇政這樣的
戰後新生一代作家，躲避反共文學侵襲的方法，更是他們找到的寫作
新方向。」[19]正處於政治上鬆綁初期的作家們，比任何時代的作家更加
具有政治上的敏感性，任何有可能觸及當局底線的嘗試，對於經歷過
白色恐怖時期的臺灣作家來說都是一種冒險。因此，回歸到歷史題材
中，書寫自己「日據經驗」的同時，上溯到先民渡海拓臺以及飽經風
霜的臺灣人民堅強不屈的精神歌頌，很難說這不是一種兩全的選擇。
　　儘管如此，在寫作過程中，政治方面的高壓仍時時成為作家心中

---

19 江自得：《殖民地經驗與臺灣文學》（臺北市：遠流出版事業公司，2000年），頁200。

無法擺脫的夢魘。當局的態度，成為創作中不可忽視的影響。「(《沉淪》出版）過了五年，忽然聽到有某刊奉命不得刊載我的文章之說，心中起恐慌，想到這是出於某種誤會，亟須澄清，乃決定寫一長篇在中央副刊發表，以證實個人絕不會有問題。匆促間，我就起筆寫《插天山之歌》，背景即放在戰時末期，恰與預定中的第三部雷同，心中只好下決心，就以這書為第三部吧。記得當時，心中有所恐懼，而且諸多資料又無法處理，做此決定雖是不得已，但心中痛苦，實在也是夠強烈，且是無可如何的。《插天山之歌》脫稿後寄投中副，果然獲刊，次年中副主動相邀，便又以同樣的心情寫下了第二部《滄溟行》。」[20]不可否認，《插天山之歌》與《滄溟行》都不同程度的迴避了敏感題材來保障其順利發表。這種委曲求全成為作家不可挽回的損失，在「鍾肇政先生答客問」(《臺灣文藝》第75期〔1982年2月〕，頁288）中，不無遺憾的說：「如果時光倒流，我願把幾部作品重寫，例如《臺灣人三部曲》的二、三部。」

　　尤其需要指出其第三部《插天山之歌》放棄了關於臺民南洋參戰經驗的書寫，而僅僅通過陸志驤的逃亡過程窺見出當時凋敝的民生經濟和普通民眾貧窮的生活。作家最初選擇回歸歷史題材，一方面迴避對現實批判的政治冒險，另一方面則多少有點以古諷今的奢望。然而，面對突如其來的政治暗示和壓力，鍾肇政不得不適時作出妥協，大篇幅的兒女情愛故事的書寫掩蓋了其抗日活動的意義，僅僅變成青年個人的成長歷程，放棄了原本對抗日英雄一代的歌頌。由群像表達轉而成為青年個人的成長故事，這是因為作家在矛盾中，逐漸使人物脫離了其社會背景。筆者認為作家為了明哲保身，不得不在作品中隱藏自己的政治思想，甚至是對過去的歷史，他也失去了發表意見的勇氣。當然，表現陸志驤對祖國的熱情也屬於其政治話語，但這是符合

---

20 鍾肇政：《臺灣三部曲》〈後記〉（臺北市：遠景出版社，1980年），頁1109-1110。

當局提倡的話語，多少屬於阿諛之辭。

　　緊跟鍾肇政的創作，李喬於一九七五年動筆《寒夜三部曲》，一九八〇年出版。臺灣光復後第二代作家，在其成長過程中，不可避免地受到過現代主義文學的影響。在其創作中，運用現實主義創作方法的同時，吸收了現代主義的藝術技巧與表現手段。另一方面，經過七十年代鄉土文學大論戰，使鄉土文學的理論系統逐步走向本土文學，形成了文學中的本土意識。因此，李喬的《寒夜三部曲》呈現出開放性的「鄉土文學」味道。一方面不排斥吸收現代派技巧，一方面強調「鄉土」的本土意識。與鍾肇政不同的是，李喬可以無所顧忌地寫作自己的「鄉土文學」，不再受到政治時局的要脅，甚至是有著要干預社會生活的雄心。自一九七五年蔣介石逝世後，蔣經國面臨人民民主運動的強大壓力，不得不做出開明性舉措，包括開放「黨禁」、「報禁」等，權利上漸漸出現由「大陸人」移至「臺灣人」的變化趨勢。政治上，解除了臺灣文學的緊箍咒，作家有了越來越多的創作自由，讓他們有勇氣選擇敏感的歷史題材去澄清歷史的盲點。葉石濤曾在評述鍾肇政時，解釋道「光復是震撼整個臺灣人心靈上活生生的現實，因此，以抒寫臺灣人心靈為職的臺灣作家，必然地猶如夏天撲火的飛蛾，會回到光復這一件事來，重新思考它的意義，離不開它的蠱惑，並且嘗試把這偉大的歷史再現於作品上。」[21]同樣的誘惑對李喬來說，在《荒村》一節揭開文化協會的迷霧，試圖給予這段歷史以澄清表現得尤為突出，不懼當局對共產黨的抹黑，力圖給出自己的公正答案，表現出一種大無畏的精神。寬鬆的政治環境，使李喬有可能依照自己對歷史批判性的理解展開自己的三部曲創作。《寒夜》毫不掩飾地披露唐景崧政府軍的不堪一擊，是緣於意識到當時臺灣義軍戰爭常識的匱乏；《孤燈》更是涉足臺灣青年南洋參戰的經歷，不避臺民替

---

21 江自得：《殖民地經驗與臺灣文學》（臺北市：遠流出版事業公司，2000年），頁200。

日征戰大陸同胞的歷史，揭示絕境中人性的扭曲與堅持。李喬用批判的本土視角，自由地處理敏感素材，既體現其過人的膽識，也曝露出其對社會擁有強烈的政治干預意識。與鍾肇政不同的是，李喬在《寒夜》〈序〉中坦言：「《寒夜三部曲》是筆者畢生最重要的一部作品。」

　　閻延文創作《臺灣三部曲》是在一九九五至二〇〇五年，正處於海峽兩岸關係由冰點逐漸解凍的過程中。中國大陸經歷了改革開放，政治經濟上都呈現積極向上的趨勢，出現了八十年代的文化活躍期，九十年代市場經濟的如火如荼，作家的寫作方式逐步由「純文學」走向「市場化」。閻延文的寫作開始於九十年代中期，不能不受到消費市場的感召，選擇一段加深兩岸人民情感、順應兩岸統一的時代召喚的題材，成為《臺灣三部曲》創作的根本動因。「文革」時期，「臺灣」曾是一個十分禁忌敏感的詞語，「文革」過後的相當長一段時期，「臺灣」依然是一個觸動兩岸敏感政治神經的話題，直至上世紀九十年代海峽兩岸關係的逐步緩和，以「臺灣」為題材的文學創作才漸漸浮出水面。在閻延文之前「以往對臺灣這段歷史，往往是從歷史研究的角度進行觀照的。用文藝作品來展現臺灣三百年史，尤其是一八九五年以來的五十年臺灣抗日史『臺灣三部曲』還是第一次。」[22]

　　然而，兩岸統一的呼聲背後，臺獨言論也甚囂塵上，實際上作品面臨著潛在的政治標竿在衡量著其合法性。臺灣題材的作品在政治立場上必定面臨著更強烈的政治審核，這使得作家的創作自由被擠壓。閻延文則在博士研究生期間從事了臺灣文學史的編撰工作，這不僅使她積累了大量的素材內容，更是將其政治立場很好地規範在了限制範圍，讓其有可能在政治限制之內做出創造性的成績。可以說閻延文要獲得創作許可，必須建立在兩岸一家的情感立場之上。這種立場的強化程度完全超過了兩位臺灣作家，她必須要精心挑選作品人物──必

---

22 吳亞明：〈訪作家閻延文：臺灣抗日──不該被歷史遺忘的一頁〉，人民網（http://tw.
　　people.com.cn/BIG5/14810/3679344.html），2005年9月8日。

須是勾連兩岸情感的人物，必須選擇牽動兩岸情感的事件安排情節，因此平衡政治與創作之間的關係成為其作品最主要的課題。

　　與鍾肇政創作《臺灣人三部曲》時所遭遇的情形不同的是，閻延文是出於自覺意識來維護其官方立場，而鍾肇政則是被迫的。隨著兩岸政治關係的緩和，使得兩岸歷史資料的交流變成了可能，閻延文不僅可以獲得臺灣抗日的資料，甚至還可以較順利地獲得日本的歷史資料，這使她的視角較前兩位作家描述的場面更為開闊，有機會開掘出前者所沒有表現的空白領地，將那段歷史的三方參與者的不同情狀揭示出來，避免失於偏頗，既滿足了大陸對於兩岸統一的政治訴求，也安撫了臺胞們在那段殘酷歷史中留下的情感創傷。這不失為作家應對政治環境限制的巧妙方式，為她帶來了良好的社會效應。「《臺灣風雲》獲第八屆「五個一」工程獎和廣西圖書特等獎。小說出版後，得到了社會廣泛的關注。新華社、中國新聞社、《光明日報》、《人民日報海外版》、《文學報》、《文匯報》、《文化報》、《中華讀書報》、《文論報》、中央電視臺、鳳凰衛視、北京電視臺、中央人民廣播電臺等八十多家報刊、電臺和電視臺對《臺灣風雲》進行了報導。」[23]

　　政治環境，對鍾肇政來說，成為甩脫不掉的枷鎖，極大地限制了其藝術水平的發揮；對李喬來說，則從反面刺激其抖落歷史迷霧的雄心；而閻延文，則更像是在枷鎖下跳舞，但她很好地利用和順應了政治時勢，不失時機地打出兩岸情感牌，贏得了廣闊的大陸市場。

（二）相同的文化歷史，不同的心理感受

　　鍾肇政將《臺灣人三部曲》的故事背景設定在其故鄉臺灣桃園縣龍潭鄉，相當一致的是，李喬也將《寒夜三部曲》的故事背景設定在其出生地苗栗縣大湖鄉番仔林。兩人都不約而同地選擇從自己最熟悉

---

23 程翠萍：〈「我把青春獻給你」──文學博士閻延文暢談她的「臺灣三部曲」〉，《兩岸關係》2003年第10期，頁29。

的小環境去揭示歷史發展的大趨勢，寫自己最熟悉的親人，鄉鄰及他們的生存狀態，形成獨特的地域文化特徵。而這一點恰恰是大陸作家閻延文所先天不足的。鐘與李都是客家人，他們所塑造的主人公都帶著客家人所特有的既勤勞、堅韌，又閉塞、固執的性格特徵，對於祖先的性格心理和文化秉性，他們既懷著與生俱來的驕傲，又感受著落後挨打的心靈痛苦。鍾肇政在其作品中時時流露出對祖先渡海拓荒、一手創造出自己的家園的無上驕傲。在《臺灣人三部曲》中，九座寮陸家人身上始終洋溢著一股強烈的自豪感，臺島沉淪時，陸家子弟以先鋒的姿態參與到戰鬥中去；日本殖民統治中期，陸家的子孫繼承先輩們的反抗精神，與統治者作堅決鬥爭；在光復前最黑暗的歲月，陸志驤作為抗日志士在整個家族的庇佑下，精神上戰勝了日本警官。這種自豪感來自於客家文化中堅忍不拔的意志，他們具有克服一切艱難險阻的勇氣，不屈不饒捍衛著自己的家園。

對於客家文化的反省意識，在李喬的作品中表現得更為突出。無論是《寒夜》中的彭阿強，還是《荒村》中的劉阿漢都不再是作家心目中的理想形象，他們像祖先一樣吃苦耐勞，面對天災人禍始終咬緊牙關堅韌不屈，然而他們信息閉塞，思想落後，剛愎自負，無法應對新的時勢，最終他們都無奈地死去。客家人強烈的求生意志，使他們具備戰勝一切苦難的勇氣，也使他們對土地像生命一樣珍視，然而，這也使他們在面臨日寇強敵時，付出了生命的代價。作家心中的理想女性燈妹，成為貫穿全篇的人物，她堅忍地承受著外界強加的一切，認命地接受命運的安排。在番仔林面對災厄時，她成為人們精神上的燈塔，鼓舞著人們的鬥志。然而，在面對不公的童養媳命運卻認命接受，安分守己，塑造出典型的客家女性特徵，也集中體現了客家文化中落後的部分。作家力圖用客觀的筆觸，不加修飾遮掩地描繪了番仔林這塊土地上祖先們的光榮和屈辱、奮鬥和掙扎，在自豪的背後始終保有清醒的自省意識。

　　值得注意的是，《寒夜三部曲》中出現了大量的「三腳仔」等漢奸形象，如李勝丁、鍾益紅他們為了自己升官加爵，不惜出賣自己的同胞，甚至草菅人命，而對日本人則卑躬屈膝，極盡討好之能事。「三腳仔」比之日本人，如片山、增田等，更讓人切齒痛恨。在臺灣被日本殖民統治五十年中，漢奸不在少數，而他們媚日欺臺的行徑，極大地加深了臺灣人民的災難。作家塑造的漢奸形象並不是為了技巧上烘托正面人物的考慮，而是根據歷史真實寫出臺灣人真實醜陋的一面，在痛心疾首的情感裏挾下帶來深刻的反省。李喬在「研究日據臺灣五十年的歷史，臺灣形象最惡劣的一段，我真想寫一本《醜陋的臺灣人》，別人不能寫，我可以寫啊，把缺點寫出來，裡面寫到最醜劣的，一定要寫客家人，因為我是客家人，從自身反省，這也是一種自信啊！」[24]

　　臺灣作家在表達本土歷史時懷著複雜的況味，既有自我認同的驕傲，也有著痛苦的反思。鍾與李都將自我成長的經驗融入到臺灣歷史命運中去，或敗或衰都刺激著作家敏感的神經，迫使他們去尋找這段歷史中的現實意義。鍾肇政從中發現臺灣客家人永不屈服的向上精神，而李喬則警示人們拾回逐漸麻痺的歷史反思精神，綜合起來，他們的出發點都是出於對臺灣的熱愛，企圖發掘出歷史需要人們繼承與反省的精神文化。對日本殖民統治五十年歷史題材的運用，抱著在批判中繼承的情感熱望。

　　同一歷史題材對閻延文來說，則是「陌生的臺灣，陌生的人群，陌生的歷史，走進他們，和他們一起哭泣，一起歡笑，一起反抗，再一起獲得最終的自由。」[25]作為第三者視角涉足這一題材，在處理自

---

24 林瑞明：《臺灣文學的本土觀察》（臺北市：允晨文化事業公司，1996年），頁280-281。

25 溫志宏、劉思功：〈用青春凝望歷史——訪青年女作家閻延文博士〉，《世界》2005年第5期，頁26。

身經驗與臺灣史題材兩者的關係時，閻延文情不自禁地在作品中凸顯個人自身經驗，使得原本的第三者不再完全客觀。作家凸顯了在臺灣發展過程中，大陸所扮演的角色，包括原鄉色彩、參與者、犧牲奉獻者等，實際想要強化的是兩岸關係的歷史溯源。很明顯，閻延文作品中不再有鍾、李二位作家作品中濃烈的地域文化特色，不再強調地域色彩，故事發生地域區分度僅在於臺灣、大陸、日本三地。沒有將人物侷限在具體的地域文化中，雖然不再具有鄉土風味，但使人物的視角變得開闊宏觀，作家筆觸有可能涉及到的社會層面寬廣了許多。在《臺灣風雲》、《青史青山》中主人公不再以農民為主，而是知識分子，特別是是在臺灣發展進程中起到巨大影響力的知識分子。這樣的人物身分界定，使作家情不自禁地以自我視角為歷史人物代言，不可否認，這破壞了小說人物自身發展的完整性，使得部分情節顯得不夠自然。

閻延文一九七二年出生於北京，一九八六年開始發表作品，一九九七年獲得北京師範大學文學博士學位，為當時全國最年輕的文學博士。讀書勤奮的閻延文，成長於國家的政治文化中心，長期浸淫在正統國家意志的氛圍中，她對臺灣的理解有著根深蒂固的官方立場。北京長期作為國家的政治中心，北京人與生俱來有一種憂國憂民的心態。在北京人的心裡，臺灣是作為國家的一部分孤懸在外的，兩岸統一是大勢，而任何想要進行分裂的行為都是不可饒恕的。然而，今日臺灣臺獨勢力並未消歇，其力量不可小視，因此才有閻延文煞費苦心的「證明」，用《滄海神話》證明兩岸同根，用《臺灣風雲》證明兩岸同心，用《青史青山》證明臺胞不屈的抗日史就是一部全力完成祖國統一的歷史。

用國家意識解讀臺灣歷史，將海峽兩岸在歷史進程中絲絲縷縷的關聯都梳理清晰，由歷史上維繫著兩岸情感的人物一一串聯起來，作家呼喚兩岸一家的心聲表達得淋漓盡致。和臺灣作家比較起來，他們

都一致立足於通過自我對歷史的解讀，來影響當前現實生活。臺灣作家希望通過理清歷史脈絡，既緬懷先人，又為臺灣今後的發展尋找答案，大陸作家則以第三者的視角重新估量這段歷史，既有縱向的思考，也有橫向的擴展，將臺灣的歷史邊沿擴大至大陸，實際寫作一部兩岸交融的臺灣史，為兩岸關係的發展提供歷史的借鑑。

三　獲取歷史資料方式的差異

　　海峽兩岸作家不約而同選擇以同一段歷史作為自己的小說素材，在素材資料的獲取方式上的差異性都在作品中表現出來。臺灣兩位作家在作品中濃厚的自傳性質，與他們親身經歷過這段歷史，並且直接從長輩親人那裡繼承了歷史的記憶有密不可分的關係。他們的書寫無疑更靠近臺灣民眾底層的經驗，獲得更直接的資料，這使得他們寫史可以更細節化。而對於大陸作家來說，獲取的資料基本上都是從正史、奏章等文本中得到，情感上繼承父輩們關於臺灣的記憶相當有限，且這些繼承的記憶都以大陸立場來觀察臺灣的。這使得大陸作家閻延文在寫史時，虛構細節時沒有臺灣作家那份自信，只能謹慎地依據史實布置情節結構，無法像臺灣作家那樣信手拈來還原場景和細節。但在史實之外，為了成功刻畫人物形象，閻延文進行了大膽的想像。我們試從鍾、李、閻三位作家獲取資料途徑的不同，比較其在素材處理上的差異化。

　　鍾肇政在作品中呈現出「用生活觀念和經濟環境兩者來代替政治政策的歌頌和評述，使他的書中人物不染上『政治』的色彩，是因為他體認到悲苦大眾對肚皮的敏感遠勝過對政治表面的欲望」[26]作家個人豐富的人生經驗，是他採掘不盡的素材來源。鍾肇政自身有著大量

---

26 彭瑞金：〈論鍾肇政的鄉土風格〉，《泥土的香味》（臺北市：東大圖書公司，1980年）。

日本殖民時期的經驗，成為他日後作品最主要的素材之一。在創作
《臺灣人三部曲》之前，他創作《濁流三部曲》時就積累下了大量相
關的素材。他自身懂日文，也從事過日文翻譯工作，在寫作時，查閱
了大量的日文文獻與臺灣本土文獻，但真正創作時，用到的資料少之
又少。鍾肇政自己也坦承，「我也曾用心搜集過一些（史料），目的只
是為了寫我的這部作品，因此範圍是有限的，地區是局部的，不過能
用得上的亦僅及十分之一而已。」[27]他在描述歷史場景時，總是避重
就輕，如《沉淪》中大書鄉土風情，卻壓縮了殘酷戰場的篇幅；在
《插天山之歌》中，成就了愛情寓言，卻沒有地下抗日活動的隻言片
語。這些都讓其作品在藝術發揮上留下了遺憾。他擁有許多一手資
料，可是卻沒有很好地運用它揭示歷史的真相。一方面，由於作家自
身的原因，另一方面，則是當局的高壓統治下，許多材料無法揭秘或
是公開，為作家帶來了很大的困擾，於是作家借助於自身經驗，將自
己理解中的臺灣史用虛構的家族史展現了出來。值得指出的是，鍾肇
政在政治上始終小心翼翼，稍有差池即戰戰兢兢，他選擇以臺灣歷史
題材來抒寫胸臆，很大原因就是為了躲避政治上的迫害。因此他在寫
史時，必定相當謹慎地剔除了其中的敏感題材，繞過雷區，來書寫他
理解中的臺灣歷史。

　　與此大不同的是，李喬所處的政治環境相對寬鬆，對題材的處理
上擁有較大的自由。他選擇歷史題材則恰恰是表達了他的政治觀點。
此一時期正是臺灣「鄉土文學」勃興的時期。「為了尊重歷史的真
實，他不惜花費大量的功夫去搜羅和研讀有關資料，資料來源約略可
分為四部分：一、本身所經歷到或見到的；二、搜集到的有關文字資
料，如『寒夜』，作者原先只構想到耕地流失到另闢天地的故事，後
來讀了臺灣銀行出版的經濟叢書共一百多本，便將主題作適度的調

---

27 鍾肇政：《沉淪》（臺北市：蘭開出版社，1968年），上冊，頁3。

整，落實到土地問題；三、民間的口碑和存書，例如有關臺民社會運動的過程，便有很多地方參考日文的『臺灣總督警察沿革志』；四、田野調查，包括人物訪談、遺跡考察，掌故的判讀、解釋等。總計所研讀資料，不下數百萬言，田野調查時間數年，由此可見工程的浩大繁瑣。」[28]他在搜集資料上所下的功夫，大大不同於鍾肇政對歷史資料運用上的忽略。鍾憑藉自身擁有的豐富情感經驗構築故事情節，虛構比事實多，李喬則倚重查閱的豐富歷史資料，側重紀實的虛構。在他認為：虛構是把人間無數個事實的「點」，以虛擬杜撰的「線」（故事情節）貫串起來，形成更真實的人間面貌。李喬《寒夜三部曲》將日本殖民統治五十年中重大的歷史事實一一囊括，如拓荒、抱隘、日本會社拂下臺民土地、文化協會、農民組合、戰爭以及殖民統治下農民的貧窮生活等，基本勾勒出那段歷史輪廓。然而伴隨著的問題則是，在大量的歷史資料面前，作家虛構的部分則力不從心。特別是在第二部《荒村》中，作家囿於文化協會、農民組合等歷史重大事件的真實，將情感部分壓縮，使得文章情緒上過分沉重，缺少感性成分的調和。以至於其小說的藝術性打了折扣，而紀實性增強，損害了其藝術水準的發揮。有趣的是，鍾肇政的第二部《滄溟行》，表現的是同一段歷史時期，面對浩瀚的資料，在尊重史實前提下，作家避開核心事件，從核心邊緣虛構人物與事件，反而達到了三部曲中最高的藝術水準。對鍾肇政來說，《滄溟行》的創作實際是歷史資料最為充足的一部，成書於三部曲末期，依據大量的史實資料來虛構，有效地糾正了三部曲前期創作中想像充分，而事實不足的弊病。李喬的《荒村》也是三部曲當中寫得最為艱辛的一部，成書於三部曲末期，資料搜集完善，增強了他想要展現這段歷史最真實一面的雄心。然而，揭露真實並不是小說最主要的藝術目標，缺少藝術性的紀實反而失去小說寫

---

28 高天生：《臺灣小說與小說家》（臺北市：前衛出版社，1985年），頁47-48。

作的意義，變成寫史，而不是歷史小說。

　　如何處理虛構與史實之間的比例關係，一直是歷史小說的張力所在。大陸作家閻延文是從歷史資料堆裡走向小說虛構的，史實成為其小說核心的框架，只有在史實空白處才有其虛構的空間。在北京長大的閻延文，缺少像臺灣作家那樣的直接經驗，對她來說史實與虛構的關係給她提出的挑戰大大超過了臺灣作家。她的虛構不再像鍾或李那樣有自身經驗支撐，而完全構築在前人留下的史實資料之上，虛構的支柱並不堅實。她從前輩中繼承下來的關於臺灣的記憶，都是和大陸聯繫在一起的，因此她的虛構始終圍繞兩岸統一的主題。在這個主題之下，作家「在爬梳《臺灣通史》、《臺灣詩乘》、《嶺雲海日樓詩鈔》、《先兄倉海行狀》等歷史資料後，丘逢甲的形象逐漸清晰起來。……但他作為文藝作品中的人物，作為生命璀璨的詩人，其藝術形象還遠遠不夠。這就需要大膽虛構和藝術想像。」[29] 在《臺灣風雲》塑造的七十多個人物中，四十多位都是真實的歷史人物，他們的身分、地位、話語方式、行為特徵，以及最終的人生結局都基本上忠於史實。然而史籍中不曾染筆的女性人物，則給了作家很大的創作空間。虛構了比如倩雲、荷妹、碧怡三位女性形象，既寫出了歷史人物豐富的情感世界，又寫出了臺灣婦女抗日愛國的歷史實際。另外，虛構了陳鶴鳴、小業主阿貞一家、臺商林水源等人，還有高山族首領麻畢達以及日本神谷、崗山兩家等等，實現以點帶面，以具體人物形象代表歷史上的各類型人物。以個別人物形象進行類型化人物群體的表達，很顯見是由於資料匱乏的無奈之舉。兩岸長期的分離，使得作家獲取一手資料的管道有限，她手中僅有的素材使她不足以追求歷史細節的真實。閻延文只能圍繞臺灣發生的重大歷史事件，如「琅嶠事

---

29 吳亞明：〈訪作家閻延文：臺灣抗日——不該被歷史遺忘的一頁〉，人民網（http://tw.people.com.cn/BIG5/14810/3679344.html），2005年9月8日。

件」、臺灣建省、天津條約、興臺改革、甲午之戰、馬關奇恥、臺灣
軍民抗日保臺等史實，展開想像，力圖還原一幕幕歷史場景。由於缺
少感性的生活體驗，使閻延文在反映日治時期臺灣百姓的生存狀態
時，多是從民族主義出發進行概念化表現。但她注重對歷史重要人
物、重要事件、重大場景的把握，較之臺灣作家來說，對歷史的把握
更為宏觀，更能反映出時代風雲脈絡。尤其難能可貴的是，她始終將
臺灣命運置於中日國際關係大背景中來思考。

第二節　敘事策略實例比較

一　「祖國」的想像

　　臺灣學者許俊雅研究臺灣文學時，意識到「中國作為一個符號，
其意義是不固定的、不斷滑動的，如以梅茲之說，此一想像之能指
（imaginary signifier），完全在於使用這個符號的人如何定位自己與
此符號之關係。」[30]臺灣的兩位作家與大陸作家在這一點上，基於不
同的政治文化格局，存在著分歧。臺灣先後經歷了由荷蘭、日本的侵
占和長期統治，他們不再對「中國」持有著毫不動搖的「祖國」心
態。雖然臺灣大部分人的祖先來自中國大陸，特別是一九四九年國民
黨政權轉移了大量的中國大陸人到臺灣，這批人對中國的族群認同是
不存在障礙的。然而隨著臺灣民權意識的高漲，本省籍臺灣人愈加不
滿自己自「二·二八」以來所受到不平等待遇，於是開始出現與國民
黨「中國意識」相左的「臺灣意識」。這種「臺灣意識」一開始是為
了提高本省籍人在臺灣政治上的地位，隨後演化成以臺灣為故鄉，以

---

30 許俊雅：《臺灣文學論——從現代到當代》（臺北市：南天書局有限公司，1997年），
　　頁109。

臺灣為「祖國」，將「中國」作為像日本、荷蘭等一樣的殖民國家，
不再承認兩者的所屬關係。這種「臺灣意識」是在「二‧二八」之後
產生，隨著西方人權思想的傳入，呈現逐步上升的趨勢。在鍾肇政與
李喬的創作中，就可以窺見這種意識逐漸強烈的過程，同時也是「中
國意識」逐漸淡漠的過程。閻延文以民族主義的角度選取了臺灣人丘
逢甲、連橫作為主人公，依據史實外加自己的虛構創造，使得人物的
「中國意識」一再被強化。實際上，作家以自己的立場取代了人物對
「祖國」的想像與族群的認同。與臺灣作家不同的是，作品中呈現的
族群認同與「中國意識」是她創作中的最強音。而臺灣作家在政治形
勢並不明朗的情況下，都避開了民族主義切入歷史的角度。

　　鍾肇政經歷過「二‧二八」，內心籠罩著白色恐怖的威脅。作為
本省籍客家人作家，在政治上需要一層保護色，文壇盛行反共抗俄題
材之時，他沒有這樣的情感經驗而無力下筆。選擇以抗日為前提，書
寫臺灣歷史，既有知識分子式的反省，又恰如其分地表達了自己對
「祖國」的赤誠！因此在鍾肇政的《臺灣人三部曲》中，對渡海來臺
的祖先仍然充滿了濃厚的崇拜之情，時時點醒主人公與唐山的血親關
係。《沉淪》中，對信海老人、天貴公等形象的成功塑造；《插天山之
歌》中陸志驤在逃亡過程中接觸到祖國文化的喜悅以及他對張凌雲老
人的崇敬與喜愛；《滄溟行》中陸維樑母親不許兒子上公學校的固
執，以及最終維樑選擇回到祖國而不是去當時先進的日本升造學習
等。在鍾肇政的內心，祖國仍然是中國，自己的民族仍是中華民族，
即使經過了「二‧二八」的傷痕，仍無法改變這種篤信。這與光復後
臺灣第一代作家的經歷有關，他們在日本殖民時期度過了自己的少年
與青年，殖民統治的痛苦經驗讓他們對「祖國」抱有著理想化的想
像。異族殘酷的統治，讓受壓迫的臺灣人升騰起對「祖國」強烈的熱
望。理想中的「祖國」絕不是落後挨打、求和割臺的清政府，而是有
著五千年歷史文化沉澱，浸潤在詩書禮儀中古色古香的文明之國，是

那個一度稱霸一方的「中國」。對「祖國」的想像完美得無法接受現
實的考驗，這是戰後第一代作家都曾有過的情感體驗。鍾肇政將對歷
史的反省在《臺灣人三部曲》中，僅止於臺灣光復，而光復後很快發
生的「二·二八」則另作《怒濤》收藏至九十年代才發表。考慮作家
在創作《臺灣人三部曲》時所受到的政治壓力，可以理解為他在刻意
挖掘自己殖民時期的心理狀態：抗日與愛祖國——為作品塗上政治保
護色。《怒濤》則是光復後，理想碰觸現實之後的心態變化。《插天山
之歌》陸志驤逃亡過程中偶然接觸到了《三字經》等漢文書，內心生
發出強烈的民族認同感。「他急急地翻翻看看，內心裡有一股莫名的
感激在升騰——他也不知道那是怎樣的感激，但覺得這幾本破舊的
書，似乎就是天賜的。也許因為它們是祖國的，亦許是因為他對書有
著迫切無比的渴求，當然也可能是兩者兼而有之。不管如何，他感到
前所未有的欣悅。」[31]從漢文書中感受到祖國燦爛的五千年文化沉
澱，內心升騰起強烈的感動，深深為自己作為中國人而感到自豪。這
種自豪其實是在逃亡中，內心無法安定的主人公泅渡的希望，「祖
國」是他擺脫現行逃亡生活的救命稻草。這種心態在日本殖民統治時
期，是臺灣民眾一種很普遍的心態，將「祖國」作為擺脫現行統治的
希望。在光復前，「祖國」就成為精神療傷的藥劑，成為受難孤兒強
烈想要倚靠的母親。陸志驤的這種迫切需要得到「祖國」認同的心
態，在遇到來自大陸的張凌雲老人時，升騰到了沸點。「志驤從來也
沒有這麼真切地感受到『祖國』這個詞的含義。固然，他也知道自己
的祖國就是『支那』，以前也有不少人常把『祖國』兩字掛在嘴邊
的，可是它在志驤腦子裡，充其量只是個概念而已。而這個名詞從凌
雲老人嘴裡說出來，意義似乎就完全不一樣了。志驤甚至因凌雲老人

---

31 鍾肇政：《插天山之歌》，《臺灣人三部曲》（北京市：中國廣播電視出版社，1983
　　年），頁178-179。

而感到，他離開祖國已不再那麼遙遠了。」[32]「祖國」原本只是一個概念而已，是用以來抵抗日人壓迫的信念，而光復則是「祖國」越來越靠近的時候。雖然鍾肇政在後來的作品《怒濤》中流露出對「祖國」的質疑態度，但在《臺灣人三部曲》中無疑流露出明顯的「中國意識」。這種「中國意識」是作家用來作為政治上的保護色，又或者作家是寫出自己在光復前的真實情感體驗。但毋庸置疑的是，《臺灣人三部曲》是以中華民族作為自己的族群加以認同，是以中國作為自己精神上的祖國！

李喬作為臺灣戰後第二代作家，在光復時才十一二歲，不再像第一代作家那樣有著強烈的被壓迫的屈辱體驗，只是留下了深刻的童年記憶。這段童年回憶成為他後來審視社會、審視人性很重要的參考資料。童年的貧窮生活，使他過早體會到命運無法自控的悲哀，這成為他創作中最常見的表現主題。《寒夜三部曲》中悲苦民眾面對無法控制的命運時，李喬著重表現了自己對人性的思索：母親之愛、大地之愛、生命之愛。與鍾肇政一致地保持了對人性的觀照，但比前者更強調臺灣本土性。特別是在《孤燈》中，劉明基流落東南亞時，渴望回到故鄉臺灣，渴望回到母親的懷抱，極大地強化了「臺灣意識」，摒棄了吳濁流在《亞細亞的孤兒》中流露的「孤兒意識」。實際上「孤兒意識」很長一段時間籠罩著臺灣文壇。「孤兒意識」實質上是認可中國的母親形象的，反映的是被迫離開母親後，無所依傍的窘境中萌生的痛苦情感。然而，李喬拒絕對「孤兒」形象的認可，這與他主要是成長在光復後，比較少受日人的殘酷壓迫，且接受了比較系統的高等教育有關。他在成長過程中享受到了臺灣經濟騰飛後帶來的一切機遇與挑戰，建立起強烈的臺灣自豪感。因此不難理解，他對父母雙親

---

32 鍾肇政：《插天山之歌》，《臺灣人三部曲》（北京市：中國廣播電視出版社，1983年），頁240。

的愛、鄉鄰的愛，都融化成對臺灣這片土地的愛，有母親的臺灣，才是精神上真正的母親。他不再流露出弱國子民的卑怯，而對生養自己的土地充滿了感恩與自豪。這種心態使他在《寒夜三部曲》中不再凸顯「中國」所扮演的角色，避開了民族主義的解讀。《寒夜》中的邱梅是一個頗具傳奇色彩的「長山人」，會武功，槍法好，還會行醫識字。他在戰場上機智勇敢，幾乎有起死回生的本事，然而戰爭過後，他留在番仔林，幾乎成為這裡的隱形人。應該說邱梅的角色定位是正面的，且擁有的眼界智慧也大大超過了劉阿漢。然而，他選擇的最終歸宿是遠離是非，住在比番仔林地勢更高更偏遠的山腰上「躲」起來，產生其能力與結局不太相稱的效果。聯繫起李喬童年時認識的一位長山人，也就是這位人物的原型，他曾指出「他會拳術……我童年時他經常陪著我，我非常迷拳術，他說要學拳就要先學藥草，所以他經常帶著我在深山裡面找草藥，後來教我一點拳術。最重要的是，在我還沒進小學讀書時，這個人口述《水滸傳》、《三國演義》給我聽，他在講故事當中，還會解釋忠義的關雲長、大奸曹操等等。這些文化意義就這樣點點滴滴地進入我心裡面。」[33]作家對於「邱梅」的原型有良好的情感基礎，並沒有仇恨與排斥。將唐山人邱梅解讀為作家心中的「中國形象」，那麼「中國」是他成長的啟蒙者，富有親切感，富有智慧，然而在影響在其命運發展的過程中，發揮的實際效用不再明顯，只存在為一種依稀的親切的力量。真正對其成長產生壓倒性影響的是他父親和母親，他父親忠實的保衛著臺灣，不論是在殖民時期，還是光復後，他始終在貢獻自己的力量保護著臺灣，而他母親則辛勞終日，養育了包括作家在內的一群兒女，行動上實現了對父親所堅持的事業的支持！因此，在他心裡，他內心認可的是臺灣，是他父

---

33 莊紫蓉：〈逍遙自在孤獨行——專訪李喬〉，吳三連臺灣史料基金會（http://www.twcenter.org.tw/thematic_series/character_series/taiwan_litterateur_interview/b01_7203/b01_7203_1），2001年4月11日。

母為之付出一生艱辛的臺灣，而中國則僅僅是可親的形象而已。

　　李喬自身非常排斥「民族主義」，創作更不會從民族主義出發。在《寒夜》中，高山鱒魚的返鄉夢，來自於他對賴以生存的土地的熱愛，土地孕育生命，再將情感從土地引申到臺灣的概念。孕育了作家生命的臺灣土地，是他讚美與熱愛的對象，這種情感不像「民族主義」所引發的仇外心理。《寒夜》並不仇外，熱愛生命，而對於摧殘生命的剝削階級（如葉阿添、日本統治者、三腳仔等）都不遺餘力地反抗。在《寒夜》裡的抗日與大陸作家作品中的抗日產生的含義大相逕庭。李喬本身並不反日，番仔林人抗日只是出於生存的基本需求被壓迫而不得不做出的選擇。然而，這種反抗並不是從民族角度來解釋的，而是人性角度：生存壓迫的反抗。從這種角度出發，使李喬能夠看到日本也有好的，而臺灣人也有很多壞的，這不同於大陸作家長期以來無法擺脫民族主義視野下的抗日窠臼。

　　日本軍人在中國大陸姦淫擄掠無惡不作的行跡，成為民眾永久性的記憶，這種傷痕體驗使得大陸作家直到上世紀八十年代以後才間或有日本軍人人性復歸的表現，集體的憤怒成為文學上「抗日窠臼」的來源。民族主義產生集體的仇外，而通過仇外的行為達到集體內部的團結。因而閻延文成功運用「民族主義」，選擇臺灣的抗日題材，實現民族團結的呼籲，張揚「中國意識」。始終將臺灣的命運置於整個中國的大背景下，它的興衰榮辱都是與中國的興衰榮辱關聯在一起。突出歷史文化名人如劉銘傳、唐景崧、丁日昌、楊昌濬、梁啟超、孫中山、羅福星等對臺灣的命運所發揮的力量，另一方面主人公丘逢甲、連橫窮盡一生都致力於臺灣的回歸。大陸的官員甚至普通民眾期盼著收復臺灣，維護祖國領土的完整；臺灣同胞拼死奮鬥為實現回歸，使無靠的孤兒找到歸屬。實現了由中心人物形成中軸呈輻射狀散開，實現臺灣回歸的主題擴散至全篇並得到了強化。

　　甲午戰爭前後的臺灣至皇民化運動開始前（約為大陸抗日戰爭開

始前），臺灣的抗日意識始終或明或暗地顯現。閻延文選擇這段時間作
為其小說的時代背景，又選擇以臺灣四大文化名人鄭成功（《滄海神
話》）、劉銘傳、丘逢甲、連橫作為其小說表現的對象，凸顯人物為保
臺所作的貢獻。這些歷史人物不存在民族歸屬的困惑，以中國為祖國，
畢生努力的目標就是回歸。「中國意識」在人物艱辛的保臺與抗日活動
中得到反覆的渲染。尤其是在清政府割臺消息傳來時，全島願戰死而
保臺的義憤，一度讓這種「中國意識」成為最強音。然而這時作家將
臺灣的切膚之痛表現為整體被切割了一部分後殘缺的痛感，是主權領
土受到侵佔後的恥辱感帶來的痛苦。臺灣兩位作家對於割臺事件引起
的痛感，則表現為普通老百姓對未知未來的恐懼和異族統治的抗拒。

　　相較而言，閻延文在表現臺灣之痛時，不如臺灣作家那樣貼近臺
灣實際，而真正表達的卻是潛在的自我意識。她力圖表現割臺時的社
會大場景，將各個階層都一一細繪，小業主、富商、高山族首領等人
都一致誓死捍衛祖國統一。雖一定程度上填補了歷史的空白，但並沒
有寫出各階層的差異性。由於社會階級不同，各自擔心恐懼的緣由會
有差別，而作家以不願當亡國奴、不願從祖國割離的單一化情感一筆
帶過。這明顯是一種形而上的表達，對於清政府割臺這個情節在兩部
書（《臺灣風雲》、《青史青山》）中出現重複的渲染，對於當時士人的
痛心疾首之情，對清政府滿腔怨恨指責之情都溢於言表。這裡有一種
潛藏的心理暗示，將這段悲劇歷史產生的全部責任轉嫁於清政府的無
能與腐敗之中，清政府形象愈加可鄙，而民間愛國的力量卻無力挽回
局面。渲染悲劇氣氛之外，還將憤怒的情緒轉嫁於逝去的歷史（清政
府），而民眾卻是同仇敵愾，一致富有愛國精神！將憤怒宣洩到一段
無可奈何的歷史上，強化海峽兩岸的情感共鳴，指出兩岸都是曾經的
受害者！大陸作家寫作臺灣史，作品中的主人公普遍的缺乏對「祖
國」的想像。產生想像首先要有距離，然而閻所極力表現的正是兩岸
親密無間的關係，因而中國作為臺灣母親的形象是預先植入，而不存

在產生想像的距離。丘逢甲、連橫都有過大陸長期生活的經歷，以他們的視界點出當時中國命運與臺灣命運是交織在一起的。對中國當時的境況作為解讀臺灣命運的背景，因而不同於臺灣作家作品「中國」缺席而產生想像。這種想像表現為一種希望，是種未建立在實際情況基礎上的虛幻，閻延文摒棄這種「想像」的處理，確保「中國意識」的穩固性。

二　臺灣保衛戰

　　日本殖民統治臺灣五十年，大致可分為三個時期：一八九五年六月至一九一九年十月，日寇為建立「殖民地體制」，用武力鎮壓和控制臺灣人民的反抗，實行軍人專政；一九一九年十月至一九三六年九月，日本殖民當局以為殖民統治已經穩定，為把臺灣建成「理想的殖民地」，軍人體制改為軍政分立制；一九三六年至一九四五年光復，為配合全面侵華戰爭的需要，又恢復為軍人專政。臺灣大致經歷了武裝反抗、「合法反抗」（非武裝反抗）、地下活動這樣三個階段，其中以武力反抗犧牲最為慘重。述及殖民時期的臺灣，誰都忍不住為這些流血犧牲的抗日義民和無辜的百姓重重書寫一筆！臺灣作家鍾肇政與李喬，都選擇以普通百姓的視角來表現這場戰爭的某一角，通過小場景來表現人物在戰場上的心理特徵。而大陸作家閻延文則從正面戰場切入，由抗日領導人作為主人公進而把握戰爭全域形勢。兩者相較，臺灣兩位作家更側重於把握戰爭帶來的影響，而閻延文則熱衷於戰爭的正面把握，這使得三者無論是戰爭人物的形象塑造，還是呈現的審美效果都有很大差異。

　　在《沉淪》中，九座寮的陸家人面對日軍入侵，義無反顧地投入到抗日義軍中去。抗日背後賦有保家衛國、捍衛尊嚴的意義，使得這群年輕人為自己得以參與到其中而充滿了英雄主義的幻想。戰爭成為

年輕人自我表現的一種絕佳方式，隨之兒女情長也在封建家長面前合法化。戰爭成就了主人公們的愛情，讓他們在原本為國而戰的豪邁中，又摻入了愛情的甜蜜。然而，日軍派出了最精良的陸軍，來迎擊這些只有鳥銃、柴刀的貧民百姓。歷史的結局雖不容改寫，但作家無意於表現正面戰場，反而對於戰爭中年輕人的成長給予了肯定。陸家的阿崑、阿崙，都在戰爭的磨礪中，變得堅強與勇猛。阿崑一掃優柔寡斷的憂慮，在戰場上除了表現驍勇之外，多了別人沒有的一份冷靜與沉著，心思細膩使其在戰場上表現出超群的智慧。而阿崙，平時稍有些莽撞和衝動，可是在戰爭中勇猛而決絕，表現出大無畏的勇敢精神，總有過人的表現，得到義軍領袖胡老錦的嘉許！陸綱岱雖是反面人物，但經過戰爭，以及秋菊以死殉節的警醒，也在懺悔中加入到戰鬥的隊伍，成為抗擊日軍隊伍的一員。張達被俘後死裡逃生，一改原有的懦弱，帶著鳳春去開創新生活。這些人物可喜的變化為沉淪中的島嶼留下了一抹亮色，為即將進入的漫漫長夜保有一絲希望。

　　鍾肇政沒有從戰爭雙方的對峙來表現這場戰爭，而是立足於表現戰爭中臺灣民眾抗戰之一角，如胡宅一役、銅鑼圈一役。在胡家老家消滅了二十多個敵軍後，作家寫到「這是日軍登陸以來所遭受的最大的一次慘敗，最大的一次損失，而給這些侵略者們這麼嚴重打擊，竟是以一所普普通通的農家為據點，一群只有落後了差不多一百年那麼久的武器的，從來也沒有打過仗，甚至還是沒有受過任何訓練的普普通通的老百姓。而更可異的是這些老百姓們居然沒有一個戰死，受輕傷的也只有十來個而已。這是一項令人不敢置信的奇蹟，歷史將為這奇蹟記下光輝的一筆，這是鐵定的！」[34]取得的小小勝利便洋溢著濃烈的自豪之情，然而無論是胡宅一役還是銅鑼圈一役損失慘重的一面卻點到即止。陸家子弟兵前線抗戰與陸家後方逃亡雙線並進，前方意

---

34 鍾肇政：《沉淪》，《臺灣人三部曲》（北京市：中國廣播電視出版社，1983年），頁295。

氣風發，後方卻滿目瘡痍。戰爭慘重的代價在陸家後方逃亡的過程中，進行側面交代，形成悲愴的環境背景。「那好比是一場噩夢，每天都可以聽到遠近大小銃聲，除了為自己及同行的親人們提心吊膽以外，還要為出征的子弟們擔心。」[35]這場戰爭為臺灣帶來的災難才剛開始，昔日的田園風光不再，人們懷著美好的希望憧憬明天，作家便戛然而止。作家甚至在文末以筆者現身的方式，直接表達自己的立場，「如果有人想獲知這位老人的心中，那麼這兒筆者願意告訴您：信海老人還有雄心，活到親眼看見侵略者們倒下去，還我美麗的河山！」[36]鍾肇政更看重的是沉淪中的一抹亮色，那就是陸家的這群英雄兒女。通過對這些人物在戰爭中的命運安排，作家意圖表現得相當明顯。

陸家的子孫在這場戰役當中，死傷並不多，除了幾位在作品中出現並不多的阿青（阿嵩的情敵）、崗亮等人不幸犧牲外，作家所著意刻畫的崑崙兄弟、阿嵩等都存活了下來，陸家留守在家的老人婦幼及阿崙的戀人秋菊、阿嵩的戀人桃妹等也都在日軍的洗劫中躲過了。然而反面人物如綱岱、張達都因經歷戰爭而走向正途。然而除了陸家及其有關主要人物保有了安全外，其他人卻未見這麼幸運了。靈譚坡被洗劫，遭遇屠殺，房屋牲口都被付之一炬！蝗災鋪天蓋地，莊園悉數損毀。這場災難才剛剛開始，也許陸家的人在初戰中偶獲大捷，但是他們的劫難仍在所難免，作家卻點到即止。這些無疑都是由於作家對人物的理想化處理，在不逆歷史真實的前提下，寫出了自己個性化的詮釋。但無疑，他將一段沉重的歷史，寫出了活潑、浪漫，將自己對先烈的敬仰之情糅雜於小說主人公中。戰爭成為小說中悲劇性背景，

---

35 鍾肇政：《沉淪》，《臺灣人三部曲》（北京市：中國廣播電視出版社，1983年），頁351。
36 鍾肇政：《沉淪》，《臺灣人三部曲》（北京市：中國廣播電視出版社，1983年），頁385。

作家試圖發掘出殘酷血腥之外，戰爭對人物性格的形成與發展所起到的積極推動作用。

　　《寒夜三部曲》中劉阿漢因為女兒的死，離家出走參加抗日義軍，由此引出了戰爭場面的描述。劉阿漢參加的義軍，實際上一直處於逃命的狀態，其時日本已經占領了臺北，正發兵往南。「剁三刀」帶領的義軍第一次與日軍交戰，由於疏忽提前洩露目標，實際一直處在被動逃命的狀態。事後，劉阿漢才知道「至於營頭崍上的義民義軍，在鬼仔兵的三面包圍下，至少有四百人被殺——不是戰死，而是完完全全的戮殺。」[37]然而第二次，馬拉邦之役由於勢單力薄外加戰略失誤，也在短短幾日之內潰敗，各社首領悉數戰死或遭戮。寫出了戰爭最殘酷真實的一面，將我軍無論在武器還是戰略上的缺陷都一一展現，不同於鍾肇政熱情謳歌愛國精神的情緒態度，李喬所持的是一種冷靜客觀立場。李喬也避開了表現主戰場的激戰，而是以劉阿漢的行蹤為線，寫出戰爭後方臺灣義民缺乏組織的自發反抗。主人公劉阿漢對於參戰不再像九座寮陸家人是帶著自覺意識加入的，他代表的是當時普通民眾普遍的狀態。從人的生存角度來切入戰爭，為了六個銀（實際三個銀）很多人加入抗日隊伍，戰場上毫無對抗之力，變成一場全民大逃亡。劉阿漢的這段戰爭經歷，實際上就是一次大逃亡，不再有陸家人那份以弱勝強的自豪感。戰爭經驗迫使劉阿漢開始拷問自我的靈魂，親人、生命與責任，人物性格在血與火中得到淬鍊而成熟。戰爭成為人物性格的最終形成的催化劑，也成為推動情節發展的環境背景。分析戰爭中的劉阿漢，是一個思考者、感悟者的形象，展現戰爭帶給人們心靈的震撼。這不同於鍾肇政作品裡希望者的形象，陸家人是作為臺灣沉淪中的希望出現，他們身上美好的精神品質是度過漫漫寒夜的希望。然而劉阿漢，則是戰爭中的受難者，他無力像陸

37 李喬：《寒夜》，《寒夜三部曲》（北京市：中國廣播電視出版社，1986年），頁302。

家人那樣通過抵抗贏取尊嚴，只能在炮火中苟且偷生。

　　《寒夜三部曲》對正面交戰場面都僅是點到即止，卻大篇幅展開劉阿漢在槍林彈雨中艱難求存的畫面。這與番仔林人在資源困乏中艱難求存的畫面構成完整的生存狀態。戰爭僅僅是威脅他們生存的背景之一，不再是這部歷史小說表現的重點。基於不同於鍾肇政積極樂觀的歷史觀，李喬堅持對底層生活的客觀寫實，對歷史的表達則更接近於史實記載。沒有對先驅者們的熱情謳歌讚美，始終保持著清醒的反省意識。如，僅有寫到的兩場作戰，一是營頭崠的士兵連起碼的作戰常識都沒有，虛發臼炮暴露作戰位置；二是馬拉邦之役少數民族竟將日本士兵看作魔鬼而嚇得魂不附體。這些尚且只是義民作戰中的荒唐一面，然而官方的更有過之而無不及。「六月三日，日軍主力攻打基隆，四日，基隆和獅球嶺相繼失陷，臺北很快地動亂起來。六月五日晚，唐景崧從衙門後門逃走，搭洋輪遁走廈門。六月六日午後申時，鹿港人辜顯榮往降日軍，並帶日軍入臺北城。北上赴援的林朝棟等朝廷命官，後來也都前後西渡了之。原來抗拒東洋番，死守鄉土的事，只有臺灣義民自己來承擔了。」[38]簡潔數語，日軍迅速攻占臺北的情形以自嘲的語氣交代出來。將這場戰爭中荒唐可悲一面揭露出來，既有對臺灣自身實力不足的反省，也適度抒發了「棄子」的悲憤。不做民族主義的解讀，僅僅圍繞著對土地的熱愛展開，將這場戰爭解讀為臺灣民眾對土地的死守！因此，在日軍南下時，臺灣義民已經知道「更可怕的是，日軍——現在才發覺不能叫他們東洋番，因為人家槍炮厲害，而且穿著都不像生番野人——已經派兵南下，攻陷大湖口，而且大軍已經逼近新竹」[39]的情形下，「那些領有軍銜的正規官兵大都逃散內渡了，真正抵抗主力，全由義軍擔當。」[40]

38　李喬：《寒夜》，《寒夜三部曲》（北京市：中國廣播電視出版社，1986年），頁278。

39　李喬：《寒夜》，《寒夜三部曲》（北京市：中國廣播電視出版社，1986年），頁281。

40　李喬：《寒夜》，《寒夜三部曲》（北京市：中國廣播電視出版社，1986年），頁281。

　　在《寒夜三部曲》中，保衛鄉土才是這場戰爭的意義，是臺灣義民們擁有的動力是大陸官員所不具備的。交戰雙方，一方是日本正規軍，而另一方是臺灣平民百姓。普通的百姓在戰場上並不具備作戰能力，只能以無數的死傷來暫緩日軍南下行進的速度。透過劉阿漢的視線，展現臺灣的一幕幕人間慘劇，對慘狀的描摹，使戰爭充滿了悲愴、沉痛的審美風格，不同於鍾、閻二人相對激昂外向的風格。李喬表現戰爭中普通百姓苟且求得生存的權利尚且無法得到保障的狀態，是被侮辱受損害的弱小者形象，並關注著弱小者在艱難的生存狀態下的心理狀態，體現了對弱小者人道主義的觀照。這場臺灣保衛戰不再是《寒夜三部曲》的主題，「因此有關被殖民的戰爭經驗的書寫，已漸從戰後第一代作家寫當年的自傳形態演變成第二代自發性、宏觀角度的關懷。」[41]林瑞明評說鍾肇政時指出《沉淪》不足之處在於：「主要源於《沉淪》的涵蓋面太小，未能充分書寫乙未之役可歌可泣的事件，」並指出「《沉淪》如要達到更高的成就，首先必須擴大它表現的層面。其次，得要更冷靜客觀的來分析當時官民之間的合作與衝突，把握國際之間的大背景，如臺灣中立化的問題，以及列強的態度；『十日總統』唐景崧，民主將軍劉永福的作為，丘逢甲、林朝棟領軍的情形，甚至大陸官民的反應，皆不可或缺。這些都充分掌握了，再來處理臺灣民眾的保衛戰，方能達到相當的深度與廣度。」[42]

　　就表現戰爭深廣性方面說，鍾肇政與李喬都不及大陸作家閻延文，時隔十餘年，閻延文用自己的作品回應了林瑞明當時所指出的建議。與臺灣的兩部作品不一樣的是，閻延文的《臺灣風雲》、《青史青山》都對戰爭作正面表現，從大處落筆，試圖勾勒出時代的風雲變幻。作家首先選取時代的精英分子丘逢甲、連橫作為中心人物，再由此引出一大批曾對臺灣起到過至關重要作用的人物，譬如劉銘傳、唐

---

41 劉舸：〈海峽兩岸當代中日戰爭書寫比較〉，《當代文壇》2006年第2期，頁61。
42 林瑞明：《臺灣文學的本土觀察》（臺北市：允晨文化實業公司。1996年），頁100。

景崧、徐驤等人，企圖通過這些人勾勒出一個時代的精神面貌。然而，在表現戰爭戰鬥時，作家洋溢著樂觀的英雄主義論調，對於英雄人物頗多美化之嫌，而對於次要人物，則刻畫得過分簡化。譬如塑造陳鳴鶴，作為愛情的概念與丘逢甲作為愛國的概念兩相對峙，側面烘托丘逢甲的愛國精神。而陳鳴鶴人物本身，則缺乏應有立體感，成為概念的犧牲品。從日本陸軍學校畢業的陳鳴鶴眼中，「從軍事上說，這是一場無法進行的戰爭。一方是正規部隊，一方是只有大刀鐵叉的百姓，這種仗根本沒法打」[43]。應該說，這是相當自覺的一場戰役，一開局就知道勝負，但仍然不得不戰。李喬筆下的戰爭是沉痛情感的宣洩，鍾肇政宣揚悲劇背景下人物的自覺意識；閻延文則表現出更為高調的悲壯。將戰爭的「悲」淡化，而凸顯「壯」，英雄不死則已，死必得其所！戰爭帶來的痛苦演化成人物義無反顧、悲壯赴死的修飾。一場必敗的戰爭，必然帶來大量的犧牲與流血，而英雄往往都是通過戰死得以成全。死亡不再充滿著臺灣作家筆下陰霾的氣息，不再帶來悲愴的情感，反而充滿了「激昂」的悲壯氛圍。通過對戰爭中人物內心活動的展開以及對戰場上「力」的渲染，形成了小說樂觀激昂的英雄主義。此外，大篇幅的第三人稱全知敘述，最終決定了作品的審美風格的形成。「眾義士齊聲高呼，雄壯的聲音在馬兵營迴蕩。眾人都端起血酒，將酒杯高舉過頭，然後都鄭重地灑在地下。血酒繽紛，如血如雨。」[44]劉永福駐紮馬兵營準備迎戰時的場景，沒有對戰爭的恐懼和已有傷亡的痛苦，充滿了強烈的自豪與英雄氣概，所有人都視死如歸。

　　同樣是表現武裝鬥爭，大陸女作家閻延文的筆下多了幾分傳奇色彩。鍾肇政與李喬選取的角度都是從小戰役和百姓的自發鬥爭出發，採取的雖是虛構的內容，但題材卻基本符合歷史真實，採取的是客觀

43 閻延文：《臺灣風雲》（南寧市：廣西教育出版社。2001年），頁538。
44 閻延文：《青史青山》（北京市：崑崙出版社。2006年），頁20。

寫實的筆法。閻延文筆下的戰爭採用的卻是英雄兒女傳奇的手法，將浪漫情愛與英雄犧牲兩相結合，寫出愛國大義，寫出兩岸情深的題中之義。將一段沉重的歷史，寫出了幾分靈動，寫出幾分浪漫。這也許是緣於作家以詩人身分寫小說帶來的優勢——抒情化的語言刻畫人物形象多了幾分浪漫，極富有情緒張力。

　　閻延文是由整理臺灣近現代史的材料激發出寫作的動機，從資料出發來寫作，與臺灣的兩位作家從自己的人生經歷出發來寫作，差異性是很明顯的。日軍登陸時遭遇到臺灣軍民激烈的武裝反抗，表現同樣的題材，閻延文表現得舉重若輕，從大局來寫，全景式寫，懷著雖悲痛卻自豪的情緒，高揚愛國主義的偉大勝利。這與臺灣的兩位作家小心翼翼地恪守歷史真實相較，確實帶著一層膈膜。臺灣兩位作家的寫作極少有洋溢這種自豪情緒的時候，彷彿那是一份傷疤，沒有勇氣完整地揭開。對於這場戰爭的結果，閻延文是帶著自豪的心情在展示愛國主義的成果，日軍遭受了史前最大的重創，然而我軍的犧牲則更多地側重於將領們光輝的死去，如麻畢達在瀕死一刻還引爆了炸彈，死傷敵軍數十人。應該說閻延文迴避了臺灣島普通民眾的巨大犧牲與痛苦，而是通過主要人物的死亡來渲染濃厚的悲劇氣氛。主要人物的犧牲，都像麻畢達那樣轟轟烈烈，應該說都犧牲得有價值，給人帶來一種錯覺，似乎這一場戰爭是個奇蹟，雖敗猶榮。但對於臺灣人來說，也許要過了很多年後，一代代記憶淡薄以後，才有人能以這樣輕鬆的心情來評判歷史。而對於親歷了日治殘酷的鍾李二人，是很難產生這種自豪感的。他們始終忠實於自己烙印般的生命體驗，那種對先輩的自豪之情壓抑在了慘痛的經驗教訓當中去。

　　閻延文將慘烈的臺灣保衛戰寫成了英雄兒女傳奇，還明顯是受大陸當代戰爭小說的敘事風格的影響。在大陸「十七年」的戰爭小說中，再悲壯的犧牲也要寫得豪情滿懷，不能讓悲劇沖淡英雄的壯志。年輕的閻延文對於戰爭的想像不能不受此影響。

三　統治者的酷刑

　　以現代化武器裝備的日軍在不到半年的時間裡，就占領了臺灣，對全島實行嚴密的警察制度，此時武裝反抗幾乎不可能。臺灣人民的反抗形式轉變為非武裝鬥爭，盡可能在合法的範圍內抗日，這是在當時絕境中不得已而採取的策略。這一時期的抗日志士，很難再像前期的先烈那樣轟轟烈烈的大幹一場，只能以隱蔽而婉曲的方式來抗爭。三位作家在表現日本殖民統治臺灣五十年歷史時，不能不正視這一時期的臺灣同胞所付出的血與淚，都或多或少地揭示了刑罰制度的殘忍。由於當時嚴苛的警察制度，即便是合法的反抗也是不能容忍，對付臺胞非武裝鬥爭的是慘絕人寰的酷刑折磨。「酷刑是身體對身體施加的一種極端暴力。它不是個別的偶然的行為，而是在一種相當規範的情境下，依照某種制度進行，這是它不同於殺人害命等個人暴力之處，而它直接涉及的人通常很少，不以集團的方式進行，參與者的角色事先確定，這又把它同戰爭革命等社會暴力區別開來。簡略說來，酷刑就是以個人身體的方式實現的社會暴力。任何酷刑都有一個施者，一個受者，施者以某條判決的名義，在指定的時間，專門的場所，對受者的肉體施加某種暴力，施暴的終極目的在於懲罰，其直接效果是痛苦。」[45]但實際上，酷刑在相對穩定的時代與動盪的時代裡，施刑者與受刑者之間的力量對比卻是不一樣的。例如在《檀香刑》中，儈子手趙甲代表的施刑者一方，與其受刑者之間，力量對比是由強漸弱的過程。這是由於統治者在日益腐朽，反抗者的力量卻在不斷壯大，這種對比在酷刑過程中表現為精神上的對峙。日本軍警在其登陸及登陸後的五十年中，始終都與臺灣民眾處於這種對峙中。在戰場上的對峙自西來庵起義後，就基本中止，然而在刑場上的對決卻

45　李金桂：〈《聊齋志異》中的異刑〉，《學術交流》2006年第1期，頁172-174。

從未停止過。實行刑罰，通過肉體的懲罰達到對其精神的摧毀，然而，悖謬的是，刑罰本身的存在，恰是證明了施刑者從未達到過精神上摧毀對手的目的。在身體的折磨與痛苦中，精神得到淬火般的磨煉，越加強悍不屈，抗日的大旗反而越舉越高。

　　刑罰「把犯人的肉體變成君主施加報復之處，顯示權力之處以及證實力量不平衡的機會」[46]。刑罰是權力施展的暴力，是勝利者對弱勢者得意洋洋的炫耀權力的機會。在臺灣保衛戰中付出了巨大代價的日軍，自然不會放棄對俘虜或是普通百姓實施報復的機會。鍾肇政往往在處理血腥場面時採取一筆帶過，抑或是借助主人公回憶的方式來寫，少見地正面描寫了維樑第一次受「體刑」的場景：

> 到了那留置場的房門口，維樑冷不防在後臀上挨了狠狠的一腳，幾乎向前撲倒，好不容易地穩住，身子已在房門內了。……不容他細看，粗大的巴掌已飛過來了，結結實實地擊在他的左頰上。緊接著右頰也挨了一記，以後就一左一右連連地落下來。[47]

顯然，作家對刑罰本身並沒有多大的興趣，不對行刑作細緻的描繪，更沒有場景的渲染。但是，作家卻對行刑過程中，受刑者的心理作了不厭其煩的細述：

> 維樑心頭升起了激情。什麼！這日本仔，這樣欺負人！我不會打不過你們這兩個的，甚至加上桌後的那個年輕巡查，三個一

---

46 〔法〕米歇爾・福柯：《規訓與懲罰》（北京市：生活・讀書・新知三聯書店，1999年），頁60。

47 鍾肇政：《滄溟行》，《臺灣人三部曲》（北京市：中國廣播電視出版社，1983年），頁198。

齊來，我也不在乎……一種莫名的力氣被激起來，他幾乎禁止
不住自己了，可是他畢竟忍住。因為黃石順的話語，夾雜在面
前這個巡查的怒號之中，一句句地在耳朵轟然作響。[48]

將主人公在受刑過程中，心理的變化過程揭示出來，由一種本能的憤
怒轉化為一種理性的忍辱負重。由此凸顯出肉體的懲罰非但沒令受刑
者屈服墮落，卻令其擺脫不成熟的幻想走向成熟與堅定的對抗。鍾肇
政筆下的刑罰，缺乏暴力，缺乏恐怖，僅僅作為一種人物刻畫的背景
生成的，他著意的是刑罰背後帶來主人公的蛻變與昇華。然而任何人
在領受一頓拳打腳踢時，都難以承受身體上的痛楚。這種痛苦，往往
將施刑者與受刑者之間的對決做出最後的審判。在警察們愈加暴烈的
體罰中，維樑的頭腦卻愈加的清醒「要我懂什麼呢？那些被打的鄉下
人只有連連鞠躬討饒，說下次不敢了，可是拳頭還是照樣落下。是要
我懂厲害嗎？你們夠厲害的，誰不懂？要我也求饒嗎？辦不到！維樑
在內心叫了一聲，把背脊挺直了。」[49]徹底宣告施刑方企圖通過武力
使臺胞徹底屈服於奴隸化統治下的失敗！壓迫愈加深重，正顯露出日
人的窮凶極惡，顯露出暴力背後的虛弱和無能為力，精神的強者往往
是在痛苦中誕生！

　　通過刑罰場景來使得人物形象更加的豐滿可感，確實是一個不錯
的選擇。作家很完美地運用刑罰中的痛苦與折磨，實現了英雄主義的
讚美。所以對於非人道的、血腥暴力的刑罰本身，作家並沒有明確自
己批判的立場，而是將之作為讚美英雄所必經的。避免因血腥場面帶
來的強烈衝擊力，破壞頌歌的和諧，使用人物回憶的方式，沖淡刑罰

---

48 鍾肇政：《滄溟行》，《臺灣人三部曲》（北京市：中國廣播電視出版社，1983年），
　　頁199。

49 鍾肇政：《滄溟行》，《臺灣人三部曲》（北京市：中國廣播電視出版社，1983年），
　　頁199-200。

帶來的撕裂感。「這些日子裡，維樑遭受到那麼多的屈辱與凌虐，那幾乎是常人所不能忍受的。……他親眼看到，有些人被灌尿灌糞，打起來更是無休無止，粗大的木棍，一根斷了，又換一根。」[50]避開了「三一律」束縛，將之變成現時時空之外的事件，再怎麼樣的痛楚，感受起來也隔了一層。

　　總的來說，鍾肇政在三部曲中的刑罰場面，多了一份唱詩班頌歌裡的平靜，少了一份批判與銳利。李喬以超常的冷靜敘事來處理刑罰場面，力圖展現那個時代裡真實發生過的事件。他自己就說「只要將《荒村》與《寒夜》、《孤燈》三作略作比較就明白：《荒村》引用的史料比起來是浩瀚繁複多了。其中令筆者感慨最深的是：探問『體刑』的施行實況的經過。為此，筆者曾先後走訪七個當年『體刑』經驗豐富的『遺老』。這些七十多歲的老人，看來都是慈眉善目，煦煦如鄉親，可是一提及『經驗』的事，個個訕訕然顧左右而言他，一致表示『沒有經驗』、『不清楚』。至此，他們都目光閃爍，逡巡徘徊，再也不肯和筆者四目相向。」[51]李喬通過大量的一手資料和親自走訪曾經的當事人，無論是從理性認識和情感態度上來說，都是相對來說比較接近當時的人和事的。這也就是李喬始終堅持的現實主義創作理念。因此，他對於刑罰本身並沒有過多的幻想，而是通過刑罰的真實細節帶給讀者強大的震撼力，卻沒有在這種衝擊中裹挾了明顯的概念化意圖。顯然這不同於急於表達政治立場的敘述，而是出於揭露的本能。劉阿漢在死前，領受到的酷刑是前所未有的，「第二天，他的右手五指又被戳進五枚長針。他又暈死過去，然後又從劇痛中清醒過來。隔兩天，又換一種形式：以鐵錘敲打四肢凸起的硬骨部位。尤其以一枚鈍圓錐體刺戳脊椎末端骨骼的酷刑，更令他痛死與痛醒間來回

---

50 鍾肇政：《滄溟行》，《臺灣人三部曲》（北京市：中國廣播電視出版社，1983年），頁278。

51 李喬：《荒村》，《寒夜三部曲》（北京市：中國廣播電視出版社，1986年），頁454。

好幾回合。」[52]對於酷刑的全過程，以接近實錄的形式展筆開來，將
人物痛不欲生的感受毫不避諱的表現。然而，對於施刑者與受刑者雙
方的心理卻是通過對話來揭示。「只要意識清醒，他的回答始終如
一。」[53]行刑過程中，「簡單、荒謬的問答一再地反覆，一再地繼
續。」[54]沒有場面恐怖氣氛的渲染，沒有內心崇高大義的時時縈繞，
尊重事件真實的樣子，既不誇大，也不掩飾。雖然，對刑罰細節的描
寫給予了大量的筆墨，但李喬對於刑罰本身卻並沒有余華、莫言式的
狂歡，而是以一種忠實於歷史的姿態來復原現場。受刑者不再是英雄
主義先行，用心中意念抹去了一切疼痛。李喬寫的卻是普通人在刑罰
中到達了的肉體的疼痛極限，劉阿漢就這樣在無間的疼痛與死亡之間
逡巡。然而，劉阿漢直到臨終前，心裡想的卻不過是「人間，似乎是
永遠不可能十足圓滿吧。」[55]李喬始終將作品的主題置於對生命的探
索上，刑罰對於劉阿漢來說是作為人生必經苦難的形式之一。然而對
於日本警察來說企圖通過肉體的折磨達到對其精神摧毀的目的，卻最
終也沒有實現，只能以徹底毀滅其肉體的方式（注射致命藥劑）。作
家將刑罰的細節、過程和結果，以及其帶給人物超常的痛感，都以客
觀的姿態記錄，很難看出其批判的立場或者是樂觀英雄主義的高揚。
李喬的視野在刑罰之外的生命探索，刑罰僅作為生命成長的磨難而存
在，本身並沒有審判的功能，用刑者與受刑者的對抗實際沒有通過刑
罰得出對決的最終結果。

　　或許是出於性別上的差異，閻延文對酷刑場面總是採取側面表現
的策略。濃重地渲染恐怖氣氛，但缺少對酷刑細節的描繪，也沒有對
施刑者進行心理的揭露或者受刑者的內心恐懼的揭示，卻通過血淋淋

---

52 李喬：《荒村》，《寒夜三部曲》（北京市：中國廣播電視出版社，1986年），頁439。
53 李喬：《荒村》，《寒夜三部曲》（北京市：中國廣播電視出版社，1986年），頁440。
54 李喬：《荒村》，《寒夜三部曲》（北京市：中國廣播電視出版社，1986年），頁440。
55 李喬：《荒村》，《寒夜三部曲》（北京市：中國廣播電視出版社，1986年），頁448。

的行刑場面帶來強烈的感官衝擊力。將恐懼的氣氛潛在地轉化為對敵
人的凶殘的一種控訴，極大地調動了讀者的情緒。這時候，酷刑起到
更多的是一種敘事策略，而不像莫言在《檀香刑》中表現出的沉溺於
酷刑帶來的想像快感，閻對於酷刑的表達，雖帶有忠實於歷史的自
覺，然而其對於暴力行刑場面或許是出於女性本能的抗拒，也或許是
由於細節性資料的缺失，她沒能冷靜客觀地回述出歷史細節的真實，
也沒有揭示出那個時代的酷刑是戴在萬千民眾脖子上的枷鎖，僅僅寫
出了酷刑模糊的影像。閻延文對於行刑細節一筆帶過，卻集中了大量
的筆墨在氣氛的渲染。「院子裡流淌著淋漓的鮮血，那些血液，流淌
著，彷彿憤怒的噴泉，在夜空下發出強烈的呼喊。」行刑場面的血腥
與殘忍，帶來人物強烈的情緒反應，「幾步遠的地方，無辜同胞臨死
的呻吟怒吼聲，像海潮衝擊著他的心臟。痛苦、傷心、憤怒……殘酷
地折磨著他的神經。他感到眼前發黑，身子撲地跌倒，一口鮮血猛噴
了出來。」[56]酷刑場景化的敘述僅僅只是引起人物情緒噴發的策略，
張揚人物身上的愛國情操。因此，酷刑的施者與受者之間的對決表現
得更加直接，跳過了酷刑暴力的張揚，直接渲染受刑人堅貞不屈的愛
國精神。受刑者強大的精神力量將施刑者的氣焰與酷刑帶來的身體痛
苦都虛化了。當徐倩雲被日軍俘虜，身在監牢時所見「日軍關押所，
長長的囚房走廊裡只有一盞暗淡的油子燈，幽幽的燈光晃在看押牢房
的日軍士兵臉上，彷彿陰森的鬼影。陰濕淒冷的牢房裡，堅固的木柵
上掛著鐵鍊。牢房頂上吊著一個閃亮的鐵環，上面捆著一圈圈繩
索。……鐵環中竟然吊著一雙血淋淋的人手，被砍斷的破碎處露出慘
白的斷骨，還凝著暗紫色的血污。」[57]採用潑墨式的渲染，監牢裡陰
森恐怖的場景彷彿歷歷在目。閻的筆墨注重感性化的濫觴，筆墨中多

---

56 閻延文：《青史青山》（北京市：崑崙出版社，2006年），頁73。
57 閻延文：《臺灣風雲》（南寧市：廣西教育出版社，2000年），頁629。

有情緒張揚。寫「黯淡的油子燈」，將「幽幽的燈光」印在日兵臉上，「彷彿陰森的鬼影」，這裡「黯淡的」、「幽幽的」、「陰森的」，將牢房裡的光線不足的實際場面，運用大量的情緒化修飾詞，投射到讀者的感官上。未見皮鞭揚起，已經讓人不寒而慄了，這是作家在描寫刑罰恐怖場面的迂迴之術。閻對於刑罰場景的直接表現，則注重視覺上的衝擊力。「犯人也是女子，上衣已被剝去，裸露的胸部滿是血痕。日軍士兵揮動著粗粗的藤鞭一下下很過癮地鞭打著，邊打邊哈哈大笑。……片刻，一個日軍士兵端著個燒紅的鐵爐走過來，問了句什麼，那女犯搖搖頭。突然，她的手被緊緊扭住，猛地按到了紅熱的火爐上，纖細的手指被烈火燒烤，嗞嗞作響。那女犯疼得滿地翻滾，痛苦地高聲慘叫，最後頭一低，昏死過去。」[58]以第三者的視角來敘述刑罰過程，則多了一份冷靜，純粹的場景式表現，刑罰變成了一場表演。用刑者「邊打邊哈哈大笑」，而「女犯疼得滿地翻滾，痛苦地高聲慘叫，最後頭一低，昏死過去」，這種類似於影視劇情節中慣有的場面，使得刑罰在其文本中失去了可能有的更深層內涵，變成一場可有可無的秀。僅僅停留在酷刑場面表面的摹寫，施刑和受刑雙方都缺乏鮮明的人格特徵，因此作家所要張揚的精神內涵也被架空，顯得蒼白而空洞。迴避了酷刑本身的暴力場面，僅從作家的全能敘述中透露其側面。以缺乏感官痛苦的酷刑支撐起人物的精神內涵，顯然是不夠的。鍾肇政以缺乏震撼力的酷刑場面揭示人物逐漸走向成熟，將受刑與人物心理的變化過程結合在一起；李喬通過刑罰的暴力揭露，將人物在痛苦中艱難自守的心理狀態表現出來；閻延文則僅僅以酷刑作為表現人物節操的策略，在刑罰過程中發生的心理變化以及痛苦與暴力都一筆帶過。抗日活動招致的酷刑變成舞臺背景，為揭示同一的愛國情操，使舞臺的人物（無論是連橫抑或江海嘯）表現都別無二致，而

---

58 閻延文：《臺灣風雲》（南寧市：廣西教育出版社，2000年），頁629。

施刑的日本人則模式化為手段殘忍內心虛弱的刻板形象。透過酷刑這一細節的表達，窺視閻延文在「臺灣三部曲」中其他場景的表現，都存在著模式化場景、刻板形象的問題。而這些問題的產生，都在於作家從精神表達走向素材整理創作，缺乏對小說人物發展規律的重視，將個人意志強加在人物形象的表達中，損害了小說在虛構規則中的自然性。

　　日本人在施行「油注政策」的時期裡，強化其警察制度。警察制度之下，殘酷的刑罰，成為籠罩在臺灣民眾心中的一張網，戰戰兢兢地不敢稍有逾越。表現日本殖民統治中期這段歷史，三位作家都注意到了酷刑是影響這一時期民眾心理重要的因素。鍾肇政與閻延文更接近於從酷刑給人物精神帶來的昇華，而李喬則更注重對酷刑的暴力本質的揭露，人物精神所遭受的摧殘大大超過了精神昇華帶來的快感。然而，鍾與李都正視酷刑帶給民眾心理的枷鎖，很大程度打擊了抗日力量。在酷刑的施受雙方的角逐中，即使個別抗日志士精神上戰勝了日方，但必定遭遇肉體的毀滅，最終帶給抗日隊伍更大的心理打擊。閻延文對於酷刑的展示卻不及前兩位作家一般深入，僅僅將之作為烘托人物愛國精神的策略而已。兩岸作家，對於酷刑不同的理解與表達，在於對這段歷史解讀的視角不一。臺灣作家對人物遭受酷刑有著感同身受的理解，正視暴力的摧毀作用，而閻延文則將酷刑作為民族主義情感渲染的策略之一。

第三節　價值觀差異下的敘事比較

一　理想女性與愛情觀

　　女性在歷史上的地位，往往被掌握話語權的男性邊緣化。女性人物，成為男性主人公走向成熟必經的「美人關」，最終協助主人公達

成目標。對理想女性的追求，是男性成熟的過程；而理想女性的塑造，也是作家愛情觀的集中體現。三部作品中的理想女性形象凝聚著三位作家及兩岸不同的價值觀。這種價值觀的差異既有作家個性化的差異，更有兩岸深層文化心理的差異。

在鍾肇政筆下，愛情寫得尤其動人，一度使得抗日的主題被弱化。在《沉淪》、《插天山之歌》中，主人公愛情的篇幅比例削弱了作家原本要表達的政治上抗日的主題。雖然，作家希望將小兒女的愛情與時代發展雙線並進，在交互作用中形成他要表述的歷史。但顯然前兩部創作中，不自覺地在男女情事上作了過多的筆墨流連。經過調整，最後創作的《滄溟行》，陸維樑與文子的愛情故事僅僅成為其明確革命志向的引子，愛情激勵促進他開展了一系列為民謀利的社會活動。綜而觀之，這三部曲中，愛情是作為人物私人化的一面對應其英雄化的一面，具有自身的獨立性。主人公被女性青睞並非單一的因為其英雄性的社會活動，還有愛情本身包含的原始衝動。

李喬的《寒夜三部曲》對愛情的表現，顯然沒有鍾肇政的那份熱情。三部曲中，僅第一部《寒夜》中對劉阿漢與彭燈妹的愛情有比較集中的表現。兩人的愛情萌發於對彼此身世的憐憫與體恤，兩人惺惺相惜。雖然兩人性情相投，但總的來說，主人公的愛情還是來自一樁包辦婚姻。李喬展現的是英雄人物的普通生活與普通人性，洗去了英雄的光環，將愛情還原到最初的狀態。劉阿漢在從事革命活動時，妻子彭燈妹並沒有懷著無上的革命熱情來支持他，反而多次阻撓未果，心灰意冷。愛情與革命在這裡實際構成了正反面，劉阿漢選擇成就自己的革命理想，就無法盡到自己身為丈夫的責任，使得家庭的重擔落到妻子一人身上。他最終無憾於自己從事的革命事業，卻始終抱憾於妻子和家庭。愛情在李喬筆下，成為人物選擇參與抗日活動之後不能兩全的對象，並不依附於英雄的價值中，具備自身的獨立性。

這是臺灣小說中對愛情言說的普遍方式，愛情內化為人類普遍的

原始衝動，並不負擔有時代價值的判斷功能，而在於表達愛情本身的價值與審美。這就不同於大陸一貫的革命＋戀愛模式，將愛情與社會政治因素聯姻，愛情處於附著地位，並不具備自身的獨立性，是因社會價值肯定而肯定，因社會價值的悖謬而不存在。這一點在閻延文的「三部曲」中有明顯的表現，如徐倩雲在丘逢甲和陳鳴鶴之間感情的抉擇、李夢嫦對唐景崧的情感變化就充分體現了這一點。在閻作品中，愛情缺乏自身的獨立性，屈從於民族大義和抗日報國的時代精神。缺少從兩性關係的視角去審視情愛本身的魅力，卻從政治上的作為來決定愛情的歸屬。在閻的作品中，愛情外化為社會政治價值的一種，缺少自身向內的獨立價值，這在很大程度上限制了其藝術水準。

　　李喬在研究鍾肇政小說中女性人物群像時，發現在鍾的作品中「理想女性的追求歷程，就是生命成熟的歷程，更重要的，它也是我族求生存解放的歷程」。[59]鍾肇政不自覺地在自己的多部作品中重複這樣的模式，將對理想女性的追求與自我成長救贖聯繫起來。小說中的男主人公對女性的追求，既是愛情的驅動，也是自我救贖的一場儀式。鑒於鍾對愛情的這種理解，在《臺灣人三部曲》中，男女情愛部分的比例就不容小視。特別是《沉淪》與《插天山之歌》譜就的一曲曲戀歌，很大程度上遮掩了抗日大義這一主題。林瑞明也禁不住指出「作者有時不免過分偏重了情感的描寫，連續數章，幾乎完全看不到時代的影像。」[60]在《沉淪》中將愛情與時代風雲雙線並進，到最終戰爭爆發時，兩線交叉齊心禦侮。然而《插天山之歌》則將抗日活動轉入地下，愛情成為整個逃難歷程中最為奪目的段落，也是支撐主人公堅強不屈精神的關鍵力量。在這兩部作品中，作家對理想女性的渴慕與情愛的描寫比重超出了作家的初衷，處於一種情不自禁的表達衝

59　林瑞明：《臺灣文學的本土觀察》（臺北市：允晨文化實業公司，1996年），頁111。
60　林瑞明：《臺灣文學的本土觀察》（臺北市：允晨文化實業公司，1996年），頁92。

動中。雖然這種衝動在《滄溟行》中得到了克制，將之轉化成抗日活動主題的副線，對主題進行強化，但不可否認的是，文子的形象仍然是作家心中渴慕的完美女性，帶給人難以忘懷的印象。

　　本節試論鍾肇政筆下的理想女性與理想愛情之內涵，這裡以秋菊與綱崙、奔妹與志驤、文子與維樑的愛情為例。按照作家三部作品的創作時間為序，會發現小說中的愛情與女性形象發生了潛在的遞進變化。這裡指的遞進變化為：愛情觀的進步、對渴慕的理想女性形象越加的完美。第一次見到秋菊時，「阿崙禁不住倒抽了一口氣。那是一張完全陌生的、年輕的、使看到的人眼前會忽然亮起來的動人面龐。雖然笠仔把額角整個地遮住了，但那一雙清涼深邃的眼眸正發散著柔媚的光，小巧的鼻子，漾笑的嘴唇，泛著淡紅色彩的白皙臉蛋兒，沒有一處不是在無言地告訴人們她是個美貌的少女。……在這一瞬間，阿崙彷彿受到了莫可名狀的輕微點擊般的震動。他忘了石連叔母，忘了茶蟲，連自己都忘了。」[61]很明顯，這屬於一見鍾情型的愛戀，阿崙被秋菊外在的樣貌與自然散發的氣質所吸引，從此便朝思暮想，一心想娶為妻。根據小說中的描述，推知秋菊是一位清麗脫俗而略微偏瘦的女子，個性上外柔內剛，寧折不彎。兩人直到阿崙出征前，也才見過三次面，顯然並沒有頻繁的接觸，基本停留在幻想層面。阿崙出征打仗，面臨生死未卜的風險，由於異常的時局，使兩人的感情掙脫了理性的束縛，直接定情終生。至此，兩人都是由一股本能的衝動產生這些越界的行為，並非是由於外在的社會政治原因產生的。阿崙雖是因秋菊的美麗而愛上她，但漸漸的對秋菊的憐愛與疼惜牢牢抓住了他。秋菊雖是作家鍾愛的人物，但終歸是軟弱了些的，無力反抗現實，也無力爭取幸福，因而在被侮辱後，只能選擇一死來保全自己的清白和完成對愛人的交代。在《沉淪》中，作家的理想女性只能以犧

---

61 鍾肇政：《沉淪》，《臺灣人三部曲》（北京市：中國廣播電視出版社，1983年），頁17。

牲來保衛愛情，而這份愛情建立在男性對弱者的保護欲和其自身的性本能，尚不涉及女性自身獨立的心理世界。然而奔妹則完全不是一個被人欺凌的角色，她強悍、獨立而又富有女性的溫柔與多情。志驤第一次被奔妹的口令聲吸引，見到奔妹時，「……可是出現他眼前的，卻是一張有幾處污漬的平庸面孔。胸部也沒有任何起伏，腰肢更看不出一點曲線」[62]不如阿萬嫂說的那般美，正待有些失落之際，奔妹稍加收拾「那張臉蛋，白裡透紅，如果有所謂健康色，一定就是指這個了。此刻，在那兒又掃上一朵紅暈，真是動人之極。……那兩條髮辮是那麼烏黑，漆亮，在胸前憑添無限風情。在志驤眼裡，這又是奇蹟的另一項。」[63]志驤被奔妹的美貌已經迷得忘乎所以了，但仍然堅持認為「我，陸志驤，一個受過高深教育，心懷大志的人，來到這深山竟會看上這山村女孩？……自己不幸，已經夠使人傷痛了，怎麼可以再拉別人也落入不幸境地當中。」[64]內心的掙扎很是強烈，抱著知識分子的清高，以及朝不保夕的處境也沒有勇氣去接受這份愛。然而最終，奔妹的積極主動還是征服了她，讓他不得不去正視自己這份無法割捨的感情，並鼓起勇氣為奔妹去謀求未來。在這裡，男女兩性的關係不再是「男尊女卑」，「白天，倆人總是並肩工作，沒活幹時就在一起閒聊。」甚至是更多時候，奔妹占主導作用，比志驤考慮得更為周全，「不論園裡的事，乃至女人生育的事，奔妹都有一整套的方式。在園裡，志驤惟命是從，以致懷孕的事，也就未便多出主意。」[65]談

62　鍾肇政：《插天山之歌》，《臺灣人三部曲》（北京市：中國廣播電視出版社，1983年），頁56。

63　鍾肇政：《插天山之歌》，《臺灣人三部曲》（北京市：中國廣播電視出版社，1983年），頁59。

64　鍾肇政：《插天山之歌》，《臺灣人三部曲》（北京市：中國廣播電視出版社，1983年），頁92。

65　鍾肇政：《插天山之歌》，《臺灣人三部曲》（北京市：中國廣播電視出版社，1983年），頁296-297。

笑時，奔妹甚至打趣，讓志驤抱著孩子，自己挑著擔子去集市賣東西換錢。奔妹在志驤的眼裡，不再是傳統的柔弱女性，敢於追求自己的愛情，又不失生活的智慧，勤勞能幹甚至超過了男人。「唯一可以說的是奔妹會是個堅強的妻子，堅強的母親，即使萬一他被逮，她照樣會好好地活下去，而且活得熱烈。」[66]如果沒有奔妹，陸志驤能否成為桂木警官眼中那可敬的對手，是值得懷疑的。這樣的愛情建立在彼此依賴、互助扶持的情況下（雖多數情況下是奔妹在支撐著志驤），女性擺脫了楚楚可憐的位置，不僅能保護自己，還能給愛人以強有力的支撐。這已不同於《沉淪》中秋菊的情形了，秋菊因被綱岱玷污以死明志，然而奔妹卻很自然的對自己心愛的人投懷送抱，並沒有沉重的道德負擔。時代風氣的變化且不說，作家對愛情的認識則更加務實。

　　《滄溟行》雖說是《臺灣人三部曲》的第二部，但在藝術成就上無疑是最高的。維棟轟轟烈烈的農民維權運動與松崎文子的愛情完美的交織在一起。他在情感上的遭遇讓他在農民運動中快速成長起來；他在農民運動中得到的鍛鍊，使他能越加成熟地處理情感問題；情感的慰藉，又使他越加堅強勇敢地戰鬥。這較之另外兩部中，情感戲份過大的弊病，有了非常大的改進。維棟第一次見到的文子「那是一身大紅大花的和服，胸際綁著金黃帶子，頭髮散披下來，末端微捲，臉部薄施脂粉，身材雖然不高，但正是女人的適度高矮，而且亭亭玉立，美得不敢叫人逼視。」[67]男主人照例是被俏麗的外貌所吸引，產生遐想，但他時時警醒自己「對方是高嶺上的花，而且是異國人，此外家世、教育程度，在在都有一大截距離，他不敢存有非分之想。」[68]

---

66 鍾肇政：《插天山之歌》，《臺灣人三部曲》（北京市：中國廣播電視出版社，1983年），頁296-297。

67 鍾肇政：《插天山之歌》，《臺灣人三部曲》（北京市：中國廣播電視出版社，1983年），頁298。

68 鍾肇政：《滄溟行》，《臺灣人三部曲》（北京市：中國廣播電視出版社，1983年），頁35。

反而是由文子創造了多次出遊的機會，甚至是大膽告白，一開始女性就處於主動的位置，男性稍嫌懦弱。就是這樣一位摒棄民族歧視，接受了現代思潮洗禮的日本女孩，對維棟持之以恆的支持、鼓勵，甚至是啟發，讓維棟從一個普通的鄉村男孩成長為時代潮流前列的先鋒人物。文子既不同於秋菊那般的溫柔無力，也不同於奔妹強悍無知，她集合女性的美麗與溫柔，又賦有不顧一切追求愛的勇氣，多次違逆父母獨自追尋愛人。然而更重要的是，文子還是一位有見識的女性，相信自由平等，從心底裡支持並諒解著維棟為之奮鬥的理想，即使那被社會視為違法。這些都能看出來，文子較之秋菊、奔妹，是作家心目中更為完美的理想女性。儘管這樣的女性未免有些失真，過分完美。但這種愛注定了是柏拉圖式的精神之戀，唯其無法得到，更顯其完美。雖然有情人最終沒有在一起，但從這份感情中，維棟從一開始怯懦的不敢愛，到最終意識到沒有結果的愛反而會耽誤了文子，毅然選擇拒絕這份情感。這不僅是從男孩成長為男人的過程，更是其思想意識實現了飛躍，跨出了民族自卑的藩籬，到以爭取民族平等的權利為奮鬥目標。果然應了李喬所說的：「理想女性的追求歷程，就是生命成熟的歷程，更重要的，它也是我族求生存解放的歷程」[69]

綜合起來，鍾肇政筆下的女性首先要擁有健康的美、青春的美，然後還要擁有願意為對方犧牲一切的精神，在這之外，則或溫柔，或強悍，或能幹，或知性，最好能兼而有之。在多部作品中，作家將這些女性特質表現為趨同性，未免失於重複。與此同時，這些女性作為男性的配角而出現，缺乏自我自覺的意識，她們一切優秀的特質都是從男性角度來定義的，王慧芬指出鍾肇政塑造的這些理想女性「有著生命的韌性，也同樣在男人背後成為支柱，甚至像母親保護守護著家

---

69 林瑞明：《臺灣文學的本土觀察》（臺北市：允晨文化實業公司，1996年），頁111。

與家人，只要接近她，就會覺得心安與平靜」。[70]這種女性形象不可避免帶有著男權色彩，缺乏女性獨立自覺意識。

　　李喬筆下的理想女性人物形象，更多帶有著母性色彩。這與作家自身經歷有關，他對理想女性的想像總是不自覺地靠近其母親的形象。《寒夜三部曲》中燈妹的形象，則不僅僅是劉阿漢的妻子，還是臺灣的精神象徵，貫穿了整個三部曲。彭燈妹分別是《寒夜》中孤女的形象、《荒村》中妻子的形象、《孤燈》中母親的形象，她的命運恰與臺灣的整個命運連接在一起，也象徵了臺灣人的心理歷程變化從孤兒心態逐步演變為對本土的熱愛與自足自信心態。燈妹的形象因此涵義豐富，不僅僅是一個理想的戀人形象，而同時更是一位母親形象。

　　在本節中，筆者試分析燈妹在三部曲過程中不同角色裡所釋放出來的魅力。相對於鍾肇政筆下的美麗女性，燈妹顯得瘦弱不堪，由於長年的勞作，灰頭土臉的時候居多，排除了劉阿漢因為她的美貌而一見鍾情的可能性。她在做彭家的花囡女時，總是給人一副戰戰兢兢、瘦弱可憐的模樣。花囡女的命運需要她柔順乖巧才能少幾分責打，然而骨子裡卻是倔強而堅韌的。她第一個孩子夭折時，相對於丈夫的失控，她卻於悲痛之中表現出異常的冷靜來照顧丈夫，保護他不受彭家人的呵責。夫妻倆在彭家的生活處處受到壓制，劉阿漢屢次想要攜妻兒「潛逃」另闢天地，想等到寬裕時再來償還燈妹的贖身費，燈妹卻極其固執地阻止丈夫的這種不孝之舉。可見燈妹在柔弱善良之外，擁有著堅韌而倔強的內心。如果沒有燈妹，也必定沒有在《荒村》中的抗日英雄劉阿漢與劉明鼎。婚後搬出彭家的燈妹，幾乎承擔了家中所有的勞動，丈夫形同虛設，眾多兒女全靠她獨力撫養。她成為抗日英雄背後的實際支柱，如果沒有擁有著強大的內心，無法度過漫長的苦

70　王慧芬：《臺灣客籍作家長篇小說中人物的文化認同》（臺中市：東海大學中國文學系研究所碩士論文，1999年），頁170。

難歲月。既要提心吊膽的等著丈夫回家，又要超負荷地勞作來養活嗷嗷待哺的兒女，她的辛苦不會比在彭家時少，內心卻因為有愛而堅強。她並不能理解劉阿漢從事的危險事業，卻默默地為其背後支撐起一個家，撫養下一代，實質上保證了革命的薪火相傳。兒女們也無不把她當作自己精神上的依靠，《孤燈》中她成為流落南洋的劉明基垂死掙扎的唯一信念！在「孤燈」一般荒涼苦難的歲月里，年輕人都不在了，留下的不是智障就是小孩子、老人，每個人都生存不下去了的時候，她成為番仔林人支撐下去的精神力量。這部作品中，她的形象已到了「神化」的程度，象徵著一種堅韌的求生意志。

燈妹是具備堅忍、認命特質的客家女性的永恆形象，具有很強的農業社會女性特點。在結婚前的男女兩性關係中，她不具備有奔妹或是松崎文子那樣的主動性，對於婚姻是一種認命的狀態。然而在婚姻裡，她實際上又具備有奔妹與文子那樣對情感堅貞的毅力，堅韌不屈。與鍾肇政筆下的客家女性，最大的差異在於，她自覺遵行著社會的倫理道德規範，情感始終是克制在合理合法的範圍內，不再因為情感衝動而越界，她不可能像奔妹或文子那樣接受婚前性行為的想法。這一點既是這些女性社會地位設定的差別，又是兩位作家創作精神的差異，浪漫與客觀。燈妹對於不合禮法的婚前男女關係是警惕的，然而一旦實現婚姻，她又必定竭盡所能去維護好家庭的秩序。這才有了婚前情感上的被動與婚後在情感上的執著出現的反差。

二十世紀三十年代革命＋戀愛的左翼文學模式，解放後十七年直至文革結束的時間裡，革命＋戀愛模式以新的面貌形式的文學仍占主要位置。雖然新時期文學力圖矯正這一文學慣性，但不能阻止它對後來的文學家仍或多或少的產生著影響。革命＋戀愛模式常常轉換為時代主流價值（常常與政治相關）＋戀愛的模式，在這個模式裡，愛情成為表現前者的外衣，不再具有它本身的獨特性，更多的時候成為宣傳工具之一種。閻延文在作品中，有一個極其強烈的主題表達，將之

巧妙地依附於人物形象的刻畫過程。在刻畫丘逢甲與連橫時，兩者的精神高度統一於愛國主義。人物精神內質指向性明確的前提下，人物在各種情態下的表現，相當於由中心向外的輻射軸。在讀者接受的角度則造成了所有的輻射軸齊齊指向軸心的直觀感受，幾乎是帶著強制性的。

　　然而，愛情向來是小說中永恆的主題之一，是否能駕馭在作家預設的主題之下，則需要巧妙的設計了。閻延文顯然是在有意識地將戀愛主題統和在愛國主義的大義之下，「全書始終貫串著一條愛情線，但作者非常巧妙地將這條愛情線緊隨與情節發展的主線，讓這條愛情線緊伏其中，既豐富了小說的情節主線，又服務於主線，可謂得體。……全書展現了一系列感人肺腑、動人心魄的愛情場面與故事。這愛情與罪惡戰爭形成了火與情的燃燒，這愛情又在曲折的歷史發展中碰撞，這愛情也在複雜的人際情感中衝動與憂傷。在丘逢甲和陳鳴鶴與倩雲的愛情衝突中，展示了兩種截然不同的愛情觀，同時也無情地揭開了兩個人不可同日而語的內心世界。」[71]作家筆下婉轉淒惻的愛情，常常富有其獨特的感人魅力，但遭遇民族不幸，時代動盪之時，都不得不碾壓在時代巨輪之下。

　　《臺灣風雲》中李夢嫦與唐景崧的感情，因唐抗法衛國而結緣，又因唐棄臺民不顧，夢嫦決然跳海而終結。又如徐倩雲終於感動於陳鳴鶴的一往情深時，卻因陳鳴鶴背叛臺民而斬斷情緣，即使陳是為救她做的這一切。當愛情不能與抗日保臺的愛國大業統一時，愛情不可避免要走向終結。通常，在大局與私情發生衝突時，表現為男人決策上會保全大局，情感上卻為私情所牽絆的情形在閻延文小說中則略有不同。往往是女性在對異性抉擇時，如果大局利益與私情相左，就會有典型的「李夢嫦案例」發生。簡單來說，閻延文筆下女性的擇偶標

71　翟泰豐：〈序一〉，《臺灣風雲》（南寧市：廣西教育出版社，2000年），頁6。

準在於是否與大局利益相一致，即抗日保臺的愛國大業。徐倩雲、荷妹以及宮芳兒對丘逢甲的癡情、碧怡對徐驤情感態度的轉變、娜多對江定動心、王夢凝在沈少鶴與連橫之間的情感抉擇，以及將莫那魯道發起的霧社起義與為愛人復仇的私情相統一等，將愛情理想化為時代精神的動力之一。這顯然是作家理想化的處理，將愛情本身帶給人的悸動、不安、甜蜜的複雜情緒簡化，只呈現出符合主流價值的一面。而女性話語則徹底成為與男性別無二致的同一話語，女性作家常常在把握宏大主題時，不自覺遮掩了自己的女性視角，而極力以男性視角來書寫歷史與歷史之外的情愛。

　　在閻的「三部曲」中，愛情故事所占的篇幅，在《臺灣風雲》中最為甚，無意間透露女性作家天生的敏感。作家有意將其寫成一部英雄兒女傳奇，在極力平衡英雄歷史與兒女情長這兩者時形成了作品的張力。尤其是主流價值觀之外的兒女私情，寫得纏綿悱惻，靈動感人；而英雄豪氣下的兒女情，則單一形式化，以陳情大義為主要的情感表達。簡單來說，分為女性視角下的愛情擁有感性話語，與男性視角下的愛情擁有理性話語。「我選擇的歷史題材，使我不能太強烈地皈依於性別意識。因為歷史本來是男人和女人共同創造的，我不可能只寫女性的體驗。性別視角和立場，主要是通過情節、人物和結構體現的，比如男女兩性肯定存在距離，比如男人會對宮廷權謀津津樂道，女性作家卻情願寫一些歷史的人情、性情和眼淚。」[72]實際上，作品中閻延文理想的愛情與理想的女性，僵硬地持有男人理性的立場，缺乏生活實感。倒不如理想愛情的反例，即陳鳴鶴的癡愛，來得真切動人。陳鳴鶴對徐倩雲的愛，本能的自私，強烈地渴望占有，情感一度使其行為失控，最終帶來不可挽回的後果。在陳的角色裡，愛

---

72 溫志宏、劉思功：〈用青春凝望歷史──訪青年女作家閻延文博士〉，《世界》2005年
　　第5期，頁25。

情與大義分割開來，必要時，兩者一旦撕裂，他選擇保全的是愛情。然而，陳鳴鶴卻是作家用以批判同情的對象，並不認同愛情的獨立性，特別批判愛情作為一種私情凌駕於時代精神之上。其筆下，理想愛情必須附屬於社會理想才能得到認可！

二　悲劇意識

多卷本長篇歷史小說，多意欲勾勒出一段時間裡歷史的狀貌，企圖揭示歷史發展的動因。而歷史發展的巨輪，往往是在矛盾碰撞中前進。新與舊的碰撞，又或者是正義與邪惡的碰撞，最終在某一方或雙方的毀滅中向前推進。本章選取的三部作品，都將題材集中在日本殖民統治臺灣五十年這段歷史，這是一段臺灣人民的血淚史。三位作家在這樣的題材之下，紛紛呈現出不同的悲劇性藝術特色。

悲劇常常通過「即具有肯定素質的主人公遭受挫折以至毀滅，喚起人們以悲為特點的審美感受。」[73]然而，悲劇的產生有內因與外因之別，即由於自身的矛盾性格而導致悲劇與由於外界的原因導致群體性悲劇。顯然，這三位作家都將悲劇發生的最大因由歸結到這黑暗的時代。而悲劇就在於人們抗爭這不公的時代，試圖結束它的過程中付出的巨大代價。悲劇的效果常常與矛盾產生的代價是否震撼人心從而產生精神的昇華有關。

鍾肇政曾在〈日據時代的臺灣新文學運動〉一文中指出「我們盼望我們中國人以後可能有什麼樣的遠景，我便在作品中間接地、隱含地表現我的觀點」[74]難能可貴的是，他經歷過苦難，仍然對未來有著積極的心態。這種理想主義的心態直接的反映在對主人公生死命運的

---

73 劉叔成、夏之放、樓昔勇等著：《美學基本原理》（上海市：上海人民出版社，2001年），頁214。

74 陳連順：《中國現代文學的回顧》（香港：香港縱橫出版社，1979年），頁311。

設置上：即使遭遇坎坷，但前路總是光明的！他雖擅長在作品中渲染一種悲劇性氛圍，但對於悲劇的理解由於充滿了溫情，削弱了其作品的悲劇性。這一點上，李喬突破了盲目樂觀的悲劇觀，客觀再現黑暗時代中人物命運的悲劇性。他筆下的主人公都是尋常人物，他們竭盡全力爭取幸福生活而最終因時代命運而遭遇毀滅，如彭阿強、劉阿漢、彭燈妹等人，作家自然主義的筆法再現人物形象，並不迴避人物的性格悲劇。這較之鍾肇政是為一種認識的進步。但鍾與李兩位作家在反映時代悲劇時，卻少有涉筆到造成時代悲劇的日本人。悲劇的發生通常有一個製造悲劇的對象存在，但在李喬筆下製造悲劇的卻並不十分明確就是日本人，而是某種不得不經受的命運。將這種悲劇的製造者上升為虛無的命運，具有宗教中苦難觀的色彩。閻延文則一開始就將造成悲劇的主要原因歸結於日本侵略者，使主人公始終處於強烈的矛盾衝突當中，強化民族間的對立。在兩者的較量中逐漸營造出悲劇的崇高美，而美的毀滅則完全因為日本的種族侵略。閻延文這種對悲劇的理解，顯然沒有擺脫掉解放區文學的窠臼，單一化的悲劇模式影響其作品的藝術深度。她較之兩位臺灣作家不一樣的是，將時代悲劇產生的原因，歸結到實體（清政府的無能與日本的貪婪），高揚人物的反抗精神，充滿了抗爭的信心與鬥志，這時悲劇煥發出強烈的崇高感。

在《沉淪》中，秋菊是作家筆下最理想的女性人物，然而她最終遭到陸綱岱的玷污，選擇沉潭來成全對愛人的忠貞。美好人物的毀滅，伴隨著整個臺島的沉淪，雙線合一，形成強烈的悲劇氛圍。當個人的愛情悲劇與臺灣的沉淪同時發生時，痛不自已的阿倫選擇放下私恨，原諒陸綱岱，並與之一齊加入抗日的隊伍。對於阿倫這種情感的突兀轉變，一直為人詬病寫得太牽強。顯然，這裡作家是希望完成兩線合一，將一切痛苦的來源都歸結於臺島的沉淪。阿倫選擇原諒，是一種象徵，他選擇壯大抗日隊伍而放棄私恨來挽救全島的沉淪，來對

抗悲劇的再發生。這裡，阿倫代表的是一種抗爭精神，是犧牲與毀滅之後愈加堅定的反抗精神。

《沉淪》塑造得最為成功的形象是信海老人，這位仙風道骨般的人物集中反映了作家對於悲劇的理解。信海老人「一身綢質的玄色長袍，雪白的髮辮和鬚眉，胖胖的軀體，胖胖的臉，長而下垂的耳朵，手裡拿著一根拐杖，看來是那麼威嚴而不失飄逸灑脫。」[75]在發生戰事之前的信海老人過著詩書酬唱的日子，生活無所憂慮。然而歷史將他推到風口浪尖上，他親自送走一批一批陸家的子孫，常常就是生離死別，自己也要帶著家眷們逃亡以躲避兵禍。面對蝗災，祖宅被毀，他怔怔的望著，眼淚大滴大滴的流，步履沉重，背影蒼涼。在信海老人身上形成的是一種國破山河在的悲壯之感，他始終直面一切變故，堅強的帶領陸家人採取迎擊的姿態，慘澹之中透著微光。

《滄溟行》反映正是日本統治下的臺灣，遭受嚴重的經濟盤剝和種族歧視。然而大多數臺灣人卻並未因此覺醒，如陸維棟、陸維揚都極力想要融入日本人當中。面對這樣的社會現實，陸維樑以一人之力不過是螳臂擋車，他的抗爭最終也以出走告終。維樑不能像他哥哥那樣屈服於既定的社會秩序，他堅持反抗社會強加的不平等待遇，這體現了人物身上不屈的反抗精神。然而他不過是想要保住赤牛埔原本屬於農人的那幾畝薄田，最後不僅沒有保住，還直接導致農人李阿保的死亡，同伴們重刑加身。最終，他被逐離臺灣出走大陸，本質上來說，這是一場失敗的行動。然而，作者卻極大地肯定了這一行為產生的社會影響，帶來了社會的覺醒，讓越來越多的人加入到反抗的隊伍中來。肯定了悲劇帶來的積極社會影響──哪怕只是杯水車薪，沒有從根本上改變現實。

《插天山之歌》常常被評論家們認為是一場兒女情長的讚歌，其

---

75 鍾肇政：《沉淪》，《臺灣人三部曲》（北京市：中國廣播電視出版社，1983年），頁91。

悲劇意味相對淡薄。陸志驤過著東躲西藏的逃亡生活，表面上他對抗的是日本警探桂木，然而實際上他真正對抗的是他自己原有的懦弱。他從日本回臺目的就是為了從事地下抗日活動，然而封鎖緊密的臺灣，廣布眼線，他只能在深山老林中韜光養晦以待時機。在深山當中，他實際經歷的是一個戰勝懦弱的自我、實現成熟的歷程。最終完成蛻變之後（以他兒子出生為結點），他卻被捕了。這對於一個壯志滿懷的人，不能不說是一場悲劇。然而，作家並不以此結篇，待他睡過長長的一夜，他就與臺灣島一起被日本人釋放了。因此，說鍾肇政筆下是「溫情悲劇」就在於，他在悲痛之後總為人們引申出新的希望，是不絕望的悲劇。

　　列寧曾說「恐懼創造神」，當人們無力應對接踵而至的痛苦磨難時，內心需要一種平衡的力量。李喬受佛教影響極深，整部作品氤氳著強烈的宗教氣氛。佛教最打動人心的地方，是它承認人間的苦難，並將苦難作為人生必經的修行。佛教在安撫恐懼的情緒時，給予人將苦難人生進行到底的勇氣；但與此同時，佛教對苦難的認同，也使人失去反抗的意志，被動的遭受著一切磨難，給人以無力感。李喬曾在自剖中提到：「窮苦的大眾，面對時代的改變，甚至於朝廷的改變，受難是依舊的。」[76]他並非簡單地將人物窮困悲慘的命運簡單歸結到時代的原因，而認為苦難是永恆的。李喬的悲劇意識在於人類永遠無法超越那不可知的力量帶來的苦難，除了順從的接受苦難，人無力去改變命運。彭阿強是作家筆下的悲劇英雄，他選擇改變自己與子孫們長工的命運。生活的重擔造就了他強硬的個性，使他寧折毋彎。他像英雄一般帶領著一家人進駐番仔林，無論是水災、旱災、蝗災都無法摧折他的雄心。家庭不斷遭變，他始終從容應對，成為大家庭在極惡

---

76 〈李喬寒夜三部曲自剖〉，http://cls.hs.yzu.edu.tw/hakka/author/li_qiao/li_author/li_movie/li_tape/tape-3.htm。

劣的條件下存活下來的支柱。然而，吊頸樹是每一位墾荒失敗的英雄們的最終歸宿，彭阿強企圖拒絕這樣的命運，不肯苟且順從而任人擺布。他能應對天災，卻無法應對人禍，官廳與地主聯合幾乎不費吹灰之力就能將其置於死地。寧折毋彎的彭阿強，無法挽救自己的土地，就只能殉命於這片土地。他即使死也要與直接壓迫他的地主阿添舍同歸於盡，至死也決絕地反抗著自己的命運。他個性的強硬剛愎，也是他走上一條自我毀滅道路的很重要的原因。但他不屈不撓反抗到底的精神，作家解釋為是對土地至深的苦戀！一個普通人在苦難命運面前，將自己的力量淋漓盡致地釋放出來，最終像流星一般在照亮世界的一瞬逝去。人始終無法拒絕命運為你安排的苦難，正因如此，反抗的姿態帶來的是彭阿強死前深深的不甘，他無法享有劉阿漢與燈妹死前的寧靜。

劉阿漢情感豐富卻極易衝動的個性，使他迅速地走上革命道路。他的革命之路始終是微薄的勝利伴隨著殘酷的刑罰。他的革命活動從未根本上改變過他或者臺灣的命運，明知不可為而為之，是相當自覺地走向悲劇的終點。特別是品類繁多的酷刑，作家一一實錄，強化了主人公毀滅的痛苦，悲劇性大大增強。劉阿漢在死前，將自己一生遭遇的苦難與折磨理解為人所必經的修行，他甚至為自己終於要結束這種痛苦而感到一絲欣慰。這種認識無疑是作家內心宿命觀的折射，一定程度上弱化了現實悲劇產生的痛苦。可以說，這是一種悲情悲劇，人物對抗時代黑暗，只能通過巨大的犧牲換來微弱的一小步。人物實踐著正義的活動，卻始終處於被損害的位置，最終被毀滅形成悲劇！在善與惡的對峙，最終善被毀滅的過程中，作家充滿了強烈的悲劇宿命觀，消解了抗爭的現實意義。主人公劉阿漢僅僅堅持的是一種反抗的姿態，他所要反抗的到底是命運還是實際的日本政府的剝削仍存在混沌。作家刻意消解劉阿漢的英雄形象，他死前的了悟將一切歸因於宗教的原因，很大程度上弱化了作品的悲劇性。

　　貫穿《寒夜三部曲》的彭燈妹，從孤女到妻子，再到母親，完整地展現了她一生的悲劇。她一出生就被算命先生卜為不祥之人而遭遇親生父母的拋棄，沒有給她一絲餘地來改變自己的命運。在嫁與彭家第四個兒子人秀的前夕，人秀卻忽然「著天釣」死去，她不知所措地承擔了所有的怨恨與懲罰。待嫁給劉阿漢為妻，卻開始了擔驚受怕的漫長等待，最終仍舊喪夫又喪子。她在人生每個時期的悲慘命運都是被不可知的力量所強加，她無從反抗也不具備反抗的意識。在畏怯與痛苦之中，她皈依宗教，將人所遭受的一切苦難當作必經的修行，只有這樣才能使她平靜地面對自己的命運。這使她從對命運的恐懼轉變為對命運的接受，因此在番仔林遭遇災難時，她依然能平靜自處。這份淡然與鎮定，成為艱難歲月中番仔林人活下去的精神力量。作家將彭燈妹的命運悲劇宗教化，弱化悲劇帶來的破碎感而強調超越悲劇後的精神昇華。燈妹超越了自己悲劇性的命運，逐漸形成了一股強大的精神力量，為自己的家人也為番仔林人給予了精神上的安撫。這就是作家悲劇性表達的最終目標，超越痛苦實現自我精神於砥礪中逐漸強大。李喬作品受宗教的影響，籠統地將一切都歸咎於人生來就必須受難，在這前提下，人只有接受苦難，才能最終超脫苦難獲得內心的平靜。這實際是一個循環的系統，獲得內心的平靜會讓人具備強大的精神力量挺過永無止盡的苦難。因此李喬的悲劇意識在於，無論人類反抗或接受命運，都無法停止不可知力量的迫害，只能在命運的接受中獲取生存的勇氣。

　　「紅色經典」在經歷了上世紀八九十年代文學的「向內走」後，原有的價值與地位被重估。在重估中，失去了往日的文壇主流地位，甚至成為作家們力避的文學窠臼。然而「自英雄和崇高的文學品格受到質疑之後，在長篇小說創作中，我們已經與那種具有英雄氣和悲壯意味的作品告別已久，即便是經歷了諸如『人文精神』、理想主義或知識左派等思想或知識問題的討論之後，那種在文學中曾經有過的正

義情懷和激憤之聲，仍然在不斷萎縮。」[77]在這樣的文學語境中，閻延文「臺灣三部曲」的出現則具有衝破文藝消費時代文藝奴性，重新發掘經典價值的意義。

作品通過強烈的人物衝突完成對英雄人物群像的塑造，將英雄主義與愛國主義相結合，喚起崇高的情感體驗。「對於丘逢甲、徐驤們來說，在個人方面，他們背負著情義衝突的重荷，而痛苦地選擇了義；在外部世界，他們要在個人情感與民族利益之間做出抉擇，又決然地捨小我而為國家為民族赴湯蹈火。這種衝突的藝術揭示，就將他們個人命運的悲壯賦予了更為深廣的歷史和文化意義。」[78]突出人物形象在情感衝突與民族衝突中抉擇的痛苦，於痛苦中完成悲壯英雄群像的塑造。較之前兩位臺灣作家，閻延文筆下人物內心衝突與外部民族衝突表現得更為激烈，劇烈的矛盾衝突中碰撞出巨大的犧牲與崇高的情感。當人物情感上遭遇情與義的衝突，痛苦的掙扎中選擇義；在民族危難時刻，小我私情與民族大義之間，犧牲小我成就大我。兩條線索互為補充，共同烘托出人物偉大的形象。偉大的人物遭受毀滅，喚起人們以悲為主的情感之外，更會將偉大的愛國精神大力弘揚，達到其呼籲民族團結的主題。

與前兩位作家不一樣的是，她將悲劇中的客體直指日本侵略者，強化了民族間的對立。日方人物形象往往猥瑣、心理畸形，而民族英雄的形象則健康、豁達、義薄雲天，形成強烈的對比。最後在英雄的毀滅中，民族情感得到共鳴，而侵略者則日益頹唐衰弱。在這一幕幕的歷史悲劇中，作品始終洋溢著一股強烈的革命樂觀主義精神。英雄赴死，大義凜然，絲毫沒有情感的遲疑與退縮，然而小人長戚，唐景崧晚景若行屍走肉，日本軍人也在自我崩潰中走向滅亡。這種悲劇模

---

77 孟繁華：〈長篇小說閱讀筆記〉，《理論與創作》，2001年第3期，頁15-23。

78 楊志今：〈歷史真實與藝術虛構的交響曲——讀長篇小說《臺灣風雲》〉，《文匯報》，2001年5月10日。

式的表達，雖部分地借鑑了紅色經典模式中的英雄形象，但又有所突破：尊重歷史，再現了英雄悲劇的命運。主人公丘逢甲無法與自己愛的女子結合，最終更是家破人亡；臺灣義軍抵抗失敗，黯然離臺。但他始終無愧於這樣的人生，從未嗟歎唏噓，而是從容應對，信心十足。他擁有著一副強者的姿態，積極的態度超越了悲劇命運帶來的巨大痛苦，讓人在悲劇痛感之後，升騰起強烈的崇高感。暫且將這稱為「積極悲劇」，在悲劇情節中樹立積極的精神，全然沒有兩部臺灣作品因悲劇帶來的消極虛無的情感。但積極的立意，不可避免會削弱悲劇性的表達。作家在應對這種困境時，採取將酷刑、死亡等殘酷因素等加入至悲劇情節中，來增強悲劇效果。從作品最終獲得的市場效果來看，這一點處理得比較成功。但相對於臺灣兩位作家，閻延文的作品藝術虛構的篇幅大了很多，大多建立在詩意想像的基礎之上。當痛苦成為一種想像，缺乏了情感體驗，其悲劇性自然打了折扣。相較之下，閻延文的悲劇意識的表達不似臺灣作家成熟，她寫的是「積極悲劇」。

第十章
海峽兩岸軍政抗日小說比較

第一節　政治格局的此消彼漲和文藝政策的殊途同歸

　　在二十世紀中國政治歷史舞臺上，國共兩黨無疑是最具影響力的角色。兩黨之間的恩恩怨怨，分分合合，無不深刻地影響著中國現代歷史發展的進程。孫中山先生創建的中國國民黨曾經是推翻中國封建帝制建立民主共和新時代的中堅力量，尤其在八年抗戰中，國民黨軍隊擔負了正面戰場抵禦日軍主力的重任，國軍將士英勇禦敵，付出巨大犧牲，湧現了如張自忠、郝夢齡、佟麟閣、趙登禹、戴安瀾等一大批抗日英雄，他們為中華民族的解放做出了不可磨滅的傑出貢獻，值得後人永遠銘記。

　　但是，以蔣介石為首的國民黨統治集團由於代表的是資產階級的政治經濟利益，與以無產階級的解放為己任的中國共產黨在政治理念上嚴重對立，導致國共兩黨長期處於尖銳的鬥爭中，雖然抗戰時期為了中華民族的共同利益，國共兩黨曾捐棄前嫌合作抗日，並取得了抗日戰爭的最後勝利。但抗戰結束後，在如何建立吸收包括共產黨在內的多種政治力量共同參政、摒棄國民黨一黨專政的民主國家的問題上，國共兩黨發生了嚴重分歧，在國共和平談判破裂後，中國再一次陷入了內戰的深淵。經過三大戰役四年角逐，擁有四百多萬軍隊的國民黨逐漸崩潰，最終不敵軍隊人數、武器裝備均落後於己的共產黨，從中國大陸敗退臺灣島，國民政府被新生的中華人民共和國取代。

　　退臺初期，蔣介石不甘面對失敗的現實，依然以正統自居，並企

圖利用朝鮮半島爆發戰爭，中國人民志願軍入朝參戰，美軍第七艦隊進駐臺灣海峽的機會，實現其反攻大陸的夢想。同時，國民黨政權為了保住其最後的棲身之地，必須千方百計鞏固其在臺灣的統治，防止海峽對岸的人民解放軍解放臺灣，因此實行了嚴厲的「動員戡亂」政策。臺灣人民則在經歷了「二‧二八」白色恐怖後，對國民黨政權充滿了失望與仇恨。為了應付內外交困的局面，國民黨政權及其動員機器刻意把矛盾的焦點引向對岸的共產黨，因此，在上世紀五六十年代，臺灣島內瀰漫著一股濃濃的反共氛圍。

中國共產黨在抗戰中初步發展壯大，解放戰爭中，由於毛澤東高超的戰爭戰略和靈活機動的戰術、人民群眾的大力支援、各民主黨派的同心協力，人民解放軍依靠小米加步槍戰勝了全副美式裝備的國民黨四百萬軍隊，從而奪取政權，建立了新中國。但是，新生的人民共和國同樣面對著許多困難局面，一是在戰爭的廢墟上建設國家一切百廢待興任務艱鉅；二是以美國為首的西方資本主義世界千方百計圍堵新生的社會主義中國，特別是和平甫至，又要全民投入抗美援朝戰爭，所耗費的人力和財力是巨大的；三是海峽對岸的國民黨政權及其軍隊雖然暫時龜縮在臺灣島上，但其背後有美國等西方大國的強大後盾，對新生的中國仍然是一個巨大的現實威脅。因此，取得勝利的中國共產黨及其領導下的新中國，一方面，全社會都沉浸在勝利的歡樂中，對於戰爭歷史的描述充滿了勝利者的豪邁氣概，另一方面，對於美國為首的西方資本主義世界和其庇護下的國民黨政權始終保持著高度的警惕，加之在共產黨內部，接連出現「高饒反黨集團」事件、反右派鬥爭、中蘇關係破裂、三年自然災害等天災人禍，使得上世紀五六十年代的中國社會，人們無不緊繃著階級鬥爭這根弦。

現代中國政治歷史格局的此消彼漲對於當政者的文藝方針政策及其指導下的文藝創作的影響是決定性的。

一九四九年國民黨政權從大陸潰退臺灣島後，在檢討失敗的原因

時，國民黨中央認為，組織的渙散、官員的腐敗、軍隊戰鬥力的喪失固然是主要原因，但與思想文化戰線上的失守亦不無重要關係，因此亟需發動一場「文化改造運動」。一九五三年九月，蔣介石發表了《民生主義育樂兩篇補述》，認為是「黃色的害」和「赤色的毒」在文藝作品中的氾濫而讓共產黨鑽了空子：

> 匪共乘了這一空隙，對文藝運動下了很大的功夫，把階級的鬥爭的思想和感情，藉文學戲劇，灌輸到國民的心裡。於是一般國民不是受黃色的害，便是中赤色的毒。[1]

蔣主張以所謂「優美」、「純真」之藝術來對民眾進行道德教化，達成對民眾思想的控制。為了響應蔣介石及國民黨當局的「文化改造運動」，一九五四年七月，掛著「立法委員」、「文藝協會常務理事」等官方頭銜的作家陳紀瀅以「某文化人士」之名在《中央日報》發表文章，呼籲社會各界致力於撲滅文藝界和新聞界中「赤色、黃色、黑色」三種毒害，於是，所謂的「文化清潔運動」在當局推動和一批文人作家的響應下，一時間甚囂塵上，著實熱鬧了一番。緊接著，一九五五年蔣介石又提出了「戰鬥文藝」的號召，一九五六年一月國民黨第七屆中常會通過了「展開反共文藝戰鬥實施方案」，至此，文藝完全被工具化，被牢固地綁在了政治的戰車上。「反共戰鬥文學」於是成為五十年代臺灣文學的主潮。五十年代的臺灣社會籠罩著一種濃烈的反共氛圍，從國民黨政權來說，作為國共鬥爭中的失敗者，對於勝利者共產黨及其新生的政權既恐又恨；對於跟隨國民黨逃臺的一批反共作家來說，由於對共產黨及其政治主張的不認同，對新生的中國採

1　蔣介石：《民生主義育樂兩篇補述》，轉引自蕭義玲：〈《文化清潔運動》與50年代官方文藝論述下的主體建構——一個詮釋架構的反思〉，臺灣大學臺灣文學研究所《臺灣文學研究集刊》第9期（2011年2月），頁159。

取的也是敵視態度，而由國民黨軍隊內部冒出的一批所謂「軍中作家」更成為反共文學的急先鋒。他們共同組成了一支叫做「武裝部隊之外的筆部隊」、「自動的作一名反共的文化狙擊手，一發現敵人，便隨時射擊」。[2] 一般認為，反共文學在五十年代臺灣文壇盛極一時後，六七十年代就逐漸式微，這是就臺灣文學的總體發展狀況而言，而從作家的具體創作看，實際上，反共文學的餘響直至八十年代初還餘音未絕，如本章將著重探討的司馬中原等大陸去臺作家的部分作品便是如此，此暫按下，待下文詳析。

　　確如蔣介石所分析的那樣，中國共產黨一向重視思想文化戰線上的鬥爭，早在二十世紀三十年代初就在上海成立了中國左翼作家聯盟，與國民黨爭奪思想文化的宣傳陣地，尤其是一九四二年延安整風運動以後，文藝為工農兵服務，也就是為戰爭服務不僅是毛澤東個人的意志，也是全黨的共識，更成為指導解放區文藝工作乃至一九四九年後很長一段時期文藝工作的重要綱領，作家被賦予了特殊的戰鬥任務——用筆為武器和敵人戰鬥，文藝家隊伍是和拿槍的軍隊並肩戰鬥的文化的軍隊。新中國建立後，文藝的戰鬥功能並未隨著經濟建設的開始而轉型，反而被愈益強化。文藝為政治服務不僅是意識形態的官方意志，而且成為那個時代作家的自覺行動。由於片面強調文藝的政治功能，導致一九四九年後的「十七年」包括抗戰小說在內的文學創作陷入「假、大、空」的窮途末路，文藝為政治服務的極端化極大地損害了文藝創作的繁榮多樣。

　　時隔半個世紀，今天我們回首上世紀五六十年代，我們不禁感歎文學在海峽兩岸所遭受的共同命運——都被政治賦予了不堪承受的重負。在臺灣，反共戰鬥文學是為當局的「反共復國」之政治臆想服務的。在大陸，五六十年代雖然沒有專門針對國民黨的什麼戰鬥文學之

2　孫陵：《論反共精神戰線》五版自序，轉引自彭瑞金著：《臺灣新文學運動40年》（臺北市：自立晚報社文化出版部，1991年），頁69。

類，但相當多的文學作品在歌頌共產黨的輝煌戰爭業績的同時，不忘揭露國民黨反動派的昏聵。在國共對峙的那個特殊年代，兩岸戰爭文學題材針鋒相對，政治功能則殊途同歸。

第二節　兩岸軍政抗日小說之同題異構

　　本章所謂軍政抗日小說是指上世紀五十至八十年代海峽兩岸那些從軍事和政治角度反映大陸十四年抗日戰爭的小說作品。在臺灣，創作此類題材的主要是跟隨國民黨政權撤退臺灣的大陸作家，他們當中許多人是親歷和參與過大陸十四年或八年抗戰，也親歷或目睹過四年國共內戰。在大陸，一九四九年後「十七年」的戰爭小說創作蔚為大觀，其中以抗戰為題材的小說占了戰爭小說的大約半壁江山。不消說，這些抗戰小說的作者與臺灣抗戰小說作家一樣都是從抗日戰爭的槍林彈雨中闖過來的。因此，兩岸作家對於抗戰都有切身體會，只是兩者政治立場不同，觀察戰爭的角度有異，文學思潮的影響各不相同，因此，對於戰爭的表現在內容和藝術方法亦有較大區別。

　　相對而言，大陸去臺作家創作的軍政抗日小說在作品數量上遠遜於大陸的同類題材小說，但在藝術表現的豐富性和多樣性上則勝於大陸作家。本章且擇取兩岸軍政抗日小說中比較有代表性兩類題材的作品進行比較分析：一類是反映敵後游擊戰爭的，另一類是表現地下抗日工作的。

一　兩岸敵後抗日游擊戰爭題材小說比較

　　臺灣比較有影響的敵後抗日游擊戰爭題材的小說主要是穆中南的《大動亂》、司馬中原的《狼煙》（上、下）等。大陸的抗戰小說幾乎都是描寫敵後游擊戰爭的，主要有孫犁的《風雲初記》、艾煊的《大

江風雷》、王林的《腹地》、徐光耀的《平原烈火》、李英儒的《戰鬥在滹沱河上》、劉流的《烈火金剛》、馮志的《敵後武工隊》、雪克的《戰鬥的青春》、李曉明和韓安慶的《平原槍聲》、劉知俠的《鐵道游擊隊》、馮德英的《苦菜花》《迎春花》《山菊花》，等等。

　　為了便於比較研究，且以同樣描寫膠東半島抗戰活動的穆中南的《大動亂》和馮德英的《苦菜花》、都以江淮地區的抗日游擊戰為題材的司馬中原的《狼煙》和艾煊的《大江風雷》進行兩相比較，力圖闡述在海峽兩岸緊張對峙的年代兩岸作家在同一題材的小說創作上呈現出的政治理念和文學審美的巨大差異，祈望能以小見大、管中窺豹。

　　膠東半島位於「七・七」全面抗戰爆發後國民政府所劃分的九個戰區中最前線的冀魯戰區的咽喉部位，是一個戰略位置十分重要的地區，也是國共兩黨軍隊游擊活動頻繁並曾發生嚴重摩擦的地區。八路軍一一五師東進抗日挺進縱隊第五支隊（即《大動亂》中的「八路軍七縱五支」）曾在這裡開展過游擊戰，而由偽軍團長趙保元起義改編的國民黨軍於學忠部第十二師也在這一帶活動。國共兩支部隊既合作抗日也摩擦不斷。穆中南的《大動亂》和馮德英的《苦菜花》就是以這一地區民眾的抗日活動為主要背景，展現了錯綜複雜的抗日鬥爭和國共之間的尖銳矛盾。

　　艾煊的《大江風雷》和司馬中原的《狼煙》的人物故事則均發生在抗戰中期的江淮地區。這一地區是南北東西交匯的交通要地，也是抗戰膠著時期各種政治勢力雜糅交互頻頻碰撞的敏感地域。共產黨領導的新四軍、國民黨的「中央軍」和地方雜牌軍、汪偽軍、各種地方幫會黑道或士紳土豪的武裝勢力以及日寇都在這一廣袤富饒的平原上展開交鋒，形成了極其錯綜複雜的政治軍事關係。首先是新四軍和國民黨軍隊之間既合作又鬥爭的關係，作為抗日民族統一戰線的組成部分，新四軍和「國軍」是共同抗擊日本侵略者的友軍，但是，蔣介石出於反共限共的政治目的，又千方百計限制新四軍的活動和發展壯

大，因此國共兩軍時常發生摩擦，以致最終釀成震驚中外的皖南事變。其次是共產黨、國民黨、汪偽政權都在爭取地方幫會和士紳武裝勢力，力圖將其改造成為自己的盟友甚至招募到自己的旗下，地方幫會和士紳人物便時常見風使舵，腳踩兩隻船或幾隻船，於是各種政治力量之間形成了時分時合敵我混沌難辨真偽的迷局和亂局。

　　抗戰時期膠東半島和江淮這兩個特殊地區客觀存在的這種溝壑縱橫的政治軍事關係給了作家創作極大的想像空間，海峽兩岸四位分別從這兩個地域生長而分屬對立陣營的作家，在相同的歷史時期裡置身迥異的政治環境中，對膠東半島和江淮大地上曾經發生的血與火的故事作了生動而有意味的文學描述。

（一）歷史恩怨的文學審視

　　《大動亂》的作者穆中南是臺灣著名的反共作家，出生於膠東半島的蓬萊縣，一九三五年曾因在瀋陽從事抗日活動，被日本憲兵隊逮捕。一九三六年被聘擔任蓬萊縣中心小學校長，抗戰爆發後，帶領一部分人奔崑山打游擊。作家根據自己在家鄉參加抗日游擊戰的親身經歷和他與抗日游擊隊中共產黨員的接觸，塑造了國共兩個陣營中的若干抗日人士的複雜形象。小說主要圍繞林村豪門林文盛及其三個兒子的抗日活動為線索展開故事情節和人物塑造。林文盛是舉人世家，為林村第一大戶。作者筆下的林文盛是一個謹守封建傳統道德，持家嚴謹，為人厚道，仇視洋人的鄉紳，其大兒子伯仁外出濟南、天津、上海、煙臺經商，表面上是一個勾結日本人從事軍火、紡織生意的漢奸商人，而暗地裡卻秘密策動偽軍趙保元部起義反正；二兒子仲仁是一個小學教員，一個抗日積極分子，領導抗日游擊隊與入侵家鄉的日軍英勇作戰犧牲；三兒子季仁在共產黨員影響下參加八路軍，因工作出色被組織上選拔去延安進修學習，但抗戰勝利後在北平從事地下工作時背叛共產黨，投向國民黨。林文盛的三個兒子與共產黨都有一定瓜

葛，大兒子伯仁的戀人漪萍是崮山地區中共的最高領導人，曾以小學
教員的身分為掩護在林村開展宣傳抗日發動群眾的工作；二兒子仲仁
與中共黨員合作領導抗日游擊隊；三兒子季仁是在漪萍影響下成為共
產黨八路軍的一員。林文盛自己沒有明確的政治意識，在侵略者面前
他保持了民族氣節，對後輩從事抗日活動既不熱心支持，也不強烈反
對。但是這個被個共產黨樹起來的「開明紳士」最後卻被共產黨的鄉
村政權以「惡霸」罪名鬥爭處死。

　　《苦菜花》是作者馮德英的處女作。這個從山東牟平一個貧苦家
庭走出來的兒童團長，曾親歷過抗戰歲月，一九四九年十三歲時參加
解放軍，一九五五年時為某部排級幹部的馮德英用三年時間寫出了小
說初稿，寄給總政文化部陳沂部長。在「解放軍文藝叢書編輯部」的
支持幫助下，一九五八年一月《苦菜花》在解放軍文藝社出版。與穆
中南一樣，馮德英的創作也「和其本人的生活閱歷、個性愛好、立場
觀點、周圍環境密切相關」[3]，不過，抗戰爆發時，穆中南已是一個
二十五歲的小學教員，而馮德英才是一個三歲不到的娃娃，前者曾親
自參加過抗日游擊隊，後者對於抗戰基本是兒時的片段印象，這對作
家的創作和作品的真實性有很大影響。

　　《苦菜花》以膠東半島昆崳山的王官莊為故事發生的地點，主人
公是一位四十歲出頭的母親。母親是一個普通農家主婦，養育了五個
兒女，大女兒娟子是一個具有男子漢作風的女共產黨員，大兒子馮德
強也是一個共產黨員、八路軍戰士。母親不但是家庭的主心骨，而且
是王官莊抗日的旗幟。在她的影響下，兒女們個個抗日意志堅定，連
三歲的小女兒也愛恨分明。母親雖然不是共產黨員，但她比共產黨員
更像共產黨員，不但凡事深明大義，而且做了許多一般共產黨員做不
到的難事，經歷了共產黨員們不曾經歷的最嚴峻的生死考驗。與母親

3　馮德英：〈寫在新版「三花」前面〉，《苦菜花》（北京市：解放軍文藝出版社，2007
　　年）。

形成鮮明對照的反面人物是以小學校長職業為掩護的國民黨員、漢奸王闌芝，這個從省城奉命潛回家鄉從事破壞活動的漢奸特務，偽裝進步當上縣參議員，實則生活糜爛，奸詐狠毒，最後真實身分暴露，在與母親女兒娟子的搏鬥中被擒獲，抗日政府公審後將其槍決。小說還描寫了日寇的殘暴、抗日軍民的頑強抵抗、戰火中的青春愛情以及若干漢奸惡霸的醜惡嘴臉。

　　整個抗戰時期，江淮地區是國共兩黨軍隊發生摩擦最激烈頻繁的地區，皖南事變，新四軍遭受重創；黃橋決戰，國民黨軍隊亦吃了大虧。國共之間的歷史恩怨和政治是非在海峽兩岸的兩部抗日小說中通過作家審美（審醜）手段得到了相當豐富的表現。《大江風雷》是老作家艾煊於「文革」前夕（1965）出版的長篇小說，描寫一九三九年冬至一九四一年春，新四軍某部在東進過程中留下六名幹部戰士在淮南地區動員群眾、組織武裝力量打擊汪偽軍和日寇的故事。以夏鐵友為首的六名新四軍幹部戰士初期工作是十分困難的，因為，在這一各種政治勢力雜糅的地區，活躍著名目繁多的各種武裝團夥，有國民黨戰區司令部層層委任的各種別動縱隊、有農民自己組織起來的抗日刀槍會、還有神仙道會的「黃衣救世軍」等等，這些掛著抗日稱號的武裝團夥，彼此各自為陣，互不隸屬，莊稼漢們鬧不清該聽哪一支隊伍的號令。新四軍初來咋到，就遇到了漢奸地主陳海龍唆使刀槍會的武裝阻擋，新四軍在不得不反擊中打死了一些刀槍會員，而坊間又傳言新四軍是一支「共產共妻」的隊伍，更增添了農民的恐懼。新四軍用打土豪分漢奸地主浮財、講抗日道理、不拉夫不抽丁不派捐款的實際行動初步打消了農民的顧慮，又通過覺悟的農民鄭為法的牽線搭橋聯合起東溪村紅槍會首領趙長青，從而贏得了農民的信任，為建立抗日游擊隊打下了群眾基礎。游擊隊成立後，一方面聯合真正抗日的各方隊伍共同打擊日偽軍，另一方面與鬧摩擦的頑軍（與日汪秘密往來的國民黨正規軍）巧妙周旋，經過艱難的挫折和各種嚴峻考驗，新四軍終

於在河洛地區建立起獨立的抗日民主政權，站穩了腳跟。最後消滅了漢奸地主陳海龍的武裝，擊退了頑軍的進攻，抗日隊伍空前壯大。

《狼煙》出版於一九七四年，是上世紀五六十年代蜚聲臺灣的「軍中三劍客」之一的司馬中原描寫其故鄉歷史往事的系列作品之一。小說敘寫了抗日戰爭時期淮河流域以蒿蘆集為中心的地域上發生的眾多正與邪的鬥爭故事。國軍連長岳秀峰率部突圍受傷，傷癒後留在蒿蘆集組織抗日游擊隊，他和國民政府委任的鄉長喬恩貴、鄉團長趙澤民和士紳趙岫谷等一起，與汪偽軍團長孫小敗壞及其眾多嘍囉、「土共」（新四軍游擊隊）領導人董四寡婦、黃楚郎等進行了針鋒相對的鬥爭。抗戰勝利後，岳秀峰在與共軍爭奪地盤的戰鬥中陣亡。

《大江風雷》和《狼煙》雖為抗日小說，但因為反映的是江淮這一特殊地域上的抗日故事，所以作家實際描寫中都把國共兩黨之間的鬥爭作為主要線索之一深嵌在抗日的主題中。《大江風雷》中，新四軍游擊隊的主要對手來自兩方面，一方面是與日偽勾結的地主土豪，如阻礙新四軍開展減租減息運動並與日偽和重慶方面關係均密切的地主漢奸陳海龍、李晉齋等。另一方面是國民黨正規軍第一○二旅旅長覃四維和地方雜牌軍第五戰區第七別動縱隊司令季壽昌（此人後編入第一○二旅任副旅長）。而這兩方面的對手彼此間又有割不斷的關係，實際上亦可歸一，如陳海龍，此人明裡是第五戰區第七別動縱隊第五支隊司令，暗裡則是偽蘇浙皖綏靖軍別動總隊第十二團團長和偽縣長，是為霸一方的大土豪。新四軍游擊隊要對付來自日偽和頑軍兩方面的夾擊，只有依靠群眾的力量才能打開艱難的局面。《狼煙》則在頌揚「國軍」忠貞抗日的同時，刻意敘寫了共產黨抗日游擊隊與汪偽軍之間的秘密交易，以及「土共」借偽軍的力量打擊自詡為正統的來自「老中央」血統的抗日武裝。小說最後亦描寫了國共兩黨軍隊之間的直接交鋒。

（二）人物塑造與審美傾向的巨大差異

　　上世紀五、六十年代海峽兩岸以大陸八年抗戰為題材的戰爭小說，由於是在迥然有異的政治氛圍和時代環境中各說各話，因此在作品的審美風格上呈現了巨大差異。八年抗戰國共合作取得了勝利，但是緊接著四年國共內戰，國民黨最後喪失了在中國大陸的統治權，龜縮到臺灣島一隅。作為勝利者的中共和掌握了中國未來命運的人們自然喜不自禁，因此，上世紀五六十年代的戰爭小說洋溢的是勝利者的豪邁風格，雖然也寫了戰爭中的挫折和局部失敗，但掩飾不住最後勝利的豪情。在以抗戰為題材的小說中，作家們總是熱衷於表現八路軍新四軍開闢敵後戰場的故事，而基本不涉及也不願涉及正面戰場上國民黨軍隊的抗日鬥爭。反之，作為與中共決戰中失敗者的國民黨及其軍隊，曾經的昔日輝煌不再，在狹小的臺灣島上，一方面要唯美國馬首是瞻，喪失了自主權，另一方面面臨著海峽彼岸人民解放軍隨時可能發動的進攻。這種沮喪和惶恐交集的心態在其反映抗戰題材的小說中多少有所流露，一方面極力表白其曾經創立的歷史功績，另一方面對置自己於死地並且目前依然是巨大威脅的中共及其軍隊懷著極大的仇恨，因此，其相關題材的小說中總是竭盡醜化和謾罵中共之能事。當然，這種狹促的心態也是上世紀五六十年代臺灣島上瀰漫的「反共抗俄」的時代風潮的邏輯歸因。

　　但國共之間的歷史恩怨歸根到底還是各自政治理念的水火不容導致的必然結果，這種截然相反的政治理念無不在上世紀五六十年代的抗日小說創作中得到鮮明體現。首先是人物審美形象的塑造受各自政治理念的影響巨大。自建黨開始，國共兩黨所依靠的群眾基礎就大相逕庭，中國共產黨是無產階級的政黨，其主要群眾基礎是城市的工人和農村的貧雇農，而中國國民黨是一個資產階級的政黨，是以城市的資本家和農村的地主富農為主要依靠對象。而按照馬克思主義的階級

鬥爭學說，資產階級和無產階級是剝削與被剝削、壓迫與被壓迫的天然對立的兩個階級陣營。上世紀五六十年代在海峽兩岸嚴重對峙時期，兩岸作家都有著十分鮮明的階級意識，並深刻體現在小說創作中，我們看到兩岸軍政抗日小說中，作家所讚美和醜化的人物形象截然相反，《苦菜花》一號正面人物母親是貧苦農民的代表，與之相對立的反面人物是地主王唯一和其弟、漢奸特務王闌芝以及代表知識分子的小學教員宮少尼、呂錫鉛等，反之，《大動亂》所著力頌揚的人物是地主豪紳林文盛，所貶抑的對象則是村中的流氓無產者陳老短及其相好孫寡婦等。同樣，《大江風雷》和《狼煙》中兩相對立的人物，其階級歸屬也極其分明。

　　《苦菜花》堪稱抗戰女英雄的頌歌，小說所濃墨重彩刻畫的女性形象首推母親。母親具備無產者所有的優秀品質，她大公無私，毫無條件支持兒女們參加抗戰，大女兒娟子分娩才三個月就急於讓孩子斷奶以便早日回到抗日工作崗位，母親不但支持女兒這一不近人情的做法，甚至奇蹟般讓自己已經乾癟的乳房重新湧出乳汁餵養外孫女。母親愛恨分明，具有很高的階級覺悟，她對地主惡霸日寇漢奸無比痛恨，對八路軍和苦難的鄉親則愛護有加，當敵人把母親關進監獄逼她說出八路軍兵工廠的機器的埋藏地點，母親受盡各種酷刑就是不肯屈服，即便已經如此堅強，母親還「覺得自己很懦弱，很膽怯，她心裡生氣地埋怨自己」：

> 「革命就是要打仗、要流血、要死人！」她的理智在說：「若是沒有共產黨八路軍，中國早亡了。他們不都是從老百姓裡來的嘛！若是誰都怕死，都不出來幹，哪還有什麼共產黨八路軍呢？就是你不革命也有人來殺你，能等死嗎？不，不能⋯⋯」。

顯然，母親這一內心獨白早已遠遠超出一個舊中國農村婦女的識見，

達到了共產黨員的高度精神境界。小說中類似的描寫比比皆是。小說結尾，從未拿過槍的母親甚至也敢用兒子塞給她的左輪手槍射擊敵人，並打死了一個敵人。《苦菜花》中的另一抗日女英雄娟子也是作家描寫的重點，「這十六歲的山村姑娘，生得粗腿大胳膊的，不是有一根大辮子搭在背後，乍一看起來，就同男孩子一樣。」娟子不但外形像男孩，而且有著超過一般男性的堅毅果敢乃至殘酷，是她親手槍斃了地主惡霸王唯一；她獨自夜行深山遇兩個漢奸截擊，依然能把男性對手制服；她沒有一般女性初為人母對嬰兒呵護有加的天性，反而覺得哺乳孩子妨礙了她的抗日工作。其他如區婦救會長趙星梅、母親的侄女蘭子以及花子、杏莉等女青年，個個都愛恨分明，關鍵時刻勇於犧牲自己。總之，《苦菜花》是完全按照那個時代的審美標準來塑造抗日女英雄的形象，個個光彩照人，形象高大，使人在景仰之餘頓生虛假之感。

上世紀五六十年代中國大陸的其他抗日小說大致如《苦菜花》一樣，人物形象多是單向度和扁平的，好壞極其分明，不存在亦好亦壞亦正亦邪的人物。而同時期海峽彼岸的同題材小說《大動亂》就不那麼單純了，其人物性格相對複雜多樣些。主要人物大致可以分為兩大類型：一類是正邪相對比較分明的，正面人物如豪紳林文盛、林文盛次子仲仁、三子季仁、美國醫生巴神父、林家長工老林等，反面人物如流氓無產者陳老短、孫寡婦、第二路軍總務處長李成軒等。另一類是亦正亦邪的人物，如林文盛長子伯仁、崮山地區中共領導人漪萍、中共黨員孫端夫、黃縣縣長丁自立等。

如果說，《苦菜花》讚美的是一位苦難的母親，那麼，《大動亂》頌揚的就是一位威嚴的父親。林文盛是林村靈魂式的人物，不僅在於他是舉人家的後裔，更在於他的威望和影響在林村是首屈一指的。這是一個具有濃厚封建家長意識的儒紳，對於八十歲的老母親，他謹奉孝道，終日伺奉；對於子女，他雖然想用父道尊嚴加以管教，無奈國

家和社會正處於大動亂的時代，特別是外來宗教文化的衝擊使他再難
以用傳統文化思想管束年輕人。長子伯仁在外經商，用日本人的錢行
銷日本貨，林文盛認為這是欺騙中國人，是「求小利必貽大害，不顧
全國家民族的利害，雖有百萬之富，終必有一天付諸流水」。三子季
仁欲報考教會學校，林文盛強烈反對，因為在他看來「外人早看中了
中國這塊土地，想要造就一批中國青年替他們搶中國這片土地，我不
願意我的兒子做他們的走狗。」當然，最後他既難以阻止大兒子經銷
日貨，也擋不住小兒子報考教會學校。因為：

> 世界在變，社會在變，使他沒有力量扭轉這個巨大的轉變。他
> 在林村的聲望，他在這片山巒前前後後數十里地的聲望，僅是
> 暴風雨裡一盞殘燭，剩下星星之光還沒有熄滅之前，好像還有
> 象徵它存在的價值，他現在僅能維持這點星星之光的尊嚴而
> 已，就是訓導兒子們，也僅能把他自己的看法分析出來，並沒
> 有強迫兒子一定要走他所選擇的道路。

不過，林文盛終歸還是做了一個開明的紳士，因為美國醫生巴神父用
西藥治好了他母親的病，使他對基督教徒有了新的認識，更因為日本
軍官闖到他家裡強迫他出來維持所謂地方治安，使他切身感受到民
族和國家危亡的迫近。他不但支持次子仲仁拿起武器抗擊日本侵略
者，而且也同意三子季仁參加八路軍，成了國共共同倚靠的抗日開明
紳士。

　　穆中南自詡「我是從骨子裡反共抗日的」[4]，《大動亂》的抗日主
旨自不必說，所謂反共，就是在小說行文中不時或明或暗批評共產黨
的抗日方針策略，認為共產黨主張抗日是別有用心的：「中國打日本

4　穆中南：〈反共抗日的記錄——寫《大動亂》的前後〉，《文訊》第30期（1987年6
　　月），頁61。

必定勝利，可是勝利的是不是中國那就難講了；比如，中國人民是決心要抗日的，可是中國人在今天不需要戰爭，而需要戰爭的是另一批人，是因為政府安內政策勢將滅亡走途無路的人；他們希望中國和日本打起來，好允許他們的存在和生長，所以用盡了各種方法和手段來挑撥」。除此之外，小說主要通過塑造若干共黨人物形象來兌現其反共諾言，但是理智和情感的分裂卻使其筆下的共產黨人並不令人反感，反倒有幾分親切之感。原因在於作家在生活經歷中曾接觸過的共產黨人對於其正面影響，使其不願意違背自己的良心作太過違背歷史真實的醜化，多年後，作家在《大動亂》被解禁重印後的感想中談到：

> 書中的漪萍，姓名雖不同，也是確有其人。她在七七事變以後，靜悄悄來到我們膠東，她用什麼關係來的，我摸不清楚，她為人文靜溫和、沉默寡言，面色好像貧血的弱女子。她和孫端夫（也是沉默人物，臉色蒼白）做夢也沒想到他們會是共產的幹部。她不談馬克思、列寧、史達林，甚至連抗日的神聖都不高談，每天東走西去，忙個不休，埋首她的工作，教導受傷急救，教唱抗日歌曲，無報酬無代價好像無目的的熱心做著，實在令人感動。沒想到自八路五支自西來後，吞併各個地方武力，她出來了，她卻是個膠東的最高指揮者。她的下場也很慘，據說由於路線不同，她被鬥爭下了臺，這個女人，在我的《大動亂》裡給了她一個新生命，因為我很愛她。[5]

小說中的漪萍大體上是依照作家上述認識來描寫的，她在林家初次露面就令人產生好感：

5　穆中南：〈反共抗日的記錄──寫《大動亂》的前後〉，《文訊》第30期（1987年6月），頁62-63。

二少奶奶滿面春風地拉著一位文雅靜穆的小姐進來，淺藍色的
仁丹斯林布的旗袍剛剛齊到膝蓋，乾淨俐落，樸素大方，一雙
秀麗的大眼睛，蘊藏著海一樣深的神情、微掛著一絲溫和而羞
怯的笑意，令人有不可捉摸的安靜感；她的面孔，她的頸，她
露在外面的臂，白皙得近乎貧血，她有天生著一種令人可憐，
令人親近，令人靜止的風度。

漪萍的美麗和風度贏得林家老少的喜愛，但只有一個人對她似愛猶
疑，並覺察到其身分和來歷的神秘和可疑，此人便是林家長子、常年
在外經商、見多識廣的伯仁。小說對於漪萍在林村的所作所為亦未作
更多負面描寫，她和陳老短等無產者的接觸、她利用林家人對她的好
感建立群眾基礎並乘機了解國民黨地方武裝的蛛絲馬跡、她在暗地裡
對於中共地下黨員的工作部署等等，都是出於其隱蔽身分和本黨利
益，此行徑無所謂美醜。如果說有什麼形象的瑕疵的話，那就是她在
與伯仁的關係上有些輕佻，那也是為了更牢固地贏得林家的人心，尤
其是利用了林家地位至高無上的老太太對她的好感急於讓長孫伯仁娶
她為媳的機會。不過，這個美麗優雅的共產黨人在共產黨內卻成不了
氣候，她除了受到黨內批評被冷落外，作者最後安排她皈依基督，與
政治徹底絕緣。小說的反共意旨由此卒顯。

　　小說中另一個著墨較多的共產黨人是林家三少爺季仁。這個頑皮
的少年在漪萍的影響下走上了抗日道路並在八路軍隊伍中迅速成長，
在共產黨的訓導下他很快適應了緊張的軍事生活，學會了開展黨內批
評和自我批評以及下鄉調查研究等一套爭取群眾的方法策略。代表他
成長最高潮的是組織上選送他去延安學習。但抗戰勝利後，在北平從
事學生運動的季仁在邂逅被迫淪為妓女的情人朱雯和表妹雅娟後，即
刻對共產黨產生仇恨。作者讓這個純潔少年最後「覺醒」，主動將中
共地下組織情況供述給國民黨當局，成為共產黨的叛徒。總之，小說

中作者所襃寫的共產黨人，最後不是遠離政治，就是叛黨。作者之所以自認為《大動亂》是一部「反共抗日」小說，也許就反映在諸如此類的寫作構思上。但作家的主觀意圖需要作品的客觀閱讀效果來檢驗。國民黨當局大概並不認可作者的主觀意願，所以《大動亂》在出版後不久便被當局查禁。

司馬中原的反共比穆中南徹底。作為「軍中作家」，司馬中原對「國軍」有著本能的好感，對對手「共軍」則早已烙上下意識的嫉恨，因此《狼煙》是把「土共」（即新四軍游擊隊）與土匪、汪偽武裝視為一路貨色，加以極力醜化的。小說塑造了眾多正邪極其分明的人物。司馬中原筆下的一號正面人物非岳秀峰莫屬，這是國民黨正規軍的一名連長，為「掩護大軍轉進」，其所率連隊經過十一晝夜的惡戰頂住了日軍一個師團的輪番進攻，從雲臺山撤下的岳秀峰連號稱「蘇北荒野上最後一個中央正規軍連」。這支突圍的隊伍在斥候（偵查）班被當地惡棍孫小敗壞悉數謀槍害命的情況下失去了突圍的目標再次陷入日軍重圍，經過一番惡戰，除連長岳秀峰、排長喬奇身負重傷突出重圍被當地老百姓救助外，其餘官兵全部戰死。傷癒後他和排長喬奇主動留在蒿蘆集，在當地士紳趙岫谷、鄉長喬恩貴、鄉團長趙澤民的支持協助下，拉起了一支頗具實力的地方武裝，他自任這支地方武裝隊伍的司令，與日偽軍和新四軍游擊隊進行了多次交鋒，均勝多敗少。最後，卻命殞在日寇投降後與共軍爭奪地盤的戰鬥中。

黃埔軍校出身的岳秀峰在司馬中原筆下遠非一個普通的連級軍官，簡直就是一個「正氣撼天、悲壯無匹」的當代岳飛，還是一個仁厚儒雅、足智多謀的當代諸葛亮。作者毫不掩飾對這一「英雄人物」的偏愛，不惜堆砌許多讚美的詞語，小說最後，寫到岳秀峰預感自己不是「共軍」的對手，將遺恨蒿蘆集，於是，司馬中原替人物抒發了一段堪稱「氣貫長虹」的內心獨白：

歷史可以證明這些，綜匯這民族整體知覺的歷史，曾經演出無
數這樣的悲劇，據守在蒿蘆集的岳秀峰司令，不光是一個熱血
洶湧、勇猛無畏的軍人，他同時也是一個進入民族歷史的學
者，他懷著匣槍入睡，卻以史書作枕，他明白，地上一時的混
亂、流離和殺劫，不能算是確定的悲劇，而是亮在黑夜莽原上
的燭火，人們憑藉溫故而知新的本性，會以悲憐之淚，洗擦歷
史上某一代留下的痛苦存活和枉曲逝去的斑痕，會用這段史
實，光照他們未來的，更遙更遠的前途。

時空和環境造成的短暫悲劇，是任何個人無法避免的，生而為
人，必須挺立著，面對著它，並且接受它，不論是迎風灑血，
或是迎刃拋頭！他預知這種痛苦，這種犧牲，無需經文字，便
可進入歷史，它將發出巨響，如隆隆的雷震，它將熠發光耀，
像打閃般的擦亮後世人眼瞳裡的天空。因此，他便安然的經營
著蒿蘆集三角地區的陣地，等待著來犯的人形瘋獸。

那柄由校長賜贈的軍人魂短劍，就放置在史冊上。

眼前的情勢，使他明確確定，蒿蘆集是他的死所，也是他生命
進入完成的地方。

這豈是小說人物岳秀峰個人的內心獨白，準確說是司馬中原對於「國
軍」失敗歷史的悲歎和無奈。

事實上，司馬中原塑造邪惡人物的手段與藝術效果遠勝於歌頌正
面人物，在《狼煙》近百萬字的篇幅中，描寫岳秀峰等正面人物的文
字遠遠少於描寫孫小敗壞等邪惡人物。司馬中原差不多是用審醜的藝
術手法來塑造作為「英雄人物」對立面的群醜形象。這些土匪惡棍無
賴流氓都是一些壞到透頂的人物，他們拉幫結夥無惡不作，為了得到
幾支槍械，竟把一個班的「國軍」士兵下藥毒死，而罔顧他們是從九
死一生的戰場突圍的抗日戰士。司馬中原用了大量筆墨寫了孫小敗壞

等幾十個偽軍和漢奸頭目彼此間爾虞我詐、虛張聲勢、傾軋吞併、色
欲橫流、為害一方的惡行，在這些邪惡人物中自然少不了如董四寡
婦、黃楚郎等「土共」的領導人物，他們通過販賣煙土和武器斂財並
牢牢控制著孫小敗壞這幫偽軍，他們的陰毒和手腕更勝孫小敗壞他們
一籌，自然也就成為最後的勝利者。從小說的序言到行文的字裡行
間，作者一旦寫到共產黨時總是不經意地流露了仇恨的情緒，最後，
作者幾乎是用攻擊和謾罵的口吻敘寫滾滾潮湧而至的「共軍」：

> 在蘇北荒落落的野地上，淮海區，鹽阜區，一直展延到東海岸
> 接近長江口的地區，共軍像蛆蟲般的麇集著，轉移鬥爭方向的
> 再教育運動，燒了火般的全面推行著，白紙快報，牆頭報，黑
> 板大字報，各色標語口號，使人覺得世上的牆壁太少，他們把
> 無數的謊言，公開的攤掠在那些不識字的人們眼前，他們的文
> 工團隊，以文娛活動為掩護，用歌，用舞，用俚俗的地方小
> 調，用大鼓詞，鐵板快書，街頭劇，……各種直接灌輸的鄉野
> 形式，把那些平面的文字謊言影立起來，他們要造成一場人為
> 的風暴，必先要以威逼，恫嚇，煽惑，巧騙，利誘各種類的花
> 巧，把人給動員起來，供他們任意驅策，他們用鑼鼓，用吼
> 叫，用火焰和鮮血，綜合了各種魔性的氣氛，使無數心胸樸
> 拙，知識短淺，性格純良的莊稼漢，迷惑在他們蓄意張起的網
> 裡，眼被塗紅了，心被燃焚了，活生生的人，也竟會在麻醉中
> 被變成一匹匹人形的野獸，吼著噪著，擲著火把，舉著槍刺，
> 懷著無端的憤怒和盲目的仇恨，蜂湧向共黨預定攫取的目標。

　　《大江風雷》也塑造了許多正面和反面的形象，但相對而言，較
之《狼煙》，作家較少用漫畫和誇張的方式描寫人物，也不採用極化
的手段塑造形象，而是重在挖掘人物內心世界和思想變化過程，表現

他（她）們的性格特徵，因而，無論正面或反面人物都顯得更加真實可信，有較強的立體感。如作家花了比較多筆力濃墨重彩的新四軍女幹部何為，這位年方十九卻有著非凡革命經歷和堅強性格的女性，總是在每個艱難的時刻挺身而出，力挽狂瀾。新四軍剛到洛河地區，難以立足，何為夜訪東溪村，以她的浩然正氣和爽直性格獲得了紅槍會首領趙長青的支持；她智鬥神道騙子李學榮，破除了群眾對所謂「皇帝」和「軍師」的迷信；她喬裝打扮深入敵穴，敲掉漢奸尤三甫；她深入敵營，舌戰頑軍，以理服人，讓頑固派也不禁對她和新四軍禮讓三分。當然，作家多少也受到那個時代「三突出」創作原則的影響，有人為拔高和純化人物形象的傾向，使何為形象較多陽剛性，較少兒女情。

與《狼煙》最顯著的區別是，《大江風雷》在寫到國共摩擦時，並未對頑軍陣營的人物採取一黑俱黑、一概否定的態度，而是寫出了人物的差異，如一○二旅參謀長尤紹堂對何為先倨後恭，是因為他在與何為的逐漸交談接觸中，感受到新四軍方面團結抗日的誠意和寬宏胸懷，以致最後竟當著旅長覃四維和政訓處主任蔣禮義的面讚譽何為：「我們的事業，有時就壞在一些心地狹隘、固執偏見人的手裡。何為，在共產黨裡也不是一個大人物，以一個年輕女子，尚且如此有膽有識，知大體識大局，不能不使我們感到慚愧。岳武穆、梁紅玉也不過如此。」第五戰區第七別動縱隊第二支隊司令雷武和參謀長唐夢清也對蔣介石口頭抗日實際妥協並對嫡系部隊和雜牌部隊親疏有別深感不滿，從而不願意與新四軍鬧摩擦，而採取了與新四軍合作抗日的實際行動。唯其如此描寫，才真實地反映了江淮地區複雜的政治分野和人心向背。

（三）傳統文化和民族風格的異彩各呈

由於政治歷史的原因，海峽兩岸雖然曾經長期對峙和隔絕，然而

中華傳統文化的血脈並沒有割斷。尤其是大陸去臺作家對於故鄉的歷史文化更是沒齒不忘，他們的作品有著十分濃厚的傳統文化色彩，這一藝術風格在穆中南和司馬中原的作品中都得到強烈呈現。

　　《大動亂》開篇便是一場婚禮和壽禮合一的熱鬧場面的鋪敘。林村第一大戶林文盛將老太太八十壽禮和次子仲仁的婚禮合併舉行，吸引了全村人的目光，成了林村的盛大節日。小說對這場充滿了魯東地方特色富有濃郁中國傳統文化色彩的壽禮和婚禮作了大肆鋪寫：

> 假定有個哲學家和藝術家來參加這場典禮，用一種客觀的眼光，會感覺自己是進入了東方藝術的展覽會。也確實，來臨的客人，都被這種氣氛所包圍，藝術和經濟有絕對互相培養的作用，舉人家的喜事，使人們深深地回憶著戀念著中國的古禮。柳樹巷的花轎，盡其講究的能事，轎杆、轎圍、轎棚、轎窗、轎簾、彩穗、轎頂刻的繡的各種人物、花枝、朵葉、龍鳳、禽獸，莫不精巧玲瓏。
>
> 大門前的旗杆上懸起新彩旗，門樓前張起一對大宮紗燈，門樓下掛著紅綢結彩。人人一望都有一種喜氣洋洋清新的感覺。
>
> 三撥吹鼓手奏起樂來，全村裡鑼鼓喧天，響徹了山谷；最出色的，是那八個喇叭手，一手撐起長約丈二的大喇叭，挺直了腰板，鼓足了氣力，向著天叫個不休，有時還吹上一套進行曲，叫響了叫亮了每顆平日被生活所壓迫的心……。

這僅僅是這場大喜事的開場氣氛渲染，接著拜祖宗、拜壽星、三拜九叩，拜完家廟，還要拜全村的列祖列宗，新娘抬回來時又是吹吹打打的熱鬧場面，沒完沒了的參拜、豐盛的宴席、各色參加宴席者的神情，林林總總，把中國傳統禮儀中的重要場景作了全方位展示。

　　小說第二十八節還精描細摹了仲仁的葬禮，可以說，中國傳統禮儀中最主要的婚禮、壽禮、葬禮都在《大動亂》中得到了極其詳盡的

描寫。相對而言，同時期大陸抗日小說中就找不到此類充滿中國傳統
文化韻味的場面場景，反倒是許多小說不厭其煩地仔細描寫日軍殘殺
中國抗日軍民的場面，如《苦菜花》第十章日軍包圍王官莊殘殺老
人、婦女、兒童的血腥場面，令人讀之毛骨悚然。

在中國人的傳統道德觀念中，男女關係是一個敏感和引人關注的
話題，尤其是私通、亂倫等禁忌。《大動亂》、《苦菜花》、《狼煙》等
都觸及這個中國人自古敏感而常見的問題。但海峽兩岸作家對這一生
活禁忌的處理的態度卻同中有異。

齊魯大地是中國儒家文化的發源地，儒教對山東人的道德情感具
有深刻的影響，《大動亂》和《苦菜花》各描寫了一些私通男女，但
他（她）們的結局卻大相逕庭。《大動亂》中流氓無產者陳老短和孫
寡婦有染。陳老短是中國農村常見的地痞流氓，孫寡婦則是不守婦道
風騷輕浪的年輕寡婦，但這對男女卻是共產黨團結的對象，孫寡婦家
常常是陳老短等農民革命者聚會的窩點，陳老短和孫寡婦都參加了抗
日活動，前者曾是游擊隊的負責人，後者則是村婦救會會長。當陳老
短的利用價值降低至零的時候，八路五支便翻出了他的歷史舊帳，列
舉了他數十條罪狀，其中之一便是和孫寡婦私通，最後被判了死刑遊
街槍決，孫寡婦自然也不可倖免，被活埋了結。其實，這對男女除了
私通有違傳統道德外，小說並未寫其太多惡跡，但卻始終是作為反面
人物被人們所唾棄。這其中除了作者的反共的政治考量外，也反映了
齊魯百姓對傳統道德倫理的信奉。

《苦菜花》中同樣發生通姦行為的兩對男女就比較幸運了。王長
鎖是地主王闌芝家的長工，由於王闌芝長期在外，其妻（杏莉母親）
便和王長鎖發生戀情，生下他們的女兒杏莉。但長工和主人之妻通姦
畢竟是為世俗社會所不容，王闌芝便利用他們懼怕姦情暴露被懲罰的
心理，逼迫王長鎖為他往返城裡和鄉下之間遞送情報。最後，由於他
們揭發了漢奸王闌芝，於是得到政府的寬大處理，被批准結為正式夫

妻。小說中另一對通姦的男女都是共產黨員，王官莊婦救會長花子十七歲時被父親嫁到鄰村一土財主家的傻兒子為妻，她不願和傻子丈夫過日子便跑回娘家，暗中和長工老起（亦為共產黨員）好上，並懷孕。眼看姦情暴露，花子被婆家人搶回，老起則被村長作為流氓遊街示眾。母親出面強力干預始讓這場風波平靜。花子得以和傻丈夫離婚，與老起結婚。小說中的男女通姦行為只要是發生在所謂正面人物身上便被認為是反對封建道德枷鎖的束縛，得以善終，而發生在那些漢奸特務身上的類似行為則一律被加以醜化和譴責，都不得善終。這同樣是緣於政治因素的差別對待。不過，我們從小說相關情節的描寫中還是可以看出山東民間對此類有違傳統道德的行為的反對態度，這一點，在海峽兩岸的同類小說中並無明顯差異。

《狼煙》上、下兩冊，浩瀚百萬字，其中的每一個人物無論正面的還是反面的，其行事風格、為人作派，完全是江淮這塊土地上的人們自古而然的作風。面對日寇入侵，有奮起抵抗的，有隨波逐流的，有借機發國難財的，更有脫下布衣換上虎皮卻依然行打家劫舍之罪惡勾當的。中國自古以來，農耕文化造就了農民性格的兩重性：愛鄉愛土卻目光短淺、逆來順受；無產無地者或為奴隸或則一有風吹草動便揭竿而起。《狼煙》從一個側面對此作了格外透徹卻不無偏狹的描摹：

> 這些魑魅魍魎各有不同的面貌；有的夾著尾巴，當了鬼子的走狗，藉著維持地方為名，接了鬼子委派的差使；有的渾水裡摸魚，夥進貧農團去鬧共產，抗日不抗日是另一碼子事，在鄉野地上吸收槍支，敲詐肉頭地主，要他們出糧出錢；有的原是黑道上的人物，趁著亂世的這一陣狂風炸鱗抖腮，欺壓善良；有的是地方上的混混兒，無知無識，尖著腦袋混世，哪兒有好處，哪兒有油水就朝哪兒去！管它什麼中央，鬼子，八路？他們一向有奶就是娘。

　　小說的反面主角孫小敗壞便是如上所述的一個惡貫滿盈的中國鄉野中村氓惡棍的代表。此人好賭好色，腦有反骨，千方百計弄槍弄棒拉幫結夥對抗地方政權。日本人來了便不問是非，只要有槍使有隊伍帶，有女人玩，不管漢奸惡名，不怕辱沒祖宗，目的只在報鄉長喬恩貴割他耳朵的一箭之仇。應該承認，像孫小敗壞這樣的農民中的壞分子在舊中國農村不是偶然個別的，但必須指出的是，由於司馬中原是站在地主階級的立場上看待農民的所作所為，因此便不免誇大突出中國農民本性中陰暗落後的一面。小說中，蒿蘆集上所有正面人物不是「國軍」，便是地主鄉紳，而反面人物全是農民出身的土匪地痞流氓和領導農民對抗國民黨政權的貧民團頭領。對於農民的造反行為，司馬中原是把它與中國歷史上的農民起義傳統歸結為源流的關係，並且視之為中國傳統文化中的惡的餘緒，他在小說的序中說：「我多次閱讀明末的歷史，我覺察出李自成、張獻忠等輩的血液，竟會注入到無數橫行鄉野的草莽人物的身上，他們有多大的機會，就會實現他們多大的流寇式的願望，直到今天，在赤焰橫流的時刻，使我更有了堅信，視人命如草芥的邪勢，是有著它一脈相承的歷史源流的」。此話再明白不過，共產黨領導的農民革命是與中國歷史上的農民革命如李自成、張獻忠輩一脈相承的。

　　《大江風雷》的立足點恰與《狼煙》相反，艾煊是站在農民的立場上看待農民大眾的，既寫了農民固有的落後和缺點，也寫了農民的覺醒和抗爭。江淮地區的廣大農村自古封建迷信盛行，農民中不乏如司馬中原筆下的落後分子，他們狹隘固執，各以宗族或村莊組織刀槍會，以鄰為壑，爭奪地盤；他們信天命，信封建救世主，盲從蠻幹，竟用神神鬼鬼那一套可笑的手段對抗槍彈炮火。這些出現在《大江風雷》開篇的鄉野亂象，既是抗戰時期中國農村的真實寫照，也是共產黨喚醒農民的困難所在。無可否認，作家是帶著階級鬥爭的固有觀念描寫農民的抗敵鬥爭，因此，與覺醒起來的農民形成尖銳對立的是地

主土豪和國民黨頑固派，而共產黨新四軍的主要依靠力量是廣大的農民和地主階級的叛逆者。《大江風雷》與「十七年」幾乎所有戰爭小說一樣，用文學的手段反覆詮釋著一個中共賴以生存發展壯大的真理——「人民，只有人民才是一切社會發展的動力」。這也是毛澤東人民戰爭思想的核心所在。

　　由此看來，海峽兩岸的兩位作家基於各自的政治立場和文化觀念，對於同一塊土地上的同一階層的人，視角不同，結論各異，但都從不同側面反映了動亂時期中國廣大農村各階層人群的生存之道。

　　司馬中原的小說有著濃厚的民族風格，他尤其善於描寫中國鄉野的草莽人物，作家所採用的主要藝術手段有二：一是通過誇張筆法和諷刺的語言充分展示人物醜陋的一面。如小說下冊，寫到游擊隊突襲偽軍孫部：

> 「來了！」葉大個兒渾身一震動說：「他們來了！老大。」
> 「你快回圩上去頂著，大個兒。」
> 葉大個兒跩著鞋，匆匆忙忙的朝外跑，一面喊著跟他來的兩個隨從。也許跑得太急促，加上腳步有點打顛，出花廳的門時，一絆絆在門檻子上，偌大的身子便朝前直撲出去，乍看像是餓虎撲食，結果卻變成餓狗吃屎，嘴唇碰在花廳的石階邊緣，腫得像豬八戒一樣，人說打掉牙齒和血吞，葉大個兒這是先咽進一口血，這才發現血裡竟然也一粒門牙。

二是通篇小說是大段大段的人物對白，這些黑道邪門人物之間的對話，一味用的是一些鄉氓的語言，雖然富具地方特色，但沒能顯現出人物太鮮明的個性。任意擷取孫小敗壞和葉大個兒之間的一段對話：

> 「我打算辦件大事」他（按：指孫小敗壞）說：「這宗事情單

憑我一個人辦不了，也許得要更多的人手……。」

「噢，我明白了！」葉大個兒陰陰鬱鬱的斜起兩隻眼珠，曖昧的笑著：「老大，您是想幹一票，啃一隻肥羊？……俗說，馬無野草不肥，人無橫財不發，這倒是個好主意，您這個油屁股眼兒，我舔定了！」

「你真聰明」孫小敗壞說：「只可惜是聰明過了頂，把事情想左了；你沒想想，在喬恩貴的眼珠子底下，咱們空著兩手，能做那種沒本的生意嗎？──沒有槍，咱們只能當縮頭烏龜，油缸倒了，咱們也沾不著半滴油花兒。」

「嗨！」提到槍支，葉大個兒就萎頓下來，歎口氣說：「您說得不錯，沒硬傢伙在手上，咱們是出溜過的驢屌，昂不起頭來：假如有槍有火……，光景就不同了！」

這段對話中，如「馬無野草不肥，人無橫財不發」、「油屁股眼兒，我舔定了」、「當縮頭烏龜，油缸倒了，咱們也沾不著半滴油花兒」、「出溜過的驢屌，昂不起頭來」等等都是富有地域民間文化色彩的口語或諺語。諸如此類的對話，小說中比比皆是，不勝枚舉。

作為「十七年」時期的作品，難能可貴的是，《大江風雷》較少沾染那個時代許多作品通常有的「假、大、空」的弊病。在人物描寫、場景設置、對白等各方面都力求真實客觀。作品中敵、我、友三方各種人物大幾十人，各有各的秉性，各有各的性格，如夏鐵友的冷靜果敢、林野的周到細緻、星光的正直透明、趙長青的倔強無私、李飛俠的好高騖遠、雷武的豪爽、李晉齋的狡詐、蔣禮義的陰險……。既當過新四軍幹部，又長期從事戰地記者工作的艾煊，親歷過戰爭時代的那些風風雨雨，因此善於以記實的手法表現人物和場景，語言洗練純正，但唯獨缺少如司馬中原筆下那些富有民間色彩和地域風格的語言。

二　兩岸地下抗日題材小說比較

與敵後游擊戰爭題材的小說創作狀況正相反，臺灣的地下抗日題材的小說較之敵後游擊戰爭題材的小說，在作品數量上要更多些，主要有紀剛的《滾滾遼河》，田原的《我是誰》、《北風緊》，趙淑敏的《松花江的浪》等，而大陸「十七年」地下抗日題材小說的數量更遠遠少於敵後游擊戰爭題材的小說，比較有影響的是李英儒的《野火春風鬥古城》。改革開放初期，女作家柳溪創作的《戰爭啟示錄》也是地下抗日題材小說。

兩岸此類題材小說數量上的差異主要緣於作家生活經歷的特殊性。臺灣比較熱衷寫作地下抗日鬥爭的小說作者基本上是東北籍的作家，如上述紀剛、田原、趙淑敏都是來自東北的作家。由於東北早在「九‧一八」後就被日軍全面占領，東北人民的地下抗日活動如火如荼，至一九四五年日本戰敗投降，白山黑水經歷了十四年的抗戰歲月，為東北作家的創作提供了極其豐富的素材。大陸的東北籍作家也不少，如蕭軍、蕭紅、端木蕻良、舒群、羅烽、白朗、駱賓基等，但他們多在東北淪陷不久就離開家鄉，他們所創作的反映東北抗日題材的作品絕大部分都發表於抗戰期間，對於東北淪陷時期的地下抗日工作多數並無切身體會，而紀剛、田原在赴臺前都曾親歷了東北的地下抗日工作，因此，他們能夠駕輕就熟地藝術演繹這段難忘的鬥爭歲月。《野火春風鬥古城》的作者李英儒也有過內線工作的經歷，並曾當過報社編輯、步兵團長等，是一個有著豐富抗敵鬥爭經驗的軍人作家。但在一九四九年初期像李英儒這樣內外線鬥爭經歷兼具又能夠進行小說創作的作家真是少之又少，因此，地下抗日題材小說在一九四九年後「十七年」幾成個例。「新時期」初期，柳溪根據自己親身經歷過的城市地下抗日工作的所見所聞，集十年之功創作了長篇抗戰歷史小說《戰爭啟示錄》（上、下卷）。

　　綜觀海峽兩岸地下抗日題材小說，呈現了同中有異，異大於同的總體創作傾向。

（一）傳奇與寫實

　　地下鬥爭是敵對雙方一種特殊形式的戰鬥，雖然沒有瀰漫的硝煙，沒有槍炮轟鳴，不見刀光劍影，但卻比兩軍對壘更加驚險，更需要勇氣和智慧。因此，地下鬥爭題材的小說在情節構築、人物形象塑造上往往有著更豐富的想像空間，也能產生更加引人入勝的閱讀效果。

　　從延安文藝座談會以來，文藝為工農兵服務就成為解放區作家的自覺追求，工農兵文藝除了內容上反映工農兵，在傳播上還必須為工農兵所易於接受。作為中國傳統小說的一種經典的創作方法，追求人物和情節的傳奇性，一直是中國古代英雄傳奇小說創作的典型特徵之一，也是吸引大眾讀者閱讀興趣的一種有效的藝術方法。因此，解放區的戰爭英雄小說普遍比較注重人物故事的傳奇色彩，著名的《洋鐵桶的故事》、《呂梁英雄傳》、《新兒女英雄傳》等便是中國傳統英雄傳奇小說在當代的翻版。一九四九年初期的許多戰爭小說繼續沿著解放區文學開闢的英雄傳奇的創作路數，湧現了《鐵道游擊隊》、《烈火金剛》、《敵後武工隊》等一批抗日英雄傳奇小說。

　　《野火春風鬥古城》同樣注重作品人物故事的傳奇性。在情節的設計鋪排上，突出了地下工作的艱鉅性、複雜性和犧牲代價。作者筆下的古城敵我雙方的鬥爭力量對比是懸殊的：一方是偽省長、偽治安軍司令及其主子日寇高級顧問以及眾多狡猾殘忍的敵特分子；另一方是以失業市民的身分隻身闖入敵巢的八路軍中層幹部以及配合他工作的若干地下工作者、普通工人、市民以及少量在外線接應的武工隊員、聯絡通訊員等，而鬥爭的環境又是一九四二年日軍對華北平原抗日根據地進行大「掃蕩」的最艱難時期。在這樣敵強我弱、敵明我暗、敵主動我被動的艱苦環境中開展瓦解敵偽上層人物的政治鬥爭，

其艱難程度可想而知。作者著意通過一系列偶發事件，如護送首長過境時突遇特務搜查；闖入偽省長公館談判時對方態度突然改變以致危在千鈞一髮；越獄後躲在醫院停屍房敵人拖屍搜查等等，渲染緊張氣氛，強化作品的傳奇色彩，產生了引人入勝、扣人心弦的藝術效果。但是，通觀整部作品，違背生活邏輯人為製造曲折情節的虛假痕跡十分明顯。作者一方面遵循現實主義的創作原則塑造人物描寫故事情節，力圖寫出地下鬥爭的真實情景；另一方面又意欲增強英雄人物的智慧勇敢和故事的傳奇性、情節的曲折性，因此在故事情節的安排和具體場景的描寫上往往強加了一些不合邏輯的情節或細節，顯出作者藝術功力的不足。只要拿《野火春風鬥古城》中「楊曉冬見偽省長」與《林海雪原》中「智取威虎山」相比較，二者高下巧拙就一目了然。「智取威虎山」中，楊子榮從苦練土匪黑話、動作到隻身闖入匪穴騙取座山雕的信任，最後臨危不懼以舌戰和心理戰智勝欒平，整個情節的發展環環相扣，邏輯嚴密，每一個細節都無比真實經得起推敲，而整個故事又充滿傳奇色彩。而「楊曉冬見偽省長」，無論這一情節本身在小說故事發展中的必然性、必要性，還是局部的細節描寫都令人不可卒信。楊曉冬既勸告高自萍不要對偽省長吳贊東抱太大希望，而自己卻在明知吳不懷誠意的情況下冒險到吳的公館和他談判，著實令人費解。到達吳的公館後突遇汪蔣雙料特務范大昌在場，吳欲應付了事，打發來客快走。而楊曉冬卻偏在范大昌就在鄰屋抽大煙的情況下，義正詞嚴毫不掩飾直言痛斥吳贊東。整個交鋒過程僅憑著楊的幾句說教式的話語就使堂堂的高級漢奸偽省長「像患了一場大病，汗水涔涔下流，神色怔怔……」完全不符合地下鬥爭的邏輯，顯係作者憑空想像人為編造，使人難以信服，極大地削弱了作品的藝術感染力。

　　《戰爭啟示錄》創作始於上世紀八十年代初，出版於九十年代中，其時，國共緊張對峙關係雖然有所緩和，但政治關係的堅冰尚未打破，作家依然秉持的是國人對抗戰歷史的既往認知，所採用的創作

方法也一時難與「十七年」流行的觀念割裂，因此，其筆下的人物形象塑造仍然帶有「十七年」小說的濃厚痕跡。如主人公李大波就是一個帶有傳奇色彩的英雄人物。憑藉著一些社會關係，李大波輕易就打入了國民黨軍隊高層和漢奸高層，並深得信任。在作為傅作義將軍的隨身副官期間，李大波不僅參與軍部高層的戰役決策，帶領偵查小組前往前沿搜集敵方情報，而且親臨前線參加戰鬥，先後取得紅格爾圖大捷和收復百靈廟戰鬥的勝利。在奉命離開傅作義三十五軍時，李大波竟然毫不隱瞞自己的中共黨員身分，傅作義得知其真實身分後不但不惱怒，反而贈送了五百銀元的厚禮。在當二十九軍軍長宋哲元的副官時，宋哲元明知他為中共黨員，卻對他推心置腹，信任有加，宋並在藉故離開部隊回家鄉養病期間，將秘密策反偽冀東保安隊張慶餘、張硯田部的重任交給了李大波。更具傳奇性的是，李大波打入偽政府高層，擔任偽河北省長高凌霨秘書期間，甚至作為時任國民政府外交部長周佛海的隨從人員，參與了重慶方面與日本的秘密和談，搜集到大量極機密情報，為我黨揭露國民黨投降派假抗日真反共陰謀提供了第一手證據。顯然，這些傳奇故事存在脫離實際的過度虛構的成分。

　　相比較而言，大陸去臺作家的地下抗日題材的小說就不那麼刻意經營小說的傳奇性，而比較注重故事的寫實性。紀剛的《滾滾遼河》的東北現地抗戰中的許多人物故事情節都是作者的親身經歷，尤其是其中的「工作線」差不多是東北愛國青年有組織的地下抗日活動的紀實，如小說寫到的「一二三〇事件」、「三省黨部事件」、「五二三事件」等都是抗戰時期發生在東北的重要歷史事件，誠如作者所言這些工作故事乃「生命寫史血寫詩」。正因為如此，小說中的許多地下抗日工作既英勇又悲壯，決不像《野火春風鬥古城》雖然也寫了地下鬥爭中的挫折，但通篇洋溢的是「壓倒一切敵人而決不被敵人所壓倒」的豪邁氣概和樂觀情緒。對此，臺北三民書局股份有限公司一九九七年四月版的《滾滾遼河》「出版說明」中有一段十分精到的評析：

就小說寫作筆法言，以第一身觀點寫作的，「我」不應是主角；「我」是主角時，亦不宜是英雄；「我」若是英雄時，亦不宜自述其過五關、斬六將的英勇事蹟，若然，鮮有不被讀者所摒棄。紀剛先生深諳此理，將自己在書中寫成一個在工作上遭挫折，在感情上受蹂躪的工作幹部，或者說是一位受難的英雄吧！所以才被廣大的讀者所同情所接受。但歷史真實很難完全掩飾，細心的讀者，仍可處處窺見其蛛絲馬跡。

　　且擇取《滾滾遼河》中「受難的英雄」紀剛和《野火春風鬥古城》中勝利的英雄楊曉冬在獄中的情節描寫進行對比分析，從而發現海峽兩岸同類題材小說思想和藝術上的差異，以為管中窺豹。

　　地下鬥爭遭遇的最大挫折莫過於地下組織被敵人破獲，地下工作者被捕入獄，這幾乎是所有地下抗日小說都會寫到的情節。《滾滾遼河》第二十二至二十五節敘寫了長春、瀋陽等地的「覺覺團」被日偽特務破獲，大量地下工作人員被捕，包括「我」（主人公紀剛）在內的「覺覺團」的骨幹成員幾乎被一網打盡。小說通過「我」和日警新保勇之間圍繞著「取調」（審訊）展開了意志和心理的較量，真實地表現了獄中鬥爭的殘酷和悲壯。「我」第一次被新保勇「取調」因為不承認自己的真實身分就被新保勇吊起毒打了一頓。新保勇是一個年輕的日警，急於了解地下抗日組織的全面情況，以儘快完成「取調」任務，又加之其兄在搜捕地下抗日分子的時候意外「殉職」，所以對抗日志士充滿了仇恨，對於他所負責「取調」的抗日人士一概採取粗魯而殘暴的手段，但偏偏遇上「我」這一強大和堅韌的對手，所以欲速則不達。小說很細膩地描寫了「我」和新保勇對抗中的心理變化過程：「我」先是懷疑自己頑強挺刑和無理拒供的價值和意義，「我為何如此掙扎了許多天？原來只是我被捕當時的一種心理執拗。我不願發生的事我就否定它！我否定這次案件的發生，我否定我們業已被捕，

我甚至否定我是紀剛。否定儘管否定，事實終是事實。我進來了！負責人進來了！許多同志都進來了」。想到之前負責人和一些同志曾認為「我」怕死，「我只有用『死』來證明，證明我對死無所懼怕！」於是，「我」先後採取了上吊自殺和絕食等辦法以求一死，但都沒有死成。大約是意識到酷刑和死亡的威脅對「我」毫無作用，小西科長和新保勇改變策略，對「我」改用「懷柔」的辦法耐心勸導，「曉之以理，動之以情」，乃至拿出和「我」一同被捕入獄的負責人的「勸導信」加以勸誘，「我」讀了負責人表面勸導暗寓「生存奮鬥，不可自棄，開關工作，爭取最後勝利」的指示的勸導信後，始對自己四十多天的抗爭有了比較正確和清醒的認識：

> 四十多天來，我只是用最愚笨的方法做個人的奮鬥。我真羞愧，我沒有盡到做幹部的責任，我忘掉了「平時如變時，變時如平時」那句話的真實涵義。我沒有在獄中為組織和工作繼續圖謀策劃，我只一味地否定，否定敵人的審訊尚可，否定組織的現勢就不切實際了。我雖無視於死亡，那也無非是消極的抗爭，結果不過是求取個人心淨，淨除自己心理上的陰影，那表示對此次工作的破綻我已引咎自裁，對負責人證明我不怕死，對我深深關心的人表白我對她們「無情」的初衷；此外，一切積極意義也沒有。因為在負責人的信上看，我們真正的任務，並不是在此地表現「死亡」。

此後「我」很快改變策略，讓敵人感覺是負責人的勸導信起了作用，表面上配合新保勇的「取調」，實際上用的是魚目混珠的辦法供出一些無從查證的假名字來對付敵人。結果一經實地查證自然露餡，免不了又受皮肉之苦。

　　《滾滾遼河》的作者紀剛曾是醫科大學的學生，在東北從事現地

抗戰時亦曾被日偽逮捕入獄，因此，小說寫「我」在獄中自殺和絕食的生理反應、心理過程以及和日警的鬥智鬥勇的場景給讀者留下極其真實可信的閱讀感受。反觀《野火春風鬥古城》，不能不遺憾地看到，同樣的獄中鬥爭描寫卻充滿了不實的誇張和不合理的想像。

　　《野火春風鬥古城》第十九章寫的是楊曉冬被捕入獄、獄中鬥爭、被營救越獄的過程。楊曉冬被捕後，偽治安軍司令高大成先以假槍斃給他一個下馬威，楊曉冬「凜然難犯」的樣子倒使射手「氣餒了，一時不知所措，只得自認失敗」。當范大昌將楊曉冬的真實身分告知高大成，高故做驚訝狀，很快改設「鴻門宴」款待楊曉冬，並招呼來大批媒體記者在現場拍照，意圖製造楊曉冬投降合作的新聞。楊曉冬識破了敵人的圈套，他不但借機高調痛斥漢奸的賣國行徑，而且把一桌酒菜掀翻在地。繼而敵人施以壓桿子、灌辣椒水、坐電椅等酷刑仍不能使楊曉冬屈服，最後讓關押獄中的母子相見，企圖以親情壓垮楊曉冬，不料楊母縱身跳樓讓敵人的陰謀又一次破產。楊曉冬意識到敵人一旦無計可施，自己便免不了一死：

> 「死」對於一個同志是嚴重的考驗，但對真正革命者來說，死並不是困難的，也並不是可怕的。古人說：「死不可悲，可悲是死而無補。」以現在的觀點看來，是死的價值問題，是以死換取黨的榮譽和勝利問題。

此處楊曉冬對於死的思考與紀剛對於自殺行為的反思何其不同，前者考慮的是「以死換取黨的榮譽和勝利問題」，顯示了共產黨人的大公無私，而紀剛卻是以自殺來證明自己不是怕死鬼，顯得有點個人主義。然而在讀者看來，毫無私心雜念的楊曉冬卻在藝術上遜色於有點私心而勇於解剖自我的紀剛。

　　無獨有偶，《戰爭啟示錄》下卷也先後寫了李大波和他的妻子方

紅薇被敵特逮捕入獄的情節。李大波在獄中的表現與楊曉冬毫無二致，敵人軟硬兼施，用盡了包括假槍斃在內的各種手段和酷刑都沒能使李大波屈服，最後，當國民黨和汪偽雙面特務曹剛揚言要真槍斃他時，李大波的回答與楊曉冬如出一轍：

> 如果死是不可避免的，那對一個革命者來說，就是最好、最光榮的歸途。可是，等到革命成功的那天，你們這群人就要被推上歷史和人民的審判臺！

總之，海峽兩岸三部地下抗日小說中的主人公，同樣深陷牢獄之災，一個始終大義凜然在氣勢上壓倒敵人，是一個不折不扣的精神勝利者；一個則在受難中苦苦掙扎以死抗爭，被失敗的情緒和自責的心理所縈繞，是一個「受難的英雄」。兩相比較，其間思想內容的差異和藝術追求的高下立判。

（二）言情與言志

戰爭是對人的生命的扼殺，生命也在戰爭中變得格外脆弱，因此，戰爭中的愛情就與和平時期的愛情有著截然不同的價值和意義。然而，愛情描寫在上世紀五六十年代海峽兩岸的戰爭小說創作中卻遭遇了不同的命運。大陸「十七年」的小說創作中到處布滿了愛情的「禁區」，抗日小說創作亦概莫外。只有改革開放後愛情描寫才真正允許擺上檯面。同時期的臺灣，文壇上的愛情描寫似乎禁忌不那麼多。不過，兩岸中國人雖然處於不同的政治環境中，但對中國傳統文化中重要而敏感的話題——愛情都遵循了大致相同的倫理道德準則。

臺灣地下抗日小說的一大亮點是對於戰爭特殊環境中的愛情的生動描寫，無論是紀剛的《滾滾遼河》，還是趙淑敏的《松花江的浪》以及田原的《我是誰》、《北風緊》等等，愛情描寫都是感動讀者提升

作品藝術魅力的不可或缺的重要內容。

《滾滾遼河》是「愛情線」和「工作線」兩線並進，其中「愛情線」主要圍繞著「我」與孟宛如、黎詩彥的愛情糾葛，抒寫了「革命誤我我誤卿」這一哀婉而悲壯的主題。上世紀五六十年代的臺灣，也許正因為文藝創作對於愛情話題禁忌不多，也導致文壇上泥沙俱下，《滾滾遼河》的愛情抒寫讓人耳目一新，有論者評論：「當前文壇充斥黃色和灰色作品，虛構的故事雖然極盡詭異離奇之能事；但如論其內容，則千篇一律，不外畸戀、亂愛，以及其他不正當的男女關係，除去色情，還是色情。在這類作品的感染之下，青年人要想免於消沉、陷溺、墮落，幾乎是不可能的。實在很難得有一部像『滾滾遼河』這樣的健康寫實之作，指引一般青年人認識時代，正視現實，激勵志節，從而以全心全力，奉獻於苦難的國家。」[6]

《滾滾遼河》的價值不僅在於其歷史真實和藝術真實的完美結合，而且蘊含著作者比較深刻的對於戰爭與愛情的哲理思考。

戰爭總是與犧牲相聯繫的，尤其是在地下抗敵鬥爭中，為了保守秘密，減少不必要的犧牲，地下工作者的秘密身分不僅要向許多親朋至愛隱瞞，而且還要儘量減少與他們的接觸。小說中，主人公與兩位女性孟宛如、黎詩彥不僅相知且萌生了戀情，在和平時期，必坦然表白並娶其一，或假如是言情小說則多半會以演繹三角戀來吸引讀者。但是，戰爭的特殊環境使他們之間的愛情一波三折，這一切都緣於主人公愛情觀的至真至純，「從事革命工作的，愛一個人就是害一個人，所以一定要嚴格控制自己或否定自己」，因此，當詩彥主動表達愛意並準備獻出貞潔的時候，「我」內心情感的狂濤幾乎沖決了理智的堤壩，畢竟「我」是一個正值青春年華的血性男兒：

6　應未遲：〈歷史的證人〉，原發表於高雄新聞報《西子灣》，1970年12月1日；《滾滾遼河》（臺北市：三民書局，1997年），附錄，頁580。

……宛如的氣質太善良了，善良得近乎柔弱，我實不忍傷害她；所以與她接觸的時候，我加力控制我內心的衝動，也不製造任何促使我發展軌外行動的機會。但詩彥不同，她像是個經受得起風吹雨打的孩子，因此在她面前，我就疏於對我自己的防範。我不知是否因宛如所激起但被我禁錮多年的情感猛虎，忽然掙脫鎖鏈而將詩彥吞噬呢？還是詩彥有更大的衝擊力，衝破我自遠古以來脫離太陽而冷卻凝縮堅實厚硬的大地殼，使我埋藏億萬年的地心之火突然噴射？我不知中了什麼邪魔，當她移近我的時候，竟用一隻手腕將她扣住，一種想在荒野裡奔馳的欲望，饑渴地驅使著我想去接近她那殷紅的、火熱的……

這段理智與愛欲衝突的描寫十分真實，但作者是以一種自我反省的口吻在敘述著。《滾滾遼河》全篇的情感基調隱約讓人感覺是一種基督徒式的懺悔，儘管主人公的所有行為都是高尚無私的。對於地下工作者而言，愛情既是奢侈品，又是「毒品」：

那種工作中有愛情嗎？那種工作有愛情也得要拋棄！那種工作有愛情也不敢希冀有幸福！但卻誕生了其他時代所未能誕生的人間最聖潔的愛情！

因此，在戰爭時代，要「將愛一個人的心分散給大眾」——這就是作者要表達的戰爭愛情觀。於是，我們看到，為了不傷害自己的戀人，主人公不得不時時壓抑自己內心的愛情衝動，除了上述「我」和詩彥之間發乎情止乎禮的理欲衝突的情景描寫，小說開頭，「我」對於美麗宛如射來的火辣辣的「攝魂奪魄」的眼睛亦有動人的描述。「我」將離開盛京醫科大學，名義上前往哈爾濱精神病院工作，實際上是受組織派遣到哈爾濱開展地下抗日活動，宛如不解，一直追問。

她使用她那雙毛都都、水汪汪、溜明澈亮的大眼睛，又企慕又迷惑又責怪地注視著我。那是我一生所見最美麗最動人的一對眼睛，我的一位同班學友李庸，曾為迷戀這對眼睛成疾而死。他說，她用這對眼睛看你的時候，你不敢與她瞬息對視，可是她不看你的時候，仍像有強力磁鐵似地，吸著你的眼睛向她呆呆偷看。因此，我得到一個嚴屬的警惕：人若不能勝過一個誘惑，就應該遠離那個誘惑。所以很早很早，我便將我與宛如的關係，嚴格地禁足在某種界際上，除了必要，我不願意與她做多餘的接觸。我承認我很怕見她那對攝魂奪魄的眼睛，更怕她有時向你投射出特殊的光芒。我這樣做，不單是為了保護我自己，更是為了保護我所身負的嚴肅工作。

　　「我」把全部的感情投入到現地抗日工作，直至抗戰勝利。當「我」滿懷希望以為能夠爭取到宛如如初的愛情時，結果換來的是卻是一句刻骨銘心的話：「大哥，你活著回來，不如你死去！」這是女主人公對往昔愛情無可挽回的無限哀惋。

　　趙淑敏的《松花江的浪》中「老叔」高亮與「老嬸」江心怡的愛情也是地下抗日環境下的特殊愛情。不同於《滾滾遼河》中紀剛和孟宛如、黎詩彥的愛情，是只開花不結果。高亮和江心怡從相愛到結成連理始終堅貞不渝，但江心怡和孟宛如、黎詩彥一樣的是，她們在心愛的人沒有公開暴露真實身分之前，並不知道她們所愛的人是地下抗日工作者，以至於高亮在和江心怡結婚後，奉命離開重慶潛回東北老家以經商為掩護組織現地抗日，為了不讓包括妻子江心怡在內的所有家人知道自己的真實身分，他不得不隱瞞自己在外已娶妻室的真情，而違心遵從父親的意願在老家再娶了一位妻子，同時以「查無此人」狠心退回江心怡的來信，以斬斷她的情緣，為的是自己一旦暴露身分不至連累愛人，也表明了自己隨時準備為抗日獻身的決絕勇氣。其

實，在離開重慶時，高亮就已抱定「風蕭蕭兮易水寒，壯士一去兮不復返」的決心，預先給妻子寫好了遺書交侄兒金生保管，信中寫道：「心怡吾愛：當你見到這封遺書，也許正痛恨我的棄你而去。但是我仍要說，在這一世界上，所愛的只有你一個人。……離渝之前，金生侄曾痛責我為不負責任的丈夫，說我是無情的男人。此時思之，似乎都對。……我負你終生，不敢要求諒解，但我仍要表明心意，到離世之日止，我之真愛僅你一人。……生於亂世，長於亂地，唯盼吾儕的鮮血能灌溉出自由的樂土，災難憂患止於吾輩，則雖身居九泉，亦必含笑。……」當江心怡讀到這封遺書時，抗日勇士高亮已被日寇殘殺於東北的冰天雪地上。

《松花江的浪》也大致是抗日和愛情兩條線並進，但抗日活動始終是暗線，而愛情則基本是明線，並且兩條線都是通過侄兒金生的視角展開的，這種限知視角雖不如《滾滾遼河》的第一人稱的全知視角較便於抒寫人物的內心世界，但卻有利於製造神秘的氛圍，與地下抗日活動的隱蔽性相呼應。

田原的《我是誰》、《北風緊》中的愛情就顯得虛情假意了。《我是誰》中東北青年吳鐵是利用報館同事、大漢奸秦子玉女兒秦燕對他的愛戀，伺機出入並打入秦府刺探情報，而之前在濟南與房東女兒的廝混也非出於愛情而更多是受肉欲的誘惑。《北風緊》中國民黨地下特工李大年、魏薆這對假夫妻純粹是為了工作需要而同居一屋，與愛情無涉。這一特工題材小說特有的假夫妻的敘事模式後來在海峽兩岸眾多特工小說中屢屢出現，成為此類題材小說的經典情節，可惜的是，《北風緊》重在描寫特工活動，並未利用假夫妻敘事模式的優長在愛情描寫方面盡情演繹。《滾滾遼河》亦有類似情節，為了地下工作需要，仲直和方儀假扮夫妻住在一屋，由最初的彆扭到逐漸產生愛情，但始終沒有逾越男女同志的界線，到最後方儀在獄中被日警新保侮辱，仲直亦在與新保的格鬥中受重傷不治而亡，仲直和方儀的愛情

終以悲劇告終。雖然作家亦未刻意經營這一能夠生發故事的情節，但已給讀者留下較深刻印象。

《野火春風鬥古城》的愛情描寫極其克制，這種克制至少表現在兩方面：一是作家在塑造人物和構築故事情節時，不存在臺灣同題材小說的愛情和抗日兩條線並行的情況，愛情描寫只起點綴的作用，不僅相關情節少，而且小說中男女主角在表達愛意時十分隱晦節制，更沒有肉欲方面的任何描寫；二是愛情描寫絕對服從小說的政治主旨，換言之，「言情」可有可無，「言志」必不可少。當然，臺灣地下抗日題材小說在處理「言情」與「言志」的關係上，也是以「言情」服從「言志」，但相對而言，其「言情」格調高、情感真、藝術感染力強，而《野火春風鬥古城》楊曉冬和銀環的愛情描寫就顯得過於政治化，過分強化「言志」的結果就讓「言情」顯得遜色和虛假。

楊曉冬無論工作和愛情都始終擺出一副共產黨員領導幹部的架勢，對銀環的第一次愛情試探，他有意無意採取了冷淡的態度：當銀環從楊母那兒無意中了解到楊至今還是單身漢，便有心試探他對自己的態度：

> ……她鼓了鼓勇氣，向楊曉冬說：
> 「楊同志！我同伯母談話時間很長，很多事情都談到你。」
> 「我有什麼好談的，一個窮學生在黨的教育下參加了革命。」
> 「革命是件好事呀，在革命中也要正確對待個人問題，……」
> 「個人問題？我們共產黨員是要公而忘私，一般是先公後私。把個人提在第一位有什麼意思？」他說著揚起腳腳踢了一塊圓石頭子，它帶著響聲滾下山去。

公而忘私、先公後私——這是上世紀五六十年代的社會主旋律，也是「十七年」小說響亮的主題，在時人眼中，愛情是私事，是絕對

的「小我」，而黨的事業是公事，是絕對的「大我」，小說中的愛情描寫決不可以也不可能違背這樣的社會價值取向。於是，當經過一系列地下鬥爭的磨難和考驗，楊曉冬已經心儀銀環向她展開愛情攻勢時，銀環的表現卻出乎意外：

> 她再一次盯著楊曉冬消瘦蒼老的面龐，一時也是百感交集。由於她的過錯，使他受到沉痛的苦難折磨；在驚風駭浪的鬥爭中，生活又這樣安排了他和她的命運。她激動得不能自持了，她是多想向他傾訴平日隱藏在心裡的千言萬語哩。此刻是他們生命中莊嚴而又幸福的時刻喲！可是，當她開口的時候，卻說著這樣的話：「你不光是屬於我的，你是屬於黨的，我一定要親自把你送回去！」

這段描寫再一次詮釋了愛情的時代意義——黨的事業高於一切，無關乎性別，只關乎大義。

《戰爭啟示錄》的愛情描寫比《野火春風鬥古城》有了很大進步，至少李大波和紅薇之間的愛情不像楊曉冬和銀環那樣只停留在感情上的相互暗示，而是克服了年齡上較大差距的障礙，結成了革命夫妻。不過，兩位男主人公對待愛情的態度卻無大差別，都是以革命工作放在高於一切的位置，當紅薇流著眼淚向李大波發起愛情強攻時，李大波安慰她說：「別哭，好小妹，你一哭，我心都亂了。你知道，我現在很忙，黨給我的任務很重。日本正在出兵華北，幾乎是天天挑釁，在各地肆意滋事，製造事端，尋找戰爭藉口，從現在看，中日戰爭已勢不可免，我必須全力搞兵運，尤其是我剛到二十九軍，工作擔子是很沉的，所以……」如果不是紅薇一再執著追求，刻意製造在一起的條件，兩人間的愛情可能無果而終。大陸兩部地下抗日小說，由於問世在思想觀念保守和相對開放的不同年代，愛情景觀便迥然有

異，特別是女主人公對於愛情的態度明顯折射出時代的進步。與臺灣女作家趙淑敏的《松花江的浪》中「老叔」高亮與「老嬸」江心怡的愛情有著異曲同工之妙，只是李大波和紅薇的愛情雖歷盡荊棘和坎坷，但兩人最後都從死神的追緝中逃脫，共同迎來戰爭的勝利。相比較而言，高亮為了國家民族的抗戰事業而拋家別妻獻出寶貴生命、紀剛為保守地下工作的秘密克制自己的感情與宛如和詩彥的愛情擦肩而過，更顯現出愛情的真摯和悲劇的感人力量。然而，海峽兩岸的地下抗日小說在處理言情和言志的關係上雖然筆墨輕重有別，呈現的藝術審美效果不同，但都共同遵循了中華民族的傳統道德準則：小我服從大我，言志高於言情。

也許，《苦菜花》、《大動亂》、《大江風雷》、《狼煙》、《野火春風鬥古城》、《滾滾遼河》、《戰爭啟示錄》等並非國共對峙時代兩岸最有典範意義的抗日小說，但它們至少從不同視角聚焦於同一時代、同一地域的同一歷史事件或同樣的鬥爭形式，這就使得兩者間具備了比較的基礎。當然，時過境遷，國共關係、兩岸關係正在翻開新的一頁，然而，作為一種兩岸共有的文學現象和文學史的研究，正視國共對峙時代兩岸抗日小說的真實創作狀況，自有其文學史的意義，亦有某種政治歷史的意義。

參考文獻

一　論著部分

齊裕焜　《中國古代小說演變史》　蘭州市　敦煌文藝出版社　1990年

齊裕焜　《中國歷史小說通史》　南京市　江蘇教育出版社　2000年

陳　穎　《中國英雄俠義小說通史》　南京市　江蘇教育出版社
　　　　1998年

楊　義　《中國古典小說史論》　北京市　中國社會科學出版社
　　　　1995年

〔美〕夏志清　《中國古典小說史論》　南昌市　江西人民出版社
　　　　2001年

張錦池　《中國古典小說心解》　哈爾濱市　黑龍江人民出版社
　　　　2000年

何滿子　《何滿子學術論文集》上卷　福州市　福建人民出版社
　　　　2002年

譚洛非主編　《《三國演義》與中國文化》　成都市　巴蜀書社
　　　　1991年

楊建文主編　《《三國演義》新論》　武漢市　華中理工大學出版社
　　　　1999年

傅隆基　《古老大地上的英雄史詩《三國演義》》　昆明市　雲南人
　　　　民出版社　1999年

佘大平　《草莽英雄的悲壯人生《水滸傳》》　昆明市　雲南人民出
　　　　版社　1999年

杜貴晨　《傳統文化與古典小說》　石家莊市　河北大學出版社　2001年

張振軍　《傳統小說與中國文化》　桂林市　廣西師範大學出版社　1996年

魯小俊　《汗青濁酒──《三國演義》與民俗文化》　哈爾濱市　黑龍江人民出版社　2003年

陳思和主編　《中國當代文學史》　上海市　復旦大學出版社　1999年

楊匡漢、孟繁華　《共和國文學五十年》　北京市　中國社會科學出版社　1999年

曹文軒　《二十世紀末中國文學現象研究》　北京市　北京大學出版社　2002年

席揚、吳文華　《中國文學思潮史論》　瀋陽市　時代文藝出版社　2001年

張全之　《火與歌──中國現代文學、文人與戰爭》　北京市　新星出版社　2006年

李澤厚　《中國古代思想史論》　北京市　人民出版社　1986年

李澤厚　《中國現代思想史論》　北京市　東方出版社　1987年

劉再復、林崗　《傳統與中國人》　合肥市　安徽文藝出版社　1999年

駱自強　《傳統文化導論》　上海市　上海文藝出版社　2000年

陳建憲　《神祇與英雄──中國古代神話的母題》　北京市　生活‧讀書‧新知三聯書店　1994年

黃仁宇　《中國大歷史》　北京市　生活‧讀書‧新知三聯書店　1997年

葛劍雄　《統一與分裂──中國歷史的啟示》　北京市　生活‧讀書‧新知三聯書店　1994年

倪樂雄　《戰爭與文化傳統──對歷史的另一種觀察》　上海市　上海書店出版社　2000年

〔德〕克勞塞維茨　《戰爭論》（上下卷）　北京市　解放軍出版社　1964年

趙鑫珊、李毅強　《戰爭與男性荷爾蒙》　天津市　百花文藝出版社　1997年

謝祥皓　《中國兵學》　濟南市　山東人民出版社　1998年

高銳主編　《中國軍事史略》　北京市　軍事科學出版社　1992年

張文儒　《中國兵學文化》　北京市　北京大學出版社　1997年

于汝波、黃樸民主編　《中國歷代軍事思想教程》　北京市　軍事科學出版社　2000年

孫　武　《孫子兵法》　太原市　山西古籍出版社　2000年

張弓譯注　《三十六計》　太原市　山西古籍出版社　1999年

施芝華　《孫子兵法新解》　上海市　學林出版社　2000年

史美珩　《古典兵略》　瀋陽市　遼寧教育出版社　1993年

李炳彥　《說三國話權謀》　北京市　解放軍出版社　1986年

姚有志　《說水滸話權謀》　北京市　解放軍出版社　1986年

熊志勇　《從邊緣走向中心──晚清社會變遷中的軍人集團》　天津市　天津人民出版社　1998年

《馬克思恩格斯選集》　北京市　人民出版社　1972年　卷4　上冊

《毛澤東選集》　北京市　人民出版社　1991年　卷1

《毛澤東選集》　北京市　人民出版社　1991年　卷4

王永盛、張偉　《毛澤東的軍事藝術》　濟南市　山東大學出版社　1991年

柴宇球　《毛澤東大智謀》　北京市　文化藝術出版社　1993年

孫　遜　《中國古代小說與宗教》　上海市　復旦大學出版社　2000年

蕭兵、周俐　《古代小說與神話宗教》　太原市　山西人民出版社　2005年

賴永海　《佛學與儒學》　杭州市　浙江人民出版社　1992年

孫昌海　《佛教與中國文學》　上海市　上海人民出版社　1988年

趙　明　《道家思想與中國文化》　長春市　吉林大學出版社　1986年

陳順馨　《中國當代文學的敘事與性別》　北京市　北京大學出版社
　　　　1995年

白少帆、王玉斌、張恒春、武治純主編　《現代臺灣文學史》　瀋陽
　　　　市　遼寧大學出版社　1987年

陸卓寧主編　《二十世紀臺灣文學史略》　北京市　民族出版社
　　　　2006年

古繼堂主編　《簡明臺灣文學史》　北京市　時事出版社　2002年

古繼堂　《臺灣小說發展史》　瀋陽市　春風文藝出版社、遼寧教育
　　　　出版社　1989年

古繼堂　《臺灣文學的母體依戀》　北京市　九州出版社　2002年

古繼堂　《靜聽那心底的旋律　臺灣文學論》　北京市　國際文化出
　　　　版公司　1989年

王晉民　《臺灣當代文學》　南寧市　廣西人民出版社　1986年

楊匡漢主編　《揚子江與阿里山的對話──海峽兩岸文學比較》　上
　　　　海市　上海文藝出版社　1995年

楊匡漢主編　《中國文化中的臺灣文學》　武漢市　長江文藝出版社
　　　　2002年

楊若萍　《臺灣與大陸文學關係簡史》　上海市　上海文藝出版社
　　　　2004年

計璧瑞　《被殖民者的精神印記》　廈門市　廈門大學出版社　2010年

黃萬華　《史述和史論：戰時中國文學研究》　濟南市　山東大學出
　　　　版社　2005年

黃萬華　《戰後二十年中國文學研究》　北京市　人民文學出版社
　　　　2008年

朱雙一、張羽　《海峽兩岸新文學思潮的淵源和比較》　廈門市　廈
　　門大學出版社　2006年

趙　朕　《臺灣與大陸小說比較論》　福州市　海峽文藝出版社
　　1992年

劉登翰、莊明萱、黃重添、林承璜主編　《臺灣文學史（下卷）》
　　福州市　海峽文藝出版社　1993年

肖　成　《日據時期臺灣社會圖譜》　北京市　九州出版社　2004年

古遠清　《當今臺灣文學風貌》　南昌市　江西高校出版社　2004年

安興本　《衝突的臺灣》　北京市　華文出版社　2001年

趙遐秋、曾慶瑞　《文學臺獨面面觀》　北京市　九州出版社　2001年

房福賢　《中國抗日戰爭小說史論》　濟南市　黃河出版社　1999年

藍　海　《中國抗戰文藝史》　濟南市　山東文藝出版社　1984年

張　泉　《抗日戰爭時期淪陷區史料與研究》　南昌市　百花洲文藝
　　出版社　2007年　第1輯

徐迺翔、黃萬華　《中國抗戰時期淪陷區文學史》　福州市　福建教
　　育出版社　1995年

四川省社科院文學所編　《抗戰文藝研究》　成都市　成都出版社
　　1990年

屈毓秀、石紹勳、尤敏、鄭波光、郭文瑞　《山西抗戰文學史》　太
　　原市　北嶽文藝出版社　1988年

王寰鵬　《左翼至抗戰：文學英雄敘事的當代闡釋》　濟南市　齊魯
　　書社　2005年

蘇文光主編　《1937年-1945年中國文學愛國主義母題研究》　重慶
　　市　重慶出版社　2001年

張　泉　《抗戰時期的華北文學》　貴陽市　貴州教育出版社　2005
　　年

李詮林　《臺灣現代文學史稿》　福州市　海峽文藝出版社　2007年

黃重添、莊明萱、闕豐齡　《臺灣新文學概觀》　廈門市　鷺江出版
　　　社　1986年

黎湘萍　《文學臺灣——臺灣知識者的文學敘事與理論想像》　北京
　　　市　人民文學出版社　2003年

呂正惠　《戰後臺灣文學經驗》　北京市　生活・讀書・新知三聯書
　　　店　2010年

林瑞明　《臺灣文學的歷史考察》　臺北市　允晨文化實業公司　2003
　　　年

方孝謙　《殖民地臺灣的認同摸索——從善書到小說的敘事分（1985-
　　　1945）》　臺北市　巨流圖書公司　2001年

盧建榮　《臺灣後殖民國族認同1950-2000》　臺北市　麥田出版
　　　2003年

梁明雄　《日據時期臺灣新文學運動研究》　臺北市　文史哲出版社
　　　1996年

王德威　《臺灣：從文學看歷史》　臺北市　麥田出版　2005年

許俊雅　《日據時期臺灣小說研究》　臺北市　文史哲出版社　1995年

施　淑　《日據時代臺灣小說選》　臺北市　前衛出版社　1992年

歐宗智　《臺灣大河小說家作品論》　臺北市　前衛出版社　2007年

李瑞騰編　《抗戰文學概說》　臺北市　文訊月刊雜誌社　1987年

李瑞騰　《臺灣文學風貌》　臺北市　三民書局　1991年

彭瑞金　《臺灣新文學運動40年》　臺北市　自立晚報社文化出版部
　　　1991年

後記

　　我自上世紀九十年代中期開始涉獵中國戰爭小說研究，於今二十多年。由於本人主業是高校學報的編輯出版，小說研究只能利用業餘時間斷斷續續開展，故成果不多，水平有限。此次承蒙福建師範大學文學院的抬舉，得有機會將拙著整理入臺出版，幸甚！現呈現在讀者面前的《中國戰爭小說綜論》係綜合了《中國戰爭小說史論》和《海峽兩岸抗日小說比較研究》的部分內容。全書分為上、中、下三篇，共十章，除第八章、第九章分別由我的研究生張暢和周開豔撰寫外，其餘均由我本人撰寫。

　　是為後記。

陳　穎

二〇一八年六月十六日

作者簡介

陳　穎

　　一九六二年生，福建永泰人，文學博士。現任《福建師範大學學報》編輯部主任、哲社版主編、編審，兼任福建師範大學文學院教授、博士生導師，主要從事中國戰爭小說研究和編輯出版理論研究，已出版學術著作三部，發表論文九十多篇，研究成果獲全國性和省級獎三項。先後獲評「中國出版政府獎優秀出版人物（優秀編輯）獎」、「全國高校社科學報優秀主編」，入選全國文化名家暨「四個一批」人才、福建省文化名家、福建省高校領軍人才等。

本書簡介

　　本書是關於中國戰爭小說綜合研究的學術專著，全書分為上、中、下三篇。上篇「流變論」對上起中國遠古戰爭神話傳說，下迄二十世紀末的中國戰爭小說的發展演變過程進行全面梳理；中篇「文化論」從政治倫理觀、英雄崇拜意識、兵學文化、漢民族宗教意識、女性觀等多重視角闡述中國戰爭小說與中華傳統文化的關係；下篇「比較論」擇取海峽兩岸有代表性的抗日小說作品，分別比較了兩岸鄉土抗日小說、史詩抗日小說、軍政抗日小說等兩岸同一時期或同一內容和形式的抗日小說，力圖站在全民族的高度，從抗日小說創作這一獨特視角揭示海峽兩岸文學和文化不可割裂的民族共通性。

福建師範大學文學院百年學術論叢·第五輯　1702E07

中國戰爭小說綜論

作　　者	陳穎
總 策 畫	鄭家建　李建華

發 行 人	陳滿銘
總 經 理	梁錦興
總 編 輯	陳滿銘
副總編輯	張晏瑞
編 輯 所	萬卷樓圖書股份有限公司
排　　版	林曉敏
印　　刷	百通科技股份有限公司

發　　行	萬卷樓圖書股份有限公司
	臺北市羅斯福路二段 41 號 6 樓之 3
	電話 (02)23216565
	傳真 (02)23218698
	電郵 SERVICE@WANJUAN.COM.TW
香港經銷	香港聯合書刊物流有限公司
	電話 (852)21502100
	傳真 (852)23560735

ISBN 978-986-478-263-5
2019 年 5 月再版
2019 年 1 月初版
定價：新臺幣 700 元

如何購買本書：

1. 劃撥購書，請透過以下郵政劃撥帳號：
   帳號：15624015
   戶名：萬卷樓圖書股份有限公司
2. 轉帳購書，請透過以下帳戶
   合作金庫銀行 古亭分行
   戶名：萬卷樓圖書股份有限公司
   帳號：0877717092596
3. 網路購書，請透過萬卷樓網站
   網址 WWW.WANJUAN.COM.TW

大量購書，請直接聯繫我們，將有專人為您服務。客服：(02)23216565 分機 610

如有缺頁、破損或裝訂錯誤，請寄回更換
版權所有·翻印必究
Copyright©2019 by WanJuanLou Books CO., Ltd.
All Right Reserved　　　　Printed in Taiwan

國家圖書館出版品預行編目資料

中國戰爭小說綜論 / 陳穎著. -- 再版. -- 臺
北市 ： 萬卷樓, 2019.05
　　面 ；　公分. -- (福建師範大學文學院百
年學術論叢. 第五輯 ；1702E07)
ISBN 978-986-478-263-5(平裝)

1.中國小說　2.文學評論

820.8　　　　　　　　　　108000221